Staread
星 文 文 化

金山蝴蝶

唯刀百辟 著

（完结篇）

图书在版编目（CIP）数据

金山蝴蝶. 完结篇 / 唯刀百辟著. — 南京：江苏凤凰文艺出版社，2024.4

ISBN 978-7-5594-7962-4

Ⅰ.①金… Ⅱ.①唯… Ⅲ.①长篇小说-中国-当代 Ⅳ.① I247.5

中国版本图书馆 CIP 数据核字（2023）第 159121 号

金山蝴蝶·完结篇

唯刀百辟 著

责任编辑	王昕宁
选题策划	林 壁
特约编辑	林 壁
出版发行	江苏凤凰文艺出版社
	南京市中央路 165 号，邮编：210009
网　址	http://www.jswenyi.com
印　刷	北京盛通印刷股份有限公司
开　本	700mm×1000mm 1/16
印　张	22
字　数	477 千字
版　次	2024 年 4 月第 1 版
印　次	2024 年 4 月第 1 次印刷
书　号	ISBN 978-7-5594-7962-4
定　价	52.00 元

江苏凤凰文艺版图书凡印刷、装订错误，可向出版社调换，联系电话 025-83280257

唯刀百辟 —— 作品

目录
CONTENTS

002

Winnemucca

第一章
温尼马卡

053

Kansas City

第三章
堪萨斯城

Great Salt Lake

第二章
大盐湖

032

151

Washington D.C.

第六章
华盛顿

199

The United States

第七章
金山

Gotham City

第五章
哥谭市

107

Mississippi

第四章
密西西比

089

251

Three yuan for foreigners

第九章
番鬼佬三蚊

*Guest of
the golden mountain*

番外一
金山客

Wan chai

第八章
湾仔

*Want a massage,
sir ?*

番外二
马杀鸡吗，先生

288

228

295

310

Life imitates art

番外三
戏中人

319

South land

番外四
南国

335

The Real Waaizan

番外五
淮真本真

小山空寂,道路清洁,
路旁是繁茂的棕榈与芭蕉,年轻的笑声轻轻回响。
这就是关于那个南国夏天的全部秘密。

Winnemucca

第一章
温尼马卡

陷入钟情的爱恋，就像被卷入黑洞，
明知无路可逃，
却无心逃脱，自甘堕落。

01.

火车是晚上十一点出发、从芝加哥转纽约的 Overland（陆上）号高级快车，选的是可以乘载有色人种的普通车厢，据旅社说这节车厢非常拥挤，因此不太容易被列车警察注意到。

淮真猜想，车厢里头会不会有一部分州警察的眼线，会从某一站上车搜索出逃的西泽，才使他最后选择了这节人数最多的普通车厢。

不过她没有问西泽。他们有很多时间，有很多话可以留着慢慢聊。

淮真和云霞去饭店买了几只烤猪脚、一根肉肠和半只白切鸡回来，因为罗文要准备的晚餐主食是腊肠饭。

罗文盯着云霞往蒸锅里加水时，西泽进来了。

他说："我吃过这种饭。"

罗文便问："在香港的时候吗？"

他说："不，我父亲有时会做，我很小的时候常吃。他说中国的做法是加水到一个指关节，不过是谁的指关节并不要紧。"

两个女孩都笑了。罗文又问："你还懂些什么？"

他仔细想了想："我会用筷子。"

罗文很遗憾："那么等会儿餐桌上我们就会少一项娱乐活动。"

西泽很诚恳地说："如果有用筷子吃饺子的项目，我想我可以假装自己被戏弄。"

罗文说："这样你也讨好不了妹妹的爸爸。"

西泽说："是吗？可他比我想象中更通情达理。"

晚餐进行得很愉快，西泽一直赞美罗文烹饪的食物，虽然淮真并不知道他是不是真的喜欢吃。

晚餐结束后，淮真去洗了个澡，换上麻质长袖衫，宽松长裤与平底鞋，和西泽拉着手去大商店买出行用的东西。西泽拿了只购物篓放在推车上，看淮真从货架上挑了一套修指甲的用具、牙刷、三袋卫生巾、三支口香糖、两件透明雨衣、两双拖鞋、一袋早餐吐司和两只羊角包，除此之外，还有一沓男士内裤与一套深蓝色绒线睡衣。

第一只购物篓几乎塞满了东西。西泽在后面一声不吭地跟着，经过货架拐角顺手又拿了一只空购物篓置在双层推车上层，将放满的那一只搁到推车底下。

不知是不是天生体弱，或是在横渡太平洋过程中吃了太多苦头，淮真稍微有点低血糖。最近虽然好了很多，但指不定旅途中会有三餐不及时的时候。于是她挑了两盒彩色糖果，突然想起什么，又折返到绒线织物那边选了一条旅行毛毯和一条浴巾。

将东西扔进购物车里，西泽盯着毛毯看了会儿。

她突然意识到他可能和自己想到一块儿去了，忙解释道："两条太占地方了。"

他点头："嗯。我知道。"

淮真知道自己脸又有点热，正好看见另一沓比购物车里的质量更好的男士纯棉内裤，思索一阵，又问他："换掉这个可以吗？"

西泽说："好。"

这年头商店里的男士内裤要么是上下连体的，要么是很宽大的。但上次她隐约看见他剪裁合体的贴身灰色内裤，似乎是这两年还没有推广的Jockey，于是说："我原本想等到了大车站的商店，可以选一些质量更好的，又怕买不及时。"

对视两秒，西泽突然移开视线，轻声说："我都可以的……"

那一瞬间淮真突然有点蒙。如果半年前有谁告诉她，她会在商店给那个直接将她从盥洗室拖出来的"臭脾气"挑内裤，她可能觉得那个人八成是疯了。

她最后用宽松的白色棉质内裤替换了深蓝色拳击短裤。

结账的人很多。排队等候时，淮真趁机说："你知道吗，我从没想过你和我爸爸的谈话会这么顺利。我以为你们会打起来。"

西泽说："其实很简单，你知道因为什么吗？"

"为什么？"她问。

"他告诉我，他允许你跟我去，不是因为别的什么。'趁年轻，结果是好是坏都是种经历，恐怕这辈子也不会有第二次。'"

淮真没想到阿福也能讲出这么感性的话，愣了一下，又问道："然后呢？"

西泽接着说:"然后,'我会试着尽量避免坏的那一种。'"

淮真发了一阵呆,过了会儿又笑着说:"其实很简单。你脾气不那么坏的时候,什么事情都变得很容易解决。"

西泽仔细想了想:"也不是谁都能让我脾气不那么坏。"

快轮到他们时,前面那对情侣付过账,当着其他顾客和柜台收银员的面亲昵交颈。

淮真刚想与拉丁裔收银员一起面面相觑,发现收银员根本不搭理她,只冷漠地翻了个白眼,叫:"下一位。"

紧接着,她突然意识到自己跟西泽和前面两人一样,也是一对情侣。

淮真瞬间有种做梦的错觉,后知后觉地意识到自己恋爱了。

02.

到家之后,罗文仍不放心,又往他们的旅行袋里塞了盒巴比妥酸盐、来索尔袋装消毒粉、维生素片、甘油片、退烧药片等一大堆东西,甚至包括最近美国报纸上大肆吹嘘不补充维生素就会致癌的新奇士橙汁,将那只铰合式手提旅行包塞得鼓鼓囊囊的。

夜里九点的旧金山仍热闹着,阿福借口去教堂区的海边遛弯,关了店铺,一家人一起去十四大道送行。其实送别也没有什么别的话,只反复提醒淮真记得找有电话的地方打给家里,阿福却足足啰唆了一个小时,还提醒罗文看看她有没有什么嘱咐的。罗文好容易想到一个,说列车上备了枕头套床单,假如来了月事,记得将她塞在旅行箱里的红布叠起来垫在下头。罗文和淮真讲话时,阿福有点紧张,很想找西泽说点什么,但不论两人找到什么话题,每个话题刚开始就结束了,内容听起来非常无聊。

云霞对他俩出远门挺放心,故而对爸妈的唠叨直翻白眼。她披了个黑夹克,立在角落里一声不吭,看起来非常酷。临到进站,淮真走过去,拉着她小声说,这个月卧室是你一个人的了。

云霞立刻瞪大眼睛,一副"你说什么?我没听错吧!你怎么才提醒我?"的表情。

可是晚了,妹妹已经走远,拉着她男朋友的手在人群外和爸爸妈妈作别。

比起白人进站口,有色人种隔离区要热闹多了。看起来不过二十岁的非裔小伙拿着妻子和三个女儿的照片与周围旅伴讲着自己去芝加哥念书,妻子不得不担负起抚养女儿的重任;拉丁裔男女在三藩市十一摄氏度的夜里穿着短T短裤搂在一起亲嘴取暖;亚裔人群几乎每人都扛着一只被单卷,平时寡言少语,在这种时刻感情格外充沛,感情张力远远超过其他人种,隔了老远仍在跟家人挥泪作别。

检票窗口的红头发白人女士回来了,颇不耐烦地拉开窗户,叫人将车票递给她用打孔器打孔。队伍缓慢地动着，淮真和西泽排在进入车厢的队伍中间，两人都有点饥肠辘辘。

时间临近十一点，狭小的砖砌车站内还有最后一家小店仍开着门。淮真去买了两只巧克力酱覆盖的炸香蕉，回来时队伍停了下来，西泽似乎与红头发女人在窗口起了点争执。

淮真走过去问："怎么了？"

西泽拉着她的手走到一边，说："没事。"

看他脸色，很明显在她回来之前，已经跟红头发女人恶战过一回了。

几秒钟后，红头发从门后走出来。

她很严厉地告知他们："You can not stay in COACH CLASS together.（你们不能待在同一节车厢。）"

"You told me twice. This is the third time.（你告诉过我两遍了。这次是第三遍。）"

"你们必须分开，"她很严厉地告知他们，"这几天列车上有很多警察，是对白种人与有色人种同乘进行搜捕的。如果是州警察，你们会收到很大一笔金额的罚款；如果是某几个站台上来的联邦警察，甚至可能会被拘捕或者收到一份法院传票。"

淮真问："哪几个站台？"

女士撇撇嘴："普罗蒙特雷，雷诺……我告诉过他了，我不太记得，这不归我管。当然，你们会不会被拘捕也不关我的事，我只是负责友好建议。"

她说完就要将车票打孔退回。

两人都沉默了。

红发女士一直喋喋不休地讲着，西泽的脸色越来越糟糕。

淮真对女士说："请帮我们将车厢分开。"

女士看了她一眼，将之前的两张普通车厢车票收了回去。

过了会儿，又递给两人两张车票。

西泽没有接。

淮真接过来一看，发现是相邻两节车厢的车票：一张是有色人种的餐车，一张是餐车后的白人车厢。

她急忙对红发女士说了声"谢谢"，拉着西泽的手离开检票窗口，在月台上找了个没有人的长椅坐下来。

她拆开纸袋，露出两只叉巧克力香蕉的小木棍，拿起一支递给西泽。

西泽看了一眼，没有讲话。

淮真说："至少我们还在同一列列车里，是不是？"一边拿了裹了巧克力酱的硕大香蕉旁若无人地吃了起来。

西泽垂头盯着她看了会儿，突然泄气地笑了。

淮真说："谢天谢地，终于不是那副臭脸。"

扶在她背后扶手椅上的那只手，将她卫衣帽子整个扣在她的头顶上。

帽子大过头，连她的脸也整个挡住了。

淮真眼前一黑，只觉察到西泽隔着棉质布料，在她的嘴唇上碰了一下。

她吓了一大跳。

远处有人大喊一声："The trains coming!（火车来了！）"

火车紧跟着从远处咆哮着进了站。

淮真趁机从他的怀里脱身出去，拉下帽子抱怨："我还在吃东西呢……"

一个拎着旅行袋的年轻白人女士从旁边经过，看见英俊的年轻人在车站亲吻女友，不由得多看了两眼。突然那女孩儿将帽子拉下来，露出东方少女的面孔，白人女士脸上立刻露出极为嫌恶的表情。

西泽抬眼看着白人女士，紧跟着又亲了他的小姑娘一口。

淮真红着脸，伸手替他将嘴上沾的巧克力抹掉。

白人女士一脸不可理喻，又无可奈何，"嗤"了一声走掉了。

列车到站减速，站台内裹着被单的人群纷纷从椅子里起身，跟着呼啸的列车厢狂奔过去，带起一阵风。

两人坐在人群后头没有动。

西泽说："旅行袋里有风衣吗？"

淮真想了想："有，我记得你装了一件大衣外套。"

他说："好。"

车厢并不太远，车一停下，西泽立刻将所有背包提起来，拉着淮真的手穿过人群时，对周围挤过来的人群低声说："Excuse me. Move, move, excuse me!（劳驾。动一动，动一动，劳驾！）"

火车是从洛杉矶开来的，终点站是芝加哥。车厢里已坐了一些乘客，在亮着白炽灯的餐车窗户边阅览报纸。

隔离区两节列车中间有两扇门，门里嵌了一面小玻璃。两扇门中隔绝出一段中空部分，一些只乘坐一站或者吸烟的乘客会来到这片小区域。

西泽突然盯着那片区域看了一阵。过了会儿，拉着淮真的手就要往那一头车厢走。刚拉开第二扇门，突然一个配枪的肥胖乘警走出来，对他起码说了五个"No"。

西泽很快举起双手，对乘警说："抱歉。"

火车缓缓启动，两人不得不在这里说再见。

当着乘警的面，西泽埋头亲了淮真一下，凑近她的耳边轻声说："把行李都交给我，半小时以后装作要下车,在两扇门之间等着我,好吗?"

淮真说:"好。"

他对她笑了笑,看着她走回有色人种隔离车厢。

淮真在两扇玻璃门外,转过头,见西泽搭着壮硕乘警的肩膀走远了,两人不知在谈什么。

夜深了,白人车厢灯光暗了下去。餐车依旧还透亮着,但已经不供应食物。几个佩戴围裙的厨子坐在靠窗的餐桌边趴着打盹,七八个吉卜赛人从列车另一头走过来,推开餐车门询问有没有 chop suey(炒杂碎)或者 dim sum(点心),没有得到任何回应。

那些吉卜赛人大约是一家人,男女老少都有,成年人拎着行李,后面跟着一位吉卜赛太太,带着一群梳辫子的小孩,一起往淮真这头走来,不知是刚上车还是要下车。

黝黑皮肤的女士带着两个小女孩在淮真隔壁那张餐桌坐下。其中一个小女孩看起来像是病了,她妈妈从行李里掏出一大把植物给她闻。青灰色的植物气味很古怪,刚拿出来没多久,整节车厢就弥漫着一股柠檬混杂着土耳其烤肉的味道。没多久,又走出来一名白人乘警,很大声地呵斥"Get off the train!(从火车上下去!)",一边将他们赶到两节车厢中间的地方。

淮真看了一眼餐车里的自鸣钟,刚过去二十分钟。

等白人警察离开,她也站起身来,拉开第一道玻璃门走了出去。

两节车厢中间的狭小空间里,除了几个吉卜赛人,还有两个走出车厢吸烟的拉丁裔青少年。青少年梳着奇怪的小辫子,露出一大截胳膊上黑乎乎的文身,对吉卜赛人身上散发的怪异植物味道颇有些不满。

吉卜赛女郎手里牵着一个,怀里抱着小女儿,正在哄她睡觉。淮真走过去询问她女儿生了什么病,她英文不太好,比画了好一阵,最后淮真只听懂一个"tired(累了)"。

淮真告诉她,她做过中国城的护士,可以帮她看一看。

吉卜赛女郎很感激地说:"我们出门时,她高烧才退。我们已经坐了五天五夜的车,她累坏了。"

淮真走回去,问中国厨子要了一根竹筷子和一纸杯水,走回来,打湿竹筷,给小女孩胳膊内侧刮痧。刮了两下,胳膊内侧立刻见了血瘀。

吉卜赛女郎瞪大眼睛。

隔几分钟,淮真便用英文问小女孩:"你感觉怎么样?"

小女孩对她笑了一下,用稚嫩的英文虚弱地说:"我感觉好多了。"

一旁吸烟的拉丁裔青少年不知什么时候也开始留意这边,听到小女孩这么说,立刻夸张地赞叹道:"哦,古老的中国巫术!"

淮真也听不出是夸奖还是讽刺。等小女孩气色好转一些,她立刻将小女孩的袖子卷下来盖住胳膊。

吉卜赛女郎一直对她连声致谢。

淮真笑了一笑，说："你太客气了。"

这时，这节车厢连接处里所有人都惊呼了一声。淮真问怎么了，女郎指了指两人背后门上的玻璃窗。

玻璃窗上氲了一团雾气，雾气上用英文写了个"May I love you（我可以爱你吗）"，但车厢那头已经没人了。

淮真盯着那行字看了会儿，笑了起来。

突然有人惊呼一声："下雨了！"

这小片区域只用来连接车厢，车顶全是裂缝，水珠顺着缝隙积攒，滑落下来已经是一股水线，不消几秒立刻将众人头发衣服全部沾湿。

拉丁青年立即扔了烟头钻进车厢。吉卜赛女士也想进去，却被那头的乘警拦截住。

淮真走过去，将手里的车票交给她。

她红着眼眶接了过去，有点疑惑地看着淮真。她手里拉着的小女孩小声问："这里下雨了，你怎么办？"

淮真说："没事的，下一站我就下车了。"

吉卜赛女郎对她感激致谢，拉着两个女儿的手去找乘警，教她女儿对乘警说她们有车票了。

乘警将车票翻来覆去看了几遍，撇撇嘴说："行，算你们走运。"然后带着她们往车厢另一头走去。

小女孩在妈妈肩上，背过身，对淮真摆摆手。

淮真对她微笑。

突然那小女孩脸色一变，张嘴惊恐地指指她身后。

淮真还没反应过来，整个人就被一件风衣罩住。

她差点惊叫出声，然后嘴也被立即捂上了。

背后贴上来一个温热的身体，西泽的声音从头顶传来："It's me.（是我。）"

她立刻闭嘴。

西泽将她往怀里又带了带，将她抱得更紧。

黑暗里，她的耳边只有车轮压在轨道交界处的隆隆声和风声。他带她在已入酣眠的黑暗车厢里不知走了多久，偶尔和车厢里别的旅客或者乘警擦身而过，淮真的心已经跳到嗓子眼，仍能听见他用平平无奇的语调和旁人微笑问好。她总觉得这时候倘若有谁将车灯打开，看到他俩这样在列车里移动的怪模样，第一反应肯定会笑到止不住。

过了好一阵，她听见他拉开一扇门，又猛地关上了。

里面响起个中年男士的声音，在对西泽问好。

西泽对他说"Good night（晚安）"，紧接着又拉上一道门。

大风衣被拉开，淮真从西泽衣服里钻出来的那一瞬间，看见隔绝的小空间里，紧掩的门背后贴着PRIVATE CLASS（私人车厢）。淮真曾在杂志上看见过这种太平洋公司的车厢广告，这种私人车厢非常实用干净，三名乘客共用一间房间，里面一共三个小房间。其中一间是上下双人床，另一间下面是共用的沙发和餐桌，上面是一张床。除此之外，还有一个带淋浴的盥洗室。

他们现在就站在有沙发和餐桌的那一间屋子的狭小过道里。

西泽垂着头对她笑，似乎在等她的夸奖。

淮真一张嘴，立刻打了个声音不小的喷嚏。

两人在拥挤的空间里相视了一下，都有点紧张。

那位中年男士在那一头笑了起来，调侃道："哦，年轻人，我可什么都没听见。"

淮真松了口气。但在确认他不排华以前，淮真仍旧不敢轻易露面。

西泽低声对她说："我去取毛巾过来。要不要先去躺着？"

淮真点点头。

门一拉开，就能看见对面床铺的客人。趁西泽开门，她最好去床上躺好，用被子盖住自己，这样不太容易被发现。淮真脱掉湿漉漉的厚重卫衣，用衣架挂起来，穿着宽松长裤和里面的短袖T恤，沿着扶梯爬上床躺好，在被子里脱掉裤子与T恤，用英文低声对西泽说："顺便将睡衣带过来。"

他说"好的"。

西泽拉开门出去时，她听见对面中年人对他说："你女友声音非常可爱，相信人也很可爱。"

西泽对中年人说"谢谢"。

淮真突然庆幸自己讲英文时没有唐人街口音。

趁门关上，淮真将胸罩也脱掉，和长裤、T恤一起挂在墙上的衣架上。

重新躺进被子里时，她全身只剩一条内裤。

门再次被拉开时，淮真突然想起来，这里只有一张床，西泽睡哪里？

正思索着，"咔嗒"一声，列车门就被锁了起来，灯也被关上。

淮真还没来得及问他这个问题，紧接着就闻到一股列车上配备的香皂味道。他应该是在浴室里洗了个澡。

紧接着，西泽踩着台阶上来，非常自然地钻进了被窝。

黑暗里，贴过来一具温暖结实的身体，淮真感觉自己的心都跳到了嗓子眼。

他穿着棉质睡衣，头发有点湿漉漉的，果然刚洗过澡。窄窄的床，淮真躺着还算宽裕，西泽长手长脚，一躺上来，立刻显得拥挤不堪，稍稍动一下就会磕到。

无奈之下，西泽托着淮真的头，想让她枕到自己肩膀上。

贴上他的身体，淮真抗拒地挡了一下，将身体挪开一点，小声说："我刚淋了雨，没有洗澡。"

西泽还没发现有什么不对，轻声说："等他睡着就可以去洗澡了。"

她说："不是的，我的意思是……"

紧接着，他揽过来的手，突然摸到她光溜溜的肩膀，整个人也呆住了。

可察觉地，他的身体在一点点变热。

两个人都沉默了。

西泽默默地从被子里出来。

淮真在被子里默默地翻了个身。

西泽微微支起身体，将灰色棉质睡衣塞给她，然后背过身。

淮真将衣服拢到怀里，在被子里艰难摸索着，一件件套在身上。

黑暗里，她听见他沉重的呼吸与克制的吞咽声。

紧接着西泽问她："好了吗？"

她说"好了"，而后将被子拉开，分给他一半。

西泽把她圈进怀里，用毛巾给她擦了擦湿漉漉的头发，亲了亲她的额头，轻声说："Sorry…（对不起……）"

淮真很不解地问他："Why you say sorry? Sorry for what?（为什么道歉？因为什么？）"

听到她的疑问句，西泽笑了起来，很无奈的那一种。

过了会儿还是说道："Sorry, sorry about everything.（对不起，我为这里的每一件事感到抱歉。）"

Sorry about me, about the train, about this country.（对不起，为我，为这趟列车，为这个国家感到抱歉。）

03.

金属门板不隔音，因为隔壁那个中年男人，两人不得不低声说话，随时谨慎提防他睡着或是醒来。

谢天谢地，这是个在世俗中劳碌的普通美国中年男人，不一会儿，他便打起了呼。

两人挤在一张床上，竖着耳朵发了好长时间的呆，这才有时间说话。

淮真压低声音："给我讲讲你来找我这一路好不好？"

床铺下面是一面窗户玻璃，外头的光不时晃进来，西泽的侧影近在咫尺。说话间，准真突然明白什么是真正的耳语。

　　他的眉头拧了一下，在脑海内仔细搜索，突然说："我祖父喜欢收集东方古董。他虽然是个美国人，但在这一点上，他遵循欧洲老传统。家里的客厅和长廊里放着很多瓷器，青花的和单色的……"

　　她也拧着眉头："What is porcelain？（瓷器是什么？）"

　　"One kind of china.（瓷料的一种。）"

　　他换了德文，因为很多藏品的英文词汇准真听不太懂，西泽广东话的词汇显然也不够炉火纯青。两人花了很长时间，才让彼此明白那些东西是明代画卷、宫廷诏书、官服、明瓷器，以及雪花瓷、龙川瓷之类的新瓷器。这些东西在美国古玩市场十分风行。

　　"我们跳过这些该死的词汇，"他紧接着说，"连带我也是。在那个社会阶层做着一件摆设。"

　　准真笑了起来："现在我是正挟带这件名贵藏品逃出生天吗？"

　　西泽敲了一下她的脑袋："Whatever, I just wanna let you know that I'm fragile.（随便吧，我只想告诉你我是易碎的。）"

　　准真戳戳他的心口："Please let me know when you'll break, Mr. Fragile.（易碎品先生，请务必告诉我你什么时候会碎掉。）"

　　"Every time I could not reach for you…you were making out with an other guy.（每次联系不到你的时候，我觉得你都在和别的男孩子亲热。）"

　　准真笑了起来，她说："我爸爸告诉过你唐人街的女儿……"

　　说话间，隔壁男人突然不轻不重地咳嗽了一声。

　　她立刻停下讲话，安静地听了一阵，直到三分钟后他再次打起鼾。

　　就在准真以为这个话题已经跳过去时，西泽接下去说："我想知道这三个月发生的一切。"

　　准真笑了："赚钱赚钱赚钱。八千块可真够我赚好一阵子了。"

　　他很记仇地说："This is not everything.（这不是全部。）"

　　准真很肯定地说："This is everything.（这就是全部。）"

　　西泽沉默了几秒，语气变得相当认真："Nothing tricky.（别耍花招。）"

　　准真笑了："你生气了？"

　　他松开她，在黑暗里稍稍坐起来一些，没有作声。

　　准真偏过头看他："真的生气了吗？"

　　她听见他说"yes"。

　　准真说："你总是生气。"

西泽说:"新英格兰人总喜欢装作很生气。"

准真想了想,好像真的是这样。刚认识他时,他看上去像是永远学不会主动的那种人,举手投足有种贵族式的消极。

她笑着盯着他:"真的生气是什么样?"

列车驶出 Fairfield(费尔菲尔德)镇的站台,那种"咣当咣当"的声音又响起来,车厢里渐渐变得很暗,只有轨道探照灯的光间或亮起。

西泽垂下眼睑来看她。

准真想起以前自己吐槽别人形容人的眼睛像寒星,她觉得星星就是星星,寒星是什么?和滚烫星相对应吗?

然而看见他眼睛的一瞬间,她觉得自己好像搞懂了,原来这两个字真的是可以并列的。

但不及她告诉他这一点,西泽突然翻身将她压在身下。

"Like this,(就会像这样,)"他压低声音告诉她,"Broke the Chinatown parental curse.(破除唐人街家长禁咒。)"

准真被他吓了一跳,又不敢出声,只能在黑暗中看到一个颈肩模糊的影子,间或从轨道撞击声里捕捉到耳侧的呼吸,以及落到脖颈上的亲吻。

准真小声说:"我想先洗个澡……"

这个请求当然直接被无视了。

带着香波味的头发,软软的,不时扫到脸颊、耳朵。准真觉得有点痒,却不敢动,半天都没有摸索到被子边缘,他出了点汗,有点烦躁地扯掉睡衣。床狭窄低矮,她刚想提醒他小心不要撞到头,立刻听见"嘭"的一声撞击。

准真吓了一跳,支起身子问他:"疼吗?"

他摇头,做了个嘘的动作。

两人一起将耳朵竖起来。

撞击声来自包厢刚刚被拉开的木门。外头一个女人叩响他们的房门,以英文询问:"十一车厢三十六号?"

不及作答,门就被拉开了。过道里的明亮光线突然倾泻进来,刺激得两人都有点睁不开眼。

女人踮起脚,探头看向上层床铺。

准真扯过被子将自己的脸盖起来。

西泽侧过身挡了挡。

女人还没看清床号,先看见一个年轻帅哥光裸的英挺背脊。他明显不太高兴地垂眼看着她,说:"在对面。"

她大声惊叫一声:"抱歉!"

门被"嘭"一声关上,房间里再度陷入黑暗。

随之隔壁门又被"哗啦"一声拉开了,中年男人大声抱怨:"哦,我的天!"显然被打扰酣眠十分不悦。

男人和女人用英文交涉起来,声音压得很低,但这头还是听得无比清晰。门显然不起什么隔音效果,甚至可以说是导音的。

淮真和西泽渐渐适应黑暗,对视了一眼,感觉相当糟糕。

假如男人没睡着,刚才他们的对话应该全被听了去。

西泽将脑袋搁在她的肩上,懊丧地说:"Curse always works.(禁咒始终有效。)"

淮真也很懊恼:"甚至连澡都洗不了。"

西泽说:"我不在意的。"

淮真面无表情地说:"谢谢,但我很在意。"

"认真地说,我很喜欢你的味道。"西泽在她的颈窝间深深闻了一下,突然张嘴,用牙齿不轻不重地在她肩与脖子交接的地方咬了一口。

淮真疼得轻轻"哑"了一声。

西泽停下动作,头靠在她的肩头低低地呜咽了一声,看来是真的很努力地在克制了。

她伸手摸了摸他的头发安慰他,笑着说:"我爸爸有很严肃地警告过你是吗?"

西泽侧着身体,睡到她留下的床的空位里。

淮真又往里面挪了挪,想腾多一点给大块头。

他伸手过来,将她整个拥进怀里。

维持着这个姿势,西泽双眼放空想了一会儿,才说:"我很严肃地警告过我自己。"

她问:"为什么?"

他说:"没什么。"

两人安静地躺在被窝里,听隔壁东岸中产阶级中年男人和西岸淘金者的年轻太太吵了半小时的架。之所以能将各自身份搞得这么清楚,是因为这两人在吵架过程中,一不留神将该炫的富都炫了。听到吵架激烈的地方,两人缩在被窝里笑得喘不上气。

等隔壁终于消停了,两人都觉得好可惜,这台剧简直可以听上一年。

房间里渐渐安静下来,西泽又侧耳听了一阵,直到女人去盥洗室洗完澡,那一间屋子的门拉开又关上。再等上半小时,女人和男人或强或弱的鼾声渐次响起。

西泽低声对淮真说:"可以去洗澡了。"

没有回应。

小姑娘睡在他的胳膊上,睡在他的怀里,整个人很小很小,连呼吸声也很小很小。

他一动也不敢动。被子里的怀抱渐渐有了温度,是两人混合的体温。昏暗的光线里看不清她的睡颜,但能闻到她的气味。洗发水的茶香味很淡很淡,还有一种淮真特有的气息,于他而言就像某种糖果,气味温柔强烈又缠绵。他想了太久太久,想把她拥进怀里,想和她亲密无间,想贴着她的脖子亲吻……

04.

一早醒来,天还未亮,便听见盥洗室淋浴间的"哗哗"水声。原以为醒得够早,哪知仍有人更早。

洗澡又落了空,淮真翻了个身接着睡,隐约只觉得身边人起了身,被窝没有之前暖和了。

也不知有没有二十分钟,床板被笃笃叩响。

淮真一个激灵,侧过身,看见西泽站在下面望着她。

他笑着说:"下来洗澡。"

她一探头,看见西泽端着一只往外冒热气的木盆,水里漂浮着一条洁净的白毛巾。

淮真"咦"了一声,心里想着这么东方的东西,他究竟是从哪里找来的。

紧接着他说:"我去昨天那列餐车询问中式早点,看到有华人在向旅客兜售这个。"

她看见他刚洗过的头发,伸手将额前湿答答的一缕轻轻绕在手指上玩。

西泽仰着头提醒她:"水要凉了。"

她"嗯"了一声,小声问他:"一会儿我怎么出去?"

他也小声说:"出去干什么?"

淮真接下去:"客舱服务过来更换被单怎么办?"

正说话间,舱门又被叩响,嘹亮女声在外面喊道:"抱歉,女士、先生们,请让我进来替换一下干净被褥、毛巾、肥皂和床铺。"

隔壁两人依序出去,倚在长廊上喝咖啡,将客舱留给列车服务员。

淮真缩进被褥,心已跳到嗓子眼。

过了几分钟,服务员又过来敲这边的门。西泽赤着上身,将门拉开一条缝隙。

外头的女服务员惊叫一声:"抱歉!"

西泽说:"没事,给我更换吧。"

门合上,淮真从被子里钻出来,刚好对上他的视线。

"你看,我说过没事的。"他说。

外间的中年人交谈起来,东西部人不知为何又言归于好,或者白天成年人都得适时佩戴上与人打交道的伪善面孔,车厢外的笑声此起彼伏。

淮真扶着手扶阶梯下来,一边低声说:"我不能在这儿一直待着。"

西泽一只胳膊夹着被单攀着阶梯上去:"那我们就出去,在列车里游荡一天。"

她抬头思索一阵："会被乘警遇上，然后被赶下车。"

"那我们就一直待在床上。"

淮真听着笑了起来，用发绳绾起头发，背对他将睡衣脱掉，蹲下身拧干毛巾，像孤岛期上海难民营的难民洗海绵澡那样，用毛巾一点点擦拭身体。

那只淡紫的半透明赛璐珞手镯随着她的动作，从手腕滑到手肘，又滑落到原处，叩在手腕关节处跃动。除了手背肌肤下淡青色血管，她周身都是雪白的。因为骨骼过分纤细，虽然体重很轻，其实她暗地里长了一些肉，并不显得嶙峋，反倒有一些少女躯体独有的稚拙的美好。握住毛巾擦拭周身时，小臂上的细肉会随之轻轻震动，像水面起了一层涟漪，露出腋下的细嫩肌肤，还有胸前些微起伏的弧度。这里的肌肤终年见不到光，细嫩得像羊脂。

西泽想起她昨晚在自己怀里睡着时的样子，嘴角忍不住勾动了一下。

连胸也是小小的。他在心里补充了一句。

淮真觉察到身后的动静，突然停下动作，试探着问："Are you watching me？（你在看我？）"

他很坏地说："You can turn around and will see.（你转过来就知道了。）"

淮真这一次很笃定地说："You are watching me.（你在看我。）"

西泽笑起来，并不打算否认："Yes, I am.（是的。）"

她蹲身拧干毛巾，将它悬挂起来。

然后转过身，两手交握胸前朝他走过来，美好的躯体展露无遗。

被她捧在手中的，真的像他想的那样白皙绵软。

西泽张了张嘴，没有讲出任何话来，灵魂早已经从合恩角飘到了好望角。

淮真赤脚踩上沙发，伸手将他一只脚上的袜子扯下来。

他回过神来，伸手捉了一下，没有捉住她的手。

她埋下头去，又在地上找到另一只袜子凑成一对，重新蹲下来，在那只木盆里搓洗干净，找了一只新衣架晾起来。

淮真人刚比床铺高出小半个脑袋，稍稍躬身，便不见了人影。过了几分钟，再见她，她已经穿上松垮的白布衫与一条同样宽松及小腿根的牛仔裤，从床尾爬上来，顺带将他胡乱塞到床垫下的被单抹平铺好。又从他手里接过被芯与被套，套住两只角递给他。

然后后退几步，在床脚缩成小小一团，就着他的手抖了抖被子。

一切就绪之后，紧接着从床的那头钻进被子里，几秒钟后从这头钻出来，在他背后趴好，从枕头底下摸出一本书来，又用胳膊敲敲他："该你了，快把中国盆藏好，然后回来在床上待一整天。"

西泽偏过头，看了她好久，突然说："Have you ever loved anyone？（你从前爱过什么人吗？）"

淮真跷着小腿说："I thought only Ancient Asian women would ask such questions.（我以为只有古早的亚洲女性会问这种问题。）"

他仔细思索好久："I just…just can not imagine.（我只是有点难以想象你爱别人。）"

"Because there wasn't before.（因为从没有过。）"她说。

西泽踩着阶梯下床。

他拿着木盆推门出去前，听见背后又是一句："But there is now.（但是现在有了。）"

西泽将身后的门合上，去盥洗室的路上，迎头碰上看报纸的中年人。不及打招呼，嘴角突然不可抑制地翘了起来。中年人讶异了几秒，立刻又明白这不过是恋爱中的年轻人的常态，调侃了他两句，便拿着报纸靠着走廊窗户去读了。

火车外下着细雨，列车刚停靠雷诺，这时正缓缓启动。西岸太太急匆匆地奔回来，羊毛大衣上沾满雨滴，嘴里大声嚷着："哦，我的天我的天，下车透透气，险些上不来。"

东岸中年人笑了笑，将脸藏在报纸后头说："我还当西部富人专程乘六小时列车观光呢。"

太太也不示弱："来老西部，驾驶自己的飞机才是首选，不然怎么观光大峡谷？"

东岸人眉毛从报纸上方耸起一只："噢，我以为西部人坐在自己家的客厅里，拿个望远镜就能看大峡谷。"

西泽完全没心思打趣这两人，他将中国木盆藏在车厢储存香皂的柜子里，回来随意客套了几句，然后拉开房门，看见小姑娘从被子里露出半颗小脑袋，在空白纸页上涂涂改改。

他倚靠在床边看了一会儿，原以为她没注意自己，直到隔了十余分钟，她将那张纸递过来说："母语使用者，帮我检查下有没有语法错误。"

他笑着接过来："写了什么？"

"半夜时经过一个城市叫萨克拉门托。"

"嗯？"

淮真笑着重复："萨克拉门托，加州首府。"

她想起伯德小姐去纽约念大学，新生欢迎会时同学问她来自哪里，她说萨克拉门托。同学一脸蒙地问她，哪里？她翻了个白眼说，旧金山。同学说，噢，真是个好城市！

是的，就是这么一个没有存在感的首府，是从前太平洋铁路的起点。原本是华工在美国的第二大聚集地，后来无数次排华无数次驱逐，大部分人只好背井离乡来到旧金山。这也是惠当先生在北美洲行医故事的起点。

西泽很快看完，说："一切都很好，没有什么问题。"

她说："严苛的教授们会要求所有句子都得按照本地人的语言习惯来构造，翻译腔是不能够出现的。"

他说:"好的。"一边将她嘴里的笔接过来,毫不客气地将一个又一个句子画叉,一边告诉她,"我们本地人一般不这么说话。"

淮真原本信心满满,眼见满篇句子几乎都被他改动过一次,不免越来越泄气,到最后干脆将脑袋耷拉在床沿。

"都很好,"严厉的老师将纸页交还给她,又关切地问道,"怎么了?"

她说:"我感觉自己很差劲。"

西泽笑了一会儿,才安慰她说:"我两岁时甚至不会讲英文,只会说,你好,很高兴认识你,再见。"

她机械地重复了一次:"你好,很高兴认识你,再见。"

他接着说:"还有我爱你。"

淮真说:"你耍赖。"

他说:"我很努力想做个好老师。"

她说:"是的,你是。"

他接着说:"好老师说他可能想要一点津贴。比方说亲他一下。"

淮真抬起头。

西泽一眨不眨地盯着她:"你想让我教你怎么吻我吗?"

她立刻说"不",扶着床沿主动凑了上来。她知道自己经验全无,吻技相当糟糕,但还是硬着头皮上了。过程她完全不想描述,如果非要用什么词来形容,搞不好跟吸鱼髓或者吃果冻之类的动作很相似。她确实是个笨学生,在这种事情上一点灵性也没有。她觉得自己在玩什么看谁先笑出声就输了的比赛,努力忍了好久,在西泽笑起来之后,终于破功,缩回去笑得起不来床。

05.

过了雷诺镇,列车渐渐从接近两千米海拔的雪山驶入沙漠。车厢中开着钢柱暖气,窗上凝结的水汽也一点点散去。列车在一望无际的戈壁与沙漠中间穿行,窗外风声大作,震得窗框哗哗作响。男服务员通知,拉夫洛克站到温尼马卡站之间极可能遇上从内华达沙漠席卷来的龙卷风,一声令下,普通车厢的旅客惊慌失措地奔来走去,将所有门窗紧紧掩了起来。

窗外艳阳当空,浮云万里,难以想象龙卷风会在这样好的天气里出现。午间时分,私人车厢的旅客们仍保持了绝对安静。一来,高端人士的行为准则里不包含大惊小怪这一项;二来,抵达犹他州前,接下来的几个列车停靠站点几乎都不在高端人士们的旅行范畴内,故而没有人失措于自己将要在遭遇龙卷风的内华达沙漠中下车。

西泽抵达私人车厢的餐车时，有几个内华达州的警察在公共区域检查。他看了一眼，立刻转身离开。从餐车回到私人车厢时，车窗外正飞沙走石。列车穿梭过低矮灌木，车厢长廊里安静空荡。中年人倚靠窗户看灌木丛外不知名的湖，那位太太在窗下看一本花花绿绿的艳俗杂志，面前摆着一罐烤曲奇。

吃起甜点，这位女士显然是去餐车用过午餐了。趁她邀请自己吃自家巧克力曲奇时，西泽询问："餐车里的警察在检查什么？"

太太突然别有用心地看了他一眼，然后说："别担心，检查有色人种与白人同乘列车而已。"说完又看了对面男人一眼，"西岸几乎不排犹。"

西泽还没回味过来排犹到底指什么，中年人就在一旁接话："排犹是极少数人干的事，况且，东岸几乎不排华。"

西泽打断两人，询问道："为什么突然检查这么严格？"

那位太太随口一说："也许南部哪户有钱人家不懂事的后辈又和有色人种私奔了。"

他快步进屋去，拉开房门反扣起来。小姑娘正趴在床上看远处慢慢席卷来的龙卷风云圈，丝毫没有意识到此刻列车上的气氛有多紧张。

"他们问过你是哪里人对吗？"

淮真小声说："嗯。那位太太拿出一罐饼干，想叫我一起吃，我说有点困。之后东岸那位先生问我来自哪里。他们俩好像是故意的，都在外面等我回答。我一直没露面，他们一定觉得我有哪里不对，所以才这么问。所以我跟他们说，我从汉堡来。"

讲最后一句时，她换成了那种很典型的拖长元音的德式英文发音。

淮真观察西泽的脸色，也有点慌："我想让他们以为我是犹太人……"

其实她一直以为美国从纽伦堡会议之后才开始大范围排犹，美国有少数反犹主义，犹太人藏起来不想给人看见其实也讲得通。犹太人也是白种人，倒不至于像华人一样被驱逐下车。

她问他："我做错了吗？"

他亲了她一下，说："宝贝，你没有做错。"然后接着说，"但我们也许要在下一站下车。"

淮真没有问他为什么，起身和他一起收拾东西，一边问他："是不是有警察上火车了？"

不等西泽回答，远处便传来警察的叩门声："Check check.（检查！检查！）"

两人对视一眼，西泽立刻转身，朝门外询问那位中年人和太太："我女友使用一下盥洗室可以吗？"

他们立刻回答请便。

门合拢，淮真动作很快地穿上鞋袜钻进盥洗室，安静待命，心想：万一警察一定要检查盥洗室，也不知道自己全部一千八百美金的身家够不够交罚款或者支付保释金的。

刚锁上盥洗室，警察就过来敲门了，问："这里住了三个人对吗？是你们三位吗？"

西泽回答："是。"那位太太也立刻帮他附和。

警察似乎不放心，想进屋检查，看见地上放置着手提旅行袋。

西泽立刻说："我很快在温尼马卡车站下。"

警察立刻松懈下来，说："好的，没问题了，"然后又问，"温尼马卡有什么？"

那太太吃着饼干，嘴里含混不清地说："dessert[1]。（点心。）"

警察笑着离去。

中年人倒真的有点不解了，问那位太太："雷诺有赌场，温尼马卡有什么？"

那位太太说，有十英里大峡谷和洪堡湖，还有无数汽车旅馆和小旅馆，是驾驶者的天堂。你们东岸人应该拿天文望远镜，在家里的客厅里好好看一看西部。

中年人说："我看电视就够了。"

淮真与西泽将所有东西收好，坐在沙发上安静地等他们回屋打盹，或者去餐车喝下午茶，那两位却一直没走，在长廊互相讥讽了好长时间。幸好拉夫洛克到温尼马卡之间有一小时多的旅程，约莫三刻钟过去，他们终于觉得有点累了，一拍两散。中年人有些精力不济，躺倒在床上打起呼噜，那太太高跟鞋踢踏踢踏地离开了车厢，也许是去餐车了。他们趁机从私人车厢钻出来，朝远离餐车的隔离区一溜烟跑去，自以为在这里并不会遇上什么人，哪知刚拉开第一扇玻璃门，那位在宽松连体裤外罩着颇不环保的紫色貂衣的阔太太正靠着车门吸烟。列车缓缓靠站的时间里，三个人打了个照面，那太太的目光在两人脸上游移了好一阵，突然瞪大眼睛："噢我的……"

淮真笑着用那种拉长元音的德国佬语气说："是，我骗了你。"

阔太太愤怒地试图羞辱淮真："真让我给说中了！该死，黄种人又拐跑了一个大有前途的年轻人。我要去告诉警察……"

火车在到站的最后一刻猛地一顿，站台列车员从外面拉开车门的一瞬间，两人拉着手一起跳下车去。那太太脚踩高跟鞋，在颠簸里往一头栽去，想倚靠两人支撑住自己，却扑了个空。

06.

这里是沙漠中的一小片绿洲，温尼马卡就建在绿洲上。时值下午两三点，龙卷风将至，天空却仍然一副艳阳高照的模样。立在站台上极目远望，只见碧蓝的天与辽远的戈壁。天

---

[1] Dessert：意为点心，与 desert（沙漠）发音相似。

高地大，客运与货运火车的铁轨无所阻拦地延伸到天地交界处。偌大的温尼马卡车站空空荡荡，甚至都能听见脚步声回响。

车站内，Information（信息咨询）的小窗后坐着个读报纸的胖老头。窗口的夹子里整齐码着崭新的地图与广告招贴纸，淮真思索着要不要购买一张，西泽已经大步跨出了车站。

跟着他走出车站，淮真发现确实没有必要买什么地图之类的。火车站外就是居民区，整个温尼马卡就只有一条大马路，而这个县治所有建筑几乎都在这条街两边。气温很高，烤得道路与树下停靠的彩色汽车一起冒着烟。

道路一眼望到底，一头是青色戈壁，另一头可以望见雪山。

向西面的商店统统将门合拢一半，街上几乎没什么行人，有少许几个学生模样的青少年在背阴的树下嬉笑，惹恼了一个午后打盹的餐厅老板。

小城虽小，县城里的人对于外来的陌生旅客却并不好奇。两层小洋楼上的霓虹广告灯，多的是HOTEL（酒店），表示它作为旅游城市的身份，为沙漠旅客提供不可或缺的停靠歇脚地。

西泽一路都没有讲话，偶尔抬头看看门牌。穿过一间白色教堂，立刻拐入一条岔道。他脚步很快，又走得毫不犹豫，淮真险些跟不上。

岔道两旁几乎都是那种极具西部特色的白色小洋楼，一层或两层高，间隔排列在一起，看得出这也是一处静悄悄的居民区。

过了几秒，西泽掉转回头时行李已经不见了，他将她揽进胳膊里，带她走到四百一十三号小楼外，面对着门傻傻站定。

西泽突然装作无比懊恼："我忘记咒语了。"

淮真说："芝麻开门！"

两人面面相觑。

淮真接着说："杧果开门！"

…………

她大喊："热狗开门！汉堡开门！炸鸡开门！Chop suey开门！"

就在那一瞬，西泽伸手握住扶手，"咔嗒"一声将门扭开，回头眨眨眼，表情好像在说：你真傻。

见她瞪着自己呆站在门口，西泽招招手："快进来。"

她跟在他身后走进去。

房间不算大，进屋是小小的起居室，往里一道门通向厨房与餐厅。窗帘都是洁白纱织，下沿剪了圆形小花边。墙壁粉刷成明亮的黄色，一段木质楼梯上楼，几乎可以想象到楼上的卧室构造。淮真觉得自己起码在五部发生在小城市的美剧里见过这样的寓所。

屋子闲置很久了，空荡荡的。西泽伸手一撩，将沙发罩掀起来，露出下面大红色的皮质沙发，又推开一只柜子，将电闸打开。

淮真身旁那只绿色电冰箱像按捺不住似的高速启动起来。

西泽旋动窗边暖气片开关，说："供暖也是好的。"

马路上的气温起码有三十度，热烈的阳光从百叶窗片筛进来。淮真伸手触一触窗户，滚烫的。她问："这里真的用得着暖气吗？"

西泽笑了："我们等到晚上再看。"

说完，他蹲下身，拉开放置收音机的柜子最下面那层抽屉，"哗啦啦"翻找了一阵。紧接着找出什么东西，压低声音感慨道："Great…（太好了……）"

淮真和他一起蹲下来，刚看清那是一张身份卡，西泽立刻将它藏了起来。

"照片里那个小孩很像你……"淮真瞪大眼睛，"就是你！"

淮真扑过来，他一个躲闪，蹲姿不稳，往后栽去，顺势一手将手心里的身份卡压在地板上，任由她在自己怀里蹭过来抢，手却压得实实的，立场坚定地说："不，不能看，太幼稚了。"

相片上那个眼睛大大的白人小少年可爱得让她心里痒痒的，忍不住问他："那是几岁时？"

他想了想："十二岁。"

淮真说："身份卡五年更换一次。"

他说："离开内华达时遗忘在这里了，回纽约重新弄了一张。刚上西点时又换过一次，换成了现在被锁在银行保险柜里那个。"

她仔细想了想："那这一张没有被销毁，也没有失效。"

他一手撑地，一手扶着她的胳膊，仰头眯起眼说："当然。我进门前就在祈祷，希望它一定在这里。"西泽将她的碎发撩起，盯着她轻声说，"咒语生效了。"

淮真也眯起眼笑起来："所以咒语是 Chop suey？"

他说："搞不好是的。"又问她，"为什么是 Chop suey？"

她说："因为我好像有点饿了。一般中国人不是很饿的时候，是不会想吃炒杂碎的。"

他说："好，我们先去找点好吃的。"

两人后知后觉地一块儿从地上爬起来，西泽叫淮真在屋里等他十分钟，紧接着拉开厨房一侧通往院子的门，顶着草坪当空的日头走到停车库，用钥匙打开门。车库里停着一辆黑色四门普利茅斯，是十年前的老车。

西泽尝试用手控制发动了一下汽车，失败了，因为油箱里早没有汽油了。不过不用担心，因为这条街上到处都有提供加油推车服务的汽车旅馆。他掀起引擎盖看了看，发现发动机压力指示表显示有些异常，制动系统也进了空气。散热器、制动鼓与轮毂的连接螺栓，以及早已老化的车胎都需要替换，一会儿去购买汽油的路上都可以在汽车商店找到。温尼马卡看起来什么都缺，唯一不缺和汽车旅行相关的一切。

搞清楚车子的毛病以后，西泽很快穿过草坪回屋。小姑娘已经用湿拖把将客厅地板积的灰尘拖得干干净净，收音机被她调节到温尼马卡的不知道什么旅行安全频道，里头一个女人正在说："F2级别的龙卷风大约在黄昏时抵达洪堡湖，从洛杉矶开来的列车已经在十英里峡谷提前停车等待夜间龙卷风过境。为了安全，请各位汽车旅客在洪堡湖前暂住下，最好等天亮再通行十英里峡谷……"

既然安全频道都这么说，那就没什么好急的了。接下来，除去维修汽车与制定开车路线，两人有一整个下午与晚上用来在镇上闲逛，然后好好洗个澡睡个好觉，等早晨再出发。

因为似乎并没有比继续乘坐火车旅行落下多少路途，去找餐厅的路上，淮真心情相当好。两家中餐厅里，厨师炒杂碎的做法都不是淮真喜欢的那种。两人之后找到一家类似Culver's[1]的快餐店，在里面吃到了超好吃的冰冻蛋奶和黄油汉堡。当然，还有冰镇可乐。

吃过饭后五点多光景，一出门就看到对面街上有一家很大的号称"汽车之家"的修理店，西泽在这里买了一只最大号的汽车全套修理箱。鉴于五只车胎太重，红面孔好脾气的修理店老板表示晚些时候，店铺关门时，他会开货车，将推油车、车胎以及制动系统排气设备一起载过来，如果他们需要，还可以帮他们看看汽车有没有什么别的毛病，以防旅程半途出现故障。

修理店隔壁是一家白人超市，离开修理店，西泽陪着淮真逛了一次超市。以防太阳落山前赶不到距离盐湖城最近的普罗蒙特雷，第二天一早最迟六点就要出发。但那时几乎不会有早餐店开门，所以淮真在超市里挑了一小袋黄油吐司、番茄、生菜、Salami（萨拉米香肠）、鸡蛋和两盒酸奶。这些可以煎好，切成几只咸三明治，装在便当盒里带在路上作为早餐或者午餐。最让淮真惊喜的是，她在商店里看到了她最爱的那一款香草味可口可乐，顺带也拿了两玻璃罐。想起他爱喝捷克啤酒，顺带又装了两罐白色皮尔斯堡。走到半路，发现不能醉酒驾驶，又倒过去，将其中一瓶放回货架上。

全程目睹的西泽一脸无奈。

他捡起购物推车里的一瓶可乐，看见上面的香草图案，突然问："他们怎么没有出一款草莓味可乐？"

淮真说："他们也许更愿意出一款大蒜味可乐。"

西泽说："那我一定会尝试。"

淮真看了他一眼，心想：等可口可乐公司真的出了这一款，我一定买二十打回来叫你

---

[1] Culver's：美国中西部的流行快餐连锁店，它提供经典的美式快餐（比如芝士汉堡、洋葱圈和鸡柳）及新鲜的卡仕达冰淇淋、奶昔等。

全部喝光。

出了超市，太阳已经落山，万里都是火红落霞。气象播报真的没有骗他们，龙卷风应该距离这里很近了，满街落叶都被卷起，树枝被摇得疯狂舞动。因为不远处是沙漠，有一些方向刮来的风夹杂黄沙，像大雾一样席卷城镇。街上一个行人也没有，路过车辆仿佛引擎失控，司机开得慌不择路。

气温也随之倏然降了下来。如果说下午三点的温尼马卡地面温度逼近三十摄氏度，那么下午六点半太阳刚落山的现在，气温便与夜间温度十摄氏度的旧金山相同了。等西泽拉着淮真一路狂奔到413号大门外时，室外温度几乎降到冰点，淮真的两只胳膊都快冻僵了。

打开门的一刹那，扑面而来的热气立刻将两人包围。淮真本以为关着门，屋子里还保留着中午时分的温度，但她突然想起自己出门前开了窗户。她走到窗边，一摸暖气片，是热的。

应该是下午出门前西泽开的。他提醒过她夜里很冷，但是她没有听。

听到身后动静，淮真转过身，想对他的先见之明表示一番赞叹。西泽从楼梯上下来，对她说："热水不是很充足，先来洗个澡。"

07.

去到楼上，是一个仅容四五人的小小长廊，共开三个门。原以为房间与廊道一样窄小，推开浴室门，里头却大得惊人。屋里铺设了浅蓝色瓷砖，进门处是小小的淋浴间，另一侧墙角蹲着一只大浴缸；一张完整阔大的玻璃嵌在盥洗台上，使得浴室像个形体房。

淮真开了盒友罗洗发香波，调节淋浴头的冷热水，很快洗了个头，将用过的湿答答的香皂放置在一张吸油纸上，换上棉质睡衣和短裤，一边擦头发，一边拉开浴室阳台的门。在她洗澡的时间里，红脸蛋的修理店老板已经开着印有可口可乐广告的货车过来了，洁白车身上覆满黄沙，货箱覆盖货物的防水布一掀起来，令他和西泽都遭了殃。两人在草坪外检修汽车，你一言我一语地聊着天。油箱与制动排了气，加满油，车胎全部更换完毕，备胎也挂好。检查工作进行得细致入微，连皱裂的皮质座椅也重新更换过一次。这位老板一定是个优秀的生意人，一早就看出这单生意会赚上一大笔，所以送货上门，服务相当细致周全。

所有工作做好，老板又找出麂皮与肥皂刷，替老普利茅斯仔仔细细地擦拭积满老垢的挡风玻璃，一边慢吞吞地说："这种沙尘暴，在内华达沙漠里实在见怪不怪。"

淮真在心里点点头：是的，确实看得出来。

她在阳台上询问："如果驾车穿过内华达沙漠，玻璃多久会脏得不能看？"

店老板说:"一上午吧。"

淮真问他:"那你能附带赠送我们麂皮和肥皂刷吗?"

她这请求实在很合理,毕竟他们可是支付了整整二十美金。

老板大概很少遇到讨价还价的客人,有点拗不过她。到末了,吸了吸他的红鼻子,从车厢里翻出一打粉红色海绵,说:"这个也能刷得很干净。"

淮真有点怀疑。

老板也再不讲话。只是在擦拭完车窗玻璃后,趁他们不留神,将粉色海绵扔进了他们的后备厢里,算是强迫他们接受赠品,然后开着自己脏兮兮的黄沙货车飞快跑了。

不论如何,闲置了不知多少年的普利茅斯,状态看起来还不错。西泽本想尝试驾驶它在镇上转悠十分钟,但回想起刚刚那辆卡车,他立刻打消了这个念头,接受小姑娘的提议乖乖回屋洗澡。

淮真正赤着脚在两间卧室门外犹豫不定。西泽将进了石子和沙砾的帆布鞋脱在楼梯下,赤脚上楼来问她在做什么。淮真说她不知道该去哪一间房间。

他拉开对着盥洗室那间屋子的门。这间卧室自带一间盥洗室,家具少而沉重,莫名显得屋子很宽阔。正对床的墙面上挂了三张油画,分别是《戴帽子的女人》、中国荷塘和一张东洋浮世绘。屋子的装饰风格有一些类似《大西洋帝国》里汤普森和情人私通的房间,华丽得有点浮夸。

这间房间是那种很典型的、已在社会有一定地位也有品位的成年人的卧房。

淮真立在房门口,有点不确定地说:"这是你小时候的房间?"

西泽全身脏兮兮的,只从后面弯着腰,将下巴靠在她的头顶上,小声说:"是胡佛的房间。"又悄悄补充一句,"我以为你会想看。"

西泽接着将她从这间房门口带到正对栏杆另一间屋门外,告诉她今晚睡这里,然后转头去盥洗室。

淮真后知后觉地问他:"哪一个胡佛?埃德加·胡佛,还是……"

等她念出那位大名鼎鼎的总统的全名时,淮真终于回过神来。原来他名字中间那个赫伯特,搞不好和这位总统有点什么渊源。她想起花街那位黑人太太说的话。假使他未来从政,旁人很可能称他为小赫伯特;如果继承家产,会是 C.H.Muhlenburg。

淮真走进少年西泽的房间。

淡蓝色的墙上与衣柜上都贴了柯立芝繁荣时期爵士歌星的海报,衣柜顶上放置着两个破旧橄榄球和一只篮球。小小一张单人床,床边两只长长书柜塞满了书,看起来是学校里很典型的那种阳光少年的房间。

淮真将床罩拉起来,用从衣柜里找来的床单与枕套套好,将被子搭在上面。又将一只横罐吸尘器抽真空,将地板积的灰吸干净。做完这一切,她才坐在书柜前,想看看他都读过什么书。有少部分书是德文,还有一些兴许是拉丁文、法文或者意大利文。英文书作者从莎士比亚、济慈、拜伦、本杰明·贝利到美国作家梅尔维尔和爱伦·坡应有尽有;法文书她只知道福楼拜与梅里美,德文书更是只见识过写《少年维特之烦恼》的那位歌德的大名。

说来实在惭愧。这两柜子书,她听说过的作者名字不超过一半,听说过名字的书不超过四分之一。她想起西泽讽刺自己是个摆设,假如需要在十三岁时就读完这么多书才能成为一个摆设,这世上起码百分之九十怀揣伟大梦想的凡人,比如准真,可能要努力一百年才能修炼为十美分商店里购买来的一只端上桌盛饭的陶瓷碗。

西泽进房间的时候,她正趴在地上,读一本被他翻得很旧的詹姆斯·乔伊斯的《尤利西斯》。一九二二年首版蓝色封皮的厚书,他拿到手那年刚刚问世,简直如获至宝。西泽静悄悄走过去,在她对面盘腿坐下来,问她看得怎么样。

原以为会吓她一跳,哪知准真过了快一分钟才抬起头来,用一种无比崇拜的语气问他:"这些书你都读过吗?"

他屈腿坐下,背靠着床,声音很轻,却相当自信地说:"Give me a page.(告诉我页码。)"

说完这句,连西泽自己都觉得很纳闷。他在长岛的家里有比这里的藏书不知多上多少倍的书房,女客人借故来参观,也有不少人问过同样的话。那时他的回答好像是:"不然呢?我买来摆在家里当装饰?"

准真很快说了一个页码。

他说:"History is a nightmare from which I am trying to awake……(历史是一场噩梦,我正试图从中醒来……)"

不等他说完,准真瞪大了眼睛,又翻了一页。

他接着说:"Love loves to love love.(爱就是爱。)"

准真接着往下翻页。西泽开始有些紧张,因为从这本书里,他第一次接触到排华。《尤利西斯》的那一页写着这样一段:

"有一回我瞧见过中国人,"那个勇猛的讲述者说,"他有一些看上去像是油灰的小药丸。他把药丸往水里一放,就绽开了,个个都不一样,一个变成船,另一个变成房子,还有一朵花儿。给你炖老鼠汤喝,"他馋涎欲滴地补充了一句,"中国人连这都会。"

这一页被他折了起来,要翻找出来是非常容易的事。他有些提心吊胆,已经从心底准备出了一些道歉的话,但小姑娘却将书本扣了起来,放回书架里,拿出了另一本书。

西泽松了口气。

现在她手里这本是莎翁的《十四行诗》。

这次她没有说页码，而是随便翻了一页，是第八十一首。

淮真念了个开头："如果我活到可以书写你的墓志铭——"

他接了下去："或是你存活，至我在地里腐败。至彼时你音影长存，而我早已被遗忘。你的名字将享有永生，而我却已腐败，只留下一介墓碑。于是你经由我温柔的诗篇，长存于人们眼中。万人聆听、万声唱颂。凡人终将死亡，你却从此永生。"

淮真来了精神。眼睛亮亮地坐到床上，又翻了一页。

不等她确定页码，西泽接着念了下去："我是你的奴隶。除了用以侍奉你的时间，我还有些什么事情可做？我无所事事，直至你传召而来；我不敢抱怨苦涩的离别时分，更不敢用妒忌的思想，揣测你的去向，或究竟做过些什么……"

一开始，淮真只感慨于他超凡绝伦的记忆力。念着念着，淮真抬起头来，看他那双黑色的眼睛带着笑，一眨不眨地盯着自己，看她看得聚精会神。声音很轻很淡，却有些欲盖弥彰，让人觉得他有备而来，深情款款。

原来他不是在念诗，而是在表白。

念完之后，薄薄的唇紧紧闭起来，嘴角挂起这张淡漠脸孔上唯一一点笑，仿佛将他整个苦涩灵魂述说完毕之后，内心终于获得最初最原始的宁静，可以任人宰割，任人践踏。

陷入钟情的爱恋，就像被卷入黑洞，明知无路可逃，却无心逃脱，自甘堕落。那一瞬间，淮真觉得自己好像也懂得了。

她说："You just told me about you?（你在把自己讲给我听吗？）"

西泽笑着不置可否。

盯着他的笑容，淮真突然想知道，她的爱人十二岁那年在做什么呢？

于是她说："我想听在这里发生的故事。"

西泽仔细思索片刻，终于控制不住地笑起来。

两个人都想起了今早列车上淮真说的，只有古早的亚洲妇女会关心这类问题。

她微微支起身体，看他笑得不能自抑，有点郁闷："我没有揣测，我只是很好奇……你可以只讲你愿意讲的部分。"

他轻声说："Please come to my arms.（来我怀里。）"

她很乖地钻进他的怀里，两人一起躺倒在床上。小小的床却并不像它看起来那么拥挤。

天花板上用油漆漆成黑夜，上面有炫亮的涂料涂出各式各样的星球。

淮真心想，原来她的爱人拥有一颗比他大不了多少的小小星球，这颗星飘浮在浩渺宇宙的角落，不为人知。原来十二岁的西泽躺在小小床上，在小小的梦里游览了整个宇宙，孤独，却自得其乐。

他给她讲来到这里的经历。

"也许因为叛逆来得太猛烈，也许因为纽约同龄的小学六年级生都迫不及待把第一次给了风尘女，也许因为祖父希望我得到一些政治熏陶，也有可能是因为我没有母亲，而祖父坚持认为'世界太危险，所以小孩需要两个父亲'……总之，我在十一岁那年有了一名以严苛著称的教父。那年他只是柯立芝政府的商务部长。以一次夏令营的名义，祖父委托他带我来内华达，在这里度过一个夏天和整个中学一年级。他对我非常严厉，向我灌输了许多他以为非常正确的政治立场。"

淮真总结道："排华，以及你的内华达口音。"

西泽亲了亲她，笑着说并不止这些，还有很多共和党保守派孤立主义的思想。

他又给她讲了一些小故事，比如学校有许多同龄人并不会像在纽约时那样接触到许多"肮脏"的东西。男孩子们无非打打球，周末去雷诺赢一点小钱，或者去洪堡湖宿营。但你无法阻止青春期的男孩干他们想干的任何事。有一次宿营时，和他熟识的快餐店老板的儿子，用汽车旅馆买来的避孕产品，在湖边森林狠狠风流了一把。因为中学宿营老师发现有学生不见了，在四处找寻从帐篷里逃走的学生，以防他们被野狼伤害。所以他只能在春天零下十摄氏度的绿洲里给那对野鸳鸯望风，裹着三件防风大衣冻得瑟瑟发抖。

淮真笑起来："那么冷的天气怎么做爱？一旦将皮肤从衣服里露出来，几乎会立刻冻僵。"

西泽也笑了："我也一直很好奇。"

淮真说："那你呢？为什么没人邀请你加入……"

他说："我懂得这种事是在几个月之后了……"

淮真一时没回味过"懂得这种事"是什么意思，仍喋喋不休地说："如果我是那个男孩子，搞不好会因为第一次经历变得早泄……"

西泽声音很轻地说："你怎么懂那么多？"

安静了几秒，淮真问他："几个月后你有尝试和哪个女孩子在树林里……"

他打断她说："Nope.（没有。）"

她接着问："At home?（在家？）"

西泽没讲话。

淮真微微睁大眼睛："On the bed? This one?（在床上吗？这张床？）"

西泽接着说："是在这张床上，不过只有我自己。"

淮真花了一点时间去思索"只有自己"是什么意思。

西泽很无奈地说："Console myself.（自我安慰。）"

淮真在他的怀里翻了个身，趴在床上问他："How to?（怎么做？）"

西泽侧过头来。

两人一个对视。看到他眼神的那一瞬间，淮真觉得自己坏透了。而这个向自己倾诉十二岁时青涩历史的二十一岁小情人显得无比无辜。

他的语气弱了一些，妥协式地说："橄榄球队的朋友，一个那时对新鲜事物有点疯狂的十三岁少年，在一次去拉斯韦加斯住旅馆的夜里，曾经向我亲身示范了各种方法……"

淮真无比笃定地说："Then you tried to.（然后你试了他的方法。）"

他说："Yes.（是的。）"

她问："你喜欢吗？"

他说："一开始觉得他很疯狂，过了几个月，竟然觉得好像还不错。"

两人又发了一阵呆。过了一会儿，淮真听见他很坦诚地轻声说："回家的三个月，我有想着你做这件事。"

淮真的脸有点烫，但又觉得很开心。

她问他："自己和别人有什么区别吗？"

西泽说："没有尝试过，所以没有比较。"

她说："你上次拒绝了我。"

"是。"

"为什么呢？"

西泽没有讲话，似乎有点无语。

他微微仰起头靠在靠枕上，才能和她对视。

两人互相看了两秒。

西泽说："你先告诉我这些东西你是从哪里学来的。"

淮真说："什么东西？"

西泽微微支起身子，阴沉着脸，用一副秋后算账的讨债鬼表情对她说："我们可以从'给讨人喜欢的床伴付钱'开始讲起。这是一个很长的故事。"

淮真说："书上看的。"

西泽说："什么书？"

淮真："你也看过。我看到你书柜里有 D.H. 劳伦斯的《查泰莱夫人的情人》。"

他说："嗯，那确实是一本启蒙的好书，要挑一页让我背诵给你听吗？"

淮真在他的胸口捶了一拳，然后说："你始终没告诉我上一次你为什么要拒绝我。"

西泽抬头，认真地看了她一会儿，突然找到一个理由说："You never tried before.（你没有实践过。）"

她说："Then you teach me how to.（那你教我。）"

他说："Let's start with something way easier.（我们从简单一些的开始。）"

她问："Like what?（比如什么？）"

他想了想，说："Like a French kiss.（比如一个吻。）"

08.

西泽话音一落，小姑娘从他的怀里支起身子，垂下头看着他，眼睛亮亮的，透着股跃跃欲试的情绪。

他想得果然没错。下一秒，淮真蛮狠地欺身上来，将他压进枕头里，把他接下来想说的话堵了个结结实实。温温软软的唇触上来，轻轻描摹着他的。

其实一开始感觉还是不错的，假如她没有做出尝试撬开他齿关的动作。身体与心里刚升起来的热并没有持续升温。因为接下去，西泽遭了殃。

遭殃的全过程，他觉得自己大概算得上是个"青涩少女"，在他最为动情缠绵的时分，躁动不安的情人尝试破开他身体的柔软却宣告失败，当机立断地采取了暴力举措。

怀里的小姑娘几乎动用了一切本领，用啃咬的方式和他唇齿摩挲，竭尽所能想要学习如何将舌头伸进来……最后当然以失败告终。她甚至用手来捏他的下巴，并用有点凶的语气说："你为什么不肯张嘴！"

这和西泽想要小小捉弄她的想法也有一点关系，但后来他实在有点痛，于是扶着她的胳膊，让两人都微微坐起来一些。

两人对视一眼。

西泽有点无奈。

他的鲁莽的小姑娘急得脸颊通红，满头大汗，零星一点黑色碎发贴在光洁的额头与鬓角上，更显得皮肤白皙。澄澈的眸子直勾勾盯着他，带着点委屈和生气。

淮真是真的有点生气，并打从心里觉得自己是得不到夸奖了。他的嘴唇湿漉漉的，殷红透顶，搞不好哪里被她弄破皮了，她又有点过意不去。

她认真地为自己辩驳："不张嘴怎么叫 French kiss（法式湿吻）？"

西泽说："除非双方自愿张嘴，否则叫作 rape kiss（强迫的吻）。"

她有点赌气地说："你在不情愿什么？"

西泽如实说："你太粗暴了，搞得我很紧张。"

淮真又笑出了声。

她最近没有剪头发，头发长到肩膀长度，稍稍一低头便垂下来挡住脸。西泽将一簇碎发替她挂在耳后，很认真地看着她。

他并没有移开手指，而是就着这个姿势，拇指轻轻摩挲她的脸颊。

在这个过程中，淮真一直盯着他的动作。她很少会觉得这是个万分痴缠的动作，至少在这一刻前，她都没有意识到。

他压低声音说:"我们再试一次。"

说完,倾身捉住她的唇。

淮真轻轻呜咽一声。

浅尝辄止,然后很快松开了她,贴着她的额头说:"Sucking kiss, remember?(吸吮式,记住了吗?)"

她懵懵懂懂地点点头。

不及她回神,在她毫无防备时,西泽趁机亲了亲她的嘴唇,然后进行下一步动作。淮真紧贴在他的怀里,身体已经完全放松,或者被开发出了某种自然而然的迎合。

她觉得有点痒,从被他舔舐的齿龈一路痒到心里。

西泽松开她时,她觉得自己已经被折磨得有点缺氧了。

他仔细盯着她的表情,问:"You like it?(你喜欢吗?)"

淮真平复着呼吸,一瞬间有点灵魂出窍,配合两颊的红晕,表情看起来颇为无助。

他微微笑了,很笃定地说:"You like it.(你喜欢。)"

淮真回过神来,没有直接回答他的问题,而是很认真地问:"What is this called?(这个叫什么?)"

西泽偏过头,亲亲她的脸蛋,说:"It called a soul kiss.(你可以叫它灵魂之吻。)"

淮真说:"你发明的名字吗?"

西泽笑起来:"那我可真厉害。"

她很迫切地问:"还有吗?"

他说:"Yes.(有。)"

握着她腰身的手有力地收紧。

她的身体猛地贴上他宽阔结实的胸膛。

淮真短促地惊叫一声,被他挟在怀里,尝到了薄荷味柔软的舌,从咽喉深处一路痒到心里。她有点热,并不像第一次尝试亲他时那种无从下手的焦躁,而是有点心痒难耐的热,像有只灵活的小小羽毛在她心间挠动,她找不到根源,也没有办法抓挠。

她努力忍着,身体轻轻颤抖起来。

西泽松开她,两人都轻轻喘息着。

过了好一阵,淮真仍觉得口腔深处被他轻轻触碰着。

她问他:"How did you make it?(怎么做到的?)"

西泽说:"Also you can make it.(你也可以做到。)"

小姑娘有点兴奋,眼睛亮亮的,又开始跃跃欲试起来。

他看出她的意图,松开她,在床上坐直一些,问她:"Want a try?(试试吗?)"

淮真说:"Try what?(试什么?)"

她本意是想问他：From which?（从哪里开始？）

哪知他带着笑容说："Try me.（试试我。）"

那一瞬间淮真蒙了，内心吐槽道：我男朋友怎么会是这样的？

她有点不可置信地骂道："You little slut.（你个小坏蛋。）"

但是心里那个小小恶魔大声反驳道：但是你喜欢！

不等他进行下一步引诱，淮真身体力行地证实了这一点。

她坐在他身体中段，能觉察到衣服下面的躯体结实有力，承受她全部的重量根本不成问题，甚至可以毫不费力地将她整个托起。

就着这个姿势，淮真沉下腰，摸了摸他的嘴唇说："Act one Scene one.（第一场第一镜。）"

淮真尝试了一次。

第一次亲吻过后，她仍感觉不太对劲，于是伸手替他和自己都擦了擦嘴，说："这个不好。"

西泽笑了起来，摸了摸她的头发。

于是她趁机入侵了。

西泽从咽喉中逸出一声叹息。

虽然这个吻到最后演变成为被他带领着，引诱了过去，然后被他在口腔中肆意玩弄。好几次分开的短暂时间里，她都听见他在笑，明显带着点无奈和对恋人拙劣吻技的嘲笑。她有点挫败。

无论谁占领上风，至少她完成了一个标准款的 French kiss。

在西泽带着点戏谑地问她感觉如何时，她说："还不错。"

然后她反问："你呢？"

他说："马马虎虎。"

她说："你骗人。"

他说："我从来没有。"

淮真说："我都能感觉到你的身体反应。"

两人互相看着对方。淮真等着他的反应，这一刻她觉得自己还不算太失败。

两秒之后，西泽坐起来一些，将她从自己身上抱下来。

淮真盯着他："看来你并不打算教我这个。"

他亲亲她的额头说："宝贝，今天已经学了太多东西了。"

她有点失落："除非你告诉我，我刚才做得很差。"

他说："你已经做得很好了……"

西泽低头看了她一会儿，有点狂躁地抓了抓自己的头发。

这一刻他显然对自己过于诚实的身体反应有点懊恼。

过了好久，准真才说："那你告诉我，你都亲过几个女孩儿才学会这么多招数的？"

西泽笑了起来："你真的想知道吗？"

准真其实并不太想知道这个。

她说："那你今晚这样能睡着吗？"

西泽又亲了亲她，说："让我自己解决一下，好吗？"

准真点点头。

她微微支起身子，以便他能收回被自己垫在下面的胳膊，顺利从床上起来。

西泽拉开门走了出去。

准真听见他在走廊里来回走动的声音，过了许久问他说："你在找道具吗？"

他无奈地笑了，说："我只是开窗吹吹冷风。"

她说："How it works?（现在如何？）"

没回音。

准真很快从裙子下面将内裤脱下来，光着脚快步走出去。

西泽见她出来，问她："怎么了？"

她将手里的东西递给他，说："Maybe you can try something else.（或许你可以试试别的方法。）"

西泽愣愣地接过来。

准真指指浴室，说："我不会偷袭的。"

他低头看了一眼，然后笑着说："好。"

准真退到卧室门口去，眯着眼瞧着他走进盥洗室。

屋子的隔音并不太好。盥洗室门关上以后，"哗哗"的水声传来。

他将淋浴头打开了。

准真趴到床上，想起调戏他的全过程，终于得意地笑起来。

其实她真的很想过去看一看。

Great Salt Lake

第二章
大盐湖

"我对死亡的唯一恐惧,就是没有为爱而死。"

01.

在西泽洗完澡前,淮真就睡着了。她本想等他回来再睡,但实在耐不住困,没过几秒就睡得四肢都蜷缩起来,姿势十分像胎中的婴儿。因为四肢修长,站着时舒展了手脚,看起来不算矮,甚至也许比她实际身高高许多。没想到蜷起来只有小小一团,占据单人床一角,留的地方搞不好还能睡下两人。

西泽握着她的腿弯轻轻扳动,想让她睡得舒服些,又怕吵醒她,不敢太用力。试了两次没成功,干脆躺到床上面对着她,将自己也弯起来,方便把她跟被子一块兜进怀里。

她立刻在他的怀里动了一下,转过来贴着他的脖子。

西泽轻声问她:"醒了?"

她小声嘀咕:"你怎么去这么久……"

然后在被子里手脚并用,努力将被子一角扯出来给他盖上,尝试了好几次都没成功。她迷迷糊糊的,手脚极不协调,还想给他盖被子。西泽隔着被子将她的手捉住,果然立刻就安分下来,没一阵就呼出均匀的小小的鼻息。暖暖的鼻息蹭到裸露肌肤上,软软的头发抵着下颌,很痒。

幸好睡着了……

西泽突然间睡意全无,睁着眼盯着天花板,只觉得处境非常糟糕。

直到外头天蒙蒙亮了,天花板上的发光涂料在视觉里一点点黯淡下去,也不知道究竟睡着多久。闹钟定在早晨五点一刻,响的第一秒就被他伸手暴力镇压了,然后接着睡。

淮真先起来了。起床洗漱过后,下楼去厨房,开窗将昨晚冰镇在室外窗台上的吐司和圆肉片拿进温暖的屋子里，在等待解冻的时间里上楼洗漱。

天亮得很快，在她煎面包时，橙红色的阳光从厨房打开的百叶窗直直射入，刺激得她险些流出眼泪来。西泽就是这时候下楼来的，从后面悄无声息地靠近，伸手将她面前的百叶窗摇起来，又悄无声息地走掉。

六片吐司一共做了十二只三明治，连带新奇士橙汁一起成为内华达沙漠里的早餐。在火车上时没机会喝，昨天一到温尼马卡，淮真就怕包里的食物坏掉，先冻进冰箱冷藏，到夜里又都跟啤酒饮料什么的一股脑搁在窗台上。哪知沙漠夜里气温这么给力，一宿直接冻成硬邦邦的一整坨冰。拿到温暖的室内，融了最外头那一层，喝进去一嘴冰碴儿。又想起还在外头草地里冰镇着的可乐和啤酒，她慌忙趿拉起拖鞋想出去拯救一下，这时门"咔嗒"一声开了。

西泽面无表情地走进来，将手里两个玻璃瓶搁在暖气片附近，径直上楼去。

就这么惊鸿一瞥，淮真还是看清了他下眼睑发青的一块儿，连带胡楂儿一起出现，组合成了一张相当颓唐且厌世的脸。

于是淮真没有叫他留下来吃早餐，自己胡乱吃了块三明治，就端着盘子上楼找"厌世鬼"去了。

原本计划六点出发，现在差一刻六点。看来祖辈留下的德国血统确实发挥了不少作用，他很讨厌不遵守既定时间计划的行为，所以也没闲着，而是动用出发前的十几分钟，将自己另一个住所又洗劫了一次。

淮真眼看他从这个抽屉摸出一把军刀，那个抽屉找到几张零星支票单……一股脑，乱七八糟一起塞进那只旅行包里。淮真将盘子搁在地上，不时喂一只三明治到他嘴里，再顺手将他乱扔的东西在旅行包里归置整齐。翻箱倒柜差不多的时候，他也已经差不多吃饱。

淮真将餐盘拿下楼，将余下六只三明治整齐摆在方形便当盒里。将急冻过的所有食物外头的水汽擦去，连带浴室里的东西一起装进另一只背包，背在自己身上。做好这一切，顺带将沙发罩也重新罩上，临近六点，将室内总电闸掀掉，这才上楼去找他。

西泽也已经洗漱过了。刮掉了胡楂儿，又被她逼迫着在脸上抹了润肤霜，现在看起来脾气比早晨要好很多。屋里能打劫的东西已经被他打劫得差不多了，旅行包也装得满满当当。临出门时，他突然又想起什么，折回客厅，打开内嵌保险柜，从里面摸出一把手枪扔进敞开的旅行包中。

淮真看了一眼，没有出声。

等锁上门，两人一块儿坐进车里，淮真想了想，这才拉开旅行包，将那把手枪埋到旅行包最深处。做完这一切动作，西泽转头看了她一眼。

一个对视之后，淮真目视前方，表现得异常淡定，其实心里早已尖叫到破音。

啊啊啊刚才摸了一把真的枪！啊啊啊啊啊啊啊啊啊……

这种情绪一直持续到汽车一路驶离温尼马卡镇，驶入戈壁，直至她被早晨的日头晒得迷迷糊糊地盹过去。

醒来时是被热醒的，太阳照在头顶正上方，车内温度直往上蹿。开窗户也不行，室外气温总有接近三十摄氏度，峡谷风很大，半路戈壁半路风沙的，也不好受。偶尔高速公路和洪堡河汇合时，这种情况会好上很多。绿洲沿河延伸，河边微风习习，植物攥住沙石地面，没有飞沙扰乱驾驶，可以开窗吹吹风透透气。

通行十英里峡谷的汽车很少，高速公路在这里绕了一段路，跟着铁轨走会近很多。但路况并不比公路，而是碎石地面，虽然近一些，也颠簸得很厉害。西泽看起来倒不担心车胎状况，大概是更换车胎时就已经考虑过这点。

偶尔在路上遇到别的驾驶者，互相看到对方都会像千里他乡遇故知一样拉开车窗互相问好。也有一些铁路养护车辆，看到自助驾驶者，表情都相当惊讶。有一回淮真看到华裔铁路养护工，在呼呼的风里摇下车窗，用广东话大声询问他们昨夜那趟车抵站没有。那头也大声回应她："尚未到！"

淮真知道西泽也听得懂。看得出来他和自己一样开心，所以接下来的路程开足马力，将车驶得飞快。

经过印第安人岩壁时，淮真看见山上洞穴旁密布的枪眼，想起惠当提过，铁路修筑到这里时惊扰了居住在岩窟的印第安人，因此和白人之间有过一场恶战。也许只是贪婪的人前往挖掘银矿而留下的矿洞，但具体是什么已经不可考。

汽车离开十英里峡谷，也几乎走到沙漠与戈壁边缘，洪堡河仍在延伸，但气温仍居高不下。日头已经过了中午，两人都有点饥肠辘辘。淮真想去拿后座的便当盒，被西泽制止。他说等洪堡河跟高速公路交接时，距离最近的镇子也不远了，到那里，高速路两旁会有非常多小餐馆，可以过去再吃。

淮真看了他一会儿，觉得很好玩。因为唐人街流传着一个故事，说一个美国快餐店老板和华人快餐店老板谈美食，美国人兜头就报了五十种汉堡的搭配方法，还为此扬扬得意，说你们 chop suey 一定没有这么多做法吧。华人老板就笑了，心想：是的，因为 chop suey 是民以食为天的国家专诚给对食物没有要求的美国人准备的。

淮真相信西泽对美食也没什么要求，中午吃汉堡还是吃三明治对他来说没有区别。但这时候还能想到得去找一家餐馆照顾一下肠胃，实在有点为难他。

她当然打从心里认同他的提议，将自己背包里两盒已经焐得温热的酸奶掏出来，一勺一勺喂给他吃。西泽没有拒绝她的投喂，身体力行地证明了他确实很饿。

淮真盘腿坐在副驾驶室，将草稿本搁在大腿上，左手伸手喂他吃东西，顺带也在本子上记几个铁轨穿行大峡谷的见闻，用以佐证惠当几十年前的行医记录。一盒酸奶喝完，汽车一个颠簸，从十字路驶上平坦的高速路。路上车辆非常多，一定会有淘金者在这里开设餐馆，搭救饥肠辘辘的公路旅客。

汽车稳稳地开了几分钟，遥遥望见路边修筑的独栋小房子，周围空地上停靠着七七八八的车辆，许多行路人在这里停靠就餐。准真本以为会在这里停下，转头仔细观看路边餐厅挂在窗户上的菜单，想一探先机。可尚未等她看清楚，西泽猛地将车开过了餐馆。

准真愣了一下，一时没回过神来。

西泽笑了一下，说："后面还有很多。"

正如他所说，汽车以不及六十迈驾驶的十分钟里，道路两旁出现了起码三家餐厅。十分钟后，又一家餐厅在一棵巨大的橡树下出现了。门口挂着一只大大的鹿头，大树下停了非常多的车。

西泽驶下公路，将车停在树下最外围的阴凉处。

准真跟他一起下车，使劲看了这棵树好多眼，因为它长得非常标致，但周围下车的旅客却好像对它的美貌视而不见。

她听西泽在身旁解释说："这种参天大树在美国非常常见。"

准真没有转头看他，但能感觉他一定在笑自己。她有点惭愧地心想：好吧，我实在孤陋寡闻，来这里整整一年都没有离开过旧金山，当然不会知道这个。

走近餐馆，准真瞥了眼门口那只鹿头，看见了它眼角内侧的泪沟痕迹。后来她才听西泽说，这种小店大概是美国公路边最常见、最平价的"小吃店"，但无论如何，会比别的廉价餐厅放心得多。

走进店里阴凉处，一阵凉风袭来，吹得准真一哆嗦。两人在离门不远的小餐桌相对坐下，准真看见他有几簇碎发黏在了额角，更显得皮肤过分苍白了些；准真自己也没有多舒服，长头发使她遭了殃，无袖白色亚麻衬衫湿漉漉地黏在背后。她两手拢拢头发，动作娴熟地飞快将头发在脑后绾了个髻。

上了点年纪的老男孩将菜单递上来时，准真立刻翻到了冰镇饮料那一页。除了冰镇柠檬水，她还点了两只圣代。西泽将点单的任务全权交给她，没有发表任何意见。

其实吃的食物也很简单，无非熏牛肉、咸牛肉、黑麦面包和麦卡里斯特，都是非常结实扛饿的蛋白质，毕竟下一餐还不知在哪里。

两人饿极了，加上她知道西泽一定有点疲倦，所以决定和他一起发一会儿呆，不打算干包括说话在内的任何消耗能量的事。虽然不知道昨晚他究竟干了什么将自己困成这个样子，不过准真决定等晚些时候想起来了再问。她想提议下午由她来开车，这样他也可以休息一下，所以仔细琢磨着到底该如何解释自己会开车这件事。

这时"叮咚"作响的门铃吸引了她的注意，她转头看向门口那一面墙，那里嵌着一只置物架，上面夹着客人的点单、账单，以及一些花花绿绿的时尚杂志和人物幽默明信片。

准真走过去拿了一本时尚杂志，想看看这年头到底应该怎么个时尚法。哪知花花绿绿的封面画着的一个中年男人——据说是严厉的时尚界大亨——用加粗的英文大字告诉所有看过这本杂志的年轻女士："出门前，请务必检查清楚你的衬衫下摆，有没有从牛仔裤腰里拽出来！"

准真立刻就蒙了。她甚至有点怀疑自己是不是将杂志和旁边的搞笑明信片弄错了。但事实证明，这确实是一本上月纽约新出炉的时尚月刊。于是她低头检查了一下自己，果然看见了自己那种将衬衫下摆扎进咖啡色卡其裤腰并且露出腰带的穿法。

她抬起头，呆呆地看了西泽一眼。

这时候他好像从梦里醒了过来，而且是醒得非常有精神的那一种——手支着脑袋，几乎将小半张脸压住，不过这并不妨碍他看起来很帅。他定定地看着她，没有挡住的那半张脸上嘴唇弯了弯，露出一种天然的笑的弧度。

果然。准真心想：这个人在任何时候都绝对不会放过任何一个打趣她的机会。

紧接着他安慰她说："Never mind. I don't care.（没事，我不在乎。）"

准真也不甘休，学着他的口吻说："Who cares, I don't even give a fuck.（谁在乎呢，我根本不在乎。）"

02.

准真偏过头，看见铁丝网架上还夹着一本被翻得破旧的 *VOGUE*[1]，借助地理优势伸手够下来，将手上这本她认为不太权威的三流时尚杂志挂回架子上。

VOGUE 是去年十一月的，放在这路边平价小餐馆，几经女客之手，被翻得已经缺了页，不过倒可以做个参考。封面是略微抽象派的手绘女子剪影，往后几页也多是一些身形纤长的女体服装概念图。大致翻看一遍，时下流行的多是修身V肩连体长裙与波点水手领衬衫；发型则是长发梳成很典雅蓬松的发髻，或者三七分波浪卷短发。除此之外，圆形短檐小圆帽以及各种款式的包头巾在时尚界也十分风行。

杂志在最后几页做了一些很亲民的小建议，比如建议手头拮据的轻熟龄女孩在冬季采用将好看T恤或者衬衫塞入及小腿中长裙的搭配，来达到修身连体裙的效果，外面可以罩一件盖过裙摆的大衣，搭配一双短靴，将多年前就过时的 Zoot-suit（佐特套装）拾起来让女孩们穿，会显得活力又俏皮。

准真偏过头去问西泽佐特套装是什么。

---

1 *VOGUE*：美国康泰纳仕集团旗下一本综合性的时尚生活类杂志，创刊于1892年。

西泽说是十年前爵士迷们流行的一种及膝黑色大衣搭配松松垮垮长西裤的服装。

她想起 M.J（迈克尔·杰克逊）经典太空步的舞蹈也有这款扮相，女孩子换作长裙也很相似，却不是同一种感觉。

这时侍者端着托盘走了过来，很有范儿地欠一欠身，将托盘里的食物呈上桌。

淮真实在饿傻了，从这一刻开始，彻底没工夫管别的。直至缓过劲儿，伸手将被自己冷落在一旁的冰镇饮料拾起来，将麦管衔在嘴里，一边用餐巾布将冰水融化的玻璃杯外的水渍擦去，一抬头，立刻接到对面那道目光，也不知已经吃完盯着她看了多久。

意识到自己刚才吃得多么心无旁骛，淮真也弯着眼睛笑了起来。

这种笑容一直持续到用餐完毕，侍者走过来撤走餐盘。巧克力和草莓圣代端上桌时，显然刚从冰箱里取出来，直往外冒寒气。和圣代一起上桌的，还有侍者试图推销的一本厚厚的《汽车旅行手册》。

"你们一定会用得着的。"他径直走向这个娇小的亚裔女孩儿。

淮真很感兴趣地接过来瞅了瞅封面——

汽车协会出版，向您推荐所有保养良好的道路，避开狭窄破损的公路；除此之外，还推荐用户三星及以上评价的汽车旅馆、旅店，以及旅游客店。

后面小小一行字吸引了淮真的注意，那里写着：

所有旅社的优缺点比较，以及所有禁忌（包括是否准许室内吸烟，是否有两套房客房，是否允许有色人种入住等……）

淮真到背后翻看手册价码。原本的价格是两美金，现在似乎打折出售，只需要七十五美分，因为它已经是一个季度前更新的了。她觉得还不错，顺手要从零钱包里找一美金出来时，那位侍者眨眨眼，轻声跟她说："这个包含在餐费里了，小甜心。希望能对你有用。"

这下轮到淮真有点诧异了。她以为这会是个擅长推销的商人，原来他只是想给予他们一点帮助。

西泽在一旁给她充当解说："是个法国人。"

淮真点点头，心道怪不得对跨人种情侣会这么友好。紧接着又笑了，说："我听见你在自嘲吗？"

西泽不置可否，将现金夹进账单里合上。

淮真盯着那笔数目，对他说："Wait, wait, why so much?（等等，为什么支付那么多？）"

他说："Just a token of gratitude.（聊表谢意而已。）"

那位侍从回来之后，十分自然地笑纳了这一大笔小费。

直至准真使用了餐馆后面的路旁厕所，经历了铁棚里蒸桑拿与宿臭混杂的蒸腾之气，回到树荫下的车里，她终于想懂了这个问题，趴在驾驶室窗边对西泽说："所以其实他赚的比手册原本的价格还多！"

西泽笑了一下，是那种"你终于搞懂了"的笑，然后同她说："来，上车来坐好。"

准真却没动，而是接着同他提议说："下午不如我来驾驶汽车？"

很意外地，西泽思索两秒，无比爽快地说"可以"，然后推门出来，绕过车头坐进副驾驶室。

准真坐进车里，坐直身体，将座椅往前推了起码六英寸，才得以将脚舒适地放在油门上。她侧头看了西泽一眼。

"Relax.（放轻松。）"他说。

但其实没人看起来很紧张，也不知他究竟叫谁放松。

她点点头。准真早晨就观察过，手动汽油车和后世没多大区别，在美国普及早，而且是左舵，实在谢天谢地。

一波手动控油，调整 Parking（停车挡）到 Reserve（倒挡），松开制动，踩油门。

后面来的车辆并不多，汽车得以很顺利地倒退出来。

准真摸出那只温热的皮尔森堡扔到他怀里，顺手将挡位扳回 Drive（前进挡），将汽车驶上高速公路。

她转头冲他眨眨眼，说："You can take forty winks now.（你可以打个盹了。）"

然后她听见他说："I guess so.（我想也是。）"

汽车驶出去一阵，几分钟后，她转过头，发现西泽正用一种难以言喻的表情笑着盯着她看。准真擅自将此解读为崇拜。

因为本本族并不敢造次，所以她开得很慢很平稳。

这里几乎是荒芜的无人区，地名取得相当随意，隔一段时间就会看见一个路牌，上面写着：这里距离盐湖城 320 英里，距离霍尔堡 340 英里，你现在所处的位置，名叫 1001 英里……

又开过了不知几棵橡树，再回头，发现西泽已经睡着了。

他没有喝酒。啤酒被他抱在胳膊里，微微垂着头，呈现出一种很放松的姿态。睫毛覆盖在脸颊上，整个人看起来显得温柔又无害。

平时他醒着时，神态与灵魂都生动起来以后，整个人都带着一股让人不敢造次的威压。所以准真一直在想，第一次遇见他时，他身上自带的那种让人不由得想要亲近的感觉源自什么。

因为他安静下来的时候，看起来其实很温柔？

好像也不是。

确认行驶条件安全的前提下，淮真又多看了他几次。

有几个瞬间，她觉得西泽搞不好有一些地中海高加索人的血统，因为许多中欧及南欧人都会有一点偏东方的长相；或者往上几辈，某一辈人的一点亚裔血统被他继承了下来，所以让他即使在亚裔人看来，也颇具一点亲和力。

03.

沿着八十号公路前行，旅途可算足够寂寞。到后来，淮真忍不住数起了路边那种在西泽口中"全美国很常见的参天大树"，发现每隔两到三个"此处名叫××英里"的路牌基本就能见到一棵。

路上的车其实不算少，但大多一阵风似的开走，片刻就不见了踪影。从开头二十迈起步，到现在将车速飙到六十迈，淮真觉得几乎已到了心跳加速的行驶极限。

西泽在约莫四十分钟时醒转过来一次。

抬眼看见那个"距离盐湖城还有290英里"的路牌时，他睡眼惺忪地说："哦，原来只过去了十分钟。"

过了起码五分钟，淮真才回味过来他是在打趣她开得慢。想反驳，一转头，发现他对她的驾驶技术，或者不如说是车速颇为放心，已经又睡过去了。

一来她没有驾驶执照，二来确实技术不佳，淮真实在不敢开得太快，一直维持在六十至七十迈的时速，到下午五点半钟才将近抵达犹他州境内公路检查站。检查进行得似乎十分缓慢，入境汽车队伍排了足有三四百米。

汽车缓缓向前滑行，通气环境不畅，大铁壳内的气温也倏地升了起来。龟速移动不知有没有十分钟，西泽突然从睡梦中醒了过来。

他声音略有点沙哑地问："怎么回事？"

淮真说："到犹他州公路检查站了，前面在排队。"

西泽突然支起身子，从汽车右侧窗口探头看去。两秒钟后，他的声音从那种梦呓似的语调恢复正常。

"你知道吗？"他无比淡定地说，"我看见联邦警察拦住汽车逐一检查，连后备车厢也没放过。"

淮真思考了两秒钟："谁被联邦通缉了？"

"也许是我们，否则谁会在今天抵达犹他公路入境检查站？"

淮真从后视镜往后一瞥，车尾跟了起码二十辆车。

她问:"我们掉转头,有别的路吗?"

西泽往斜前方一瞥,看见路边加油站,于是很平静地扳动方向盘:"来,我们去加油站确认一下。"

当代高速路逢假必堵几乎已是常态,乘大巴入境欧洲各国时边境检查偶尔也会用去很长时间,所以淮真潜意识里并不觉得花上一小时入境某个州会是什么奇怪的事。经西泽提醒,她突然想起这是个各州各自为政的国家,联邦政府可以行使的权力其实很少。

公路检查站出现联邦警察意味着什么?

有人奉命来逮人了。

将车驶入加油站的途中,淮真问他:"他们为什么不去你从前住过的地方查看?"

西泽说:"未经许可,破门而入是重罪。那所独立屋有一部分是我的财产,但跟我祖父没有瓜葛。"

淮真仍然不解:"他们是警察。"

"没有切实罪证,擅闯民宅是非法取证的手段。"西泽用一种宛如看智障的眼神看她一眼,说,"法庭判罚原则是要达到惩戒效果,首先他们会调查清楚你名下所有财产,假使你有一百美金,可能会罚你十美金;我祖父可不止有一百美金。"

她说:"他们可以蹲守在你住的地方周围⋯⋯而且那里有一辆车。"

"是,他们当然可以,除非联邦警察平时实在没什么活好干。美国哪里都可以租一辆车,费用远比二十美金便宜。而且⋯⋯即便我在内华达住了一年,我祖父也以为那地方是拉斯韦加斯。至今他都以为内华达是拉斯韦加斯州的首府——他不了解温尼马卡,否则我们不会在这里留下过夜。"

"温尼马卡是什么,一款新汉堡的名字吗?"推着大红色德士古加油推车过来的背带裤黑人先生笑着问道。

淮真也笑起来,这和时常有人问"安徽是合肥的省会吗"如出一辙。

西泽将车开到车胎充气泵旁去自动充气,顺带加水注液时,他叫淮真去加油站超市售货柜台及橱窗外看看是否有联邦缉捕通告,一则两人最好不要在公共场合同时出现,二来也担心通告上极有可能会出现关于他外貌的描述。

当淮真走近加油站橱窗时,果然瞥见橱窗上贴了一张招纸,上面用朱红色大字印着:

At lowest $500 Reward (超过 500 美金悬赏)

Wanted White and Coloured Race Couple (白种人和有色人种情侣)

Pulled into Utah (驾车驶入犹他州)

White youth (白人青年)

Age, 21 (年龄,21 岁)

Height, 73 1/2 inches（身高，73.5 英寸）

Hair, black（发色，黑）

Coloured girl（有色人种女孩）

Distinguish Charateristic, Petite（区别特征，身材娇小）

+1 212 237 9990

橱窗张贴的招纸正好挡住了淮真与收银台白人女孩之间的视线。淮真微微偏过头，恰好看见那女孩正拿着电话机讲话，侧过头，看着超市门外某个方向。

顺着她的目光看过去，那里有车胎充气泵……以及拿着充气拉杆的西泽。

淮真冲那个方向大喊："Lauf（跑）！"

西泽一个回头，猛地拔掉充气泵。

驾驶室门"嘭"的一声关上，汽车启动时撞开那只未合拢的充气泵，伴随"吱"一声响，气泵立刻弹飞。

里头那女孩吓了一跳，试图从柜台后钻出来，却在防盗挡板上撞了个结结实实。

电光石火间，车已经开到淮真面前。

她猛地把招纸撕下来，飞速钻进拉开车门的驾驶室里。

西泽侧过头，见她握好扶手以后，慢慢将油门踩到底。

淮真将脚抵住车前部来缓解汽车加速时的惯性，渐渐耳边只剩下呼呼风声。

眨眼间汽车已反向驶离路边加油站，整个过程速度之快，搞不好只有《色·戒》里的梁朝伟跳车那一幕可相媲美。

直至淮真从后视镜瞥见那女孩跑到超市门口，高声尖叫："They drove away…（他们开走了……）"时，加油站在视野里看起来只有一块乐高积木那么大。

汽车鸣笛声从背后传来，天色仍亮着，淮真回头，却什么都看不见。

西泽很镇定地说："没事，他们追不上。"

淮真本来就不紧张，听他这么说更觉安心。

原来昨晚，以及刚才在加油站，西泽所做的一切工作都是为了这一刻。

天色渐渐昏暗下去，淮真仍能听见些微的汽车鸣笛声，一回头，看见警示灯在数百米开外闪烁。

她盯着后视镜，轻声说："追得好紧，会追到什么时候？"

紧接着她听见他说："车窗摇起来，然后抓紧了。"

淮真立刻照做。

一个剧烈颠簸，玻璃外响起树木枝叶折断的剧烈响动，车速稍稍减下来一些，却不算慢。

淮真原以为车子只是轧过一排低矮灌木，事实上汽车是驶入了一片灌木丛。

直至颠簸消失，汽车紧接着在月光下的一片树丛里七拐八拐，斜斜开上一个山坡，驶上一条碎石小道，淮真那种尾椎都震麻的感觉才稍稍觉得好一点。

月色里，她趁机回过头去，已经没有警示灯的影子，鸣笛声也早已消失不见。

她轻轻惊叹一声，背过身看着月亮升起的方向说："我们竟然是在向东行驶！"

西泽笑了："我早就说过，他们没人比我了解内华达。"

04.

西泽当初来内华达，是由于他祖父不满他父亲对他的监管。阿瑟希望的是"比所有男子私立中学舍监还要严格的监护人"，而那位赫伯特先生是个再合适不过的人选。为了随时随地脱离控制，必要时又能表现得足够乖巧，十三岁的西泽在两个月内就已经熟谙前往几个与内华达接壤的州的无数条羊肠小道。

在月光下沿着那条羊肠小道向东行驶的路上，淮真问他："脱离监管是为了什么？"

他说："十三岁的少年做任何事，大部分只是因为成年人让他'不要这么干'。"

淮真说："比如不要轻易和宿营地的少女偷食禁果？"

西泽无奈地笑了，然后说："宝贝，你忘了我是个清教徒。"

她说："但礼拜日你也没去做礼拜。"

他说："我只在某些方面坚守本分。"

她说："比如驱逐异教徒吗？"

"同时也是个共和党保守派。"西泽岔开话题，"所以他们最好不要让我从政，否则我一定不让同性恋者和让女性堕胎的人好过，并且坚决支持死刑。"

淮真"呵"了一声："说得好像你一定能当上某州州长似的。"

西泽笑着说："不管怎样，反正我已经没机会证明这一点给你看了。"

淮真漫不经心地问："那你后悔吗？"

"晚了，而且，"他轻轻叹息一声，用一脸很愁的表情看着淮真，"好像根本不像有的赚的样子。"

淮真傻愣了一下才想起他在说那个"多少吃胖一点让他有的赚"的鬼话，骂道："你才按磅计价的，傻狗！"

"你们中国人的狗是按磅计价的，真奇怪。"

淮真说："你们美国人总觉得中国人都吃狗肉，真是蠢得像条傻狗。"

西泽幽幽地说："狗不是按磅卖的，然后……傻狗也是有尊严的。"

淮真原本紧闭着嘴，听他这么讲，突然哈哈大笑起来，她自己也不知道为什么。

她说:"我不吃狗肉,我家人不吃,我认识的大部分人也不吃。"

"太好了,那我应该可以很好地融入华人社会。"

淮真又"咯咯"笑起来:"你是谁?华人社会并没有决定要接纳你。"

西泽突然说:"时常有人说我祖辈一定有印第安人血统。"

她笑了一会儿,停下来,很认真地看着他的侧影,然后说道:"也许是高加索人的血统。"

"有人也这么说过。我有告诉过你吗?我父亲的一些兄弟,时常揣测我那位传说中得肺结核死掉的英国人母亲可能并不是什么纯正英国人,而是撒克逊或者盎格鲁人种跟高加索,或者是和亚裔人群的混血。香港时常会有很多英国佬的遗姝。"

"那你怎么认为呢?"

西泽双手离开方向盘:"无所谓,反正他们也不能拿我怎么样。"

车继续往东开了一会儿,突然淅淅沥沥地下起小雨来。直到淮真透过雾蒙蒙的车窗,捕捉到路边灌木丛中间的一个界碑,叫他将车停下来,拉开车门,凑近去看,发现上面写着犹他州界。

她转头问西泽:"你了解犹他州吗?"

他说:"Not too much.(不甚了解。)"

"本来顺着洪堡河再向东一段距离,过了犹他谷,几乎就能看到大盐湖了。盐湖东南角就是盐湖城,但是因为太显眼,所以不能沿河走。"

淮真说:"那我们今晚是向东,走到哪里就是哪里了?"

西泽说:"是的。"

淮真有点兴奋:"也许我可以开一整宿车,第二天白天睡觉。"

"以五十迈的时速?"

她今天中午吃过冰激凌后,感觉有点不适,像是要来例假。经过刚才一番夺路狂逃,加之旅途中水土不服,小腹的坠痛感越来越明显,手脚并用地从座位中间爬到后座,在后头查看了一下内裤,果不其然提前了将近一周。

确实不如找个乡村旅社休息一晚。

淮真拿出一条毛毯搭在身上,蜷缩着躺在后面。

西泽问她:"还好吗?"

她说:"Just having my period.(只是来了例假。)"

说罢从包里翻出手电,照亮那张寻人单查看起来。

"很奇怪。"她说,"这真是悬赏吗?七英尺,黑头发,携带一个娇小的女孩……为什么只有一些很模糊的特征,这样的组合整个美国绝对不会只有我们两人,单纯在唐人街,我就知道有六对情侣是这样的。"

"因为这对我祖父来说几乎算是丑闻。他既不能明确我的信息，又不能明确我的罪名。只能说有个白人'走失'，附加信息是'和一个有色人种女孩'。这样大部分联邦警察都会心照不宣，这是不可通婚人种的私奔。在所有禁止通婚的州……"

"都是可以执行逮捕的。"

"是。加州没有找到，那么首先考虑海关，或者州境。"

"那他们基本确定我们要去东边了。"

"对。"

淮真又陷入了沉思。

西泽说："别担心，他只是希望能在我犯错之前将我押回家去。"

"什么叫犯错？"

西泽沉默了一下，似乎说了句："I can't explain it well.（我不知道该怎么解释好。）"

紧接着外面的雨越来越大，没头没脑地砸下来，砸在铁皮与玻璃窗上，响得像是沙漠里碎石与沙砾一起从天上落下来。雨大也不算什么，偏偏一下雨，天立刻昏暗下来，车灯扫到前路，仿佛探进深不见底的墨水瓶，立刻音讯全无。隐隐只能看见远处有山，但怎么靠近都不见得山会来似的。

在这噪点音乐似的雨滴声里，不论他们说什么，对方也都听不清，干脆节省力气默默赶路。车灯照在坠落的雨线上，好像密雨生出了刺。盯着远处的光，倦意跟着席卷上来。车隐隐驶入短而窄的山谷，淮真迫使自己打起精神，翻起了《旅行手册》上的犹他谷那一节。

"驶过山谷，沿山脊往上，有几所杨树下旅店……"她仰起头，果不其然看见山谷中央隐隐的灯点。

她听见西泽应了一声。

雨里根本看不清上山道，每走一段路都得将车停下来，仔细辨认岔路口的路牌。山道尤其狭窄，曲曲绕绕驶上山，两个人都捏着一把汗。

直至半山坡的树林后头，乍现灯火璀璨的一道亮，绕过树丛是个停车场。在这荒郊野岭的，竟然几乎停了大半的车，如果放在中国乡村，几乎跟鬼怪狐仙差不多。

西泽将车沿碎石道路开到几乎被雨水淹没的人行道，"啪嗒"一声关上点火装置，然后叫淮真在车里等一下，他一会儿拿伞出来接她。她点头答应，毕竟停在这里的车不能没人看守，便立刻从背包外侧将自己的身份卡递给他。一只大红色的丑陋消防栓不知怎的在这暴雨里失灵了，水流成股地往外流淌。

西泽推开车门，在暴雨里蹚着水大步跑向旅店那敞开的、灯火通明的大门，一双短靴踩得水花飞溅。

从淮真的角度看过去，可以看见旅店陈旧而红彤彤的装饰，几把破旧的丝绒老扶手椅上坐着几个读报纸的老头、老太太，他们面前的地上堆满了行李箱，似乎在等待某个仆欧前来替他们拎进那种维多利亚鸟笼式的狭窄升降电梯。

她一开始只能看见前台一个秃噜瓢的发光圆脑袋，后来他突然腾地站了起来，淮真才看清了，那是个满脸粉刺的大鼻头中年男人。她正思索着旅店出于什么理由聘请这一类外貌的男人作为自己的招牌，那男人脸部突然扭曲成"绿巨人"模样，不知因为什么大发雷霆起来。

引起他不满的对象是西泽。西泽侧过头来，十分镇定地看了看淮真，又转头同那前台男人讲了几句话。她并不知道他们说了什么，但她能感觉到，西泽因为什么原因耐住了性子，好脾气地去同这样一个失礼的乡下中年男人诉说自己的诉求。她心里"咯噔"一跳，心想自己是不是看漏了什么，慌忙低头用手电照着《旅行手册》翻到的那一页，往下看，果然看到一行小字：Friendliness to coloured people，0 Star.（对有色人种友好度，0 星。）

那一瞬间，淮真摇下车窗叫了一声西泽的名字，但没有回应。

紧接着她拉开车门冲出去，积水钻进帆布鞋里发出"叽咕叽咕"的水声。淮真站在门口，又叫了一次他的名字。那一瞬间，西泽回过头来，与前台几乎同时对她发出呵斥。

西泽看起来比那位叫她滚出去的前台还要生气。

他又重复了一次："Back to the car！（回到车里去！）"

趁那中年人说出更过分的话之前，致使事情变得更糟之前……

淮真定定地对他说："Back with me.（和我一起回去。）"

他没理她，转过头想接着同那中年人据理力争。

她接着哀求："Please.（求你。）"

说完，看他一动不动地紧盯着自己，表情似乎有点松动。

淮真走过去牵着他的手，拉着他走了出去。

05.

淋了次雨，肚子疼的淮真只能难受地蜷起来。她强打起精神，在后面读着分割成一小片一小片区域的犹他州地图，实时播报："前方驶出山谷，沿未知道路前行二十英里即可见到大盐湖。"

西泽大抵也在听她讲话，一路沉默着将车驶出山谷，沿湖一路向南行驶。中途也经过了好几处加油站，西泽将车停得很远，独自下车去询问附近哪里有镇子。最近有一个隶属于科利尔菲尔德的乡村，在八十四号公路附近，开车过去只需六七分钟，路上大概有三家旅社。但前往那村子没有公路，只有泥土乡道。

说泥泞是真的泥泞，特别是经历了一场大雨，开过去时，车子宛如轧过浓稠绵软的雪糕，车里的人像在乘坐一九九八年乡村超市门外的那种摇摇车。西泽停了三次车，去路边那种旅店询问是否还有空房，这几家旅社的名字准真都在《旅行手册》上见过，与其说是一或者二星友好，不如说是四星或者三星的傲慢。

西泽的脸色一次比一次糟糕，因为旅社主人口供相当一致地告知他："今夜大雨，所以客满了，你们应该提前预约的。"

在他一言不发地将车沿泥泞道路往前开的路上，准真装作很开心地说："我们也许可以夜宿盐湖边……我还从没有在乡间湖边宿营过。"

西泽并没有答话。

再往前就是那个名叫 Green fall 的村落。村子里的房屋很稀疏，零零星星能见着几所橙黄色独立屋，更多的是那种屋顶用木头搭起来，看起来很简易的农舍。

时间临近夜里十点半钟。准真以为他可能是想驶出村子，到距离这里十五分钟车程的镇上去再问，但车开了不到五十米，猛地一个剧烈颠簸，一只右后车胎陷入了泥坑里。西泽显然已将油门加到底，车却纹丝不动，连带着发动机发出咆哮巨响。

尝试了几次，毫无效果。除非等到天明找到硬铁棍与绳索，或者去寻找加油站的拖车，今夜是别指望能将车胎从泥淖里拔出去了。

这一次准真相当认真地说："我们可以等雨停了再走。"

建议却没有起到作用。

车里安静了一会儿，西泽说："I'll be back in ten.（我会在十分钟内返回。）"

不等她回过神来，西泽已经很快地推门出去了。

准真从车窗里看着他冒着大雨，缓慢地蹚过没过鞋跟的黄色稀泥。

衣裤很快湿透，像累赘似的黏在他身上。

她想让他回来，今晚就在车里过夜，叫了他一声，西泽没理她。她径直推开车门，一只脚刚踩到地上的一瞬间险些踏空。她抓着座椅，在湿漉漉的雨里小心翼翼地将自己的脚从没过脚踝的黏稠泥土里拔出来，最终只能将那只鞋留在黄泥地里。

她拉开车窗，抱着只剩下一只袜子的脚往外看，西泽沿着泥土路深一脚浅一脚地走出去，轻轻一跨，翻过别人家潮湿花圃外的篱笆。

想起他白天说起擅闯他人住所的罪名，准真暗地里捏了把汗。

没过几分钟，又见他从花圃翻出来，似乎是打算去下一家。

乡村房屋分布十分稀疏，走去下一户几乎要走过一整片没有花儿的树林边缘，经过一片膨胀的荒野。

直到看他消失在夜色里，过了好一阵，准真觉得脸上又痒又烫，轻轻一抹，毛衣袖子湿漉漉的。

几分钟后，那户农舍突然照出一束摇摇晃晃的透亮光束，在门口往道路这边一扫，又往那头一扫，巴掌大的黄色光圈像在黑暗里挖出一条隧道。然后她听见一个年迈的声音冲西泽那边喊："Who was knocking at the door and asking to stay overnight just now?（谁刚刚在敲门并提出想要过夜？）"

紧接着，淮真从汽车探照灯光里看见了一个拄着拐杖、穿着大红雨靴的伛偻老太太。

手电往车灯亮光这边一照，淮真立刻用手挡了一下，然后大声喊道："It's me!（是我！）"

车停得离农舍并不太远，淮真怕错过西泽，干脆脱掉鞋子，将裤子挽过膝盖，推开车门从车上跳进泥地里。还好，上帝赋予了人类灵活的脚，远比穿鞋灵活。老太太大声惊叫，让她当心点慢慢来，不要着急。

她在雨里快步蹚过泥地，以防老人家朝她走来时摔倒在泥泞里。

前后夹击的明晃晃光晕里什么都看不见，但能听见双脚踏在泥泞里的脚步声，她并不知道那是谁的。踏出不到三十米，立刻听到远处黑暗里那个熟悉的声音向她怒吼："Why the fuck can't you just stay in the car?（你究竟能不能好好待在车里？）"

紧接着，她看见西泽苍白着脸孔从暴雨里大步朝她和老太太走过来。

老太太递出雨伞给他，像在讲什么笑话似的说："Go go, hurry, cover her up…（快快快，给她遮住……）"

西泽顺手接过伞来，撑开递给淮真让她撑住伞，然后蹲下身将她背起来。

老太太等到他们走近，侧身让他们走进花圃的石头小径，这才跟着他们走进潮湿的农舍。

西泽将淮真放在农舍朝外凸出的风檐下，转身轻声询问老太太："努南太太，我能否去车里取一下东西？"

老太太说："去吧，我给你留着门呢。"

淮真将伞递给他。

他垂着头看了她一眼，接过伞重新走进雨里。

直至她听见努南太太说："我不会把他关在门外的。请进来。"

站在风檐的灯光底下，淮真低头看了眼自己沾满黄泥的脚和小腿。

努南太太看着她，很慈祥地笑着说："No worries, Asian are not darker.（别担心，亚洲人并不黑。）"

等努南太太进屋，淮真仍很努力地在屋檐的尖角下将脚底的泥都蹭干净，然后跟着她走进农舍。

起居室很暖和，壁炉里似乎生着火。

努南太太边走边说："一会儿我帮你们将楼上壁炉也生起来，洗完澡，可以去烤个火。冷热水要好好调节一下，毛巾我替你拿过来。"

淮真轻声说"谢谢"。

洗过热水澡，拉开盥洗室的门，她发现那里不只挂着浴巾，还放着她拆开的那一纸袋 Southall's towels 一次性卫生内裤。

等她裹着毛巾热气腾腾地从浴室出来，才听见西泽与努南太太在楼下的谈话声。过了一会儿，浴室门打开又关上，淋浴声响起来，努南太太戴着一副圆片老花镜走上楼来，督促她说："快，去壁炉那边暖暖身体。"

她说："好的。"

努南太太走在前头，经过长廊推开一扇门说："你们今晚可以睡这里，"又说，"千万要将头发和身上都烤干烤暖和再去睡觉。"

准真说："我已经暖和多了，我们该怎么感谢你才好？"

努南太太大笑，说自己是个 Cigarette widow（烟枪寡妇），一个人住着太无聊，有人来陪已经很开心了。

准真并不知道烟枪寡妇是什么，也没有接话，打算等西泽上来再问他，顺便也可以用来和看起来非常生气的他没话找话。

努南太太一边说着，一边掸了掸壁炉旁沙发上的烟灰，然后铺了两张毯子在上面，才叫她坐下。侧耳听见下面浴室的水停了，这才故意笑着说："噢，我太困了，我得去睡了。"

准真祝她晚安，又一次谢了她。

努南太太下楼后，准真和墙上不知谁的半身油画大眼瞪小眼了好一阵，才听见脚步声上楼来。

她侧过头，西泽也裹着一条浴巾，顺手关掉了走廊的灯，走进来。

准真两眼一眨不眨地盯着他的脸色，小声问："你还在生气吗？"

06.

准真的头发仍湿漉漉的，但谢天谢地，暖和的感觉真好。她用毛巾擦过头发，因为在沙漠里待了一天，头发又干又毛躁，她不想用那种揉鸡窝式的擦法，那样头发不知会打多少个死结。所以现在她坐在壁炉边，发根在稍稍往下滴着水。

西泽弓身拾过她手里的毛巾。

准真抬头问他："你想帮我擦头发吗？"

他没讲话。

烤得暖融融的毛巾搭在头顶，湿漉漉的水渍被小心地揩掉。

"I thought it's weird for American. It's just like a father taking care of a little daughter.（我以为美国人会觉得这很奇怪，像爸爸照顾小女儿。）"她说。

"Naturally, yes.（是很奇怪。）"

淮真说："Does that means you feel OK now?（所以意思是你现在不生气了对吗？）"

过了会儿才听到他说："How you feel like?（你感觉怎么样？）"

"For what?（什么？）"淮真不理解。

他说："For me, it's like you put up with anything. For you, it's fine, it's OK.（看起来你能忍受一切，好像什么都很好，什么都可以。）"

淮真问他："You want me to yell out？（你想让我大叫出声？）"

"I can't feel your emotions. If you feel uncomfortable, sad, or regretful, please at least let me know. Otherwise, I don't know if I'm doing the right thing.（我感觉不到你的情绪。假如你感觉到不舒服、伤心或者后悔，请至少让我知道。否则，我都不知道我是不是在做对的事。）"

淮真失笑："确实有很多事情，从头至尾我都觉得不公，但错的并不是我，躲开不就好了？我天生这样，不太会表达自己的情绪。但我想告诉你，我没那么脆弱，甚至比你想象的要更坚强，我没有在忍受任何事情。"

他突然说："从旧金山市警局回去之后，有一天我去你家找你。"

"然后呢？"

"Then I heard a story. A fucking Honkey raped a poor, innocent Chinese girl, abandoned her.（我听了个故事，一个该死的白鬼侵犯了一个可怜的、无辜的中国女孩，遗弃了她。）"

"我猜她怀孕了，然后堕胎了。"

"Yep.（是的。）"

"是个悲惨的故事，唐人街的长辈每天都以此告诫家里的女儿。"

"但你仍旧跟我走了。"

"是，我仍跟你走了。"

"I'm just worried about you.（我只是担心你。）"

"I'm not innocent, and you're not a fucking Honkey.（我不无辜，你也不是该死的白鬼。）"淮真不解，"I'm not fragile, what's wrong with you?（我也不脆弱，但你是怎么回事？）"

"Maybe it's me.（是我。）"

淮真泄气地笑出声："Sorry I forgot you're my Mr. Fragile.（对不起，我忘了你是我的易碎品先生。）"

西泽垂下头，弓身将她搂进怀里，然后说："我为我的脾气道歉。"

淮真点头："我接受。"

他接着说："Sorry about my helplessness.（为我的无能道歉。）"

淮真笑着问他说："Am I dating with a baby daddy, or an all-round machine?（难道说我

在和一个奶爸,或者全能机器人交往吗?)"

"Let me know if you regret it.(如果你后悔,请让我知道。)"

她摇摇头。

他说:"这可能是唯一一会让我感到后悔的事。"

淮真想了想,说:"你看,我甚至都没问过你我们俩最终会走到哪里,就毫不犹豫地跟你来了,这看起来像后悔了吗?我很谨慎,但也不会拒绝偶尔冒险上路。外人可能不解,但谁在乎呢,这是我自己选择的人生。"

他说:"很开心你告诉我这些。"

一只肩膀承受着几乎半个西泽的重量,淮真觉得自己几乎要从肩胛处断掉。

她在他耳边抱怨道:"Do you know I'm enduring you?(你知道我在承受你吗?)"

他点头说:"Yes I did.(是的我知道。)"然后变本加厉,整个身子压上来,将她压进沙发里,贴在她耳边说,"Then you're enduring all me."(现在你在承受整个的我。)

淮真有点难以置信:"Babe you are so pornographic.(宝贝你真的好色情。)"

"You seduced me to.(你勾引的。)"

"Can you speak slowly and again?(你可以慢点再讲一次吗?)"

西泽不说话。

"I really like your voice, I swear.(我很喜欢你的声音,我发誓。)"她又补充说明,"Please let me know how you feel like. You asked me to. Now I feel being raped, by your pornographic throat.(你叫我告诉你我的感受的。现在我觉得被你色情的声音强奸了。)"

"宝贝我不是心理学家。"

淮真思索了两秒,忍不住笑起来。但是笑得很艰辛,因为胸口结结实实压着个光裸结实的身躯。

他接着说:"以及,请告诉我你是从哪里学会pornographic这么复杂的词汇的。"

"你在考问我吗心理学家,以及我还在流血……"

"If not, I'd rather be a rapist.(如果不是的话,我宁愿做个罪犯。)"

"What made you change your mind?(是什么让你改变主意的?)"

"Because it's so fucking romantic tonight.(因为今天晚上真是该死的浪漫。)"

07.

盐湖沙漠早过了,如果不是窗外的夜漆黑冰冷又潮湿,便不会显得窗内拥有壁炉的世界温暖得令人上瘾。

所有外部的困境被排除之后,身体的不适就在这时突显了出来。准真时不时伸手用掌心揉膝下的心海穴,和他漫无目的地聊天。

聊天内容包括险些被她遗忘的烟枪寡妇——"丈夫死于尼古丁吸食过度,美国有很多这样的太太"。在准真对努南太太表示惋惜时,西泽安慰她说:"努南很早就加入了卫理公会,所以别担心她会感觉寂寞,你看她甚至都没有养猫。"

于是准真又觉得开心了点。

紧接着她不得不回答自己是从哪里学的这种复杂词汇——"我还看过劳伦斯另一本《恋爱中的女人》"。虽然看的是中文版,但她不信全文里没有出现过 pornographic。平心而论,这类书籍在这个年代本身就可以称之为 pornography(色情书刊)。

漫无目的的聊天中,他自然而然地将她的一条腿架在他的腿上,用拇指代替她重复这个揉按穴位的动作。

一切使得准真莫名想起"饱暖思淫欲",即使这成语原本的用意远比这宽泛许多。觉得今晚特别浪漫,搞不好也是这个原因。她费了点力气跟他解释这个成语——人吃饱穿暖了就想追求更高层次的生理愉悦——翻译水平和她平时口语讲话时滥用英文书面词汇的水平可以媲美。

西泽想了想,说:"其实是,Adolorid 'amoureuse langueur.[1](受到爱情的影响而神思昏昏。)"

她不懂法语,但法语节奏实在太好玩了,非常好分辨。

她问那是什么意思,他说是另一个写过一本著名十四行诗的法国诗人说的,跟弗朗西斯的"爱令智昏"差不多。

其实对西泽,她心里有点可惜。如果他生在中产之家,父母会为他的天赋欣喜若狂,并放手让他去做一切他喜欢的,而不是觉得不论他将来获得了什么成就,都不如一份家业来得重要。所以对西泽来说,放手去追求一点喜欢的东西,才会显得比常人更加难能可贵。

她莫名想起《霍乱时期的爱情》,"我对死亡的唯一恐惧,就是没有为爱而死"。准真觉得他会很喜欢这本书。也许哪天她可以私底下跟他讲讲,然后等半个世纪后他拿起这本书,就会立刻发现自己的秘密。除此之外,她在脑海里琢磨了半天,也琢磨不出半句文绉绉的话。

她试探着说:"你从没问过我为什么来美国,或者来美国之前都在做些什么……"

他说:"假如你认为非讲不可。"

她盯着天花板仔细想了想:"假如我说,我的人生篇章从在电梯里听见你讲话那时才开始,你会相信吗?"她用的说法是"a new story unfold in my life"。

---

[1] Adolorid 'amoureuse langueur,出自《致埃莱娜的十四行诗》。

西泽问她："So what did I say？（那么我说了什么？）"

她想了想，一时想不起那段调侃广东女仔的广东话原文。

他说："那么一定不是什么好话。"

准真很诚恳地说："You looks so mean at the first sight.（你看上去就很刻薄。）"

西泽也不打算否认。他确实很刻薄。

然后准真又说："但我是说真的。"

膝盖被他按得很舒服，只觉得犯困。壁炉真好，她想着。还有西泽。

昏昏欲睡时，她听见西泽说他将所有行李都从车上拿下来了，以防在入内华达境的检查站时有人看见了车牌。八十号公路附近要找一辆车太容易。实在不行，也许只能去搭乘灰狗巴士。

她点点头，说："好。"

紧接着他说："然后我发现了一些别的东西……"

"嗯……什么？"

"二十多粒硬币从包里掉出来落到地上……拾起来时才发现原来只是硬币大小的金属盒。"

西泽将她的腿放下来一些，以便凑近来观察她的表情变化时不至于将她压着。

她听见他用那种让她耳朵痒痒的语气，一本正经地问："你想和我做爱吗？"

准真的瞌睡就这么醒了大半，但脑子仍像糨糊似的，没法像平常一样好好回答。她觉得西泽实在太狡猾了，明明知道她困到不行，专诚挑她神思飘忽的时候发出这种灵魂拷问，搞不好可以得到他最想看到的反应。

西泽又说："或者说你是给别人准备的，因为好像不是我的尺寸。"

准真正想反驳：我怎么知道你是什么尺寸，你又不给看。

然后她发现自己确实知道……她只好闭嘴，使出自己毕生的演技努力装睡。

但是她知道自己脸红了，而且西泽一定在两眼一眨不眨地盯着她看。

室内安静了不知多久，直至她听见他起身用灰铲将木头铲进灰桶，之后扶着她的膝弯儿将她抱起来离开起居室。

被他放到卧室床上时，准真的脑子里还在想公主抱进房间究竟是哪本巧取豪夺的霸总小说情节。哪知身体一沾到床，不出几分钟就沉沉睡过去了。

Kansas City

第三章
堪萨斯城

从烂泥朽木堆里开出一朵自在的花儿，
脆弱，却有着无穷的生命力。

01.

能在这里遇见熟人，实在是淮真意料之外的事。

她起床是在七点半钟，天色昏暗，和旧金山昏昏沉沉的唐人街早晨不相上下。楼下收音机里的声音听起来像个石库门洋房深处懒洋洋的太太，说从东边一路往西走的大雨刚刚才离开大盐湖区，但暗沉沉的天让人觉得这场雨始终有些阴魂不散。

淮真本想早起将床单收拾妥当，将壁炉的灰桶提去花园倒掉，顺带在今天出发前去附近镇子，或者盐湖城买一点鲜花之类的带来送给努南太太，但她实在没想到，自己是最晚起来的一个。

下楼时，厨房和餐厅飘出来一股烤姜饼的味道。西泽穿了件深色衬衫和一条剪裁合体的白色长裤，赤脚穿着拖鞋站在一片虚掩着窗户的窗帘背后，注视着昨晚车子陷入泥坑的方向。西泽一早就听见动静，直到她走近了，才回过头叫她去厨房吃点早餐，那里有努南太太烤的姜饼和热好的牛奶。

淮真点点头，从铜壶里倒了半杯牛奶，从厨房的早餐篮里取了一只姜饼小人，吃掉以后，才回过头来问他，是不是汽车被人发现了。

西泽说不太确定，因为早晨五点有人来揿门铃，询问努南太太知不知道乡道上抛锚的车是谁的，借口说道路状况很差，汽车堵住了他们的去路，希望能联系到车主将车挪走。

"努南太太没有说我们在这里。"

"是。等人走之后，她才上楼来，那时我正好醒了。"

"揿铃的人还没走，对吗？"

"对，看那辆红色阿兹特克。"

淮真盯着远处湖边郁郁葱葱的树枝下的两辆车："也许正在盯着我们从这里出来。"

西泽说："早晨借这里的电话打给拖车公司，半小时后他们会过来将车拖去最近的加油站。"

"我们怎么出去？从窗户？"

西泽死死地盯着那抹红色，似乎有感而发："一旦有新面孔出现在乡下小镇上，立刻会成为所有窗户背后每一双眼睛的焦点。"

淮真补充说道："尤其是满是旷野的美国小镇。"

西泽莫名笑了起来。

两面临海，内陆是一望无垠的平原，不只新手运好，上帝也赏饭吃。

"努南太太出门去是……"

"她在卫理公会结识了几位华人，想去问问是否有人愿意帮我们。作为安全担保，我将汽车驾驶证、车钥匙及身份卡都交给了她，问她需要什么，她说也许用你的会有效一些。"

淮真点头："应该给她的。"

西泽又说："我给她的是照相复印本。"

淮真愣住："你什么时候搞来的照相复印本？"

西泽说："教父房间里有一台，你没有看见吗？努南太太人很好，她说照相复印本更好。"

淮真承认，她被西泽缜密的行事风格惊住了。

不过联系到为什么流落至此，他们俩的关系也就太好猜了。排华的是白种人，但华人可不会。

淮真一时间百感交集，临到头只会说："真谢谢她。"

"她说她丈夫去世那几年，承蒙盐湖城华人社区在卫理公会的许多华人照顾，她很乐意和华人相处。"

淮真看了他一眼。

西泽也低头看着她，过了会儿才颇不要脸地承认："我也很乐意接受华人的帮助。"

淮真没说话，掉头走进厨房，打算再吃一只可爱的姜饼小人。

西泽在后头笑着追问她："Can't I？（我不能吗？）"

她站在厨房里说："我讨厌你们这种伪善的政党爱好者。"

电话就是在这时响起来的。

两人对视一眼，紧接着西泽大步走进暗沉沉的廊道，将挂壁电话接起来。

他很谨慎地说了句"hello"，然后抬眼盯着她，示意她过来。

淮真轻着脚步趋近，不由得屏住呼吸。

西泽握着听筒仔细听了快十分钟，表情慢慢松懈下来。

"Professor, would you mind telling me your full name?（教授，你介意告诉我你的全名吗？）"他盯着淮真，对听筒那边问，"Chan…Chan Yue Nin, right? Sorry, sorry, thank you. She's here…I'll ask her.（陈……陈余年，对吗？抱歉，抱歉，谢谢你。她在……我这就问她。）"

他捂住话筒，声音很轻地问她："Chan Yue Nin，记得吗？"

她说："啊？"

他接着说："Angel Island，那个女孩的爸爸，想起来没有？"

她微微睁大眼睛："他……"

他指指听筒："他看到你的身份卡，说很感激你给他女儿的帮助。另外，他说他在《金山时报》读过你，犹他大学华人教授都知道你。如果我们愿意，他立刻驾车前来，一小时就会到。但他也许会有一些别的事想和你谈谈。"

淮真点点头，她想：不会是什么坏事。

西泽询问过她的意思，向陈教授转达了，并对他致谢，之后才挂断电话。

那辆福特车在一小时后驶入茅舍，紧贴大门停下来以后，走下来一名手持文明杖的中年男人。他身后跟着个女孩儿，穿着时下女中学生很常见的毛线衫与牛仔裤，头发也烫成三七分的波浪卷，走起路来步履轻快，看起来有点雀跃。

等努南太太带着两人进门，那女孩直接扑上来给了淮真一个美式大拥抱，很开心地说："玲珍妈妈打电话到家里来说是你时，我还不相信！"

淮真花了点时间才认出那是陈曼丽，呆了一下，然后笑着说："陈小姐变得更美了。"

她摸了摸头发："玲珍带我去烫的。"

淮真说："看来你们相处得很不错，真替你高兴。"

身后那位中年人和努南太太站在一块儿说了会儿话，见她抬头来看自己，解释说："过会儿车里也许坐不下许多人，所以玲珍没有来。"

淮真不知这位陈教授兴的是美国还是中国的社交规矩，怕他觉得自己在中国规矩里不够芷雅，于是没敢贸然上前同他握手，只点一点头，说："谢谢陈教授。"

这时努南太太将姜饼篮子从厨房提了出来，笑着说："太久没有这么多客人啦！来，都进屋来，来起居室吃煎饼说话。"

陈教授带了一只纸袋扎的白兰花来，淮真本以为那是一捧，等努南太太欢天喜地地将它放置在起居室窗台上，她才发现那是一盆一枝独秀的白兰花。

进屋之前，淮真低声对西泽说："太不可思议了。"

他说："什么不可思议？"

这种感觉几乎从未有过，好像她从前早晨十点去卢浮宫，在不用排队的学生入口遇到了多年未见的初中同学。

她想了想，轻声对他说："It's just like when I found I love you.（就像当初我发现我爱你。）"

"Unbelievable, right?（真不可思议，是吧？）"他说着，嘴角可见地弯起来。

直到进屋，两人仍保持着微笑。陈曼丽一刻不停地看着她和西泽，丝毫不顾陈教授在一旁不停地咳嗽。

几人围着沙发坐下来，陈教授很简短地询问西泽他们现在是什么状况、遇上了什么麻烦。

他说他们打算去哥伦比亚，但他不能搭乘飞机，又被人从火车上赶了下来，投宿旅店也遇到了一点困难。汽车停在外面，今天似乎有人循着车牌找到了。

陈教授很认真地听了一会儿，突然问他："哥伦比亚，哪一个哥伦比亚？"

西泽笑起来，说："这个问题很难回答。"

淮真不解："你说的哥伦比亚是什么意思？"

陈教授很快地岔开话题，问她是不是打算去参加那个跨文化教育的会议。

她说是的，无论如何也想尝试一下。

陈教授沉思了一阵，说可以帮他们，有几种选择，看看他们可以接受哪一种。

一种是他开车载他们去盐湖城灰狗巴士站，他们可以购买从盐湖城到任何地方的车票。

另一种是，他母亲有一辆闲置的汽车，他可以将车牌换给他们，继续驾车前往目的地。

紧接着他问淮真："你知道洛克菲勒基金会吗？"

淮真点头："我知道。三年前洛克菲勒出资'美国学术团体理事会'，在纽约发起'首届促进中国学会议'，希望美国人多了解中国历史文化。"

陈教授略带褒奖地看了她一眼，然后点点头，说："美国对中国了解实在太少。"然后抬头看了西泽一眼，对他说了句"抱歉"。

西泽说："没关系，甚至可以讲得更深刻一点。"

那位太太和教授都笑起来。

淮真等着他的后文，感觉呼吸都提了起来。

陈教授接着说："犹他州华人社区一直很关注这件事，时常和我们来往的人中，有一位公理会的恒慕义先生，曾在燕京大学任教。英文名叫 Hummel William，你知道他吗？"

淮真几乎脱口而出："恒慕义博士正在编写《清代名人传略》，是不是？"

陈教授点点头："他最近在普罗蒙特雷金钉博物馆，明天中午的飞机到堪萨斯城，去独立城。他也读过你写的那篇《行医录》，觉得内容可以再充实一些。他在美国学术团体理事会很有发言权，也许他能给你讲讲普罗蒙特雷，甚至能给予你更多帮助。如果你愿意，我可以帮你订明天中午同一班飞机去堪萨斯城。他中文不错。"

西泽轻轻捏了捏淮真的手。

她点点头。

陈教授看向西泽，又换作英文说："至于你，小伙子，我可以将车牌换给你，你自行驾车前往堪萨斯城。我有个朋友在那边赌场集中的区域开了连锁旅店……"

西泽立刻说："Yes.（好的。）"

陈教授笑了起来："我这位朋友的旅店对所有人种都很友好，但是……"他咳嗽两声，"赌场区附近风气不太好，你们知道的。"

西泽毫不犹豫地又是一句："Yes.（是的。）"

陈教授正了正色，点点头说："记得提前致电预订，旅店地址我也会留给淮真，你们可以在那里会合——你可别比她到得晚。"

他笑着说："当然。"

交代完一切，陈教授又询问努南太太是否可以借电话一用。努南太太说请便。

爸爸一走，陈曼丽终于忍不住拉着淮真的手问："很早之前玲珍和她妈妈就告诉我，她们都觉得他喜欢你，要不是今天看到，我简直不敢相信她们说的是真的……"

西泽在一旁一脸无语。

她好像完全忘记西泽是能听懂一些国语的，高高兴兴地接着往下说："而且，他看起来根本不像会私奔的那种人……"

西泽终于忍不住了，用那种广东话音节组成国语句式的发音问她："会私奔的是哪种人？"

陈曼丽吓了一跳，看表情，好像之前压根就把他当成了舞台剧的背景板，比如墓碑十字架，或者倒挂墙上的蝙蝠那一类的。

02.

像他俩这样的组合，不论搭乘公共交通走到哪里，总归没有自己驾车灵活自在。如果在外租车，也不会有他亲自组装过的车熟悉。经由怀俄明州及内布拉斯加前往纽约确实会近很多，无奈八十号公路已经不够安全。从七十号公路往东确实会绕一些路，但不论对淮真或者西泽来说，都是最好的选择。

陈教授一通电话打给华人旅社，便搞定了泛美航空正午十二点前往近堪萨斯城的劳伦斯机场的客机票，抵达位于劳伦斯市的机场是下午四点钟，等到堪萨斯城市区多少也要傍晚六点以后。而驾车穿过科罗拉多和整个堪萨斯州到独立城，通常来说也要四十小时往上。如果忽视一些限速五十迈的区段，想要在六点前抵达堪萨斯市区，意味着现在一定要出发了。

淮真正打算从旅行袋中挑几件必需品，却被陈曼丽竭力制止，连卫生巾也不让她拿。她说不用耽误时间，她们那里什么都有。然后又凑近淮真的耳边悄悄对她说："我爸爸让我告诉你，如果他没有如约前来，他很愿意资助你前去。犹他州华人社区都愿意。"

初听下来，陈教授这番话让淮真有点诧异。

这种感觉就好像……

好像留点余地给一时冲动贸然结伴出走的小孩。各自冷静过后，好好决定一下要不要反悔，以免在这种被迫捆绑在一起的情况下，即使走到最后，想后悔也为时过晚。

和努南太太作别后，四人一起乘坐陈教授驾驶的汽车返回盐湖城市区。西泽坐在副驾驶室，开车途中，陈教授先对他在海关放行自己家人的事表示了感谢，又问起他是从哪所大学毕业的。

西泽说："美国军事学校毕业。"

陈教授说："是纽约 Westpoint（西部要塞）那个吗？"

他说："是的，东岸学校，因为离家比较近。"

陈教授有点话痨，聊起东岸的学校就停不下来。他说大部分赴美留学的是八年庚款清华生[1]，但他是上海圣约翰毕业。美国东岸的名校在中国名气非常响亮，西岸斯坦福和伯克利远不如哈佛与哥伦比亚；他也不能免俗，一到美国，立刻奔赴麻省，先在克拉克大学攻读了个社会学学位，后来才转入哈佛地质学院学起气象学。"

说完他又问起西泽："你一定知道 Fraternities（兄弟会）。"

西泽说："大概知道，美国人很喜欢搞社交娱乐。"

陈教授说："中国留学生也组织了一些自己的兄弟会，比如……"

西泽说："我知道 Cross and sword[2]，还有一个 David and Jonathan[3]，建立者似乎是个中国著名外交官。"

陈教授很激动："Yes, that's Wellington Koo[4].（是的，那是顾维钧。）"又赞美他，"You know a lot about China.（你很了解中国。）"

---

1 八年庚款清华生：1900 年，北京爆发"庚子之乱"，八国联军攻占北京。1901 年，清政府被迫与各国签订耻辱的《辛丑条约》，同意向十四国赔偿白银四亿五千万两，分三十九年付清，史称"庚子赔款"。1908 年，美国国会通过法案，授权总统罗斯福退还中国"庚子赔款"中超出美方实际损失的部分。美方与清政府协议，用这笔钱帮助中国办学，创办清华学堂，是为清华大学的前身，并资助中国学生赴美留学。

2 Cross and sword：意为十字架与剑。兄弟会名称。

3 David and Jonathan：缩写为 D&J，意为大卫和约拿单。兄弟会名称。

4 Wellington Koo：顾维钧，美国的华人留学生兄弟会 D&J 的创始人之一。

西泽说:"我以前入过一个兄弟会叫 Phi Beta Kappa[1],后来跟学会成员闹矛盾,于是退了会。在那里结识了一名华人,他很有趣,也很优秀。"

陈教授问:"那是谁?"

西泽说:"他姓 Tse[2],父亲很有钱。"

陈教授有点不高兴,说:"噢,那家人不能算中国人。"

西泽便没再提。

陈教授过了会儿又问:"他人怎么样?"

西泽笑了笑,说了一些很官方的印象:"He is huge.(他身材魁梧。)"

陈教授说:"吃面包长大的,确实比吃大米的长得结实。"

西泽不置可否,只说:"Maybe it's true.(可能是这样。)"

总的来说他们聊得不赖。大约是起得太早了,陈曼丽上车不久就打起了盹。淮真没有打扰前座的对话,在后排翻阅起那本《旅行手册》,用写字的钢笔将手册上写的所有限速五十迈的市镇都圈了出来,然后将那一页折起来。

直到盐湖城市区,陈教授才回过头来,问淮真有没有什么发现。

在几张笔记本纸裁出的便笺上做完所有驾驶备注的淮真抬起头来,对陈教授说:"我在地图上,看到犹他州的地名都好特别。Hiawatha(海华沙)、Kanarraville(卡纳拉维尔)……好像从什么北欧神话里取出来的。"

陈教授笑着说:"摩门教的教旨确实有一些希腊哲学的部分,犹他州是摩门教总部所在地。你觉得这里怎么样?"

就淮真而言,她此时全然无意留心盐湖城风景。被教授问及,往窗外草草一瞥,瞥见远处淡蓝色天空下的红色岩石,还有在城市中央的洁白教堂,随处可见的蓝杉树,总结性地说:"很干净,很……像昆明。"

陈教授以为她出生就在美国,有点难以置信地笑起来:"你还去过昆明?"

犹他大学距离市区有一点点距离,所以陈教授在城市东边租了一套三室独立屋,与在学校办公室任教的妹妹、母亲及两个晚辈住在这里。房子有个小院,自带车库。院子小小的,和邻居贴得很近,车开进院子,还能从修葺整齐的灌木上方看见邻居在院子里浇花,此时从灌木上方冒了个头,向陈教授打招呼。

刘玲珍一早就等在门口了,赤脚趿拉着拖鞋,淡绿色碎花睡衣外头罩了件灰大衣,在冬天早晨冻得哆哆嗦嗦,一边指挥停车,嘴里直往外吐白雾。

---

[1] Phi Beta Kappa:美国的兄弟会,也是最古老的一个。优秀会员获得一把刻着"ΦBK"的金钥匙,国际公认可以向女友求婚。

[2] Tse:"谢"字的粤语读法拼写,这里指此人姓谢。

等西泽从副驾驶室下来,她吓得连连退了好几步,惊叫道:"怎么回事?多少辰光了,联邦警察还找上门来访?"

陈曼丽赶紧拉了她一下,说:"他听得懂。"

刘玲珍叉着腰将陈曼丽挡在身后,理直气壮地说:"勿要紧个,我不信伊侪会讲上海言话。"

陈教授一早在努南太太家就已打电话,请人将那辆拖去市郊加油站的普利茅斯开到市区加油站,他即刻开旧车过去,在加油站修理厂更换车牌,西泽也会跟他一起过去。

陈教授进车库去开旧车,叫西泽也过去,说有点话要同他说。刘玲珍想让淮真一起进屋来,淮真盯着西泽的方向,说还有点话要同他说,一会儿再进来。

刘玲珍毫不客气地说:"着急什么,又不会弄丢了。那警察看起来这么凶,我巴不得你把他丢了呢。"

陈曼丽很头疼地说道:"上海小女人。"

刘玲珍"喊"了一声:"多少人想当上海小女人还当不了呢。"说着又拉拉淮真的手,说,"妈妈蒸了糖藕,早些进来吃。"

恰逢邻居又从院子那头扔了一麻袋苹果过来,陈教授在车库里喊玲珍和曼丽将水果一块儿扛进屋去。刘玲珍拉拉淮真,姐妹俩捉着麻袋三个角先进屋去了。

淮真走到车库外头,说:"邻居真友好。"

陈教授笑着说:"美国人就这样,你家做饭,他夸味道香。回头你给他送个菜,改天就扔你一篮水果,在中国这叫投桃报李。"

西泽立在车库外头对她笑了笑,除了"投桃报李",其他大概他也都听懂了。

淮真走过去站到他身边,将刚才在车上做好的便笺一张张给他看,嘱咐他一定要当心,不要开车太快,记得注意限速五十迈的市县;路上不要跟人吵架,更不要连夜开车;自己住的话可以挑个干净卫生高档的旅店,不要急,晚点到也没关系。

啰啰唆唆讲了一堆,最后将便笺叠整齐,塞进他风衣最外面的口袋里。西泽趁机将手伸进口袋,很坏地将她的手扣紧,淮真挣了几次都没挣脱。

陈教授将车倒出来,似乎从后视镜里看见了,笑着调侃:"别担心,他自己驾车反倒方便很多。男子汉,即使夜宿车里也没关系。科罗拉多路上风景相当不错,有富德台和洛基山,旅客很多,公路上也不会寂寞。只不过需要当心了——因为会有一些拇指党,你知道吗,竖起拇指要搭车的背包客,如果是个美人,绅士们通常不能拒绝她们。"

淮真说:"希望你不会太寂寞。"

西泽说:"可惜我不是个绅士。"

趁陈教授在花园里掉转车头,淮真轻声问他:"教授刚刚对你说了什么?"

西泽说:"他告诉我,通常来说,华人女孩子留宿异性家里是风险很大的事,在华人社区会成为大新闻。还说，如果你这次出行不是经过了家长同意的话，他希望我明白，一家本分唐人街人家的女儿，和男友进行超过两天的旅行，几乎意味着可以结婚了。"

淮真说："你别信，陈教授经历过旧中国，思想也许仍古板了一些。"

西泽接着说："他请我路上好好思考一下，独自旅行利于思考，尤其在我这样一个美国人自己的国家而言，是既舒服又轻松的一件事，远比和一个华人同行容易得多。"

淮真说："你怎么想呢？"

他说："他还说，以他的人生经验，共同经历一段艰难的旅途是检验人与人是否合拍的最好方式。"

淮真沉默了一下，说："七月时，我参加过一个朋友的婚礼。"

"然后呢？"

"有个日本女孩，在婚礼上说起她和她白人男朋友的故事。他们都是普通人，我也是。她对那位官员说他们只是相爱了，他们无罪。那天我发现我很羡慕她，在那之前，我从没羡慕过任何人。"

她很认真地看着西泽说完了这番话，然后趁机将自己的手从口袋里拿出来。

陈教授在远处招招手，说："小伙子，话讲完可以上车了。"

淮真对他笑了笑，叫他赶快去，免得时间来不及。

西泽垂下头，没有再说别的话，径直拉开车门上了车。

等车快要开动了，淮真又叫了一次他的名字。

陈教授将车停在门口，笑着说："我猜你要第十次提醒他注意安全。"

她对陈教授说"谢谢"，然后快步跑到副驾驶室窗边。

西泽将车窗摇下来，抬头看着她问："宝贝你还有什么要对我说？"

淮真说："今天下午我想去剪个头发。剪到耳朵下面，像你卧室里十二岁时的照片里的头发那么短，可以吗？"

西泽说："如果你喜欢。"

淮真听完笑了，很开心地接着说："如果你在路上，比如加油站小商店一类的地方，看到有卖鸭舌帽的，可以买一顶给我吗？我想要很酷的那一种。"

西泽看了她很久，然后说："好的。"

03.

陈家的独立屋所在的街区旧却干净，远远看去街道清新精致。屋子虽小，却窗明几净，大件家具与窗帘洁白敞亮，小件装饰，譬如枕衣、餐桌布、花瓶与摆件，处处彰显着屋主人的生活品位。说起这个,陈老太太仍有些得意——

"这三卧室的独立屋——阁楼间收拾出来也可以作卧室;洗脸水,还有洗澡用的热水都是免费的,做饭有用油烧火的炉子,西式马桶,冬天的汽炉、电灯和烧饭的油全在月租金里,总共才一百美金。从街区去洋人商场区也很便利,一条街外就是,不用穿行大马路,更不怕车,我每天早晨都走着去买菜。玲珍去学校有舅舅开车送,舅舅没空时,也有三趟巴士去学校;曼丽更方便,去奥克斯基督高中每天都有校巴来家门口接送。"

淮真问陈老太太:"这独立屋是谁找的?"她与姐姐在旧金山都找过公寓,但没遇见过这样好的。

陈老太太说:"除了我还有谁?曼丽来前,玲珍她妈妈自己住校舍,她舅舅和人挤一个公寓;曼丽来之后,两个女孩儿一块由玲珍妈妈教,索性一家人一起搬出来住。只我有空,便带着曼丽一起打电话看屋子,顺带教教她识路讲英文,最后看中了这三卧室的独立屋。他们那么忙,根本没有空闲,还是我跟洋人一毛钱一分钱掰扯下来的。他们看我年纪大,英文又难懂,嫌麻烦,索性就这个价钱给我了!"

淮真说:"真的很划算。"连带又夸奖了屋里雅致的布置。

陈老太说:"从前住法租界的小马路小洋房跟这里一比,也显得小里小气的。在上海那群老女友,也不见得有这样的品位。我寄过几次相片回国,她们都羡慕得不得了!"

因为淮真提起想出门挑些礼物给努南太太带去,顺带找理发店剪个头发。一不留神将陈老太夸高兴了,等姐妹俩洗漱完,换好衣服时,陈老太太拿出一张自己绣的红肚子小鸟手帕给淮真,说让她带这个,美国人都觉得这个最贵重,从前陈教授念大学时,她寄东西给他,苏绣过海关时是要抽一大笔税的。

淮真好说歹说,说是她本人的心意,这样不合适,陈老太太才将手帕收了回去。又同她介绍,可以去城西的华人社区买一张国内的小幅挂毯。虽然那儿都是骗美国人的玩意儿,唯独地毯不一样。因为从前丝绸之路去欧洲,地毯总归还是中国的最好,也不会很贵。

听说她要剪头发,又给她推荐理发店:"华人社区倒是便宜,但大多剪得不好;玲珍可以带淮真去尼法街,上次你妈妈烫葛丽泰·嘉宝在《流浪汉彼得》里那个造型的那一家,贵是会贵一些,但好看得不得了!"

女孩们还没出门时,陈教授借了修理公司的电话打回来,说已经送走西泽,一切顺利,叫淮真放心。因他一会儿得去学校讲课,午饭后才回来,如果需要他开车载她们出门去,得晚些时候了。

刘玲珍说:"我们坐计价车出门。"

陈老太一听就来气:"这里太阳不知多晒,一晒就黑,像什么样?"

玲珍就说:"我们到十字街口去坐计价车,一样也不晒!"

老太太拦不住,临出门时给她们一人塞了只水果,说美国苹果汁多,多吃水果不易晒黑；又叫她们早些回来，免得错过午饭。

曼丽得去学校上课，理发店是玲珍陪着去的。不等淮真问起，玲珍的嘴便关不住似的将家事跟淮真交代了个一清二楚。譬如一家人虽说都瞒着陈老太，让她信以为曼丽是亲生女儿，不过老太太也不傻，恐怕一早就猜出来了，对曼丽也是一样的好。曼丽乖巧懂事讨人喜欢，老太也觉得异国他乡伶仃辛苦，同为华人本该互相帮衬着，也就睁一只眼闭一只眼，当半个孙女来宠着。

尼法街理发店倒不太远，就在十字街口右转。时间还很早，两人到时倒是有个大学生模样的华人青年在那里理发，请理发师替他修剪成"美国陆军式"——听他抱怨说是因为学校白人男学生一般一个礼拜修理一次头发，而且早起都抹一种发膏或者淡油，不抹的很容易被嘲笑。他剪陆军式，不只省了发膏钱，还可以两礼拜来一次理发店。

陆军式修剪得很快，快剪完时，那位理发师询问淮真想要什么发式。淮真大致描述了一下，说想像中学男学生一样露出一半耳朵的长短。

理发师傅问她："是不是想要看起来很像精灵的那种？"

淮真不明白他说的"精灵"是什么感觉，只说："像个男孩似的就对了。"

那华人青年惊得下巴都快掉了，说："那怎么行？"

理发师傅虽没听懂他那句中文，但大概还是能猜到，瞥了他一眼，说："她很适合剪这么短。"

青年不信，非要留下来看。

理发师傅倒是个熟手，剪得飞快，三五下就剪出了个雏形，问那华人青年："是不是很像精灵？"

华人青年不置可否，仍觉得女孩子将头发剪这样短不太得体。

一位白人太太牵着狗等在外头，想给自己和狗都电烫个鬈发，一双湖蓝眼珠盯着淮真左看右看，问理发师傅说："实在太好看了，也能给我剪成这样吗？"

理发师傅便问淮真："觉得喜欢吗？"

她说："很好看。"

理发师傅得意得不行，说："我从前可是给葛丽泰·嘉宝做过电影造型的，从不在不同的人身上做同一款发式。"

好看是好看，人工费也的确很贵，统共花掉了一美金。那青年学生说那位太太的才叫贵，特意叫理发师给她用香水洗发，这样烫下来得花上两美金。

临出门时，淮真被橱窗上挂的一本《星期画报》吸引——封面是个亚裔女子，穿了件灰底纹中袖单长衫，孔雀蓝的纽子从前襟到身体左侧一路到臀际，往下顺其自然开衩，露出两条纤长的腿。长衫是薄纱款，胸前若隐若现可见两点。她手头拿了只纹了红胸鸟儿的半透明纱织折扇,独独遮住半只眼。

淮真盯着画报看了半晌:"这是……"

玲珍比她还要先认出这号响当当的杂志封面人物:"叶角儿你都不知道呀?如今飞黄腾达,大名鼎鼎到芝加哥都将她请来当红胸鸟大使了。"

淮真愣了一下。

玲珍说:"你在美国长大,不清楚她从前做的事也不奇怪。三岁险些被爹娘卖去堂子做红倌人,幸得斗牛子先生出手搭救,叫太太洪灿青从小教她唱青衣戏。因北平那堂子地处垂虹亭,便给她取名叶垂虹。十七岁靠《思凡》一曲成名,做人便忘了本,自觉赵色空的身段唱腔在京城无人能及,将手授衣钵的师娘也不放在眼里,自立门户去了福临门,很快挂作招牌。福临门与洪灿青所在的兴旺楼本是对家,洪灿青自然要与她争个死活高下。沈派青衣这一枝本就一脉单传,她师娘洪灿青那年患了脑疾,那年寒冬,斗牛子先生深知妻子身体有恙,却仍要逞强唱戏,屡劝不止,便托人递信给叶垂虹,以师父之名乞求叶垂虹,叫她休台几日,明面上服个输,实则落个尊师重道的美名,也好让她师娘好生歇息养病。然而其间不知出了什么变故,或是做徒弟的不知轻重,以为师娘称病是个托词;要么便是洪灿青不肯低头,非要与徒儿决个高下你我,总之二人都不肯善罢甘休。最后洪灿青也硬着头皮登了台,唱到一半,当场昏倒在台子上,再没醒过来。叶垂虹也落得被沈派除名,闹得与她师父师兄弟老死不相往来的下场。那日厚着脸皮去师娘棺椁前磕头认错,气得斗牛子先生当众立誓:从此舞台上,有叶垂虹便再无他斗牛子。后来辗转流离到上海与广东,虽仍偶有票友捧场,自己也再没脸登上名舞台。她郁郁不得志,后来梅兰芳先生去三藩市大舞台戏院,名噪花旗国,好不风光!于是她剑走偏锋,与一些留洋博士教授、租界洋人与华侨不清不楚,为的就是借着谁的东风带她出洋唱戏……如今她也算如愿了,风光几乎能媲美安娜·梅·黄[1]。"

淮真在华人社区花五美金买了一幅山水画的提花羊毛地毯,坐计价车送去镇上给努南太太的路上,玲珍一直喋喋不休地跟淮真讲叶垂虹在上海一众太太口中名声究竟有多臭:"我妈妈常说,长三堂子讨来个人也没她这么作践自己。"

叶垂虹是个美人,一言一行都精心雕琢过;做人手段上,也确实算不得光风霁月。但从她为唐人街与大戏院做的一切来看,淮真无法单从某一个角度来评判她,于是她没有附和玲珍。

努南太太不在家,淮真便将地毯从门缝里塞了进去,又用便笺写了许多感谢的话,折起来夹在门扶手上,之后两人坐了同一辆计价车回家去。

玲珍见她兴致不高,回程路上也没再提叶垂虹。两人聊了聊船运公司从中国运来的香椿,

---

[1] 安娜·梅·黄:黄柳霜(Anna May Wong,1905年1月3日—1961年2月2日),出生于美国洛杉矶,祖籍广东省台山市,美籍华裔女演员。

又聊了聊哪家连锁奶制品店的冷饮最好喝。最后聊到淮真路上吃了碗圣代闹得月经不调，玲珍笑着说："也许你下午可以去一次犹他大学，学校里建了一栋七层楼的大医院，学生以及教授家人看病都是免费的。"

淮真笑着说："那又不是什么病，好好休息就好了，省得白人医生觉得中国人都小题大做。"

等回到市区以后，淮真再没有什么时间做别的事情。午间吃饭时，陈教授说他替淮真联系了犹他大学的汉学客座教授，答应帮她修改英文稿。但是这位老教授有点学究气，只收打字机打的讲稿，手写的一律不看；教授家里有台打字机，她可以利用下午时间将讲稿用打字机打出来带去给教授，他催促一下，今晚之前就可以替她修改一次。

即便玲珍很想跟淮真玩，也知道她没有空，便捧着本足本的莎翁小说，一整个下午都陪在书房，听她将键盘"噼里啪啦"敲得飞快。

约莫下午四时，淮真就已将十二页初稿尽量完整无误地打了一份出来，接到电话，陈教授马不停蹄地驾车回来，将那份《行医录》初稿带去给汉学教授。到晚饭前回来时，所有逻辑不清、需要调整、完善的部分都用钢笔一字一句地圈了出来，又叫淮真利用晚餐时间纠正过来，用打字机重新打了一份。玲珍妈妈叫曼丽给她盛了碗香椿炒鸡蛋饭上来，淮真胡乱吃了几口，便在打字机前坐到了八点。

陈教授也是雷厉风行的作风，接到第二份稿子，又马不停蹄地开车回去了，也没有事先打电话同那学究气的白人老先生预约。

一开始淮真觉得，按照白人的行事作风，即便做到教授职位，也不肯半夜留在学校加班。哪知陈教授近十一点回来，却是满载而归，敲响卧房门将淮真请出来，把一份重新用笔整改过的稿件交给她，很高兴地说："菲利普教授说了，这一份已经很优秀了，恒慕义博士绝对挑不出太多大毛病，也会很愿意指导能写出这样优秀文章的有才之人。"

盐湖城的冬夜很冷，陈教授大衣外套、眉毛和胡子上都结了层霜。看教授为自己的事风尘仆仆来去奔波，淮真心里感动得不行，捉着教授的手使劲握了握。

陈教授大笑道："不用感谢，华人们私心里都希望能让美国人多看看我们优秀的唐人街华人女孩儿。"

那天夜里，淮真在打字机前一直改到凌晨三点钟，在检查完稿件，确认没有自己肉眼可见的毛病以后，才和衣睡了一会儿。室内烧着热炉，没有温尼马卡室内供暖那么干燥。虽然想到明天还有更重大的使命，淮真却不怎么紧张，一觉睡到八点钟天亮，陈老太太急匆匆在楼下掀铃催促两个女孩起床洗漱赶巴士。

04.

临出门，淮真接到陈教授的电话，到十字街口的影楼去照了个相。从前听说白人照相馆贵，哪知竟然贵成这样，六张六寸照一共花了二十二美金。不过这是第一次乘飞机必须提供的——后续到了纽约，去六所大学联盟的跨文化会议也需要一张。

照相师是个很帅的白人小伙，手臂上文了条蛇，照相时一直夸淮真发型很美，说如果他为广告做海报拍摄工作，一定请她去当模特。

淮真笑着问他："可以给什么当模特？"

小帅哥想了想，说："也许某一款果汁。因为很多果汁广告都说能让人保持青春与苗条，正好你看起来很阳光轻盈。"

淮真沉思了一阵。

小帅哥接着说："噢对了，早餐麦片更适合——你看起来像吃东西很有食欲的那种人。"

淮真听完笑了，相机趁机将她抓拍下来。

不得不说，这是个相当好的摄影师，看到相片的那一瞬间，淮真差点信以为自己够资格当广告模特。

临去机场前，淮真借用电话拨回旧金山中国城，接电话的是阿福。

她很简洁地向阿福讲了自己的近况，说自己一切都很好，又问家里怎么样。

阿福听起来相当高兴，告诉她家中一切顺利，最近唐人街外头经济实在不景气，好多意大利人都想和他们合伙做洗衣生意，他正在与罗文商量云云。又叫她出门在外千万别省着，钱该花就花，要是没钱了就打电话回家，他们叫富国快递给她汇款。

因知道她借宿于旁人家中，阿福也不好讲太多，只叫她到了下一个地方有空再打回家。

草草向家中报个平安，淮真心里也安心了些。

盐湖城与堪萨斯城都没有专门的客运机场，航班也只是泛美航空从奥克兰飞往 D.C. 的一班，不过除非是波音航空加压客舱，这年头大部分航程都是低空飞行，沿途会在一些城市市郊的临时停机坪停靠很多次。盐湖城市郊的西瓦利城，与堪萨斯城附近的劳伦斯，都是这趟航程的停靠点。

上午十点，两个女孩拥抱作别，淮真邀请她们常去三藩市玩。

玲珍偷偷告诉她："我们都建议曼丽考斯坦福或者加州理工大学，因为她的数学很不赖；或者你来犹他大学，不过据舅舅说，假如你真的能在会场上发表那番演讲，东岸不知多少大学会抢着让你入学。"

淮真笑着说："总之，三藩市离盐湖城很近。"

玲珍说："当然，跟东岸比起来是很近。"

作别了女孩们，开车送淮真去机场的路上，陈教授说："恒慕义博士的事请千万不用担心。而且，如果东岸坚持排华，菲利普教授也表示，假如你愿意申请，他会接受你来犹他大学做他的学生。"

也不知是不是觉察出她有些紧张，故意安慰她才这么说的。不过听起来确实十分受用。

汽车约莫十一点钟抵达西瓦利的停机坪，那里搭了一个很简易的等候大厅。因为陈教授一会儿还得返回学校，而且她抵达堪萨斯的旅店，也会向陈家致电报平安，所以与陈教授的告别也很简单。

盐湖城天很冷，淮真往灰色大衣外又罩了条手织的暗红色围巾，将自己裹得严严实实，可是仍冻得直哆嗦。其实也有紧张的情绪在里面——因为等会儿要见到的人物，是大名鼎鼎的"美国研究亚洲协会最重要的成员"，她从前切切实实在教科书里见到过的伟大人物，对她来说属于活化石一流，不紧张才奇怪。

她想在候机厅自动售卖机上买一杯热可可给自己暖暖手——美国这年头喜欢开发各种各样的自动售卖机：报纸售卖机、安全套售卖机、三明治售卖机、热饮售卖机……机器总是坏掉，还需要顾客打电话叫人来修理——为了节省人力，又搞不好自动化的典范。

因为手冻得很僵，她在钱包里摸索了半天才摸出几枚二十五分的硬币。投币等待时，她嘴里念念有词地背诵着见到博士后的开场白——

"恒慕义博士你好，我叫××。请原谅我冒昧前来打扰，因从前博士在燕京大学任教时就听过你的名字，十分佩服博士对中国历史的渊博知识与深刻的理解。我阅读过博士写的《超国家的国家主义》，非常喜欢，也因此关注起区域化的超国家现象。这次前往纽约，恰好听陈教授说恒博士也会搭乘这班航空……"背着背着淮真自己翻了个白眼，换了个相当嫌弃自己的调调说，"原谅我讲了这么多鬼话，究其原因就是想和博士攀谈，搞不好能帮我指点一下这该死的稿件。"

但凡紧张时她就会这样，事先准备好流利的开场白，会让她接下来的情绪放松很多。

冷不丁背后咳嗽声响起，淮真以为自己霸占着售卖机，让排队的人等了太久，一边道歉，一边伸手去取水杯，结果摸了半天没摸到。

身后排队的人突然大声笑了起来，用非常正宗，甚至带着股京味的国语说："塞张一块的纸币进去。"

淮真先是愣了一下，慢慢转过头，看到的却是一张中年白人的脸。

身材健壮高大，略略有点发福的征兆；脸颊宽阔，有点北方德国佬的相貌，眉眼里却多少带着点传教士的宽厚——教科书上知名汉学家恒慕义博士那张黑白照，此刻活体出现了。

淮真一时间有点失语。

恒慕义博士以为她没听懂，接着用十分地道的国语说："我是说，投币的坏了，捶两下，把硬币捶出来，再塞张一块钱的进去。总之试试呗。"

她机械地点点头，狠狠捶了投币机几下，硬币"哗啦啦"地从投币通道滚出来以后，她又塞了一美金进去。

直到热可可拿到手，淮真的脑子仍有点蒙，心里想着该怎么礼貌不突兀地自我介绍，将刚才那段该死的开场白自然而然地插进去呢？

恒博士扬了扬热可可杯，直截了当地对她说："愣着干吗？走呀。"

她的脑子莫名其妙抽了一下，跟上去说："I haven't introduce myself yet.（我还没做自我介绍呢。）"

穿白色制服的陆军警察将飞机扶梯拉下来，恒博士很绅士地请她先走，然后跟在后面说："你那刚不是都说了吗？"

周围一群乘机的白人看着这两人都觉得好奇怪：为什么一个美国人在讲中文，一个黄种人却在讲英文，而且互相还能顺利交流？

在舷窗边相对坐下来之后，恒博士终于换回英文，学着她那种嫌弃的语气说："My name is Waaizan, I really like your blablabla…Oh sorry, what's the name of it?（我名叫淮真，我真的非常喜欢您的著作巴拉巴拉……哦，抱歉，它叫什么名字？）"

"Supra national Nationalism.（超国家主义。）"

"Good.（对了。）" 恒博士从乘务员手中接过依云，递了一瓶给她，说，"现在我们来研究一下跨国家的种族主义。你那篇文章带着没有？或者你并不打算给我看。"

淮真很快从文件袋里将装帧好的机打文稿递给他。

乘务员告知乘客飞机将会在四小时后抵达堪萨斯城以后，恒博士装作很着急的模样，从衬衣领里掏出一只单片眼镜，飞快地阅读了两遍。他很简略地说文稿行文很流畅，美国人也不会挑出什么结构句式语法毛病，但也告诉她，内容其实可以更充实。

他给淮真的建议是："Talk something about Daira and Heung.（讲讲黛拉和洪的事。）"

当初制造洪爷的丑闻事件，无非共和党为同民主党争夺加州进行拉票的手段之一，却不想中途横空出世一个黛拉，跨越种族，和洪爷在绞刑架下结婚，无形中给民主党争取了相当数量的选票。

淮真询问他："是否要在演讲中寻求某一种政治的正确，以争取某一方的政治力量。"

恒慕义博士说："的确是这样，美国是个擅长演讲的国家，这一套时常用在政治里。比如几个党派为自己的权利拉票时，就喜欢在竞选演讲里说一些骗人的鬼话，而这一套永远行之有效。"

建议过后，结束语仍然是那一句京味十足的："总之试试呗。"

05.

博士与她一路都没闲着，嘴都讲干了，连带她那瓶依云也喝了个干净。

淮真"唰唰"地在笔记本上记着，记了满满四页。

客机飞得很低，离地不过四千至六千英尺距离。客舱不是加压的，淮真后排坐了个老太太，晕机晕得厉害，几乎埋头离不开呕吐盆，到后头呕出的只有黄水。客舱里弥漫着呕吐物的味道，乘务员只得将舷窗打开。

螺旋桨声震天，冷空气"飕飕"灌进来，直吹到她的头顶，她压根没在意。

飞机落地劳伦斯后，恒博士的朋友开车接他去独立城，而淮真得乘坐城际巴士前往堪萨斯城独立大街。两人很快分道扬镳，甚至没有多少告别语，因为飞机上已经说得足够多了。

直到坐上巴士，淮真那在四千英尺高空吹了四小时冷风的脑袋才觉得有点神经痛，螺旋桨"嗡嗡"的巨响仍在耳边回响。

同样萦绕不去的还有恒博士讲的最后一番话。

他说："对西方来说，中国实在太老太老，像个病榻上的垂暮老人，身上因积劳成疾爬满虱子。尽管她仍是神秘莫测的，然而年富力强的西方没有耐心剥开腐朽的外衣，去发掘更多的未解之谜；他们只想费尽心力地掳掠、榨干她身上最后一笔遗产，最后一滴血。西方对于中国的理解有太多偏差与误解，对于中国的最后印象，便永远停留在她奄奄一息、垂垂老矣的一刻，永远不会记得她最初最原始的模样。"

淮真说："您这样好像在形容一个小说人物——羊脂球。"

博士笑了一下，说："可不是吗？在西方人眼里，中国如今看起来就像一切下等的、乱离之人的总和。我不是在贬低东方，我只是在描述一个误解过的刻板印象。"

淮真说："我知道。"

博士接着说："所以，比起看到一个谢了顶、大腹便便的中年人，或者一个油嘴滑舌的小伙子，我想会场会有很多人更愿意看到一个俏丽、活泼的女孩来述说这古老的中国，这会为这份发言增添更多华彩。虽然这样讲也许会使你不甚愉快，好像所有人只在意年轻的外表，而不注重内涵。事实上，这两者根本不能剥离开来。你天真、自然、本能、直率，看上去像没有经历过任何苦难，毫无束缚、不羁洒脱，毫不夸张地说，这是我所期待看到的。从烂泥朽木堆里开出一朵自在的花儿，脆弱，却有着无穷的生命力——这恰恰是你的优势。"

大巴在堪萨斯城的市政厅停下，距离那传说中赌场区神秘的费丽达旅店还有一条街区的步行距离。时值傍晚，差一刻六点，淮真顺着独立大街与密苏里河慢慢往卡普里岛溜达过去，路上起码经过了三个公园、四个喷泉。整座城市看起来十分悠闲，下班后，一家三口在余晖下的公园草坪上坐着看报，或者玩一些简单的互动游戏。等待过街时，一辆载满旅客、满带笑声的旅行巴士从淮真面前慢悠悠开过，巴士红色身躯上用喷漆喷了：Kansas City-Heart of America！（堪萨斯城——美国之心！）

是不是但凡不临海，不与其他国家接壤，左右不着的内陆中心，又恰好有知名河流流过城市中央，就统统可以叫作"××之心"？譬如塞纳河流过的布鲁塞尔和被多瑙河分割城市的布达佩斯，不知为什么，也统统自称为"欧洲之心"。

堪萨斯城跟布达佩斯也很相似：一条河流分割，这边属于堪萨斯州，那一头属于密苏里州。赌场区正好在区域的正中心。尚未过桥，夜幕还没升起来，赌场区的霓虹灯率先亮了起来。桥上有许多推销霓虹灯管的小贩，胸前挂了只皮箱，打开的皮箱里摆着五六种颜色与弯曲度的灯管，灯管接在箱中的电路上，他一摁，像打开了七彩魔盒似的。但这一招并没有为他吸引到周遭的商户前来，反倒有不少孩童围在周围，为霓虹灯的炫彩惊呼驻足。

淮真按照陈教授写的地址，找到费丽达旅社时，天已近黑透，街道却热闹到近乎拥堵。除开赌场，这里应该还有许多别的产业。几乎每经过两家赌场，就能看见一家旅舍、酒吧或者将所售商品明目张胆摆在外头的成人用品店。赌场街边多的是招徕顾客的站街女，大冬天穿着单薄的深V衣衫与色彩斑斓的高跟鞋，在橱窗外使劲想将胸脯抬得更高一点，竭尽所能搔首弄姿。

一个穿鳞片长裙的站街女撅起臀部，在八音盒礼品店的橱窗前涂抹紫黑色的唇膏。淮真走过时，看到那橱窗玻璃上清晰地映出自己的侧影：粉蓝格纹衬衫在橱窗里看起来近乎是紫色的，蓝色的毛线外套也染成近乎天幕的黑蓝，唯独她的脸颊与那双鞋显得格外地白。今早虽然洗过头，但经历了飞机舱那场风吹，后脑勺翘起了两簇不争气的呆毛。

那橱窗好似有魔力，使得淮真也驻足停下，用掌心试图将倔强的呆毛压下去，试了几次都徒劳无功。她又端详了一下自己：衣服虽然是女孩的，但因为生理特征不甚明显，所以倒也有点雌雄莫辨。既然如此，那簇不羁的毛发，此时倒也并不十分影响观瞻。

停留了十秒，淮真正准备离开，却发现那紫黑嘴唇的女郎正从橱窗里看自己。视线在镜面相会，她看到了一双略微有些虚焦的灰蓝色眼睛。她应该有一点近视。

紧接着，她听见女郎很小声很小声地对自己说了句："One dollar for once. Two dollar for a night. 50 Cent more, we can try something else. I may give you a surprise.（干一次一刀，两刀一夜，多50分，有特殊项目。）"听声音，女郎似乎还很年轻，搞不好甚至和自己同岁。

淮真呆了一下，很快地摇了摇头。

女郎回头又看了眼橱窗，这下似乎对自己失掉了信心。她用手背抹掉了嘴唇上一大半的紫黑色口红，又颇不甘心地抿了抿，似乎觉得这样会使她看起来好很多。她接着说："Maybe we can talk.（兴许我们可以聊聊。）"

周围都是流浪汉，兴许有扒手或者瘾症患者。淮真不敢掉以轻心随意讲话，只对她微笑了一下，视线越过她看见路牌——199号。

又转头看向对面，对面有一家很大的赌场，灯火通明的，将老虎机都摆到了街边。

她抬头，在赌场的霓虹招牌旁边，看见了二楼挂着 Frida Hotel（费丽达旅店）的花花绿绿霓虹招牌，比起赌场来说不甚显眼。二楼以上似乎都是旅店的房间，但很诡异的是，亮着灯的旅店窗玻璃透出的光是那种很暧昧的荔枝红色。

街边除了站街女郎，还有三五扎堆的流浪汉，肮脏的街道上随时散发着一股一群男子汉一年没洗澡的臭味，还夹杂着随地大小便的腺臭味。

淮真一边过街一边心想，美国人究竟哪里来的脸去嫌弃唐人街？

费丽达旅店在街面上只有很窄的一小块门面，里面用砖砌了个柜台，过道很窄，几乎只能容两人侧身经过。

墙壁与柜台都是一色的粉红，柜台后面坐了个红头发女人，听到有响动也当没听到，甚至头也不肯屈尊抬一下，因此淮真只能看见她的脑袋尖。

更引人注目的是她背后的柜子，玻璃柜里陈列了许多模拟男女人体的逼真玩具，但是似乎用了夸张手法，尺寸都大得有些惊人。

她站在柜台前咳嗽了两声。

女人懒洋洋地抬起头来，惜字如金地问："Yourself？（你自己？）"

她说不是，然后说他们昨天有预订房间，预订人留下的名字是 Cae[1]。

不等她说完，那女人"噢"了一声："发电报来订的。两人一晚的山莓套间，我看看……"

女人"哗啦啦"地翻起订房记录本来，淮真趴在柜台上，脑子里思索着山莓到底是哪种草莓，为什么要拿来做房间的名字。

紧接着女人说："预订人是西，是个男的。但他似乎还没到。"

淮真抬头看了眼钟，时间是七点一刻。

女人说："估计也快了，你要不要在大厅等一会儿，里头有椅子，或者……"

淮真说："不必了，"又说，"等 Cae 来了，能否告知他，我在门口赌场玩老虎机等他？"

女人说："好的，这没问题。不过请当心点，这里每天都有人输得倾家荡产——你看门口的流浪汉们，其中有不少受过我的告诫。"

淮真在旅店楼下，穿着毛线外套和牛仔裤，在吃角子老虎机前踌躇了一下。

不同的老虎机玩法不同，价位也不同。她从前只玩过吃角子水果老虎机，欧洲很常见

---

[1] Cae：西泽（Caeser）的昵称。

的土耳其烤肉店里往往会摆上一两台。水果老虎机门口有三架，一架二十五美分一次，一架一美金一次，一架五美金一次。

店里灯火通明，里头有更大的机器，每一台机器前都围满了人。里头有一面很大的中奖墙，有六个跑堂的马不停蹄地拨动六排二十六个英文字母，更换张贴新报上柜台的中奖者名字与中奖金额，最上头那个六位数的巨大金额始终没有动过，巨大彩金金额为赌场吸引了无数前来的赌徒。

淮真在门口驻足观看了一会儿，看跑堂忙碌地滚动彩金张贴的牌子，数十分钟，这一夜致富的神奇机器前坐着的人已更迭了两轮。

这数十分钟里，也有人坐如钟。一个中年太太拎着手包，在一台巨大钓鱼机前不动如山地稳坐着，动辄上百美金，赌得面不改色。

观望完毕，淮真就着今早买热可可的几枚硬币，投了一枚到二十五分角子机里，打算试试自己还有没有新手运在。

在等待香蕉苹果排列组合时，她又去看那中年太太，这回她终于赚了，她用手包都接不住，筹码"哗啦啦"地往地上滚，听声响就觉得很值钱，是大筹码。

一旦诞生幸运儿，赌场里总会骚动一场。人人仿佛备受鼓舞，试着往自己面前那台机器投更多的钱。可是没人意识到，一旦小概率事件发生了，那么短时间内发生第二次的概率几乎是零。

淮真面前那一台也是，角子投进去，立刻被老虎吃掉，无声无息。

这时背后有个熟悉的声音说："看来今天你运气不佳。"

出声之人似乎已在她背后偷窥许久。

不及淮真转身，一顶帽子迎头罩了下来，将她的眼睛都挡住了。

坐的高脚凳被转过去，连带淮真整个人也转了过去。

一顶帽子遮挡，好像两人在一个窄窄的屋檐下躲雨似的。西泽埋下头，凑近来亲了她一下，痒痒的，将淮真亲笑了。

她将鸭舌帽摘下来，看见帽檐上欲盖弥彰地印了三个字母：BOY。

淮真又笑起来，将帽子戴回去，拉着他的手说："六百万分之一的概率，要不要看看你运气怎么样？"

西泽问："赌博比赛吗？"

她说："是的。"

他又问："赌注是什么？"

淮真歪着头想了一下，说："输几个筹码，脱几件衣服？"

西泽敲了她一下："你真的很色情。"

淮真说："你勾引的。"

他妥协，说："好。但是我们得先回旅店，看看房间什么样。"

她很高兴地点点头，从高脚凳上跳下来，拉着他的手穿过赌场里的人群回到旅店。

红头发女人还在那里，似乎刚吃了热狗，正对着镜子剔牙。看见两人走进来，直接说："ID, please.（请出示身份证。）"

两人将身份卡递了过去。

女人也没留神看，翻开来，草草地将住客信息誊写到记录本上，一边漫不经心地问："安全套要不要？"

西泽说："No.（不必。）"

女人大概忘记刚才和淮真有过对话了，又或许有点脸盲，惊鸿一瞥，将她当成了个亚裔男孩。

她垂着眼睛说："你们俩或许也要那个的。"

西泽一脸无语。

淮真叫西泽转过身，从他背的旅行包里摸了摸，摸出一只包装得类似硬币大小的，很得意地说："我们有！"

"哦，亚裔女孩，对不起，我对拥有可爱脸孔的人不太分得清。"她一边说，一边拉开抽屉，摸出一包纸包安全套，拆开来向他们展示，"我们连锁旅店生产的，不仅便宜，质量还很好，比这种好得多。"

淮真突然来了兴趣："真的吗？"

"那当然。不介意的话，我可以演示给你看。"

说完，她拆开两种安全套，两手暴力地拉扯起来。

将它扯得比一条胳膊还要长时，硬币大小的安全套透明薄膜"唰"的一声撕裂了。旅店那种仍然顽强地存活着，看起来弹性十足的样子。

淮真睁大眼，笑着鼓起掌来。

女人耸耸肩，问她："要吗？"

淮真说："有什么尺寸的？"

她说："L，XL，XXL，XXXL……你要哪种？"

淮真说："从L开始的全部都给我。"

女人突然对西泽投去一种刮目相看的眼神，然后弓身在柜台里找了找，数出四个递给淮真，一边说："一共一美金五十分。"

西泽一脸无语。

淮真很高兴地拉开旅行包，将它们全部装了进去。

女人又问："别的玩具要吗？"

淮真眼睛一亮："有什么？"

"房间里大部分都有，如果还要别的，我可以给你们特别优惠。"

06.

房间在五楼。为了使电梯狭小的空间显得大一点，轿厢内四面都是镜子。成片的玻璃是很贵的，所以电梯里的镜子是一片一片装贴的，有些地方不够平整，让人显得四肢这里长了一截，那里又短得像个侏儒。镜子的魔力并没有发挥作用，又或许是西泽块头太大的缘故，两人稍稍一动手脚，就碰到了电梯的墙壁，显得内部空间更逼仄了。地上铺着红色地毯，因为潮湿、通风又差，踩上去有种可疑的黏腻感。

西泽低头看着女孩儿，女孩儿在低头研究那半个巴掌大小的纸包。略厚的纸浆质地，上面印刷着蓝色英文字母："SUPER READY!（准备好了！）"

右下角很含蓄地标注了一个"L"。

中间凸起个比二十五美分略大一圈的小环，她捏了捏，有点莫名地问："有胳膊那么长的弹性，听起来好厉害的样子——但是仔细想想，又有什么用呢？"

西泽想了会儿，说："也许他们以前是生产气球的。"

她"哈"的一声。

西泽说："你可以试试。"

她偏过头看着西泽。

西泽说："我是说试试吹气球。"

"三十美分可以买十只气球。"

"没关系，这只本身也没用。"

淮真抬起头，两人的视线在镜子里相会。

"小了。"他说。

"……真的吗？"她问。

"真的。"

她深吸一口气，拆了一只叼在嘴上。

电梯不知为什么开了这么久，突然门"叮咚"一声打开。

门外站着一个衣冠楚楚的中年男人和一个穿连衣裙的电烫鬈发白人少女，门内是一个年轻白人和戴鸭舌帽的亚裔"少年"。"少年"鼓着腮帮子，将一只半透明的棕黄气球吹得比他脑袋还大。

两对人都是奇怪的组合。

八目相对了一阵,谁都忘了按电梯按钮,一瞬间时间好像静止了。

楼下似乎有人揿钮。

电梯门合上前那一瞬间,鸭舌帽"少年"松了嘴,那只棕黄气球"咻"的一声从门缝飞了出去,在狭窄阴暗的走廊里四处乱窜,甚至拍到中年男人的屁股上,最后终于像失掉了生命一样,恢复了它原始的形状,奄奄一息地躺在红地毯的边缘。

西泽伸手挡了一下,用手握住电梯门,再度按了一次四层按钮。

门开了,所有人都像刚欣赏完一场演出,进场的进场,退场的退场。

电梯门在身后合上。

淮真说:"对不起,让你被迫成为一个奇怪的人。"

西泽无所谓地说:"跟你在一起之后,已经挑战了从前几乎百分之八十的'绝不可能'。"

淮真说:"另外百分之二十是什么?"

他说:"在你开发出来之前,我绝不会告诉你。"

淮真"喊"了一声,躬身将地上的安全套拾起来,在走廊里逡巡半天也没找到垃圾桶。

西泽用钥匙将房门打开,往里瞥了一眼,说:"房间里应该有。"

淮真两只指头拎着长条轻薄橡胶,先于他快步钻进房间。

西泽立在门口将灯打开。

稀疏的红色弧光灯从百叶窗后头亮起来,家具都蒙上了一层嫩粉色。在这种稀疏的红光照射下,什么东西都是粉红色的,它们原本是什么颜色已经不重要了。

粉色的窗帘,粉色的衣柜,摆满物件的床头柜,粉色的双人床正中摆着深红色桃心形状的法兰绒枕头。十几片透明玻璃镶嵌在浴室的门板和墙框上,里面白到发蓝的弧光灯也亮着,从外面就能看到里面的构造:墙上铺满瓷砖,抠掉的六面瓷砖里嵌着一面镜子,浴室里有淋浴设备和抽水马桶。

房间里并没有垃圾桶。淮真直奔浴室,在盥洗台下面找到黑色垃圾桶。然后她被抽水马桶吸引了。水箱上像叠罗汉似的叠着十八卷卫生纸,马桶的水箱上贴着一张纸,上面用很粗而且在西泽看来很丑的英文写着:

    NOTICE:

    NO TRASH DISPOSAL HERE!

      INCLUDING CIGARETTEs, SANITARY TOWELs, BEER CANs, CARTONs and ABORTION INFANTs.

    注意:

    请勿将垃圾扔进马桶!

包括香烟、卫生巾、啤酒罐、纸盒和流产的婴儿。

盥洗室正对房间那一面玻璃后面挂着彩虹色的帘子，帘子只到淮真肩膀那么高。这意味着，如果有人害羞的话，他只能遮住从脚底往上不到一米五的高度，但好像也足够了。

因为要更换卫生巾，她趁机用了一次马桶。她没有刻意去拉窗帘，其实坐在马桶上，外面顶多看到两条小腿，其他的什么都看不到。但她能看到西泽，他的视线好像有点不知如何安放，最后背对她，低头研究起了床头柜子上摆满的那堆东西。

"What are these?（那些是什么？）"她问。

"Some…something like liquids and apparatuses.（一些……一些液体和器械。）"他回答得很模糊。

"Apparatus!（器械！）"

"Ok…（好吧……）"他妥协了，用了更通俗的那个词，"Organs.（器官。）"

紧接着淮真感觉震了一震，抽水马桶突然发出剧烈的隆隆抽水声，简直可以用震天巨响来形容，连带墙体内的水管都发出歇斯底里的哀鸣。

西泽回过头来。

淮真并没动。她说："不是我，是隔壁的抽水马桶。"

巨响消失之后，水箱蓄水声又响起来。

淮真侧过身，按了按自己身后那只马桶，只有涓涓细流流淌出来。

西泽听见响动，先笑了起来，绝望地总结："看来水管与马桶水箱都是跟隔壁共享的。"

淮真耸耸肩。

在马桶上胆战心惊地坐等了一阵，等蓄水声终于停下，谢天谢地，隔壁没有中途斩断她的生命之源。

她已然迫不及待地想去看看所谓的器械都是些什么，一出盥洗室，便奔去西泽身旁。

西泽伸胳膊捞了一下，将她截在怀里转了个弯，连哄带骗地问："饿不饿？"

她说："不饿。"

西泽说："我还没告诉你路上遇到了什么……"

她的注意力被成功转移："遇到了什么？"

西泽扶着她的肩膀，一边往外走一边说："那我们先去赌场，然后去吃点 Kebab（烤肉串），附近有很多土耳其烤肉店。"

淮真觉得这提议还不错，被他裹挟着往外走的途中，突然想起什么来："我吃了 Kebab 会消化不良。"

"会吗？"

"也许是肉质的缘故。你们也许不会，但亚洲人的胃没那么好消化土耳其烤肉……"

07.

淮真本想借旅店的电话打给陈教授。经过前台时，红发女人捧着电话机热切地煲着电话粥，红发染到两腮上去了，一口一个"哈尼""达令"，声音甜得能滴出蜜来，淮真实在没忍心打扰。

最后她花十美分借用烤肉店的电话机打回盐湖城，告知陈教授自己已经在旅店和西泽会合了。

陈教授问："感觉旅店怎么样？"

淮真说："嗯……"

"不要嫌弃，能住就行。"

"不会，很友好，也很干净。"

陈教授过会儿又说："请千万别让那俩丫头知道。这是个秘密。"

淮真哈哈笑了，说："当然不会的。"

挂了电话，那股子八卦劲上来了，总忍不住琢磨，看起来正经严肃的学究陈教授，究竟是从哪里结识的这么厉害的朋友？

等待土耳其小伙片烤肉时，收音机里放着哥伦比亚广播公司一条条滚动播送的新鲜出炉的新闻：斯宾塞的书持续盘踞畅销榜二十三个星期；"劳联"和"联合工会"又组织起了一场宾州的发电工厂旷工大会；"总统委员会"这周将进行第四百七十二场工会听证，减少工人工时至每周九小时，工资提高10%，假如报告不能及时提出，"实用主义法学"的政治新秀安德烈·克劳馥将跟随霍姆斯大法官在白宫进行接下来的听证……

淮真侧耳听了一会儿，问西泽："安什么时候结婚呢？凯瑟琳一直跟着他，从香港到旧金山，又去华盛顿。"

西泽皱眉想了想，说他也不确定。

淮真也皱起眉，想起春节时在唐人街杂货店的那一幕。

紧接着西泽就说："他年少时有过一个情人。"

"嗯。"

"死了。"

淮真没有说话。

"是个披露街[1]的中国妓女,在他十二岁时认识的。几乎大部分白人少年都是从妓女那里得到启蒙,也许我说得不对……"

那片着烤鸡肉的小哥,英文发音里也带着股烤肉味:"No doubt! Yes! Yes you are right! (不用怀疑!对的!你是对的!)"

西泽接着说:"有一天他用中文问我,'小先生,您得动一动'是什么意思?"

"然后你就都知道了。"

"很久以后才知道。"

对此淮真蛮有感触。十五岁以前她对这些事也是一知半解。

淮真说:"唐人街的妓女寿命都很短,几乎活不过二十岁。"

"是。他十三岁时,她就已经十七岁了。"

"他爱她?"

"难以置信吗?"

淮真仔细想了想,说:"如果她能活得久一点,比如现在仍活着,也许他会没那么遗憾。但她死了。活着的人,没有谁能战胜一个死人。"

上面这段对话都是用国语夹杂广东话进行的,所以也没法聊得更深。

两人打包了两盒附带烤薯条的teller[2],坐在吃角子机前边玩边吃。

他们商量好玩法,每次只投二十五分的筹码,看谁当次赚的筹码多就获胜。

西泽先投了一枚进去。

等水果轮盘转动时,淮真问:"你愿意凯瑟琳嫁给他吗?"

西泽说:"他没的选,她也没的选,我们都知道。如果这件事有什么值得开心的,那就是,凯蒂爱安。"

对于有钱人的世界淮真不大能理解,只说:"好吧。"

吃角子机突然开始发疯似的吐筹码,"哗啦啦"地往地上滚,失灵了似的。

两秒后淮真才回过神来,摘下帽子去接筹码,又催促道:"地上!"

周围人群也围拢过来,帮他们将筹码一支一支拾进帽子里。沉甸甸的筹码"哗啦啦"地响,不止五十支。

淮真看着那堆战利品,不知怎的有点儿高兴。

"看来我新手运不错。"

"看我翻身。"

这台吃角子机不像打牌,其实没什么经验与规律可言,全看个人手气。

---

1 披露街:Pell Street,位于纽约。

2 teller:德语,意为碟、盘、盘状物。这里指一种有烤肉有饭有生菜沙拉的土耳其盒饭。

眼看一枚二十五分无声无息地被角子机吃掉，准真叉了一只软掉的烤薯条放进嘴里。

轮到西泽时，角子机再度失控。这次西泽手很快，拾起赌场提供的布袋去接，一只也没落下。

准真听着袋子里"丁零当啷"的钱响，说："你对这台机器施了什么魔法？"

"我不知道，"西泽笑了笑，"也许它认性别。"

准真不信邪，接下来几轮接连换了两台角子机。

只有一次，角子机将西泽的筹码无声无息吞掉，其余每一次都能给他吐点什么出来。

西泽拎着沉甸甸的一袋筹码："也许因为我是美国人。"

准真一筹莫展："我输得连内裤也不剩。"

"你还有什么别的可以输给我的吗？"

准真抬头看了他一眼："没了。而且你知道的……我不能脱内裤。"

西泽想了一阵："也许你可以穿点什么。"

"穿什么？"

"比如我喜欢的。"

准真思索了一阵，然后说："Unlikely but not impossible.（也不是不可以。）"

"Then?（所以？）"

"When I wear something you like, you do something I like.（我穿你喜欢的，你也得干点我喜欢的。）"

两人一个对视，西泽说："Deal.（成交。）"

然后他扛着那只袋子，冲她招招手。

准真从高脚凳上跳下来，和他一块儿去结算筹码。

08.

赌场隔壁是一家叫 Bruno's 的杂志商店，隶属于一家成人用具店，临街小小的一间店面，像麦当劳的甜品站一样。

西泽在里面兑换现金时，准真等在门口，一眼看见橱窗最显眼处的"小黄书"《延音号》，报纸影印版的纸张，插图是直白而裸露的人体。不是正规的出版物，售价只要七十五美分。

她买好这本书站在路边翻看，看到西泽走过来，她很兴奋地扬了扬，说："盗版书！"

"很难买到。"

"就是因为盗版所以才买。"

西泽想了会儿没明白:"这中间的逻辑是什么?"

她不知该怎么解释。美国盗版,光是这两个词就让她莫名兴奋,觉得一定要好好收藏。

就在这时,街上突然涌现出一堆兔女郎。粉色长耳夹配渔网袜与红高跟,三五成群走在街上,像过狂欢节似的壮观。路过成人用品店铺外,老板颇为慷慨地递出玩具,女郎们顺手拿起来举在手里,仿佛战利品。

扎堆聊天的流浪汉们蹲在涂鸦墙前吹口哨,准真也忍不住停下脚步。

西泽顺着她的目光看去,笑着说:"Not like this.(不是这样的。)"

费丽达旅店前,准真又看见了那个女郎。她仍旧立在那个闭店整装的橱窗外面,依旧没有人光顾她。她面对马路这头点起一支烟,形单影只地伫立着,灵魂被那一点橘色光斑照耀着,灰蓝的眼睛也显得有些灰败。

准真注意到她看见了自己,那双灰蓝的眼睛不安地闪烁了一下,而后落在了搂着她肩膀的手上,然后看了看西泽。仅一瞬,女郎的眼睛又暗淡下去,带着一丝空虚。

走出电梯的那一瞬间,准真才意识到,那个女郎,其实应该一开始就看出了她的性别。现在她终于知道女郎为什么生意那么冷淡——即使为生计所迫,她也想干点自己喜欢的事。

不同性取向者、站街女郎、小旅店、流浪汉、盗版书籍、不同人种的恋人……这条街搞不好是全美最自由的几十条街之一,一部分人的自由大概只能在这里得到满足。

还来不及告诉他这点,房门打开的那一瞬间,一股下水道的味道急不可耐地涌了出来。

她听见西泽低低骂了句脏话,而后大步穿过整个房间,将所有窗户打开。

准真站在门口正准备揿通风口的开关,西泽转过头,大声阻止她:"不要!"

来不及了,通风口已经被她打开。准真正对通风口,下水道味就从那里源源不断地涌进来,掺杂着发酵过的腐朽酸臭味扑面而来,强劲的风力将她的头发与风衣下摆都掀了起来。

准真从没想过有一天自己会变成"下水道玛丽莲·梦露"。她整个人简直惊呆了。

等西泽冲过来将通风口开关关掉后,她才回过神来,微微耸肩,满脸写着"发生了什么"。

西泽侧过头盯着她看了好半晌,那种夜宿天使岛移民站的感觉又出现了。

现在面前是一只掉进臭水沟后,被他拎到地上耷拉着脑袋,满腹怨念无处发泄的小臭猫。

西泽搂着她的腰将她抱了抱,又埋在她的肩窝亲了亲,轻声问:"还好吗?"

其实这么做有一半的原因是想要压抑他濒临决堤的笑。他觉得实在太好玩了。

准真像只提线木偶似的被他抱得几乎脚尖离地,即便如此还是忍不住崩溃地问:"为什么这个国家的通风口是跟下水道相连的?"

西泽忍得微微发抖:"我怎么知道?"

他的反应让准真觉得简直是雪上加霜:"想笑就笑啊。"

他说:"不了。"然后抵着她往前走了几步,"你知道我现在最想干什么吗?"

淮真膝弯绊到床沿，轻呼了一声，两人一起栽倒在床上。

西泽轻轻亲了亲她。

淮真本能地抵触，推了他一下："不！"

西泽微微支起身体。

她有点欲哭无泪："我现在只想洗个澡。"

西泽抱起她翻了个身，让她趴在自己身上。仰视她看了会儿，终于控制不住地狂笑起来。

淮真埋下头，在他的胳膊上狠狠咬了一口。

西泽痛呼了一声，她立刻从他身上起来，飞也似的冲进浴室。

"哗啦啦"的水声响起，一分钟后，淮真突然大叫："Cae！"

浴室窗帘并没有拉上，由于天气的缘故，玻璃上覆盖了一层雾，从外面只能看到一个象牙色的模糊影子。

西泽靠着玻璃站着，问她："怎么了？"

淮真说："这个冷热水调节有问题。"

水声忽大忽小，偶尔有些许水珠飞溅到玻璃上。

"左边热水很烫，右边是冷水……本来已经调节好了，但一会儿滚烫，一会儿又冷得要命。"

等了半响，没听见声音，淮真走近玻璃墙，伸手在玻璃上抹出一个圈。

透过那个圈，可以清晰看见她挂满水珠的脸颊和贴在脸上湿漉漉的头发。雾气在玻璃后头描摹出一个若隐若现的身体轮廓。

西泽心里骂了句：该死。

她接着说："你不打算进来帮我看看吗？"

他过了会儿才说："宝贝别着凉了。"

室温降下去，淮真打了个哆嗦。回到淋浴器边，伸手又调大了冷水管水量。

墙那头突然低低咒骂了一句："Fuck…Why so cold?（该死……怎么这么冷！）"

紧跟着，管道水流"哗哗"地响起来，刚才调节的水又变烫了。

淮真这下明白过来，原来水是被墙那头的房客抽走了。只是她很奇怪，为什么墙那头的人总跟她抢着用水？

好容易折腾着洗完一个澡，淮真擦着头发走到玻璃边。玻璃上的水汽已经凝结成水珠滴落下来，浴室玻璃彻底变得透明。

西泽已经不在那边了。

淮真叫了他一声，说："我想要穿衣服。"

他应了一句："好。"

她在心里琢磨着这个"好"字究竟是个什么意思，半天没等到回应。

过了会儿，一条黑色 V 领衬衫不动声色地搭在了玻璃上沿。准真踮着脚取下来，看到了衣领后面 GUCCI VIAGIO 字样，是他的衣服。

准真一边往外走一边系扣子，垂着头盯着自己露在外头的两条腿。

衬衫下摆在腿根扫来扫去，怎么看怎么像魔法学院发给低年级学生穿的斗篷。

西泽盘腿坐在床上，定定地看着她。

准真抬起头："不要告诉我这就是你想看我穿的。"

他很确定："就是这个。"

准真觉得他真是弱爆了。然后笑着说："但你从没想到过穿在我身上居然能有这么长。"

西泽说："但我很喜欢。"

他拍拍自己身边。

准真走过去挨着他的腿坐下。

"Tell me if you are not interested in such games.（如果你对这类游戏并不感兴趣请告诉我。）"

"I'm just afraid of you will catch a cold.（我只是担心你会着凉。）"

准真盯着他看了一会儿："You're such a gentleman.（你可真是个正人君子。）"

西泽将她往怀里揉了揉，擒住她亲了亲。

贴着额头，西泽轻声说："Better than not.（好过不是。）"

她贴着他的耳朵说："Actually I am not.（我可不是。）"

西泽笑着说："Then prove it.（那么证明一下。）"

准真两手搭在他的肩上，主动倾身贴近，凑上去吻他。

西泽闭上眼睛，整个人放松下来，就着怀里的身体重量，兜住她仰进被子里。

她支起身子，两手揪住衣领将他拽起来，加深这个吻。

西泽不动声色地笑起来。

仍旧生涩、稚拙，全靠一股蛮力……

细长的一双腿靠在他腰侧，他一伸手，就摸到衬衫边缘。

他没告诉她，看她穿着自己的衬衫，其实比什么都性感。

拇指轻轻摩挲，幼滑的触感，满足到让他轻轻叹息。

她却好像察觉到了，恰如其分地松开他，邀功似的问道："How do you like it?（你觉得怎么样？）"

有了上次的经验，西泽微微垂头看着她，面不改色地说："I think he already told you.（我想他已经告诉你了。）"

她说："So…（所以……）"

他说："So?（所以？）"

她说："Let's deal with it.（让我们来解决他。）"

他笑着问："How?（怎么解决？）"

她认真观察他的表情变化，然后小声说："I want to see you…（我想看你……）"

西泽被她盯了一会儿，羞惭地将脸埋在胳膊里："Please, no…（求你了，不要……）"

"Why not…（为什么不……）"她有点失望。

他懊恼地哀号了一声："My god.（我的天。）"

她请求："Please.（求你了。）"

西泽无奈地抬头，决定和小姑娘面对面讨论这个问题。

他只好说"可以"，但是有条件："No face to face.（不可以面对面。）"

她微微有点丧气。

淮真抬头看见他的表情，她大概明白，他在交代他的底线，搞不好甚至是囊括在那百分之二十里的部分。

然后她告诉自己，没关系，循序渐进总能开发出来。

西泽微微垂头看着她，很小心地问："Deal?（成交？）"

她说："Deal.（成交。）"

他坐起来，赤脚走向浴室，然后对她招招手。

淮真跳下床跑了过去。

隔着一道玻璃，他扯掉上衣，背对房间扔出浴室。动作时牵动背部，线条流畅的肌群在洁净肌肤下随之缓缓起伏。

"I…（我……）"他背对着她，看不见她在做什么，试探着问道，"Shall I?（可以开始了吗？）"

她的声音从背后响起："Wait wait!（等一下！等一下！）"

一阵光脚来回跑动的声音响起，她似乎折回房间。

回来时，她敲了敲玻璃，几只纸袋应声扔进浴室。

他伸手接了一下，捉住一只，又躬身将地上的也拾起来。

四只安全套。

西泽微微偏过头。

淮真有点强词夺理："卫生一些……"

"可是为什么是四只？"

"我又不知道该是哪一只。"

西泽说："我也不知道。"

"那就正好试一试……"

"……嗯。"

淮真接着说:"如果你想一口气都用掉,我也没有意见。"

房间里安静了一会儿。

西泽几近崩溃地说:"You almost drove me crazy.(你快把我搞疯了。)"

09.

他埋头拆开一只,扔掉包装,在垃圾桶前站着,胳膊轻轻活动起来,带着摩挲橡胶的声音。

很快,他停下动作,"咝"地吸了一口冷气。

她说:"小了?"

他"嗯"了一声,很快抽出。"吧嗒"一声,皱巴巴一团,坠进垃圾桶,垂头又从盥洗台上摸了一只,拆开。

慢慢摸索上去,似乎还挺顺利。他轻轻"吁"了一声,微微仰起头,靠在玻璃上。

过了会儿,她听见他说:"You are such a…(你这人真是……)"

她问:"Me what?(我什么?)"

他没接话。

淮真将额头靠在玻璃上,盯着他的背影看。这么看起来他的皮肤像是浅蜜色,但有天靠在一块儿睡觉时她偷偷比过,其实还是他更白一些,不过是那种时常运动、适当均匀日晒的健康暖色调,不像她,略微有点缺少血色。

那只手臂的肌肉时不时地虬结起来,好像很用力的样子。

她不由得搓了搓自己的胳膊,心想:居然要这么大力气吗?

西泽突然停了下来,微微偏过头:"淮真?"

"嗯?"

"淮真。"

"啊?"

他突然又不说话了。

淮真往玻璃一侧走了几步,但还是什么都看不见。

他的声音有点变了调,很轻,带着点请求的意味,听上去有点渴。

"Please say something…(你说点什么……)"

她说:"Say…say what?(说……说什么?)"

他说:"Anything. Just a small talk.(随便什么都行。简单说点。)"

淮真脑子里一片空白,绞尽脑汁地想了一阵,说:"昨天我走在这条街上,有个金发女郎想约我和她共度良宵……我很确定她知道我的性别。"

他说："然后呢？"西泽叫她继续。

她说："我觉得她很棒。"

西泽笑了："你想赴约吗？"

她说："不，"然后又补充说明，"假设没有你的前提下，也许会。"

他又动作起来，这使她有点紧张，总觉得这种时候是不是该讲点别的？

他背对着她，手肘时不时会碰到玻璃。

气息有点不稳，也许为了克制，讲话有点断断续续："如果我今晚没有出现在旅店……"

她说："你不会的。"

"你怎么这么确定？假设我在七十号公路上遇到一位搭便车的美女，突然退缩，直接驾车和她一起回到纽约去过那种'很容易的生活'呢。"

准真喃喃道："然后假设她还是个金发妞。"

在已有结果的前提下，人才会做假设，是试想一种早已被排除的情形。

如果再来一次，仍然不会选择假设那种情况。

假设不要钱，所以准真也做假设："假设你跟想搭车的金发妞跑了，我就走过去跟那个女郎说'Hi，你屁股真好看，我想请你喝杯咖啡'。"

西泽笑了一下。

短促的笑声在准真耳膜里鼓噪着，听起来性感得要命。

接下来他没有讲话，准真也不知道该说什么。极致安静的环境下，听觉系统高度敏感起来。准真听见那种很特殊的摩擦声，是灵活的、带着点黏腻的、滑溜溜的、湿漉漉的摩擦。

他看起来有点热，脖子上凝了层薄汗。

呼吸声也变了，有点短促，气息也有些粗重。

他轻轻"嗯"了一声，尾音上滑，有点甜腻："准真？"

准真莫名也觉得有点热，问他："怎么了？"

"再说些什么。"过了会儿又添了个，"求求了。"

准真垂着头，在脑内努力搜索：这时候该讲点什么好……

西泽低声问："你还在吗？"

她越想越提取不出关键词，越想不到说什么就越紧张。一瞬间脑子里突然出现了无数的香艳片段……

憋了半天，她有些词穷："……你腰窝真好看。"

西泽"嗤"的一声笑了。

她说："脸也很好看。第一次见到你就这么想的——如果你不是那么臭屁的话，如果美国不是那么不公平，如果我们在同一所学校，搞不好我也想请你喝杯咖啡。"

过了会儿西泽问："Want to see my face now?（现在想看到我的脸吗？）"

她说:"Sure.(当然。)"

他说:"Hell no.(才不要。)"

她说:"Damn you.(你浑蛋。)"

他好像听不懂似的,很认真地问:"Damn me?(我浑蛋?)"

听口气,好像从"Damn you"里面听出了什么潜台词似的。

紧接着笑了起来,笑声在喘息里顿了一下,突然克制不住地"啊"了一声,微微仰起头。

淮真好奇地趴在玻璃上,微微踮起脚,想趁机偷窥。

还来不及瞥见,一只胳膊突然伸过来,"啪"的一下拍在玻璃上,将她的脸挡住。

淮真像只螃蟹一样往右边挪移。

西泽伸手挡住自己,侧过头很无奈地笑起来,说:"别这样。"

她鼓起脸颊:"为什么不行!"

他说:"我们说好了的。"

她有点委屈,思索了一阵,说:"我就想看看你好了吗。"

他摇摇头,眉毛蹙起,说:"有点紧,不太舒服。"

她说:"那怎么办?"

他不置可否,赤脚往前走了几步,将冷热水开关打开。"哗哗"的水流声里,水雾升起来,将已经干了的玻璃又一点点蒙上,渐渐地就变得有点看不清;他好像努力克制着,声音被淋浴头飞溅的水花声扰乱了,时断时续的。

淮真有点郁闷,盘腿坐在凳子上望着浴室里的一团雾,支着脑袋发呆。

玻璃上的水珠结成股,间或能看清一点他的影子。但水雾凝结的速度实在不够快,他也太慢了。

昨晚本就没有睡够,没一会儿困意就席卷上来。

她不肯走,努力撑着,想看玻璃水雾跟他究竟谁能坚持得更久一点。

过了会儿,玻璃成了水珠垂坠的雕花,她看见他没有完全遮住的身体。淮真睁大眼睛,还来不及看清,便听见他背转过身,头抵着墙壁。

一声压抑的低喘过后,他停下来,整个人仿佛凝滞了,连带玻璃墙外的淮真也跟着凝滞了。

她看见他动作了几下,伸手,一只奄奄一息的乳胶套坠落进垃圾桶。

他背对她,闷闷地说:"好了。"

淮真呆呆地回答:"嗯。"

他说:"我洗个澡。"

淮真飞快地从凳上起来,在旅行包里摸出浴巾,飞起浴巾一角,将它搭在玻璃墙上沿。又摸出一袋来苏尔消毒粉,浸泡在喷瓶里,喷在床单和枕衣上。

她去寻找房间暖炉开关时，门口传来一阵鬼鬼祟祟的"嗖嗖"响动。

淮真走过去，发现有人从门缝塞进来几张纸片。

她躬身拾起来一看，看见几个英文大字："美女陪聊，欢迎拨打电话×××-××××-××××。"

西泽裹着浴巾，立在浴室门口问："是什么？"

她说："小广告。午夜聊天，半小时五十美分。"

他说："很实惠。"

淮真点点头。拾起一张夹进那本楼下买来的盗版书里当书签，另外两张扔进垃圾桶。一抬头，看见西泽弓身在旅行包里寻找，大概是在找内裤。

她说："感觉怎么样？"

他摘掉浴巾，套上一条她在火车上洗好的平角内裤，告诉她说："像被偷窥，感觉很奇妙。"

淮真问："怎么奇妙呢？"

他笑了一笑，说："这可不太好说。"

他将短裤也套上，然后默不作声地走过来。

两人身上都有股廉价沐浴露过分浓郁的柠檬香精味。

西泽想把她抱到床上去，伸手一搂，淮真拉住他，说："等一下，床刚喷了消毒水。"

他回头看了眼，随手拖了只沙发椅，还没来得及坐下，突然听见敲门声。

两人对视了一眼。

西泽起身去开门，经过旅行包时随手拿了件外衣披上。淮真跟着他走过去，站在他身边。

西泽隔着门问："谁在外面？"

外面响起一个很欢快的女孩的声音："你好，我们住在你们隔壁，想请问一下……"

西泽将门拉开一条缝隙。

一对约莫二十出头的白人情侣，穿着那种很流行的宽镶边丝绒睡衣，趿拉着拖鞋，一红一蓝立在门外，身上也有股廉价柠檬香精味。

门外两人相视一眼，似乎用眼神决定由那个女孩来讲明来意。

她很害羞地笑了笑，说："我们听说这家旅馆的山莓间有老传统，就是，你们也知道的对吗？"

西泽询问："是什么传统？"

她说："如果你们想的话，也许我们可以一起度过一个美妙的夜晚，交流一些感受。我是说山莓间的传统，房间与房间隔板都很薄，所有响声不仅能听见，还能放大……"

淮真抬头看了眼西泽，心想：糟糕。

她往他那里靠了靠，想将外面那对情侣看得更清楚一点。

两人都长得很好看，如果在上学，很大概率是那种传统青春剧里橄榄球队队长和拉拉队长的组合。

女孩也看见了淮真，有一瞬目光落在她的短发和男士衬衫上，然后微微张大嘴说："噢，对不起我不知道你们是……"

西泽慢慢微笑了一下，说："Sorry…"

女孩快速辩解道："因为刚才，哦，我们听到你们在浴室里的声音。应该是你的声音，听起来很可爱，我们都很喜欢。"

西泽很有礼貌地说："谢谢。"

淮真也忍不住笑起来。

女孩说："那么再见。"

淮真对他们挥挥手。

西泽很快将门扣上，背过来，微笑地看着她，似乎要拿她是问。

淮真咬着嘴唇，很抱歉地说："Sorry I don't know that…（抱歉我不知道这……）"

他笑着不说话，看上去一副委屈的模样。

淮真耷拉着脑袋，一脸懊丧："如果我早知道就不会让你这么干了。都被别人听去了……好伤心。"

"Why so sad? It's me!（你伤心什么？被听到的人是我！）"西泽更无奈了，没想到竟然要反过来安慰她。

淮真大声说："就因为是你！我不想给别人听到……"

他愣了一下，然后笑出声。

过了会儿，故意问："为什么不想呢？"

她揪起他胡乱系上的大衣，将额头搁在他敞开的胸口，呜咽了两声，无比懊丧地说："好难过……那本该是我的私藏宝贝。"

"Don't take on, it's ok…（没关系，别放在心上……）"西泽摸了摸她毛茸茸的头发，望着天花板想了会儿，然后很小声地告诉她，"以后会有别的，不给任何人知道。"

Mississippi

第四章
密西西比

我不在乎你是谁，
我只希望你成为你最想成为的那个人。

01.

被子给热炉烤得暖融融的，暖和之余，又让人觉得有点干燥。湿漉漉的消毒水味充盈起来，房间各个角落都带上了公立医院的气味。淮真钻进被子里，把自己裹起来前闻了闻被子的味道，相当嫌弃。她莫名想念春秋的雨夜里的惠氏诊所，惠老头往往会在烛台上方挂一盘安息线香，给烛台烤出的厚重气味充盈缭绕，自然又真实。不像西医医院的消毒水气息，即便周围人山人海，也让人从直觉里看到一台又一台冷冰冰的机械，透着一股直白的死亡。

唐人街有的可远不止这些。那里不通市政暖气，每家每户过冬都烧暖炉，不干不燥；旧金山夏天不晒，南国来的人们却有捧竹奴[1]的习惯；广东饭馆越洋来的菊花龙井普洱，过冬挨家挨户的猪骨煲汤，香醇的药膳与木头香成就了唐人街的本色。有时候她觉得中国人的老东西真是精致又讲究，即便越了洋舶了来，丢了七分神采，也让她一年半载难以参透。即便参不透，也觉得沁人心脾到了骨子里。有时候她偶尔在白人报纸上看到对古老东方加以品评，实在自大狂妄到极点。千年前丝绸路上的茶叶让英国人讨到了便宜，得了一星半点好处便奉为至宝，到后来遇上南美的咖啡，人人都觉得那是"二等货色"。若不是被英国人逼急了的美国人在波士顿倾茶戒茶，几百年后靠连锁店火遍全球，咖啡搞不好永无翻身之日。

这样想着，淮真又觉得自己自大。毕竟虎门销烟与波士顿倾茶本质不同，一个是旧帝

1　竹奴：又名竹夫人。古代人暑期用来取凉的用具，是圆柱形的竹制品。

国行将就木，一个是新生命脱离桎梏。但她实在忍不住想要去计算：波士顿倾茶至今有多少年，两百年？从虎门销烟算起，两百年之后又是哪一年？

她趴在被窝里，手搁在枕头上将这堆话草草写在纸上，这里圈圈改改，最后成了一页纸的小草稿。小草稿打出来了，她就递给那个严厉批评她"本地人不这么讲话"，还顺带教会她五种法式湿吻的好老师。好老师一声不响地接过来，盘腿坐在床尾的被子上给她改错。

她听见他在硬纸板上"唰唰"地写，一边有点郁闷。

转念又安慰自己，英文不那么地道事小，推心置腹写了这么多东西，别人压根不在乎才事大。

于是她问："你还很讨厌华人吗？"

他先说"我不知道"，紧接着又说，不知怎么描述这种感觉。待又仔细想了一阵，最后他说："有天我发现我的喜欢和我的憎恶相悖。那么要么是我的喜欢错了，要么是我的憎恶错了。要让一个顽固的人认错是很难的事，所以他们只好慢慢学会和彼此如何相处。"

准真笑着问："那请问它们现在相处得怎么样？"

西泽说："它们碰撞出了一种很奇妙的化学反应。它们其实并不相悖，天然可以共存，原始又天真，野蛮生长，像是种本能。"

她说："我听不太懂了。"

"有一天，有个老修女骂你们'竟然连宗教信仰都没有，这简直太可怕了'。但是我实在难以想象有一天会在礼拜堂碰到你。所有的难以理解，放到你身上，突然都变得顺理成章。"他侧过头，在她的嘴唇上亲了一口，总结性地说，"That's you.（这就是你。）"

准真回味了一下这个吻，觉得他的潜台词在说"你这磨人的小妖精"，于是控制不住地"咯咯"笑起来。

仔细琢磨了一下，她又觉得他说的这些，竟然和恒慕义教授讲的那番话不谋而合。

她说："大部分人都觉得，唐人街能让他们喜爱的只有大烟、赌博、暗娼。"

他说："那也许不是喜爱，是上瘾。"

她说："你也许也上瘾。"

他不置可否，过了会儿才说："我父亲以前在香港有过一个情人。后来回到美国，再也没有回去过。他结婚，有了凯瑟琳，与奎琳在社交场合是模范夫妻，对她也不错。凯瑟琳十四岁生日那天，他喝醉了，坐在会客厅沙发上一句一句地讲着广东话：'Aak kam，畀杯水我，Aak kam，Aak kam……'"

准真自行翻译了一下："阿琴，给我杯水。"

他点头："没人懂广东话，但所有人都知道让他眷恋的不是奎琳。所有人都沉默着，直至他醒来也没人告诉他。祖父也没有，冷冷地看他当众出洋相。他应该比谁都知道，十六年过去了，他还没忘。见过我父亲那天的样子，才知道什么叫上瘾。我不想变成他，祖父更不想。"

淮真说："所以你不喜欢华人？"

他说："也不是，我不讨厌她。我已经不太想得起她长什么样，只有一些很模糊的印象。香港夏天很热，窗上镶的不是玻璃，是一层薄纱；我还想得起圆形窗户外湿漉漉的芭蕉，蚊子很多，不叮别人，只要我在绝对不会叮别人，抹了什么驱蚊的柠檬草膏也没有用，以至于我现在对热带仍有阴影。半夜被叮醒，看见她从父亲房里出来，坐在我床头摇扇扑蚊子。她话很少，在我的记忆里只剩下跪坐在床头永远柔顺谦卑的形象。我喜欢她。但直至很多年以后，见过无数华人女性，她们反反复复印证甚至扭曲了那个跪坐在我床头的形象。以至于到最后，越来越觉得，华人女性都应该是那样一副绝对服从男性，以致失去面容的模糊脸孔，毫无特色，被昆虫钉钉在展翅板上，成为没有一丝神采的苍白标本，储藏在博物馆里；或者物化自己，给自己与同类标上价格，任人观瞻，任人品评，任人购买，任人宰割。"

淮真没说话，觉得有点刺痛。

西方女性已经宣扬"一个女人纯粹美好的自由，比任何性爱都要美妙得多"时，古老中国还在父权社会的尾巴上飘摇。有不少白人女孩儿年轻时也嫁给了华人青年，比如从前在萨克拉门托做古董发家的阿祥，在他事业尚未起步便娶了优莎娜做太太。两人膝下四个儿女，五十岁了，阿祥还想回中国纳小妾，逼得优莎娜与他离了婚，在洛杉矶唐人街拖儿带女地自立门户；他们两个自小在唐人街长大的混血儿子也没逃过一劫，相继与白人女大学生结婚，婚后却出轨好莱坞女星，亲人好友还写信来，叫这怀有身孕的唐人街白人太太"要懂事，学会像个好太太一样睁一只眼闭一只眼"。

"后来有一天，她有了颜色。"西泽接着又说，"是紫色的。"

淮真沉浸在自己的难过里，陡然一听，觉得这形容很不怎么样，于是不屑地笑了。

紧跟着西泽钻进来，将她怀里那一团被子夺走。

被抱在怀里的于是成了淮真。

电炉关掉开关，一开始进被子里的西泽是凉的，凉气隔着两层衣物，"嗖嗖"往她身上蹿。西泽像是故意拿她取暖，她越抱怨，就贴得越紧，热气一点点被摄走。后来热乎一点，再后来越来越热，热得她探出头，将额头贴着他下巴靠着，因为他露在外面的脸颊仍是凉凉的。

后来她把脚心伸出去贴他的脚背，因为他个子太高，两只脚与半截小腿都露在外头。足弓贴上去，脚心凉悠悠的很舒服。这边焐热了，脚又跟着游到下一块儿去。

西泽也不知是痒还是什么，笑得直抖，"stop, stop（停下，停下）"地警告她，一声比一声克制。

她不听，接着闹他。

西泽不客气了，一个翻身，将她的胳膊腿连带身子压了个结结实实。

其实她也在摸索,知道他哪儿敏感。一被搔动,忍耐的时候,微微闭起眼,睫毛刷蹭过脸颊,喉结在脖颈下艰难滑动,非常可爱。

淮真趁机在"可爱"上咬了一口,他没控制住"啊哈"一声。

她嘚瑟地笑起来。

"你真的很……"西泽低头,看见她的表情,很无奈地说,"naughty[1]。"

淮真正玩得开心,陡然倾泻的声音,将他俩吓了一跳。

两人很默契地侧过头,想找找声音来源。

紧跟着,床"嘎吱嘎吱"地响了起来,很响亮,仿佛带动着墙壁也跟着一块儿颤抖。

在隔壁的立体环绕伴奏下,两人抱在一个被窝里,暖暖和和的。

闭着眼,但都知道彼此没睡着。

西泽是热的,呼吸有点重。

淮真是……肠胃有点不舒服。

经期本身就会有些消化问题,加上又吃了土耳其人烤的鸡牛混合肉与一些生菜土豆,现在这些难消化的东西在她肚子里开始发酵了,肠胃"咕噜咕噜"地宣泄起自己的不满。

要不是隔壁那对鸳鸯正心无旁骛地激战着,搞不好这声响隔壁都能听去。

过了会儿,她实在憋得难受,小小声叫了句:"Cae."

他嗯了一声,问:"怎么了?"

她说:"我肚子疼。"

他的手掌伸过来,隔着衣服摸在她胃的位置。

她说"不是这里",又带着他的手往腹部移动过去。

就在贴过去那一瞬,肚子相当争气地"咕噜噜"闹了一回。

他问:"肠道?"

她点头。

"去医院?"

她摇头。

"拉肚子?"

她接着摇头。

西泽起身想揿亮床头灯,淮真扯了他一下,然后很小声、很委屈地说:"我想排气。"

他愣了两秒,然后黑暗中爆发出一阵大笑。

她很气。

---

[1] Naughty:既可以指淘气,也有下流的意思。

西泽将她往怀里搂了搂，热热的手掌钻进去，捂在她肚子上揉了揉，在她耳边轻声说："Just go ahead.（继续就是了。）"

她说："很臭。"

他说："没关系。"

过了好久，黑暗里，很轻很轻地响起一声，细小短暂得像兔子打了个哈欠。

西泽又笑起来。

淮真想哭，说："都是你，我都说了不吃 Kebab[1]。"

西泽说："对不起，下次不吃了。"

她说："不是你的错，是 Kebab。"

趁他说话前，她紧跟着又说"没关系"。因为脑回路笔直的外国人永远搞不清楚错的是 Kebab 还是带她去吃 Kebab 的自己。

隔了会儿，肚子又"咕噜咕噜"响起来。

她几近崩溃地趴在他的怀里，羞耻地呜咽了一声。

西泽笑着"嗯"了一声，说："没关系，她已经告诉我了。"

淮真紧闭着眼睛，带着释放自我的超脱与英雄就义似的悲壮。

西泽很克制地忍着笑，终于没在她的窘迫上火上浇油。

这种窘境持续到临近一点。

之所以清楚地知道时刻，是因为隔壁那一对。他们结束收尾时，男人半高兴半炫耀似的说："天！一点了！"

女人说："是的汤姆。"紧接着又说，"你今天真棒！"

淮真正昏昏欲睡，被这突如其来的结束语吵醒，翻了个身，刚想问问他会不会很臭。

话未出口，觉察她醒来，西泽几乎立刻轻声问她："肚子还疼吗？"

话音一落，淮真将脸搁在他的胸口上，莫名有点想哭。

02.

约定退房时间是十一点，两人一觉睡到九点。其实淮真七点多就已经醒来，因为知道他从盐湖城驾车来堪萨斯城，昨晚一定没能睡个好觉，故而不想吵醒他。如果不是旅店九点半钟不再提供早餐，她大概会由着他睡到十点。

小旅店虽然不那么正规，但该有的服务都有提供。早餐种类并不太多：不知是自家制

1　Kebab：卡巴布。一种阿拉伯烤肉。

作还是商场买来的希腊酸奶，味道很厚实；有一盘新鲜的草莓与蓝莓用来佐酸奶，草莓对半切开，与蓝莓拌在一起，看起来很有食欲；除此之外还有腌制的各类果酱，现烤的蓝莓蛋糕（带着很强烈的圣诞特有的肉桂味）与小饼干，橙汁、苹果汁、热咖啡与牛奶。

她取了两杯热水，各泡上一只大白菊，是惠老头自己在后院种的，清肝明目，健胃和脾。因为旅途劳顿，人易燥热火旺，所以临出门时她特意拿了一小袋白菊与金银花，这几乎算是她的旅行小贴士。西泽不爱喝咖啡，旅店也不提供茶包。等他在对面坐下，她径直将水杯推过去。他喝了一口，问了句"是什么"。

她说："Tee.（茶。）"

他疑惑了一下："Tee?（茶？）"

她说："Sicher ist sicher.（保证安全。）"

两人讲英文时，时不时会蹦出一两个德文单词。比如将 and 说成 und，"为什么"是 warum 之类的。一开始其实只是因为淮真英文水准不如德文，而当二者相近且都不是母语时，她会下意识地选择自己更熟悉的那种语言。这毛病西泽提醒过她几次，发现一时半会儿很难纠正过来，就随她张嘴乱讲了，毕竟他也都能听明白。到后来他也被传染，时不时在英文句子里插进去几个德语单词，这种讲话方式渐渐变成了两人心照不宣式的语言，旁人听完之后往往会一头雾水。

在小旅店吃早餐的客人并不多，他们大多数是一些初尝禁果的中学生、来旅店偷情的有妇之夫、同性恋者，甚至有一些"对性有特殊癖好的百分之十二的美国男性"，还有混婚人群，都可以在这旅店的遮蔽下，干那些正常而体面人眼里"仅次于犯罪"的事情。他们要么在昨夜将自己消耗得精疲力竭而无法早起，要么要假装遛完狗回家，赶在爸妈或者太太女儿醒来之前坐在厨房里喝咖啡，很少会有人在早晨九点半优哉游哉地坐在这里吃早餐。这个点，餐厅除了他们俩，只有昨晚在柜台后面值守的那位红发女士。因为旅店小，她除了要做接待，还要兼职收拾早餐餐盘。

她看过身份卡，知道淮真他们从加州过来，便问："这里的水果和加州比怎么样？"

淮真说："橙汁竟然比新奇士更甜。"

女士一开心，西班牙口音蹦了出来，带着点跳跃。她有着典型的西班牙人略尖的面孔、配套的尖鼻子与一双浑圆的眼睛，面孔有点无神，风情万种都体现在身材上。她应该是在成年以后才来的美国，待的年岁足以使她像个九成的美国人。

淮真猜她接下来要问：你们度过了一个美妙的夜晚吗？

但她没说。她端来两杯兑了汽水与冰块的菠萝汁赠送给他们，一边说："我们从不问顾客有没有度过一个美妙的夜晚，我们从不否认我们旅店有这一类优点。"

在女士找还零钱时，淮真问她是不是西班牙人。她有点诧异亚裔人能分辨出她来自哪里。她说她父母都是西班牙人，但她从小在墨西哥长大。

淮真说："我很喜欢吃 Churros[1]。"

女士哈哈大笑，说："如果你下次光临，记得提前打电话，我很乐意为你提供。"

淮真很开心。

她内敛惯了，很少有主动同陌生人搭话的习惯。

西泽大概也看出来了，于是问她："你喜欢这里是不是？"

淮真说："是的。"在体面白人眼中算是肮脏小地方的小旅馆里，人与人之间没有那种莫名其妙的敌意。在外面从来买不到那种"情侣第二杯半价"的饮料，却能在这里自在地享受。各种温馨从细枝末节渗透出来，让她觉得很舒服。

西泽说："那就好。"

她知道他为什么这么问。明明可以光明正大地走在大街上，却不得不被逼到一个阴暗的小角落里，任谁都会觉得委屈。

于是她说："我原以为这应该是我说的话。"

西泽看了她一眼。

两人都笑了起来，觉得这个话题聊下去一点意义也没有。

两人步行至一个街区外。赌场区街道很窄，又乱，街上挤满了人，西泽只能将车停得远一点。因为中午会经过大小几个城市，不需要准备食物。只是新奇士橙汁已经喝光了，淮真在西泽停车的附近一家水果商店里挑了几只香蕉和新鲜果汁，打算在路上享用。

因为出发得晚，接下来行程也并不用太赶，不出所料晚上应该会住在圣路易斯附近，那么中午应该会在两个城市中间的某个城市吃饭，顺便电话预订晚上的旅店。于是从上车开始，淮真便翻阅起那本《旅行手册》，将所有圣路易斯附近四个星以上的旅店电话都记录了下来：其中大部分是汽车旅馆，优点是实用、干净、安全且僻静，缺点是你永远不知道旅馆的经营人从前服刑于哪个监狱或者做了多少年老鸨；有少数两家密西西比河畔的湖滨旅馆，据说他们"提供早餐与不限数量的可口食品"；还有一家据说极端豪华的大旅馆，"免费赠送早咖啡和流动冰饮，但不接待十六岁以下青少年及儿童"……

念到这里时，西泽转过来看了她一眼，立刻收获了淮真一个白眼。

和他商量之后，淮真最后将十个选项排了个优先级，毕竟他们用来拨长途电话的时间和经费有限。淮真花钱很节省，在这一点上，西泽也自然而然跟着她的习惯走，从很多小细节上她都意识到了。

比如在昨晚她就想到过：他未来也许不会时常有昂贵的衬衫可以穿了。但其实她发现西泽并不在意这一点。他不会被迫接受什么，他的适应能力总在随条件变化。但不仅如此，

---

[1] Churros：一种西班牙小油条，早餐配咖啡吃。

两人在很多地方都很容易达成默契，而不是单纯一方对另一方的迁就。"后不后悔"这种傻问题问一次就够了，以后每次提起，往往都带着某种戏谑的口吻。

03.

午餐是在城市中央火车站附近一家餐厅解决的。餐厅贩卖油炸肉等一系列炸鸡腿的变种，门口一家小小的冷柜出售冰镇汽水。这里闹中取静，车站人来人往，却很少有人肯在日头底下多走几步路，到这间带着油炸味的餐厅来。

尽管那本《旅行手册》口口声声说"西部从堪萨斯城开始"，可是密苏里这个十月初的正午仍然热得反常，据快餐店老板说这叫作"印第安夏天"。附近不远处大概有所学校，来餐厅的是一些十六七岁的中学生，多穿着浅蓝色短袖运动服、格子裙与西装裤。淮真今天出门时穿了一条西泽的灰蓝色短袖T恤，并不按时尚杂志套路出牌地将T恤下摆扎进长裤裤腰里，看起来和这群学生年纪相仿或者更年轻。那群学生进门时将她当作低年级生，甚至有人同她微笑打招呼。

餐厅有外送服务，接听订餐的电话机在盥洗室外，在那群学生进来之前，西泽去点餐时，淮真就已事先借用电话机拨回旧金山家中，云霞接的电话。

淮真告诉她自己一切顺利，大约三四天就能到东部。又问起季姨与阿福，云霞说最近店里很忙，因为在跟意大利人谈生意。

她便又问云霞近况怎么样。

云霞说她不过谈个恋爱，又不是正经要结婚。一吵架，罗文跟阿福就一块儿催她回去相亲。

淮真就乐。

云霞说："你怎么想呢？"

自从云霞跟早川上回吵架，淮真就开始担心起来：明年，五年过后又有更深的民族仇恨。再八年，旧金山的日本人全给投进集中营去——倘若两人要一直走下去，不知还得吃多少苦头。

淮真想了想，说："其实倒不如先念好书，干点自己喜欢的事，等到十年八年过后再谈婚论嫁也不晚。"

云霞说："你都这么说，等晚上爸爸妈妈回来我就跟他们讲明：我不到三十不嫁，我要做个独立女性，他们要反对，我就说妹妹也这么讲。明天见了早川，我也这么跟他说。"

淮真说："哎你别带上我呀。"

云霞直乐。

两人接着又聊了些有的没的，其中包括那二十几个硬币的去向。

云霞问准真用了几个，准真说："一个。"

"那小子可真差劲。"

准真接着说："那个给弄坏了。"

云霞就傻了，说："你们拿来当手套了还是怎么的，这得多大劲啊？"

准真笑得不行，觉得一时半会儿解释不清，便由着她乌龙了去。

临挂电话，准真将自己在富国快递的账户告知云霞，同她说倘若家里同意大利人合伙做生意钱不够的话，可以将自己的一点存款取出来，兴许也能贴补家用。

云霞说："足够了，家里最近宽裕，爸爸妈妈还想去富国快递给你开银行账户呢。"

那群学生吵吵闹闹地进来，准真便没再跟云霞多聊。和西泽一人吃了只汉堡喝了冷饮，那群学生得赶在一点回学校上课，又热热闹闹地捧着饮料走了。

过了用餐高峰，西泽照着准真写下的优先顺序拨电话去预订晚上的客房。拨过去第一家是密西西比河畔的湖滨旅店，远离城市，对喜静的公路驾驶者与亚裔人群都很友好，一个房间三美金的价格也十分合理，唯一的缺点可能是旅店上了点年纪。

为确保稳妥无疑，西泽向电话里重复了两次他们的各自族裔。

那头显然都给了肯定的回答。

在西泽询问从他们所在的位置驾车前往旅店需要多少时间时，准真突然意识到现在他们所在的这座城市叫作Columbia。美国和加拿大都有无数的城市名叫哥伦比亚，这一座小小城市只是其中之一，并没有什么特殊意义。但陡然听到这个名字时，她仍有一些诧异。

在这之前，她从未怀疑过他们这一程的目的地会是哪里，因为她始终觉得西泽所说的Columbia毫无疑问就是纽约州的哥伦比亚大学。

她也从未认真去思索，在这段有目的地的旅程到达终点之后，她和西泽又最终可以走到哪里。她珍惜西泽，也尊重自己的感觉。此刻她当然希望与他在一起的时间可以更长久一点，即使有一天走不下去而不得不分道扬镳，至少未来某一天回想起来，不会因此有半分遗憾或者后悔。

但从这一瞬间起，她有了一些奇怪的猜测。

离开快餐店回到车里，准真问他："我们是要去纽约州，对吗？"

西泽看了她一眼："不然呢？你是想跟我去哥伦比亚共和国吗？"

她对着窗户发起呆。

过了会儿，她听见西泽轻声说："你是想到什么了吗？"

她摇摇头。

西泽便没再讲话。

她想起有天他说，他曾经想当一个诗人，但他甚至都不被准许离开美国念大学，因为不论他想成为什么，最后都得成为一个商人。他去了西点，因为那里是伟大的政治家、军人与商人的摇篮。在毕业那一年，他重新获得了一次选择成为一名军人的机会，跟着联邦警察与共和党议员去了远东的香港，从那里追溯华人偷渡的罪证来支持共和党夺取加州权益的机会，从而获得争取自己未来命运的机会，但他失败了。也许这一次出逃也并不是一时冲动，而是他与自己命运进行的另一次搏斗。无数人毕生的梦想也许就是像穆伦伯格一样尊贵富有，天生的富有自然安逸，但同时也磨灭了一切理想。

淮真说："我曾经觉得你更适合出生在一个中产家庭。"

西泽说："中产家庭栽培后代，希望有朝一日他们能成为像汗莫·穆伦伯格一样的人。"

汗莫大概是个白手起家的初代穆伦伯格。

她提醒他说："But now you're a nobody.（但现在你成了无名小卒。）"

西泽很坦然地笑着说："是，我不知道我是谁。"

淮真一时间不知该说什么来安慰他，因为其实他并不需要安慰。

她抱着膝盖，将脸转出车窗，看窗外那种中部地区典型而又千篇一律、坦荡开阔的绿色平原。尽管有些肉麻，但仔细想想，她仍然很认真地说："我不在乎你是谁，我只希望你成为你最想成为的那个人。"

04.

那所密西西比河畔旅店位于圣路易斯城东北郊的小布利斯特，镇子里有各种各样仿殖民时期的建筑与受河水滋养而生长得过分茂盛的红橡树。一开始，淮真以为"很老"只是用来形容那所旅店，直到在暮色时分驶入镇子，她才知道原来整个镇子都很老。

镇子虽小，前来投宿的旅客却不少，将车驶入旅店的大门时，停车棚里整整齐齐停着许多汽车，留下的车位已寥寥可数。

天上微微下着点细雨，衣冠楚楚的年轻侍应从车棚走出来协助停车，淮真则拿着两人的身份卡先下车去服务台登记。假如过了六点半，旅店有权利将事先预订的空房租给别的旅客。

她一下车来，旅店大门外一名花白头发、穿红制服的老侍应走出来，从西泽打开的汽车行李厢内拎出旅行包，用小推车将它慢慢推进旅店大厅。

旅店大厅是暗蓝色调的，在它刚刚诞生那年一定非常时髦。大厅的沙发椅里坐满看书读报的旅客，他们看上去像是传教士一类的人。还有两三名低声谈笑的太太，高跟靴边趴着其中一位的过于肥胖的斑点狗。淮真走进去时，没有任何人抬头看她。东边并没有什么种族歧视，但确切来说，他们只是没空而已，他们对很多东西都不在乎。

服务台背后的老头也上了点年纪，将谢顶与发胖的中年危机发挥到极致。他拿着身份卡与西泽的驾驶执照号码确认了一下，又回头看了眼时间，扶了扶眼镜，善意地笑了笑，转开自来水笔，将资料逐个誊写在一本尺寸宽大的登记本上。在这期间，他说："你竟然已经过十五岁了……我还以为你可以享用我们旅店十五岁以下免费享用的午夜小吃。"

准真撇撇嘴："对一位女士来说，这消息可真不幸。"

老先生低声对她说："不过没关系，今天全是参加布利斯特新教会议的老先生们。他们不会对炸洋葱圈与炭烤鸡胸感兴趣的。"紧接着他从抽屉里拿出一张免费小吃卡券和一把刻有房间编号的钥匙交给准真，眨眨眼睛，说，"祝愉快。以及你男友可真是个漂亮小伙。"

准真回头，正巧看见西泽跟在那个拎着旅行包的侍应身后走进旅店。圣路易斯远比中午那个名叫哥伦比亚的小城冷多了，他下车前在衬衫外罩了件灰蓝手织短线衫，远远盯着自己笑。

准真心想：服务台的男人说得真对。

事先有一伙人上楼去了。等待电梯时，准真随手拿起电梯间深红丝绒沙发旁杂志架上一本花花绿绿的书翻看了一下，发现这竟然是一本短篇小说连载刊物。电梯来时，准真夹起杂志，决定拿回去好好研究研究。开电梯的是个漂亮的黑人女士，长相酷似哈利贝瑞，穿着制服裙、高跟鞋与黑色丝袜，身材热辣，有白种人与黄种人通常很难拥有的S曲线与逆天的细长小腿，连准真也忍不住多看了几眼。

一出电梯，准真便说："She's beautiful.（她真漂亮。）"

推车的老先生笑着告诉她："She could have been a model.（她本可以当模特的。）"

西泽问："Is she a mulatto?（她是混血儿吗？）"

老先生笑着说："是的，先生。你眼力真好，很少有人看出她的白人血统。她妈妈是黑人，父亲是个octoroon[1]。"

房间在三楼，老先生将行李拎到房门外，替他们将房门打开。房间很大，有嵌入式衣橱与一张嵌板床架大双人床，上面铺着深红绒线床单；两张床头柜，两把椅子，一张立柜上放着一只收音机；房间里有独立浴室，浴室与门旁都有一面镜子。

老先生在后头说："假如你们对房间有什么不满意，比如想换一个有两张床的房间，尽可以提，我很乐意为你们效劳。"

准真立刻说："不用麻烦了，这里很好。"顺势表达她特别喜欢房间里那两盏荷叶边紫红灯罩的小灯。

---

[1] octoroon：有八分之一黑人血统的混血儿。

西泽给老先生五十美分作小费。先生接受馈赠，很快退出房间，将门关上。

淮真立刻转头问他："Mulatto 是什么？"

"黑白混血人种。"

"Octoroon 呢？"

"八分之一黑人血统。"

不等淮真将这种好学品质发挥下去，西泽拉起她的卫衣帽子扣下来将眼睛罩住，就近将她压在门上亲了一口。

等他松开，她将帽子扯下来，瞬间忘了自己要说什么，表情有点傻。

"楼下餐厅只开到八点钟，"西泽笑了，忍不住摸了摸那头翘得乱糟糟的短发，"先去洗个澡。"

淮真洗澡时，西泽将收音机打开了，声音不大，隔着浴室"哗哗"水流，只觉得外面似乎有一群人在讲话。她擦完头发，换上干净的衬衫与长裤走出浴室时，两个电台主持正斗志昂扬地说："……即使国内经济几项重大指标从未超过英国，但美国的有识之士从未以己之短比人之长……"

玫瑰红色的窗帘已经被他拉起来了。此刻他立在窗边，将窗帘拉起一条缝隙，看着旅店外正对停车棚的空地。

淮真问他："怎么了？"

他说："刚才看见一辆很眼熟的车。"

淮真走过去，西泽指给她看一辆占据了最后一格停车位的黑蓝色敞篷车。

他说这辆车在他从盐湖城转去七十号公路没多久，一路从章克申跟他到了萨莱纳。七十号公路上车并不少，从盐湖城去往堪萨斯城的车也一定不止他们两辆。为了确认这点，离开萨莱纳之后，他刻意驶离七十号公路，转了几个小镇的乡道来的堪萨斯城，也因此他迟到了半个多小时。以防万一，今早他故意推迟出门，悠闲地开了六个多小时车才到密西西比河畔。按理说同行的公路旅客，此刻一定早已经到了伊利诺伊或者印第安纳。他记得车牌，不会有错。

淮真盯着那辆车看了一会儿："会是你家的人吗？"

他说："如果确实是跟着我们的，那么不太像我祖父的行事风格。他做事决绝果断，不会这么漫无目的。"

西泽说话时，侍应上前去替敞篷车的驾驶人拉开车门，取下他的行李。驾驶室里随即下来一个穿着花哨格子衬衫、戴了墨镜的壮汉，活像胸大无脑的巨石强森。

淮真说："会是私家侦探一类的吗？"

他说："他相当讨厌开敞篷车的人，还有壮汉。"

淮真莫名有些想笑。这人如果真是私家侦探，在西泽发现他驾车跟踪自己以后，还明目张胆驾驶同一辆颇拉风的汽车住进同一家旅店，这未免太不专业了。

她说："不如我们一起下楼去确认一下，比如跟他打个招呼之类的？"

西泽笑了一笑。

她说："最坏的情况下，你的祖父会对我们做什么呢，派人暗杀之类的？"

他说："他绝不会这么做。他无数次嘲笑过曾买凶杀人的政客与家长，他认为只有无能为力的蠢货才会自以为天衣无缝地为自己家族的未来或者政绩制造污点，这会成为有朝一日老奸巨猾的竞争对手可以轻易着手的丑闻。"

准真又说："有没有可能是你未婚妻的家人？"

西泽不由得笑起来，想了想，说："不如我们来确认一下。"

而后大步走到门口，揿铃唤来一位客房侍应。

他对那位侍应相当抱歉地说："我刚才进停车棚的车里取行李时，军刀扣不小心在一辆黑蓝色敞篷车上留下了剐痕。"

那位侍应顿时有点无措："噢，我的天，那可真是……"

西泽低头在一张旅店留言的便笺上写下一段话：

尊敬的先生或女士，由于我的失误，我愿意为你的爱车支付一定费用的补偿。但是由于我身上没有足够现金，而社区银行礼拜天十点以后才开门。如果你愿意，明早十点以后我可以请侍者将现金留在前台。

随后他将这张便笺撕下来交给侍应。为免麻烦，侍应拿着便笺很快下楼去寻找那位敞篷车车主。

西泽回头对准真眨眨眼，说："我们等等看。"

时间临近八点，两人即将面临没有晚餐可用的局面。

等待的时间里，西泽进浴室洗了个澡，侍应回来时，他还没来得及从浴室出来。

准真开门，侍应告知她，那位先生很早就要出发，也许接受不了你们的道歉了，不过他表示没有关系。

准真拉开浴室门和西泽商量了一下，说："我该告诉他，'能否留下支票账户地址'，对吗？"

西泽将淋浴头开到最大，说："再加一句，'或者可以将旅店消费账单留在服务台，明天我退还客房钥匙时可以帮你一并结清'。"

准真听完立刻匆匆离开浴室，将这番话写在纸上，转交给侍应。

侍应离开后，准真仔细琢磨了一下，觉得这一拨操作还蛮厉害。

他一时半会儿不可能捏造出一个虚假住店信息或者支票账户，但凡客店透露其中任何一项，他的个人信息都会变得有迹可循；即便他不肯使用以上任何一项权利，淮真与西泽明天也有理由去服务台询问此人的消费账单；而假如服务台转告他们"客人特意嘱咐不愿意透露个人消费账单"，那么这个人就太可疑了。

几分钟后，侍应来说："那位先生说假如有额外消费，他会留在服务台的，并叫我对你们表示感谢。"

淮真交给侍应三枚二十五美分硬币，侍应相当开心。

送走侍应，西泽也换了条长袖衬衫从浴室出来，问她那个人怎么回答的。

她将原话转告西泽，又补充一句："也许别人也只是去东岸某个城市，昨夜也恰好在堪萨斯城的赌场区度过了一个美妙的夜，所以出发得太晚了。"

西泽想了想，笑着说："也许吧，不过也得明早才知道结果。"

他擦好头发，抬头一看时钟，差五分钟八点，于是在门口穿上拖鞋，叫淮真从床上起来下楼去吃饭。

她却愣愣地盯着他，没动。

西泽立在门口，问她："怎么了？"

她说："我刚才是不是看到了你的裸体？"

他回忆了一下，说："是啊。这次你看清了吗？"

05.

每次看见他穿着内裤从浴室出来，她都发自内心地觉得，它可碍事。

她问他说："有机会再看一次吗？"

"当然。"西泽又补充了一句，"但不是现在。"

淮真难免有点沮丧，甚至觉得自己做人女友可真失败，第一次出去约会就看见了内裤，这么久了，竟然越混越差。

去餐厅用晚餐的客人已经陆续回来，陌生人们在昏暗廊道的灯光下互相微笑示好。

他们还是到晚了些，餐厅顶灯灭了一半，几名餐厅侍应正依序将血红丝绒餐桌椅倒着叠放起来，堆在角落。虽然公共区域已不能使用，幸而后厨还没来得及打烊，高个儿厨子将菜单递给他们，表示可以和甜品券的小点心一起由侍应送去客房，点餐权利也全权交给了淮真。本着不浪费食物的原则，她给他们俩的晚餐点了配套烤蔬菜的烤羊腿，甜点是一大块樱桃馅饼与一碟精心配制、上面浇了混合果汁的冰激凌混合饮料。等将账单送去服务台，厨师才十分友好地告诉他们，旅店的菜量都很少，他担心西泽不一定能吃饱；不过他愿意赠送他们一些小零食，这在他的权利范围内。

晚餐在半小时后送达客房。淮真打算用这段时间，找个电台来听听擅长演讲的美国人怎么正经又不失诙谐地调动听众情绪。她让西泽给她推荐了两个频道，在调频时，不知出了什么差错，那个据西泽所说是兄弟会赞助的大学生演讲频道，在夜间八点半时段，有个年轻男人正用那种低等的调情语调讲故事。

淮真本没太在意，在拔出天线拨动调频钮，转到下个频道之前，收音机里那个男人用露骨并且俗不可耐的措辞，念出了一段男女野合的全过程。

两人沉默地听完这段话，淮真转过头问西泽："这就是传说中优秀的大学兄弟会赞助的正经电台？"

西泽微微笑了，表示他也不清楚这种情况。

仔细想了想，他又说："新英格兰有很多欧洲人。一群贵族子弟，有很大一部分人到结婚前都没有过任何经验，比如克里福德。"

这类情况其实淮真也见识过。在许多情色书籍禁止于欧洲与美洲大陆发售的二十世纪，白人们受到的性教育远不及拥有诸多直白白话小说的中国女孩们多，《沉香屑·第二炉香》里十九岁的克荔门婷在新婚之夜的悲剧就是这么来的。

突然想明白这点，她对西泽在某些方面的保守也不觉得太奇怪。

她说："所以学生电台时不时要给这些没有受过教育的年轻人一点启蒙？"

他说："我想是这样。"

她突然来了兴趣："那你呢？也从这类，这类……"

他笑了，说："扒粪电台。"

淮真继续问下去："从这类电台或者禁书上受到启蒙的吗？"

西泽想了想说："我学什么都很快。"

揿铃声在这时响起，他起身将门打开。

侍者推车进来时，收音机里那个男人正肆无忌惮地宣扬："这个二十二岁的费边社成员，第一次从这种亲密无间的'满足感'里感受到一点欣喜若狂，但他至少不像其他许多男人那样仅仅热衷于他自己的'满足'……"

淮真"啪"地将收音机按钮关掉，房间里顿时鸦雀无声。

西泽盯着她，无声微笑。

侍者面不改色地给玻璃桌铺上桌布，将餐盘一一摆上，并告诉他们，用餐完毕，可以随时揿铃叫人来收拾。

两人靠着窗吃饭时，淮真拿着那份今天在副驾驶室里草草写就的演讲稿读了一遍。

西泽说："你完全可以很快吃完晚餐再去干这件事。"

淮真咽下嘴里的东西，强词夺理："人在吃饭时记忆力是很好的，仅次于在马桶上的时间。"

西泽就由着她去了，偶尔还能帮她纠正几句发音。

因为一早洗过澡，吃过饭，两人回浴室刷了牙，一起趴在床上听淮真第三次朗读那段讲稿。一段回忆论文的演讲，十五分钟是比较合适的长度，这样长度的英文稿，她在读过第三次之后，几乎已经可以完成百分之八十的复述。

她的发音多少有点华裔讲英文的惯有腔调，情绪没有太多起伏，有些过分字正腔圆。但其实这样易懂的发音是没有问题的，英文母语的人并不会在意，甚至会觉得这样的口音有种别样可爱的异国情调。但非母语人士总会执着于追求口音的地道，比如淮真，有时念上几句，西泽觉得完全没问题，她却总觉得不满意，会叫他讲一遍，自己跟着他重复一次。

她注意到西泽在教她时，用的是西部发音，和内华达口音很接近，但不像他奚落人时那么夸张；也不是纽约口音。淮真记得有老师说过这种口音是最正宗的"美国英文口音"。他耐心极好，听他不厌其烦地向她解释发音和他之间的区别，淮真差点都会忘记这人脾气其实很差，并不是天生这么温柔。

除了能纠正她发音这点好处，西泽还能在他想起来时替她在枯燥的演讲稿中间加入一两句插科打诨。尽管他声称自己"绝对不属于擅长演讲那一类'政治犯'"，除去谦逊与傲娇的部分，淮真觉得他其实是相当优秀的演讲者。

这莫名使她想起那个"交外国男友只是为了和他练英文"的悲伤故事。中途休息时，她把这故事安插在某个和白人交往的唐人街女孩身上，当笑话讲给他听。

西泽问："那么你呢？"

淮真说："英文学好以后立刻跟你分手。"

西泽想了想，问她："我只有这点用处？"

听完他的话，淮真兀自思索了一阵——当然远不止这些，还有更多，连带一些没有开发的部分……

她忍不住摸了摸热热的耳朵。

西泽盯着她的表情变化，问她："你想到什么了？"

表情看上去一本正经，其实一开始就是故意引导她往某个方向去深思。

淮真瞪着他。

这个人！

他若无其事地接着念稿子："'…And that's an impact every one of us can make. But the question is, will we make the effort or not?（……这是我们每个人都能产生的影响。但问题是，我们是否会为此做出努力？）"

听他念完这句话，淮真又自己回忆了一遍，觉得真够呛。这演讲词此刻已经彻底和刚才这一幕联系在一起，想忘也忘不了。假如真能混进会场，当着一群学究老头的面讲出这一句话时，她搞不好也会同时想起西泽的几样好处来。

　　侍应就是在这时敲门的。揿铃叫客房服务以后，房门就留给侍应，并没有反锁。当侍应走进来，看见一对年轻男女躺在床上，吓了一跳，以为自己打扰了什么风流事。结果仔细一听，发现他们竟然在床上躺着校对英文。

　　于是侍应默默地走进来，默默地将餐具收回推车，离开时将门一并带上，心想：这可真奇怪。

　　侍应离开，淮真问他："如果六所大学联盟，会不会坚持拒绝让我进入会场？"

　　他说："不会。"

　　她笑了，说："这么确定吗？"

　　他说："纽约可是我的主场。"

　　她说："我们有个 New Yorker（纽约客）！这可真是太棒了！"

　　西泽笑了会儿，显然对她的插科打诨有点无奈。紧接着他说："兄弟会有一群人总能弄到各种各样的入场券。"

　　淮真说："是刚才那个扒粪电台的兄弟会吗？"

　　他说："是的，就是那个。"

　　收音机已经被她调到一个相当正经的经济频道。她只是随意调了个台，但她不知道为什么美国有如此众多的电台都在讲经济，大概大萧条马上进入第三个年头了；要么就在讲政治，谈论社会主义、共产主义等热门话题。

　　以她的属性，西泽倒有点好奇："你为什么不继续听刚才那个电台了？"

　　她刚才想到一个点，趴在床上，拿出几页新草稿纸飞速写上几个英文句子。

　　听他这么问自己，她默默吐槽说："那个电台男主持人念黄段子的水准实在太差劲了，感觉就像吃炭烤猪板油一样，不仅不可口，还很鞠。"

　　想到这里，淮真突然起了个坏心眼。

　　她将新写好的那一页草稿悄无声息地垫在最下面，起了一页新稿纸，很认真地回忆了一下《延音号》上的著名动作片桥段，慢慢地誊写在稿纸上。她只粗略看过两次，记得并不是特别清楚，可能有些地方有语法毛病或者缺漏了单词或句子，所以这几段话也附带了来自淮真的自我创作。

　　写完以后，她翻了个身，侧头看了西泽一眼。

　　对上她的视线，却半晌没等来回应。

　　于是西泽率先发问："怎么了？"

　　她试探着问："你可以帮我读点什么东西吗？"

　　西泽等着后文。

淮真小声地说："就是一页刚起草的草稿，写得很差，也许有些地方要修改。你能读一遍吗？然后我跟你一起学习修改。"

西泽伸手将那一页稿纸拿过去，放在身下的床单上："她把冰斗向前……"

话音停顿在这里。

西泽抬头，笑着凝视她。

淮真从佯装陶醉中醒转过来，冲他眨眨眼，说："Go ahead.（继续。）"

西泽指尖点住纸页："You…（你……）"

淮真打断他："You've promised.（你答应过的。）"

西泽笑了，扯过她手中的笔头，将她漏掉的句子一句一句补充完整。

淮真看他一字不漏地写下《延音号》的"著名桥段"，睁大眼睛："你竟然连这本书也看过……"

西泽写完，将笔盖盖好，说："来看看什么才是正确的步骤。"

他一手拿着稿纸，空闲的那只手将她揽进怀里，力气有点大，淮真几乎是滚进被子里的。

她被他一只胳膊牢牢箍在怀里，看他将那张纸页举到两人跟前。如她所愿，那个被她称为色情的嗓音，在她耳畔慢慢念起了纸上的字。

一瞬间纸上的内容好像消失了一样，她只觉得耳朵被震得有点痒。

Gotham City

第五章
哥谭市

这世上太多事情与感受，
比物欲要珍贵得太多太多。

01.

第二天淮真专程起了个大早，在早餐刚开始供应的七点准时出现在服务台。清早值守在那里的是一名戴眼镜的中年女士，抹着那种红到微微发紫的口红，举止优雅，待人接物让人觉得如沐春风，但不知为什么。待她转身去查看账单，黑丝袜上一条细细的线从高跟鞋里蔓延进包裙里，随着她转身的姿势，全身的曲线都跟着那条线一起扭动。淮真莫名从那根线里读出了属于女性的痒。

女士告诉她，那位开车的客人六点就已经退房离开了，不过他确实将他的晚餐账单留了下来。服务台女士将账单连同一张支票账户地址一起交给淮真。

这名开豪车的壮汉晚餐吃得很丰盛，包括一份鲑鱼浇肉汁土豆条、Nanaimo Bars[1] 和一碟枫糖薄饼，总共却只要两美金。淮真紧接着查看那张支票账户地址，落款是波士顿××茶公司旗下的袋泡早茶。

墨镜壮汉也会偏爱甜食，莫名有点反差萌。

叫西泽一起下楼吃早餐时，两人确认了以上信息，大概不会是什么和他相关的人。淮真松了口气，觉得大抵是他们多心，于是将两张单子随手揣进衣兜里，没再介怀这件事。只是在心里默默觉得有点好玩，不知此人早晨出门，发现爱车完好无损时，会是什么表情。假如一切顺利，她决定等回到旧金山以后将两美金退还给这位爱吃甜食的壮汉先生，一来确实也许给别人稍微造成了一点困扰，二来她也迷信地想求个万事大吉。

---

1 Nanaimo Bars：纳奈莫条，一种非常有名的甜品。

距离十八日仍有五天，两人并不急于过早抵达纽约，掐算过时间，在早晨离开酒店时事先预订好傍晚时分会抵达的旅店，然后一整个白天都能优哉游哉地赶路。在订旅店的前一个晚上几乎要花上近一个小时来统计下一所城市不排华的旅店的卫生情况——两人看起来像所有这个年纪的情侣一样轻松自在地旅行，但私底下要下多少功夫才能做到这样，大抵只有遭遇过他们这类尴尬处境的恋人才能体会到。

在当前的资金情况下，所有城市郊区的汽车旅馆往往会成为他们的首选，因为它们有着实惠、干净、安全、僻静的优点。但为了节约成本，旅馆某些设施也相当实惠。由于两人都没有太多住宿汽车旅店的经验，以至于在第二个晚上误订了俄亥俄河附近那家旅店的"特别套间"，尽管是两个携带浴室的独立房间，但其实是一个大套间隔出的四人间，中间那堵木板墙甚至不是封顶的，也不知是为拥有哪一类爱好的伴侣提供的爱巢。那个晚上他们隔壁间住了一对老夫妻，应该也是看中旅馆的实惠，却显然对汽车旅馆没有更多了解，以至于和这对小情侣一起办理入住时，老太太非常小心翼翼地提醒他们——老先生晚上睡眠不太好，希望他们能稍稍小声一点。

淮真很友好地说："我们不存在这方面的问题。"

讲完这句话，她给了西泽一个相当怨念的表情。他在一旁笑，假装没有听懂她们在说什么。

有了这次经验，预订阿巴拉契亚附近那家旅店之前，西泽向服务台反复确认那只是一间普通房间。这间小旅店坐落在坎伯兰附近一个拥有温暖矿水池的山间，旅店所有房间都可以直接通向楼下大大小小数十个冒着热气的矿水池。他们订了一个价格很便宜的普通房间，即便这样，拉开营造充满威尼斯清晨幻觉的黄色窗帘，仍可以看到许多着单薄比基尼的靓女们在矿水池戏水，或者十分撩人地躺在水池旁附带有搁脚板、艳丽的红色弹簧躺椅，或是横条纹帆布躺椅上，她们中的一些整理着比基尼里的胸部，另一些则用一种妖娆的姿势在红色指甲油上涂抹防水层。

据前来送餐的侍应生说，这里临近木兰公园，周围是外人不得进入的富豪区，据说也是东岸富豪们金屋藏娇的"二奶区"，富人们却并不时常光临这里。大概是这个缘故，美人们栖息在这里常常倍感寂寞，所以结伴前来这外来旅客们时常光顾、有着这山间最多矿水池的旅店盛装戏水。

旅店的一切设施都可以媲美美国各大都会的高档大旅馆，一个房间的价格却只要两美金七十五美分，甚至包括城市税，只比公路边很常见的汽车旅馆贵五十美分。两人挑选这家旅店的最初目的，只是因为第二天即将抵达纽约，距离大会还剩下三天时间，淮真需要一个相对僻静、不会被打扰的环境来练习发言稿的内容。两人事先都不知道这旅店的知名项目是矿水池畔的美人戏水，在晚餐过后，靠近水池的窗户有一阵相对吵闹的时间，不过并没有持续太久。不消两小时，女郎们都各自找到了自己的今宵情人，水池芙蓉们一个不剩地逐一被过路芳客采撷。

其实即便是最吵的时候淮真也并不在意，头靠着直通向矿水池台阶那面落地玻璃，下面正是嬉闹的人群，她仍能心无旁骛地皱着眉头念念有词，认真正经起来没人能打扰到她，和平时调戏西泽时的鬼精灵样差别很大。

玻璃窗一侧是旅店暖气片，十月中暖气并不十分充足，离得稍远些便有些冷。她手脚有些凉，穿着惯常的棉布衬衫与卡其裤靠在那里，没一会儿便被烘得有些唇干舌燥，她自己却不自知，时不时舔一舔干燥的嘴唇，殷红嘴唇越发衬得肤色白皙、鬓角乌黑。

西泽坐在远处看了一阵，莫名有些心痒难耐，几乎要跟着暖气片旁边他的小姑娘一起唇干舌燥起来。中途去了一次餐厅，取回一杯温水给她放在一旁餐桌上。他始终记得中国女人要喝温水的怪癖。他自己口渴时，通常只会去盥洗室取一杯 pipe water（管道水）解决。

他无事可做，以免打扰她，下楼时顺带买了本杂志，坐在离她远远的收音机旁阅读。

两人就这样互不打扰，只在临睡前一起躺在床上研究明晚可能需要提前预订的旅店。因为几乎所有大都会的旅店入住时，身份卡与车牌都会被备份起来。为保险起见，两人决定只白天待在市区，晚上驾车一小时返回宾夕法尼亚的阿勒敦，或者去邻近的新泽西州。

抵达纽约前的几个晚上两人几乎都是这样度过的，在阿巴拉契亚山的那个晚上，那本《旅行手册》已经被翻得脱了页。

临睡前西泽告知她等明天到了纽约，那一整个白天将要做一些什么准备工作。

半个月前他已经向几名好友打听过，即便淮真的名字曾出现在邀请函上，但通常来说她不会出现在大会名单上。所以他提前托人搞到两张入场券，但名字是属于其他白人的。即便有了入场券，同时他也要去拜托一个信得过的友人，由他代自己和兄弟会那伙人商量第二天如何成功将两个大活人弄进哥伦比亚大学六楼的学术会堂。除此之外，他还有一些别的私事要做。

讲完这些以后，西泽说："如果明天你不想和我一起去，可以先将你送到临近纽约州的新泽西旅店，你可以在那里温习演讲词，等第二天再一起前往曼哈顿。"

她说："如果这样更方便的话……"

他趴在床单上，握住她的手背亲了亲，说："因为我明天不能确保整天都跟你在一起。比如去拜访或者求助某位排华的友人时，有可能不得不将你独自留在楼下咖啡馆或者某间餐厅。"

淮真并不太介意这个，因此两人聊天时，可以随时自然而然地提到"排华"这两个字。

她说都 OK。

但她其实更想和他待在一起，她并不介意一个人坐在咖啡馆等他。

02.

　　从阿巴拉契亚山开往纽约需要用上三小时，两人要在十点半之前赶到曼哈顿，于是起了个大早。餐厅尚未来得及准备早餐，他们只得在路过加油站时去买一点牛乳或者小饼干吃。出行前，西泽借旅店服务台电话打给那位朋友，以确认他并未忘记半个月前的约定。
　　待他讲完电话，他发现小姑娘正坐在旅店沙发椅里看着电话的方向出神。
　　他问她怎么了。
　　淮真回过神来。她想的是，假如他要为什么事向从前的朋友低头，不知心里会不会有落差。

　　纽约的天很冷，他穿了件藏蓝呢长大衣，是她在哥伦布一家佛罗伦萨折扣商店给他挑的——她从云霞那里学到了这一招。原本价格十五美金，漂洋过海来只要四美金。不知舒适度和他以往的衣服比如何，他穿上却格外好看，也很开心。
　　不论他从前姓什么，曾有多少华美服饰装点，他始终如此自信。这种多年内在积淀出来的自信组成了这个西泽，他没有落差，他压根不会在乎这个。
　　于是她抬起头，略显肉麻地说："在想这位英俊的男士是谁的男友。"
　　其实她也是真的想说这个。
　　不等西泽开口耻笑她，她主动伸手勾着他的手指，和他一起大摇大摆走出旅店。过了会儿他笑起来，对此似乎颇为受用。

　　天还没亮，汽车行驶在公路上仿佛是在深夜，离很远就可以望见远处苍翠橡树后头加油站明亮的设备。西泽将车驶入加了个油，淮真下车去便利店买了一包口香糖、两包华夫饼与一袋酸奶。没有热食。
　　草草解决了早餐，天色仍还早。一路上路过许多家汽车旅馆，门口闪烁着大量霓虹灯写就的"低价好房""多间空房"招牌，将旅店的房屋照得发青；时不时几辆高大卡车从对面"隆隆"开来，车身点缀着彩灯，配合路边偶尔可见的杉树，恍惚间险些让淮真误以为圣诞将至，没一会儿便使她昏昏沉沉睡了过去。
　　汽车从七十八号州际公路驶入荷兰隧道，淮真才醒过来。因此她并没有机会见到穿越哈德孙河时瞥见纽约大都会那最经典的一幕。
　　瞥见纽约的第一眼，是在汽车驶出隧道时。
　　哈德孙河上汽笛一声轰鸣，而后天倏地亮起来，晃得她有点睁不开眼。
　　倘若说在旧金山的丘陵里瞥见唐人街的第一眼，让她觉得像是从都会贸然闯入了汤婆婆的世界，那么曼哈顿岛给她的第一印象，让她误以为刚才她与西泽在荷兰隧道里穿过了八十年时光，回到现代。高楼，全是层层叠叠、密闭排列的古典学院派气质的建筑，典雅又现代，即便在八十年后，诸多大城市也未必能及。

天上下着蒙蒙的雨，将这群拔地而起的巨大积木们冲刷得干净透亮。汽车在雨中行驶十分缓慢，在某个巨大建筑物的转角，竟然塞车了。撑伞上班的行人等不及人行道上的车辆驶走，纷纷肆无忌惮地从马路中间紧挨着的静止车辆中间穿行。偶尔从旁经过几个聊天的行人，英文口音都不相同。

据说是前面消防井盖坏了——其中某个行人这么说的。

竟然在一九三一年遇上了堵车！

淮真隔着挂着水珠的玻璃窗上的雾气，望着道路拐角层层叠叠的七彩糖果色汽车，觉得实在不真实到匪夷所思。

曼哈顿钟楼刚刚打响十点钟，淮真盯着龟速前进的汽车，略微有点担心他们会迟到。而旁边坐着的这个纽约客，竟然气定神闲地安慰她说："没事，总这样。"

好在堵车的下西区莫顿街距离他们目的地所在的华盛顿公园并不算远，两人在交通很快疏解后的十五分钟赶到华盛顿公园。天上仍下着雨，西泽开着车不疾不徐地找到一家红色Sonata Cafe（索纳塔餐厅），将淮真放在门口，约定好两小时内驾车来接她，这才离开去往公园西面那个在纽约大学拉丁语系任助教的朋友公寓楼下。

Sonata餐厅面小而深，一边是长长的吧台，一面数十张双人小餐桌延伸到餐厅深处。吧台后只有一名女侍应在点单，餐厅里客人却不少，这个时间点来餐厅用餐的，大多是没课的纽约大学学生、教师，或者闲适的自由职业者。

淮真没有进店坐着。

尚未到中午，她并不算饿，除了想等西泽回来一起吃午餐，外面曼哈顿的世界对她的吸引力显然要大得多。天上仍下着雨，街边陆陆续续停下几辆旅行大巴。碍于雨天，车上旅客只透过玻璃窗观望了一阵下西区的公园，没有人愿意下车来。淮真决定沿着路边店铺的遮雨棚，看看这边商店都卖些什么东西。如果有好玩的，她也可以挑一些小玩意儿带回去给云霞、黎红与雪介，三藩市女孩们都还没有来过东岸，肯定对这大都会感到非常好奇。

可惜公园周围多是餐馆与咖啡馆，还有一些服装店，统统是她不感兴趣的。沿街走了会儿，突然看见一家贩卖稀奇古怪玩意的店铺，将一些造型很酷的杂物，看似乱七八糟却别有趣味地摆在橱窗前，大概是说，他们卖的东西全都摆在这里了。

这家店究竟卖什么？

这种销售手法有些清新脱俗，也不知究竟算不算好，总之成功吸引了像淮真一样的顾客在明亮橱窗前停下脚步，想从那堆东西里一探究竟。

店铺最有特色的是一些盒装哈瓦那雪茄与一些造型猎奇却颇有质感的怀表。单从金属成色抛光、精致繁复的花纹与上头嵌的未经打磨的方形祖母绿来说，这并不是她所能承担得起的奢侈品。除此之外，她还看到一些小小的紫铜色墨水瓶，瓶身标签上写满她不认识的文字，不知是何用途。

在踌躇着是否要进店询问时，她抬头往橱窗一瞥，看见店里已经有个年轻男人，正在玻璃作坊前与店主低声谈论着什么。店主是个高鼻大眼的典型犹太人，对待客人相当恭敬。年轻男人一开始背对着淮真，有些看不清脸。从微微露出的轮廓、肤色与侧影来说，大抵是个二十出头的亚裔。

等他转过来时，淮真却着实地吓了一跳——

这年轻人确实是个华人，着了件剪裁合体的青灰法兰绒长大衣，在她进去时，他正与店主检视一只造型精美的深蓝色珠宝镶金的机械打火机，似乎因有些近视，所以不得不低下头凑近去看。从淮真这个角度看去，年轻华人皮肤白皙，侧影线条英俊优美，举手投足都有一种独特的骚柔气派。

吸引淮真走进店的却远不止这些，而是她觉得这华人长得相当面熟。等走近了，她越来越觉得，岂止是面熟！这副尊容，可是出现在中学课本上整整折磨中学生三个年头，偏爱写艰涩情诗的民国文人斯言桑。

两人谈得十分投入，并没有注意到有人进店来。淮真想起斯言桑的大名以后，便不再过分倾注目光，以免失礼。她轻着脚步，寻到摆放药水的柜台，偶尔转头看一眼工作台那边，在确认店主什么时候得空时，趁机近距离观瞻一下这位教科书里的人物。

也不知等了多久，工作台那边结束谈话，店主拿着那只打火机进了里面那间作坊。

斯言桑却像是一早就发现她等在这里似的，转过头用国语对她说："那是 Henna Tattoo（海娜手绘）。"

她瞬间愣住。因为从未想过可以跟史书上的人物近距离对话。

他笑了一下，接着补充说明："印度一种临时文身用的墨汁。五分钟成形，可以保持两周时间。"

她呆呆地说："谢谢……"

店主在那时走出来，他没再与她讲话。

淮真想了想，取了一瓶印度墨汁，走到工作台旁看了一阵，看见那只精致打火机上刻了一行诗：

  And the sunlight claps the earth;（日光紧拥大地；）

  And the moonbeams kiss the sea;（月光亲吻海洋；）

  What is all the sweet work worth,（但这一切甜美的天工又有何用，）

  If thee kiss not me?（若你吻的不是我？）

似乎觉察到她有点好奇，年轻华人侧过头，声音很轻柔地向她询问："字体是我手写的，还算看得过去吗？"

字是那种很难懂的花体，如果不是上礼拜才在西泽的藏书里看到过，她都辨认不出这段话。

好看当然是相当好看，她毫不犹豫地赞美了这行字，于是又问他："雪莱？"

他"嗯"了一声："*Love philosophy*（《爱的哲学》）。"

淮真好奇心起："打火机刻字，有什么特殊意义在里面吗？"

年轻人没有讲话。

店主听不懂中文，却好像猜出他们在聊什么，询问说："想知道赠送打火机的含义对吗？"

淮真点点头。

店主说："如果女孩赠异性打火机，赠来就有字便是表白，表示她想占有你的所有闲暇时间；如果无字，那么她希望由你来给他们这段关系赋予一个定义。"

淮真说："比如什么样的定义？"

店主说："比如珍惜这段关系，告诉你你很好，你迷人又优秀，但是……"

淮真笑了："但他不能爱你。"

店主耸耸肩，说"Bingo"！又同她说："你要购买一只赠送爱人吗？"

淮真说："我的经济状况有点拮据，所以也许要等我富有起来。"

店主说："我可以为了爱情给你打个折扣。"

淮真吐吐舌说："这个权利可以在未来再用吗？"

店主说："当然，随时欢迎。"

淮真觉得犹太人的营销手段相当高明。

她只问："这瓶印度墨汁多少钱？"

店主说："这个通常不卖，是赠送客人的礼物……不过你要是喜欢，我只收你两美金。"

店主去打包印度墨汁时，她趁机想八卦一下斯言桑这只是不是女孩所赠，尚未开口，年轻人像是察觉到她的意图似的，突然说："你的眼睛很好看。"

淮真有点哑然，笑着对这位撩拨女士的高手说："谢谢你的夸奖。"

年轻人继续盯着她的眼睛说："刚才你在橱窗外我就知道你在看我……太漂亮的眼睛，像只猫儿。"

淮真有些不好意思。

在她有点手足无措时，年轻人突然望向橱窗外，笑着说："那位是你男友吗？他刚才一直在看这里。我觉得他可能有点吃醋。"

03.

事情出了点变故，和他想象中不太一样。

接下来菲利普和他需要去别的地方，大概会耽搁上很长时间。他不放心淮真，从公寓出来，立刻沿着公园驾车飞奔去 Sonata 寻找他的小姑娘，想将她接去一个更安全的地方。

他在 Sonata 没有看到她，女店员说那个女孩没有进店里来，而是往右边去了。他慢慢走过来，在十几米外的这家定制怀表商店看到了她。

直至他们回头来，西泽已经在橱窗外站了好一阵子。

女孩今天在毛线外套与长裤外罩了件藏蓝色苏格兰纹呢大衣，鸭舌帽檐压得很低，齐耳短发只露出不到一指节，这让她看起来显得格外小巧生动。当她睡在他身边缩成一团，或者坐在椅子上抱着膝盖时，尤其有些小小的。

他想起自己将她抱起来的时候，根本不用费什么力气，时常觉得稍稍一用力就会将她弄坏。

此刻他的小小的姑娘，站在整洁清隽、身量颀长的亚裔青年旁边，竟显得出乎意料地谐调。

是女孩主动走向工作台的，然后他们用中文说笑起来。虽然他听不到他们在说什么，却意外于女孩和这青年在短短几分钟内就熟络起来，在犹太人店主的插嘴之后，两人交流的神态里渐渐都有了放肆在里面。

没多久，那个亚裔青年微微转过头，看见他。对视几秒，他躬身，附在他的姑娘耳边耳语了几句。

然后转头看向他，一起笑了起来。

他不知他们在说什么，但他能读出他们神态里的轻松熟络与放肆。也许他们有过更亲密的时刻，却从未有过这样驾轻就熟的狎昵。短短五十尺距离，仅仅隔着一扇橱窗，他却觉得他的姑娘离他竟有这么远。

说不吃醋当然是假的。他感觉到更多的是嫉妒。

淮真转过头时，看见的就是他这副怀疑自己的表情。

手揣在裤兜里，站在街边，微微偏着头，看过来时脸上没什么表情。

通常来说，没什么表情就是不高兴。

她很快结了账，向店主作别，脚步飞快地朝门外跑去，远远地问："怎么这么快？"

西泽没讲话，径直看向淮真身后，冷着脸问："你刚才跟她讲了什么？"

亚裔青年顿住脚步，一张嘴就是一口标准牛津腔："哪一句？"

美国人也拿出他最夸张的那种腔调说："每一句。"

年轻人笑起来："如果与独身的可爱华人女孩搭讪也有错的话，那么我向你道歉。"过后他又补充一句，"幸亏你及时出现了——你女友很美。"

准真很大方地笑笑，说："你也很英俊。"

讲完这话她吓了一跳，因为她差点就说成"你比教科书上那张照片看起来阳光多了"。

路边驶来一辆橙红色计价车，他竖起拇指，车停靠在路边。年轻人躬身钻进后座，关上车门前用带着北方口音的国语对准真说："我这一天都会很开心，希望你也是。再会。"

准真对他挥挥手。

待车开走，她询问西泽："事情还顺利吗？"

他不回答，转身朝汽车停靠的 Cafe 附近走去。

准真小跑上前，自然而然地挽住他的胳膊。

他没拒绝。

两人坐进车里。等汽车开动，准真问："接下来去哪里？"

他的思绪仍停留在十分钟前。

"那个人是谁？"他问。

"一个……华人。"她说。

他侧头，很快地看了她一眼，又问："你喜欢他？"

"当然。华人女孩儿都喜欢他。"

看见西泽的脸色越来越差，准真觉得很好玩。她故意等了一阵才补充说："他是属于所有人的。对这样的人，应该只是远远膜拜的那种喜欢。"

西泽盯着前方，又慢慢地问："那我呢？"

她说："会对你的身体浮想联翩的那一种。"

西泽似乎仍没从刚才的生气里缓过劲来，仍旧冷冷淡淡地说："Oh, I see.（是，我明白了。）"

她接着说："I adore ya（我喜欢你），是该这么说的吗？"

他纠正她的错误用词："I love you.（我爱你。）"

她很快地说："Me too.（我也是。）"

准真计谋得逞，眯着眼睛很开心地笑起来。

西泽转过来看了她一眼。

准真默默吐槽：这傲娇鬼，占有欲真的是爆炸啦！

紧接着，她看见他微微勾起来的嘴角，心想：幸好傲娇鬼并不难哄。

她接着说："所以我最爱的西，能告诉我现在要去哪里了吗？"

他"嗯"了一声，说："我和那位朋友遇到了一点小状况，也许需要多耽误一点时间解决。我载你去唐人街一个朋友的餐馆里,你就在那里等我,好吗?"

准真有点担心是他家里的事,他现在不愿意讲,一定有他自己的想法。

她说"好",又问他:"有什么我可以帮到的吗?"

他想了想,说:"一份公立医院健康检查表——明天会用得到。华人医院就在餐厅附近不远,她会带你去。"

她点点头。

华盛顿广场离唐人街不远,尚未到午间时分,那条著名的百老汇大街车流也不算拥堵。西泽一直没有讲话,微微皱着眉头,大抵在思索,或是在为难什么。准真也没有吵他,兀自数着街边高楼上悬挂着的密密麻麻的霓虹广告牌:每隔五分钟会有一家自贩式商店,她一开始总会自动对号入座为取款机;可口可乐广告牌并不是只有时代广场才最醒目,见多了,她会有一种想买上一打一年份可口可乐糖浆的冲动,回三藩市赠给包括惠老头以及洪六爷在内的一干朋友;纽约的女郎们都不太怕冷,在这天气里,呢大衣下光着条腿,踩着靴子健步如飞;街上行人不少,却每个人都来去匆匆,其中并没有那种在超级英雄动画或者黑手党电影里常见的哥谭布式戴贝雷帽的意大利小扒手,不过也可能只存在于下东区。

从格兰大街开始,渐渐露出色彩明快、雕了双龙戏珠的牌楼屋脊。三藩市唐人街的居民,有去东岸旅行过的,回来说起纽约唐人街,都是:"街道阔,因为常闹枪击,是给人逃命修的宽阔大路。"

白人说起这里:"纽约唐人街的气味,在百老汇都能闻到。第一次来纽约找唐人街,无须问路,闻着味去就行。"

实地见到,准真觉得实在太夸张了。比起纽约的其他街区,唐人街只稍显得不够清洁罢了,毕竟市政雨水与污水通道可都没有接到这里,要维持与市区一致的水准实在是为难唐人街居民。若说这里和中国之外第一大埠——她的第二故乡——三藩市唐人街有什么区别,除了异域风情的牌楼,这里其实与纽约市区并无太大区别。这里是纽约华埠,看上去也是属于大都会的;三藩市唐人街局促、拥挤,街坊四邻都讲着一口四邑或福州乡音,更像是个城中村。

纽约唐人街比旧金山华埠的好处在于停车方便,无须将车停在萨克拉门托街再步行前往蔓延的窄巷。西泽将车驶入坚尼街,在一家唐人街相当典型的"午餐四菜一汤只要1.5美金"的快餐店门外停下。店没有名字,一个黄色招牌上用大红的英文与中文各写一遍"四菜一汤,5- Combination Lunch Box Buffet",连菜单都省了,实在一目了然。

这里背靠小意大利,紧挨下曼哈顿的金融区,结构和旧金山相似,因此,中午也有许多省俭的白领前来吃中式午餐。有个系了围裙的华人女孩,正埋头在收银柜台后核对账单。长而深的店铺,整齐的桌椅左右靠墙摆着,一直延伸到快餐店深处;走道尽头的脚凳上坐着个四十出头的中年男人，穿着发黄的衫子，外罩一件黑蓝的大袄子，跷着二郎腿，一只破烂黑色布鞋挂在脚尖上晃晃悠悠。男人歪着脑袋，红光满面地读着一本和淮真那本《延音号》印刷质量有的一拼的盗印书。她猜测那大抵也是本小黄书。

西泽带淮真走进店，对柜台后那女孩试探着问："Tini Jyu?"

女孩从柜台后面抬起头看了眼西泽，缓缓站起身来，问道："你是……Tse 的朋友？"

他自我介绍说："西泽。"而后又往侧一让，让淮真站在他身旁。他接着对柜台后头的华人女孩说，"很抱歉，除了 Tse，我实在不认识别的华人。"

她笑一笑，说："电话里我都听说了。放心交给我吧。"

西泽对她说"谢谢"。

随即西泽躬身，扶着淮真的肩膀，认真地说："就在这里等我。"

淮真点点头，说："好。"

他不再多话，与柜台后的女孩点一点头，大步离开快餐店。

西泽前脚刚走没多时，店铺深处那个中年男人突然阴阳怪气地说："美棠又同鬼佬拍拖啦。（美棠又和外国佬谈恋爱啦。）"

美棠显是见怪不怪："系朋友，冇拍拖。（是朋友，没有谈恋爱。）"

男人又说："中国佬唔钟意同鬼佬拍拖嘅女仔啦。（华人不喜欢和外国佬谈过恋爱的女孩子啦。）"

美棠微微蹙眉，声量微微提高了一些："都话咗，冇拍拖！（都说了，不是谈恋爱！）"

店里用餐的白人，虽听不懂广东话，却也都知道快餐店两个华人将要吵起来了，纷纷抬起头来，屏住呼吸，等着看场异域情调的哑剧。

男人像听不懂她说话似的，优哉游哉地说："拍拖英国唐人，又拍拖番鬼佬……Chinatown 冇人会娶水兵妹的啦。（和英国华人谈过，又和外国佬谈恋爱……中国城没人会娶你这种水兵妹啦。）"

"水兵妹"这词是从香港传过来的。起初是用来戏谑九龙半岛上同下级水兵勾搭的姑娘，这些姑娘通常是楼凤妓女，也有一些舞女。这个词发展到最后，连带与非中国人交往的女孩也会被骂作"水兵妹"，是个相当侮辱女孩的词。

淮真听到这里，对快餐店内的男人说："佢系我男朋友。（他是我男朋友。）"

男人撇撇嘴，轻蔑地哼笑一声："唯有嫁佢啦，佢娶你呀？唔系童女，又同鬼佬拍拖，边个唐人娶呢种女？（那只有嫁给他啦，他娶不娶你呀？不是处女，又和外国佬谈恋爱，哪个华人会娶你这种女孩呢？）"

淮真还想接话，那女孩解下围裙，从柜台后大步走出来，将淮真带到门口。

她平复了一阵呼吸，苦笑着说："很抱歉，我舅舅就这样。"

淮真说："没事的，唐人街老一辈人大多很古板。"

美棠显是有被她讲的话安慰到，问她："你从大埠来？"

她说："是。"

美棠笑了："余美棠。"

她慌忙伸手同美棠握了握："季淮真。"

她接着说："你认识 Zoe 吗？"

淮真摇头："我常听人提起，但从没见过。他以前是你男朋友吗？"

美棠说："好些年前了，那时我跟你差不多年纪。"

"后来呢？"

"他的家庭背景很复杂，唐人街所有人都说他有个卖国贼父亲，所以家中长辈明令禁止……我本身也不太懂恋爱是怎么回事，觉得实在太难，就放弃了。"

"真可惜。"

"有什么好可惜的？他后来回去，如今也已经成婚，有陪伴一生的妻子。相信他过得很幸福。"

讲完这番话，美棠友善地笑起来，露出整齐的贝齿与梨涡，笑容明媚得让淮真一瞬间有点眩晕。

她问："听说是要去公立医院开身体检查表？"

淮真说："是的。"

美棠又有点疑惑："身体检查表，用来做什么？"

淮真笑了："明天有个很重要的会议，好像会用到。"

"六所大学联盟的……我想起来了！我听说过你，只是没见过真容。"她想了想，"趁着现在中华医院人不太多，我们先过去。吃过午饭没？"

"午餐什么时候吃都可以。"淮真说。

美棠说："那我们先去医院，然后我带你去吃七福茶餐厅。"

淮真说："家里的快餐店呢？"

美棠往店子里瞪了一眼："今天苦力不想看人眼色，乐得罢工！"

数十天汉堡三明治吃了一路，淮真的胃实在有些消受不来。许多天来，她唯一的愿望就是吃一顿中餐，甚至左宗棠鸡都好，但她没敢告诉西泽，因为她觉得自己实在有点矫情。

那个瞬间，她莫名想起密西西比河畔旅店那名壮汉吃的晚餐，枫糖薄饼……是枫叶国小吃吗？

但是她并不十分确定。盎格鲁－撒克逊国的人们，会不会在离开国家以后，也想念被人们称为黑暗料理的家乡食物？

西泽并不知道他所遇到的意外，能不能称为麻烦。

那名拉丁语系朋友菲利普找出他事先备好的入场券致电给协会主办方，确认他们已经在邀请名单上加上了两个捏造的名字。菲利普答应第二天会带他们进入会场，但前提是他们需要在所有人之前先进入会场。菲利普是他的朋友中为数不多尽管出没社交圈，却懂得保守秘密、口风很紧的朋友，唯一的缺点是，他也出身在一个拥护共和党保守派的家庭，这也是当初西泽和这曼哈顿著名 nerd（书呆子）能交上朋友的原因之一。

政党分子往往都是激进主义，就像当初他直接将淮真从安德烈盥洗室拎出来一样。也因此，他原本并不打算告诉菲利普，想等到明天到达会场再向他摊牌，倘若菲利普当场大喊大叫，最坏的情况下他会带着淮真硬闯。但他最终没有这么做，他不想让淮真为难，也不想辜负朋友的信任。

于是在这个短暂见面的最后，西泽问他：“你的意愿是否也包括将一名华人带入会场？”

问出这个问题的那一刻，他几乎做好了被菲利普扔到马路上去的准备。

菲利普相当困惑地看他一眼，觉得这一幕实在是 every dog has its day（每个人都有这么一天），而他面前的西泽正是那只不断刷新自己人生底线、终于狠狠打了自己俊脸的狗。

不等菲利普愤怒或讥讽地驳回他的请求，西泽相当诚恳地说：“倘若失去你，我们几乎失去了唯一能和平解决问题的方式。我们实在很需要你的帮助。”

菲利普沉默了半晌，突然挑了挑眉，抓住那个关键词："We? Who?（我们？另一个人指谁？）"

他说："My girl.（我的女孩。）"

菲利普干笑了几声。

西泽接着说："我保证你会喜欢她。"

菲利普挑挑眉，说："像女孩们喜欢那个英国唐人 Tse 一样？"

西泽没有立刻回答这个问题。

因为菲利普这么讲就是答应他了。

于是西泽上前给了他一个拥抱，说："菲利普，你要是知道我第一次见她时，行为有多恶劣，你就会明白自己有多棒。"

菲利普思索了一阵，"嗯哼"一声，用那种几乎不让人听到的声音喃喃道："So she is a she.（所以她是女孩。）"

过了会儿他又说："不过假如有人发现，我会拒绝为你们做进一步保障，同时拒绝承认认识你们。"

西泽说："当然，我们会撇清与你之间的所有干系。"

两人谈到这里算是基本达成协议。

起初一切都好。

他急于离开这个单身汉的公寓去见他的女孩。他与她约定的时间是两小时，因为离开菲利普之后，他还有一件相当要紧的事要做。阿瑟在花旗银行的保险柜有两把钥匙，一把在银行经理人那里，一把由阿瑟自己保管。和露辛德谈话后，离开长岛之前的一天，他曾将自己的一些紧要物件打包起来，委托汤普森替他找了个纽约城市银行的保险柜随意存放起来。

说实在的，汤普森是个相当难懂的人，迄今为止他都不能确认，假如他、哈罗德与阿瑟有朝一日反目成仇，汤普森这个人究竟会选择帮谁。一开始他认为一定会是阿瑟，渐渐地，他发现自己可能搞错了，尤其是在他的身份卡被没收以后，他有些惊讶地发现，汤普森竟然对哈罗德如此忠心耿耿。

汤普森做事效率极高，从不说无意义的话。临走那天他告诉自己"钥匙是红铜的"，那么他一定有办法将这把钥匙跟自己联系起来。保险柜是他能想到的唯一的地方。

他现在要去做的，正是这件事。

在他离开前，菲利普却突然叫住他，问："你是不是要去花旗银行？"

他站定脚步，问他："你怎么知道？"

以他对阿瑟的了解，阿瑟绝对不会将自己离开家的事公之于众，相反，还会设法将这件事尽可能长久地掩藏起来，绝不允许走漏半点风声。

那么菲利普这个全曼哈顿最不擅长社交的人，究竟是从哪里打听到这件事的？

菲利普接着说："哈罗德先生来找过我一次。他告诉我，假如你回到纽约来找我，请让我务必问清楚你是不是要去花旗银行开保险箱。如果是，在这之前，他希望能与你谈谈。"

04.

西泽上中学的第一年就认识了菲利普。菲利普对他而言算不上挚友，顶多比点头之交再多上一丁点交情。

菲利普是个书呆子，也是个典型的英国学院派，在人际交往上将消极、保守与被动发挥到淋漓尽致。西泽有那么两年曾有着记录秘密日记的习惯——十四岁躁动的年轻人，正处在对一切未知事物的好奇巅峰，往往有太多情绪化的东西想要宣泄。可是在穆伦伯格，没有人会倾听一个乳臭未干的少年讲这一类无聊的废话。

菲利普曾与他做过一年的校舍舍友，这个怪人成为西泽十四岁日记本上出现频率最高的人。西泽在这个人身上使用过无数尖酸刻薄的形容词，但他觉得最切合实际的一条是：一旦有私密新闻出现，在曼哈顿上东区时常参加那些所谓的奢侈沙龙与派对的年轻人当中，菲利普绝对是最后一个知道的。

如果有什么秘闻连他也听说了，那么这个消息一定早已无人不知。

他确信自己还没有来得及在纽约社交圈成为笑柄，又或者阿瑟将这件事处理得很隐秘。

哈罗德又是透过什么方式，知道他头一个会来求助菲利普？

直至在花旗银行那间私密性很高的小小咖啡室里见到哈罗德，他确定这么多年都小看了自己的父亲。

他是阿瑟亲手带大的。对阿瑟来说，哈罗德是个犯了过错的儿子，是家庭的耻辱，这样的人是没有资格教养下一代的。作为父亲，哈罗德对他的思想的影响甚至没有教父来得多。而他的一应饮食起居，也全由汤普森照管。

对于他成长中的一切，哈罗德完全束手无策，无从参与。这些年，他们之间的父子关系一直相当疏离淡薄。偶尔有单独相处的机会，不出几分钟，他们两人中一定会有一个受不了这种长久的尴尬与沉默，找出各种借口抽身离开。

大部分时候，出现在他面前的哈罗德，都是一个懦弱苍白、沉默寡言的形象。

这个家庭并不像他们表面上看起来那样和平，惯常的伪善面孔是所有人最好的伪装。这副面皮之下，大家看起来很公平，可以与任何人若无其事地优雅谈笑；可这个家庭，对金钱、权力、继承权与话语权有无上崇拜，他们通过这一切，在彼此之间分出了层层森严的等级。

私底下，人们说起哈罗德，总会形容他为"那个男人"。

而后所有人都像收到了彼此暗示似的，低头窃笑。"那个懦夫，你看他多蠢，他对阿瑟低声下气，却从来得不到半分好脸色。他甚至比不上那个家仆。"

每当他经过那群为求体面、躲在角落里议论他人隐私的无聊之辈时，那群蚊蝇的笑声与嘈杂的窃窃私语会像按了开关的收音机一样戛然而止。他们会装作若无其事地跟他说天气真好，据说你功课不错，有没有收到一两个漂亮妞的情书之类的。或者讲几段并不好笑的笑话来洗脱罪责，在谈话的最后，从喉咙里爆发出干瘪又无力的尴尬大笑。

若不是偶尔有人提起陈年往事，西泽几乎不会相信，这眼睛像热带海洋一样的英俊男人，在他二十岁最为意气风发的时候，曾是纽约所有年轻女郎的梦中情人，是长岛家庭为待嫁女儿挑选的最中意的丈夫人选。

如今，这个中年男人的尊严仅仅来自西泽，他唯一的儿子。

将西泽带到世上，似乎成了他在这个家庭里所剩无几的功绩。

有人说他的诞生是哈罗德对阿瑟的报复，阿瑟却最终宽容地接纳了西泽，倾尽所有心血栽培，将他变成一个让哈罗德完全不认同与理解的独立生命，这就是阿瑟的反击。

关于西泽的生母，人们对此往往缄口不言，好像早已约定俗成。这秘密无从提起，信息从源头斩断，除了能在他的面部特征上稍稍觅得踪迹来佐证私底下的臆测。阿瑟斩断了信息来源，却放任人们去臆想；这类臆测渐渐变得五花八门，好像每一种都比前一种更接近真相。待到真相终于无从究起时，阿瑟的目的也达到了。

直至汤普森在用餐时揭发自己,西泽离开餐桌回到房间的那个夜晚以后,他发现哈罗德也许并不像他想象中那样怯懦。

于是他在花旗银行贵宾咖啡室又见到了哈罗德。

搭配红铜钥匙的双锁保险箱已经经由银行经理从保险仓库搬了出来,而他在城市银行的包裹,也出现在这张长方桌上。

哈罗德穿着熨帖整洁的灰色竖条纹西装,坐在他对面那张猪肝红丝绒沙发椅里,看上去和所有这个年纪的成功商人一样体面尊贵。头发褪至淡金色,看起来有些谢顶的危机,眼角长了皱纹,破裂的毛细血管露在透明敏感的肌肤表层,面貌在这个年纪的中年男人里仍可算得上英俊。可偶尔笑起来时,你会从他脸上捕捉到一丝稍纵即逝的辛酸。出卖他的是眼尾的褶皱,西泽曾以为那是几十年孤立无援与郁郁寡欢的总和,直到这一刻他才知道,那也许是另外一种情绪的积淀。

指使汤普森做出对阿瑟不利的事情,对哈罗德来说好像并不是难事;支使掌管阿瑟保险箱的银行经理,对哈罗德来说也是这样容易的一件事;他甚至能在西泽出现在纽约的数小时内,立刻猜透西泽的动向。

搞不好他的复仇到目前为止仍没有结束。

这个演了半辈子哑剧的男人,所有人都小看了他。

哈罗德开口的第一句话是:"保险柜在这里,汤普森将复刻的钥匙装在你的保险箱里,现在也在这里。"

"我看得见。"

"另一把钥匙在门外的经理手中,在这之前,我能否向你确认几件事。"

西泽说:"你当然可以。"

顿了顿,哈罗德说:"你原本打算如何打开这只保险箱?"

西泽说:"我有这项权利。因为那是我的 ID,否则我可以求助警察,让他们来打开这个保险箱,这是最坏的打算。"

"但你知道,银行经理也有权通知阿瑟。"

"那又怎么样?我只想取回属于我的东西,我并没有触犯任何法律。"

哈罗德轻轻叹了口气,说:"你想取回的所有,全在这里了?"

他说:"是,全在这里。"

哈罗德说:"这里面不包括任何一样值钱的东西。"

"一个受了教育、身体健康的成年人,在什么情况下会活不下去?"

哈罗德接着刨根问底:"给人做私人安保,翻译小说,做一点小生意?或者一边工作,一边重新去考一门你喜欢的文凭,以你的智力来说,用一两年时间再获得一个值钱的学位完全没问题。"

西泽紧盯着自己的父亲，觉得有点不可思议。

过了几秒，他笑了，说："所以这些是你二十多年前曾打算过的吗？"

"我在问你。"

"我认为我可以不用回答。"

"我是你父亲。"

"我是自由人。"

哈罗德看了他一会儿，笑着摇摇头："你从何得知自己真的获得了自由？是我低估了你，还是你低估了阿瑟？"

西泽说："我所知道的是，所有人都低估了你。"

"虽然你在重复我的老路，但仍要承认，你比我年轻时更加明智果断，这一点我感觉很欣慰。但我想你也许比我更清楚，阿瑟并没有这么好糊弄。"

西泽微微眯眼，试探着问："他有什么动作吗？"

哈罗德撇嘴："假使有，他也会做得更加隐蔽。"

西泽说："在任何情况下我都不会回去。"

哈罗德笑了，伸手揿响身后的铜铃。

两分钟后，大肚子的经理走了进来，将一把红铜钥匙从一串钥匙扣里取出来交给哈罗德，随后立刻转身出去，将门锁上。

他的眼睑跟着手垂下来，在桌上翻弄着什么。那是个相当优雅的动作，有一瞬间，西泽甚至以为他要在这私人咖啡室抽雪茄。

"咔嗒"一声。

他用经理专用的红铜钥匙打开双锁保险中的一个，将断裂的钥匙展示给他："用后即毁。"

又看向长方桌的另一边，眼神示意西泽由他自己来打开银行包裹，取出钥匙来开保险锁。

看他这么装模作样，西泽忍不住挖苦他："你早就将它打开看过了，不是吗？"

"汤普森什么都告诉我。"

好像将责任都推卸给汤普森，能撇清他的所有嫌疑。

西泽接着说："你甚至看过我十四岁的日记，否则你无从打听菲利普。"

哈罗德开始装聋作哑，搓搓手，将城市银行的包裹打开，从丝绢手帕里掏出那把复刻的钥匙，跃跃欲试地说："来，让我们看，你的身份卡，会不会和别的什么宝贝放在一起。"

西泽看着对面这个男人，通常来说他是一个死气沉沉、毫无特色的落魄中年人。但这一刻，他流露出了自己的真面目，似乎重返到天真年轻的岁月，有着一种与现实剥离的往日重现。

哈罗德将保险箱里孤零零躺着的小卡片取出来，表情有点失望。

他将身份卡拿起来看了看，说："这个平头剃得很蠢，谁给你剃的？"

西泽看着哈罗德，觉得有点不可思议。

他有点没好气："西点校务组长剃的。"

哈罗德"哦"了一声，对此不再置评，将它摆在打开的银行包裹里叠得整整齐齐的月白纱衫正中间。盯着它瞧了瞧，又搭讪一句："衣服真不错。"

西泽嘴角动了动，说："谢谢。"

"一件衣服、文凭、联邦警局工作证明、身份卡……你的生活作风可真够简洁。"

"一向如此。"

哈罗德突然说："我能否有幸见见那个女孩？"

西泽没有说话，略略有些防备地盯着他。

哈罗德看他这副表情，兀自笑了一下，说："或者改天。"

西泽将身份卡收进钱夹，衣服与资料装入事先备好的背包与文件袋中。

哈罗德安静地坐着，一动也没动，看起来并没有要走的意思。

西泽问："还有什么事吗，爸爸？"

"可以再和你多聊一点吗？恰好这里够隐蔽，也是个联络父子感情的好地方。"

"关于什么？"

哈罗德沉默了一阵，点上一支烟叼在嘴上吸了口，叫西泽坐下来。

随即他接着说："取到身份卡后，对于那个女孩儿，你有什么打算吗？"

西泽说："That's my business.（这是我的事。）"

哈罗德说："以我的经验，我也许能给你更多建议。中国家庭对女儿的恋爱是相当严格的。不只中国家庭，整个中国，仍旧是一个尚未脱离封建时代的父权社会，对女性有着过分的道德约束。一个正经中国家庭的女儿，是不可以和白人约会的。尽管你也出身于一个很传统的德式家庭，但那种中国式的传统比这里要严苛上万倍。不只是是否失去童贞，甚至'据说被夺取童贞'，都会让她被家庭排斥在外。你懂我的意思吗？如果你只是想玩一场恋爱游戏……"

西泽很果决地打断他："我认真对待自己的所有感情。只要我在她身边，绝不会使任何人伤害到她，这个人更不可能会是我，除非我死。我讨厌游戏人生。"

哈罗德回味了一阵他刚才讲的话，猛地吸了口烟，点了两次头，说："好，好。"

西泽突然觉得哪里有点不对。

那双莹蓝色眼睛在烟雾散去后，呈现出莫大的欣慰与哀伤。

哈罗德接下来要说什么？

西泽感觉到自己的心脏在胸腔内剧烈地跳动了两下，整个世界在此之后变得异常安静空旷，变成一片空白。

在这空白里只有他和哈罗德相对孑立着，其余的部分，都已清除干净，亟待哈罗德的话来填补这遗失的空缺。

紧接着，他听见哈罗德的声音变得异常清晰。

他说："对不起，我实在有点激动过头。我想确认的就是这件事，而这就是我想要的回答。说实话我很高兴看到你这样，这样全心全意地了解、亲近一个来自东方的姑娘——这会使我接下来想要讲的故事变得容易得多。这个故事，本该在很久很久之前就讲给你听，但因种种原因，由于我奢望得到家庭宽容的过分天真，让我与你离这个故事变得越来越远。后来发生的许多事，阿瑟将你对我进行了感情隔离，对你进行了许多偏激的教育，都让我发觉这件事渐渐不可能做到。因为这个故事会带给你莫大的痛苦。但是现在，我想，也许正是时候，没有比这更好的时机了。西泽，我知道你急于带着你的自由奔向你的爱人，可如果你愿意，请允许我再耽搁上你们四十分钟时间，来听一听这个故事，兴许会让你离她更近……也许你早有猜测，是的，就是关于这个，在二十多年前，发生在南中国的海边，一个叫作石澳的渔村里发生的故事。"

05.

从医院回到坚尼街快餐店已近四点钟。店里没什么客人，男人百无聊赖地在店铺深处专心致志地剔牙。

大抵是枯坐一下午太过寂寞，看淮真与美棠两人回到店里，竟关心地问："食饭未？（吃饭了吗？）"

美棠余怒已消，以惯常语气回答："食咗。（吃了。）"

男人说："鬼佬来电，话要迟 d 返来，唔该你同佢喺 Chinatown，订个旅店啦。（那个白人来电话，说晚点回来，请你带她在 Chinatown 订个旅店。）"

美棠前脚进店，听到这话立刻说："好啊。"

说完便立刻要带淮真出门去，男人又叫住美棠："摆也街惠春旅社就唔错，cheap! Nice!（摆也街的惠春旅社，便宜又好！）"

陡然听男人从黑黄牙齿里蹦出英文的溢美之词，像爆米花机里逃逸出两个完整的花生豆似的。

淮真一口气没憋住，笑出声。

美棠说："屋企门口就唔错，点解要去摆也街订旅馆？（家门外就有不错的，为什么要去摆也街订旅馆？）"

男人"嘿嘿"笑了两声。

美棠回过神来，瞪着他："你收咗人哋几多钱？（你收了人家多少钱？）"

男人厚着脸皮："自 Citi Bank 打款畀我，梗系帮人哋做好 d 事啦！（白人从花旗银行打款给我，我当然要帮人家将事情办好啦。）"

美棠气得拉起准真掉头就走。

男人还在后头大声强调："一定要到惠春 Hotel！我都话畀人知……（一定要去惠春旅社啊，电话里都说好了……）"

两人一起走进夜色里，美棠气得声音都在抖："他随便收我朋友钱财，以后我怎么做人？"

今晚夜宿唐人街，那么西泽那边大概不会有太多事好担心。准真这样安慰自己。

而后她一边笑一边对美棠说："听说摆也街有集市是不是？我都还没去过，正好晚上去逛逛夜市。"

美棠知道她是找借口安慰自己，皱着眉头勉强笑了一笑："纽约唐人街也就夜市有点名气。"

冬日六点的唐人街夜市华灯初上，大西洋的海风挤进克罗斯海峡，登上曼哈顿岛，从孔子大厦那头吹进唐人街。

这是个车轮上的国度，即便在中国城的十字街口，四面八方的车流也将道路堵得水泄不通。造成这种状况的，是街口人行道上密集的人群。这些行人普遍表情漠然，站在拥堵的车流与人潮中，一眼看去，每个人脸孔上都有种不知要前往何方的彷徨，与一种事不关己的麻木。

这种人潮若是交给白人报社来解读，会说抱团而居的华人群体从不给旁人行方便。但事实上，这也可以说是匮乏表情的东方人的一种人情味。

离开十字街口，稍走几步便折进摆也街。随后，一间一间小食档的熊熊炉火，将沿街而坐的每个人脸上的表情都照得生动起来。上海风味小食档一屉一屉摆过人头顶的灌汤包；小馄饨摊大炖锅里滚烫飘香的骨汤；广东的钵仔糕、肠粉、粿条、鲜虾云吞面；刚出屉的马蹄糕、粉饺、叉烧、烧卖、九层糕；台山的佛跳墙、蚵仔煎、莆田饼、肉燕、咸饭；街边小锅子里冒着烟的茶叶蛋与鲷鱼花生粥……

她俩走过一个海鲜档，煤灯后头的四邑老太太正将一把切段的鱿鱼须煎入滚油里，伴随着洋葱香味，"刺啦"一声——

准真吸了吸鼻子，一时间觉得饥肠辘辘起来。

美棠笑着说："饿吗？旅社就在前面，我去同老板讲一声留个房间，不用担心，你先去吃一点。"

淮真摇摇头，说："不饿。"

她始终记得西泽说"迟点返来"，满心想等他回来一起去逛夜市。

惠春旅店老板同美棠十分熟悉，两人熟络地聊了一阵，立刻愿意给他们留一间最好的房间，并给租房价格打了个大大的折扣，一夜只要一美金二十五分，甚至囊括两人的早餐。

谈妥以后，美棠与老板似乎有别的事情要聊，淮真察言观色，立刻说："我在楼下报纸档买一份报纸，你们先聊，过后来找我。"

美棠对她感激一笑，又说："楼下有一家红种人开的中古店，卖的东西很有趣味。如果要给家人带东西，买过报纸也可以去那里看一看打发时间，我很快来找你。"

淮真点点头，想了想，又将一美金订金留下，转身下楼。

报纸档也是美国人发明的自动报纸售卖机，为了保留中国城的特色，特意安插在一个凉亭下的小杂货店里，独占了四面墙的一半。

凉亭开了一面窗户，店老板坐在里面听收音机。窗台砌得很高，若有人要买报纸，投币可以自动出货。若要买别的东西，比如中国运来的香皂、胰子、薄荷香膏、先施公司的荷兰水，要么登上台阶到亭子里去，要么得将头仰得老高才能跟店老板对上话。

当日的报纸将头条摆在最显眼的位置，在售货机里整齐铺开。刚才走过这里，淮真恍惚间看到关于 Intercultural Conference（跨文化会议）的报道，回过头来找了找，果然没看错。她摸出一只五美分投进投币口，两分钟后，卷成一卷的《纽约时报》便从出报口滚下来。

弓身去拾挡板后头的报纸时，视线掠过底下的《纽约邮报》，在头条上看见了安德烈与凯瑟琳这两个名字。她稍稍蹲下来一些，又仔细辨认了一次，发现自己并没有看错，上面明明白白写着：CRAWFORD AND MUHLENBURG ARE GETTING MARRIED ON 29th OCTOBER！（克劳馥和穆伦伯格将于十月二十九日结婚！）

她将那一小段读了一遍。

真好，终于可以修成正果了。

杂货亭提供长途电话拨打服务，她本想借电话机打给家里，可又担心在哥伦比亚大学的事情没妥的前夜致电，他们会比她更紧张。仔细想了想，决定无论结果好坏，都一口气等明天事情结束再慢慢讲给家人听。于是她拿了报纸离开报亭，回到旅店。

旅店楼下附带了一家旅社，小小的店面，上面打着广告：

纽约往返波士顿两日游，低至三美金！

纽约巴士一日游，只要七十五分！

超低价代理纽约前往大西洋城灰狗巴士票!

旅店醒目的广告旁边，躺着一家异域风情十足的中古店，正是美棠说的那家。

货柜是未经打磨的原木材质，所有货物颇为原始地堆积到天花板；店里灯光昏暗，头发蓬松的大胡子老板坐在柜台后头，见客人来，抖了抖胡子，算是友好地打过招呼了。

这使得淮真觉得莫名诡异又亲切，像新学生误闯了对角巷。

美棠还没从旅店出来，她兀自在店里看了很长时间，很快挑好了带给家人的礼物：给阿福的大红酸枝镶银过滤烟嘴，带给罗文的橡木茶桶（据说可以长久保持干燥），又给云霞与另外两个女孩各自挑了一只小叶紫檀嵌象牙书签。

那个印第安老板花了一点时间才让她明白，这些东西都是他和唐人街的华人老板一起开办的工厂制造的，整个美国只有这一家。

象牙小件不值钱，虽说对野生动物保护事业来说不太友好，但是短时间内，她实在挑不出别的什么又精致又不那么贵重的礼物来。

除此之外，她在这里着实发现了很多好玩意。

因她稍稍懂一点乐器，她在柜台角落看到一把小提琴，看了一下提琴上的字，是十九世纪末巴黎小提琴作坊仿制的帕格尼尼所钟爱的"大炮"。虽然是仿品，但制作精良，至今也有足足一百个年头，流落到曼哈顿岛唐人街来，琴桥断了，马尾也断了两股。店老板说收她十五美金时她还吓了一大跳，假使她将琴买下，回三藩市花三十分钱找工匠师父修一修，送去拍卖行，或者托海运公司的人回国转卖给上海或者香港懂行的富人，最终售价可远远不止一百美金。

除此之外，她还看到了很多十九世纪初欧洲小作坊出品的狮头钢琴，还有雕花大提琴，摆在这里不知多少年，积了灰，也黯淡了。这些大物件她一时半会儿也想不出好办法弄回家，只有那只小提琴可以肖想。

但最终她还是只买了那些带回去给亲人朋友的手信，没有买小作坊提琴。一来现在她与西泽都没有别的经济来源，十五美金对他们来说不算小数目；除此之外，她相信西泽对欧洲作坊乐器及美国拍卖行情的了解比她更多，她想等他回来告诉他。

最终，淮真对印第安人大叔致歉，说自己要等男友回来后和他一起商量一下。

大叔说没关系，可以为她留一个星期。

走到中古店门外，给凉风一吹，淮真突然醒过神来，脸红了一下。

因为她发现自己无意间，将西泽与自己的未来都计算在了一起，她意识里完全没有去区分什么是他的、什么是自己的。

她从没有过恋爱经验，更没有过婚姻经验，所以也无从探究这究竟意味着什么。

仔细一想，她才发现自己无意之间真的有计划过跟他更长久的未来。

即便没有钱，贫贱一点也未尝不可。

这世上太多事情与感受，比物欲要珍贵得太多太多。

她可以努力赚更多钱，可以支持他做他想做的任何事，只要他愿意。

06.

惠春旅社似乎很早便起意要与美棠家快餐店做金融区的生意，正巧今天美棠带朋友上门投宿，便立刻给了她们最好的房间与最优惠的折扣；老板又借此契机，同美棠说起正事，一眨眼一小时就过去了。

淮真从中古店回到旅店时，美棠与惠春旅社老板娘仍旧没结束谈话。见她回来，美棠告诉她，刚才西泽打电话来旅社，说他一小时内回来，又问淮真是要稍等她一起去楼下夜市，还是先回旅店休息等西泽回来？

美棠怕她挨饿，一定没法放下心来好好同人讲生意。淮真立刻说她也有事要先回房里去，叫美棠不用挂心她。

美棠略有抱歉，听她讲完，感激地冲她微笑。

旅店老板娘将房间的两只铜钥匙从墙钉上摘下给她，她留了一只在服务台给西泽，便转身回屋去。

旅店房间很大，白墙白被单，桃木色的家具营造出一些古色古香的氛围。

等待西泽的时间里，淮真坐在桌前翻阅那本《纽约时报》。上头讲了洛克菲勒基金这个大粗腿一共投入了多少资金支持这个项目，这会议对学生多么要紧，学术团体理事会对此有什么什么看法云云，并没有太多有用信息。随即她又读了读别的版块，看到有评论者对《龙女》的评论："剧情俗套无趣，光芒只在黄柳霜一人。"

读过报纸，她仍无事可做。那份手稿早已烂熟于心，此刻再读一次无非徒增紧张。想起那段评论，她取出那瓶印度墨汁，想在手臂上写几个字，又怕写坏。恰好见到桌上一只竹篓里倒置着几支狼毫，便取出一支来，将几张空白稿纸在桌上摊开，用勾线狼毫蘸取墨汁。

写毛笔字还是她在协和学校的课上学的，跟十三四岁小孩儿一块上了半年课，每礼拜上三堂，学得囫囵吞枣。最后刚刚通过那门考试，到现在正楷写得中规中矩，勉强算可以看。奈何回腕无力，魂与魄字重复写了许多次都写不好。待纸上那一个一个的鬼字变得她都不认得了，便昏昏沉沉地枕在胳膊上打起盹。

她不知道自己最后是怎么睡到床上的，更不知西泽几时回到旅店。

听见响动，迷迷糊糊刚开睁眼，衬衫领口外光裸的后脖颈上就落下凉凉一吻。

她轻轻嘀咕一声："回来了？"

他说"嗯"，又问她："饿不饿？老板说你没吃东西，叫服务台打了送餐电话，晚点会送晚餐外卖过来。"

她总觉得睡了快有一世纪，稍稍坐起身，半梦半醒间有点不高兴："都不饿了。"

他靠过来，在她的额头上轻吻了一下，轻声说："对不起。"又说，"我刚才去见了我爸爸。"

屋里只亮着一盏寿桃形的粉色壁灯，亮在床头。西泽凑过来亲了亲她，又后退一步，远远坐在桌前长椅上。屋里很暗，他坐在阴影里，肢体与神态都浸在黑暗中，莫名使人觉得他有些形销骨立。

准真觉得自己有点过分，趋近前去，半跪坐在床边问他："还顺利吗？"

"他给我讲了个故事。"

"关于什么的？"

他没有答话。微微偏头，去看那桌上的什么东西，突然笑了。

准真顺着他的视线看去，桌上展开的纸上写满：龍[1]魂，龍魂虎魄，魂，魂，魂，魄，魄，魄……

西泽突然说："I know this one.（我知道这个。）"

准真凑过去，将下巴搁在他肩膀上，问他："哪一个？"

她以为会是"龍"，结果他将"魂"字指给她看。

准真微微有些讶异，这字对白人来说几乎算是生僻字了。

他接着说："读作'wan'，是不是？"

"wan"是魂的广东话发音。

准真有点吃惊，没想到他真认得。

他又补充说："还要再加一个rain，才是云。"

"wan"也是云的广东话发音。

准真愣了一下，然后笑了：原来他只认识一半。

听他说完，准真扶着他的肩膀，将整个身体靠在他背上，弯下腰去。

就着这姿势，起笔在最后一个魂字后面跟了一个"雲[2]"，问他："是这个字吗？"

他说"是"。

然后接过她手里的毛笔，握钢笔一样，在小小的"雲"后面写了叠在一起的两个巨大的"山"，是她小楷"雲"字的两个大。

1　龍：汉字"龙"的繁体字写法。
2　雲：汉字"云"的繁体字写法。

淮真歪着脑袋看了一会儿，有些不确定地说："云出，wan ceot？"

西泽问她："这是什么意思？"

"两个中国字放在一起吗？"

"嗯。"

淮真肚子里没多少墨水，在脑海里搜肠刮肚一阵，也只能揪出两三句诗："我不能确定，具体要看这两个字放在什么语境里。"

他接着说："这是个名字。"

她想了想："青云出岫？云出空山鹤在阴？"

他听了一会儿，问道："意思是？"

淮真说："中国人很喜欢从古诗里取名字，就像你们很喜欢从神话故事或者圣经中取名。'Wan ceot'并不是个词，也没有什么特别的意味，如果是取自一首诗，应该是借用它的意境。"

"The clouds are coming out, like this.（云出来了，像这样）。"

西泽笑了，勾着她的腰轻轻用力，轻而易举将她抱在膝上坐着。

又偏过头，在她的唇上亲了一口，微微眯着眼说："So it is overcast.（所以是个阴天。）"

淮真看了他一会儿，突然灵机一动，问他："Whose name is it？（这是谁的名字？）"

使他显得有些神态阴郁的长睫毛微微动了一下，然后才说："It's mine.（是我的。）"

云出，云出，虽然少见，却怪好听的。

淮真问他："Who named you?（谁给你起的名字？）"

他说："My mom.（我妈妈。）"

淮真心脏倏地漏跳半拍，一时半会儿有些失语。

西泽却盯着她笑，似乎在鼓励她将这个问题问下去。

她有些不确定地说："So she is…（所以她是……）"

他接下去："A Chinese woman.（一个中国女人。）"

她一时半会儿不知究竟该先恭喜他还是先安慰他。

"一个阴天——还挺像我的，是吗？"他询问她的意见。

顺着那阴郁得浑然天成的脸部轮廓上观察了一会儿，淮真立刻被这句话逗笑了。

他捏了捏她的鼻子："笑什么？"

她一本正经地问他："你喜欢这个名字吗？"

他点头。

淮真伸手取下狼毫，蘸取印度墨递给他，说："你替我写这个字好吗？"紧接着在他怀里调整了一下姿势，解开衬衫两粒纽扣，露出左侧整片肩膀与锁骨。她指指锁骨上的位置，对他说，"Wan，我想把这个字写在这里。"

单薄瘦削的肩膀与赤裸肩胛成片露出来，那肌肤雪白光洁，隐隐可见淡青色的血管。

西泽犹豫了。

她解释道:"这是 Henna tattoo,可以保持一两个礼拜。是植物油和植物染料做的,印度女孩用它在身上画花纹,用以辟邪。"

他拒绝说:"不行……我写不好中国字。"

她说:"你可以只写雨的下面,也是'云'。"

他看着她雪白的肩膀,摇摇头笑了,说:"我试试……写坏了请不要生气。"

淮真看他稚拙握笔,垂着头,小心翼翼地在纸上练了几次,笔画顺序全不对,写的一个更比一个大,但她并不想纠正这个。

为使他放松些,她顺手拿起桌上报纸又读了一次。

西泽终于落笔了,写得异常小心翼翼,五个笔画也不知写了有没有十分钟。从淮真这个角度看去,见得他饱满的额与挺直的鼻梁,紧张得沁出了汗。

胳膊上痒痒的,为免使他雪上加霜,她努力忍住笑,一动不动。

最后一点顿下,西泽微微抬头,对着她的左肩无比懊恼地叹息一声。

"很丑。"他说。

淮真从他的腿上下来,跑到穿衣镜前去看那个字。

小小的,有一点华文幼圆体的意思,觉得怎么都算还好。

她踮了踮脚,从穿衣镜前回过头来,指了指这个字,对他说:"我很喜欢。"

西泽终于神态轻松地微笑起来。

这时敲门声响起,外卖送到。西泽起身去开门前,回头对她说:"衣服穿好。"

她眨眨眼,背过身等墨汁干透才将衬衫纽扣系起来。

西泽拂开稿纸,在书桌前将餐盒打开,自餐盒里逸出一股大骨煲汤香气。

淮真惊呼一声:"青红萝卜排骨煲和炒通菜!"

他笑了,招招手:"快来。"

淮真赤脚跑到他身边。

西泽将桃木椅拉出来让她坐下,自己坐在她身后的床尾,听她一边吃一边赞美:"晚餐比我与姐姐在三藩市常去的那一家还要好吃!"

西泽说:"我问过美棠。"

淮真饿坏了,不出十分钟,囫囵喝掉半碗汤,才想起问西泽:"你吃过了吗?"

他点了点头。

也是,父子久未见面,总不会没工夫吃一顿晚餐。

她想了想,说:"刚才我在自动报纸贩卖机看到安德烈和凯瑟琳的婚讯。"

西泽有点意外,而后又说恭喜他们。

她有些讶异:"你不知道吗?"

他说:"没有人告知我。也许他们也想象不出,我可以以什么样的身份被邀请去婚礼。"

淮真说:"也许你父亲只是不想让你分心。"

"也许是这样。"他说。

淮真又说:"我有事想和你商量。"

"是什么?"西泽问。

淮真说:"我在楼下中古店看到一架巴黎仿制的'大炮',一八八七年的,只需十五美金。"

西泽想了想:"我知道一家很好的古董店,只要很少的代理费,在华盛顿州,明天一切结束以后,我们可以过去问问。"

淮真开心起来。

稍稍有些饱足,她还想和西泽说什么,偏过头,突然看见他也在看着自己,眼神出人意料地温柔。

淮真一下就忘了自己要说什么,用纸巾擦擦嘴,问他:"你刚才一直这样看着我吗?"

他说:"你也写个字给我好不好?"

她问:"你想要什么字?"

他说:"我不太懂汉字。"

淮?真?出?好像都挺傻。

她扶着椅背思索一阵,问他:"写在哪里?"

西泽仰躺在床上,听她说完突然翻了个身,指了指自己的后脖颈。

她用那种很不满足的语气说:"好吧。"

后脖颈并不是她想要写字的理想部位。

西泽笑了:"你想写在哪里?"

她用毛笔蘸了墨汁,有点心虚地大声说:"我不知道!"

说罢跳到床上去,坐在他腰上,很不温柔地将他的后领子拽下来。

西泽轻轻"啊"了一声,头趴在自己胳膊上眯起眼笑:"你很不满。"

她说:"是的。"

他说:"也许改天。"

她问:"改天是哪天?"

她埋头在他的蝴蝶骨顶部、脖颈微微下方一点的地方,缓缓写下刚才练习了无数遍的一个字。

而后抬头端详了一眼,总算还不错。

她从他身上下来,拍拍他,说:"好了。"

西泽起身,背对穿衣镜,看了眼那个字:"这是什么字?"

淮真说:"Gwai。"

他重复一次:"鬼?"

她点头。

他笑了:"为什么是这个字?"

她从床上下来,和他并肩站在穿衣镜前:"The combination of Wan and Gwai is Wan. Wan means soul.('云'和'鬼'组合在一起就是'魂','魂'意为灵魂。)"

他不解。

她说:"这个字不念云,念'魂',灵魂的魂。"

西泽看了眼镜子里的两个字,慢慢地说:"我想我能懂得你的意思。"

植物墨汁渐渐凝固,两人在盥洗室洗掉它,顺带各自洗了个澡。

淮真先洗完,穿着睡衣钻进被子里,已快要十点钟。

灯只留下一盏,西泽很快从浴室出来,带着热腾腾的檀香味,从背后将她搂进怀里。

淮真突然想起什么:"我还没有问过你,'云出'的姓是什么。Muh, Cea?"

他将脸埋在她肩头,很轻地说了声:"傅。"

她说:"你妈妈姓傅吗?"

他"嗯"了一声。

傅云出。

淮真跟着念了一遍:"真好听——她一定念过很多书。"

他突然笑了一下,说:"她从未念过书。"

淮真有些疑惑。

来不及发问,她渐渐感觉到肩头有些烫。

淮真的手摸到扣住自己肚子的手,将他手背覆住,不说话了。

夜里十点正是唐人街最热闹的时候。灯笼与小食档的灯光透过青绿色的亚麻窗帘照进来,沸腾的人声被窗板调小一度音量,朦胧模糊而单一,像是有人在阳台摆了十只喋喋不休、跑了调的老式收音机。这嘈杂的背景却让屋里的世界变得格外安静。

这个名字有着一个相当简单的来历。西泽一早就知道。

只是这一瞬间,他无端想起哈罗德讲出这句话时,脸上有些微无奈的微笑神态。

那个故事因尘封太久,也因为它的老旧与不真实,而变得有些支离破碎。有人试图用另一种拼接方式来扭曲它本来的面貌,可是所有碎裂的痕迹都往往有迹可循。

就像阿瑟无数次同旧友谈论起东方——他们的战利品,总会提起东方的女人。一个亚裔的女人,在他们眼中,只能是从败者手中收罗来的战利品。她们能从她们的异族情人那里得到的,最多只是一两个私生子。南洋的殖民地永远不缺乏这样被牺牲的女人与她们的孩子。远东香港有太多出身不明的弃儿,没有任何东西能证明他们的父母是谁。

阿琴也是其中一个。

"她不识字，也没有全名，只知道自己母亲姓傅。所以当我请她为你取一个中国名字时，她为此犯难了半年。直至你出生的那个冬天的早晨。那天是个难得天晴的冬日，中午太阳晃一晃，云就出来了……这就是她为你取的名字，叫作云出。"

07.

第二天两人起得很早，匆匆洗漱之后，到餐厅吃了个广式早餐。餐厅连通旅店，设在一楼，独立开来也是一家广州茶点餐厅。天未亮，除开他俩并没有别的客人，这个点能吃上热乎的豉汁蒸凤爪与流沙包，大抵也是美棠事先提过他们要早起。

淮真从一早起来开始就小心观察他的表情，眼睑没有肿，气色很好，没有苍白虚弱，更没有憔悴。甚至点评起餐厅的早茶——他认为他在尖沙咀赫德道一家餐厅吃过的早茶是最好的。

淮真问名字。

他说了个不太确定的发音，听起来像是叫翠华。

一切迹象表明，他现在状况不错，并不需要一个拥抱或者温暖怀抱之类的。

淮真觉得很好。同时又觉得，这该死的外貌优势，要是她前一夜哪怕流一滴眼泪，那道薄而长的内双眼皮就会消失，或者变成奇怪的双层蛋糕。

出于许多原因考虑，两人不打算开车出行，而且下午还要来唐人街一次，所以他们将行李都寄放在了惠春旅社，将车也停在旅社门外。他们自己则步行到坚尼路坐一号地铁前往中央公园。

距离不算远，乘地铁只需十余分钟，对淮真来说却是个相当新鲜的体验，因为她从未想过会在八十年前坐上地铁——而且地铁甚至与后世区别不大。

不过七点钟，并非高峰时段，但靠窗横座上都已挤满乘客。她与西泽各捉住一只地铁吊环，对着车窗玻璃发呆。她将他买给她的那只鸭舌帽檐压得低低的，生怕有人认出她的性别将她赶下车去，更不敢勉强自己在这个时候开口讲话。

在她被急速行驶的列车晃得颠来倒去时，西泽及时出手，像搂一个哥们儿一样虚扶她一下，免得她被惯性甩到半截车厢外。两人正对那一排乘客中有个读报纸的中年人，见他俩这样，抬眉笑了一下，又低下头去读报纸。

淮真擅自将他的笑解读为：瞧你那小身板。

她一抬眼，看到地铁里那面液晶电脑屏大小的方形地铁玻璃窗。车内灯火明亮，窗外漆黑一片，恰好在窗内映出她与西泽的面孔。他盯着玻璃里的她在笑，用广东话说："你睇咗我两个钟。（你看了我好久。）"

淮真不能讲话，只堪堪从帽檐儿下露出大半张脸，从玻璃窗的影子里去瞪他。

驶入116St-Columbia站时，窗外倏地大亮，将两人的剪影也从中抹去。西泽往外瞥了一眼，拉起她的手从打开的车门快步出去。离开封闭车厢，混入匆匆离站的人群中，淮真总算松了口气。

西泽于是问她："看出什么来了吗？"

她说："你的眼睛——有点琥珀色，不是完全的黑色。"

像是为了再次确认这句话似的，她又看了一次他的眼睛。确实是琥珀色。

于是他笑了："你像是在试图从我脸上提取出属于中国的那一部分。"

其实她本意并不是这样，她只想确认他一切都很好。

她说："可是很好看。"

他"嗯"了一声，又说："其实我也很好奇，今天早晨对着镜子时，也尝试从面容去辨认。"

她问："结果如何？"

他老实说："我不太看得出来。"

淮真沉思了一阵，说："我想到一个东方神话。"

"讲什么的？"

"一个男孩杀了一条龙，剥了它的筋。龙的爸爸很生气，发动一场洪水。为了平息怒火，男孩自刎。一个中国老神仙借来莲花的果实作为他的肉身，帮他再世为人。"她不会讲"筋"这个词，用muscle（肌肉）来代替。

西泽听完，总结说："失去的蛋白质最终成了淀粉。"

没想到他抓错了重点，淮真愣了一下，然后笑出声。

他接着说："我知道你在安慰我。'早有先例，你并不是最惨的那一个。'"

她叹了口气。

人群纷纷朝狭小的甬道挤来，西泽伸手牵牢她，带着她很快钻出地铁口。

太阳已经出来了，冬日的阳光将草坪晒到刺眼。中央公园并没有吸引她太多注意力，因为西泽一早告诉她，有个友人等在这里——见西泽的朋友，这件事还蛮令她紧张的。

十分钟后，她看见那个高壮的男孩，除开略略胖了一些，总体来说还算是个很有气质的小帅哥。小帅哥一开始等候在Lewisohn Hall门口台阶上，一瞥见西泽，立刻迈着雄壮的步伐朝他们跑来，在三四步开外站定，拍了拍胸脯大口喘气，表情非常夸张地说："我的天，西，今天早晨我险些追尾！"

淮真对着男孩微微一笑，然后转开脸，她希望这笑容看上去能算友好。

西泽替两人做介绍："菲利普，我的朋友兼公立中学舍友；淮真，我的姑娘。"

在淮真试着与他握手时，菲利普假装念不出那个复杂的发音，没有接。

西泽扣住她凉凉的手指，带进他的风衣兜里揣着，转头对菲利普说："或者你可以叫她 May，她最亲密的人有时会这么称呼她。"

菲利普"噢"了一声："May，真是个好名字。不过华人女人十个里起码有五个叫这名字？"

淮真低头笑了笑。她感觉得到菲利普不太喜欢她，不过她并不是很介意这个。倒是菲利普，他相当官方的腔调与行为举止倒是让她觉得很好玩。

菲利普大概不想有更进一步交谈，立刻借口时间很赶，带着他们沿 Low Memorial Library（洛氏图书馆）往国际会议厅走。他步子迈得又大又急，不知是习惯还是故意为之。淮真平时走路也很快，这一点西泽也知道。三人赶到会议厅楼下，淮真冰凉的手指已经热得沁出了汗。三个人里唯一为这场竞走吃了苦头的只有大块头菲利普。

他在第一级台阶上站定，脸颊通红，大口喘息着，回过头来对两人笑笑说："太久没有锻炼了，真累，是不是？"

西泽没有理他。

淮真很淡定地接过话说："是啊，好像是有点儿累。"

菲利普有些不好意思。

他歇上两分钟以后才缓过劲儿，带他们走进大堂，在保险门外刷了两次卡，等两人都进去之后，才跟着走进来。

一边解释说："受邀学生与教授，都会收到一张门禁卡。"

淮真再次确认自己是真的被拒之门外了。

会议九点半开始，现在大楼里尚没有多少人。乘坐电梯上到六楼，菲利普从文件袋中取出两张会议志愿者证递给他们。

淮真的证件上贴着一张六寸照，照片上是一个红棕色头发的白人女孩，上面的名字是：Rosalie Comber（罗莎莉·库默）。

西泽立刻说："Hi, Ms. Comber, I'm Mark.（嗨，库默女士，我是马克。）"

她又去看西泽那一张，接着说："Hi, Mr.Behr.（嗨，贝尔先生。）"

菲利普推开会议室后门，听见他们俩自我介绍，不免翻个白眼，说："我真想将你们赶出去。"

会议室尚空无一人，菲利普带他们找到最后一排的位置（两个并不相邻的座位）以后，告诉他们一定要记清楚。因为他们需要在包括记者在内的所有宾客落座后，从后门进来。如果不小心去了别的区域，被人发现身份作弊被赶出来，他概不负责。

淮真说她记住了，又问这两人是谁。

菲利普说："可爱的西可是花了大价钱请这两名学生缺席的。"

准真问:"他花了多少钱?"

他说:"也就三百美金。"

她顿时觉得有点肉痛。

菲利普有别的事要忙,最终将他们带到距离会议室不远的小小办公室就离开了。

还有一小时开场,小小办公室里,准真与西泽相对而坐。

她说:"似乎并没有我的发言时间。"

西泽说,别担心,他有办法。

办公桌紧贴着落地玻璃,从这里往下看去,可以见到贴着报社广告的记者车一辆接一辆停在楼下。

她缓缓趴在冰凉的桌上,看了他一眼。

西泽问她:"紧张吗?"

她突然问他:"鲑鱼浇汁土豆条是哪里的食物?"

他想了一下:"魁北克小吃。"

她又问:"Nanaimo Bars(纳奈莫条)呢?"

他说:"温哥华岛上有个市叫 Nanaimo(纳奈莫)。"

那么毫无疑问,枫糖薄饼也是枫叶国小吃。准真捂着肚子,一瞬间觉得内脏有点空的感觉。

他问:"怎么了?"

她放空两秒,然后对他一笑,说:"没什么,就是有点饿。"

西泽笑着问她:"不能忍受的话,隔壁有为会议准备的自助餐,我可以偷两只杯装抹茶蛋糕回来。"

就在此时,菲利普用钥匙将门打开,听闻道:"谁要偷杯装蛋糕?"

两人趴在桌上,眯眼看着彼此笑起来。

菲利普不满于他俩打情骂俏,像教导主任一样敲敲门板:"好了,快来。悄悄地,跟我过去。"

08.

会议室前排正中央设半米高台,以此为中心,所有座椅以弧形包围看台,向远处阶梯延伸。虽然会议室是方形,但效果看上去是一个半圆弧。所有基金会的成员坐在演讲台背后,正处在这个半圆的圆心,而她与西泽则在圆的最边缘。

他们进去时,除开演讲台后方两排长桌仍空着,方形的会议室里已经坐满了人。

两人悄无声息地在角落找到 Rosalie 和 Mark 的名牌落座，位置并没有相邻，她与西泽之间隔着三四个空位。片刻后，几个巴纳德学院的年轻白人女孩儿走进来，坐到了西泽与淮真中间，小声谈笑起来。说"你看那个会议发起人，昨晚又喝酒了，毛孔又大又黑，像颗发黄烂草莓；福特基金董事会的某某和某某都来了，怪不得发起人这么点头哈腰，为他们特意在演讲台背后多设两排长桌，用来傲视全场；据说这次会议这么盛大，因为和往年不一样的是，洛克菲勒基金也赞助了一大笔，据说比福特还要多上四千美金，洛基金名下还来了三名哈佛的教授与一拉德克利夫学院的女校长"云云。

"烂草莓"向师生、记者与金主致辞完毕，身穿白色西服、浅金色头发的拉德克利夫女校校长也代表女孩们讲了几句话，尽管现场一半以上的女学生都来自知名大学为隔离女性特设的"学院"，偶有笑点，但多不过是些老生常谈——毕竟没人指望过一场学术会议的开场白能像知名领导人的世纪发言一样流芳千古。

室内暖气开得很足，进一层大厅时淮真与西泽都没有寄存外套。她在黑纱唐衫外罩了件细呢风衣，在外面本还觉得冷，在暖气房里稍稍坐上几分钟，便热得有点昏昏欲睡。在今天的第一位演讲者上台前，只有一段开场白稍稍吸引了她的注意：

"'当地里第一茬儿收割后的麦根经过风雨剥蚀，当居住在村外的狼嗥声尚未停止，他们已经做出安排，让子弟们就在这旷野荒郊开始学习亚里士多德、修昔底德、贺拉斯和塔西佗，还有希伯来语的《圣经》……有学问的阶级就是他们中间的贵族。'这就是我们今天来到这里的目的，因为，'一个文明国家，倘若指望在无知中得到自由，过去从未有过，将来也绝对办不到。'"

雷动的掌声里，淮真稍稍抬眼，看见这以美国开国元勋杰斐逊的发言作为致辞结束语的人，是一名打着经典款美国华美花领带的中年男人。据那几个女孩说，他是福特基金会美国亚洲学会的会长。

他在经久不息的掌声里，在基金会那两排独具殊荣的座位落座。

紧接着，女校校长带着愉悦的表情重新上台来："请大家欢迎今天的第一名演讲者。"

淮真莫名觉得很好玩：这几所学校，内里排华，面子上却要给华人发邀请函；骨子里歧视女性，却要装模作样地让"尊敬的女士"来代表校务组织致辞。用一个中国成语来形容，她大概会用"道貌岸然"。

第一个上场的是一名着西装的金发小哥，长得蛮帅，但莫名给人一种纵欲过度感。他开场第一句话就是："我平时不长这样，我只是昨晚没有睡好……"说着又捏了捏自己一寸长的眼袋，说，"实在太紧张了。我独自一人度过漫漫长夜，你们不要胡思乱想。"

这段自我调侃引得满场大笑——毕竟大家都发现他有点精神不足。

他从奥柏林学院毕业后供职于《芝加哥论坛报》，因为两个月前发表的一篇关于"调查文学"与《有闲阶级论》的文章被邀请来参加这次会议。他对此进行了大约二十五分钟的演讲——作为一个不算太过正式的陈述来说时长显得略长。

准真对这方面没有多少了解，听了半晌，发现自己听不太懂，险些打起瞌睡。待她往台上看去，瞥见那群记者与基金会大佬逐渐面无表情的脸，立刻明白过来：听不懂的原来不止她一个。

右侧那几个女孩也议论起来。

一个女孩看看表："会场只持续到差一刻一点钟，过后得去隔壁吃自助餐。中场有十分钟时间休息，共七个演讲人——他打算挪用谁的时长？"

"So boring.（太无聊了。）"

"他的开场白就是他的巅峰。"

"不过六所学校里肯定有教授肯收他做学生。材料做得好，只是演讲能力没有达到宣传作品的效果而已。"

台上那男孩子发言完毕，脸泛红光，满头虚汗。

台下静寂了一阵，看起来所有人都松了口气。过了起码一分钟，才有个普林斯顿的社会学教授向他提问，问他对"草料事件"看法如何，又委婉地请他"简短回答"。

他也"颇为简短"地为工人与女权做了点辩护，获得了一点掌声——看起来答得还不错。

紧接着，白西装的女校校长走上台，递给他一封邀请函，正是来自普林斯顿大学社会学院的。

台下骚动了没多久，女校长并没有做半点结语点评，抓紧时间邀请下一位演讲者。

接下来两场，一场是杜威与实用主义，另一场是有关进步主义运动的演讲，演讲者无一例外都是年轻白人男性。除了偶尔有笑料穿插其间，三场演讲一场比一场艰深晦涩。在千篇一律、无甚新意的演讲伴奏下，准真琢磨起这场会议的性质：其实在场大部分教授早已看过经过层层筛选、尚算不得论文的文章，心里对文章写作者早有定论；至于演讲如何，不过是个噱头与加分项；而目前三名演讲者的演讲水平，可能不过与一流大学生的毕业演讲平均水平相当——文章内容翔实新颖，发言却不算精彩。借着从当代有为年轻人中收取七名学生为由，特设一场会议，拉来几大巨头基金赞助，并有许多媒体到场为会议大肆宣传报道，不免有沽名钓誉之嫌。

准真趴在桌上，看哈佛、耶鲁与哥大数名教授纷纷向那名进步运动的演讲者投去邀请函。也许伯乐有心招纳贤才，但学校无意为他们甄得更多人选。

时间排得很挤：七名演讲者平分这三个半钟头，多余十分钟中场休息，外加五分钟的弹性时间——她打个哈欠，心想：这一趟算是白来了。这里没有留给她的时间，更不会有属于她的位置。

女校校长再次登台，微笑着请大家休息十分钟："这十分钟里，记者朋友们可以邀请你想要邀请的教授或者演讲人去隔壁做个简短采访，或者到茶水间喝杯红茶咖啡之类的。"

淮真侧头，往西泽那里看过去。哪知那几个女孩比她个头高上许多，一站起身，立即将她的视线挡了个结结实实。

几个女孩打算去喝杯新奇士橘子红茶，踩着高跟挪出两步，淮真总算看见 Mark 的座位——那里并没有人。

她的脑子短暂地蒙了一下。

还未及她回过神，她先听见远处校务夹杂着愤怒与意外的喊叫声："Wait. Wait! Who are you?（等等。等等！你是谁？）"

前排观众也跟着交头接耳起来："他是谁？"

然后才是近处的声音："噢，他——"

另一个女孩接下去："你知道他？"

一个女孩捂着嘴，试图以这种方式抑制自己迸发出的惊笑："他刚才坐在我旁边，我告诉过你们的，记得吗？"

"你是说……"女孩们纷纷往演讲台看去。

在一声熟悉的调试话筒的"Hello"声里，前排的一些观众坐了下来。

淮真顺着众人视线看过去——

就在半分钟的时间里，在听众们离开会议室之前，西泽站在了演讲台上。

女校长捂着胸口站在他身后，微微有些惊恐地从背后望向这个年轻人，甚至还没搞清楚究竟发生了什么。

淮真也用了一点时间才意识到即将发生什么。

有几秒钟，她甚至都不觉得这个霸道又不失礼貌的、将女校校长逼退演讲台、女孩们口中所谓的"Dark-haired handsome（深发英俊男）"会是西泽。

她静静望着那个方向，看他将脱掉的风衣外套拿在手中，露出那件她送他的月白纱衫，微微躬身，对着话筒说了句什么。

紧接着，再熟悉不过的低沉声线，从四面八方的音响中响起。

"Please allow me to delay you for a moment.（请允许我耽误你们一点时间。）"他说。

校务警察拎着警棍，一边越过人群，一边冲他大吼："What the hell are you doing! Who are you?（你到底要做什么！你是谁？）"

"请给我两分钟时间解释来意，再决定是否将我赶出去。"他往后排瞥了一眼，说，"我是来找人的——我的女友，一个月前她告诉我她受邀来到这里发表演讲，但我并没有找到她，也没有在名单上看到她的名字。我想知道她是否出了什么意外。"

校务警察跨上演讲台前，会议发起人拦了他一下。

有一群男学生对这杀入会场的陌生帅哥大声起哄："请告诉我们她的名字是什么？"

他完全不在意校务在做什么，对着发问方向回答说："Waaizan Kwai.（季淮真。）"

接着向那数十只对准他的照相机发问："Her name appeared on *Overland Monthly*, right?（她的名字在《陆路月刊》上出现过，对吗？）"

在回应他的问话前，有人提出了更尖锐的问题："所以你交往了一个华人女友？"

他没有任何犹豫地说："是的。"

不及他答完，一只粉褐色不明物从观众席猛地飞向演讲台！

西泽微微侧身，灵活避过。

一阵蛋壳碎裂声响起，众人才回过神来，一声惊呼——砸过去的是个臭鸡蛋！

"也许我找到她无法到场进行演讲的原因了。"他稍稍侧过头，看了眼身后的地毯，头也不抬地说，"是个双黄的，恭喜你。"

台下笑声"轰"地响起。

这鸡蛋不知从何而来，大概是准备给另外一名演讲者的，但扔鸡蛋的排华者并没有想到会这么早用到它。

淮真的心情好似乘坐过山车一般忽上忽下，此刻终于捂住嘴，稍稍喘上了气。

西泽相当淡定地接着问："还有吗？"

一个女生代替扔鸡蛋的人高声回答："我想没有了！帅哥，请继续你的发言！"

西泽对她微笑一下："我很喜欢你的发型。"接着说，"所以有人能告诉我，我的女友对我撒谎了吗？"

坐在第一排的校长与发起人们交头接耳一阵，显然这群书呆子对于这种突发情况并没有很好的应急措施。

观众们比校务们当机立断得多。

有几个前排的白人男孩突然回过头，对身后大声喊道："Waaizan Kwai！你男友来找你了，所以你在场吗？"

避免带来更大的骚动，男孩话音一落，校长们立刻推举出一人，代替众人来回答记者与一众基金会长们的困惑。

这名戴眼镜、面目和善的中年人说："因为诸多因素，历届会议从没有过有色人种学生发言的先例，因此我们也没有做出充分准备。但鉴于会议已有其余安排，而在场听众时间也有限，经刚才的简短讨论，我们的结论是：假如季淮真到场，我们可以用五分钟左右的时间来听取你的演讲。我们相信你是跨文化专业相关的佼佼者，你应该能对这个课题给予我们一个更好的、精准的引领。季淮真，请问你在场吗？"

十几只照相机的镜头开始在观众席中漫无目的地逡巡。

更多人起哄："季淮真，你在场吗？"

西泽看着她的方向微笑。

她微微捂住脸。

两秒后,她调整了一下表情,果断地从观众席站起身来。

在站起身穿过长椅走向走廊的一瞬,她被远处大肆跳动的闪光灯闪得有点头晕。

于是从走廊步下台阶的时候,她微微低着头,将外套纽扣一粒一粒解开。走到那半米高的讲台前时,她将外套脱掉,露出里面那件黑纱唐衫。

西泽走到讲台边缘,就近伸手拉了她一把,将她拽上台子。紧接着,接过她手头的外套,自己从讲台跳下来,站在会议厅前排角落的阴影里,抬头望着他的姑娘。

她被暖气熏得因缺氧而两颊红晕,乌黑的唐衫更衬得肌肤雪白;半袖的薄纱露出里面均匀包裹的藕臂以及锁骨往下两寸的肌肤,透过黑纱,可以清晰看见印着一个汉字——他的名字。

整个过程,会议厅都沉浸在一片死寂里。

直至她站在演讲台上的一瞬间,她抬起头,对着台下近千听众一笑,说:"所以我只有五分钟,对吗?"

声音里没有半分怯懦。

校务重复了一次:"是的,确切来说,还剩下九分钟。五分钟演讲,留下四分钟时间,也许,我是说也许有教授想要向你发问。"

五分钟时间可以说什么呢?

她看了眼手中早已背得滚瓜烂熟,预计时长为十五分钟,分割成五张,每张三分钟的演讲词。没有论文参照,假如她照这个来讲,她相信台下听众会比听见前三位的演讲更加面无表情。

她当机立断将手里的五页纸片扔出去。

写满娟秀英文字迹的纸片在暖风机下,像五只白色蝴蝶似的"哗哗"翻飞出去。

她说:"我今天演讲的主题是,西方眼里的东方。"

话音一落,零零碎碎的讥笑声响起。

她从台下绝大多数人眼里读出了不信任与鄙夷——绝大多数人都在等着看她笑话。

她想了两秒钟,接着说:"我来自三藩市唐人街,我父亲经营着一家小小的洗衣铺。我在《中西日报》英文版上写了一篇与三藩市铁路华工息息相关的行医录,所以才能来到这里。我知道你们在等着从我口中听到什么'对于《排华法案》情绪化的愤慨,对于遭遇不公正的悲情。因此我想要利用或者煽动公众情绪来宣泄我的愤慨,想要将这不公化作民粹主义'。但是并不是这样。我可能要让你们当中一部分人失望了。

"在我演讲的最开始,我想要讲讲我们东方人眼里的西方。我爸爸一直觉得,唐人街外色情、赌业、鸦片泛滥成灾,认为白人性观念开放,所以他坚决不允许我与姐姐同白人交往……"

立刻有人打断她:"胡说八道!"

她丝毫不理，接着说："几天前，我看了一份香港发行的《太平洋报纸》，上面说'滑德豪斯'是美国的最高宫殿，对吗？"

她故意将白宫的英文发音用唐人街口音讲出来，稍稍显得有点滑稽。

有更多人对这份报纸的点评嗤之以鼻：愚昧的东方人。总统办公地，与宫殿没有半点关系。

她不顾这类嗤笑，接着说："我妈妈常说，美国人不重视家庭，孩子一成年，立刻与父母无半点关系。甚至他们老了，美国家庭的孩子也无须尽半点赡养责任。"

事实上是，美国人将家庭成员看得极其重要。

台下仍有听众嘲笑她的发言，但更多人在这时，突然明白了她讲话的意图。

她收敛起笑容，正色说："我从欧洲大陆留学回来的同学都说，美国种族歧视严重，是个充满歧视的国家。这又是真的吗？"

在她发问的一瞬间，台下所有窃窃私语，对她外貌的点评、对她以上那番浅薄发言的嘲讽、想要煽动众人将她赶下台的言论，戛然而止。

她说："接下来我想谈谈，我在一些报纸上看到的，西方眼里的东方。众所周知，在上高中之前，我们的中学，与白人的中学是隔离开的。当然，除了一部分日本学生，对此我并不明白。上高中以后，我问过几个同学，究竟是为什么我们会跟你们隔离起来。其中绝大多数的回答是：'东方人不洗澡，东方人吃狗肉，他们随地吐痰不讲卫生。'甚至还有人问我，'华人女孩的脚不都是畸形的吗？'你们是这样认为的吗？"

有个金色头发的小伙突然起哄说："也许你可以给我们看看你的脚来证明这一点！"

淮真立刻笑了一下，对他说："华人女孩通常有两副脚，一副是我现在用的这双，是一双硅材料做成的机械足；另一副是你们在报纸上看到的那种——噢，那种是我们的秘密，只能在结婚后给丈夫看。"淮真眨眨眼，故意用那种说悄悄话的声音对准话筒，对台下那名小伙说，"你要是愿意，哪天私底下我带你去我的闺房看看。不过这之前，我得先征求我男友的意见。西，你愿意吗？"

他大声说："No way!（没门！）"

台下哄笑声四起。

她接着说："其实我还想要讲一讲我们那种被称为巫术的医学。其实这个问题就像'你喜欢茶还是咖啡'或者'咖啡加奶还是糖'一样，他为华人提供了一个选项，但并非唯一选择。如果你愿意，作为一个在巫术学校上过半年课的学徒，我可以给你一点魔鬼似的小建议：焦虑时试试线香，用炭炉代替暖气，来自得州的朋友们夏天可以去唐人街找找竹炉；如果你感觉自己的脊椎有些不舒服，也可以去找找唐人街的巫师——他们会给你一颗毒苹果。"

讲完这番话，她故意做了一个不小心泄露秘密的震惊表情。

这种古灵精怪的表情，在这一类小巧年轻的女孩，尤其是剃了短发、文了一个神秘汉字文身的女孩身上，往往有出人意料的效果。

有个戴眼镜的中年妇女注视了她几秒，而后有点受不了似的捧着心脏说："我的天，她怎么可以这么可爱？"

淮真敛住笑，言归正传："当然，介于我的时间并不多，这一点你们可以到我发表在报纸上的长篇大论里去求证。今天我在这里想要讲的，并不是连篇累牍的冗长政治论调，也并不是要讨伐谁的过错。我想说的话，大家也已经看出来了——关于敌意——西方对东方的，同时也是东方对西方的。敌意在如今的唐人街与白人社区、美国与中国之间扮演了重要角色，这无疑是令人沮丧的。这种相互之间的敌意，加之技术上的巨大差距，铸就了白人的优越感与有色人种的自卑，让彼此误解、远离、制造矛盾，最终难以和解。不论你们承认与否，就我而言，这两个伟大的民族无疑都是值得尊敬的。

"作为一个受过公立学校理科教育，又兼具一点医学知识的学生，不论在我的论文中，或是我的以上发言中，我都实事求是地陈述了一些事实与我的感受。事实如同外科医生的手术刀，残酷、带来疼痛，却能治病——"

那群记者中有人不禁打断她："你在讲你与你男友的故事吗？"

她思索一阵，而后笑了笑说："很类似。要建立一段健康、平等、互相尊重的恋爱关系，首先就得切割掉自己不知从何而来的自卑感与优越感。这件事需要双方做出巨大努力与让步——关键是，谁愿意先迈出这一步？"

她讲完这句话，终于喘了口气，坦然微笑。

一双双黑色的绿色的蓝色的眼睛静静凝望着她，似乎没有人注意到她已经讲完了。

她接着说："关于以上所有陈述，都可以在我那篇冗长累赘的论文上见到，在这里我不想讲更多，毕竟我只有五分钟的发言时间。所以，我讲够五分钟了吗？"

台下安静了几秒钟以后，身后女校校长起了个头。

一瞬间掌声雷动。

09.

淮真在经久不息的掌声里微笑着站了一会儿，不知究竟应该在掌声中全身而退，还是等着有人来请她下去。

也不知过了几分钟，那名"烂草莓"发起人整了整被他的大肚皮顶开一粒纽扣的衬衫，回头做了个"收"的手势，勒令掌声停下来，但并没有人理他。

直至他的咳嗽声一声比一声高昂，旁边不知谁递给他一支话筒，他才得以用收束全场的语气说："我相信，这是截至目前最让你们激动的一场发言，因为这女孩儿，相当可爱，不是吗？"

一个华人女孩神采飞扬、调动全场气氛的所有功绩，全被他归因为"她可爱"。

立刻有人"嘘"了他一声，为这番言论喝起倒彩。

他并不理会这点，紧接着说："不过大家别忘了，我们仍需要留一点提问时间，万一问答环节更精彩呢？"

不得不说，他这番话还是起了点作用。

话音一落，鼓掌与倒彩声渐渐停息下来。

他接着问第一排的教授们："Any questions for our cute young lady？（还有什么问题要问我们这位可爱的年轻女士？）"

教授们手头并没有事先准备好的与她论题相关的论文材料。

她立刻将手头装订成册的论文递下去：只有两份，二十名教授不得不快速翻阅后再进行传阅。

在这之前，有记者代替教授做了这项提问工作。

《纽约时报》的记者问："你怎么看待你们东方的父权制度与一夫多妻制？举个例子，你与你的白人男友为恋爱关系彼此做出让步，是否也意味着，你可以接受他娶别的妻子？"

淮真笑了一下，没想到记者会问这个问题。

这也是她来到这世上，在登上天使岛移民站做出选择之前所思考的问题。从一开始，在古老的中国，与这个对女性来说已经自由了一半的唐人街之间，她就已经做出了选择。

现在她有西泽，她不再惧怕面对镜头。

她无比坚定地对着那一只只盯着自己的镜头与眼睛说："作为一个深受礼教困扰的女性，你希望我推崇这种陋习？还是说作为一个西方男性，你很推崇这种东方作风——像欧洲人在远东殖民地时常那么干的一样？"

在座的年轻男女学生都对那名记者做了个鄙夷的姿势。

比起她的演讲内容，记者们本质上更关注绯闻与八卦。

另一名《大西洋邮报》记者接过话题："你说，总得有人先迈出这一步。所以我的问题是，对于你的恋爱关系，你们俩是谁先迈出的第一步？"

淮真稍稍想了想，说："比起回忆恋爱初期谁先迈出第一步，我更想知道，我们什么时候能迈出下一步——像所有恋爱中的人一样。"

台下的年轻人们，尤其是年轻女孩大笑着为她的大胆喝彩。

话音一落，《陆路日报》的记者马不停蹄地询问她："你知道，在这个国家的绝大多数州里，混婚都是不合法的吗？假如新英格兰地区有的学校愿意收你作为他们的学生，你会对你与恋人的关系做出什么样的调整？"

淮真沉思了一下，然后笑着问："在我回答这个问题之前，我想先知道，是否有学校愿意收我做学生？"

有人窃窃私语起来："车轮战似的三个尖锐话题，她接一个抛一个，兵来将挡，到最后竟然全身而退——这女孩子究竟有着怎样的急智与强大稳健的心态？"

会议发起人听闻，立刻接过话题，去问前排仍在翻阅论文的那几名教授："So…Any questions?（那么……各位教授有什么问题吗？）"

几名教授相视几眼，几声略显尴尬的低声咳嗽响起，彼此相视着摇摇头。

哪怕她看起来再机灵，可是没有教授敢在这短短几分钟的论文阅览时间里，冒着触犯学校暗规与违反混婚法律的风险，贸然招收一名华人女性学生作为春季入学的大学生。

没有教授提问，基本意味着没有学校对她感兴趣。

有好事者立刻低声窃笑起来。

会议发起人撇撇嘴，对她非常官方地说："很遗憾……你的演讲十分精彩，但是也许对教授们来说，他们并没有从你的发言与文章中读到他们想要的、实质性的东西——当然，这并非意味着你不好，只是说你不适合。谢谢你的发言，希望明年……"

其实淮真对于结果也并没有太多期待。能够讲出这番发言，并引得一部分，哪怕只有一名对华人曾抱有成见的人去读一读她写的文章，了解一下美国的唐人街，她就已足够满足。

正当她离开演讲台时，身后突然响起一声："等等——"

会议发起人停下讲话。

所有人回过头去。

一名有些胖的西装男人从基金会那两排椅子中间站起身来，递出一张烫金的蓝色信封，说："我有幸读过季女士刊载在《中西日报》的文章，那篇文章也还不错，虽然内容乏善可陈，也较为偏执稚拙。但经过这番演讲，我们决定——噢，我这身材——对不起，谁能来帮我将这份邀请函递给季女士？"

那会议发起人知道这名西装男姓氏前面究竟有多少个头衔，被他这番话震在原地久久无法回神。

那名女校校长穿着高跟鞋小步跑上台阶，从西装男手里接过那份邀请函，稍稍看了一眼封面，而后朝淮真走过去，一边对她说："恭喜季女士，你——"

未及女校校长讲完，立刻有人惊叫着接腔："Harvard University!（哈佛大学！）"

女校校长微笑着点头说："You're right, College of Education, Harvard University. Congratulation…Ms.? Mrs.?（对的，哈佛大学教育学院。恭喜……女士？太太？）"

淮真笑着接话："Miss.（小姐。）"

女校校长说："Congratulations, Miss Kwai!（恭喜你，季小姐！）"

下面一群哈佛拉德克利夫学院的女孩们忍不住大叫不公："No! Why Harvard?（不！

为什么是哈佛？）"

女校校长说："你们是觉得拉德克利夫学院不如 Harvard 吗？"

女孩们抱头尖叫："No way!（不要！）"

女校校长说："你们需要解释的话，让我们有请洛克菲勒基金的董事长——施特劳斯先生来做解释！"

在所有镜头聚焦之下，刚才那名中年男人抬抬眉，很屌地说："我们只是不想被别的几所大学抢先而已。"

女校校长看热闹不嫌事大地说："Is that enough?（这个解释够了吗？）"

台下大叫："不够！"

很屌的洛氏董事长接着说："好吧，刚才恒慕义博士对我说：'必须将这个学生搞到手，你们知道哈佛燕京学社有多缺人。'你们要是知道他有多 finicky（挑剔），就知道邀请这名优秀的女士有多么急迫了。"

台下大笑。这解释确实够合理。

在走下演讲台之前，淮真抬头，在后排人群里寻找到那敦厚面容，对他感谢地鞠躬，又再次转过头，对台下人群致谢。

她朝西泽刚才倚靠的位置找去，发现他已经不在那里。

以为他已经回到最后排，沿着阶梯往上，那几个女孩仍在后排无比热切地对她说："我们太喜欢你们了，你们怎么可以这么酷？"

还没来得及在座位坐下，突然有人拽起她的胳膊就往外跑，步子迈得又大又急，几步就带她跨出会议室。

淮真在奔跑中稍稍抬眼，确认那是西泽。

他做了个"嘘"的表情，带着她在空旷的楼梯间急速狂奔。

直到更多、更杂乱的脚步声在半层楼上响起，淮真立马明白过来：有校务，或者是记者追上来准备问责。

每次台阶转弯，或者步子差了一臂之长的距离，他都会扶着她的腰，带她轻轻松松一步五级跳——每一次的夺路狂逃都凸显出有个长腿男朋友的极大优势。

不到半分钟，他们从六楼一溜烟冲到国际会议大楼门外时，一辆相当拉风的阿兹特克牌黑色折篷车一个尖锐的急刹车，立刻停在两人面前。

在驾车人伸手拉开后座车门、大喊"上车"的同时，西泽拉开车门，与淮真一起跳进折篷汽车里。

菲利普大叫："扶稳了！"而后将油门踩到了底。

她相信他是将油门踩到底了的，否则高速刮过头顶的气流不会像一把锉刀似的，带给她天灵盖被掀起的错觉。

车开出几十米，淮真回过头去看，发现追上来的确实是那十几名记者。

《陆路月刊》的某一位记者，在发现与新闻头条失之交臂后，气得险些将手中吃饭的家伙给掼到地上。

另有一名以排华观点著称的《滨海日报》记者，撒丫子飞快地追出几十米后，停下来在草地旁气急败坏地大声咒骂他们，那副样子逗得菲利普与西泽都不由得笑起来。

菲利普有点不敢相信自己的耳朵。

西泽大笑的时候，声音很清亮，也很有磁性。他评论道："我想他将主语与宾语放错了位置。"

淮真声音有点颤抖地接过话："形容词也用反了。"

她的话音有点呜咽的腔调，这使得前排两人一起回过头来看了看她，有点诧异地发现，她哭了。

"你……"西泽皱了皱眉，相当温柔地问，"你怎么回事？"

淮真越哭越凶，简直像受了什么天大的委屈一样哇哇大哭："我也不知道，也许我这辈子从没有见过这么多记者，有点害怕。"

西泽看了她两眼，有点无语又有点无可奈何地笑着说："你这个样子，跟我第一次将你从唐人街带出来时简直一模一样。"

未及淮真回嘴，前排的菲利普"嗷"的一声，紧跟着也号啕起来，哭声比淮真还要洪亮。

淮真带着哭腔谴责他："你又哭什么？"

菲利普双手颤抖得简直要握不住方向盘："我简直有点儿受不了……西，你女朋友怎么可以这么可爱？"

西泽一阵无语。

菲利普吸了吸鼻涕，说："我必须承认我开始有点喜欢她了——这可真使我难过。"

他一边讲完，一边从那件做工精良的风衣外套里取出两只压扁了的抹茶蛋糕，一只搁在驾驶座与副驾驶座中间的小桌上，另一只绕过椅背递给淮真。

淮真被他惊呆了，止住哭泣，从他手里接过来，又哭又笑地问："你对抹茶蛋糕做了什么？"

他抽噎着说："我去偷蛋糕时被发现了，逃出来开车时摔了一跤……"他从后视镜里看见淮真像只受了委屈的松鼠一样，用双手捧着咬了一小口，顿时觉得自己的心脏又有些受不了，泪流满面地问她："好吃吗？开心一点没有？"

淮真一边擦泪，一边不住地点头："谢谢你，你人真好。"

车内三个人，其中两个人莫名变成了巨婴。

剩下一个西泽，一手撑着车门，皱着眉头问："你们两个究竟怎么回事？"

菲利普打了个喷嚏，鼻涕险些被他吃进嘴里。

他用大衣袖子揩了揩鼻涕，生平第一次对西泽硬气起来。

"你，给我闭嘴。"

西泽接着使出他那种经典冷硬的语气，建议说："菲利普，你要是不能开车，麻烦请将车停在路边，来副驾驶座里慢慢哭。"

菲利普哽咽了一声，委屈巴巴地看他一眼，无比乖顺地慢慢将车停在路边，说："好吧。"

Washington D.C.

第六章
华盛顿

But I am old-fashioned, rigid and conservative.
And I love you.
Tell me what should I do ?

01.

西泽原本只打算将车停在华盛顿广场公园,和准真下车步行回到摆也街。可他将车在他公寓楼下停了起码三分钟,菲利普仍旧没能走出他那多愁善感的情绪。

西泽接着将车沿着百老汇大街又开到了唐人街。

那辆拉风的阿兹特克最终停在惠春旅社外的大街上,引得过路的华人纷纷侧目。

准真推开车门,说:"我上楼去取行李……"

西泽叫她等等。

三人在车内静坐了一阵,西泽径直推门下车去。

准真从车窗望向外面的街道,看西泽脚步越来越快地冲进旅社楼梯。

过了一阵,菲利普才说:"我猜他是有点紧张。"

准真不解:"他紧张什么?"

菲利普思索了一阵,答非所问:"在你演讲结束之前,我和他在会议厅外有一个简短的谈话。"

她并不想问谈了什么。这是他们的秘密。

过了起码五分钟,西泽才又拎着旅行袋从狭窄的楼道大步走出。

他躬身趴在副驾驶室窗沿对菲利普说:"要向你说一声再见吗?"

菲利普说:"你不介意的话,我想和小姑娘讲两句悄悄话。"

西泽双手投降,说:"OK,我不会打扰的。"他敲了敲准真耳畔的车窗,对她说,"我在我们的车里等你。"

不过他并没有直接回到车里,而是径直走进那家中古店。

菲利普和淮真一起观察着西泽的动向,过了一阵,她才听见菲利普对自己说:"对西泽温柔一些。"

淮真微微有点讶异,不是很懂这个"对他温柔点"从何而来。

难道平时她对西泽很凶吗?

"我想有件事可能要在今天画上句号了。"

淮真会意,百感交集,但只能满怀歉疚地冲他微笑,说:"抱歉。"

菲利普抬眉看她一眼,小声说:"请别告诉他。"

淮真笑道:"我会保守秘密。"

他轻轻叹气,像是终于松了口气,捉住方向盘的手拿起来一只,神态轻松地说:"那么祝你好运。"

"祝你……祝你生活幸福。"她想了半天,只想到这个祝福语。

菲利普看起来却很高兴。

她躬身,给了他一个拥抱作别,之后推门下车去。

西泽已经等在中古店外,手里拎着一只纸袋,纸袋边缘探出断掉了琴桥的小提琴尾巴。

他远远地问:"是它吗?"

她很兴奋地点点头。

等她走到他身边,西泽立刻用空闲的那只胳膊揽着她走向他们那辆久未打理的普利茅斯。

西泽故作自然的表情看起来有点心虚:"你们聊得怎么样?"

淮真也问他:"你们在会议室外聊得怎么样?"

两个问题一旦问出来,便都知道这件事情是问不出个所以然了,索性不再追根究底。

兴奋过度以后,淮真往往会一反常态地成为一个话痨,比如此刻。

一坐上车,淮真就问:"大概多久到华盛顿呢?"

他说:"约莫四个小时。"

"旅店订了吗?"

"订了。"

"不排华对吗?"

"确认。"

"明天回三藩市吗?是乘坐飞机还是……"

想到这里,她四下翻找那本脱了页的《旅行手册》,却没找到。

西泽笑着问:"那么急着回去做什么?"

她说:"还得回高中上课,我只请假三礼拜……"

西泽像看傻子一样看着她。

她体会了一下那个眼神,一手扶额:"……我忘了。忘记自己已经是个准大学生。"

说罢拆开那张烫有校徽的蓝色信封,一口气读完那封长长的英文信,提炼出关键词:"请于一月以前使用电报或者邮寄信纸联系恒慕义博士,事先准备包括医保证明、身份卡与六寸照在内的一切材料。"

淮真轻轻嘀咕一声:"像做梦一样。"

西泽笑了。

她说:"等到了华盛顿,我得先给家人打个电话。"

他说:"好。"

临到午后,倦意上来,她抱着膝盖蜷缩在副驾驶想打个盹,突然觉得哪里不对,摇摇头说:"昨天下午特意去了一趟医院,身体健康检查表却好像没能用得上。"

西泽没讲话。

"不过要是检查到了不就不能进会场了吗?"她笑了笑又说,"不过之后也能用得上。"

西泽语气很淡地说:"睡一觉,很快就到了。"

淮真冷静下来之后的确觉得有点倦,合上眼不多几分钟就进入酣眠。

西泽松了口气。

九十五号公路上车并不多,车子一路开得又快又稳,直至从西南高速公路驶入华市,一路开到宾夕法尼亚大道,她才睁开眼来,迷迷糊糊瞥见这座夕阳下宁谧的首都。

道路宽阔整洁,交通有序,比她到过的美国绝大多数城市都要干净敞亮。因为建筑限高,一抬眼可以看见成片成片的余晖里的红色天空。

华盛顿给她的第一印象就是这样,很像长安街。

淮真颇为好奇地望向窗外,看沿途驶过国会大厦、法院与司法部,甚至能心情很好地对着路边的胡佛大厦调侃他:"咦,你以前上班的大楼。"

和她正相反的是,自打她睡醒过来,西泽除了问了句"醒了",就一路沉默着,没有再多讲半个字,不知因为什么事情冷着脸。

淮真丝毫没有察觉。

在遥遥望见谢曼将军塑像时,她笑着说:"西,这可能是我距离美国总统最近的一天……"

西泽终于忍不住了,皱着眉头非常冷淡地说:"闭嘴。"

淮真被他吓了一跳,不知他因为什么事情正心烦,因此也不再多嘴。

驾驶室内的气氛一度降到冰点,直至他将车缓缓驶入一处宽阔的花园,在着白领结与黑长靴的侍者的指挥下将车泊入停车场。

他言简意赅地说:"下车。"

淮真推开车门,颇为困惑地跟在他与一名拎旅行包的侍者身后,往那栋干净华丽的白色大房子走去。

直至走过草坪中央的巨大喷泉,淮真才看见那栋白色建筑的名字——廷伯大旅店。

西泽没等到她跟上来,顿住脚步,侧过头催促了一声:"能快一点吗?"

她小跑着跟上去。

西泽步子很大,很快就远远超过了她与那名颇为绅士的驻足等待女士的侍者。

那名侍者也不大搞得清楚状况,小声问她:"你与男友吵架了吗?"

淮真摇摇头:"我也不知道,他平时不这样。"

等她走近旅店大堂宽阔整洁的服务台,经理已经确认完入住信息。西泽接过房门钥匙与入住信息表时,她从上面瞥见了两位数的可爱数字。

"等等,"她捉住西泽的手,问他,"为什么要住这么贵的旅店?我不觉得我们现在的经济状况可以负担得起……"

她竭力不让自己的声音太大,但旅店大堂中的所有人顿时都停下了手头工作,向他们望过来。

西泽头也不回地走进电梯。

在门关上以前,他一手拦住铁门,问她:"能不能进来再说话?"

她走进电梯。

密闭空间里有个开电梯的人也在,两人一左一右站在开电梯的男士两边,一直没有对彼此说一句话。

电梯在三楼停下,不等开电梯的服务,西泽立刻将门推开,一把将她拎到了走廊上,说:"你现在可以继续了。"

淮真吃力地跟在他身后往房间走,一边很努力地试图讲道理:"我知道寻找不排华的旅店可能需要花上一点工夫,但也不是那么难,不是吗?"

西泽在一扇门前站定,突然回过头来,说:"季淮真,你是傻子吗?"

她很委屈地指了指自己:"我怎么就是傻子了?"

他指了指地上:"这里是 D.C.[1]"

她说:"D.C. 又怎么了,美国人在华盛顿就可以不讲道理了吗?"

西泽有点无奈地抓了抓头发,直接被她气笑了。

---

1 D.C.:全称为 Washington D.C.,华盛顿哥伦比亚特区,简称华盛顿,又称华府。

她更难过了:"我说错了什么吗……"

下一秒,西泽将她推到门上去,几乎是恶狠狠地堵住她的嘴。

她被他压在门上亲得呜呜乱叫,脚尖都快离地了。

身后一声女士惊叫响起,淮真瞪大眼睛,视线移动,觉察到对面打开的房门里走出来一位银发太太,正用涂了蔻丹的手捂住嘴,手袋都被这俩年轻人吓得掉到了地上。

她狠狠在他的胸口捶了两下。

西泽接着在她的嘴唇上咬了几口,才像出了口恶气似的将她松开。

淮真从他怀里挪出来,将那只看起来颇为贵重的手提袋拾起来递给太太,一个劲儿地给她鞠躬致歉。

太太这才缓过劲儿来,"呵呵"笑了两声,说:"大家年轻时都这样。"

而后踩着高跟,在走廊的红色地毯上,宛如乘了一条船似的轻飘飘地飞快走掉。

淮真转过头,在西泽背上狠狠捶了两拳:"大庭广众,你干什么呢!"

他的背可比她的拳头硬多了,西泽纹丝不动,她却觉得自己的指骨麻了半截。

他背对她,"咔嗒"一声将门打开,毫不客气地将她拽进房里去,"砰"地将门重重关上,搂着腰,将她压在房间墙壁上,再一次粗暴地吻她。

淮真觉得自己的嘴唇搞不好已经被他蹂躏到破了皮。

这个吻结束之后,西泽并没有松开她,而是将她搂在怀里,靠在墙上大口喘气。

紧贴着他胸口的肌肤,能清晰地听到来自他心脏的一次一次有力跳动。他用半个身子将她压着,只堪堪从他肩头露出一张脸来。

淮真用了几秒钟时间来思索他究竟怎么了。她有点担心。

紧接着,她感觉到他用手摸索到自己的手,轻而易举地往她手指上套上去一个凉凉的东西。

但她仍被他箍在怀里,没法自由地去看那是什么东西。

紧接着,她听见他靠在自己耳边说:"I am Caesar, a Eurasian, nobody… was born on Nov 21st, 1909, 6 '1// and 162lb. I am in good health, have got the smallpox vaccine, haven't got those infectious disease.(我是西泽,一个欧亚混血的无名氏,身高 73.5 英寸,重 162 磅,1909 年 11 月 21 日出生,接种过牛痘,身体健康,没有传染疾病。)"

淮真能感觉到胸前那个重压的心脏跳动正在一点一点变得更激烈,但她的世界在他的话音里变得越来越安静。她不知道自己是过度紧张下的应激情绪,还是她真的就是这么冷静,而几乎跳出胸腔的心跳仅仅是来自他的。

他说:"Anything else?(还想知道点别的吗?)"

她傻傻地摇摇头。

他说:"知道 D.C. 的全称是什么了吗?"

她点点头。

他故意问："是什么？"

她说："Washington District of Columbia."

他说："你真的傻。"

从最开始的最开始，当他说"想要和我对抗全世界，去 Columbia"的时候，于她而言，那个 Columbia 也许指的是早晨那个地方。于他而言，却是下午这个地方。

这个花言巧语的骗子。

现在她知道了，她确实是很傻。

02.

淮真整个有点傻掉了。

原来他的沉默源自他的紧张，愤怒来自自己的神经大条，而这一切都正如今天早晨菲利普所说的那样："对他温柔点。他只是有点紧张。"

因为他准备求婚，她不知道。

她甚至还像个弱智一样兴奋无比地指着白宫沾沾自喜地庆祝："今天是我离美国总统最近的一天。"

那一瞬间她可压根不知道，今天对她来说最值得纪念的事可跟美国总统没半点关系。

换作她是西泽，那一瞬间她绝对会把这个既差劲又神经短路的女人从车里丢出去。

不知道他经历这种神经紧绷究竟有多久了，还一路从纽约开车四小时来到华盛顿——没有出车祸可真是万幸。

西泽将她抱得很紧，同时还在微微发抖。

他说："我讲完了，可我怎么还这么紧张？"

她说："也许……你可以先把我放开。"

他说："不行。"

她说："你总得让我讲讲话呀。"

他像个无耻小人一样耍无赖："我不想听到除了 yes 以外别的单词。"

她轻轻叹了口气，说："我快喘不上气了。"

西泽抱着她一步一步往后退去，像一个溺水者一样，抱着她往后仰躺着重重栽倒在床上。

淮真趁机从他身上爬起来，盘坐在床上，低头去碰那枚戒指。

西泽以为她要摘掉它，近乎哀求地又讲了一遍："No, please don't.（不，请不要这样。）"

她抬头看了西泽一眼，又低下头，摩挲了一次戒指。嵌了个切割完整的全美蓝色方形石头，不算大却也不小，周围打了一圈白金环，非常简约。

她问他："什么时候买的？"

他说："我选的两只父亲嫌它们太小，将他打算送给母亲的给了我。穆伦伯格有祖传的戒指，通常由祖母亲手交给新妇——奎琳得到了它。我母亲无权得到家传，所以他为她亲手做了一只。"

她微微惊异地说："你母亲……"

他说："离开香港两年后，就因肺结核去世了。他再也没机会给她戴上。"

淮真有点沮丧。

他接着说："他说，他们得不到祝福，所以由他来祝福我们，代替他完成他未完的心愿。以及，如果你不喜欢这样古板的样式，等我们有钱了再换一个。"

紧接着他摊开右手心，里面正躺着属于他的那一只。

戒指环内写着一句话，淮真拿起来仔细辨认了一下，发现那是：Or I shall live your epitaph to make.（如你先我而逝我当写下你的祭文。）

她立刻摘下自己那只，果不其然，那一句是：Or you survive when I in earth am rotten.（或你未亡而我已在地下腐朽。）

他说："昨晚我回来得很晚，记得吗？"

她说："你去了华盛顿广场那家订制怀表店，在戒指内侧刻下这段话？"

他点头。

又笑着追问："你仍旧没有回答我。"

淮真正了正色，说："Cea."

他"嗯"了一声，和她相对盘坐着，一眨不眨地听候发落，等她裁决，等她审判。

她说："我知道你在紧张什么，也听说了些什么：比如正经人家的华人女孩不能和白人交往，比如不能在外留宿过夜，比如不能和男友外出旅行，比如没有华人会娶一个在婚前失了身的女孩，否则后果不堪设想……但说实在的，婚姻对我而言并不是那么重要，在我一生中所占的比重很小很小，因为我知道有什么东西比它重要得多：我的感受，我爱的人的感受，我爱的人爱我的感受；我的自由，我爱的人的自由，我们在一起的自由。不希望有任何东西成为枷锁，或者成为干扰选项，即使没有婚姻，我相信我们在一起的每一天都能过得很快乐，即使哪天不得不分开，也没有更多的附加值来扰乱我们的判断。其实你并不需要太过小心翼翼，我相信你比我还要清楚我真正想要什么。我爱你，我们有许多有趣的事可做，但不一定非要婚姻。你也没有任何事情需要为我负责，你知道的，对吗？"

她讲完，西泽沉默了很久。

他盯着她看了好一会儿，像重新认识了她一次一样，缓缓地、不可置信地、有点苦涩地笑了，语气带了点谴责与考问，问她："季淮真，你究竟为什么可以这么新潮？"

她相信他们俩都是尊重自己的自由与感觉的那种人，听他这么问自己，她只好叹口气，摇摇头说："I don't know.（我不知道。）"

他接着说："But I am old-fashioned, rigid and conservative. And I love you. Tell me what should I do?（但是我古板、苛刻又保守，我爱你。告诉我我该怎么办？）"

她再次呆呆地说："我不知道。"

"在我距离你有一整个美国大陆那么远的时候，你根本不知道我每天夜里都在想些什么……"

淮真张了张嘴，有点失语。

她承认自己被他这个样子给吓到了。

但又对这样的西泽着了魔似的，根本没有办法移开视线。

西泽看到她的傻模样，伸手在她的头顶拍了拍，说："我是个二十二岁的男人，没有任何生理上的缺陷。我对你有太多邪恶的念头，你能体谅我吗？我想要和你结婚，我想要你。"

两人盘腿对坐在床上，一眨不眨地看了彼此一会儿。

这一瞬间她才终于像回过神来似的，狠狠给了他的大腿一拳。

他轻轻地惨叫一声，捉住她的拳头。

她很生气："你为什么不早点告诉我？"

他说："告诉你什么？"

她说："说你想和我一夜情。"

他说："这会使我感到害羞。"

她接着说："……以及你想和我结婚。"

他笑着说："我害怕这样你就不会跟我来东岸了。"

她说："我被你搞得像个傻子一样。"

他说："你本来就傻。"

她气不过，又给了他的肚子一拳："你没有任何疾病，还打了疫苗，我发誓这是我这辈子听过最破烂的求婚词。"

他笑着说"抱歉"，又问她："所以你答应吗？"

她说："我是不是应该先告诉我家里人？我的天，我根本没有这种经验。"

他说："当然可以。"

过了会儿她又摇摇头："不，不能这样……我妈妈和姐姐巴不得你娶我，这样迫切的心情会使我很难堪。"

他笑起来。

房间里又安静了一会儿。

他说:"你能不能说点什么?我这辈子从没有这么紧张过……我这辈子也从没有这么怕别人对着我沉默……"

淮真点点头。

她很努力地、绞尽脑汁地想了会儿,只想起来:"Are we going to have sex?(接下来我们要做爱吗?)"

他笑着抬起一只眉毛,用一只眼睛看着她,反问道:"Or? Are you going to pay me?(或者你打算付我过夜费?)"

她说:"Why? Prostitutes never ask virgins to pay. I'm virgin.(为什么?从业者可从来不收处子的钱。我是第一次。)"

他点点头,笑着说:"Me too.(我也是。)"

淮真犹豫了一下,抬起头,像捕捉一只转瞬即逝的蜻蜓一样,在他的嘴唇上亲了一下。

一瞬间,她终于发现纸上得来终觉浅,发现自己果然是思想的巨人、行动上的矮子,呆呆地凝视着他,突然不知道该从何处下手,不知道该拿他怎么办。

明白这件事后,她将头垂下来,重新将手心里那枚戒指戴回了无名指上,声音很轻地对他说:"虽然你的求婚台词很烂,但是我想说,我来自异乡,六十三英寸、八十六磅……很遗憾你只赚了一磅,但有可能长胖了一些,身体健康,似乎还没来得及接种牛痘,没有任何经验,你打算教我一些吗?"

03.

他盯着她看了会儿,摇摇头笑着说:"I'm not planning…(我没有计划……)"

淮真瞪他一眼,将手撑在他膝上,像只小兽,柔情似水地凑上去,浅尝辄止地吻了他一下。

他被她亲得往后一仰,一手撑床,一手撑住她,后头的话说不出了,想等等看她会做些什么。

她将他的嘴唇弄得湿漉漉的,全是草草亲吻留下的口水,接着立刻急不可耐地伸手去解他衣服上的纽扣,真的像几分钟的电影剪辑里教的那样,走起固定程序来。

解了半天,两粒纽子没解开,低头一看,他穿的正是今天她送的那件月白唐衫,绳头紧,扣子大,系得倒是结结实实,解与扣都难;盘口又小又多,隔一寸便缀了粒纽子,照她这个解法,还不得解到天亮去。

她急得拿嘴去咬,咬得线头都快出来了。

他笑起来:"Hey, hey…(哎,哎……)"

她很气:"你倒是帮我呀。"

"我也不会……"

"不做怎么会呢?"

他抱起她放到腿上,盯着她看了会儿,轻声说:"我是说这个扣子,我也不会解。"

准真无言以对。

他接着笑,在她的额头上亲了一口:"早晨穿这件衣服用了快二十分钟。"

她仔仔细细埋头在他的胸前捣鼓一阵,终于又解开一粒扣子,叹了口气说:"干脆以后就都像套头衫一样穿好了。"

西泽松开她,垂下头研究了一下,尝试单手将唐衫扯掉。

原本她一心一意干着正事,不知怎么话题就跑偏了,两人一致地研究起了这件唐装。

唐衫单薄,站在稍亮处看起来像蝉翼似的,有些透。准真盯着他里面那件白色打底衫,突然好奇心起,问他:"这是像肖斯[1]一样,上衣连着裤子的吗?"

西泽听完,笑着说:"你想看看吗?"

准真眼睛都亮了,使劲点头。

他将她的手放在灰蓝色长裤裤腰上,往外一带。

她凑过头去,看见了灰色的纯棉内裤,在三藩市离家不远的小意大利大商场里买的。

不等她看仔细,西泽往后退了两步,护住裤腰,小声说:"参观到此为止。"

准真手脚并用挠他肚子:"为什么?"

刚才被她目不转睛地盯了几秒,他忍得小腹肌肉都紧绷了,此时心虚地用笑掩饰,一手轻轻松松制住她两只细细的手腕:"不行。"

准真停下来。

他用手指将她略长的一簇碎发整理了一下,轻声说:"我没准备……"

她有点委屈:"第一次说以后,第二次说不是今天,第三次说没有准备好。"

到华盛顿已经六点多,所有司法事务所都已下班。廷伯大旅店楼顶正是那家拍卖行,他本打算吃过晚餐,在拍卖之后,或者第二天早晨再跟她求婚。哪知她不仅对此一无所知,甚至因为旅店价格昂贵同他生气。

他实在忍不了,房门一关,就这么急迫又草率地求了婚。

除了求婚,他毫无准备,也确实没打算对他的姑娘做别的。但小姑娘气得扑上来,一边啃他一边解他的衣服扣子,解了半天都解不开,反应很好玩,又弄得他很痒。

于是他定定地看了她一会儿,笑了,改口说:"我是说,没准备安全套。"

---

[1] 肖斯:Chausses,是新古典主义时期男士穿的上下连体裤。

她想了一阵，突然灵光一现："上次在堪萨斯的浴室里还剩了一只。"

他偏着头，盯住坐在他肚子上的姑娘，非常笃定地说："一只不够。"

淮真想了想，好像安全套确实不能重复使用。

再往深里想，她突然回过神来，有点不可思议地瞪着他看了会儿。

他眼里的笑藏都藏不住，以为她没听懂，又重复一次："不够。"

她说："说得好像你做过似的。"

话音一落，沉默并没有持续太长时间，进门时廊灯被他伸手"啪嗒"一声按灭了。

身前床垫带动被子塌陷下去，他将她抱坐在腿上。紧接着嘴唇一热，带着他的温度。终于有一次不是她主动，整个吻都带着压迫感。太阳落山以后，拉了窗帘的屋子里一点点暗下去，两人在静悄悄的黑暗里拥抱接吻。她觉得自己的知觉从没有这么清晰过，慢慢闭上眼，心想，绞着自己舌头的他怎么会这么润滑柔软又有力……

渐渐地她感觉到一点热，还有一点点因肢体接触蹭起来的火气。

她顺着摸下去，想故技重施，然而这一次却立刻被他牢牢钳住，自然而然地架在他的脖子上制服住。

自己却不安分地动起来，平时缓和的腹部与大腿肌肉线条，在这一刻慢慢绷起来……

那种独有的因激素分泌产生的鼓胀感实在太奇怪了，每每擦蹭过她柔软的肌肤，温差与硬度对比下，那种荷尔蒙的感觉让她有点热。

她也不知道自己嘟囔了句什么。她觉得这种好奇，大概和小男孩或者小女孩第一次见识到自己性成熟的魔力没多大差别。

他用额头抵着她，问："喜欢吗？"

她用腿再次感受了一下，说："不像 sponge（海绵），像……"

又动作了一次，像是警告她想好了再回答。她吓了一跳，一句"Silicone PRODUCTS（硅胶制品）"生生被他的动作吓得噎了回去。他重新将她搂起来，手很顺路地摸到她的背上。隔着唐衫，她微微渗了汗的背脊可以清晰感受到他的手，以及无名指上那枚凸起的戒指形状。

"在哪里？"他清清嗓子，又低声问，"旅行包里吗？"

她听出他声音里的沙哑，无端地紧张起来，枕在他臂弯里，点点头："嗯。"

旅行包就搁在床头。她听见他单手拉开双驳扣的声音。

她又补充："在外层袋子里。"

他顿了一下，"嗯"了一声，说找到了。

撕开糖果纸的声音响起，窸窸窣窣的。

黑暗里，两人对视了一回，他将拆开包装的东西探下去。

"等等……"她突然说。

"嗯？"

"我想看看你。"

她从他的怀里微微支起身子，去摸索床头的灯。

他没阻止，半跪坐在她身后的床上。

她看什么都是一片黑漆漆的模糊影子，连他也是。摸索半天没摸到，直到他从背后趋近，"啪"地将床头灯点亮。

乍起的光线让她有点睁不开眼。

"不要看……"

她待了一阵，用指头摘下他食指与无名指中间夹着的圆形物件："我不看。"又偏过头，盯着他的侧影说，"我想帮你。"

他笑了，说："不看怎么用？"

她说："你教我。"

他说："好。"

DIY，意会吧。

他将她的下巴搁在肩上，一直没讲话。

修长灵活的手指，带着她挤掉棒棒糖顶上的气泡。

然后他笑了一下，故意问她："知道这里是用来干什么的吗？"

她说："知道。"

接下来的动作里，他再次沉默下去。

她突然理解刚才他为什么一定要她说点什么，因为太紧张了。人在过度紧张时是忍受不了沉默的，更受不得刺激，否则简直能让人听见自己心脏不安分的跳动，几乎要从胸腔内蹦出来。

就在这沉默里，她能格外清晰地感觉到棒棒糖在手上的触感。制作时小心翼翼滚起来的圆边，又一点点小心翼翼滚下去，严丝合缝地贴合起来，像在做什么精细的工作。

结束后，他仍扣住她不让她松手。

她听见一声充满克制的低沉叹息从他的咽喉逸出。

他的头微微仰起，有点吃力地皱了下眉头。

她不知所措，问他："怎么了？"

喉头滚了一下，她看见他汗都淌了下来，说："不知道为什么，有点紧。"

她控制不住，在他怀里垂头一看，立刻被吓了一跳。

察觉到这点，他轻声问："不太好看？"

她一时间有点语无伦次："啊……什么？没有呀。"

他又讲一次："我觉得不太好看。"

话音一落，她回过神来，自动移开视线，将下巴又搁回他肩上，不轻不重地，假装见过世面地说："还好啊。"

他"嗯"了一声。

她又问他："怎么办？"

随着吞咽的动作，他轻轻叹息一声。

她说："要不不做了……"

紧接着听见他调整呼吸，声音很低地说了句："忍不了。"

她还想说些什么，但后面的话他没让她讲出来。

他用唇堵住她，一手抓了只枕头垫在她的腰下，就着拥抱的姿势，慢慢地、不着痕迹地伏在她身上，一起倒下去。

从这一刻开始她就紧张到不行："你讲点什么。"

他想了想，问她："Shame？（害羞？）"

她说："Scared.（害怕。）"

他问："Of what？（因为什么？）"

她微微偏过头躲掉他的吻，语气有点愁地说："Terrified of pain.（怕疼。）"

每每控制不住回忆刚才那一瞥，她是真的愁到有点讲不出话来。

他说："Then therapist will have to be gentle.（医生一定会轻一点的。）"

她咬牙切齿地将额头枕在他的肩窝上，恨不得能从这里下嘴咬他一口。

紧接着她又有点想哭，总觉得真的像小时候第一次去医院，尽管有人一直哄她"不疼不疼"，但面慈心硬的医生可从来只会讲鬼话哄小孩。

04.

床头缀了盏昏昏暗暗的灯，像只偏心的太阳，只照亮这方小小角落。映在穿衣镜上，恍然一眼，还以为那里开了扇小窗，窗里也有一对亲昵相拥的情侣。

那扇穿衣镜清楚地映着他光洁结实的背脊与细腰瘦臀，除此之外，还有挂在上头的两条细细的腿。

她有点挪不开视线。原本以为自己的腿并不算细，这样一比起来，好像还没他胳膊粗。那种力量差别对比悬殊，放到镜子里看，尤其是以这样的姿势，实在有点触目惊心。

这样贴近比起来，似乎他的肤色要更深一点，三藩市即便夏天最热时太阳也不够大，她也不常露腿，而他应该是经常去海滩日晒后的结果。

西泽也转头去看镜子。

也不知他看了多久，直至两人的视线在镜子里交会，西泽才问了句："喜欢对着镜子？"

她来不及解释。

他又说："喜欢的话，下次。"接着埋头亲了她一下，补充道，"会疼。"

话都让他说完了，她也不知该说什么，搞不好自己真的喜欢。索性垂下头，留心他的动作。不知是不是室内气温骤降，她突然能觉察到自己脸上腾起热气。

盯着看了会儿，实在有点紧张，下巴压在他肩头不去看，立刻又忍不住去瞥镜子。

一瞬间，她看见他原本隐没于光洁肌肤之下的腰肢肌肉，缓慢而有力地鼓动了一下。

两人都愣住了。

没料到她这么柔软，他也意识到自己用力过度，什么都过了头。

他调整了一下呼吸："疼不疼？"

淮真一时答不上来。

她怕痒，一开始担心自己会忍不住笑，后来她又觉得可能会哭，但从未想到过会是这样。

倒没立刻就觉得疼，那种被死死地钉在他身上的感觉，像整个人都是悬空的。即便她稳稳地靠着床头与枕头，那种左右够不着的不安稳仍让她有点崩溃。随后袭来的痛感，将所有不安与恐惧感一一坐实。

人生果然不是统统都可以从书上读来的，无论多少心理建设都不管用。

也是那一瞬间，她觉得升腾起来的所有血气都褪了下去，连带手指与脚趾都凉悠悠的。

但她觉得他也一定不好受。

她只好缓缓清了清嗓子，让自己的声音听起来没那么颤，颇不具说服力地答道："还好。"

答完，她觉得自己疼得脑子都不好了，傻子都知道 I'm OK 就是没那么 OK。

他没有立刻回答，扣住她摊在被子上的冰凉右手。

事实上，她全身都凉，只有他是烫的。但她没力气讲。

他将她的手心捉住亲了亲，轻声哄道："不做了。"

说罢就要退出。

她被他的细微动作弄得小小惨叫出声。

西泽也微微仰起头，闭了闭眼睛，灯光下可以看见他额头上沁出的细小汗珠。

他缓了缓神，声音沙哑，说："对不起……"

看起来他也很不好受。

但她觉得，都这样了，他们俩无论谁，总得先舒服一个。于是趁他亲吻时，一手扶着他的脖子，找到支撑，尝试着慢慢动了动。

西泽"啊"的一声，呼吸粗重，亲吻也停了下来，声音低得可怕："No, no…(别，别……)"

她趁机偏了偏头，将疼痛刺激出的生理泪水在枕头上蹭掉，冷不丁地又刺激了他一下。

"季准真……"他倒抽了口冷气，缓缓调整了呼吸，再次警告她："NO！"

她吸吸鼻子，委屈地问："舒服吗？"

他沉默了。

因为应激而一直流着眼泪，她不太敢直视他，但她知道他一直盯着自己看。

"反正也不会更难受了。"

接着又像掩饰鼻音似的，几乎是凶巴巴地催促他："快一点。"

他仍没讲话，躬下身来，像认错，又像安抚她似的，一下一下吻着她的脸颊。

慢慢地，很轻地说："忍一下。"

等真正开始之后，那种不安的感觉反倒很快消失。视野里什么都是真实的、清晰的，连疼痛跟触感都是清晰的。甚至能睁开眼睛盯着他，看他缓慢隆起的肌肉，被汗水沾湿，一股股汇在小腹；蹙起的眉头，失陷情欲的黑色眼睛，微启的红唇，还有镜子那头若隐若现的全部画面……

"看什么？"他咬了咬她的耳垂，轻声问。

她有点说不上话，呼吸连她自己也控制不住。

不等她回答，立刻被扶着腰搂起来一些。

没几下，她便被颠得喘不上气，很快什么都讲不出了。

人快被颠散，连带视线也散了焦距。

仿佛发生了轻度地震，也不知震了有多久，还要震到什么时候。想找到一个除他之外的支撑。但除了他，屋里的一切陈设都是飘忽晃动的，什么都遥不可及。

…………

直至他说："准真，亲亲我。"

她有点没听清，"嗯"了一声，是疑问句，尾音不知怎么飘了起来。

他轻声重复一次："亲亲我，好不好？"

像屈辱求欢，又像摇尾乞怜，在她心里激起一声响。

她偏过头，慢慢弄湿他的嘴唇，舒缓的吻激起了更多温情的东西。

他的动作停顿了一下，接着她的动作，更凶狠地吻下去。

然后突然静止。

她感觉搂着自己的他轻轻颤抖了一下。

一股不太熟悉的气味在房间内充盈起来，逐渐有越来越浓的趋势。

在这专属男性的嗅觉里，她感到一阵窒息与疲惫。

他将她抱得松了一些，固执地将额头抵在她的肩上，沉沉地喘了口气。

"感觉怎么样？"她不知自己怎么还有力气问他这个问题，一问出口，觉得自己简直像重症患者病榻前回光返照一般。

顿了一下,他说:"想听实话吗?"

"嗯。"她轻声回道,不知为什么有点紧张。

"想再来一次。"

他盯住她认真看了看。

清冷神态,瓷白肌肤,纤盈脖颈,尚未褪去潮红的嘴唇……统统使他想起最热烈时,臂弯里她的羸弱身体,幼滑肌肤,细腻得仿佛一匹纤弱洁净的绸缎。

这刺激太强烈,一旦想起那一瞬间,火立刻蹿了起来。

想再来一次是认真的。无比认真。

紧接着他哑声笑起来,用温热的嘴唇亲亲她的额头:"逗你呢。"

她终于松了口气,整个人简直像奄奄一息的玩偶,毫无生气地从他肩上耷拉到肚子上。

就着这个姿势,汗水沾到她身上。但她仍觉得手脚冰凉,也不知道汗是混杂的,还是他自己的。

他慢慢坐起来一些,垂下头,将东西褪下来。却没见他下床,将东西扔进垃圾桶。

他盯着手里的东西看了好一阵。

她微微支起身子问:"怎么了?"

他说:"没坏。"犹豫几秒,才赤身下床,将东西扔掉,又走回来。

他抬眉盯着她看了几秒,果断捞着膝弯将她抱进盥洗室,放到马桶上。

她回过神,问他:"流血了?"

他"嗯"了一声。

她低头看了眼,还不少,简直像第一天的癸水。

一抬头,瞥见西泽早已套上衣裤,像要出门的样子。

她问:"你去哪儿?"

他说:"我去服务台打电话叫医生。"

她说:"能先帮我找一条卫生裤吗?在背包里。"

他躬身拉开双驳扣,远远扔过来:"最后一个。"

她伸手够到,又急忙打断他:"洗个澡我跟你去医院。"

他斩钉截铁地拒绝,叫她就待在这里。

西方人身体有点小毛病就立刻打电话请医生来家里的毛病真是……也不知该说贵气还是娇气。

开门之前,他又走回来,替她将浴帘拉起来。

房间里什么都看不见了,她高声叫他:"叫个女医生。"

因为当着西泽的面,让男医生在旅店的床上给她检查……实在太诡异。

门已经"嘭"地关上,也不知他听见没。

身上、屋里都有他的味道。

她匆匆洗了个澡,换上睡衣,趁他打电话回来前揿铃叫人来,将枕衣床裙一起换掉。来换床裙的是穿花边罩衫的大胸脯葡萄牙妇人,给她打下手的是个华裔女孩,两人一边清洁房间,一边用葡语交谈,偶有窃笑,她也听不大懂。按理说她最好应该走开,但也走不到哪里去,只在床头放了一美金二十五分的零钱,也不会太失礼。

西泽回来时房间已经清洁干净,又开窗透了气。如果不是他执意要请医生,其实她宁愿留着气味在,这会让她觉得格外安全。趁医生来之前,她让他洗了个澡,所有他的气味才终于消散干净。

医生来得很快,从他打电话到开车过来,前后总共不过二十分钟。

房铃揿响时,西泽才刚从浴室出来。

这位戴眼镜、有着纯正英国口音的中年女士,从进门起,就没给过西泽半分好脸色。

一见他湿漉漉的头发,立刻像个舍监一样凶狠地呵斥他把头发擦干,否则非常失礼。

西泽也不辩解,立刻站得远远地用毛巾擦干头发。

检查开始以后,英国女士对西泽兼具舆论压迫与学术说教式的批驳才拉开序幕。

她无比愤怒地教训他:"我猜你根本没有做什么前戏,就慌里慌张地开始了。你们这种没轻没重的年轻人我不知见了多少,我恨不得把你们全揍一顿。"

见他认错态度不错,医生女士接着进行了更细致的指导,最后补充说明:"半小时一小时都不为过。"

轮到淮真,女士立刻变得温柔无比,像对待一个两岁小baby一样哄她说:"没事,问题不大,明天就好了,不用吃药。该吃吃,该喝喝,就别让他碰就行。"

临走时,医生还是留了一点止疼与消炎药片,又特意警告西泽一次,小心着点,起码一周内不能再如此行事。

淮真盯着他的表情,看着好玩,小声笑起来。

送走医生已经快夜里十点,这一晚的拍卖当然是错过了。西泽去给她买卫生裤,她不肯自己待在旅店,一定要跟了去。美国二十四小时的小便利店真的不少,他非开车二十分钟载她去了个远的,几乎快到银泉。

城市周围也没什么好看的,黑洞洞地亮着灯,街边孤零零一家造福附近居民的二十四小时便利店,停着辆水鸭色过路车辆,驾车人进店买了干粮和烟,除此之外,也没什么客人。店主自己干脆也出来了,靠在门口大树上吸烟。夜半三更看到一对小情侣,了然于心地一笑,以为他们来买干好事的东西,没想到买了一袋女士用品,也挺纳闷。

两人差点忘了饿，于是买好东西后，又请店主开了烤箱烤出两只热狗，两人分一瓶可口可乐喝。

两人并坐在椅子上，面对窗户悄无声息地吃东西。外头风很大，吹得一圈落叶卷了店主一身。他骂了一句脏话，又回头冲两人抱歉地笑。想了想，特意走过来夸奖道："你们的文身很别致。"

西泽对他道谢，难得没多讲什么冷笑话。

淮真自己低头看了眼，字正是最显眼的时候。这不知怎么使得她格外开心，她情不自禁地眯起眼笑起来。

"笑什么？"

"不知道。"

"不生我气吗？"

"我生气什么？"

他看了她一阵："你真傻。"

她笑起来，故意笑得很傻。

他也笑了。

"你又笑什么？"

"想起你。"

"我什么？"

"Like Satin.（像绸缎。）"

她"嗯"了一声，没听懂。分了神，没意识到嘴唇沾了热狗上的蛋黄酱。

他伸手替她擦掉，移开视线，盯着玻璃窗外的水鸭色菲亚特家用车微笑起来，再次重复："Like SATIN.（像绸缎。）"

05.

当天晚上她仍可以活蹦乱跳，可第二天早晨醒来，全副骨骼简直像是给拆了一回。睁眼来，迷迷糊糊只记得西泽同她说了句什么，她也不知自己答了什么，就翻个身又睡了过去。后来才知道他是去修提琴，因为廷伯旅店三天后会有一次竞拍，所有拍品会在今天之内完成综合估价，明早就会举行拍卖会，所以最晚得在下午五点将小提琴送到代理处。

西泽大概三小时后回来，带着一股凉飕飕的风钻进被子里，搂着淮真，活像一只没拆包装的冰激凌，隔着包装纸往外冒寒气。后来包装倒是拆了，人暖和过来就有点不对劲，从后头搂着她，总有个地方将她硌得慌。他什么也没做，就静静躺着，明显是没睡着，光听呼吸就知道。

这莫名使她想起惠老头给唐人街小孩儿治贪吃症：开了荤，正食髓知味，就要忌口，可真要命。"食髓知味"这话也确是惠老头说的，即便当着小孩儿的面，讲话也速来荤素不忌，不正经得惊世骇俗。西方的个人自由主义至上和东方的顽固思想在他身上得到完美融合，几乎就是唐人街的另一个活招牌。出门到现在，她格外地想念他，也不知他跟女友旅行得如何，作为唐人街大龄剩男的代表到底会不会来个晚婚之类的……

想到这儿，她提醒自己醒来一定得给家里打个电话，想着想着又睡着了，压根忘记从后头抱着她的未婚夫还煎熬着。

不过未婚夫这个称号没有坚持超过二十小时。一觉睡到中午醒来，吃过午餐，两人就开车去了宾夕法尼亚大道的一家司法事务所，那里有一位兼理包括混婚在内的一般司法事务的地方长官。所需要的全部材料是五美金，一份由十六个州之内相关机构出具的三个月内有效体检证书与ID。程序非常简单，长官人也很好，在为他们填写登记表时，微笑着询问他们："你们是要用哪一种语言举行婚礼？"

因为通常来说，去教堂宣誓时，需要将司法事务所出具的文件交给福音牧师，而如果他不懂得英文、西班牙文或者法文，应该会遇到点麻烦。

两人并没有这方面的困扰，仔细思索一阵，都认为英文的就可以。

将资料递去审核时，长官请他们去外面稍等片刻，又请他们不必紧张，说进行这个步骤，只是为了确认作为美国公民的女孩儿确实已年满十五岁，以及确保她是自愿的，没有受到任何胁迫。

一切进行得都很顺利，十分钟后长官通知他们去取结婚证明。黄色纸张做底，手写婚书的人花体也写得很漂亮：

United States, Washinton D.C., CERTIFICATE OF MARRIAGE

This is to Certify that the following is an extract from the registration of the marriage, regarding the GOD and LAWS, record on file with the Vital Statistics Agency.

Waaizan, FEMALE

Date of Birth JULY 11, 1914

Caesar Herbert von Muhlenburg, MALE

Date of Birth NOVEMBER 21, 1909

Place of Marriage WASHINTON D.C.

Registration Date Oct 22, 1931

往后还有一些详细资料，比如身体状况、宗教信仰、出生地之类的。

最后一项让淮真颇为疑惑，因为两人出生地都是美国。西泽跟她解释——那是罗文带她入境时也用了一张土生子证明，所有土生子的出生地都应该是美国。

听他解释完，淮真觉得蛮神奇，好像跟着 Santa Maria（仙打玛利亚）号入境就发生在昨天，又好像已经过了很久。她压根想象不到自己一年后会跟一入境美国就给了她个下马威，当众截和她还不留半分情面的激进共和党愤青来华盛顿结婚。

快回到旅店时经过一家电话局，淮真叫他将车停在路边，自己去投币往家里拨回电话。

电话占线了一阵，淮真转头瞥了瞥电话局的自鸣钟：云霞礼拜四没课，有时会在家里，所以她通常在周四或者礼拜天打电话到家里，这样也能和云霞说上话。东岸下午六点是家里的下午三点，通常来说这时候不会有太多致电来洗衣的客人。她稍等了一阵再拨过去，电话接通了，是云霞。

云霞一听她的声音简直要尖叫起来："你总算打回家里了，爸爸妈妈担心死了！"

她揉了揉被摧残的耳朵，说："我……"

立刻又被打断，尖叫声无比兴奋："全唐人街都知道你被恒慕义博士录取到哈佛！"

淮真纠正："哈佛燕京学社……"

"有什么区别？那种顶尖学校，富人家的女儿都上不了！你知道吗？从昨晚开始，我们家电话都被打爆了，拿着中文英文报纸上门来跟妈妈道喜的街坊就没断过，阿姨太太们都以你做榜样，什么黄家妈妈陈家妈妈挨个来咱家，家里备的瓜子根本不够，板凳也坐不下，好容易才刚打发走了一拨，妈妈出门去十美分超市买零食和板凳，笑得嘴都合不拢。前段日子几个意大利人跟咱们谈生意，说做连锁，佣金没谈妥，昨天又来了外一群，爸爸刚去茶楼跟他们谈去了……"

云霞讲了有好长时间，淮真根本插不上话。站得脚软，便换了个姿势，发现西泽就在电报局玻璃外看着她，看起来不像是等急了，而是紧张。

好容易云霞讲累了，在她喝水的间歇，淮真旁敲侧击地问："报纸上还说了什么？"

她很讶异："你没看吗？"

淮真说："没有。"

云霞顺手翻了一张报纸，咳嗽两声："《滨海日报》……"

淮真有点紧张。

她说："哎，所有报纸都这么写的：'闯入高校联盟的黄白恋：劣迹斑斑的旧中国与年少不羁的美国，究竟谁强暴了谁？'"

淮真又问她："季叔怎么说？"

"爸爸昨晚读到这段很生气，一拍大腿：'呸！年轻人谈个恋爱，还上升到国家仇恨去了！'"

她又问:"季姨呢?"

"接着妈妈就急了,'不论,他肯娶妹妹,咱就不管谁怎么样了谁,外头报纸爱胡说胡说去;不肯,唐人街街坊还不知该怎么说三道四。'"

"那你呢?"

云霞想了想,笑着说:"所以用掉小硬币了吗?"

淮真想了想,说:"用掉了。"

云霞还想问问感受之类的。

她立刻打断云霞:"我们在哥伦比亚特区。"

云霞惊叫一声:"你们去华盛顿……登记了?"

她一看时间,已经通话快十分钟,一旦超过十分钟就是高达三美金的天价长途话费。于是赶紧又说,"我快支付不起长途电话费了……我打电话回来想说这件事,希望季叔不要生气,也希望季姨不要慌张,总之一切顺利,我们很快回家。"

云霞怔怔道:"听到这消息,我激动得都不知该先笑还是先哭。"

淮真笑道:"那你哭吧。"

云霞"呸"她一声。

她大笑着挂断电话,心想:反正也要待到三天后的最终竞拍日,也许明天后天都可以再来给家里打通电话,免得家人记挂。

回到旅店,西泽陪她在大堂挑了份昨晚的《滨海日报》与一份《大西洋时报》回房间去看。

除了类似于唐人街华人女孩之城府深重,黄白恋之世风日下,唏嘘被欺骗了的天真美国青年,大肆讨论究竟谁玷污了谁的一些煽动民族情绪与党派分子仇恨心理的阴暗报道,其实有一些内容淮真还是蛮赞同的。

比如《大西洋女性日报》对淮真那番发言的总结为:

无数中华名流淑女在东方封建礼教的强压下,中学或者大学毕业后的唯一选择,就是在父母的迫使之下与事先规定的人订婚或者结婚。因此受了自由思想教育的东方女孩们,在传统约束之下,不少"出走的娜拉"的故事在戏剧或者现实中不断上演。淮真小姐自小生长在花旗国,和许许多多华人女孩一样,开始思索起第一次美国小姐盛装游行的意义,并为第一位女性参议员、第一位女州长、阿米莉亚·埃尔哈特驾驶飞机飞越大西洋,以及关乎女性利益的《第十九修正案》的通过而倍感骄傲。我们同样为这片土地养出这样自由的女性而自豪。

06.

修好的提琴最终估价五十五美金，参加二十五日晚上竞拍以后，代理会从最终成交价格里抽取百分之十的手续费。也就是说，即使以起拍价成交，两人也能赚足四十美金。

谈妥价钱，淮真问拍卖代理他们是否和廷伯旅店是一家的？

代理说廷伯大旅店几乎就是为了方便世界各地来的竞拍者住宿才成立的，有点类似于赌城中依靠赌业而兴建起的娱乐与餐饮业。

淮真立刻很鸡贼地问，既然拍卖带动住宿，那他们住宿不能有折扣吗？

代理想了想，说可以在他的权力范围内给他们一点折扣，但可能不会太多，因为他职务很低。

世界各地找不出几个安生地方，处处都有着动荡的前兆。欧洲人但凡获了罪、落了难，都得买张大西洋航运的船票逃到美国来；但凡谁有个在美国的舅舅死了，写信叫他来美国继承一笔遗产，简直就像提前收到一张来自天堂的传票。美国以外，官方美金兑换汇率极低，来美国前，城里人乡下人都去地方黑市购美金，比官家高一点，汇率却总不尽如人意。

淮真想着，即便只打个九五折，住上一礼拜也能省个四美金，足够一家三口在上海舒舒服服生活一个月。

侍应当晚便登门通知：所有旅费给他们打五折，早餐免单。

想来廷伯旅店也从没有遇到过在价钱上讨价还价的顾客，一旦决定打折，价格不对个半仿佛对不起人似的。

这种买东西随时随地都能砍价的习俗西泽总不大能理解，更让他难理解的是，大部分时候贩售商总能给她一些甜头。他虽然不予置评，但是对于这种愿意接受她杀价的商家的那种嫌弃仍能感觉到。

淮真告诉他："其实唐人街大部分物品价格都是标高的，谁不砍价谁是傻子。"

后来有一次西泽告诉她，人们会习惯于砍价，很大原因是社会市场机制不够完善，这并不是什么优点。

她就问他："有在唐人街买过东西吗？"

他想了想，说："有。"

她又问："有讨价还价吗？"

他说："没有。"

淮真说："你看，谁是傻子。"

听完，他莫名其妙地笑了，说："我承认。"

淮真当然不知道他说的是什么，也不知道其实他打从心里认为自己并没有亏。

但她确实承认西泽是对的，因为在有些没有这类规则的地方，接受一个年轻女孩的杀价，多少也有一些怜悯她天真卖乖摇尾乞怜的情绪在里面。虽然谁也不吃亏，但实在显得不够庄重。

最终竞拍是在三天之后，而拍品则在第二天一早大西洋地区的报纸上登出，预展在第二天下午开始进行，而从第二天晚上开始，登门廷伯旅店参加预展的买家就已不少了。

这两天他俩大部分时间都在特区里闲逛，开车去海恩斯点散步，或者躺在草坪上聊天，或者去莲池划船——淮真感觉西泽一定觉得这游戏无聊透了。她非得想去看看"阿灵顿公墓"，西泽问了无数地方也没听说有叫这名字的公墓，但特区里确实有个地方叫作"阿灵顿农场"。淮真心想坏了，公墓是"二战"过后才建起来的，但她一直以为"二战"以前也是个公墓。不过仔细想想也没关系，还有十二年，搞不好到那时他早忘了这回事。

回到旅店之后，他俩没事都会去顶层的预展逛逛。同一天最终竞拍的有一些热门商品，两组是照片，一张是之一滨谷浩拍摄的一组银座咖啡厅女郎侧影，还有一张是北欧裔摄影师在南欧拍摄的葡萄牙小修鞋匠的照片，据说前者估价达到了两千美金天价，而后者更是能以上万美金的天价成交。

淮真一边听拍卖公关经理解说，一边在心里盘算着是时候了解一点摄影知识了。可是照相馆的相机价钱太高，也许可以托人弄一台徕卡回来给唐人街的大家留影做纪念。

小作坊提琴并没有太多人关注，不过淮真并不担心，如果寄回上海竞拍，售价只会更高，只是报关、委托国内代理以及美金汇率兑换会比在美国竞拍麻烦一些而已。

第三次去预展是在竞拍夜之前，拍卖公关经理突然来跟西泽说，有个买家想和他私底下谈一谈，希望他能到预展旁的私人茶室去一趟。

西泽警惕地问她："只有我？"

公关经理尴尬地笑了笑，对于这个问题似乎不知该如何启齿，想了想才说："他不是对所有人都那么友好，所以……"

听这意思大概是排华。来预展的买家多是从别的州飞来华盛顿的，有此类者也正常。

两人商量一阵，淮真仍决定让他去，万一价格很好呢？

西泽跟公关经理走开之后，淮真在预展厅兀自溜达了一圈，最后停在一只和田墨玉、猫眼石、坦桑石、金矿石和红玛瑙打磨的行星项链旁。从第一天起她就觉得这项链很有意思，也和西泽提起过，如果一会儿他出来，应该知道自己在这里等他。

在多宝行星项链旁站了一阵，有个中年人走过来，站在她身旁看了会儿项链，说："这项链倒是有趣？"

中年人的丝质西装熨帖笔挺，讲美式英文，声音浑厚，彬彬有礼。

淮真对他笑了一下，说："是有趣，材质、做工都上等，但价格不是我能承担的。"

中年人看了眼三百美金的起拍价格,说:"假如能在一千美金之内拿到它,绝不会亏。"

淮真摇摇头。

他说:"为什么不?"

淮真说:"我是华人。"

中年人道:"卖到上海,价钱只会更高。"

淮真反问:"您想竞拍它吗?"

中年人道:"我只是陪人前来,并没有竞拍打算。"

淮真"嗯"了一声,说:"华人讲五行风水,佩戴在身上的饰物也有讲究,图一个养人、开运、财来。这个项链,盘上木海冲,月海刑,金水火土大十字,是极凶恶的排布法。没有哪个信风水的华商会自己佩戴,除非有阴暗之人想让仇人活得艰险无比。"

中年人笑了一笑,大概觉得这说法荒谬。

她接着又说:"但你们当然不要紧,你们也不是迂腐迷信的华人。"

中年人显然对她知道自己排华很诧异,突然问:"你认识我?"

淮真说:"托尔森先生。"

他不置可否。大概以为陪同前来竞拍的人物相当重要,所以他也没贸然承认自己的身份。

淮真笑着说:"华人也看英文报纸的,你好。"

这位是联邦调查局长助理克莱德·托尔森,那位大人物身边不那么出名的助手。

他当然没和她握手。恰逢那位经理助手回来请他,托尔森连礼节性的招呼都没同她打,很快走开。

淮真现在知道了,里面谎称竞拍者,希望和西泽单独一谈的人,大抵就是局长先生。

西泽大约半小时后离开茶室回到展厅。淮真猜测"买家"并没有携带保镖,所以自然是从更隐蔽的通道离开。

他没有提别的,只说那位买家出价两百美金,但他觉得还是想继续进行明天的竞拍。

她当然知道两百美金的价格足够高了,但并不是真的要购买小提琴,而是作为彼此之间推的算筹,你接受我的两百美金,便表示你接受了我更多提议。

她当然明白这点,告诉他:"其实价钱不错的。"

他想想:"价钱不错,聊得不是特别愉快。"

不是特别愉快,当然和家里人的事有关。

她说:"我在外面等你时,克莱德·托尔森过来和我讲过话。"

他立刻问:"说了什么?"

"随便闲聊了两句,大概他也等得无聊。"

西泽没接话。

她问：“和我讲讲，和'Der pate（德语，意为教父）'聊得怎么样？"

他终于回答：“随便聊了聊我祖父，还有我小时候的事，他希望作为中间人能软化我和祖父的关系。又说希望我能参加凯蒂和安德烈的婚礼，不能缺席，否则这将会是她的终身遗憾。"

他又告诉了她一些胡佛同他说的话。

比如哈罗德与阿瑟已经聊过一次，比如阿瑟与他在他们于华盛顿注册结婚的当天下午就知道了这件事。阿瑟虽然不说，但还是希望西泽能到场参加凯瑟琳的婚礼，所以他代为传达这件事。

她听完，慢慢问他：“这有什么不愉快的呢？"

他说以阿瑟的做派，他并不认为哈罗德能在两周内将阿瑟搞定，只要看看哈罗德这二十年的生活就知道。

并且他们前脚离开三藩市不到一周，安德烈就被调去了华盛顿。订婚至今一年，安德烈一直因为个人原因没有在短期内结婚的意愿，为什么在调任华盛顿之后却立刻登报公布婚讯，婚礼匆忙在半个月后举行？

他不觉得这一切都是巧合。一定有人因为什么原因，在向安德烈施压。

07.

预展结束后的最终竞拍上，有两位商人将作坊提琴的最终成交价格抬得极高，几乎快和一旁日裔藏家的刺绣屏风价格相当。那位藏家大抵从未了解过欧洲作坊对大师乐器复刻品的价值，对于这只翻新的仿品提琴成交价格惊愕之余，仍不太能理解：为什么一个破破旧旧的赝品竟与一些孤本媲美。于是主动搭话，委婉地询问西泽为什么会相中小作坊乐器，因为很少有人会懂得其中的商机。

他讲英文时口音很重，不像美国日裔那种口音，大抵是从日本过来的时间不长。

淮真回答说：“好的文明是经得起复制的，尤其是乐器书籍，不能繁衍自然也不会获得新生命。"

日本人对此略显诧异。

西泽微笑，矜持的语气里藏着点得意，仔细听是能听出来的：“我太太对此很了解的。"

她花了好长时间才搞懂他嘴里的"太太"是自己，陡然听他这么介绍自己，险些以为他在形容别的什么人。

西泽没看她，也知道她半天没回过神来，脸上的笑容经久不散。语气很淡，但明显很臭屁地说：“你适应一下。"

她说："我从没有想过这么早结婚。"

他问："是觉得太快了吗？"

在一起差几天才一个月，婚都结了，确实够快。

认识却是在见面第一眼，已经一年，时间也过得很快。

好神奇，但什么都刚好，一切都值得。

小提琴的最终成交价格是一百九十美金，扣除佣金后得一百七十一美金——即便没有接受两百美金的提议，这笔钱也远远超过他们的预期。因为决定不去参加婚礼，淮真思索起该送什么礼物以表心意与歉意。后来想起拍卖会上那条多宝项链，最终她打算用竞拍赚的这笔钱，去乔治城的 Paul Follot（保罗·佛洛特）做一条项链配领带夹，嵌了祝福婚姻幸福长久的坦桑蓝与金发晶，一共花掉一百美金。

取到 Paul Follot 的礼盒那天是礼拜三，两人本打算交给邮局寄到市政厅给安德烈，但邮局礼拜三下午不上班，没法及时在婚礼之前寄送到新人手里，最终淮真还是让西泽在五点钟去见一次安德烈，于情于理都得去一次。

总不至于光天化日之下在特区市政厅大门外把人给劫走。

西泽答应了。他应该也很想见安德烈。

因为决定不去参加婚礼，两人打算乘坐二十九日的灰狗巴士前往大西洋城，在赌城里玩两天，再转乘联合太平洋铁路公司的火车回到三藩市。因为一早就已商量过，离开东岸之后，菲利普周末会来华盛顿把车开回纽约，并替他将车转售。于是前一天下午去灰狗巴士站买好车票，西泽将那辆四缸普利茅斯停放在菲利普位于第三街的公寓门外，两人再步行前往市政厅。第三街临近市政中心的十字街边的咖啡馆附带了一间小电话室，淮真就在那里等他出来，顺便给家里打了个电话。

阿福接到电话就叹气："你姐姐都告诉我了。"

淮真小心地说："下礼拜末就能到家。"

阿福气笑了："是想回家当面挨骂吗？"

淮真"嘿嘿"笑起来。

阿福又问："他家里人如何想，你跟着恒慕义博士念书，不在马萨诸塞，也得跟着燕京学社回远东，未来又如何打算呢？"

淮真说："麻省是不能一块儿待在那儿的。他想做什么，可以等回到三藩市再慢慢打算。念书时间也不长，一切等毕业再决定也都不晚。"

阿福说："倒也是，年轻人，只要不犯懒病，总不会缺一口饭吃。"过了又气得不行，说，"家里两个小的，简直一个比一个厉害。大的那个，日本人上门来说婚，她不肯；叫她和日本人分手，又偏不。赌咒发誓，说满洲不还，这辈子绝不嫁他，还叫我们别替她担心。"

淮真"哎呀"一声,心想云霞可真是牛脾气,这一气儿不得等上十四年?不过想想,倒也好。

阿福又说:"另一个啊,倒活成反对《法案》的先锋。你们两个丫头……要是在国内,我和你季姨还不得在街坊四邻的指指点点里活活气死过去。"

话音一落,远远听见罗文急切地问:"小的几时举行婚礼?我得去上海饭店或者广东饭店订酒席呀……"

阿福责怪她:"什么酒席不酒席!"

淮真笑了,说:"回加州还犯着法呢,不好那么张扬,至少也得等从学校毕业。"

今天云霞在学校念书,没法同她讲话,她特意问了家里有什么需要买的,罗文远远说,想要一支香水洗发香波,陈家妈妈说在华盛顿买便宜,省得去白人理发店花冤枉钱;有便宜的抹发淡油或者膏子,也可给阿福带一只,最近他外出和白人说生意,不能叫人觉得咱失了派头。淮真一一记下来,说等到了大西洋城再去商店里找找。

凯瑟琳差不多就是那时候走进来的,见她正在接听电话,冲她夸张一笑,在咖啡店深处靠窗寻了一张圆桌坐下来。淮真不好叫她久等,很快挂断电话,取走投币口滚落的硬币,撕下电话机旁的便笺,走到她身旁落座。

凯瑟琳笑着说:"你果然在这里。"

淮真问:"西泽告诉你的吗?"

她说不是。但没仔细讲,只说她时常在这家咖啡馆等安德烈下班,搞不好淮真也在这里。

凯瑟琳也学起华盛顿女郎的衣着风格,白色连体长裙,白色丝袜与白靴,搭一只白色小圆帽,一身白的点缀是金色长发、蓝色眼睛与大红唇。除了稍稍消瘦了一些,准新娘看起来一切都好,并且对淮真格外友好。比起从前那种社交礼貌性的友好,这一次是发自内心的,甚至带着一点讨好。

凯瑟琳本性不坏,偶尔会流露出一种颠顸气质。淮真猜测她应该是继承了父亲的相貌与友好,而更多的那种西泽身上所没有的娇憨可爱,是来自母亲的遗传与教养。

淮真当然知道她为什么想来找自己,她也不希望哥哥缺席自己的婚礼。

她只夸奖凯瑟琳气色很好。

凯瑟琳很开心地解释说,两个礼拜前知道要来华盛顿举行婚礼时,她便开始在家庭医生的指导下进行节食与摄入维生素。

淮真看了一眼她随拿铁下午茶套餐一块儿拿的一碟樱桃蛋糕。

凯瑟琳尴尬地笑了笑,用手把它推开,说:"我只尝了一勺。"

淮真说:"没关系,你一定会是大西洋地区最美的新娘。"

她高兴了好一阵,滔滔不绝地与淮真描述自己那几套举行婚礼时穿的礼服的款式与设计。当她发现准真压根不认识任何一名著名设计师时，这种热情急速减退了。

即便这样，她也讲了足足半个小时，临近六点钟才想起自己的来意，从方形羊皮小包里递出两张邀请函，放在准真面前的桌上。

"他是我唯一的哥哥，安最好的朋友。爷爷最疼爱他，怎么舍得他不在场？他离家这么久，再生气也该消气了。况且，我问他，是否可以邀请哥哥的女友——华人妻子一起到场时，他也没有拒绝。爷爷都不生气，西比爷爷还强硬是不应该的。"凯瑟琳无比戚戚然地说着这番话，宛如某个悲剧女主角，"如果这样他都不能到场的话，这会成为我们最大的遗憾。"

但准真认为，凯瑟琳其实更想说的是：否则我将成为我那群女朋友未来一年的笑柄。

凯瑟琳接着说："你知道我们家的立场，但是因为西泽，几乎为你开了特例，许多人都由衷地希望你不要缺席……但如果这会使你感到不愉快的话，你可以悄悄地来，再悄悄离开，我保证不会有太多人注意到你的存在。但你与西泽的到来，对于我和安德烈来说却是不可或缺的。"

她动用了那种美国人独有的真挚语态盛情邀请她，这种饱满的情绪流露几乎令人无法拒绝。

准真也很诚恳地告诉她："我和西泽会好好考虑这件事的。"

司机等在咖啡馆外，临走前，凯瑟琳也给她一个拥抱，并表示，倘若缺了西泽与她的祝福，她绝无可能成为幸福的新娘，希望他们不要这么吝啬。

听起来像是举家都怕准真霸占着西泽，生怕有人来抢走，绝不肯回去告诉他似的。

这当然不是准真。那是他的亲人，她不能替他做任何决定。

只要还在美国大陆，现在躲开，总不至于要在暗处躲上一辈子。

凯瑟琳当天自然没能等到安德烈，因为这位准新郎婚礼前夜的工作时间仍被延长了。所以在准真告知西泽凯瑟琳来找过她以后，他借用廷伯旅店电话机又向他确认了一次。

安德烈并不知道未婚妻子来找过准真，立刻说他致电问问哈罗德，五分钟后又回电来说，只要他告诉凯瑟琳明天他们不会来参加婚礼，就不会有人知道他们来过。不过究竟婚礼到场与否，一切由西泽自己决定，但哈罗德希望他们能来。

准真自然也是希望去的。

西泽也觉得，既然上午的婚礼是在市政厅举行，又地处哥伦比亚特区，许多记者与警察都会到场，阿瑟不会拿他有什么办法。

准真问他："会不会在我身上想办法？"

西泽笑了，问她："你有什么把柄在他手上吗？"

她说："比如说我偷渡的事实。"

他说:"每一笔资料都是我亲手鉴定的,绝不会有任何失误,除非他找到带你偷渡来美国的人指认你。"

她仔细想了想:姜素是不会的,对于唐人街与自己的命,她多少还是有点分寸。叶垂虹也不会,她正过得风生水起,除非不想在美国继续待下去了。

加拿大的温先生呢?

她觉得也不至于。在堪萨斯没有追上来,到密西西比也没有追上来,何至于在这个时候站出来帮助阿瑟?她实在想不出理由。

不过她仍告诉西泽:"我能想到的最坏的可能,是……"

他没听到后文,稍稍等了会儿,见她正在艰难思索,并没有追问,耐心等她。

她说:"中国女孩都会被迫接受来自父母与媒人的婚配,通常在十五岁之前强制许配给别人家的儿子。"

他笑了,说:"你也有吗?"

她点头:"现在说起来,是怕有人刻意为之,以此作把柄令你觉得生气。我不是刻意隐瞒,而是觉得这件事对我而言并不重要。"

西泽说:"我在唐人街见到你时,你也差点被许配给别人家的儿子。"

他讲话时面无表情,用词却是特意调侃她的"allocate(分配)"。

她知道自己又乱用词汇了,但也知道他并不生气。

他接着说:"这是你来美国的原因吗?"

她说:"这几乎是绝大部分原因。被迫,并不得不接受。因为传统的中国家庭,没有一个男人会接受一个经由人贩子之手、坏了名声的女孩。如果那时我没能留在美国,回到中国,或者去父母约定的婚配对象那里,那极有可能会是我最坏的命运。"

幸好啊幸好。

淮真讲这段话时,盯着和自己一起趴在床上的西泽的侧影,感动得差点流下眼泪来,自己也不知道因为什么被触动。

他安静地听完,安静地问她:"That's all?(就这些?)"

她笑了一下,说:"That's all.(就这些。)"

"Don't worry.(别担心。)"他微微支起身子,在她额头亲了一口,轻声说,"I love you.(我爱你。)"

08.

两人决定明早偷偷去一次市政厅,这并不耽搁前往大西洋城,也不浪费折扣保留到明天中午的客房。

这趟旅途至今，几乎一切都圆满得超过预期，一切都发生得自然而然。虽然偶有小挫折，但比她想象中要顺利得多。她想过为什么。大抵她和西泽都不是那种怨天尤人的人，甚至能将困难当作乐子消解掉。一路走来，带给彼此更多的是惊喜，没什么比这更好了。

他们正好又在一起，没什么比这更好了。

今晚是在华盛顿的最后一夜，该解决的事都已经解决，两人无事可做，也不想去大堂取杂志看，索性一起躺在房间床上聊天，说三藩市，讲唐人街，以及凯瑟琳与安德烈婚礼之后的旅途。

几个前来华盛顿出差的商人喝得烂醉，在走廊上吵吵闹闹。西泽起身将收音机打开，随便调到一个旅游频道，里面正在讲全国各大灰狗巴士站的一些新增设施：比如候车间新增沙发躺椅与自助咖啡机，所有长途巴士乘务与检票员更换为警察等。

听到收音机里说起这个，淮真格外开心。比起大西洋城的赌场与糖果，她更期待和西泽一起乘坐灰狗巴士。她从没坐过，但常常听去过东岸的唐人街华人提起，也因此对灰狗巴士有着莫名的向往。

她说："灰狗巴士不提供枕头，我们是不是得提前买两只？"

他见她感兴趣，将收音机留在这一频道，调大音量，转回头说："宝贝，去大西洋城只需要三个半小时。"

"可以睡个午觉。"

"当然可以，不过巴士上也有售。"

"从华盛顿开往大西洋城方向的长途巴士……会开往哪里呢？渥太华？蒙特利尔？魁北克？"

他在她身边躺下来，顿了顿才说："也许是从迈阿密开来，终点是纽约。"

她呆了呆，经他提醒才回过神来："对呀。"

九点一过，旅游频道自动进入深夜模式，一个广播电台男主播用性感又寂寞的腔调念着全国各州居民来稿，筛选出来用以播送的，大多是一些禁忌题材：孤单绝望的主妇，暗恋女舍监的寄宿学校男学生，坠入爱河的情侣竟是失散多年的亲人……各类猎奇故事应有尽有，但有关混婚的故事一个也没有。毕竟奇闻异谈统统不犯法，混婚不只犯法还容易惹众怒。

电台男主播的性感腔和吊诡文学让淮真成功从困倦进入精神抖擞地嘲弄大笑状态，叫她洗澡也不理人。十分钟后，西泽从浴室出来，看她穿着条T恤趴坐在床上，听电台听得两眼放光，通常人困过了头，是会有这种像夜里在大街上偶遇的野猫一般清亮的眼睛。

他走过去在她身边盘腿坐下。

她"咯咯"笑着说:"这位太太爱上了第一次上门提供按摩服务的十八岁小伙,汤姆用女人的语气念这段忏悔真是又蠢又好笑。"

他也听了一阵,并没有听出什么趣味。念白的是个男人,但他莫名从来信腔调里听出了奎琳的语调。仔细想想,搞不好真的是奎琳。他不知道她有没有这种打电话叫按摩师到家里来的癖好。但或许所有独守空房的绝望贵妇,讲话时都是这种怨天尤人的梦幻少女腔调。如果真的是奎琳,也不知道哈罗德会不会有点伤心?

想到奎琳、哈罗德与一整个家庭,他觉得很幽默:搞不好每个往深夜电台投稿的其实都是一群穆伦伯格,你看他们多么正当得体,其实精神世界却匮乏又凋敝,不知道自己是谁,也不知道自己在干什么。

在他走神时,淮真的注意力却成功被他吸引。

他洗完澡出来,只穿了条深橄榄绿的宽松四角裤,没有穿上衣。身上的水没擦干,在她身边坐了一会儿,洁净肌肤上仍挂着水珠,显得格外肌理分明。再过一会儿,被暖气烘干,应该会干燥又紧绷。淮真盯着看了一阵,突然心猿意马起来,莫名生起一种想给他抹润肤油的冲动。

起初伸手,只在他的脸颊上摸了摸,本想摸摸看有没有胡楂,见他不知因为什么发起呆,淮真便再也控制不住自己想要犯罪的手。

先用拇指摸索他微启的嘴唇,红润的,温热柔软。

又往下,指尖在锁骨与结实的胸部肌肉之间打圈,见他还没反应,在上面大胆地捏了一把……

手被他慢慢攥住。

她将视线从他的胸口慢慢往上移。他盯着她,在笑。

手仍被他握着,拇指轻轻揉着手背。

他的声音也很轻,问她第一次什么感觉。

她如实回答:"很疼。"

他当然也觉得是这样,但依旧有点不甘心地追问:"只有疼吗?"

她偏偏头,说:"还有开心。"

他气笑了:"又疼又开心?"

她有点答不上来。

仔细想想,大概是一种被爱的人珍视的感觉:身体是很疼的,其实更多是开心。一边疼得想哭,一边开心得根本早已忘记还有疼这么回事。

但她知道他想听的不是这个。他想听的……好像还真没有。

她不知该怎么回答,但一切尽在不言中。

西泽微微抬眉,盯着她笑,但明显看得出,他对这件事感到抱歉和难过。

她说:"这不是你的错。我们都没有什么经验,但可以慢慢学……"

在这件事上她也十分稚拙,渐渐不知该怎么措辞,更不知道该怎么安慰他。

话音一落,她很狡猾地探头在他脸颊上亲了一口,说:"I love you.(我爱你。)"

这是她刚才从他那里学的一招。安慰受伤的恋人,有什么比"I love you"更有效的吗?

说完以后,不及他回应,便立刻借口洗澡,飞快地跑进浴室,忍不住"嘿嘿"笑起来,觉得自己实在机灵坏了。

他才从浴室出去没多久,冷热水管仍是热的,莲蓬头一洒下来,浴室里立刻腾起雾。她任热气升腾一阵,就近将衣裤脱下,衣服搁在马桶盖上。

"你知道的……中国人和美国人说起'I love you',效果是不一样的。"

淮真刚将头发打湿,听见他的声音在背后响起,一转头,白色雾气后头,门口倚靠着一个高高的人影。

西泽在浴室门边看她。

她试图岔开话题,邀请他:"想看的话,进来看呀。"

一边伸手,吃力地去够洗发香波。

他赤脚走近,取下刚才他洗澡时随手搁置在柜顶的香波,挤在手心,替她抹在头发上。

淮真低下头,看见湿漉漉的地板砖上流淌的水,还有踩在上面一大一小的两只脚。他的脚一只细而瘦,脚背上还残留着夏天与秋末穿夹趾拖晒出的"人"字阴影。淮真笑了起来。三藩市不上班的周末并不会很晒,应该是他在法尔茅斯或者长岛时留下的。

过了会儿,她听见他轻声说:"眼睛闭上。"

她闭上眼。

香气从头顶消散,在室内充盈……直到觉得清爽一些,她睁开眼,看见他赤裸的脚背与小腿都沾上了白点,浴室里随水流淌了一地白色泡沫。

他手里握着一只淡黄色力士香皂。

从他手里接过香皂以后,他便转身走开。

香皂在莲蓬头下沾湿,搓出泡。抹完全身,躬身时,发现他仍没走,在几步之外靠着墙,仍在看她洗澡,短裤上沾满淋浴洒在她身上时,飞溅的水星留下的深色斑点。

她简直替他难受:"站远一点,你都快湿透了……"

他没接话。

淮真伸手关掉淋浴,弯起胳膊搓香皂泡泡。不像在认真洗澡,而是在玩什么游戏,似乎想让它们像一件遮蔽,将自己全身都覆盖住,但其实并不能。抹匀的细腻泡沫没一阵就顺着肌肤滑走,露出一块更细腻的肌肤。

她倒玩得起劲,根本不知道雾气后头那双黑色眼睛,随着她的动作黯了又黯。

声音在背后响起,问她:"有一个星期了吗?"

讲完他立刻觉得自己嗓子发干，随着呼吸起起落落，那种痒随之蔓延到五脏六腑，身上的火几秒钟就被燎得烧起来。

她一时没想明白一星期指的是什么。

只听见脚踩在湿漉漉地板上的声音，是他从背后趋身靠近，正想回头，腰被他搂了一下。

她提醒他："很脏……"

耳朵被轻轻摩挲着，然后是吻，轻轻落下来，一下又一下。

她全身都是泡沫，他根本不管。

泡沫全沾上去，滑腻腻的，可以清楚地感受到。

淮真突然明白他刚才在说什么。

这几天每天在一起，亲密的事也不是没做过，在车里或者靠在一块儿亲吻，走在路上牵手，但除此之外没有更多。一个星期……脑子里的弦一下就绷断了，顺带吓了一跳。大概他觉得她还伤着，她自己对第一次也仍心有余悸。平时的亲密会让人有种放松的快乐，但现在不一样。密闭的室内，蒸腾的雾气，刚搓起来的丰盈的香皂泡。

光是想一想她都觉得，这气氛暧昧得够她好受。

一个星期有没有？

"六天，还是七天？"她脑子里一团乱，完全回忆不起来。即便没有，应该也很快。

他从背后搂紧她，空余的右手一下拧开淋浴冷热水。

"哗"的一声，卸走满身泡沫。

她被水流淋得一阵发蒙，心里想着，裤子应该湿透了，可不知有多沉……

还没细想，湿重的布料坠地声立刻证实了这一点，湿漉漉的，落到地上很响。她的心脏似乎也跟着坠落声，被提溜着高高悬起来，心跳太快，有点下不去。

但没那么快，有上一次，他已经知道应该先做什么。下巴抵在她的头顶上，一下一下小声问她，这里感觉怎么样？这样呢？

他学得很快，耐心也足够好，她能感觉到他声音里的沙哑，还有一次比一次温柔克制的语气。但她实在太紧张了，情绪被弄得起起伏伏，提着一口气……她实在不太搞得懂自己的身体，只觉得那面被水汽蒸腾得略略有些脱了漆的绿色墙壁在她的视线里时而清晰时而模糊。目光飘了一阵，视线一点点涣散，身体轻轻发起抖来。

他停下动作，问她："觉得怎么样？"

她呆了一下，"嗯"了一声。

紧随那一声"嗯"，手顺着水流慢慢游下去。

她咬住嘴唇忍耐了一下，却没能忍住，"嗖"的一声，痛呼出声。

他停下来："还疼？"

她说不出话来，只点点头。

一声叹息，像是谁松了口气，也像有点泄气。

淮真额头枕在胳膊上，靠住墙，眼睛酸酸的，不知怎么有点想哭。

他将自己刚才换下的衣服从挂钩上扯下，铺开垫在洗手台上，将她抱上去坐好。

这样相对着，两人简直是一样高的。

西泽看了她一阵，捏住她的下巴。

垂头丧气的小脑袋跟着钳制她的拇指与食指轻轻晃了晃。

他问："不高兴了？"

她没说话，抬头看了他一会儿。

在这样的气氛里和他对视着，视线交缠在一起，比刚才背对着他的亲密接触更致命。光是在那双深暗的黑色眼睛注视下，她都觉得要死了。

西泽也看出来，微微趋近，和她接吻。

雾气在浴室里缭绕着散不出去，不知吻了多久，两人分开时，淮真大口呼吸着潮气，险些喘不上气。

他覆住她湿漉漉的头发，额头抵着她，轻声问："感觉开心点了吗？"

她说："接吻也很喜欢，但是更想学会和你的身体之间的慢慢了解。"

"是我太急……"他主动认错，安慰她，"再等等，没关系，我们还有很多时间。"

09.

前一夜什么都没做，好处是不妨碍早晨七点起床。西泽去旅店吃了早餐，因她惦记着唐人街那家开平广东早点，但他兴趣不是很大。

退房以后，溜达去唐人街也不过八点多钟。唐人街旅行代理有售大西洋城往西岸有色人种车厢的便宜火车票，这在大西洋城未必能买到。事先与旅店联系过，趁淮真吃早餐时，他去两条街外取了车票。走半小时路，到唐人街时又出了太阳，两人都热得不行，在店门外分开时，淮真叫他将大衣外套脱下来给她，他也方便。青黑呢绒大衣穿得正正经经，外套围巾一摘，滑稽的扮相让淮真一笑——里头就一条灰蓝短袖衫，又怕给人看出端倪，下摆塞进裤腰里，简直等不及要去度假。

即便穿成这样，宽松短衫无形间却更显肩宽腰细，半条街的人都盯着他看。

隔了阵，店老板才拿国语问："你男友？"

她回过神来，笑着说："我先生。"

店老板也笑了："你们倒不怕看人眼色。"

早点铺子摆在临近第七街的街边，水灶上叠了蒸笼，冒的白气里也飘着香。华人都进铺子下头去了，站街边阶梯上买快餐盒子的多是沿第七街驾车上班的白人。

淮真在铺头上点好吃的便下了台阶进店去坐。越洋来的干冬菇泡发、同大西洋常见的鳕鱼炖的则鱼粥，配千层荔芋炸得酥脆分明的荔芋酥、开平流心的鸭蛋与唐人街干货店随处可见的广合腐乳，滋味比在广东吃也不差。前几天夜里两人一块儿来过一回，淮真惦记着味道，离开华盛顿前特意又来吃一次。

店主是开平和安乡人，来金山很多年，口音里不带什么乡音，乡人热情却不减。

淮真下了台阶来，发现店里的华人都抬眼看她。

偏一偏头，瞧见一旁贴着两份剪贴得方方正正的中文《成报》，上头印着两张摆在一块儿的她与西泽的大头照。大标题写着：三藩市中国城的女儿！

黑白大头照稍显模糊，神态捕捉也有些偏差，但那个"云"字文身实在显眼又特别。店里烧着炭炉，淮真挨着炭炉坐下时将外套摘了，才惹得众人看过来。

但华工不大擅长与人打交道，虽有人看，却没人贸然上前搭话。

待人少了一些，店主见她粥喝得差不多，将要打包带到灰狗巴士上吃的点心带上来时，问她："来华省结婚吗？"

她说："是。"

"真好，真好！"店主又说，"常有这样的小年轻来，在外头被排斥惯了，到华省也先直奔唐人街，常来我这儿吃饭。"

淮真夸道："开平早茶好吃。"

店主小声道："前两天见到你们，我就道，兴许是《每日邮报》上那一对。"

淮真笑道："事情闹大，也只得逃到哥伦比亚来。"

店主又问："你们往后回哪里去？"

"大埠。"

"四邑人居多。"

淮真笑道："大埠哪里人都多。"

"那是，"又问她，"你家乡哪里？"

她道："清远。"

"粤北地区倒见得少——近佛山。"

淮真"唔"了一声。

店主又问："哪个乡呢？"

她垂头喝粥，都不敢抬眼："英德。"

"英德县也算是清远县辖，"店主又笑道，"我老婆祖籍也在英德，英德出靓女。"

她道:"您去过吗?"

店主道:"许多年前啦,也就回乡娶妻时去过一次,婚后去祭祖。当年住兄弟屋,顿顿吃薯仔,就为着回乡娶媳妇,算算也二十多年,早记不得喽。"

准真又问:"您……太太接来美国了吗?"

店主道:"华省不比大埠二埠堂会众多,亲眷来美,一应票据少说得四百洋元,也未必能妥。前几年政策宽松了,手头却不松,拖至去年才接到……"

在后头揉面的师傅就笑:"这几年可将阿德憋坏了,一接来美国也不歇着,去年到埠,今年就养胎,也没少耕耘。"

阿德骂娘。

一碗粥见底,外头又有客来,店主阿德去接,准真终于松了口气。再一抬头,来人竟是西泽。

他站在街边,躬身冲她招招手。十分钟车程,他叫了辆计价车。

准真起身与店主作别,从早餐店铺钻出去,将外套递给他穿上。

他说:"为什么每个人你都认识?"

她笑答:"唐人街嘛。"

西泽瞥见早餐盒子,问她:"是什么?"

准真低头一看,这才知他问的不是早餐盒子,而是盒子上躺着的两只红色小福袋。她将盒子递给西泽拎着,自己拆开福袋,发现每只福袋里装着九十九美分。来唐人街吃了两顿,总计两块钱多一点,几乎全数退了回来。

两只福袋上各拿黄色丝线绣了几个汉字:百年好合;岁岁平安。背后均绣着:来自中国城的长辈。

广东人家成婚,身为长辈常给新人派发利是,不在钱,在于祝福的心意。

准真鼻子一酸,莫名被这群身处异乡、素昧平生的陌生人感动得有点手足无措。

她没告诉西泽那是什么,只将那两只福袋都系在了旅行包上。两人正装是一色的黑色系,走在一块儿看起来特别肃杀。尤其是西泽。福袋挂在旅行包上,让他多少能看起来喜庆点,不那么像去寻仇的。他有点嫌弃,但也什么都没讲,空闲的那只手将她兜进臂弯。

那天太阳很好,两人坐在计价车后座,给大铁壳的气温烘得有点懒洋洋,但心里都是轻松开心的。准真枕着他的胳膊,莫名想起刚上高中的九月里,走进英文课堂之前,甚至盼望过会看到他,他趾高气扬地点名叫坏学生回答 at the top 和 on the top 的区别。她实在做梦也想不到,几天之后会在学校外的小餐厅再见到他。

婚礼在注册仪式之后的十点钟开始,两人近九点半钟才到,大穹顶下的长阶大堂一早就被记者堵得蚊子也飞不进一只。

在停车坪外下车，迎面走来一名警察请他们出示进入许可。

淮真将凯瑟琳昨夜的邀请函找出递给他。

警察查看了邀请函，又叫西泽打开旅行包检查，同时叫来女警搜身，之后才带他们绕过记者，从一排冬青树林后头绕到主楼另一面的侧门。

穿行冬青林时，西泽问警察："是不是所有人都有走私人通道的特权？"

警察头也不回："不是所有受邀宾客都会在婚礼上迟到，从大厅进去，对谁都不尊重。"

西泽没再问什么，只拉紧她的手。

树林背后的楼梯直接通向市政厅三楼，站在走廊可以清楚地看见仪式的全过程，以及占据了一楼大厅的无数人脑袋。长阶与注册办公室空了出来，完成注册仪式的新人步下阶梯、闪亮登场。因此，只留下几名新郎与新娘最亲近的人。

她猜测那几位年轻人是安德烈几名最亲密的、单身的男性朋友，以及凯瑟琳与西泽的父亲。但她不大分辨得出哪一位是哈罗德——远远望去，注册办公室外每个人都穿着一整套黑色西装，看起来都是高大、英俊又雍容。

淮真回头看了眼西泽的侧脸，试图根据谁和他最像来分辨。

西泽也没转头，说："有点谢顶的那个就是。"

淮真笑起来。

其实远远的，也看不出谁发际线堪忧。即便有一点 M 字，只要不梳大背头，也不会太明显。

她说："要相信妈妈的基因优势。"

西泽没讲话。

淮真接着说："也不太容易老。"

西泽终于微笑起来。

淮真实在很无奈。这个幼稚鬼。

《罗恩格林》响起了，多么庄重的时刻，下头的快门闪得像夏夜的星星，市政大厅为新人躁动雀跃，两人竟然正聊着秃顶。论起幼稚，谁也没比谁好到哪里去。

这一次淮真终于看清了哈罗德。黑色西装配银灰色领带，一头金发梳成三七分的蓬巴杜大背头，庄重与时髦结合得恰到好处。大背头正好在 M 字那里梳开，其实也没有西泽讲的那么严重，只略略显出一点将秃的趋势。一双蓝眼不经意间会透出精明，全身上下唯一上了点年纪的是略薄的嘴唇，终年都关得很紧，不知在为着什么而保守秘密。

哈罗德的气质总的来讲是阳光的，这一点是西泽身上所没有的，他的气质应该更像妈妈，在香港出生，像香港的天气一样阴晴不定的男孩，连中文名都很贴切。

凯瑟琳更像爸爸，几乎与他一个模子刻出来，天生就该受到万众瞩目。迪奥与纪梵希的师傅罗伯特·皮盖特亲手裁制的纯白麻纱裙，从欧洲船运过来，淮真其实是知道他的，不过她实在懒得进行更多了解，但昨天下午又被凯瑟琳强迫着温习了一次。总之，也许有婚纱比凯瑟琳的婚纱更美，但东岸十年内不会再有比她更美的新娘，也不会有哪位新娘再有资格在特区市政厅举行婚礼。由父亲牵着沿半级台阶走下去的这一刻，她无疑是最幸福的。一身洁白，几乎就是个天使。

一个美人经由英俊的父亲，亲手将她交到另一个英俊但更年轻的男人手中，准真说不上凯瑟琳与安德烈谁更幸福一点。不知截至这一刻，比起家族亏欠他的，安德烈是否意识到他自己亏欠面前这无辜美丽的新娘更多一些；也不知这一刻，凯瑟琳是否真的会不计所有前嫌，全身心地爱这个男人。但至少在记者的镜头和万众瞩目下，他们必须庄严而热烈地相爱。

看见自己美丽的女儿终于被她的心上人拉着手，沿着阶梯走向主持戒指交换仪式的福音神父，奎琳突然在空旷的大厅里、在《罗恩格林》的伴奏下爆发出声嘶力竭的哭号，直到被周围几位太太合力搀扶住，才勉强没有当场哭昏过去。

西泽问她："你知道奎琳哭什么吗？"

她想了想说："是不是因为凯瑟琳穿了白色婚纱，而她自己没有。"

西泽笑着"嗯"了一声。

因为丈夫已有过妻子，她自己在结婚时不曾有机会穿婚纱，只能着浅色礼服。这未竟的心愿，终于由女儿来替她完成了。

即便在在场不知几多的知情人看来，这纱已经不够洁白了。但在这一刻，奎琳无疑是幸福的。

全场最不庄重的，除了奎琳，还有二楼大理石柱窗口后头那一排着西装的英俊年轻人，和新郎关系最亲密的单身汉，在神父还没来得及念誓词时，他们突然集体起哄，冲下头大喊："I do, I do!（我愿意，我愿意！）"

市政大厅众人大笑起来。

神父努力板了板脸孔，终于没绷住，也被调皮的单身汉们逗笑了。

准真问西泽："如果没有离开家，你是不是也在那群伴郎行列？"

西泽说："不会。"

她纳闷道："怎么会？"

"我已婚。"

准真一时间没意识到这两件事的因果关系。

西泽突然提醒她往下看。

她趴在石质围栏上，低头去看神父与新人。

神父说："但其实我们已经不用这么老土的誓词了。"

众人又笑了一次。

他接着往下念了一段话："这只戒指，是无止尽，是永恒；是你们之间的爱没有开始与终止，是彼此的包容与理解，令你们今天站在这里，从两个人成为一个家庭。也是你们对在场所有人的公开宣誓，宣誓此生将对彼此忠诚……"

紧接着，远处的声音变成近处的，神父苍老浑厚的嗓音也被再熟悉不过的低沉悦耳男中音所取代，又重合在一起。

西泽接着念下去："I give you this ring, in token and pledge, of my constant faith and abiding love; with this ring, I thee wed.（我为你戴上这枚戒指，作为我永恒之爱与信仰的象征和誓言；以此戒指为凭，我同你结婚。）"

她愣了一下，移开视线，看着西泽。

西泽弯起嘴角微笑，没有看她，解释说："作为我不再是单身汉的补偿。"

她被他这个强行解释逗得大笑起来。

安德烈也在神父面前讲完了同样一番话，等着他的却是个更真挚的新娘——她身着白纱，莹蓝色的眼睛里饱含热泪，眼睛一眨也不肯眨，生怕错过这一瞬间的哪怕零点零一秒。

两人互换戒指，在亲人与媒体的注视下相拥接吻。

这个神圣的时刻不知怎么的，令淮真觉得有点滑稽。她笑得越发厉害，埋下头，在臂弯里发起抖来。

他实在有点无奈："什么这么好笑？"

她露出一只眼去看他："我怕你也亲我。太奇怪了。"

他也笑起来。

淮真几乎能清楚地记得，和他在华盛顿最后的这个早晨的每一分钟里发生的事。在他紧紧牵着自己穿过那片冬青林时，他们俩都已经意识到有谁一早已经等候在树林后的市政厅里，但他们都没想过要逃避。哥伦比亚特区是个温和的地方，对方会将地点选在这里，而不是别处，就已对他们足够温柔。不是这里，也会是别处，他们总也躲不过。

直到几个月以后，她回想起他说的话，才终于意识到那时他对他们的未来有多自信。他明白有史以来白人家长对于与有色人种通婚、私奔离家的成员采取过什么样的手段：强制送往欧洲念书，买凶杀害怀孕的黄种情人。无数荒郊野岭里出现的年轻尸体、流产的混血胎儿，背后或多或少都有关于白人家庭的家族秘密。

阿瑟的地位与名声令他不齿于此类家长们买凶杀人的行径，他认为这是最下等的做法。穆伦伯格拥护政党，有无数土地与生意，在这片大陆，他们甚至比声名赫赫的政治家更依赖名声，也因此，西泽的名声比起家族的名声稍稍显得没那么要紧。西泽清楚祖父的脾气，也仗着他对祖父的了解，有恃无恐地与他周旋。他无比笃定，只要淮真没有放弃他，阿瑟便拿他们没有任何办法。

如果她有更多的时间考虑这一点，那时她便不会讲那样的话。可是那个人只给了她十分钟的考虑时间，她根本来不及想明白。

后来数月，她一直深深遗憾，在他对着神父、在旁人婚礼上向她讲出那番结婚誓词之后，自己竟然没有给他一个吻。

10.

那一刻的淮真，仍趴在栏杆上，和她年轻的先生肆无忌惮地笑闹。

婚礼进行曲还没有结束，那名着花哨格子衬衫的壮汉从访客休息室走出来，对她说"烦请耽误一刻钟时间"的时候，淮真并没有紧张，甚至松了口气。

西泽没有立刻认出他来。

壮汉试图与他握手，用英文说："我们见过的，你开车实在太快。"

西泽当然没和他握手。

壮汉不以为然地一笑。

淮真询问："Mr. Wan？（温先生？）"

壮汉回头，点头笑笑："是的。"

淮真说："我与我先生乘下午的巴士，中午仍余一些时间。唐人街就在这附近，温先生愿意的话，可以寻个茶楼，一起吃个午餐。"

壮汉道："温先生夜里从纽约乘飞机回温哥华，午餐就不用了，就耽误十五分钟时间，与你说些事情。"

西泽抬抬眉，打断他："You? Who？（你？说的是谁？）"

壮汉道："She.（她。）"

西泽说："We.（我们。）"

壮汉不紧不慢地重复："She, alone.（她，一个人。）"

西泽突然说："那位先生认识阿瑟是不是？"

"见过，说不上认识。"壮汉始终微笑着，又说，"你放心，温先生要说的事，只与这位女士有关。"

西泽做手势拒绝。

淮真忍不住拿手指用力攥了攥他的掌心，轻声说："十五分钟，等我一下？"

"这就对了，"壮汉想了想，又说，"对了，这位先生，你可以在隔壁访客室休息一下——这一间也被我们租了一上午。如果超过十五分钟，你可以随时用电话报警求救。在那之前，你可以给自己泡一杯红茶，英德产，新英格兰人都爱喝。"

并没有人为他的幽默打趣而感到轻松几分。

壮汉也没想令谁发笑，说完这番话，转过身便往访客室走。

淮真跟上去。

西泽突然叫她："季淮真！"

她回过头来，等他讲话。

他盯着她，认真地、慢慢地说："没有什么事情不能解决。"

她点点头。

他再没说什么别的，站在原地，看他的姑娘走进那间会议室。

加拿大人缓缓将门合拢，守在门外，对他微笑。

西泽转身推开隔壁会议室的门。

会议室里已经坐了个人。保养得当，除了一头银灰头发与衬衫之上一截微微泛红的皮肤，几乎难以看出他已经七十岁。但他确实老了，只看身形，会使人误以为他是个劲瘦而精神十足的四十余岁中年人，事实上他年轻时身高也足有六十余尺。一整套熨帖的白色西装削减了他气质中的狠，此刻端坐在那里，难得看起来相当平和。

西泽在门口站定两秒，转身就走。

阿瑟缓缓地说："别担心，他们真的只聊十五分钟。守时对生意人来说是一种美德，现在已经很少有人懂得这门艺术。"

他问："你们打算对她做什么？"

阿瑟说："当然不会做什么。你知道的，穆伦伯格可不是靠黑手党起家，美国世道不太混乱，没有任何政治家喜欢自己健康又阳光积极的国家总有人凭空消失。你也知道这一点，所以料定能和你的小情人在太阳底下、美国法律里平庸又愉快地过下去，我不太乐意来找你们的麻烦，是不是这样？"

"你叫凯瑟琳去找她的。"

"这不怪她。你父亲对你妹妹的婚姻根本无能为力，她也只能来找我。何况你们早晚得跟我聊聊，我选择在哥伦比亚特区市政厅的一场温和幸福又感人的婚礼上……这难道不是最恰当的地方？"

这笑话当然一点也不好笑。

西泽说："也许你可以一直恰当下去。"

阿瑟笑了，眼角的沟壑挤在一起，使这个人在显出老态的瞬间并不怎么慈祥。

他说："西，当我想到你会跟我谈谈什么叫作恰当的那一天，我一直以为你与我想的恰当会是同一种。小到对茶的品位，大到政治态度，对品德低劣人群的立场……甚至是对你那位母亲的立场。我希望有一天在提及她时，你的态度会是鲜明决绝的。但从没想到会是今天这种鲜明决绝。一个亚裔的母亲轻而易举生下你，一个亚裔的女孩轻而易举改变了你,改变了我二十多年对你的教育。我对她的恰当,难道应该是感谢?"

西泽安静地听完:"或许我让你失望,但你有许多孙子,我只有一个妻子。"

阿瑟仍旧微笑着说:"你爸爸从前也这么说,但你看,他在女儿的婚礼上,不也像所有别的父亲一样开心?"

"你认为他真的开心吗?"

"谁知道呢?"阿瑟微笑道,"回到美国,他从我这里获得的东西,比他这辈子通过自己双手能获得的加起来还要多,只是他自己不肯承认罢了。也许我这辈子确实做了一件错事,对他造成了一点微不足道的伤害。我仍旧不觉得后悔,但也不会再让这件事伤害到你。"

西泽静静地看着他,用了点时间来揣度那件错事究竟是什么。

"离开穆伦伯格,你过得如何?从你念中学起积攒的人脉,那些姓氏声名赫赫的年轻人们都是你的朋友、你的同学,他们未来都将成为这个国家举足轻重的人物;而当今名声最响亮的人物,有一半以上都愿随时在你需要时给你倚仗。这一切都能使你轻而易举地过得轻松而尊贵,你又如何能与你二十年的人生做彻底的了断?"

他说:"西岸不是东岸,无数名人从那里白手起家。"

"谁?那个修铁路,后来又响应政府号召办起大学的斯坦福?还是那个做牛仔裤发家的李维斯?"阿瑟不屑地一笑,态度相当轻慢。

西泽身上那种傲慢正是和他一个模子刻出来的。

阿瑟看看表:"坐一坐,别担心,那商人搞不好比你还舍不得伤害那姑娘。"

他只问:"他想做什么?"

"加拿大的广东茶商,是个颇有体面的华人。你的小情人告诉过你吗?"

西泽说:"我知道他是谁,我问的不是这个。"

阿瑟接着说:"他想带这女孩儿回温哥华。"

西泽说:"她不会的。"

阿瑟接着说:"十五分钟结束,那姑娘当然会亲口告诉你。"

西泽看着他。

阿瑟笑了,抬一抬下颌:"不如等等看。别急,也就一杯早茶的时间,时间到了,自然会知道。"

访客办公室的门在淮真身后合上。

那间屋子里的落地玻璃窗全敞开着,亮堂堂的。黑色皮沙发椅里坐了个着西装的高大男人,头发往后梳成肖恩式,双腿交叠,在读一份什么英文报纸。淮真走到他对面坐下,先看见那报纸是《每日邮报》,早晨在开平早茶见到过的那一期。

待她走近了，他将报纸放到一旁，抬头看了她一眼，微笑了一下，叫她："梦卿。"

那是个硬朗、冷毅、英俊的东方男子面容，神态语气都温柔到近乎和煦沁人。

她说："我不是……"

不及她讲完，男人从巴掌大的方形盒子里取出一只玉镯，擦拭干净，垫在白色丝帕上面推给她。

原来这位先生只是看起来温柔，行事自有他的厉害之处。一句话不到的工夫，早就料想到她有着一些什么推托之词，一个动作而已，无声无息之间已令她哑口无言。

他说："戴上吧。"

淮真低头，捋出滑到腕上那只赛璐珞："这里已经有一个了。"

"年轻女孩爱一些便宜、好看好玩的，但总归没有这个庄重。"

"我家本就经营唐人街洗衣铺，勉强不愁吃穿，哪里用得起这么贵重的镯子。"

"这是你的东西。"

她说："物归原主，没有要回来的道理。"

温孟冰慢慢地说："梦卿，你还在生我的气吗？"

淮真几乎没好气地道："温先生，如果您只是来赠予我这只镯子，那么我会很乐意收下，但很显然您不是为这个来的。"

他也很直接："我来接你……今晚乘飞机回温哥华，我已托人替你买好机票。"

她说："您没有我的身份证明，怎么替我购买机票？"

他说："我怎么会没有你的身份证明？"

她已经没有心情跟他掰扯自己不是温梦卿的这个话题了。

茶商先生却接着说："如果你更喜欢季淮真这个名字，我立刻叫人重订一张机票。"

淮真笑出声。

他说："未来你愿意，去到温哥华，或者回到中国，仍可以叫淮真。"

她接着说："我已经结婚了。"

他仍不改温和，一副为她好的语气说："他的家庭不会接受。"

她说："那与温先生又有什么关系呢？"

他说："若没有我与你的婚契为证，那家人不肯牺牲自己儿子的前程，咬定你偷渡的罪名，怎么可能放过你。到时候你如何自处？"

淮真道："温先生，您若不说，还有谁会检举我偷渡到美国？"

他摇摇头："梦卿，你太年轻，根本不知未来将会遭遇什么。"

她也说："温先生，若您希望梦卿过得好，就请放她自由。"

他缓缓笑了："梦卿，十五分钟时间不多。"

淮真知道，这位商人是在要挟她，让她掂量清楚。

她想了想，开口说道："我应当谢谢温先生请人一路保护我们平安。"

他有些惊愕地看着她，没有贸然插话打断，静静等待下文。

她接着说："温先生上我家店里来，见我过得好，家人待我也好，于是便放心离开。后来听人说我和白人私奔，担心我的安危，又请人跟过来保护。温先生有心了。"

他也承认："因生意繁忙与母亲的疏忽令你走失，是我于心有愧。"

她接着说："温先生不会让一个失了名声的女孩成为他的妻子，更不会让一个失了身、做了别人太太的女子做他妻子。以前不会，将来也不会。"

他终于觉得自己该重新认识她："梦卿，你几时变得这么厉害了？"

她说："这世道吃人，一个独身女孩，不厉害些怎么活下来呢？"

一时间两人都沉默了一阵。

温孟冰出现在这里，当然不是纯粹来和她聊聊天的。在她走失，又出现在臭名昭著的三藩市唐人街的那一刻起，他的家庭便不会再允许他娶梦卿做妻子。没有一个华人家庭的男人会娶一个失了德的女孩做妻子。他懊悔，一直寻不到她的踪迹，总挂心，怕她过得不好，无数个夜里辗转反侧，直至终于有了她的消息。他寻来三藩市，发现她生活得很好，家人待她也不错，甚至上学念了书。真好，这也许比接她去温埠、将她放在身边更好。他留下眼线，一直留心她的生活。后来他发现有人爱她，他竟松了口气。但那人是个白人，他当然听说过无数混婚私奔的下场，担心那白人家庭为难于她，于是派人暗中跟着，想要保护她。

到现在为止，她对这位温先生的揣测已经准确到八九不离十。

她接下去道："究竟是什么令温先生变卦了呢？若您真是为梦卿好，您应该尊重她。"

他说："那位白人老番找到我，将所有他们能在你身上应验的伤害向我加以警告，也将所有你离开能获得的好处统统挑明，叫我权衡轻重利弊……我根本没的选择。梦卿，我感到此刻唯一能做的对的事情，就是让你回到我身边。"

淮真被他扯的弥天大谎给气笑了："因为白人老番知道，假如你不申诉，再无人会追究我的罪过。只有你，温先生，你如此精明，连我都知道的事情，怎么会轻易就给人戏弄了？还是说你根本就是在懊悔什么。"

他嘴唇发白，略略有些不可思议地听她笑着讲完这段话："是！我愤怒，我懊悔……"

淮真终于觉得有些解气，死死盯住他，一字一顿地说："你嫉妒。"

他笑了："我嫉妒！谁？那个乳臭未干的番鬼小子？"

淮真接着说："他不像你，这样体面，这样在乎名誉。他根本不在乎我是否被人贩子坏了名声，他将我从地狱里救出来，他为我放弃一切问我愿不愿意嫁给他，我愿意！我们已经结婚了，就在一个礼拜前，我们上了床……"

"闭嘴！"

"在汕头码头上，梦卿已经被你弄丢了。你找到了她，也没有带她回去，因为她被坏了名声，不再是那个被你家人接受的、能做你妻子的梦卿。这一切是你根本就做不到的，温先生，所以你嫉妒，嫉妒自己再也没法坦然地像从前那样爱你的梦卿，可你再次发现你错了……你至今都弄不明白，你到底是被谁戏弄了呢？"

他被她戳中死穴，痛苦地闭上眼睛，声音颤抖沙哑："别说了，梦卿，别说了……"

她轻声说："温先生，梦卿已经丢了，不会再有了。"

几秒钟之后，她看见这位年近而立的七尺男儿，眼眶通红，几乎掉下泪来。

他说："我回乡找过你许多次，后来，听说你被卖到了加利福尼亚，我从洛杉矶一直找到三藩市……所有人都说我的梦卿死了，可我的梦卿活得那么好，我不知道该怎么开心。我知道你恨我怨我，所以明知我来仍不肯见我，甚至改名换姓。梦卿，我见你现在过得这么好，我真为你高兴……可这一切怎么会都与我无关了？"

"您也知道如今我过得很好，请您……请您还我自由，放过我。"淮真听完这番话，深深将脸埋下来，几乎是对他鞠了个躬。

而后她听见他苦笑着说："还你自由，谁又能还我梦卿？"

"是，我是被戏弄。整整一年，被自己与命运耍得团团转。"他微笑着，眼神里却透着恨，"你可知我有多恨那将你拐上邮轮的人贩子？你如今的家人捏造土生子证明，和人贩子狼狈为奸，也是罪魁祸首……你知道我有多恨三藩大埠？那白鬼老番说得没错，若我不申诉，便不会再有人申诉他们的恶行……我们的恨几乎是一样的。"

"温先生，您明知唐人街的动荡关乎我所有家人与朋友的安危，您也是个华人……"

"梦卿，不管这一年发生了什么，都是我的错。我不会再错第二次。"

是啊……在温埠权势滔天的温孟冰，被奸诈的老狐狸煽动仇恨，此刻被命运戏弄的愤怒冲昏头脑，怎么会轻易放过拐走他未婚妻子的三藩市唐人街？

她笑了："也不知道找你合作的那位白人老先生，此刻是否正坦然舒心地喝着茶，等着你怒火中烧，大发雷霆，骗得你晕头转向，等着我自投罗网。"

他很抱歉地说："我想了很久，许多天，我认为我足够冷静。这是我唯一能做的对的事情。"

淮真道："等你冷静下来，会知道自己又错了一次。"

敲门声响起。

年轻的商人慢慢喝了口茶，接着说："回到我身边吧，我能给你更好的生活……你若跟我回去，与唐人街的所有恩怨便一笔勾销。但我只给你一次机会。十分钟时间，我在这里等你，去告诉他我是谁，你将要跟我去哪里。"

11.

准真没法同他讲理、撒泼、胡搅蛮缠，统统没用。他是个厉害角色，但他不是洪爷或者小六爷。梦卿或者准真对他们来说无足轻重，只是个唐人街荫庇下的小人物，没有谁非要她做什么不可。只要不让他们折了本，随你去争，并不打紧。

但温孟冰不同。梦卿是他的痛处与软肋，数百日夜里辗转反侧、思之懊悔的一道疤。它还没愈合，就被用心险恶之人狠狠揭开。一道道血淋淋的伤口，使得此刻坐在她面前的是个被仇恨与懊悔冲昏头脑、追悔莫及的伤心人，是个被命运捉弄、世道亏欠的讨债人。他是典型的、古老的、传统的中国式丈夫与家长，他的权力与规矩比天大。这位顽固、执拗又执着的家长，被他的妒忌、不甘与痛苦驱使，他决定了的事，不允许任何人驳斥，绝不听从任何别的声音，否则他会令你见识到他更冷漠残忍的一面。无条件地顺从他是梦卿的天职。他怎么可能接受温顺的妻子，有一天有了自己的个人意志？

她做不好梦卿，从一开始她就知道。她曾以为自己逃过了梦卿的命运，但她和西泽在一起了。压在他们头顶的，除了《排华法案》，还有他的整个家庭。阿瑟这么计算，在保全西泽的同时令她和他分开，在他的权势之下这种解决方式足够温柔。她不可能不为这场私奔承担丝毫后果，否则真正的后果绝不会像今天这场茶话看起来那么轻松。

十五分钟时间，只够她想明白这些事情。

几秒钟后，门再次急急被敲响。她起身，跟在开门进来的加拿大裔保镖身后走出访客室。

另一间访客室有一面玻璃门，与一整扇的玻璃窗户。这里是公共区域，窗帘没有拉。透过那扇玻璃门，可以清晰看到整间访客室的布局。一张桌子，一张皮沙发椅，一张沙发；桌上有一对茶具，杯盖掀着，但人已经没在那里。

访客室还有一扇后门，可以通向楼下，或者一个更为隐私的地方。

刚才坐在这里喝茶的人，对接下来将要发生的事没有半分怀疑。

西泽就站在玻璃门外，已经等了她很久。在她走出来的一瞬间，他毫不犹豫地朝她走了两步，又停了下来。

两人眼睛一眨不眨地相视了一阵，谁都没有说话。

一秒钟、两秒钟……笑容一点点从他脸上消失。

在她甚至不知该对他说什么时，沉默已经告诉了他一切。

抬头看见那张苍白冷漠的脸、那双幽邃的黑色眼睛时，她知道，她让他失望了。

她实在不是什么伟大人物，十五分钟时间可以使她想明白一切利害关系。她无法想到更多，水已经烧得滚烫，此刻她被钉在砧板上，只能下意识地选择她认为对的事。她与温孟冰其实并没有什么区别。

她觉得有点无措，手脚冰凉地站在离他几步外，生平第一次觉得有点不敢抬头面对他。

她希望他能问点什么。但她越是希望，他越是什么都不讲。下头音乐已经停了，新娘新郎与记者来宾们不知在做些什么，或许在外头拍照，或许乘小汽车去某个花园吃午餐。市政厅里浓稠的沉默与静寂侵蚀着她的耳朵，连外头的阳光都不能给她半点安慰。

真奇怪，才两个小时而已，两个小时前她和他在计价车后座依偎着打盹，阳光仍旧暖融融地溺爱他们。

后头等着回去复命的局外人有点着急了，用加拿大英文体贴地提醒她："还有五分钟……"

她在沉默的嘲弄里主动上前几步跟他搭话："西……"

西泽避之唯恐不及地后退两步，手握在执手锁上。

淮真被那个举动刺痛了一下，接着说："我必须跟他走。"

他拉开身后的门，毫不客气地重重摔上。

淮真着急地朝前走了两步，拍拍门。

瞥见那个高大身影在玻璃窗后头大步穿行，她追上去，又叫了一次："西泽！"

他停下脚步，转回头，好像从不认识她似的，隔着一扇玻璃盯着她仔细看了一会儿："还要说什么，都在这里一次讲完。"

她不知怎么讲出的是："我无意伤害你。"

西泽大笑一声，语气嘲讽地重复道："是的，我妻子用了十五分钟的时间，就决定跟一个陌生男人离开，因为她无意伤害我。"

加拿大人纠正他："来中国前，那是她的丈夫……加拿大本来也会承认这一点，只是一年前的某个环节上出了点问题，不像你们，这个法律效应离了哥伦比亚特区就失效了，在别的州还会犯法。"

西泽认真听完这段话，舔舔犬齿，冲她笑了一下。

淮真说："我告诉过你的，西，我告诉过你他是谁。"

"嗯。你告诉过我，"他点点头，又说，"你还应该告诉我，一旦这个'对你而言并不重要的人出现'，你会毫不犹豫跟他走。"

淮真张了张嘴，不知如何辩解。

他看了她一会儿，又恍然大悟："噢。你想告诉我你是犹豫过的，经过一番内心挣扎、艰难的选择，这才满怀痛楚地离我而去。"

她的心凉了半截："我讲什么你会听？"

他满心怒火无从发泄，闭上眼睛，双手投降似的举起，攥紧拳头又放下，最后只能重重拍在玻璃上，笑着说："季淮真，我从没怀疑过你会跟我走到最后……我从没怀疑过你会毫不犹豫地跟我走。你使我觉得自己很可笑。"

讲完这番话，他掉转头，大步离开。

淮真双手握了握拳头，手心冰凉，一点知觉都没有。她没哭，甚至没有觉得太伤心，木木然的，只觉得对自己有点失望。

　　他那天来找她，请她和他一起抵挡这糟糕的世界，她还不太相信，可是哪怕三分钟热度，她也愿意跟他去试试。

　　谁知他竟然做到了。

　　临到头她却失言了。

　　这世道太坏，对华人女孩尤其坏。全世界好像都在愚弄她，整个世界都在与她作对，她又能有什么办法？

　　她实在一点办法也没有。

The United States

第七章
金山

我希望他可以去任何想去的地方，
爱任何想爱的人，做任何想做的事，
这兴许就是我唯一能给他的东西。

01.

淮真几乎不记得自己是怎么穿过那片冬青林，坐进温姓商人的别克车里的。太阳仍旧是公平的，晒得外头的人群蓬勃欢欣，她却像脱了水一样没有精神。也没有太伤心或者什么，单纯觉得有点力竭。

她不是梦卿，没法因为这个陌生人重新接纳自己而欢天喜地。也许换作梦卿也不会。她绞尽脑汁思索一切可以用来攻讦羞辱他的话，除了激怒他，又有什么用呢？

她到底一句话没讲。

商人想将她手上那只赛璐珞摘下来，换上他祖母的遗物。她轻轻一挣就挣脱了，镯子从她的胳膊上滑下来，孤零零地躺在皮椅子上嘲笑他。

他笑了笑，没强迫。

记者与新人宾客们都挤在市政厅外，汽车暂且驶不出去。淮真往窗外看，他也跟着她看，搭话似的问她："合起来是个'瑰'字吗？"

她没讲话。

他又看了一眼她的肩头，发现是看错了。那个"云"小小的，写得不好，草草一看倒像个"玉"。唐人街学校教中文课，梦卿也去上过协和中学，会写毛笔字，不至于这么难看，他打听过的。这么一来，这字必定是那白人写的。

他看了眼字，说："回去得将这个字洗掉。"语气很淡，但不容置喙。

淮真用掌心托着脸颊，笑了一下："这是印度墨写的。"

"是什么？"

"两周就没了。"

女孩语气很淡，却带着嘲讽。

他笑一笑，没将生气写在脸上："那就好。"

准真扭过头来，终于肯看他一眼："温先生，这真的是您想要的吗？"

这城府深重、喜怒不形于色的商人，临到头还来给她讲利害关系："若能给他留半点念想，你以为他祖父真会消停？不是今天，也在未来，你也清楚。要么他死心，要么让你消失，他轻而易举就能做到。我不能眼睁睁看你被他害了。"

小孩子犯了错，离家出走高兴了一个月，终归还是得回到正轨上去。这一次家长决定对他宽容，只要他听话，就不会付出太多代价。西泽不会听话，阿瑟就挑一个付不起代价的她来替他完成听话的过程……

"可是温先生又能得到什么好处呢？"她好奇。

他的脸色终究不像刚才那么温和了。

准真接着说："您也不能再娶我了。"

"我又有什么错？"他突然双手握拳，狠狠捶了捶座椅，"上千日魂牵梦萦，一道无妄之灾无端令我三百六十日夜不能寐，谁又能还我公道？"

准真的语气不无嘲弄："您夜不能寐，如今来索要一剂定心针放在身边。"

温和的语气与盛怒的面容对比，使他有些面目狰狞："你现在辗转颠簸，兴许一辈子都争取不来的生活，我统统给你，你想要什么我都给你……你什么都别说了。"

她再次觉得无比乏力。

外头的人群还没散去，车在停车坪缓慢挪移了快半个钟头也没驶出去，温孟冰听着一群美国佬的笑闹，无端烦闷，叫司机 Nicolson（尼科尔森）干脆停下车，他出去吸支烟再回来。

车在离人群百尺开外停下来，人群就在那时骚动起来。

准真每每回想起这一天，觉得最糟糕的那一刻，就是当她坐在太阳下的车后座里再次看到了西泽。

婚礼还没结束，人群围在市政厅外，不知在给谁拍照，也不知响起的是首什么音乐。太阳底下所有喜悦的人们，大笑的、拥抱的、亲吻的、欢呼的……在西泽从市政厅大门走出来的那一刹那，统统凝滞。

有人惶惑起来，为什么他独自一人出现在这里，他的中国情人呢？

但稍一细想又明白过来：阿瑟想要做到这件事，根本不必大费周章，他甚至不用亲自出面，轻而易举就能将他的儿子、孙女婿玩得团团转。

人们是惊疑的，同情倒不至于，没有人有资格同情他，人们同情自己都还来不及。

有人的积怨也在这一刻浮现出来：他们的幸福是靠出卖他换来的。他们并不排斥这位家庭成员的重新回归，他们只是没有准备好这一刻应该以一副什么样的面目来面对他，他就这么突兀地走进了众人的喜悦里，成了所有人最不期望出现的噩梦。

脸色略显苍白的他穿过有一刹那静止的人群，许多人的脸色都不太好看。

可他面无表情，毫不在意。

他那么失魂落魄，更显得这场婚礼滑稽可笑。

他就是这么一个人，不近人情，爱捉弄旁人，脾气比天大，没有人惹得起他。他被亲妹妹算计，妹夫与父亲也许无辜，但也曾信誓旦旦对他发誓绝不会遇上麻烦。他才为此发泄了一通，此刻越将他当作麻烦，他越要让人下不来台，闹到无法收场。

他绝不会轻易向任何人示弱。

他从人群中走出来，然后停下脚步，注视着这个方向，一动不动。

准真确信他看见了自己。

他知道她也在看他，为他回归他殷实、声名赫赫的家庭而欣慰。而她那么微不足道，离开她，等着他的是一笔巨大的财富，是更轻而易举的生活。和这一切比起来，傻子才选她。

多替他开心，多能为自己开脱。

可他偏不让她如意，死死地盯着她，径直走过来。

对他满怀歉疚、一身洁净白纱的新娘的痛哭流涕没能拦住他；

刚醒悟过来发生了什么事的新郎也没能拦住他；

他的父亲几步追上来，捉住他的胳膊，想和他说句什么……

两人僵持了几秒，西泽皱着眉头，耐心全无地转过头，照着他父亲的肚子就是一拳！

哈罗德慢慢躬下身来，凯瑟琳哭喊着冲上去将父亲从地上扶起……

一片混乱与惊叫声中，西泽毫不犹豫地，朝那吸烟的华人所倚靠的黑色别克车大步走去。

华人这才终于意识到，美国年轻人的盛怒终究是冲自己来的。

他扔掉烟头，大声呼叫加拿大保镖的名字："Sam（山姆）——"

可是来不及了。

一声吃痛的惨叫过后，大块头猛地从后面的车里冲出来，从后头将行凶者挟住。

华人商人捂住一侧脸颊从地上慢慢爬起来，甚至来不及看清发生了什么，眼睁睁地看见自己的大块头保镖也被一记重击掀倒在地。

大块头 Sam 站起来时，尝到嘴里一股血腥味。

他心想：完了。这年轻人一准在军队待过，此刻他就是一只愤怒的兽，没人能挡住他。这本不是他的错，但他没法同雇主解释，事情一结束，他肯定会丢掉这份工作。

他一边大叫"温先生，先上车！"，一边死命将来人抱腰截停。

幸好几个随后冲过来的警察与保镖与他一起，勉强将年轻人拦截向后。

在华人商人狼狈地钻进车里时，西泽再次挣脱。

他看到他的女孩坐在车后座里，脸色惨白地看着自己。前一刻他有多恨她令自己变成了一个天真的傻子，这一刻他就有多绝望。

那个在天使岛燃着壁炉的房间，躺在温暖的小折叠床上，枕着他的围巾、盖着他的大衣睡觉的小姑娘，他本以为可以和她过一辈子，但当他隔着一面车窗玻璃，见到她脸色灰败无措的瞬间，他心想，这也许就是最后一面了。

也不知道谁看起来更狼狈一点。

他恶狠狠到近乎绝望地说：" 你说你是自愿来美国，说你是未婚，说你家人会送你去念书，你的父亲会支付你在美国的生活费，你从未在敏感户居住，你想要在美国过一个有道德的生活，你信誓旦旦地宣誓以上一切属实。我从小受到的教育告诉我这就是中国人，我以为一切让我憎恶的东西里面，你就是那个例外……可谁知你竟然一句真话都没有。"

他一次次从保安的截制中挣脱出来，一次次掌心拍打在窗户上，不留情面地大声揭露她的斑斑劣迹……

淮真盯着西泽，并不觉得痛苦或者悲伤。相反，他能发泄出来，冲她愤怒地大吼大叫，她觉得自己仿佛又活了过来。

她不是梦卿，梦卿终究是死了，她当然无须为死去的梦卿负担她应尽的责任。

可是温孟冰和他死去的梦卿又有什么错？

他和梦卿的悲剧是唐人街造成的，唐人街终究也没那么光明，终究人人都有债要讨。梦卿的债不偿还，她仍旧无法完全摆脱梦卿的命运。

可这些统统不是她的罪过，但是她应该怎么告诉西泽？

她喉咙发干，指甲深深掐进掌心里，脑海里疯狂地思索起来。

现在是一九三一年十月二十九日。

一九三一年十一月发生了什么？十二月呢？还有一九三二年呢？

她死死咬住嘴唇，生平头一次痛恨自己将历史课本所学忘得一干二净。

他从三四人的裹挟中挣脱出来，像一只凶猛又无助的兽，失落又哀艳地立在她面前的玻璃窗户前，最后一次近乎呢喃地说："季淮真，你这个骗子……可是我爱你……"

年轻的商人用丝绢帕子擦拭着瘀血的脸颊，在听见这句话的瞬间，再也忍不住了，几近怒吼般地大叫："Nicolson，你还等什么！等他把戏演完吗？开车！"

Nicolson 从汽车镜里看到那年轻人一直死死地攀住车沿，怕在他与警察的愤怒胶着里撞伤什么人，所以才没有发动汽车。他松开制动，小心地观察着，等待下一刻 Sam 与警察再次上前将他拖走的一瞬间踩下油门。

就在那个瞬间，Nicolson 和后排的商人都亲耳听见女孩冲车窗外大声说："明年三月七日，NRA 蓝鹰新政，西……"

汽车在那一瞬间从停车坪沿空旷大道驶了出去，淮真偏过头去看他，看见他被拖走以后，再次挣脱桎梏，愣在原地，远远地看着她。

他应该是听到了。

"这是他们家的独立政治主张，还是你们的什么接头暗语？"

她回头看了一眼温孟冰，在他的不解里，兀自微笑起来。

她终于松了口气。

02.

因为那一场混乱的婚礼，他们终究还是错过了从皇后机场回到温哥华岛的飞机。温哥华市立机场新建至今不过三个月，航班实在少得可怜，如要乘坐下一趟航班，至少要等上一个星期。

天不遂人意，在广东童谣里无所不能的金山佬，也不得不在天寒地冻的东岸冬天里滞留机场。

皇后机场候机厅灯火通明，照得候机大厅和天花板纸一样的惨白。着乳白制服的飞行员三五成群地坐在一起，集体组成了候机大厅最精神饱满的一幅画面。

淮真趴在墙边一张桌子上，看衣冠楚楚的温孟冰给华人旅社拨打电话以后，和助手一起焦灼地走来走去，觉得颇为好笑。

她身旁是一面很有气势的落地大玻璃，透过玻璃可以望见远处黑漆漆的海潮，一只钻光闪耀的玻璃柜台就放在窗户旁边，柜台里面摆着一排排新奇士橘子汁与可口可乐。淮真盯着柜台看了一阵，觉得有点渴，但她身上一分钱都没有，钱都装进早晨那只双驳扣旅行袋里了，全在西泽身上。她只看了一阵，便将视线移开，去看外头的海。

倏尔，两只玻璃汽水瓶摆在她面前，一支黑的可乐，一支橙色橘子水。她抬头看了眼，是温孟冰。他想了想，拿起橘子汁，拧掉汽水瓶盖，插入麦管以后又递给她。两支玻璃瓶挪了位置，在冰冷的桌面上留下两圈圆形湿痕。

恰好一班飞机起飞，耀眼的霓虹灯光强烈又刺激，起飞时的轰鸣使得每一扇玻璃都在剧烈震动；几分钟后，整个候机大厅里便充塞着汽油与金属味。

她抬起头，盯着温孟冰说："我想回三藩市。"

他脸上贴着纱布，眼神温柔，声音也温柔："回去做什么？"

她说："我想见我家人。"

他笑了："那算是你哪门子家人。"

她觉得有点不可思议："他们都是本分的唐人街华人，供我衣食住行，叫我上学念书，庇护我照顾我，待我如亲女儿亲妹妹，你明明也见到了……"

他说："不过是弥补妻子和母亲犯下拐卖偷渡你的罪过，你心里难道不够清楚？"

她当然知道怎么可能全是这样，是人都有三分感情的，若她是个从未见识过人性丑恶的傻姑娘，她怕是会信了温孟冰这生意人辛辣刻薄的点评。

要谈人性，她实在辩驳不过他。

紧接着她又说："我得给哈佛寄信。"

他说："Nicolson 可以帮你搞定一切，你无须操心。我在波士顿查尔斯河有座公寓，就在剑桥市，一应衣食住行起居有人照应，非常方便。我最近正好也在波士顿做生意，可以常来看你。"

她哂笑一下，心想：狡兔三窟。

仔细想了想，她说："那你给我四枚二十五分。"

他没问要做什么，钱包打开，将里头半数美金统统给了她。

她觉得不要白不要，便一股脑全攥在手里，起身往外走。

"去哪里？"

她没讲话。

他叫不远处的助手拦了一下。

淮真转过头冲他大吼："我给我家人打个电话都不可以吗？"

周围几名候机的乘客转过头来，看着他们。

他说："可以，怕你走丢。"而后又叫 Nicolson，"陪女士一同过去。"

Nicolson 立马跟了上来。

她径直往漆了红色的挂壁电话机走过去，见他一动不动死守在一步开外，不禁翻了个白眼。

他好意问道："记得家中电话吗？我可以帮你查询。"

她学起西泽式假笑："不需要，谢谢。"

待抓起电话听筒时，她着实紧张了一下——中华会馆的电话她会不会记错？现在纽约是晚上九点，是三藩市的下午六点，中华会馆会不会无人值守？

华人才不会跟懒惰的白人公会一样下午三点半准点打烊——她在心中默默祈求。

"嘟"声响起，一下一下敲在她的心上似的。

电话接通，那头响起一声懒洋洋的伦敦唐人街式英文："Hello? Charlie Hung.（你好？这里是洪查理。）"

淮真几乎哭出声，险些没忍住给小六爷一个隔空激吻。

她死死握住听筒，小心翼翼地说："爸爸，我是淮真，我现在在纽约等飞机——温哥华那边来人了，让我立刻跟他回去。"

那头沉默了一阵。

她生怕小六爷挂断电话，忍着想哭的冲动，赶紧继续道："我就是想事先告诉你、妈妈和姐姐一声……"

洪凉生打断她："继续哭。"

她愣了一下："什么？"

他说："哭得越狠越好，哭着回去找那温埠少，跟他说你想家，无论如何你得回家一次，无论什么方法，用哄，用骗，撒娇，撒泼，叫他带你回来。"

听他这么一说，她反倒哭不出来了，更有点哭笑不得。

小六爷继续说："忘记我说过的话了吗？女孩子有时候不能太强硬，男人就吃这一套，没有不心软的。只要能回来就行，剩下的事交给我。哭大声些，听话。"

她死死憋了口气，憋得自己脸颊通红，想起阿福在院儿里给她和云霞搭的秋千，想起她和云霞每月六日晚上跑到码头去等南中国运货来的邮轮，想起她还没等到惠老头夸奖她狠狠地给唐人街争了口气，还考上了哈佛，她还没将买来的礼物送到家人与朋友手上，她还不知道小六爷有没有用他那剩下的一颗腰子接着夜夜振雄风……她可怜的小六爷下午六点钟守在仁和会馆加班听电话，还得顶着唐人街拐卖人口的旧债，遭受灭顶之灾的重压，他就剩一颗腰子了，也不知道他受不受得了。还有西泽，她根本不敢想和他在一起的每一幕，每一幕简直都像发了个梦一样。

梦还没醒，她就"哇"的一声哭了出来。

小六爷听到哭声乍起，笑得不行，笑了一会儿，又怕她眼泪流完了，忙叫她回去干正事。

但这下着实有点用力过猛了，电话早已挂断，她抓着听筒蹲在地上哭得悲天恸地，眼泪像开闸泄洪似的止也止不住。她也不知道自己究竟是为什么伤心成这样，或者眼泪本身就积压已久，如今找到发泄的出口，简直像充能条积满后施放的大招一样威力巨大。

没一阵，周围几个乳白衣服的飞行员与机场警察被一块儿吸引了过来，小声询问她究竟怎么了。

淮真一早便见识过西方人多管闲事的小毛病，但从未觉得这小毛病有这么可爱。

她对着围拢过来的人群，以英文大声哭诉："我想我爸爸，我想回家……"

一行人看向少女身旁着西装的高大男人。

Nicolson 立在旁边，对于此情此景实在有点手足无措。这不在他的业务能力范围内。

众人看 Nicolson 的眼神，像对待一个诱拐少女的罪犯一样。

立刻有警察上前质问他："你是谁？她的监护人呢？为什么不送她回家？"

Nicolson 对愤怒的人群大声解释着"我不是，我没有……"但他实在回答不了任何实质性的问题。

高大健壮的白人们立刻将这名略显瘦削的加拿大私人事务助手拦开,挡得离准真远远的。

有几名颇具爱心的白人太太冲上前来,将哭得泪眼婆娑的准真拥在怀里,小声安慰着:"没事的,小天使,这里是美国,这里有的是警察,有什么事不要怕,勇敢地讲出来。"

衣冠楚楚的华商终于闻声赶来,拨开人群,用加拿大口音的英文大声辩解:"抱歉,抱歉,这是误会……"

搂着准真的金发太太无比警惕地问他:"你是谁?"

他在大衣兜里摸索了一阵,没有找到名片,又高声叫 Nicolson 的名字。

Nicolson 立刻会意,就地打开公务箱,将一沓名片取出来,一张张递上去:"温先生是加拿大茶商,在美国也有生意,经营 Boston NA 红茶公司,不信你们可以致电警局询问……"

温家的袋泡茶生意才打入美国市场,即便喝过这家产的红茶,也不会有太多人注意这名头不甚响亮的茶商名字。

警察接着询问 Nicolson:"你们是她什么人?"

Nicolson 有点拿不定主意,抬头去看温孟冰。

温孟冰看了准真一眼,毫不犹豫:"我母家妹妹的女儿……"

准真即便泪眼婆娑地看着他,也颇有点觉得看不起他。

警察又问准真:"是吗?"

她点头:"是。"

警察又问:"你是自愿跟他来纽约的吗?"

准真看他一眼。

白人女士立刻搂住她说:"不要怕,讲实话。"

她抹抹泪:"他想让我去温哥华,但是我想回三藩市去看看爸爸和姐姐……上学之后就见不到他们了。"

Nicolson 看了看地上的华人小姑娘,又看看温孟冰,颇为小心地向他建议:"不如我们就先回三藩市,反正回温哥华的机票也要一周之后。先到奥克兰,回温哥华岛的航班也许会更多一点。"

商人瞪了他一眼。

Nicolson 再不敢讲话了。

他又低头看了看准真。她抹了抹眼泪,吸吸鼻涕,抱着膝盖小小的一团,眼眶红红地看他。他无端心里一软,说:"好好好,听你的,先回三藩市,跟家人道别。Nicolson,去买机票。"

原来就是一场未婚夫妻间的家庭闹剧——人群轰然散去。

准真抽噎着，躬身对众人道歉，说她实在太想家，给大家添麻烦了。

女士们抱抱她，说没关系，虽然是一场误会，但都能理解她离家在外的心情。

她跟在温孟冰身后回到放置汽水的桌边时，Nicolson 已经买好机票回来：两小时两刻钟后的泛美航班，到奥克兰是早晨八点钟，正好可以睡一觉；隔一天有一班飞机到西雅图，驾车两小时就可以回温埠——时间正好，比等待纽约的航班快得多。

准真好不容易止住哭，因为饥饿与情绪激动过头，开始不停地打嗝。

她趴在桌上看着窗外的飞机，像只报晓的小鸡崽一样，短发上两簇呆毛随着她的嗝，一次次上翘飞起来。

温孟冰向来讨厌中国街头穿衣久蓝、剪短发的女学生。但看着面前少女那簇不时飞舞的头发，不知怎么的，他突然一点火气也不剩，心平气和地在桌前和她对坐下来，伸手一推，将插了麦管的汽水又推到她面前，柔声说："多大的姑娘了……喝点水，好歹压一压。"

她不理他，旁若无人地盯着外头机身亮起的霓虹灯，自顾自地打嗝。

商人先生实在无奈，以为是汽水不好喝，自己拿起来喝了一口，猛地咳嗽起来：汽水糖浆兑多了，甜得发齁。

他也不知道小姑娘爱喝什么，立刻又走到另一台汽水柜前，研究半天，重新给她买了四五支瓶装菠萝水和橘子起泡水。

启开瓶盖回到桌边时，Nicolson 做了个"嘘"的手势。

小姑娘枕在胳膊里，趴在桌上，大抵是哭累了，觉得有点倦，就地打起盹来。

商人将几瓶汽水在她面前一字排开，安安静静地坐下来，等她睡醒上飞机。

这画面，连 Nicolson 看了也觉得有点想要发笑。

03.

在一个没有安全感的地方，跟着两个根本不能带给她半分安全感的人，只会让准真倍加警惕。她当然没有在候机厅睡着，只是尽量避免与这位心里有无数规矩的"母家哥哥"多讲一句话。

泛美从皇后飞往奥克兰的飞机是不会转机停靠的——直达三藩市——她从未想过，这个城市能给她这样充分的安全感。光是想想坐落在湾区的唐人街，悬着的心也有了依傍。所以等到上了飞机，她倒真的睡了个无比酣畅的好觉。

抵达奥克兰机场时，天仍是墨蓝的颜色，丘陵起伏的城市笼罩在无边的海与夜幕里，只有恶魔岛上的探照灯孜孜不倦地清扫着这座城市的黑暗地带。他们在机场吃了一顿早餐：三份煎蛋吐司与咖啡，用完餐后奥克兰的计价车才渐渐多了起来。

计价车驶上金山湾的轮渡，过了金山湾又放下来。一辆辆从奥克兰回到市区上班的小汽车与机场的计价车一排排地从轮渡下来，驶上码头街，驶入金融区，驶入联合广场，驶入萨克拉门托街……

时空迅速变化，双龙戏珠的牌楼屋脊，飞彩鎏金的招牌、幌子与玉顶飞檐，牌楼后头的都板街路牌，她一边想着这就是她的巢穴，一边等着看小六爷究竟会在哪个巷口横空出现，将陌生的计价车拦截在路口，用他八丈高的气势将前来讨债的温埠巨头打个措手不及……车就这么接近了阿福洗衣的巷子。

温哥华商人显然对她生活过的地方早已了如指掌，一个路口之外，便给计价车司机指明，在近巷口将车停下。

她无端有点紧张，问他："你也要跟我去拜访家人吗？"

商人侧头琢磨了一下："来都来了，为什么不去？"

她说："你不要为难他们。"

他笑了，说："Nicolson，东西给我。"

Nicolson 到车后打开公务厢，清点了一下，将一卷重磅白丝绸、一枚男用玉印、一盒茶饼与支票单装进提包里，递给他。

那枚玉印上，印有阿福洗番衣的繁体与英文字刻。

原来他早就备好了。不只准备好了，还将阿福洗衣众人的一举一动仔仔细细地监视着。

想到这些，淮真的掌心已沁了汗。

付过车费，在萨克拉门托街边下车，Nicolson 先行替他去订中华旅店。

温先生装模作样地说："你来带路。"

她没再说什么，带着他往巷里走，心里直打鼓，想着小六爷究竟什么时候出现。

临近晌午，街上店铺大多掀了木板门，但因一家杂货铺的营生、一家医馆改作洗衣铺，而洗衣铺早晨送衣不洗衣，所以这条街的早晨总显得有点静寂。

太阳懒懒地从海上云后露了头，也就一阵的工夫；这个钟点，三藩市的老人多抬了竹椅出来，在木门前的石头地上晒一晒捂潮了的被子，在"啪嗒啪嗒"的棉絮拍打声中，人也被晒得暖融融、昏沉沉的。

在这一片昏沉沉里，儿女在唐人街开了海味店的香港太婆认出了淮真，从椅子里追上几步，叫她："妹妹？真是妹妹，你今日返来，你姊姊话畀我知，叫你返屋企食宴，等紧你啦……呢个靓仔系？（妹妹？真的是妹妹，你今天回来，你姐姐跟我说，叫你回家吃宴席，他们等着你呢……这个帅哥是？）"

淮真回头看了"靓仔"一眼，笑着对太婆说："远房表哥。"

刚说完，云霞听见声响，绾着湿漉漉的头发一溜烟从门后头冲了出来，"淮真"还没叫出口，先看到她背后来意不善的高大华人。

云霞搂紧淮真的胳膊，警惕地打量商人一眼，也没多问。

两人说着，一道迈过阿福洗衣门槛。

尚没人请，温先生便立在门口稍稍等了一下。两个女孩已拉着手往里走了好几步，无人等他。

过了一阵，云霞发现丢了个人，这才回过头来，关心地问："你不进来吗？"

他笑了一下，说："有长辈在，贸然闯入，兴许不大方便。"

云霞道："没事啊，家里没长辈。"

这回淮真也纳罕起来："爸爸妈妈呢？"

云霞道："你昨天不是致电回来，讲你早晨就到了吗，等到这个时间……爸爸妈妈早去'福临门'订了桌饭，叫我在家等到你就过去。还有客来，你怎么不讲？"

听到"福临门"三字，淮真立刻转回头说："温先生，一起去吃个午饭吧？"

他说："你们家中聚会，无人请我，不好不请自去，我回旅店等你。"

淮真道："一家人聚会吃个饭，正好同家人介绍你是谁。"

云霞也附和："比坐冷板凳嗑瓜子强。"又转头同香港太婆说，"阿婆，同去'福临门'食饭？"

太婆立刻爽快地说道："好，好！"

商人垂头看了看表，差一刻十二点。

他眯眼打量面前两个女孩，想了想，说："嗯，不过梦卿兴许要替我先向长辈做介绍。"

04.

想起第一次见面时在杂货铺放狠话"白鬼既杀不得，就卸了他两条胳膊"，华埠小姐大会仙人跳石油商与主办，到后头因口头争执竟然当众开枪枪杀联邦警察……小六爷没个轻重，淮真也不知前头有些什么在等着温孟冰，不自觉地替他捏了把汗。

心里打着鼓，想问问云霞，云霞却像没事人似的跟她聊这一月都发生了什么：教会来了几个中国学生，将学校教会当婚姻介绍所，但凡是个年轻华人女孩便上前问愿不愿意去约会；淮真不在，黎红与雪介约不齐人，叫上云霞又去了一回女皇秀；又问她还记不记得那个菲律宾的拉夫·加西亚，她说记得，云霞就说，那男孩考上了巴顿将军高中，周末在唐人街教会里帮嬷嬷做男宿舍舍监，因淮真在报上出名了，逢人就说他和淮真念远东公立中学时还有过一段韵事……

淮真想问问罗文是否也在福临门，却怎么都插不进嘴。但她知道云霞讲话是有分寸的：她不能问她离开三藩市的任何事情，这些统统都与西泽有关，恐怕是要惹恼这位温先生的。

温先生听了一阵，大抵觉得琐事无聊，又或者一早已经了解过，便在后头同太婆聊天。问太婆原籍是哪里人。

太婆道台山。

温先生说他认识一个香港金永利源药行的李先生。

太婆道："正是家父。"

温先生顿时举止神态都敬重了三分。

太婆哼笑一声，道："他娶了二十几房，我是他最没出息的小婆生的，否则我多金贵，能同大婆生的姐姐们一样，念中西女塾，读女师，考美国名校也返家做名媛，嫁军官、嫁港督，才不会嫁个金山客，十六岁上就漂洋过海来吃异乡苦。"

这话像故意说给他听似的。

温先生笑了，一时接不上话。

午间时分，福临门正热闹着。有户殷实人家娶媳妇，在这儿摆了酒，一楼少说百十来桌。刚上了五道菜，新人们正随亲人下桌去四处敬酒，所到之处，一片骚动。喜宴主人见着太婆，便问怎么请了李氏全家，独独太婆没有到场？

随即立刻邀她跟新人一道去喝酒。

她摆摆手："唔饮酒，饮红茶。（不喝酒，喝红茶。）"

主人又道："今日饮'轩尼诗'。（今天喝的是'轩尼诗'。）"

太婆一拍大腿："好，好！"便立刻跟了去。

淮真趁机问云霞："今天怎么吃起福临门？一席少说十几美金，太贵了。"

云霞便看了一旁的温埠少一眼："不是听你电话里讲有客来吗？爸爸说了，不论客从哪里来，都该以礼相待。"

温先生一笑："客气了。"

一路上淮真都不时留心着他的态度，淡然语态里还带着点乐，好像不知道会在前面那番宴席上遭遇怎样的轮番盘诘，而打从心里打算去大吃一场似的。或者这老狐狸将唐人街小把戏一眼看破，根本不把即将遇到的事情放在眼里。

淮真又问："爸爸妈妈都在吗？"

云霞道："在呀，怎么不在，今天你回家，再多事也得推了。"

淮真心里正打鼓，弯子一绕，只听云霞冲一间临窗雅间放肆又亲热地叫："爸、妈，妹妹回来了！"她也第一回跟着云霞叫爸爸妈妈，一出口发现并不突兀，类似于跟着邻居姐姐去她家玩，遇见她慈祥和蔼的祖母，也跟她一同称呼"祖母"。她知道这在温孟冰听来或许幼稚，多少带着点表演的成分在里面，但她无所谓。即便表演过了头，她也得让他知道自己在唐人街是有倚傍的。

阿福没有特别意外，也许因为他正背对着窗户，与唐装年轻人讲着话。听见两个女孩一惊一乍的声响，便抬头慈蔼地笑笑，又接着聊天，倒真有一点商人的派头。

着唐装的自然是小六爷——淮真悬着的心定了下来。

倒是罗文，听见那一句"妈"，泪都要流下来了，立刻起身，叫淮真过去挨着她坐下，想嘘寒问暖一番。

洪凉生闻声转过来，一手拍拍他身侧的椅子，说："坐这儿。"

说话时眼睛是盯着她身后的。

紧接着背后的人也不甘示弱："梦卿住家真热闹。"

淮真背过身，同他一一介绍："这是爸爸，这是妈妈，这是——小六爷。"

商人笑："原来这就是大名鼎鼎的洪六爷。"

洪凉生也笑："什么大名？"

他说："'奇士不可杀，杀之成天神'，报上都赞。"

洪凉生当然知道他是在暗讽自己："奇士不奇士就算了，气死老爹算是头一号人物。这位是？"

淮真背对商人翻了个白眼，道："温先生，我家人都在这里了，您若是想，请自己介绍自己吧。"

他也不恼："英德县，温孟冰。"

阿福便和和气气地笑道："金山客里，温先生才是头号人物，温先生请坐。"

他待淮真坐下，才靠近她落座。

阿福道："往年家里是拮据了些，来一趟福临门，小半月收入一会儿工夫就吃没了。如今姐姐自己赚钱上伯克利，妹妹也出息，我一个做家长的为着两个女儿，也厚着脸皮去跟意大利人做起生意，往后不愁学费，更不愁吃用。"

温少微笑着听完，暂且没讲话。

洪凉生便道："想吃福临门，叫小六爷请客便是。"

罗文也讪笑着："豌豆黄芥末墩爆肚盆糕的，也就偶尔吃个新鲜，哪能顿顿吃？"

罗文讲话时，温少便抬头看她。

阿福打断她："内人为了家里生计想出一些歪主意，到处东奔西走，原也是我这做丈夫的不该。等生意做起来，到下半年妹妹夏天从学校回来，也有自己独立屋里一间卧室。"

商人温和又不客气地接话："那便不必了。波士顿有公寓给她念书住，夏天？夏天得跟我回温哥华。"

席上一时沉默。

他接着问："梦卿电话里没讲吗？"

淮真没好气地道："没讲。"

云霞道:"温先生,住不住公寓,回不回温哥华,也得淮真答应不是?她不愿意,您也不能强迫她。"

温少道:"她与季家不沾亲不带故,怎好白吃白住?"

云霞急了:"与你又带什么故?"

瞧见罗文脸都青了,云霞还不知,淮真赶紧在桌下头狠狠掐了她一下。

温少笑了:"这里豌豆黄不错,比温埠唐人街的好。"

洪凉生道:"那就再来两碟。"一手搭在椅背上,立刻招招手叫来堂倌上菜。

阿福道:"妹妹既然来了我们家,便是同我们有缘。一年下来,家中事事顺利,姐妹俩也学业有成……"

温少不疾不徐地打断他:"你身为家长,放她同白人私奔却不管不问,你知不知那家人什么来头?若不是我一路叫人跟着,恐怕今日她未必能活着回来见你们。"

云霞道:"美国还是有法律与警察的!"

温少道:"大舞台戏子阿通与金斯顿十五岁的女儿私奔,两周后三藩市私人海滩上出现一具风华正茂的年轻尸体,正是阿通。那混血胎儿的尸体两个月后被马车运了上百里路,和他死去的爹爹埋在同一个海滩,给九十里外的唐人街示威,小六爷,这事你不知?"

洪凉生笑了一下:"怕是有三十年了。我还没出生,得问我爹……那时候的美国,着实挺乱的。"

阿福也道:"那小子临走前同我发誓绝不会使她受到分毫伤害。"

温少哂笑:"他不使她受到分毫伤害?白人家庭净养出这类天真无知的年轻人!"

淮真也忍不住了:"你又知道什么?"

他转头,笑着说:"等二十年,你再问问他,知不知他母亲究竟为何偏偏父子离港一年就好巧不好地死于肺结核?这种事有过一次,便不缺第二次。"

淮真心里一惊,但细细一想,又万幸没有中他的计。如今换届在即,为官从政自然更爱惜羽毛,这种丑闻怎么会让一个毫不相干的加拿大商人轻而易举就打听到?

小六爷道:"既有大埠亲友疼爱,又有温少关怀,既然大家都是一样想为着妹妹好,又何必争个面红耳赤?"

温少道:"她走失至今,我仍心有戚戚。如今寻到她已是万幸,前尘往事便一概不究,人自然是要跟我回去的。明日夜里的飞机回温埠——在此谢过这一年各位对梦卿的照顾。"

一杯温酒下肚,语调仍温温柔柔的。

唐人街拐卖他妻子的把柄在手头,所以语气不容置喙。

小六爷同他道:"既然明天夜里乘飞机,那便不急。"一面说一面亲自替他斟酒。

淮真盯着酒杯想:小六爷到底是因为什么如此气定神闲?难不成在酒里下了毒?

但看到在座三个男人酒杯里的酒都是同一个壶里出来的,又觉得不像。

她松了口气，立刻又有点急。

小六爷说："既然温少爷提前尘往事，那么也合该究一究。这世上，冤有头债有主，像我爹，到头也偿了他前尘往事的血债。唐人街着实曾有过一些对不住人的营生。我爹还在世时，许多产业法律也还没禁，一些营生着实害人不浅……前几年，见我二十好几了仍没娶妻，便叫他从前的老相好，做拐卖营生的小婆张罗着给我买个南国人家的闺女做老婆。正巧，前些年起了场火，好些人家都备了纸儿子，近几年也还有一些，季家与他小婆是邻居，自然便问到季家人头上，叫季太太同她回香港走一遭。"

温少略略有些意外，却也留神听着，没打断。

小六爷接着说："一开始他们没寻着人，先问到我从前回乡相亲时认识的那位名角头上，后头临到汕头码头返航上船，才遇上一个十五六岁、大字不识的小姑娘，正合了我爹的心意。我爹那小婆的人回来同我说：'事就有那么巧。汕头港上活动着来往香港、金山的人牙，许多广东人家的父母都在码头的雨篷下头卖闺女，小的六七岁，大的十六七岁，近些年吃不饱饭，也只剩些面黄肌瘦的丫头，不好卖，一千块钱能买一打。我们到埠时见着是那些，回码头上也仍是那些。到码头上见着一仆妇领着一个白白净净的姑娘，穿着重绣的紫色袄子与一双绣花布鞋，原本好好的，没一会儿就走散了。人山人海的，去通济隆换票时，却见到那仆妇逮着人牙就问，听说金山下来买女仔，十五岁的闺女，本是去温埠结亲的，干净着，连温埠头等船票一道三千块。若是要买，去同她说我就在船上等她，你们领着她上金山的船去就是。'"

温少当个笑话听着："若非穷到吃不起饭，哪有卖女儿的？"

六少也说："也是，那种生意做惯了，嘴里也没一句真话，温少全当听个笑话。不过这笑话说来也是个传奇，后头才精彩。温少要不要听听看？"

温少道："六少请讲。"

洪凉生道："那仆妇道，她婆家已经将女仔相公寄来的信封地址给拆了，余下那封信纸在她身上，留着给人牙子佐证，验明女仔金山客未圆房的妻子身份。又道她不识字，即便识了，过海关也跑不了。我小妈便觉得稀奇，问那仆妇：'媳妇也是半个闺女，家中既有金山佬，何至于要到卖闺女的份上？'那仆妇道：'嫁个闺女，张口就要上千彩礼，娶回家里，柔柔弱弱，既不能在父母跟前尽孝道，如今又大张旗鼓要接去温哥华，光一趟头等船票便几百上千块，送过去又吃饭又念书的，不知多赔钱。在汕头码头买个闺女也不过几十块钱，还能替家里采茶做饭。港口人多嘴杂，不如就在港上将她走失，一了百了，省得赔钱更多。'"

温少听闻，一笑："不对。若是仆妇都道她体弱，人贩子怎么肯买？"

洪凉生道："我也觉得奇怪。若真是卖个闺女，怎会由一个下人出面？但更奇怪的是，茶商富户，送不曾见过世面的儿媳从鱼龙混杂的港口乘远洋轮渡，怎会只派一名仆妇陪同？

若是真心关切，该亲自来接才是。"

温少道："说来说去，错在这家人了？"

洪凉生道："到底不是自家女儿，不够疼爱罢了，也并不全错。人牙子之流自然不可信，伪造纸儿子身份的人家也不信，可草率弄丢儿媳的人家真就可靠吗？无非将女孩儿从一个臭水沟翻到另一个阴沟里，只是她又爬了出来，将命攥在自己手里头罢了，从此她是自由的，是死是活，没人能替她做主。她本就受了害遭了罪，公道该同做了缺德事的人去讨，为何要来向她讨？"

淮真听完都傻了：小六爷这是办的什么事？自以为英雄好汉，一人做事一人当，将她给搭救出来，却把自己与罗文往火坑里送？

温少笑了起来："我本不想计较，没想到洪六爷竟叫我寻根究底。"

洪凉生道："对。"

温少道："说起来，在场也有位知情人，恐怕脱不了干系。"

小六爷道："唐人街几十年来也不知向广东香港卖过几万名纸儿子，这万人统统应当认罪吗？"

云霞道："若温少要追责，我母亲做错了事，自然逃脱不了……但请不要以此来要挟淮真。"

阿福道："云霞讲得不错。"

罗文有错，淮真不想、也不知该如何替她辩白，但听阿福与云霞这么讲，只觉得有点想哭。

温少不无讽刺地道："这年头，犯罪倒犯出点义薄云天的味道了？"

洪凉生揿铃，刚才端上两碟豌豆黄的堂倌便拿了只铁皮盒子上来。他打开，将一份口供、一份撕毁的婚契与一份法律文书亲手交给温孟冰，又道："如今我从小妈处收罗来的罪证，全在这里了，请温先生过目。"

那份婚契便是姜素曾写给小六爷的，当初在警局外头撕毁了，又以这份法律文书来佐证淮真的自由之身。

温孟冰再次打开那一页口供纸："本文件就是证明下列事件及安良堂所承认的协议：在此同意书签署之前，梦卿是温德良的财产，现在安良堂代表洪万钧，同意付给温德良三千银圆……"

只读了一句，他便将那页口供纸狠狠揉进掌心，脸色煞白地盯着洪凉生："你伪造口供，颠倒是非黑白。"

洪凉生指指自己的胸口："温少信也罢不信也罢，统统可以同我前去求证。唐人街在这里，我人就在这里。若是犯了错便论罪处置，我一个也不让他逃掉。"

温少道："我父亲母亲不可能做出这等事情。"

洪凉生道:"你要见我那人牙小妈,我立刻给你叫来,叫她与你、与季太太当场对质。做没做,信与不信,只有问了才知道。又或者,温少爷根本就不打算求证。"

温少不语。

洪凉生道:"若是温少爷怀疑我们早有串供,当时在场还有一人,姓叶,如今在花旗国也算得上名流。你尽管致电问她当初汕头码头是何种情形。当然,最方便的办法,便是问问温少自己家人。他们究竟有没有薄待那女孩,温少心里应当比我们清楚。"

05.

那番话讲完,温少的神态变了又变,末了竟然一笑,道:"洪六爷好口才。不过打官司不是打辩论,人得留着,等各自律师到金山再论不迟。"

小六爷的话有几分真假准真不知,但竟要闹到律师出面,她被吓了一大跳。

洪凉生也皮笑肉不笑道:"那可别到太晚,金山客不比我等闲人,寸金寸阴。"

事态一度到了剑拔弩张的地步,到末了,小六爷与温少竟当无事发生似的,该吃吃该笑笑,还叫堂倌又加了几个菜。楼下唱戏的唱戏,欢喜的欢喜,一声锣鼓响,陡然将婚宴推向最高潮;喧哗的中式婚宴伴奏下,这顿饭变了味,阿福与罗文不再多话,偶尔小心地替来客斟个酒,席间气氛极其诡异,令淮真如坐针毡。

一顿饭吃完,淮真一身薄呢长衫早已汗透。

安良堂的人一早便等在福临门外,说是将姜素与当初同船的女仔也一并叫了去。

在萨克拉门托街上稍等了片刻,等到Nicolson过来,一行人便跟着杂物理事前往安良堂。淮真抬头去看温孟冰身后的阿福与罗文,咬咬牙,对小六爷说,也想跟去看看。

说完便立刻被阿福呵斥,说安良堂是什么地方,小姑娘凑什么热闹!叫她跟云霞回家等着。

她道:"这事本就与我脱不开干系,我不放心,想跟去看看。"

小六爷笑道:"妹子,你傻了吧? 这顿饭吃完,这事就和你再没半点干系,同姐姐回去,先洗个澡,好好休息,等着这头的消息。"转头又问:"温少,是不是? 你也劝她一句。"

他着一件藏青丝绸质地的唐衫,上头密布着抽象的松与鹤的图案。温少则着一身肃然西装,长途跋涉尚未来得及沐浴换下,只得Nicolson刚才过来时给他带了条干净的黛青丝质领带系上。温少足够高大,不可否认是个成功体面且威严的男人。

他比那松鹤唐衫的青年高出半个头。

两人一同峙立于唐人街牌楼屋脊下,当小六爷满面春风地转过头同淮真笑着说"妹子,此事从此与你不相干"的那一刹那，他七十英寸的身高足足生出了七百英尺的气势。

温少也转过头，笑一笑，也说："梦卿，这里不关你事，回去吧。"

同样的话，由他讲出，语气却弱了一大半，也许天生少有人能如小六爷般硬气到骨骼里，又或者温少终于发觉自己的底气不足。

两人在牌楼屋脊下暂时相安无事，各行其是。

人到齐，便一齐走了。

唐人街还没什么地方是华人去不得的，准真想偷偷跟去，被云霞死活拦了下来。

她生气道："都说与你不相干了，你去干什么？"

准真道："季叔季姨都在那儿，不知姓温的老狐狸后头还有什么损招，不去看看怎么放心？"

云霞道："妈妈本就犯了错，看你一天天在跟前活蹦乱跳的，因为当初的错事心里一天不好过一天。再坏再差，能去牢里待几天，罚点款，往后与你相处起来心里也舒坦。"

过了会儿，她又说，昨天小六爷找到家里来商量时，阿福本都想叫准真同温少去了，觉得他那么富，跟着他不吃苦。

罗文立刻骂了阿福，说："即便云霞是我们生的，命也是她自己的，不由我们主宰。那种中国男人，不知多古板，将女人当作男人的附庸。广东乡里人尤其古板，瞧不起闺女，他出洋多年尚能好一些，但他家里人，怕是更不把女人当人看待，比梁家凯那小子更甚。你也给闺女相过亲，挑过夫婿，像这种男人，即便再有钱，跟着他能好过到哪里去？"

说完便劝阿福，错在她，认错就是，不论如何也不能将准真交到他手上。

思来想去，准真仍觉得小六爷这事不靠谱，问云霞："你觉得小六爷说的那些都是真的吗？"

云霞道："小六爷那张嘴，见人说人话见鬼说鬼话，张口就来，我都不信……"

准真道："既然你都不信，凭什么他觉得温少会信？"

云霞仔细想了想："保不齐他心里真的有鬼，正给小六爷猜中了？"

准真也不知这里头几分真假，只觉得心里惴惴的："若是有隐情，当然小事化了，为什么又要闹官司呢？"

准真终究不放心，想着手里还有温少在机场给她的几百美金，便哄着云霞和她一道去了仁和会馆，花了几十块找来个机灵跑腿的，让他跟去安良堂看看，一有消息，立马来阿福洗衣通知她俩。

之后，两人便一齐蹲在阿福洗衣门口的阶梯上等，从中午等到黄昏，等得手脚发冷，心里直打鼓。

内河码头敲九点钟前后，仁和会馆的人来了，却只说叫她俩先睡下。

两人都着急，问："那边情况怎么样？"

仁和会馆的人说:"下午洪三爷从洛杉矶来了,就在刚才,温少的律师也到埠了,两边一同在安良堂商量呢,一时半会儿也回不来。"

两人还想问什么,仁和会馆的人又说:"小六爷叫你们别急,急也没用,睡个觉,等到天亮,就什么都知道了。"

淮真哪里还能睡个好觉,被云霞呵斥着草草洗了个澡,被子也懒得铺,和衣躺在云霞床上将就睡了个囫囵觉,睡前炭炉也忘了熄。两人只顾着琢磨安良堂那边怎么样了,也没工夫聊别的事情。

半夜惊醒,淮真在睡衣外头披上大衣,便拖着云霞陪她去仁和会馆找那小伙问话。那小伙也替她们挂着心,叫她们别担心,回去待着,一有消息他立刻上门来。

到早晨五点半钟,仁和会馆的人又来敲门,只叫云霞将昨天季太太煲的等淮真回来喝的鸡汤热一热,再炒个菜,拿食盒装两人的份,同他一起送到市区警局去。

淮真问什么事。

仁和会馆的人便说:"季太太往后得在警局待上一段日子。"

淮真问他:"是什么罪名被捕的?"

来人不肯说。

云霞二话不讲,回屋去热鸡汤。淮真想同她一起去,仁和会馆的人却不肯,说阿福与小六爷都叫淮真待在家里等消息,哪里也不准去。淮真气得当街踹了他两脚,说:"你干什么吃的,拿我五十块钱就这么办事的?"

仁和会馆的小伙一直喊冤,说:"这是小六爷吩咐的。"他若是不听仁和会馆差遣,到头来工作丢了,只得屁滚尿流乘船回乡放牛去。

淮真没办法,只得在家里傻等着。

到中午云霞回来了,看起来倒一点也不着急。

淮真问她:"季姨究竟定的什么罪,要关多久?"

云霞便说:"交了洗衣铺的账簿上去,给妈妈安了个前年底逃税的罪名,得在警局拘上两星期,这两周爸爸都得去陪着妈妈,只得我俩在家里。"

淮真一开始想不明白,怎么温少查起唐人街拐卖少女的老底,最后却给假造纸儿子的罗文落了个逃税的罪责?

仁和会馆的小伙道:"到底温少还是网开一面。"

淮真问他:"怎么说?"

小伙道:"听说两边律师来了,温少却不肯闹上法庭。两下商议,最后决议庭下和解,两边各让一步,小六爷也得将安良堂不法贩卖的底交出来,将洪爷名下所有女仔都叫到安良堂,温少一一问她们有谁想回乡去,他立刻为她们购置月末返回南中国的船票。"

淮真来了精神,问:"然后呢?"

小伙道:"当场四百多女仔,年纪最大的二十四五,年纪小的十六七,竟没有一人肯乘船回乡。温少便又问,撕毁之前的身契,安置到救助会,以自由人身份开始上学的又有谁?"

淮真问:"有几人?"

小伙道:"不过二十来人。"

淮真又问:"剩下的人呢?"

小伙道:"剩下来的,温少便道,他资助唐人街为她们新开一所学校,请人教她们念书,念到毕业,若仍找不到工作,便叫小六爷经由仁和会馆,为她们在制鞋工厂寻个位置安置,问小六爷肯不肯帮这个忙,小六爷当然答应。安良堂协助拐卖、偷渡的,都一并送去警署,交由市警察定了罪,蹲三五年号子也是少的。"

淮真问:"姜素也在其列吗?"

小伙道:"据说她是哮喘重症,拖到今日也没几年了,有西医院医生的凭据,究竟要不要坐牢,仍得由白人的律法定夺。至于季太太……"

云霞道:"到底是温少怕带累你,所以胡乱安插了个别的罪名,让她吃点苦头,免得她忘性大,是好事。意大利人昨夜一听说吃了官司,跑得比谁都快。妈妈气坏了——也算给她长个教训。"

小六爷的话究竟几分真几分假暂且不论,但不论几分真假,都在温少心里激起了点什么。父母亲究竟有没有卖掉梦卿,倘若家人咬死不认,他也再难求证;可是从前父母待梦卿如何,他却比旁人更加清楚。

儿媳走失,温家人当然有错。

只是看守儿媳疏漏虽有错,但不致大到使温少悔恨。

若温家人看上去只错了一分,那必得让他们多错一些,却要在温少心里埋下种子,赌他不敢也无法求证。

人的恨倘若落到实处,温少因愧疚从此也无法面对梦卿。

Nicolson是下午四点钟来阿福洗衣的,温少没来,这也在淮真预料当中。Nicolson问淮真,以季家的经济能力恐怕难供她念完大学,所以温少最后问她一回,究竟肯不肯随他回温埠。

云霞从门后头探出头来,替她道:"若我是温少,便没脸来问。季家再穷,也有手有脚,不至于出卖女儿。"

淮真想了想,叫Nicolson等等,自己回到房间寻出那件给洗坏了的紫色短袄与绣鞋,连带那封信一起揣进一只干净布包,让他带去给温少。

Nicolson说:"洪三爷与温少的律师还在清点安良堂的账务,等查清账目后,会有一笔钱转到你在富国银行的账上，约有八千美金。"

淮真当然知道这笔钱是从哪儿得来的。

她说："我会记得查看银行账户。"

Nicolson又说："如果手头拮据，尽可写电报到温哥华来。"

淮真道："若是真穷到上街讨饭了，也许我会的。"

Nicolson苦笑，又说："温先生仍有一事放不下心——他希望你不要再去招惹那白人家的小子，他祖父不是好惹的。温先生希望你知道，他一心只想你平安。"

淮真想了想，说："我也有一事希望能让温先生知道：从汕头码头与仆妇走失那一天起，梦卿就已经死了。"

Nicolson深深看她一眼，似乎不知应当从何处感慨。但也只说他一定原话转达，也请淮真多保重。

送走Nicolson，淮真一回头，却见小六爷屈着条腿，坐在阿福洗衣穿堂的条凳上嗑瓜子，跟放高利贷的上门讨债似的。

一见她进屋，小六爷抬抬下颌道："喏，五十块钱，给你还回来。"

贿赂仁和会馆打手被当场拆穿，淮真将钱叠了叠塞进衣服里："小六爷可真大方。"

他也不客气："那当然，小六爷做事你不放心，还背地里花钱找人盯梢？"

淮真道："我还不是怕小六爷年纪轻，扛不住。"

洪凉生脚边瓜子壳落了一地："小六爷在你心里就这么没本事吗？"

顿了顿，淮真问："究竟温家人有没有做卖儿媳的事？"

洪凉生道："谁知道呢？"

淮真又好气又好笑："你这不也是剑走偏锋，还叫有本事？"

"说来我也想找个机会倒腾一下我爹和小妈遗留的产业，但一直找不着机会。他来了，倒也正好。"洪凉生笑一笑，"倘若他不曾做亏心事，今日怎肯善罢甘休，连你面都不敢见，灰溜溜地就走了。妹子，你说呢？哎……事不都解决了吗，还伤心什么呢？"

06.

她去过一次花街，也去过市区警局，只去看了罗文，并没有见着约翰逊，向人问起，说他已回了华盛顿。当初她被关进来审问的警察还在，但没人认出她来。

哈佛一年的五百五十美金学费与身份证明、医疗证明一并加急寄过去，说东岸得三天才能收到，她不知为何急得不行，又去了帕斯域电报局，十美分一个字，发了三百多字的电报到恒慕义博士电邮地址下，询问几时可以入学。

恒慕义博士当晚回了电报过来，告诉她最早二月，让她在家里好好过圣诞、新年，还祝她中国年愉快。

一周后的回信里夹着八十八美金，说是帮她申请的奖学金得三月以后才能得到回复，恒博士仅代表个人给她一笔小小奖金，以中国新年利市的形式作为她在会议上表现优异的奖励。

罗文从警局回来以后，唐人街的几家洗衣铺都找上门来，说白人洗衣行不景气，意大利人也靠不住，不如唐人街的洗衣铺联合起来，将生意做大。上门洗衣统一上市定价，请几大工厂老板投资，自己入股做股东，这样也能给安良堂及一帮安良堂失业的四邑乡民一份活做，互为奥援，将危机挺过去。主意敲定那天，淮真将自己刚到账的八千块钱扣除三年学费，统统交给阿福投资洗衣生意，反正也是投资，不如投资自家人，怎么也要做个最大头的股东。

之前赚的那笔钱，和西泽一起离开三藩市时统统取了出来，包括旅途中她给家人买的礼物和入学通知，都在旅行袋里。几次见到黎红与雪介，她都觉得实在有点不好意思——去了一趟东岸，什么也没给朋友买。她等待着那些东西寄回来的那天，又着实怕他把她的一切统统还回来，就好像等不及三月到来，他对她的失望已经使他彻底灰了心似的。

恒博士隔天又经由她在电报上留的电话，打到她家里，说："怎么没见到那份入学通知？"

她有点抱歉，说："入学通知弄丢了。"

恒博士诧异地问道："怎么会丢？"

她的语气弱了很多："总之就是……就是丢了。很要紧的话，我去找回来。"

恒博士想了想，问她："是不是遇到什么困难了？"

"他被迫回到家人身边去了。"

恒博士哈哈大笑，用英文打趣道："年轻的美国抛弃了古老的中国！"

她也用英文承认："是我的错。"

恒博士问她："需要我的帮助吗？"

"如果一定需要入学通知的话，我去要回来。"

恒博士笑道："当然不那么要紧。如果因为他的家人没法同他联络，我很乐意为你效劳，替你转达一些话。他姓什么？"

她说："穆伦伯格。"

恒博士惊叹一声："现在我相信你们一定经历了相当多的不愉快。"

她最终没让恒博士替她转达任何话，她该说的在汽车里已经讲了；也没让博士替自己要回任何东西。但她也没拒绝，兴许恒博士能帮自己打听一下他近况如何也是好的。

过后两周她没有收到来自恒博士的任何消息，云霞得在学校上课，周末才回家，只她最闲。因恒博士信教，准真怕之后跟着他念书犯忌讳，所以在社区教会给自己找了两份工打，替周末来教堂唱诗的学生们弹琴，以及领着社区小孩跟着乐拍唱一唱希伯来语的歌。

难免会常常碰见拉夫·加西亚，每次闲下来，坐在厨房吃修女嬷嬷从市区买来的面包片，加西亚总会和她聊上十几分钟的天。临近圣诞与新年，加西亚告诉准真，他要回菲律宾去一趟。

准真对菲律宾没有太多了解，只随口说："有空我也想去菲律宾玩。"

加西亚大惊失色："不能去！菲律宾很危险。"

向来是夸自己国家好，从未见有人拒绝游客前来的理由是"我们家不安全"。准真倒觉得好玩了。

追问下去，才知道美国在美西战争过后吞并了菲律宾，因为怕菲律宾当地混血财团组织当地人反抗，所以也在菲律宾联合菲律宾人大举排华，激烈程度比四十几年前的三藩市更甚。

因为加西亚英文口音很重，怕准真听不懂，隔天又从家里寻来几十份新旧报纸，最早从怀尔德曼担任驻港领事，开始与菲律宾革命党的斗争起，一直到前几天的一份《华盛顿日报》，加西亚指着那个接任负责军事事务的国务卿朗斯维尔·怀尔德曼的大名道："就是他。"

在唐人街教会的厨房里，加西亚滔滔不绝地讲了一堆美国的坏话，准真却被上头另一个名字吸引了。

……Ernest B. Price 仍旧担任军事事务的首席助理国务卿，美国国务院委任给他的副助理官，则是曾就职于 FBI，由 E.Hoover 和 W.S.Luswein 联名推荐的 C.H.Muhlenburg。

那份报纸下面贴了三张黑白照片，一张是新任国务卿，一张是首席助理，另一张是穿着黑白西装、背景是四十九星条旗的西泽。

准真请了礼拜五的假，坐清晨六点前往洛杉矶的灰狗巴士。因为洪三爷曾提起，自己律师事务所的电话可以接往军事事务所的通话接线室，而第二天就是西泽的生日。

从市郊巴士站乘车前往黑鬼巷仍有一小时计价车程，准真抵达洪三爷的律所已经是下午两点，万幸距离律所打烊还有一小时半。小六爷已经事先告知过三爷她想接一通非常私人的电话去，三爷正巧手头有洛杉矶移民局的情报官司，近三月来常需接往军事事务所接线室，便立刻同意下来，唯一的要求是电话不能占用超过五分钟。

电话接通后，立刻响起一个女声，用甜腻腻的英文问："达令洪，你好久没打来了……"

准真大概知道为什么这通电话接得这么容易了。她略有些尴尬地咳嗽两声，说："我是梅森事务所的职员，想找 C.H.Muhlenburg 听电话。"

语调立刻降了三度，笑道："啊，西泽啊。"

随即又问她业务编号。

她将洪三爷事先备给她的、需查询的业务号报过去，女职员立刻懒懒地说："稍等，我替你将电话接去他那边。"

电话忙音十几秒钟，重新接起来时，背景里先响起一群年轻男士的笑。大抵是圣诞快来了，华盛顿下午五点钟是双休日前的最后一个小时，所有人也都跟着懒散起来。

接电话的人有些生气，捂住听筒勒令他们安静。

笑声立刻止住了，似乎办公室里所有人都屏息在听似的，令准真也无端紧张起来。

他接着对电话这头说："你好。"又报了一串长长的职务或者头衔。

平时在耳边听起来清清凉凉的声音，如今经由机器传来，不知怎么也带着点冷兵器似的嗡嗡声。一声"你好"，仿佛在考问。

电话是被监听的，她不能讲自己是谁，德语不行，中文更不行。洪三爷给她的业务号是已经结束三个月，但可以调档查询的。将业务号报给他，接下来的电话她必须交给洪三爷的助手来接听记录。也不能沉默太久，否则被当作恶作剧，反响更坏。

她报出那串数字，在他要离开电话去档案室之前，飞快地用不带任何口音的英文说了句："生日快乐。"

话音一落，他没有立刻离开听筒。

他沉默了。

五秒，十秒……

两人相对沉默，失望的人更失望，亏欠的人更亏欠。

她只想说句生日快乐，但她不该只说一句生日快乐。她不知他是否听出来是自己，可也没法同他说更多。

二十秒，三十秒……

那头的同事先察觉出不对，笑着打趣："嘿，西，接线室哪个女孩接来的骚扰电话？"

一群人开始起哄。

西泽也笑起来，将听筒拿远，压低声音说："你们给我闭嘴。"

笑声更强烈。

电话又拿近了，她的心也提起来。

她听见西泽在电话里对她说："谢谢。"

言简意赅，又再度沉默。

假如一人要通过沉默去揣摩另一人的心思，沉默在延长，内心的空洞也在无限扩散。

淮真也不知道有没有五分钟，或许更短，或许更长。

他语气温和轻柔，客套又官方地问："还有事吗？"

她说："没有了。"

电话那头的人走开了，应该是叫人去取档案，淮真立刻将听筒递给坐在一旁的洪三爷的助理。

穿黑色公务装的混血女孩拿着听筒听了好一阵，又疑惑地放下来，对她说："那边已经挂断了……但没有反馈任何信息。"

她点点头。

下午三点的洛杉矶又下起雨来，返程的灰狗巴士是在四点钟。洪三爷怕她追不上巴士，本打算离开岗位两小时，开车载她去巴士站，却被淮真拒绝了，说她一早已经叫了计价车，就在龙岩外面。

雨天计价车很少，她也不太熟悉洛杉矶的计价车停靠站，离开梅森事务所后，她在街头走了十多分钟才碰到一辆接女儿太太去巴士站的，看她一个人在路上走，又觉得不放心，折返回来将她载去了目的地。雨天巴士行程也有延误，尽管抵达巴士站已经快五点，但她仍坐上了返回三藩市的最后一班车。

一整天只顾赶路没有吃饭，又淋了雨，最后回到三藩市已经是夜里十一点半。历经这番折腾，淮真倒没立刻发觉自己有多难受，只觉得浑身劲儿都用罄，力也不知该往何处使。云霞惊叫着给她开门，叫她去屋里捂一捂，下来洗了热水澡再睡。可没等水烧热，她躺在云霞的床上便一睡不起，发起烧来，一病便病了足足一个礼拜。

07.

淮真这一病，从礼拜六起便向浸信会请了假，一直到下个礼拜五，却觉得将第二天的布道也给错过，实在有点对不起布力梨神父照常发给自己的工资。是以病虽没好彻底，却还是早晨六点喝一剂退烧药，便去了斯托克顿街的浸信会。

陪着童子军唱诗，结束了也才九点钟，半小时后还有一个月来一次的青年球队。

合上琴键盖打盹，旁边毛玻璃的窗户外陡然响起一道熟悉的声音："唷，怎么就瘦成了这样？"

抬眼一看，小六爷立在毛玻璃外，跟立在雾里似的。

她没劲儿讲话，只冲他笑一笑，便偏过头接着睡。

小六爷笑得不行："跟谁没失过恋似的，小两年前也头回情场失意，难过得不行，你看我现在不挺好的嘛……小六哥现下手头大把青年才俊，走，立马带你相亲去。"

她实在困得不行，扬扬手说："小六爷，我睡会儿，待会儿还得干活呢。"

他若有所思："噢，既要干活，那今早上你家来找你那白人，我也叫他回去得了。"

淮真"腾"地抬起头来。

小六爷哈哈大笑，用英文对远处讲了句："先生，她在这里。"

一边说着，毛玻璃外紫唐衫的影子也走远了。

又走来一个灰大衣，"笃笃"地敲了两下毛玻璃，盯着她友善微笑。

眼睛不是黑色，是蓝色。

淮真稍稍愣了两秒，才将这张脸与华盛顿市政厅里着灰领带的新娘父亲对上号。

玻璃窗框锈蚀了，现下打不开，她从椅子里起身，忙对窗外人说："先生，我立刻出来。"

哈罗德笑着说："别急，外面太冷，我在浸礼会福音堂等你。"

琴室外就是福音堂，布力梨神父、修女嬷嬷们与大学青年球队、母亲会与男青年一起学正道。她摘下风衣还没及披上出门，在门廊便被哈罗德拦住。

浸礼会常有访客，大多是在角落里站着说话。

哈罗德边走边感慨说："这真是个说话的好地方，上帝都替你掩饰。"

两人走到福音堂角落，哈罗德突然很抱歉地笑了起来："你们到纽约时，我提出想见见你，他拒绝了。没想到第一次见面，仍旧没有经过他允许。"

淮真不知答什么，只说："你要是上我家来，我该做一桌好菜款待你，可是我一整天都得在这里工作。"

"我因公来，很快得走，恐怕来不及吃饭。"哈罗德很爽朗地笑着，笑得远处几个听福音的青年都回过头来。笑了一阵，他又说："真可惜，许久没同华人一起吃过中餐。"

在他笑时，淮真便想，原来西泽的嗓音也是遗传自爸爸。

哈罗德突然垂头看着她的右手。

淮真也低头，发现他看的是自己手上的戒指。

她慌忙摘下来，说："我是不是应该将这个还给你？"

哈罗德推拒："不不，女士，你误会了。它已经是你的了，而且很适合你，所以不免多看了几眼。"

淮真将戒指攥在手心。

哈罗德笑道："也许你听我讲完，再决定也不晚。上礼拜你有致电国会大厦？"

她吃了一惊："我从朋友律师事务所借公事打过去的电话……给他添麻烦了吗？"

哈罗德道："没事的，别急。怀尔德曼先生是我的朋友，我在香港那年，他做过驻港总领事。这是怀尔德曼先生告诉我的，连西泽都不知道。"

淮真小心地问："他还在生气吗？"

哈罗德笑道："当然，他那个脾气。"

淮真背转过身，将脸挡起来，深深懊悔："他来找我时什么都没有了，有的只是我对他的信任……都是我的错。"

"人之常情，不怪你。"哈罗德突然讲起中文，讲完一句成语，立刻换了回来，"在你们去特区之前，他相信过我能对付他祖父，同时也过分信任他自己的感觉，认为无论何种情况下，他祖父都不会伤害你。但其实他错了，而我也无法用任何苍白的语言来扭转阿瑟在他心中令人尊敬的地位，除非有一天他可以亲自去看看。"

淮真的脑子已经给烧成一团糨糊，哈罗德这番话，连同温先生讲过的话，渐渐为她黑洞洞的内心打开出口。

哈罗德留时间给她慢慢思索了几分钟。

她脱口而出："去香港？"

哈罗德点点头："你令他感到愤怒，感到被捉弄，但这未必不是一件好事。否则阿瑟绝对会想象得到，但凡怀尔德曼手下的军事助理国务卿，通常在上任半年内，都会被国务院委派到具有极特殊远东贸易、情报环境与英美关系的香港或者新加坡做总领事，助理国务卿也有权钦点随行助理官。"

淮真慢慢地说："如果他愿意去，他就能了解到母亲真正的……"

哈罗德郑重地点头："离开香港前，我手头所有产业都转到了他母亲名下。因她识字很少，这些年一直委托沙逊洋行的挚友代为照管。除此之外，还有一大笔先施股份，几处尖沙咀房产。在他母亲去世一年后，挚友在广州找人购买了一份纸儿子，将他在香港出生时的姓名登记在册，从西雅图入关，打通关系，让这个 ID 也得到美国认可。离开美国这些年，便经由这个香港、美国两地均认可的中文名字，陆陆续续将一部分财产暗中转到远东，连带他母亲的遗产，二十年前起就已归在他中文名字户下。这些年我一直在烦恼，应该如何将这件事告诉他……纽约花旗银行和他谈过以后，直到第二天，我才终于想明白。"

淮真有点疑惑："第二天发生了什么？"

"第二天，你成了哈佛大学恒慕义博士的学生。这位教授，一年之中，起码有七八个月都携带妻子在中国传教，近十年以来，半数以上的时间都在岭南大学与香港大学。我本想着，离开穆伦伯格，你去哪里他便跟着你去也好，兴许会吃一点苦头。但是我险些忘记他那位祖父，恐怕不会轻易放过你。我知道在婚礼上有什么在等你们，但我没有告诉他。因为连我也才想明白，只有让他祖父放松警惕，我才能想出由头，暗中将他送往远东。"

"天高皇帝远，"哈罗德又讲了一句中文，"之后会发生的一切便都是阿瑟与我之间的父子恶战，而不会使他的恶意随时随地降临到你身上——这是我作为父亲能给予的、不伤及他的最大自由，对你却实在不够友好。我很抱歉现在才告诉你，即便西泽至今也被蒙在鼓里。"

"他告诉过你那个名字对吗？傅云出，在美国与香港都是认可的。在殖民地他一定会用到那个ID，而倘使他从华盛顿出关前往远东，那么，即便在香港，你们的婚姻也是有效的。往后再同他回国，经由美国海关，这个只在特区有效的婚姻，会被整个美国大陆所承认……"

淮真呆呆地盯着哈罗德，惊喜来得太突然，整个人有些蒙了。

哈罗德微笑道："别开心得太早，在他去香港之前，我与你都没法将这一切告诉他。至今他仍不大愿意理我，可想而知他对这件事有多愤怒，尤其是对你……即便副助理国务卿先生点名要他去，他仍旧有拒绝的权利，所以……"

淮真说："我就是单纯为他高兴，不为别的。"

哈罗德哈哈大笑起来："恒慕义博士已经与我通过电话，他说得先征求你的意见。所以女士，你愿意申请同恒慕义博士前往岭南大学或者香港大学吗？"

她仰头盯着天花板，不知该怎么才能使自己不至于开心到掉泪，只好挡住眼睛狠狠点点头。

哈罗德微微躬身，语气轻柔，像哄小孩似的说："那我们等等看，看他气消以后，愿不愿意跟随Ernest先生去英国殖民地。"

作为西泽的父亲，哈罗德有义务为他做任何事。

可是淮真仍旧忍不住，用她因感冒与喜悦而鼻音浓重的嗓音说："谢谢你为他做的这一切。"

"我也很开心他能遇见你，可爱的女士。他两岁以后，便再没接受过来自父亲的教育。但是作为父亲，我希望他可以去任何想去的地方，爱任何想爱的人，做任何想做的事，这兴许就是我唯一能给他的东西。"

她吸了吸鼻子，接着问："那么你呢？"

哈罗德摸摸腹部："说实在的，他那一拳可真够狠的，害我一个月才好……终究上了年纪。"

淮真被他这冷不丁的笑话搞得笑出声来，又颇为抱歉地说："我是说，倘若他去了香港，让阿瑟先生知道，你怎么办呢？"

哈罗德微微眯眼，像是有些感慨，却也像是早已做好准备："我也有我的妻子与家庭，还有我的父亲，不知与他和解需要用上多少年。"

浸信会的礼拜六福音尚未结束哈罗德便匆匆离去，淮真在后院铜水盆里洗了个脸，竟然还赶上了十点钟来的唐人街青年球队。

烧仍然是烧着，但那番谈话后，她心都飞了起来，钢琴越弹越快。两小时福音结束，球队青年目瞪口呆地盯着她，一个赛一个的满头大汗。

连布力梨神父都忍不住打趣她说："今天有什么好事发生吗？你几乎将四分音符弹成了八分音符。"

她仍旧不自知，茫茫然地笑问道："有吗？"

一旁的加西亚冷着脸，阴阳怪气地说："得了报纸 Dragon Daughter（龙的女儿）的赞美，真是追求者无数，比华埠小姐还风光。"

准真不解："谁追求我？"

除了一个拉夫·加西亚，实在没别人了。

加西亚说："我都看到了，一个金头发的中年男人！跟你在福音堂窃窃私语！"

准真仍旧带着鼻音，听他这么说，陡然爆发出一阵哈哈大笑。

加西亚说："你笑什么？"

她实在懒得同他解释。合上琴键盖，夹着福音乐谱，一溜烟出了浸信会，在斯托克顿街礼拜六阳光下的市集里飞跑起来。

Wan chai

第八章
湾仔

我很想你。

01.

罗文不太愿意准真去远东,似乎总觉得现下国家遭逢乱世,没几处地方有好日子过。更何况香港是殖民地,一切以白人利益为上,要是出了点事情,总也讨不了公道。

准真说:"我是大学生,还是跟着教授去的。"

阿福道:"就是,咱自己的国家,什么公道不能讨?"

罗文笑道:"你没听说过?租界和殖民地上人分九等:一等的英、法、德、美国人,二等的日本人,三等的落难白俄贵族,四等的中国官僚,上海租界里的五等上海人、六等广东人,广州租界里的五等广东人、六等上海人,七等的殖民地华人,八等的江浙安徽佬,九等的外地佬。"

阿福道:"妹妹是华埠人。"

罗文嗤笑:"三藩毕竟在美国,美国可更厉害,路上逮着人都能分三六九等。"

准真接话道:"季姨尽管放心……不然,外地佬在中国可不要活了,要是出了事情,还能仗着美国法律给点庇护。"

即便她这么宽慰,罗文听完这席话仍觉得有点心酸。

洛杉矶龙岩的朋友家中有个在波士顿塔夫茨大学念书的女孩,因她念的是弗莱彻法律外交专业,是塔夫茨和哈佛合办的学校,所以阿福夫妇绕着弯子将那女孩邀请来家中做了一天客。

本意是想让准真打消申请去香港的念头,哪知那女孩却直道:"去得好!"

这回连淮真也纳闷，问她为什么这么讲。

女孩说："哈佛还没招过女学生呢，上次记者招待会上，恒慕义教授在众目睽睽下领回去个女学生，教务委员会、兄弟会、男学生和拉德克利夫学院的女孩们已经闹得不可开交。等你去了，还不知怎么欺负议论你呢。你申请开学两个季度跟教授去远东，不仅可以省去两个季度学费，也能多留两个季度时间让他们商量出来怎么接纳一个女学生。不只他们，恒教授与你都省去了许多麻烦，大家都方便。"

这一席话，反倒安了季家两口子的心。

不过既然两个姑娘都念了大学，决定也由她们自己做，家长顶多提提醒。再者，唐人街洗衣连锁生意决议做了起来，作为大股东的阿福洗番衣两口子也要时常活动起来，更没工夫搭理这两个小孩，连云霞牙疼都不清楚。

淮真陪云霞去看牙医。那医生拿小手电照去，惊叹道："几颗牙都给虫蛀了。"

云霞道："打紧吗？"

牙医道："蛀牙倒不打紧，拿盐兑水多漱口。倒是两粒智齿长得太坏了，有点麻烦。"

淮真问道："因为糖吃多了吗？"

云霞翻了个白眼："兴许是日本语讲多了，嘴都嫌。"

淮真好笑得不行。

又问医生："智齿怎么办？"

医生道："拔掉。"

淮真问："有麻醉吗？"

医生疑惑地回道："有奥索方、阿米洛卡因和普鲁卡因，不过麻醉得自费。"

说罢便将麻醉剂的用量和费用算给云霞看。

淮真转过头去看医生手里那只高速旋转的电钻。她听过它转起来的声音，跟电视剧里打仗似的。

她试探着问云霞："拔吗？"

云霞也小心反问："不拔？"

淮真替她回答："不拔。"

医生说："不拔也没事，但要千万少生气、少熬夜……不过不能妊娠，妊娠前务必要拔掉。"

淮真道："那就不拔，反正近期又不怀孕。"

云霞目瞪口呆，从检查床上跳下来揍她。

她一边躲一边大叫："我这么讲是有理由的！"

她当然有理由，但她总不能说：这两年麻药费用够呛，还不够安全。之后的战争会催生出剂量更大、更安全的麻醉剂，也会让她年轻的恋人进集中营。

不等那段日子结束，若是云霞还跟早川在一起，说什么她都会拦着他俩结婚。

两人恋爱之后，唐人街有时一天能有三个街坊上门来骂；但凡两人有点意见分歧，总能扯到国仇家恨上去，一旦吵架，便像两个国家在国际法庭上打外交战一样；话说重了，过几天云霞自己也很懊悔。

每每觉得苦恼时，便向淮真抱怨："唐人街华人挨打受欺负时谁都嫌弃，不能跟国家共荣，却要跟国家共辱。"

淮真叫她少讲这样的话，否则阿福听见不知多生气。

她想起从前有天下午和云霞乘巴士去角堡，坐在石椅上看雾锁金门，云霞对她感慨说："学校里都教'去国怀乡，蹉跎岁月'，我们这些土生的小孩，也只能看看金门海湾里涨起的潮，哪里知道什么叫'去国怀乡'？"

其实淮真也无法深切体会到"国耻"是什么。那是个很模糊的轮廓，印在每个人倔强的脸上，像一场突如其来的亲人死亡，数年随时光消解后，却可以在每一个缺失的细节里真切地被触动。像她自己，来美国一年有余，一直生活在《排华法案》阴影下的唐人街里，几乎没跟几个美国人有过熟络关系；现下要回中国了，却陡然觉得太平洋那头的世界更陌生，统统浓缩在几本读过的近代史里，连背景色调都是晦暗的。

云霞将她年轻的日本恋人深深藏了起来，从九月起，就连淮真也只见过他几次，且都在唐人街外。讲话轻声细语、很懂礼貌的一个男孩子，几乎使人想象不到他生起气来是什么样。淮真从未问过他作为美国三代日裔的文化认同如何，但脑海里也自作主张地替这对情侣做过打算：要是战争打到檀香山，作为医学生的早川可以申请去战场，这样也能使家人幸免于被投入集中营。但不知他是否会愿意为自己同胞们效忠的国家所敌对的同盟国效力。

即便每个人在入籍美国时都曾宣誓："完全放弃我对以前所属的任何外国亲王、君主、国家或主权之公民资格及忠诚，我将支持及护卫美利坚合众国宪法和法律，对抗国内和国外所有敌人。我将真诚地效忠美国，愿为保卫美国拿起武器。"但就如云霞所说，倘若能共荣尚且还好，若有一日和这盎格鲁-撒克逊人利益主导的国家产生冲突，说不好究竟会催生出什么样的情绪。

前往香港大学两个季度的申请，在教授收到她的电报后便很快替她办妥。

白星邮轮公司的船票在两周后寄到唐人街，航程是二十四天，因要赶在元宵节开课前抵达香港，所以一月二十四日就得出发。

临近圣诞与新年假日，四处商店都在打折。云霞得了空，每天下午都能陪她去联合街买东西：自来水笔、速记本、日用品，还有少许夏天穿的短袖、短裤与衣服，因为她几乎要在海岛度过一整个夏天，而三藩市只有春秋两个季节，这里的衣服几乎不能穿。

云霞执意要她多买一些，最好一箱行李都是衣服："等回美国之前，在香港一气全卖掉，也不亏。去年夏天那件毛线裙呢？"

淮真道："还在。"

"全带上。"

"去也穿不了。"

"二月底也还冷着呢，等四月雨季过了，天才见热。"

说起南中国，云霞也从没去过，但功课做得比她还足。

去会馆船运管事那里打听到二等舱乘客每人虽可托带两只箱笼，但联想到二等舱两间房四个床位，正好教授夫妇一间，教授女儿和她一间。一家三口行李怎么也比她多，即便她不能时时帮把手，也不好给旁人拖了后腿，清点来去，最后只打算携带一只行李箱出行。箱笼里衣服是最少的，她也解释给云霞："等到了热带再买，比三藩市合时宜得多。"

因为八月底得回哈佛报到，教授却不急，返程只得她一人，可以在香港再买一只箱笼带上二等舱。她也可以在南中国多挑一些好东西带回给云霞，还有同住花街的几个女孩。

云霞抱着去联合街买来的一堆夏装抱怨："我受够了这经年只有一个季节的城市，想去热带穿好看的裙子。"

淮真大笑："可以叫早川带你去佛罗里达，或者，达拉斯。"

云霞白她一眼："我怎么不去墨西哥呢？"

淮真道："也可以啊。"

云霞自顾自道："UCB[1]只有三月去檀香山的课程，下半年不知有没有去香港的。"

淮真笑道："下半年？我都回来了。"

去东岸没给花街的女孩们带礼物，淮真一直心里愧疚。正逢回香港，便问雪介与黎红有没有想要带的礼物，两人列给她一张英文字条，但都是些便宜轻便的小件儿东西：沙滩披肩、低价连衫裙、日历画报、殖民地上卖的英文小字圣经，还有雪介想买的仿毕加索小幅油画。她们也不太了解南中国，便又说云霞想带的玩意，她们也要一份。淮真一一记下来。

周围朋友大多上了大学，黎红不擅长念书，因此既羡慕又苦恼。恰逢她提起最近长城画片公司在她舅舅位于洛杉矶的"新西贡"越南餐厅拍西部片，淮真偶然提起："不如黎红去帮帮忙，顺带叫摄影师教你拍片？"

黎红说也不是不行，但有点犹豫。

云霞立即劝她去，说淮真学过中国古老的周易扶乩，赚钱一赚一个准，信她总没错。不论如何，也能去派拉蒙长长见识。

---

[1] UCB：University of California, Berkeley。加利福尼亚大学伯克利分校，简称伯克利。

朋友们的一席话，很快使她下定决心去洛杉矶。

哈罗德同淮真讲的关于西泽的那一番话，淮真没同任何人提起过，以免讲错了话，给西泽与哈罗德都招致麻烦。

私下里，她只告诉云霞，西泽最大的上司曾做过驻港领事，他手下的副助理通常也都会去远东的英属殖民地。

云霞这才恍然："所以你去香港的原因是这个？"

淮真叫她千万谁都不要讲。

云霞思来想去好几天，有天躺在床上又忍不住问："你在跟他什么希望都看不见时将他的心伤透了，见他前途大好时又跑回来……会不会让他觉得你捧红踩低？"

听云霞这么讲，淮真莫名有点开心，笑了起来。

云霞纳闷："你笑什么？"

她说："他要真这么想才好，大家公平，我也不至于愧疚到今天。"

云霞听得直摇头。

改天考完试回来，她将淮真叫去企李街吃美式快餐，将她自己手头所有股票、家里所有积蓄、季家老一辈在广东的田产铺头统统收罗出来给淮真，说："他要是欺负你，就给他看这个，你家有钱，我家也不差。"

大庭广众的，淮真吓得把汉堡里的肉饼都掉了出来。

临近一月底，四五个白人找上家门来，递上大红的邀请帖，说经人推荐，邀季淮真小姐参加年初十的华埠小姐赛，想给她拍个照，做个简短采访。

淮真当即拒绝，又问是谁推荐。

来人说，华埠小姐名单通常在被推荐最多的二十四个名字中选择，曾有十九人推荐她参赛，名次排得很靠前。

邀请人将所有好处都讲给她听，比如参赛便有两百美金奖励金，最终得名前三名有三千、一千和五百美金不等的奖励，更有机会结识诸多前来华埠的名人，往后念书、工作，都不愁找人写推荐信；如今好莱坞找华人演员拍电影，大多数时候也会考虑曾在华埠小姐赛上露过脸的。

淮真一开始心平气和地拒绝，说自己初九便要乘船去香港。

那边却怎么都不信，说念书哪里比华埠小姐要紧？不知多少东岸高才生都请假回华埠参加大赛。

几次以后，竟然打扰到伯克利去，给云霞派利市，让她回家劝妹妹。

云霞当然没收。回家将这事告诉淮真，将她气得把婚戒给那几人看："已婚妇女也能参加华埠小姐赛了？"

几人哑口无言，再没上门来找她。

过了一周，仁和会馆以华埠小姐主办方之名送来一只"Dragon daughter"的金色奖章。云霞将那奖章挂在阿福洗衣最显眼的地方，一看就笑得不行："我说嘛，果然是小六爷借着华埠小姐大赛之名来留你。"

淮真说："我好歹也比小六爷有点自知之明。参加华埠小姐赛的都是些什么身段？我要去了，跟母鸡里站了只鹌鹑似的，不笑死人？"

云霞倒不乐意了，说："哪有自比鹌鹑的？款式不同罢了，我们妹妹还是很招人疼的。"

离港的日子越发临近，淮真越有些忙不过来。

洗衣店在新年假期正式开始招工，引得好些穷困潦倒的白人想进唐人街来找工作。唐人街老一辈大多不讲英文，只得让洗衣铺家中几个小辈去给白种工人面试。一到周末，云霞便从伯克利赶回家帮忙，忙得快要脚不沾地。

淮真得在布力梨神父那里工作到离港前的礼拜六，除此之外，惠氏诊所关门后，也常有一些唐人街居民想要的药材，经由惠老头办理，成箱地寄过来，统统得由淮真替他清点。惠老头自己却不知在哪里逍遥快活，她即便发电报也不知该发往哪里。

直到二月初，帕斯域电报局的堂倌才送了一封惠老头电报信上门来，里头只言简意赅地写着"K 小姐，干姜、党参一箱，十五日船送达"。

淮真气得让人照地址毫不客气地回信："十四日乘船去港，K 小姐干我屁事。"

哪知帕斯域电报局的小伙却说，发往菲律宾的越洋电报一个字二十五美分，十五个字，统共三美金五十分。

隔日电报回来，寥寥十字"正好四月十五来港一叙"，压根不提药材应该怎么办。

若不是离港在即，心情雀跃，淮真险些被他气死。

淮真手头的钱，交了学费之外尽数给了季家，没有什么余钱。因为一早便对南中国口岸上的官方、黑市美金汇率有所耳闻，所以到临走前的礼拜六，从布力梨神父那里结了这三月来九十美金的工钱后，便去富国快递换了三百块钱的香洋。三十块钱足够刘霓君拖家带口在上海生活两月，她在香港既不交房租，宿舍也供免费早晚餐，返程船票由学校替她支付，三百块怎么算都足够了。临走前几天，罗文又去富国快递跑了一趟，替她换了三百块孙大头与袁大头，连带自己上回回国剩的钱一共五百块给她带在身上，说香港鱼龙混杂，什么货币都有用得上的时候；又或者总得去一次岭南玩，不可能用不上银圆。又将自己在美国汇通银行香港分行的户头交给她，叫她若是缺钱，便随时打电话问家里要。

香港前年起便和美国通了国际长途电话，这倒提醒淮真，特意去报社往花街公寓订了半年份的《华盛顿日报》，让她替自己留意着上头的消息。等她住进教会宾舍便告诉云霞联络方式，如果有和西泽有关的消息，务必打电话或者发电报到香港告知她。

一家人几乎就这么一气忙碌到过年，直至送淮真上船那个早晨才缓过劲儿。

淮真的行李不多，一人拎足矣。除开季家人，云霞仍旧叫上了早川一起为她饯行，因为两人都知道码头拥挤，教授夫妇要照顾女儿，恐怕照应不了这么多行李。

教授虽一早来电报说"船上见"，等到码头上却不见人。直至听说淮真是二等船票，早川才说："请一起上船去。"

云霞诧异："我们上船，跟妹妹一起去香港？"

早川道："远洋轮渡的二等舱旅客可以邀请客人上船。"

淮真这才恍然，原来教授说的"船上见"真的是指船上。

第一次听说乘二等舱的事项，一家人跟在为淮真拎箱笼的早川背后，在船上仆欧的注视下登梯上船，不免都有些惭愧。罗文回头来搂了淮真一下，两人都想起第一次乘 Santa Maria 号入港时发生的事：梦卿吞药垂死，才换来姜素从水手手里贱买的三等舱一张床躺；受白人医生照拂，去头等舱借用盥洗室洗个澡，仍不免遭人一番奚落。

不过往后，阿福洗衣的一切都会很好。

淮真对罗文一笑，握了握她的手。常年不分寒暑地给人做家务，手上生了厚厚的老茧，也不知她觉不觉得暖。

仆欧将一家人带到舱里，摁响门铃，一个盘着芭蕾发髻、眼睛黑亮亮的华人女孩来开的门。

正怀疑是否走错舱门，那女孩立刻用美式英文问道："是季小姐吗？"

早川让了让，淮真便从后头走出来对她点头微笑。

女孩立刻转过头叫："爸爸妈妈，季小姐来了。"

门外一行人都有点错愕。

淮真回头压低声音介绍："这是教授的小女儿，是领养的华人；大女儿是夫妇生的白人，在香港念书。"

两位中年白人随后走到门口。白人太太穿着欧式连衫裙，教授将女孩揽进臂弯向众人问好，摘下贝雷帽，请大家进去坐一坐，喝喝茶，临开船前会有仆欧来请客人下船。

云霞立刻将一捧大红色康乃馨递给淮真，经由她交给教授夫妇。

阿福头回这么近见着哈佛教授，一紧张，昨晚连夜背的五句英文句子统统忘光，哆哆嗦嗦地伸手同教授握了握，"你好"没讲出口，立刻被云霞嫌弃："爸爸，这么英国化，太可笑啦！"

教授大笑，用国语说："哈哈，国际化，总没错的。"又使劲同阿福握手。

众人进屋坐下，仆欧提了壶红茶与一篮蓬松过头的软面包来。

离开船还有一阵，恒太太同云霞和早川用英文聊天，说教会宾舍住宿条件很好："卫生设备在香港算极先进的，每天晚上通两小时管道热水，其余时候每天给每个成年人提供两桶洗浴温水。住在那里的多是教会女学生与单身年轻教师，澳门来的葡萄牙嬷嬷会在早晨七点至九点提供西式早餐，每天早晨每隔二十分钟都会有一趟巴士，接宾舍众人前往港岛薄扶林山上，大学校园就在那里。"

云霞便问："将宾舍给准真住，那么你们住哪里？"

教授太太说，他们住九龙，在半岛酒店附近有所公寓，大女儿在那里的基督教会中学念书，会方便得多。

正和阿福用国语聊天的教授突然插嘴说："教会宾舍在港岛公园，离湾仔不远，夜里兴许吵闹了一些，不过好在离中环花园的美国驻香港总领事馆也很近……"

云霞突然转过头瞟了淮真一眼，茶杯掩嘴偷笑起来。

其余人都不解："和驻港领事馆有什么关系？"

教授也笑着说："所以季先生、季太太，你们不用担心，对拿美国护照的女孩来说，那里再安全不过了。"

阿福听完这番话终于放了心，格外高兴，直说感谢博士费心照顾小女。

华人小女孩很少讲话，罗文忍不住问："为何将大女儿留在香港，却将小女儿带到美国？"

教授道："美国是一艘船，船上有各式各样的人，无论这艘船上起了什么冲突，总归是要往前划的。香港被称为'东方大熔炉'，都说'西方将他们之中的败类和渣滓送到了香港'，但其实并不是这样，都是一样的人，只是人心变坏了。我太太觉得香港更像一只酒杯，无论发生什么动荡，却始终像威士忌与热带混合果汁一样无法融合到一处。我们都觉得，一个东方人应该看一看美国，知道什么叫歧视与排斥，同时也会知道什么叫自由；一个西方人也应该去见一见香港，看一个又一个基督教国家是怎么发动一场又一场的侵略，而周围那群所谓彬彬有礼、衣冠楚楚的白人，究竟是怎么一个接一个被这大熔炉变成彻头彻尾的败类，同时也时刻警醒自己不要成为那样的人。"

一杯茶喝完，仆欧很快来提醒送客人下船。

季家人走后，淮真从甲板回来，也还算镇静。

直至听见"嗡"的一声巨响，在如雷贯耳的汽笛声里，心里终于有什么地方被触动。

"第一次离家吗？"教授问。

她点头。

教授立刻提醒她："到外头挥手去。"

话音一落，她飞快拉开舱门跑到外头，拉开舷窗板。

金山湾里泊满的白色小船，被缓缓移动的邮轮卷起的白色大浪冲得四下漂散。在一艘艘小船背后的码头上，站着小小的四个人影，一见小小舷窗里她拼命挥动的手，一张张皱起的脸纷纷舒展，笑了起来。

去国怀乡吗？倒不是，不过离家三个季度，孑然一身地漂泊着又是另一回事，有人牵挂着，感觉始终不同。只是不知道自己从什么时候起，和三藩市背后这片大陆有了这么多的羁绊。只觉得白星号像是只风筝，翻起的白浪则是一条结结实实的渔线，金山在后头沉沉拖着它，掌着线，大船便这么稳稳地飞了出去。

海上风大，不时日头便落了下来，岸上什么也都看不见了。她立在舷窗边，等着看恶魔岛的灯塔究竟什么时候亮起来，呈给她金山湾最初的面貌，可是始终没有等来。

教授的女儿出来找她。

她用英文说："爸爸说你哭了。"

淮真转过头笑，用表情告诉她自己才没有哭，又问："我在等恶魔岛的灯塔亮起来。"

女孩儿说："黄昏灯塔不会亮。"

淮真问："为什么？"

女孩儿说："坏人不会挑黄昏做坏事，通常要更晚，天彻底黑透，人人都睡熟。"

淮真笑了，问她会不会讲国语或者广东话。

她说不会："刚只会讲自己的名字，便和家人失散了。"

淮真问："那你叫什么名字？"

她说："我叫梅。爸爸妈妈也叫我梅，这个字在英文里也有意思。"

淮真又笑了。

梅又说："你想吃什么？我叫茶房上了牛肉汤，配法棍，你爱吃吗？"

她说："爱吃。"

"那你会下象棋吗？"

"西洋棋下不好。"

梅说："那你进来我教你，然后就能吃饭了。或者你想接着在外面伤感一会儿？"

淮真认真点点头："嗯……那我进屋里哭，里面暖和。"

船从湾区行到大海里，整夜整夜颠簸得厉害。二等舱比三等舱的客人面貌整洁，又比一等舱热闹，除开中产人家出洋念书的华人学生，白人更多，多是年轻单身白领。

二等舱共用餐室与茶房，没几天年轻人们便熟络起来，男男女女相约晚上跳舞或者去酒吧饮酒。

都是二十岁出头的年轻人，或学业有成，或有可观收入，年轻有为才被派往远东。未来可期，目的地相同，又都是俊男靓女，隔三岔五便会发生一些化学反应。而这种化学反应的增加，每到夜深人静便越发明显。

十二岁的梅，夜里总听见"吟吟哦哦"的声响，忍不住问淮真："他们在做什么呢？"

淮真绞尽脑汁地想了想，说："他们在遵循大自然的规律。"

"大自然有什么规律可循？"

"繁衍……生息。"

"那他们遵循了吗？"

"他们违背了。"

"我不懂。"

淮真解释不下去了。只觉得搞不好她比自己还懂。

教授太太见淮真不是教梅做功课，就是陪她下西洋棋，一入夜便捧着本小字《圣经》读给梅听，成日关在屋里，像个入定老僧似的心如止水，也颇觉纳罕，问她怎么不跟舱里的年轻人出去玩。

梅头也不抬地回答："因为季女士不想违背大自然的规律。"

教授思索两秒，绕过弯子，立刻明白过来，"哈哈哈"笑个不停。

太太问他："笑什么？"

他说："季已经结婚了。"

太太更诧异了："是谁？"

教授说："是个白人，和她去过哥大的会场，我告诉过你。"

太太恍然："竟然已经结婚了，那他人在哪里？"

教授笑道："我不知道。"

太太看向淮真。

淮真也笑着说："我也不知道。"

太太气得抱怨道："你怎么连先生在哪里都能不知道？"

教授眨眨眼说："也许就在我们某天散步的中环花园，也说不定，对不对？"

太太听得一头雾水。

往后一个礼拜，教授太太待淮真更显温柔，带着点考量，像读者以上帝视角考量书中人物似的悲悯。教授说自己的太太爱读毛姆，而毛姆笔下的异族通婚"大多是甘心触犯禁条而沉沦，至少总是其中一方的狂恋"。

西泽也爱毛姆，但她觉得自己与他不算，无关乎异族，仅仅是再普通不过的人，不值得半点歌颂或者怜悯。

等淮真西洋棋下得和德州扑克一样炉火纯青的那天，白星号也终于驶入了维多利亚港。她从未到过这里，但当见到那比金山湾广阔数倍的港口，几乎难以相信这竟然是无数次在明信片上见过的、星光大道背后被无数次填海填得拥堵不堪的狭小港口。

如今这里港深水阔，里头停泊或行进着几十艘万吨巨轮，一艘艘在温柔晨光里鸣咽着向广阔海口缓慢移动，场面不知多壮观。海的那头多数是高低错落的洋房，带着浓郁、突兀的热带殖民气息提醒着她：虽然共享一个太平洋，但这里离金山湾的那个太平洋已经很远了。

她靠在栏杆上，背对着半岛，望向港岛。

花花绿绿的滨海洋房上夸张的广告牌里，突兀地出现一张英国政府告示，用英文与繁体字各写着：三月十五日期，铜锣湾向维多利花园西北进行为期两月填海工程，请注意行车避让。

准真笑着摇摇头，转身进舱。

穿制服的船员挨个敲门，叫关上舱门，等喷洒消毒后方可下船。

准真很诧异，用英文问船员："不需要入境检查吗？"

船员用带着殖民特色的英文回答她："不需要，Man."

说罢门便被拉了起来。

教授夫妇在屋里哈哈大笑："船是美国船，没有美国人偷渡到英国人的殖民地；但是美国有西班牙流感，英国人很怕这个。这里的马来人讲英文都喜欢带一个 man，也不要见怪。"

三月的艳阳晒得大铁壳发着热，地上消毒水很快蒸腾起来，满舱都是医院的怪味。

准真将窗户打开，倚在窗边，看着黄色制服的广东工人开动起重机，将船舱里的行李一一卸到码头看守人那里。

紧接着，船员将头等舱门打开放行，等确认所有头等舱的客人都已走空，这才下来通知二等舱里的客人。

行李由推车推出来，周遭立刻拥来一群黄包车夫，连带着海峡殖民地式的英文也跟着蜂拥而至。

教授用北方话大喊："请让一让……"

没人听得懂，仍将前路挡得苍蝇都飞不过一只，急得教授满头大汗。

准真笑着说："揸车出行，烦请借过。唔该晒。（我们开车走，麻烦借过一下。谢谢。）"

面前年轻的黄包车师傅将车往后挪出个空隙，准真忍不住回头多瞧了黄包车一眼：不是黄的，车身不知为何被漆成绿油油的，车棚却是新鲜的大红色，像一只只热带大西瓜。

四人匆忙推车离了码头，先生太太都夸奖道："会讲广东话，真方便。"

准真还蛮得意。

一个白人小伙开过来一辆橙红色莫里斯牌小轿车，看见教授夫妇脚下堆放的箱子，睁大眼，张口便是英式腔调："我该借一辆行李座宽敞一些的车来！"

一边抱怨，一边却将行李厢打开，努力进行着多边形组合的计算。

准真估摸着英国人的几何搞不好比自己还差，不由得上前搭了把手，总算合力将所有行李都塞进行李座。

英国小伙很不好意思，立在她跟前红了耳根。

教授见状便两相介绍：季小姐，我新得的学生；马克，大学教员。

马克立刻问："季小姐是上海人？"这年里，外来香港的黄种女孩，上海的最多，也最典型；不是上海来的，衣着也典型。

教授道："季小姐是美国人。"

马克有些诧异，像看新鲜似的。没到过美国的人，大抵不明白美国社会的完备歧视链。

一道上车，教授叫他开去聂歌信山道教会宾舍。

准真以为会先乘船去九龙。

教授笑着解释："先送女士安全到家。想来九龙吃茶，哪天都不晚。"

准真谢谢教授夫妇。

车绕行中环步行街，一路往山上开去，状似唐人街的街景一点点变成柏油山路，车窗外的景象也逐渐被杜鹃花、岩石与海取代。

车里的人热络地聊着天，教授突然回过头问她："感觉怎么样？"

准真知道他想问她追本溯源的感觉怎么样，她想了想，说："像个人口稀疏的豪华唐人街。"

教授大笑，说："香港很美，再待一待就知道了。三藩市适合养老，香港却是个适合年轻人艳遇的地方。"

准真笑了，心里却否决。不知香港适不适合艳遇，但她知道三藩市适合。

说着话，黄色的教会宾舍百叶窗从茂密的热带植物后探出头。

车开入花园，停在客厅外。客厅门边放着一盆盆蓝色瓷花盆，里面种着小型棕榈树，树后头放着藤椅与白色靠背椅。

地板是洁净透亮的奶黄色，映着洁白的墙壁，热辣辣的氛围扑面而来。

马克帮她将行李拎下来，又自告奋勇替她揿响接待室的门铃，叫来接待员露西·周。

房间在楼上，宾舍没有电梯，教授立刻叫马克将行李拎上楼。因为教授三人还在楼下，不便叫人久等，两人合力将行李搁在宿舍门外，便立刻下楼来。

教授夫妇正同接待员交代些什么，大致是请她费心照顾准真。

见她下楼，转头笑着说："露西对这里比较熟，她一会儿会仔细告诉你生活须知，熟悉周围，巴士线路，早起规则，有什么都可以请教她。"

准真点头。

马克突然自告奋勇："也可以请教我，我……"

说着掏出名片递给准真，迫切得连梅都忍不住笑他。

教授却赞许道："你刚来不太熟悉，马克有车，方便带你四处看看。"

准真有点迟疑。

教授接话："你想说你已婚——部分已婚，一切没有定数，只能算订婚。"

准真无奈地笑了笑。

教授从衬衫里掏出派克笔，将半岛酒店的公寓地址、电话一并写给准真，告诉她教会宾舍一楼有电话租用，可以随时投币使用，有事便与他联系；不过马克应该会有更多时间，也会给她更愉快的香港旅行体验。

马克对她仍十分热情。临上车还说，他知道一家主营美国菜的餐厅，在尖沙咀香港酒店六楼，叫格瑞普，希望准真有空一定赏光和他一起去，他还从没尝试过美国菜。

准真笑了，说："我也不知什么是美国菜。汉堡？薯条和可乐？"

一车人都大笑起来。

教授一家走后，露西·周带她上楼看房间。

"楼顶花园，一楼客厅、餐厅与院子都是公用区域，早餐七点开始，如果你六点半乘巴士参加学校考试，记得提前一天告诉索伊莎嬷嬷；早餐大多数时候是法餐，但是女学生们都讨厌吃蒜，所以通常是不加蒜的教会式法餐；最早一班校巴六点钟开来，最晚一班到九点；晚餐六点钟开始，七点半结束，因为学校五点放课，回来晚了，兴许只能在铜锣湾排档里随便吃一些。你的房间是走廊尽头的单间，这房间很美。宾舍背靠中环植物园，推开浴室窗户便可以看到；卧室床边的窗户望出去可以看到海——不过千万别轻易打开纱窗，这里是山上，离植物园又近，到夏天你就知道了。这是你的钥匙，你可以自己去看看房间，看我说的是不是真的。"

准真推开门，瞥见那尽头只容下一张横陈的床，虽然小，各式家具却一应俱全的房间。她伸手将行李推进房间，又笑了笑，表示她很喜欢这里。

露西很体贴地说："我这里有干净枕衣，如果你想休息，随我下楼来换上，大可以睡一觉。"

她问："能否借用电话？"

露西说："不急，学校教务处已经下课，明天再去学校报到不晚。"

她问："今天几号？"

露西道："三月七日。"

她疲累地点点头，香港岛下午五点半钟，三藩市凌晨一点，华盛顿早晨四点半，美国的三月七日还没开始……长途劳顿，她确实需要睡个好觉。

02.

　　民主党候选人许诺让联邦政府实行新政，帮助人们摆脱经济危机；共和党人仍坚持"自由放任"经济政策……究竟民主党在政府活动中的尝试会摧毁美国，还是共和党过于保守？究竟谁会获得四十八个州的绝大多数选票？

淮真读完报纸，皱着眉头想了会儿，发现自己果然将历史记岔了：三月七日才开始总统竞选，蓝鹰运动却是在罗斯福上任以后，是一九三三年的三月。

清晨已经报过平安，再次拨电话回三藩市，云霞都有些恼，问她是到了香港觉得香洋不值钱了是不是。

淮真问她："今天有没有调任驻港领事的消息？"

云霞说："没有看到。"

淮真又问："怀尔德曼是民主党人是不是？"

云霞说："是啊。"

淮真又开心起来。即使他不来香港，没跟错人就是好的。

这通电话是在中环商务书局投币电话拨的，她六点钟乘最早一班巴士去学校注册，一结束，立刻下山来买今日份的报纸。

那通电话连带两册《远东近代史》，共一块香洋。她尚不认识英国人发行的这套香港货币，递出五块钱，老板自动找给她四块，用纸袋替她将书装好。

走回薄扶林道乘巴士，抱着商务印书馆的纸袋靠窗坐下，有个穿淡粉红色薄呢印罂粟花长衫的女孩前来搭讪，说是香港本地女孩，叫雅德林·黄，是艺术系新学生，也住教会宾舍，希望能与她做个伴。

淮真闻着她手中纸袋的香氛味，问她："是什么？好香。"

雅德林很开心地解释："商务印书馆旁的庄士敦百货店在打折，里头什么都卖，义乳、香水、丝袜、泳衣，都是美国货。这里美国货最吃香，你有什么缺的，也可以去看看。"

淮真微笑点头："正好，我刚来，什么都缺。"

"我刚才就在那里看到你在门口看报纸。你看什么报纸？"

说完凑近来看淮真在读的那份《香港工商晚报》。

"政治新闻！华侨都这样吗？"

"总统竞选是大事。"

"香港人连港督是谁都不怎么关心。"雅德林说着，又问她，"都选了几门课，怎么会有这么多书？我看学校华侨的课都很少。"

"比本地学生会少三门英文基础课，多一门中文课。我多选了两门，省去美国私立大学一门五十美金的选课费。"

雅德林很健谈，告知她许多香港生活须知，比如连卡佛的面包最好吃；浅水湾饭店是香港最贵的旅店；本城只有两条商业街，一条在中环，一条在弥敦道；夏天有冷气的电影院只有三家；不能讲"爱国思想"，会被人嘲笑；以及雨季就要来了，记得紧闭门窗，否则一连几个月屋子里都会有挥之不去的霉味。

雅德林邀请她去逛街，可是自课程开始以后，准真几乎再没有空闲，一次也没和雅德林去逛过街。礼拜天也没去九龙的教授家中，因为从三月中，香港便开始不分昼夜地下起雨来。

尚未开学，宾舍里多住着传教士的妻女，年轻女孩只有她与雅德林。往后一周，越来越多上大学的年轻女孩搬了进来。雅德林与香港本地女孩渐渐熟络起来，结成小圈子，准真却只与雅德林相熟——因为她每天最早起床，乘六点半的校巴去图书馆时，宾舍众人都还没起来。入了夜，她又最晚一个回来，因此与宾舍新生们只略略打过照面。

每每经过中环，准真都会去商务印书馆买一份《香港工商晚报》来读，无事时也会溜达去中环花园，美国驻港领馆就在附近。云霞的电话一直没来，她也没再往家里拨，只等她一看到消息便告诉自己。三月七日之后又过了很久，希望就像早餐桌上的沙漏，一点点见空。

下午放课早，她也懒得与女孩聊天，兀自躺在公寓床上打盹。海面上的西晒透过那扇没有遮挡的玻璃照到她身上，一觉醒来，睁开眼，看着窗外泛白的蓝色海峡与森林，心里又生起希望。总觉得这样的景色，他怎么可以错过？

到岛上的第二周，除了和雅德林聊过几次天，无论在学校还是宾舍，准真几乎不和人来往。

宾舍里受过相同教养、热情似火的香港女孩之间越发熟络，对准真还算友好，私底下偶尔议论起来，却觉得她"性子太冷""独来独往"又"不好相处"，既不与学校趾高气扬的华侨女孩来往，也不和本地人来往，早出晚归只知念书，说是书呆子又不像。

有人牙尖嘴利的，戏称她为"冷冻香蕉"。

雅德林说："比起学校里那些华侨，她倒一点也不傲，性子好多了。"

那人脸上挂不住，便说："兴许她国语不好。"

又有人说："她很会讲广东话。"

于是众人总结：兴许只是性子孤高。

但也都赞许她的外貌——温柔俏丽，水灵灵的，倒像南国人，只是皮肤白得多。

宾舍也有一些江北、上海与天津的内地女孩，和好些马来、印度与印尼姑娘。

女孩一多，聚在一起一个多星期，渐渐开始聊起学校男孩，英国人、华侨、漂亮的混血男孩们，或者某著名爵士在港大念书的侄子与儿子。

有天谁在晚餐桌上提起："那天下山，在花坛后看见何爵士的侄子与莉拉·赵接吻！"

众人都语气夸张地反问："真的？"

一开始淮真还搞不太明白接吻有什么好值得惊讶的，直到后来才知道，香港女孩子家庭教养比内地还要保守，往往都没有恋爱经验，见别的恋人接吻难免觉得不适，毕竟国内电影都没有亲吻镜头，只有好莱坞的才有。

印度与印尼女孩都得嫁父母长辈许的人，与男孩子约会是大忌。

香港本地女孩子家教严格，是不能答应和男孩去约会的，所以与同校男孩有恋爱往来的只有上海与江北女孩。

家在北方的两个女孩倒时常与异性外出夜游，回来时露西·周还会邀请男伴上楼坐坐，后来听说是一早订了婚的未婚夫。

宾舍里也有年长一些的太太，丈夫在外传教，携女儿在宾舍住下。也是有头面的人物，时常会受香港爵士或者本地英国名人邀请去家中做客，不太常同年轻女孩来往。

女孩们的单间宿舍没有浴室，要洗澡得去三楼公用浴室。淮真和她们年纪相仿，甚至更年轻一些，却有自己的单人浴室，有骄矜一些的女孩便不乐意了，问嬷嬷们与露西·周："为什么淮真有单间浴室？"

嬷嬷说："季女士拿哈佛的奖学金。这是哈佛给她租的宿舍。"

女孩们从此哑口无言。

有人见她戴戒指，私底下便议论起她的恋爱。

"她订婚了吗？对象是谁？"

"必定不是内地或者本市人。"

"可从未见过她和什么人在一起，甚至电话也没有。"

"也许不方便联络？戒指式样那么老，兴许未婚夫年纪很大，不便见人也不定。"话语里隐隐担心起淮真做了白人的情妇。

"美国人？"

"不清楚。可是她还那么小……美籍华人结婚都这么早？"

"听说教务处的马克邀请她去格瑞普吃饭。"

"那不是美国人的餐厅吗？"

"不过学校里的华侨们恋爱史都挺混乱的，谁也理不清楚。"

内地搞天乳运动，香港必然不甘示弱。雨季当中的某天，学委会组织起来，在学校本部大楼外给年轻学生派发避孕套与坐药。

一旦下课，有男女结伴经过，学委会的男学生便会蜂拥而上，将小纸袋硬塞进男女学生的背包里。

淮真从国文课下课回来也被塞了一只，夜里回到宿舍，打开课本温习时才发现。

药是坐药，包装上头用英文写着：内用，统计成功率为78%，谨慎使用，理智使用，健康使用。

淮真笑了笑，随手将它收进放置台灯的床头柜下的抽屉里。

开学快两个礼拜，也给香港绵绵阴雨淋了两个礼拜。宾舍、中环、港大，她独来独往，几乎没去过别的地方。课程从未落下，任何科目的教授提问总能答上，甚至包括最苛刻的世界近代史。三藩市那边始终没有电话过来，中环花园领馆也不见有什么动向。

雨季没过，事情却找上门来。

三月二十五日一个湿漉漉的早晨，一通电话打到宾舍来，说Beckham（碧咸）队长得知季淮真女士早晨没课，询问能否请她来一趟德辅道四号的警署。

女孩们停下用餐的动作望向她，觉得意外：咦，英国人又开始不分青红皂白地抓人进警局了？

德辅道淡黄色的巴洛克警署老房子里，办公室墙壁多年没有粉刷过。

淮真在二楼排屋等候时，电风扇在头顶缓缓转动，吹得天花板时不时有漆皮落下来，警署里却没有一个人觉得这有什么不对。

长袖衬衫的中国职员用破旧的打字机打字，穿警服的英国人邀请她进栅栏最里面一排隔间，看见她头发上落了粉尘屑，竟还抱歉地笑着说："噢，对不起！"

隔间里坐着个淡金色头发的年轻警员，递给淮真一瓶阿奎亚维他矿泉水，语气温和地说："别担心，小事情，问题很简单。"

话虽这么讲，整个谈话过程却烦琐无比，一些问题反复问了三四次，几乎用去一整个早晨时间。

"来香港后收过信吗？"

"没有，只通过电话。"

"通往哪里的呢？"

"三藩市华埠，我家中。"

"与美国别的州有通信吗？"

"没有。"

"为什么三月七日入港？"

"因为恒慕义博士要求的。"

"但是学校三月十五日开学。"

"对，可是三月十日前要完成所有课程注册。"

"好的，明白了，这些我已经向学校确认过。"

淮真有点莫名：确认过还叫我来？

Beckham 追问："还有个问题。你已婚吗？"

她点头，说："部分的。"

"什么意思？"

淮真简要解释了一下美国种族通婚法。

所有问题问过，Beckham 终于说："很抱歉叫你来这里，收到两份你的资料，显示婚姻状况信息相悖。"

淮真问："你们是在怀疑间谍罪之类的吗？"

Beckham 队长笑道："这令我们很困扰，你知道，香港的情报环境太特殊了。"

"应该没有太大问题了。如果有，我们会再致电宾舍。"

离开警署，淮真乘四号巴士返回宾舍，之后立刻打电话到三藩市，问云霞有没有在报上读到香港有新驻港领事的消息。

云霞隔十分钟后拨回来："没有。"

淮真又问："再往前呢？从二月十四日我离港那天起。"

云霞非常确定："每天来的报纸我和早川一起仔仔细细读过一次。"

淮真向她说"抱歉"，又有点泄气，将今天在警署被问话的事情告诉她。

云霞也不解："出入香港那么多人，资料误差很大，为什么偏偏针对你？"

淮真道："我也以为，针对的不是我，而是资料涉及了身份更要紧敏感的人。"

云霞说："可是，除了从华盛顿州递出的资料，还会有哪里显示你已婚？"

淮真想到这个有点想哭，说："也许驻港领馆这边比登报的消息要更快一点，或许过几天就能看到他们出发的消息。"

"慢慢等一等，不急的。"

警署也打过电话到恒慕义教授办公室询问淮真的情况，连带学校不少人都知道她被英国人捉去警局训话。

教授为此还叫她去教务室严厉批评，说她一点都不合群，不与同学交往，也不参加学校舞会，根本不像个来香港念书的、年轻且活泼开朗的大学生，难怪会被警察叫去问话。

长周末的礼拜五早晨，在河内避过香港雨季的教授太太带着梅与大女儿从河内返回，致电到宾舍来，邀淮真下课后去半岛酒店的公寓喝茶，淮真立刻答应下来。

电话最后，教授又告诉她："前一天和马克去格瑞普吃美国菜，听餐厅朋友说，美国驻港领馆有领事与副领事的变动。你知道吗？"

准真道："没有在美国的报纸上看到。"又问，"新领事的名字是什么？"

教授说："下礼拜就会知道。"

准真想了想，突然问教授："从东岸乘邮轮到香港，要多久？"

教授道："过红海兴许三十四五日，绕行好望角会更久一点，要用上六个礼拜。"

如果西泽从华盛顿出发需六个礼拜，那么出港日期一定在二月十四日以前，甚至比她还要更早。那么她离开前往花街订的报纸上怎么会有关于他的新闻？

三月七日总统竞选后，仍没有他的消息，她也曾沮丧消沉了很久，以为他再也不会明白自己讲过的话，又或者不会原谅自己。但如果那时他的邮轮正行驶在红海的风浪里呢？甚至根本不需等到三月七日，就已经前往香港来找她……

如果是这样，他的船应该已经或者很快就要抵达香港了。

她没有再打电话向云霞确认情人节前的报纸内容。一周之内，一切都会有一个最终答案。

那通电话过后，香港的天气突然跟准真的心情一块儿放了晴。准真浑浑噩噩地过了两个多礼拜，艳阳天里，突然看山也是山，看海也是海，热带风景统统有了轮廓，不再是一脉灰蒙蒙的剪影。

因为礼拜五下课要乘船去九龙，准真中午特意回宾舍换了件连身纱笼穿上，是有天在中环街上买的。热带比三藩市多了许多特权，一年多来第一次有机会穿露出大半条胳膊腿的裙子。纱笼是藏蓝色的，上头有淡蓝的小小船锚花纹。纱笼下头配绑了细黑色绦带的凉鞋，及肩头发拢在背后绑了条辫子。

她知道自己今天应该很好看。午间上数学课时，教室前排男学生们频频回头来看她，甚至包括宾舍女孩们常议论的何爵士侄子。最后一堂课下课，这男孩公然追下山道，将她截在山腰，问她周末是否有空去石澳喝冷饮，然后找一家有冷气的电影院看电影。

香港大学顺香薇树下沿蜿蜒曲折的道路下山，背后的山上散落着灰色屋脊的香港大学砖石建筑，往远处却可以眺望到黄昏里金灿灿的狭长蓝色海峡，里头麇集着灰白色的舢板船。

面前这殖民地上混血的十八九岁年轻男孩，即使在阳光底下，眉宇间也有点挥之不去的苍白阴郁，莫名使她想起了西泽惯有的神态，不禁有些走神，笑了起来，越过他快步去追那班开往码头的巴士。

这笑容像是给了男孩激励似的，站在放学时满是学生的薄扶林山道上，用英文大声说："礼拜六晚，我开车到宾舍等你……"

早已跳上前往码头的巴士的准真当然没能听到这番约会邀请。

她在尖沙咀公众码头下船，在连卡佛外买了捧粉百合，才搭了巴士去梳士巴利道。

教授家和所有上海人家一样，雅致、洁净又摩登，装了台冷气机，所以在西晒的起居室聊天也并不炎热。马克也在，比准真到得晚一些，一进门就大笑着说他在山道上遇上被热情的男孩追得落荒而逃的准真。

准真也笑着反问："我什么时候被追得落荒而逃了？"

教授太太也夸奖准真皮肤白皙，穿纱笼格外美，像紫色精灵一样："被追也不稀奇。"

教授临时被几个学生绊住了脚，原定在六点的晚餐被推迟到七点半钟。教授太太怕客人等得无聊，从冰箱里取出酒，又叫梅与姐姐卡捷琳穿着紫色丝绒睡裙下来给客人四手联奏了几支德彪西，等到教授到家，可以上餐桌吃晚餐时，准真已足足喝了一杯利口酒、两杯姜汁可乐与一小杯白兰地。

教授太太取笑她说："小姑娘，离了美国，在香港不怕查 ID，就放肆喝起来了？"

晚餐是芦笋与蘑菇烩鸡冠羊杂碎，并不十分合准真胃口，出于礼貌，吃空教授太太盛的第一碟后，便推说自己最近在控制饮食，晚餐会尽量少吃。

聊起两周后的各科小考，教授提醒她："不要因为什么事情影响到考试。"

准真当然知道教授说的是什么事情，答应说一定拿全 A。

教授补充了句："全 A+，否则将来念博士，我不会为你写奖学金推荐信。"

教授太太谴责他太苛刻，准真却为此莫名紧张起来，又多喝了半杯白兰地给自己压惊。

晚餐尚未结束，教授夫妇怕她错过返程巴士，八点半钟便叫马克送她回去。

马克也多喝了些酒，正与教授聊得开心，准真不好扰众人兴致，推说她与女性朋友约在连卡佛，可以结伴回去，众人便不再强迫醉酒的马克驾车沿滨海街道送她。

梳士巴利道干净、广阔又宽敞，走过半岛酒店门前亮着夜灯的喷泉与棕榈树盆，往前一眼便可以望见维多利亚港。

准真实在没有吃饱，很快便觉得饥肠辘辘。

宾舍里已结束晚餐，她担心夜里犯低血糖影响温习功课，乘轮渡前先去连卡佛买了一袋硬面包。抱着纸袋，在尖沙咀等船时，被海风一吹，立刻有点温热的酒劲上头来，微醺，不算汹涌，却足以使她搭错轮渡，不小心便坐到了湾仔轮渡码头。

她抵达港岛近二十天从未到过湾仔。刚从码头走出来，并未觉得与中环码头有何不同。香港滨海的商业街多是一个样子——

沿海岸线修筑的多为平坦大街，街上拥堵着新式汽车，街道两旁是整齐排列的店铺，里头有来自世界各地的货物，阶梯式的狭窄街道从平缓大街横穿而过。滨海街边，拱形洋房楼上的阳台摆着一溜的橡胶树与棕榈，夜里海边风大，也还晾着衣服。

梯道街口，一位年迈老人脚边放着两只木桶，不知在卖什么，桶里散发着豆香味。淮真上前去，递出零钱，老人不作声，也不理她，兀自戴上手套，用竹扦子将什么东西挑进纸袋里。递到淮真手头，发现原来是糯香弹滑的钵仔糕。

一边吃，一边沿滨海霓虹道阶梯往上走，直到看见香港饭店，她才后知后觉，原是走到了告士打街道上。看到马世道的街梯，尚未走过去，立刻跳出一个英国警察，截住她，用有些做作的广东话大喊大叫，告诉她前面拦路填海，四月底才开放，走不通，请她返回。

她问他："回聂歌信山应往哪里乘车？"

"去中环花园乘电车就行。"

"中环花园怎么走？"

"一条街外就是中环花园。"

听他语气颇不耐烦，淮真便不再多问。

看见街对面一家亮堂的西饼店，尚不及过街去问路，老板突然冲店门愤怒地大吼："死开啦咸水妹。（一边儿去咸水妹。）"

电烫金发的女郎倚在门口咯咯笑："你睇下你，整个麻甩佬甘样，甘多人死唔见你去死，唔好行埋黎啊。（你看看你自己，一副轻浮样，祸害遗千年，别再来这里了。）"

她娇俏地骂完人，踏着高跟轻盈无比地从淮真身边走过，带去一股廉价脂粉味的香风。迎面立刻走过来两名着警服的高大警察，一人一手揽住女郎的腰；吃着碗里的大鱼大肉还望着锅里的鲜汤，不住频频转头，眨一眨蓝色眼睛，往淮真这边递送暧昧秋波。

告士打肮脏的街道却像没有尽头，错落有致的霓虹灯管下，一间又一间下等的娱乐场所外都坐满了快活的白人，所有人都三五成群大声笑着，没有一个人落了单。每一个女郎都有人环抱着，旗袍下的大腿比廉价耳环更耀眼。

湾仔乱而脏，满带着狂欢堕落的意味，果真名不虚传。

远远望见告士打酒店外的汽油路灯下照着的道路指示牌，淮真心想求人不如求己，快步穿过混乱的街道，站在路牌下辨认，确认她常去的中环花园离这里不过半条街，向西走十分钟就能到。

突然有人从后拍了拍她的肩膀。

转过头来，发现是个穿卡其布警服、肩上缀着两道黑色肩章、系黑腰带的下级英国兵。他嘴上叼着烟，低头飞了个媚眼。

淮真后退了两步。

英国兵醉醺醺地问："十块？"

她用英文说："先生，你搞错了，我是学生。"

英国兵竟加价："难道十五块？不能再多了。"

沿街有一群女人看热闹不嫌事大，高声笑闹起来："十五站人都唔开工，点解唔做一楼一女？（十五块宁愿站着都不开工，怎不做楼凤？）"

淮真转身就走。

英国兵不疾不徐地追了上来，将她的去路截住。

肮脏的道路，即使在晴天，凉鞋踏上去依旧泥泞而阻滞。

路人冷眼看热闹却不帮把手，淮真心都凉透了。

她用英文大声说："我会报警！"

英国兵当她讲笑话："我就是警察。"

淮真再次警告："美领馆就在附近。"

英国兵像听见了什么天大的笑话："美领馆的船今天才到，夜里就在告士打酒店喝酒把妹。"

说着一边用夹了烟头的那只胳膊来搂她，烟头不经意在她的纱笼肩头上烫了个洞。

淮真躲不及，一股蛋白烧焦的味道从肩侧漫延开。

一声沉痛的惨叫声里，肩头负重消失。

淮真回过头来，却被路边站街女的高声惊呼吓了一跳——

那英国兵不知何时已被两名精壮白人一左一右按在地上，吃痛又丢丑，情绪激动地大叫："你们怎么敢？"

挟制他的两名白人以美式英文反问："你怎么敢？"

英国兵微微抬头，看见美国人黑色制服裤脚上的黑边，立刻大声说道："都是误会！"

美国人放开他，大声呵斥："滚！"

英国兵整了整腰带，落荒而逃。

两人这才对淮真微笑说："女士，没事了。"

不等她致谢，其中一个黑衣服美国壮汉大步回头，喊了声："西——"

淮真听见这一声怔在原地。

顺着他的目光望去，看见告士打路牌下的霓虹灯光里的高高人影。

也是一身黑色制服，系黑色腰带。

两个美国人问了他一句什么。

他说了句什么。

两个美国人都回过头来看淮真，突然笑了起来，一人在他的肩胛狠狠捶了一拳。

有好事者仍远远看着路中间着纱笼的女孩，看看她被英国兵捉弄，好容易被美国人救下来，究竟为什么仍不肯走。

霓虹灯下的人也在静静地凝望她。

淮真酒劲儿没去，仍有点恍惚。

华盛顿的冬天冷不冷?

生日想要什么礼物?

什么时候来的香港?

你精神看起来很好,穿黑色制服很有气势。

香港比三藩市炎热。

还生我气吗?

我很想你。

演习过无数次,等真的见到,却发现根本没有一个适当的契机开口。

什么都不合时宜,什么都不是最正确的。

不知他是不是也这么想。

背后两个美国人的视线在同事与穿纱笼的亚裔女孩身上游移一阵,明白过来,乐呵呵地回了告士打酒店灯火通明的大堂。

没工开的女仔们主动贴上美国人,大声拉客:"先生,这里的妞好啦,一蚊看一看,两蚊摸一摸,三蚊做一做啦。"

美国人问道:"一蚊是银圆、鹰洋、美金,还是英镑?"

女人们尖笑起来:"您要给美金我们也收啦。"

他在肮脏的告士打街纵横密布的霓虹路牌下,在无数狂欢之人的注视下,朝她走了过来,轻声问她:"有钱吗?"

她说:"有。"

"有多少?"

"三块。"

"明天上课吗?"

"长周末的礼拜六没课。"

他"嗯"了一声,突然笑了一下,说:"番鬼佬……"

大抵太久没同人讲过广东话,有些不太熟悉,说了一个词便停了下来。

背对着告士打街头的霓虹,他的轮廓淹没在影子里,也不知笑没笑,此刻所有对他神态的揣摩都是冗余的,都是过分解读。

淮真有点微醺,意识到他接下来要讲什么以后,莫名心跳有点快。

果不其然,他接着,半开玩笑似的,语气又相当认真地对她说:"番鬼佬,一蚊睇一睇,两蚊摸一摸,三蚊……乜都得。"

似乎第一次讲这种话,仍旧有点阻隔在里面,终于没将最后一句说出口。

站定,噤声,像是在等一个回答。

Three yuan for foreigners

第九章
番鬼佬三蚊

我爱你，想跟你有也许充满意外，
也许跟这糟糕的时代一样命运坎坷，
但是很确定的未来。

01.

像是陌路人重逢的话语里，有太多微妙的东西，带着点试探，还有点刻薄，又或者说话人自己也拿不准应该怎么和她相处。

而冷眼旁观的路人，解读起这件事来就容易得多——走掉一个无礼的英国兵，又来了个美领馆的美国人英雄救美。

来湾仔找乐子的白人能有什么好东西？总之，他们都不将中国女人当体面人对待。中国人受压迫惯了，不论身在盛世乱世，更重的压迫总是落到女人身上。

发生在湾仔寻欢作乐的白种男人与年轻华裔女孩身上的故事，左右也不过这么两三种，谁又料想得到这两人之间曾有这么多因缘际会。

一条街上，百多双眼睛都看着肤色迥异的两人。他们想：这两人一直僵持着，是还没谈好价钱？

告士打酒店大厅的美国人替他们打破沉默："西！回来喝酒？"

他回头看了一眼，没讲话，似乎只笑了一下，带着点她从没在他身上见到过的神态。

全然陌生的西泽，令人她有点无法预测。

可是她为什么要预测？心结兴许还没解开，可他已经先来找她了，难道她不该做点什么使他开心吗？取悦彼此也是恋人的一部分本职工作。

"你住在哪里？"她问。

"浅水湾饭店。"

"那么远？"

"嗯，还没有公寓，先住着，"瞥见那只滚到肮脏雨水箅子上的连卡佛面包袋，回头问她，"饿不饿？"

"有一点。"

"想吃什么？"

她想了想，说："翠华茶餐厅。"

她没抬头看他，不知他有没有想起这个故事，又笑了没有。

告士打酒店的同事看见他带着女孩往外走，大声吹口哨，问："晚上还回浅水湾吗？"

他顺着往下说："Maybe not.（可能不回。）"

美式英文此起彼伏，打趣同伴，祝他有个愉快的夜晚。

美国人总改不了在公共场合大喊大叫的毛病，街边的英国人也被吸引来看热闹，大多皱起眉头，但也顶多骂一句温柔又狎昵的"Bloody Yankee（该死的美国人）"。

她垂头看了一眼纱笼，说："我想先回家换一件衣服。"

他说："好。"

说完顺着她的目光低头，看见纱笼被烟头灼坏的地方，从指头大小的洞里，幼滑细腻的肌肤在一脉藏蓝色里有些突兀。

他用胳膊遮住，自然而然地将她带进怀里。

久违的接触，和别人一样，仍有点疏离隔膜。往夏悫道走，电车"叮铃铃"响，摇摇摆摆顺着滨海的街道开过来。两人一时间都没讲话，立在夜里的海风中，看那被英国政府漆成艳绿的双层巴士像大铁壳做的虫一样沿街游来。

和他紧靠着，在正对海港的电车长椅上坐下来，她仍觉得不可思议，像在梦里。

每天经过这条路，看老商店街的阳台上盆栽的棕榈与晾晒的衣服，在电车"铃铃"声里倏地转了弯，开上满是樟树、炮仗花与杜鹃的山上，草木郁郁葱葱的，车在旧沥青路上驶上斜坡，植物园与亮黄色宾舍的顶一起出现。

宾舍里十分空寂，女孩们不知是已经洗好澡回了各自房间，还是去了哪里玩。露西·周与花匠在院子里坐着聊天，见到淮真，很抱歉地说："嬷嬷有特意给你留晚餐，但八点半没见到你，只好倒掉，不过还有一点柚子皮糖果，温功课饿了可以吃一点……晚上去哪里玩了？"

她说："去了尖沙咀。恒教授太太从河内回来了。"

西泽跟在她身后走进院子，露西往后一望，突然住了嘴。

她回头说："等我一下，我很快下来。"

他"嗯"了一声，在通往客厅的沥青路上站定。

露西迟疑着问："这位是？"

她介绍说："是我先生。"不论如何，他总不至于当着旁人的面否认。

飞快穿过门厅上楼，听见露西在后头说："这些小姑娘，只知道叫人在外头等，也不知请人进屋坐一坐，真失礼。"一面又用马来英文对来客说，"先生，请进去坐坐吧，没关系的。"

上了二楼，"噔噔噔"的脚步声从三楼传来。楼上是公共浴室，女孩们跑来跑去有说有笑，原来是洗澡去了。

礼拜五下午本就没有什么人，公共区域有点什么响动，下头都听得清清楚楚。

年轻女孩声音尖尖的，即便轻声细语也能听得仔细——

"礼拜五晚上图书馆也不开门。May 这么晚不回⋯⋯认识了什么新朋友吗？"

"也许答应和马克出去了。"

"你们知道吗，马克⋯⋯"中文系少女银铃似的笑声响起，是说八卦的专用腔调，"从剑桥毕业，来远东实习。上文学课，看香港混血女孩，长得漂亮的，叫人家上台和他对念《麦克白》台词。"

"他不只对 May 献殷勤？"

"英国人嘛，来香港都想搞点艳遇，看见漂亮女孩都图个新鲜。本地女孩新鲜劲儿过了，不那么侨胞气的华侨女孩当然比什么都新鲜。没听学校男孩今天说她吗？'正嘢'。"

一群人笑起来。

"那不是他，May 会跟谁出去这么晚不回来？晚餐都错过了。"

"听说瑞柏·何约她看电影。今天放学，在山道上，好多人都听见了，搞不好是他。"

背包里装满了书，钥匙像是掩在哪本课本里了。单挂在肩头，站在黑暗楼道里，摸索了半晌也没寻到，白白听人在楼上议论她。不论学校有谁被何爵士的侄子追求，都算是惹了众怒。宾舍里恐怕又有几人得心痛着过这一夜，于是八卦停在这里，再也进行不下去。

讲话声消失，楼道里也安静下来，使她听见从背后趋近的脚步。

她知道是他上来了，很大可能等在楼下客厅时也听见了女孩们碎嘴的讨论。她将书包里最厚的几本书取出来，想看看能不能抖搂出房门钥匙，但没有。腿弯起来，将书搁在膝头，往书包深处去摸索，派克笔、发卡与墨水瓶碰撞，"丁零当啷"地响，钥匙果然在那里。

只有远处花园里的白炽灯光与天上的月亮光昏昏暗暗地扫进来。逼仄的楼道里漆黑一片，但她知道他离得很近，因为身后的光在被他一点点遮挡。

她执着锁圈儿，摸索着插进锁孔，回头问他："等久了吗？"

没听见他回答，只觉得耳郭被轻轻摩挲着。

她的动作停下来，想说点什么，但没机会了。他俯身，吻落下来。等不及她适应，整个人被他扳了过去，身体推着身体后退，重重压在门上，吻得更深。

书散落在地上，书页"哗啦啦"地响。巨大的动静吓了她一跳，身体僵住，根本不敢有多余动作。

楼上的水流声安静地淌着，聊天也停了下来，仿佛全世界都睁大眼睛，静静观瞻这阴暗角落里发生的一切。

浓稠的黑暗将所有无关紧要的声音吞噬了。

唇舌缠着、绞着，发出暧昧而湿腻的声响，被无限放大，连带心跳声也是。

少女们在楼上打闹，尖细的笑声响了起来，在此刻格外突兀，刺激耳膜，也令她有点惴栗缺氧，下意识地用掌心抵住他的胸膛。

他捉住她的手腕，问："怎么？"

她说："这里不好。"

"怎么不好？"

她说："会被人看到。"

有人笑着从楼梯口走过，踩踏着木板，讲话声一点点响亮，似乎随时会提着竹篓下楼来。

西泽又凑近来吻她，呼吸搔着脸颊，带着淡淡酒精味，也不知是谁的。

她侧过脸，避了一下。

他沉默半晌，彻底停下动作，直起身，和她保持一点距离。灯光昏暗，他无声凝视了她一会儿。

她慢慢俯身，将地上散落的书拾起来，背靠着墙，慢慢呼吸着，胸口起伏。

然后听见他开口，问："做吗？现在。"

声音很轻柔，也有点冷。

光听他讲话，淮真立刻回想起在华盛顿市政厅里，隔着办公室的玻璃，他脸上一点点消失的笑。看着她时，带着失望到几近冷漠的神情。

生气了吗？

她不明白的是，女孩子们说马克和瑞柏·何，这原本又不是她的错。

但她很快又明白过来，原来怒气只是蛰伏着，一触即发，随时都等着她。

"做不做？"

最后一次，仿佛一分钟内得不到回答，他便会立刻转身就走，永远不会再回来。

她双眼一眨不眨盯着黑暗里的人影，慢慢冷静下来，斩钉截铁地说："做。"

话音一落，她的腰被他托起，抱得几乎脚尖离地。只觉察到空闲的那只手绕到她身后，轻松扭开门锁。

背后突然落了空，将她吓了一跳。

被他拥着，在黑暗的房间里后退几步，直至背后抵上房间冰凉的墙，安全地悬空。

惊呼声随之密密实实堵在亲吻里。

房门在他身后重重关上。

几秒钟后，门外响起年轻女孩子之间的笑闹，脚步声越来越近，又越来越远，从门边欢快地经过。

不知她们是否听到了，所以故意等了一阵，等他们进房间才下来。

她有点后怕，闭上眼睛，惊起一身汗，纱笼透凉地贴在皮肤上。

她轻声叫他："西……"

"嗯？"

"我想先洗个澡。"

他没松手，也没讲话，带着她的手臂搂住自己的脖子，倾身靠近。

这个姿势，他稍稍一低头，正好吻到她的身体起伏。

隔着纱笼与内里一层蕾丝，比唇要粗粝。

舌面徐徐滑过，被沾湿以后，两层温热、濡湿的轻纱摩挲着柔软肌肤，却恰到好处。

和他做这种事是前所未有的。

动作还算温柔，触感却太过明晰。

她有点受不了刺激，脑中渐渐一片空白，轻轻喘了一声，带着明显的不餍足。

他也听见了，慢慢停下动作。

她低头，看见沾湿的、半透明的薄纱，严丝合缝地贴着她的每一寸肌肤。内里的春色清晰可见，隔着纱，被他刺激着。只一瞥，便让她羞耻得不能自已。

02.

"想……"酒精作用下，她有点意识模糊，脸也跟着发烫，后面的话吞进去，没讲出来。

他额头贴上："怎么？"

她缓了缓，才说："……去床上。"

他动作停下，"嗯"了一声，但没有立刻将她抱到床上。手摸到后颈，将纱笼系在脖子上的椰子扣解开；往下，拉出腰际的柳叶布条，还有蕾丝内衣的系带……动作始终很温柔。

抚摸她彻底光裸的脖颈与脊背的手上没有戒指。

她被这感知无端刺激了，没有讲话，有点失落地垂下眼睑。视线跟着纱笼，看它轻飘飘的，整条坠落到地板上。与小小的内衣团在一起，皱巴巴地躺在地上，仿佛失去了灵魂。

月光让整个房间都蒙上一层清冷的月白色，人也是，肌肤也是。

单人床窄小，床单每礼拜三会更换一次，带着清爽的肥皂味。光裸的背脊刚触碰到微凉的床单，她立刻稍稍坐起来一些，往里挪了一点，想给他留出位置。

他却没动。半跪着坐在她身旁，垂着眼，仔细打量她，目光缓缓移动，停了下来。

将她脱得几乎不着寸缕，自己却衣冠整洁，静静立在床边，像故意要让她无地自容。

三月的海岛，入夜了仍有些凉，冷空气淌过肌肤，令她莫名觉得有点冷，下意识抱着胳膊，温热的掌心揉搓手肘，也给自己一点心理的安抚。

紧接着胳膊便被钳着推过头顶。

她不由自主地随之低头，又抬起，耳根发烫。他也知道这样会使她觉得羞耻，目光于是更赤裸直白、无所顾忌地看了一会儿，才凑上去，用唇舌慢慢地含饴。

感受他舌尖的湿漉、温热，心理开始有了一些微妙的变化。于是闭了闭眼，咬着下唇，艰难、克制地随呼吸吞入小小的喘息。

随后她感觉他的唇离开了，手腕的束缚也松开，床随之轻轻颤动了一下。

她睁开眼，微微支起身体，想看看他，吻立刻落下来，将所有声息缄锁。

和吻一起压上来的还有他的身体，托在腰际的手不知不觉游了下去。

身体被他指腹碰到的地方变得滚烫。

她皱着眉轻哼，不由自主地挺身，迎合。

雨季过后，植物园的树丛与灌木发了疯似的生长，入夜，蛰伏在热带树林里的虫鸣此起彼伏。隔着一扇窗，越发衬得宿舍里安静过了头。

整个房间里只剩下她压抑的喘息，试图以喘息，将逸出的声音吞咽回去。

他不讲话，不作声，一动不动地盯着她。

视线交缠，所有羞怯与欲望都在眼底，无处遁形。

他一定想发泄什么，却决意保持沉默。

呼吸渐渐加快。更多刺激袭来，所有血液都向下涌去，思绪被快感一点点抽走，头脑变得很钝。

…………

脑子里有短暂的空白，思绪不知飞去哪里，只抬眼去看窗户外面。

她知道他在观察自己的表情，缓了缓神，也垂头去看他。

他不为所动，眼神有点过分专注。

月亮从云里钻出来的一瞬间，窗下的所有图景都变得异常清晰。这是她今天见到他直至现在，第一次有机会这么仔细看他。

看他剪短的头发，月光底下沉静的面容和淡漠的眼睛，脑海里滋生出一些很疯狂的东西。

微微支起身子，赤裸地跪在他面前，手摸索到他腰际的腰带扣。

他一动不动，却垂着头，视线追随她的一举一动。

腰带、外衣扣子、衬衫、裤子……一并置在床头的柜子上。

这样便公平了。

两人赤身对坐着，一言不发。

窄紧的内裤紧贴下腹肌理，腿之间饱满地撑起来。

她覆了上去，见他没拒绝，胆子便更大了些。

他屏息，一动不动，留心她的动作。

挑逗无序又生涩，怕他觉得不舒服，两手拽着内裤边缘想帮他脱下来。

她问："你有安全套吗？"

等他回答时有些忐忑。正念着书，回美国的路长而崎，往后说不准会有什么风浪。要是中招，现在几乎是最坏的时机。

但她私心里更希望答案是没有。

他一边配合她的动作，一边说："没有。"

她叫他等一下。

偏过头，将内裤与衣服一并置在床头。

又将台灯揿亮，淡黄的灯泡给米白的磨砂灯罩筛过一次，光线柔和不少。宿舍灯光昏暗，夜里看书费眼，她有天经过中环街市的小巷，便从摊贩那里八块钱买来这只，带回宾舍来，都说她买贵了，要是在上海买能便宜一半。但无所谓，反正她也没机会去上海。

她拉开抽屉，摸索一阵，寻出那只纸袋，垂着头，在灯光底下撕开，取出扁平的小药盒，拧开盒盖，里面躺着四五粒小小的灰黄色药丸。

她将撕开的说明摊开来，放置在床单上，然后对照着，拈起一粒，摸索着放置在腿心。

这动作无端刺激到了他，将她手腕钳住，阻止她下一步动作。

她愣了一下。

刚想说，坐药生效还得等上十分钟。他已经倾身，抬起她一侧腿，压了上来……

所有声音都停在喉咙里。

她瞪大眼睛，惊恐地想：这样和不避孕有什么区别……

他深深吸了口气，垂了垂眼眸，又慢慢抬头看着她，终于有些难以自抑。

听到他压抑的喘息，逸出的气声里难耐的欲望，她有点自暴自弃地想：怀孕就怀孕吧，也没什么不好。

月光从西窗照进来，被玻璃窗滤去一半亮。视线浸润在半昏暗的月白色里，被他抱着的身体也变得不安定，像失重，仿佛随时可能坠亡。

额头靠着他滚烫的肩膀，准真觉得有点不可思议。

空气燥热寂静，时光好像凝滞了，只偶尔听见窗外风吹树林的"沙沙"声，月亮在云层间缓缓移动。

意识很快飞了出去，静寂的屋里只剩下驳杂凌乱的喘息，此起彼伏，轻重交叠。

她不知究竟做了几次，三次还是四次，或者更多……她也不大记得了。

最后两人身上都湿透了。她像被抽掉筋骨，一丝力气也不剩。

他想抱她去洗澡，稍稍坐起来一些，她又重新躺下来，说自己好累，想躺一会儿，叫他自己去洗。

床单已经不能看了，只能明天早起拆卸掉，自己找一家洗衣房清洗。要是被露西·周发现提前更换了床单，都不知该怎么解释。

"拖鞋在柜子里。"她告诉他，"浴巾在衣柜。"

"哪一双？"

"灰色那一双。浴巾是黑灰色……我的是白色，早晨洗过澡，还没干透。"

他翻找了一下，犹豫了一阵，问她："都是新的。"

"嗯。以为你会更晚一些才来，没来得及洗，有一点味道。"她翻过身去，吸了吸鼻子，背对他，"明天洗。"

他穿上拖鞋，在房间里静静站了一阵，才转身进浴室。

宿舍里再次静寂下来。

没有第一次在华盛顿廷伯旅店的痛，甚至有更多身体上的愉悦体验，可她就是一点也开心不起来。

尽管顺利也温柔得多，但细细思索起来，也并不是什么很好的体验。身体的怒火是彻底倾泻了，更多的糟糕情绪席卷上来，整个人的心情跌落到谷底。

听见水声响起，她将自己团成一团，觉得委屈。

望着窗外，鼻子一酸，眼泪终于无声地流下来。

小小房间里，两人剧烈活动过后，竟然令窗户蒙上了一层雾。

月亮在外头移动，朦朦胧胧的，竟像游在雾霭背后。

刚来那几天，持续地下雨。天气还没转暖，房间里的暖炉还没停。晚上关窗睡觉时，窗上也会蒙雾。

看见海上月，她便想起他中文名的典故："中午的太阳晃一晃，便钻进云里，阴沉沉的天，所以是云出。"觉得很可爱，没忍住在窗户上写了这两个字。后来天热起来，她也有一个月没拉开纱窗擦窗户，谁知玻璃再次蒙上雾，字竟然还隐隐地在那里，衬着窗外的海上云出，莫名让她心里温柔。

实在被他折腾得精疲力竭，淮真盯着字看了一阵，不知不觉打起盹来，也不知他多久回来的。

他擦干头发走出来，正好看见窗户上的雾，上头写着他认识的为数不多的几个中文字——他的名字。

月光底下抱臂蜷缩着的身子，被月光照得像月白的瓷器，上头淡红的痕，都是他的斑斑劣迹。

他走过去，在她身上搭了条毯子，赤着身侧躺下来，从后将她拥进怀里，下巴搁在她的肩上。就这么静静相拥，茶香皂的味道溢散开来。

以为她睡着了，也没叫她洗澡。看辫子紧紧绑着，怕她睡得不舒服，便伸手替她解开。手指梳理头发时，摸到她脸上的湿，才知道她哭了。

过了一会儿，她听见他问："疼吗？"

声音很小很轻，生怕讲话大声会将她震碎似的。

她说："不疼。"声音走了调，带着气声。

过了好长时间，他才说："对不起。"

她不理他。

他将她搂得更紧，没再说话。

沉默了一阵，她终于有点忍不住，告诉他："药是学生会发的，走在路上，他们硬塞给学生。"

"我知道。"

"那你还……"

"我没有生气。"他知道她要问什么，"生气过，也有失望，甚至还很恨你。可到后来什么都比不过一件事，就是很想你……很想立刻见到你。只要见到你，怎么都好。"

她莫名地被他的话讲得又很想哭。

他接着问："你有没有想我？"

她没有回答。

他追问："有没有？"

她大声说："没有！"

他笑起来。

她瓮声瓮气地大声追问："戒指呢？"

他笑了起来，伸手在床头摸索一阵，从大衣口袋里拎出黑色丝线串成的项链，上面挂着两只戒指。一只是老式婚戒；另一只她从没见过。纤细简洁的白金戒指，上面镌刻着一只简约的蝴蝶线条。

她立刻明白那只是他刚到纽约时定做的。

但她故意问："你又订了一次婚？"

他也故意说："是的。和一个骗子。"然后轻声笑起来，"你的那一只，和晚到的行李一起送到德辅道的公寓，明天带你去。"

她点点头："我以为你会……"她以为他会三月七日才来。

他微微眯眼，似乎也在等这个问题。

她被他盯得莫名紧张，立刻岔开话题："那你这几个月……"又不太搞得懂怎么委婉措辞，"这几个月有没有和别的女人来往。"

"女人？有。我的继母、上司，都是频繁往来的女人。"

她很生气:"我是说,比如,远洋轮渡上有那么多爱去远东找乐子的年轻人。"

他反过来问她:"你在远洋轮渡上找乐子了吗?"

她从窗台上拿起一本皱巴巴的《约翰福音》,说:"开心?怎么不开心,和使徒约翰度过了无比愉快的二十四天!"

他大声笑起来。

她气呼呼地小声问:"那你有没有接触什么年轻女人?"

她吃醋使他莫名开心:"年轻女人?不记得了。国务院接线小姐,和打电话祝我生日快乐的不知名陌生女人,算不算?"

即便知道他在调侃自己,糟糕的情绪也不由得因此消散。

过后又很疑惑,始终忍不住问他:"那你为什么今天这么……"太直白露骨的词她实在讲不出。

他故意问:"怎么?"

她觉得委屈,憋了口气:"又凶又冷漠。"

他笑了,接下去:"还有呢?"

她不讲话了。

他当然知道她想问什么:"Feel pleasure?(感到愉悦吗?)"

不及她回答,接着又问:"Did I please you?(我取悦到你了吗?)"

她点点头,盯着窗户外头,耳根都烧了起来。

他轻轻叹息一声,将她抱得更舒服一点。

在她的头顶蹭了蹭,声音也变得很小很轻:"You're not going anymore, right?(你不会再走了,对吗?)"

她被他这句话弄得莫名一痛,心中酸涩,眼泪又止不住地往下流,一句话也讲不出,看什么都是模糊一片。

他轻轻叹息一声:"You liar.(你个小骗子。)"

她微微偏过头吻他,将他的嘴唇与脸颊都弄得湿漉漉的。

听到汇丰大厦一点的钟声,她还诧异了一下。

往常苏伊莎嬷嬷会在夜里十一点半敲宾舍的钟,提醒女孩们该睡觉了。但不知今晚怎么没听到。

她仰头躺在床上,听着钟声,转头催促他说:"你是不是该回浅水湾饭店了?"

"不。今天不走了。"

她望着天:"舍监一准会去学校投诉我。"

他说:"合法留宿。"

她不可置信:"这里是女宾舍!"

"回浅水湾已经没有车了。"

淮真一时无语。

"还是你要跟我一起回去？"

"你无耻！"

"是。就是无耻。"

她有点语塞。

"或者你可以选择在明天早餐桌上介绍我。"

"No way!（没门！）"

他笑起来："明天跟我去浅水湾吗？"

她点头，问："要在浅水湾饭店住多久？"

他说原本明天就可以搬进公寓，但过后一月都会很忙，要先去新加坡两礼拜，再从澳门回来，没太多时间待在香港。

他问她要不要去他的公寓看看，有些什么需要的，好叫人去置备。

她笑着说："你忙不过来的话，要请我帮你布置新居吗？"

他也笑："难不成你想时常邀请我来这里？"

03.

第二天是闹钟将淮真叫醒的。烟台产的马蹄表在宿舍楼走廊尽头扫兴地响，这是最后一道吃饭铃。露西"笃笃笃"地来捶她的门，声音尖锐又着急："哎哟我的姑娘，睡到几时了都？"

她揉揉眼，一脸困顿地起床。奶油色的台灯亮了一晚，照着窗户外头透亮的海。房里只剩她一人，西泽不见了，拖鞋、浴巾整齐地抬在门边。若不是浓重的石楠味提醒她昨晚确有其事，她恍然还以为只是在春天里发了个梦。

看外头太阳正好，想起今天要去浅水湾，便匆匆洗了个澡，套上一件印了降落伞的淡粉薄呢短裙出门。露西在露台给早起洗澡的女孩烧热水，回头一看她露在外头的两条雪白的腿，一把拉住她，嘘声说："回去换条长裤。"

她低头一看，大腿上斑斑的红痕，顿时有点无地自容。生怕给露西闻到屋里的味，将门紧掩上，寻出一条淡蓝牛仔裤与长袖衬衫换上，又飞快自门缝闪身钻出来。

见露西仍在门外给她把守着，便小心地问："我今天……"

露西冲她眨眨眼："趁女孩都出去玩了，我替你送去洗。快些下去吃饭，有人等你。"

她立刻会意，冲露西感激地微笑，将房门钥匙交给露西。

匆匆下楼梯时，从客厅往花园探头一望，望见花园里同花匠聊天的黑色高个，不由得舒心一笑。

他好像也觉察到她的视线，回过头来，也一笑，指指餐厅，让她先去吃东西。

她缩回脑袋，在晨曦里一溜烟穿过走廊。

餐厅正对花园，配合修女们弥撒的声音，餐厅里餐匙瓷盘"丁零当啷"响，正是热闹的时候。如果不是因为是礼拜六，往常这个钟点宾舍里只剩下这群修女。

越靠近，年轻女孩子们"叽叽呱呱"的笑闹声就越响亮。

再凑近一听，都对花园里的陌生白种人有点摸不着头脑。

"英国人还是美国人？"近东来的女孩子问。

"美国人。我刚才出门同他说过两句话，听出了口音。"宝珠是上海来的，在上海念过美办学校。

"同他说了什么？"不少女孩子都放下餐匙。

"我吓了一跳，以为英国人来抓人。但仔细一想，才想起这里是香港，不是租界，对中国人坏的倒不敢那么明目张胆。于是我就跟他说'你好，早上好'，他在跟花王讲话，回过头来，'嗯，早上好'，口音是美国的，神态跟美国人又是两样。"

雅德林笑了："美国人什么神态你也能看出来？"

宝珠说："表姐在美国报社上班，她最讨厌美国人。美国人自来熟，认识你没几天就搂着你乱开玩笑。"

宝来从花园里回来，听见这话，突然"咯咯"地笑起来。

众人问她笑什么。

宝来取了片吐司："宝珠刚才从花园里回来可不是这么说的。"

宝珠突然涨红了脸，小声呵斥姐姐闭嘴。

众人来了兴趣，叫她接着说。

宝来说："瞧，她刚才从外头急匆匆跑进屋里来，脸就是这个番茄色，拉着我跟我说，'外头有个美国人，站在花坛前不出声，穿黑制服，比她爸爸书房油画上的许拉斯还漂亮。'洗完澡之后又跟我说，'恋爱真好，要是能在结婚前恋爱一回就好了。'"

女孩儿们都笑起来："宝珠想恋爱了！"

宝珠气得端起麦片碗从她旁边走开，离得远远的，又叫嬷嬷给她盛了碗牛奶。

淮真往窗外望去，看了他好半天，想象不出许拉斯长什么样。见宝珠盛牛奶，自己也舀了两勺麦片，问嬷嬷要热牛奶，又取了碟炒蛋，和宝珠一起在桌子最远端坐下来吃。

整张桌子上的人都安静下来。

宝珠低头看她一眼，突然好奇："哎，May穿的是什么？"

淮真说:"牛仔裤、裤子。"

所有人都好奇,叫她站起身转一圈。

她站起来后退几步,解释说:"就是裤子,工装裤。美国西部工人多,李维斯发明给他们穿的,耐磨,也不用洗。三藩市时兴了不少年,今年流行到东边去,寻常美国人也爱穿。"

一众中国女孩子都觉得怪怪的:"从没见过姑娘穿裤子。"

几个马来亚的女孩小声说:"我们平时在马来亚也常穿,来了南中国,发现只有广东老妈子才穿裤子。"

雅德林立刻岔开话题,隔着半张桌子问她:"昨晚在图书馆待到很晚?"

她想起露西·周特意为她打圆场,"嗯"了一声。

有人立刻说:"我以为你真和瑞柏·何约会去了。"

她笑起来:"他同时约会七八个女孩,我也要跟他一样吗?"

不少人那种看情敌的警惕眼神立刻松懈下来。

有人又想起那条被嫌弃的裤子,难得赞美道:"倒比穿丝袜方便得多,不容易破。"

她对雅德林感激一笑。

一群人又叽叽喳喳议论起来,两张长餐桌,话题倒开了三个,殖民式英文、广东话与印度语混在一起,听起来像打仗。她想起有次国文课老师说"三个广东女孩讲话,能抵得过一百个内地学生",还真的挺贴切。

食堂正对花园,花园在山崖边上,往下能见到海,花匠打理得太好,花圃的花开起来看,枝繁叶茂,海与城市一起从视线里消失,只能看见湛蓝的天。

一辆白色沃克斯豪尔开上来,在法国嬷嬷的指挥下停进车库里。

本地女孩们打趣说:"一看就是美国车,英国人可不兴这种颜色。"这老牌帝国依旧是殖民地女孩们的最爱。

车一开进来,露西·周便在楼梯上锐声催促:"季女士,早餐吃这么长时间,是要叫人等你到几时?"

她匆匆喝掉最后一口麦片奶,想起西泽兴许还没吃早餐,又折返去卤汁锅里拾起两只蛋。

一回头,西泽站在门廊上,大抵是想告诉她车来了。见她穿着长袖长裤,笑了笑,用英文问她:"穿这么多?"

吵吵嚷嚷的食堂顿时鸦雀无声。

她听闻,瞪他一眼,转头和女孩们道别。

两人前脚还没出花圃,后头声音又响起来。

宝来问:"……那是她先生?"

露西说:"是呀。说接她去浅水湾,天没亮就来等着了。"

淮真垂头琢磨,回来时应当在中环市集挑一块儿好的衣料送给露西。

宝珠小声说了句什么。

雅德林大声打断她："为什么别人非得在早餐桌上宣布？光是被瑞柏截在山道上，就够有些人吃醋的了，保不齐又说起这件事，还会被人当炫耀。"

桌上沉默了一阵。

有高年级生笑着说："说起美国人，我还以为都像大提琴课的托雷先生一样，矮胖秃顶，大红的酒糟鼻头。谁知道竟然这么年轻……真是吓人一大跳，是不是？"

04.

驾驶室里坐着个黝黑的男人，睫毛浓密，讲广东话和英文，像是澳门来的，却是个混血的英国警探——女孩们又猜错了。

他似乎是叫约翰还是麦克，淮真不记得了。上车和他打过招呼，她便谁都不理，兀自看向窗外，自己生自己的气。

两人的聊天隐隐飘了几句进耳朵里：

"热吗？"

"一会儿回饭店换身衣服。"

"女士也穿很多。没摸清香港天气？"

"她……"西泽转头看她，牛仔裤与力士鞋之间，衬衫往上，皮肤白得离奇，像是第一天来热带。额头上沁了汗，不知为何穿这么多，不肯换，也不肯理他。他于是转头又问麦克："哪里买得到女装？"

麦克大笑："浅水湾？应当买得到游泳衣。"

他低头沉思。

麦克又说："我叫瑟蕾丝汀带几件来。"

西泽沉默着，不知不觉朝她靠近，坐到后座中间，看向前窗外露出的海，突然微笑起来。淮真也觉察到他笑了，但不知他笑什么，只觉得莫名其妙。

不过很快她就知道了。

浅水湾饭店从海湾冒出头时，早他们十五分钟从宾舍出发的浅水湾巴士也才从丛林背后钻出橙红的影子来。

麦克走了快捷通道，先于巴士在一条干净的碎石道前将他们放下来，立刻有穿白制服的仆欧从过人高的蕨类植物背后走出来，带麦克去停车。

穿过道路两侧密密丛丛的绿意，碎石路尽头停着淡鹅黄色的房子。跟在他背后穿过昏暗走道，楼道间陡然开阔起来的窗户，树荫罅隙里头都是澄澈的天和海。香港的夏天绮丽漫长，早春蝉噪隐藏在饭店周遭的树丛里，掩盖住沙滩上男男女女的调情。

陡然转过长长梯道，三二一号房门打开，哗！房间里三面窗户都能看见亮蓝色的海。

早餐桌上的不高兴劲儿霎时消失无踪，她看得目不转睛，惊叹出声："好漂亮！"

到底是全香港最贵的饭店，穿白制服的仆欧托着银盘从走廊渐次经过，身量气质大多都比中环的西崽高上几等。

趁他们上楼时，麦克已经叫人送了女士的衣服过来，姜黄的无袖长衫，女学生常见的式样，只是旧的。

峡湾里有风，却也比别处更闷热，光上一趟楼，衬衫已整个汗湿，鬓边碎发也已经黏在脸上。西泽让她换短袖，她不肯，从绣了香港大学校徽的黑蓝色布书包里摸出早餐锅里偷渡来的两只鸡蛋，兀自低头剥壳。

他往屋里走，一边脱掉上衣和衬衫，解开皮带扣，连带裤子一起扔到椅背上，全身徒留一条内裤，躬身掀开沉重的行李箱，从里面翻找出一条红色短裤穿上。

一背过身，见她坐在床边不错眼珠地盯着自己，不知是观赏，还是在走神。

淮真当然在看他。只穿了一条短裤，下头是修长小腿……

她也确实在走神，回忆着曾在自己手心里的触感，她知道摸起来有多结实。

他很漂亮。但一想到有无数双眼睛盯着，像刚才上楼道，还不忘回身多看他几眼的金发澳门女郎一样。还有早餐桌上女同学的反常，莫名令她嫉妒。

那种瞩目，她是做不到势均力敌的。

不留神间，那双窄长的脚已经停驻到她跟前。陡然回过神，将她吓了一大跳。

她缩成一团，大声抱怨，想讲一句"光天化日之下"，可英文她不会讲，广东话他也听不懂，好容易琢磨出一句，气势衰减到只剩下一成——

"太阳那么大，你想干什么？"

他笑了，也很纳闷："是，太阳这么大，你不怕中暑？"

紧接着，根本来不及反抗……

他不管，接着往下，一气呵成，像只饿狼。白瓷似的光洁，不曾给他设任何阻拦。

像溺水者扑腾出水面，像抱紧救命的浮木。

窗帘没拉，干净透亮，太阳光让人有些无地自容，像昨晚树梢外的月。

昨晚的回忆来袭。她想起湿漉漉的味道，整夜都是架空起来，在高处悬浮着，落不下去，今天整个人都像踩在云里。

现在倒不如昨夜那么凶狠，但也够让她视线散乱飘忽，眼里蒙上一层纱。

到底是不懂游泳，不剩多少劲儿的腿在水里乱蹬了一阵。

一股甜腥漫散开来。

日头很晒,她眯眼去看炽烈的阳光,陡然想起昨天课上讲的《李尔王》,觉得不知哪里出了差错。天堂里搞不好没有幸福,都在赤日下头。

他在她的额头上亲了两下,伸手将她兜进怀里。

两人躺在一块儿,望着天花板上,被玻璃窗隔得整整齐齐的三扇阳光。

一时沉默,她醒过神来,想起什么,问他:"饿不饿?"

他看了她一会儿:"刚才不,现在有点。"

她想了想:"露西有请你吃早餐?"

他接着说:"不是那个。"

她想起他的手仍脏着,起身,将床头剥好搁在茶杯里的卤蛋掰成两半,塞进他嘴里。后半段的话给他噎没了,艰难咀嚼吞咽大半颗鸡蛋,只能冲她无奈地笑。

见他嚼了几口,她接着将手头剩下的喂给他,然后就着他的胳膊躺下来。

充盈了阳光的屋里,蝉鸣从纱窗漏进来。

两人无声地对视了一阵,她突然想起一件事:"你第一次送我回唐人街以后,我家人都以为,这个小女孩,年纪这么小,失贞给一个白人,还得感激他救了我,真可怜……我姐姐还特意来安慰,想使我觉得,和男孩上个床,在美国并不是什么大事。"

他知道她没讲完:"接着呢?"

"接着叫我打工还债,早点同你断了瓜葛。在唐人街做季家女儿,念书、工作,一样可以过得自在。后来我第二次去你家,一整夜没回去,早晨六点到家,家人都没睡。本来要骂我,但见我一路哭着回家,以为你离开三藩市把我抛弃了,便又什么都没讲。"

他抓错重点:"哭什么?"

刚搞懂自己为什么心荡神摇,却只能被迫接受立刻永远失去他,怎么会不伤心呢。

但她故意说:"谁知道呢。"

他敲了一下她的脑门。

她揉了揉额头,接着说:"你走之后不久,民主党突然赢了,撤销了《克博法案》。他们怕我伤心,四处托熟人牵线搭桥,着急给我相亲,一个暑假相看了好几个有为青年。"

"陈少功。"

"你怎么还记得他?"

"还有唐人街中餐厅的儿子。"

淮真有点哑然,总算悟出了,这记仇鬼记忆力出奇地好,再也不要得罪他。

他想起什么,笑起来。

接着又说:"难怪,飓风那天,我去找你,你家人开门见是我,很客气地请我离开,原来是生气。"

她没听过这回事,但也猜得到。

她接着他的话说:"我在唐人街第二天,就听了个道理。'欠了情,一辈子也还不清。'几月前我才想明白。"

也不知她讲明白没有。

"那你欠我什么?"

她想了想,贴着他的额头,乖巧地悄声问:"我欠你一份生日礼物?"

他考问道:"你有祝我生日快乐吗?"

"你说了谢谢。"

他突然觉得好玩,笑了起来。笑过只剩沉默,手臂收紧,用力让她贴得更紧。不知感慨什么的叹息仍旧让她捕捉到。

她接着说:"等你从南洋回来,我煮个鸡蛋面给你吃好不好?中式的,据说吃了可以长命百岁。"

他说"好"。

陡然响起的敲门声,将两人都惊了一下。

她伸手扯过床上那件姜黄的裙子,但来不及了,连人带衣服被他一块儿塞进被子里。

西泽说:"门没锁——"

听到门锁响动,她飞快在被子里套上衣服,从被子一头钻进厕所整理了一下自己。

衣服不知为何有点宽大,无袖长衫长过小腿肚,露出雪白一片前襟。

她想起沙滩的太阳,对着镜子照了照:身上红痕没消,但没关系,也没人认识自己。

看到她出来,麦克的表情很甜腻:"嗨,甜心,打扰到你们没有?"

麦克已经换了条沙滩裤,怀里搂着个女郎。蜂胸蛇腰,匀称的腿包裹在丝袜里,一双高跟更显腿型细长,戴着浆洗过的荷兰帽,身高简直和麦克相当。

女郎大抵就是在车上时提及的瑟蕾丝汀,一睹真容,淮真立刻明白西泽在车上为什么笑。

难怪衣服宽大过头,穿到主人身上,才能看出原本是什么款式。

麦克和西泽在走廊上说话,没瑟蕾丝汀什么事。她只好走进来邀请淮真去沙滩上玩。

她一头金发,英文口音竟也是海峡殖民式的,大抵是从澳门过来的葡萄牙人。学着麦克叫她"甜心":"甜心,一起去海滩上吗?那里有杜松子、马提尼、威士忌和冰镇姜汁汽水,还有与混合果汁做的鸡尾酒。"

淮真犹豫了一下,请教道:"有橘子汁吗?"

"当然。男士们有一些明天去新加坡和澳门,一走数个礼拜,"瑟蕾丝汀笑了,走进来拉她的手,"来吧,陪大家一起玩一会儿,麦克和西泽很快就会从楼上下来。"

她想起两周后的考试,还有昨天教授的警告,从书包里摸出从图书馆借来的《李尔王》和课堂笔记,才肯跟她出去。

05.

刚走下沙滩，淮真就后悔了。从草坪阶梯下到沙滩，一脚踩上去，鞋缝漏进沙子，只能脱下来，光着脚一脚深一脚浅地走。发白的光线晒得人睁不开眼，沙子踩上去却是凉的，有种午间下课到家晚了，早晨取出的冷冻鸡胸肉还没来得及解冻的感觉。

瑟蕾丝汀一开始叫她不必担心，他们租了沙滩上最大的两个凉棚。等走到了，凉棚下七八个沙滩椅却都给人占去：一群肤色各异的男男女女，穿着泳衣或披肩，嘻嘻哈哈，搂搂抱抱。有几个刚起身，立刻有去海里游了一趟回来的，湿漉漉往椅子上一坐，总忙不及照应到所有人。

凉棚靠近一株芭蕉，巨大的蕉叶垂下来，给小小一片沙地以遮蔽。她捉着裙角，屈膝坐下来，整个人都坐进阴影里。瑟蕾丝汀喟叹于中国女人的娇小，将头上荷兰帽给她挡住膝头，又请沙滩上走动的仆欧带给她一杯冰镇橘子汁，自己很快同红男绿女们打成一片，将她忘到脑后。

淮真早餐吃咸了，在沙地里坐上一阵就有些渴，半晌没见到她的橘子汁，抬头望见仆欧从草坪下来，往这头走过来，托盘里正托着一杯橙色汽水。她巴巴盼望一阵，结果尚未走近，便被一名肌肤给太阳晒得金棕的混血女郎半道截住。搂着她的军官看样子是个军阶不低的，由着她挑拣。挑来挑去，最后她挑走了银托盘里头杯沿插了薄薄一片酸橙的橘子汁，仆欧张了张嘴，也不敢多说什么。

后来再不见橘子汁的影子，瑟蕾丝汀也不知疯到哪里去了。淮真合上书，抬眼找了找，见她不知何时已经脱了外套，着了条短到会被美国警察罚款的连体泳衣，和一个男人搂搂抱抱一齐分享一张沙滩椅。金色八字胡从洁白的鹅蛋脸脸颊上暧昧蹭过，惹得她娇笑连连的英国人并不是麦克。

再近一点，两个年轻女人在她耳畔聊天，说来说去总是男人。

一个说："皮埃向我求婚了。"

另一个惊讶："真的？"

"他说这次回英国就跟他太太离婚，然后回来同我结婚，叫我一定等他。"

另一个沉默一阵，语调夸张："……恭喜你！"

淮真不免回头，看见两张年轻美丽的女性面孔，脸上的笑容却截然不同：一个尽量掩饰违心，一个苦涩又欣喜。

过了一阵，苦涩的那个被人接走，接着又坐下两个女郎。

说起同样的话题，违心女郎压低声音说："你们知道吗，皮埃要娶安吉拉！"

女郎们爆发出一阵笑声："想得美！干这行以来，不下五个英国人同我说过同样的话，每一个都有去无回。幸好我从不傻，免得到头落得财色两空。"

另一个"喊"了一声："英国人，哪一个敢抛弃自己的社会地位，娶个南洋殖民地上的女人当太太？何某女儿都无人敢娶！"

……全当她不存在。

淮真觉得诧异：她从没想过，离开唐人街回到殖民地，歧视竟然更甚。一种是来自他人的偏见与歧视，一种是自己看轻自己。

她拿书签扇扇风，翻到笔记下一页。

后头又热闹起来，清爽熟悉的男中音向人询问："我太太在哪里？"

"谁？你太太是谁？"

"穿黄色裙子，这么高，拿着本红色封皮的《莎士比亚》。"

话音未落，她回头冲他招招手。

一瞬间，十余张脸齐刷刷往芭蕉叶子下头看去，异域的面容，惊诧的神情纷纷定格下来，从她这边看去，竟然一个比一个精彩。

西泽倒没注意，手头拿着杯冰镇过的姜汁饮料，屈起长腿，在她一旁坐下。

芭蕉叶子只堪堪挡住她一人，他只能坐在烈日照射下的沙地里。

她把书在掌心摊开，撑高给他挡太阳，看他低头盯着自己笑，有点莫名其妙："和麦克说了什么？"

他想了想："新加坡只去两周就好，但回来得去澳门待一礼拜。"

她问："然后呢？"

他说："你来澳门吗？"

她说："我很想去……但是有考试。"

"到哪一天？"

"十四日最后一门国文。"

"周末呢？"

"应该可以。"

"我替你买好船票。"

她点头。

他仍在笑。

她说："就为这个开心？"

他摇头，说："不是。"

一脸莫测的笑，让她摸不着头脑。

他从没想过，生日时听过无数句"生日快乐"，只欠她一个就不叫快乐，人真是贪心。

现在回想起来，单调的、晦暗的一百多个日夜，突然就有了颜色。

不过他暂时不打算告诉她。

她往里头让了让，两人一起面对面坐在沙子上头。

他拿起她膝头的荷兰帽，想给她遮着点光，哪知帽子太大，兜头下去，眉毛、眼睛都遮没了。

她伸手去摘，手头的书掉到沙子里头。慌忙去拾，帽子又飞出去老远。

手忙脚乱地跑回来，掸完书页里的灰又掸帽子缝里的灰，不知多心疼。他坐在原地，盯着她狂笑。

一气猖狂笑过后，才想起递出手头的汽水给她。

她就着他的手，衔着麦管，一气将汽水喝到底。

他笑着问："How do you like it?（你觉得怎么样？）"

她撇撇嘴，颇臭屁地点评道："马马虎虎。"

他盘坐在沙地里，仗着手长，微微撑起身子，扯着芭蕉叶子尾巴，将两人一块儿挡住。沙地那头簇拥的人群便都看不见了。

紧接着便被搂住腰，压向他，嘴唇轻含。

也不是第一次亲吻了，但她有点蒙，尤其舌尖的碰触。吻很短暂，像夏日忽闪而过一道闷雷或者闪电，或者小猫偷尝桌上的西瓜。大抵也是保守同胞在场，他担心她害羞。

他又问了一遍："How do you like it?（你觉得它怎么样？）"

她舔舔唇，想了会儿，认真地问他："苦艾和柑桂？"

不及他回答，后头男男女女一早看见那叶欲盖弥彰的巨大芭蕉叶，起哄似的惊笑起来。不知谁最殷勤，看见白制服从旁边经过，立刻招过来，叫他再来几杯姜汁鸡尾酒与橘子汽水。

芭蕉树后头就是灌木丛，她的腿上给沙蝇叮了好几下，幸好又租了个凉棚，这头空出来几张沙滩椅给他俩坐下休息。

仆欧拿来马来的驱蚊草膏，他将她小腿搁在自己腿上抹药。

吸着果汁，她突然想起什么："瑟蕾丝汀是麦克的……"

"昨晚跟他跳舞的舞女。"

她这才恍然，"哦"的一声。转开脸，装作若无其事地问："那你呢？"

他搓了搓她的小腿，一股清凉柠檬草味散开："你吃醋吗？"

"我嫉妒什么？"她一时只理解到英文词汇最浅显的意思。

"我忘记谁说过，你小时候喜欢金发妞。"她撇开脸，鼓着腮帮子，不知在消化酸溜溜的果汁，还是在消化自己的胃酸，"这里有好多。"

他确实有过这种偏好，至于为什么，倒从未深究过。

她突然提起来，倒使他认真思索起原因。想了一会儿，突然笑起来："小的时候，我也有过金色头发，蓝色眼睛……"

她"咦"了一声："像爸爸那样？"

他点头，接着说："后来慢慢地，从金棕到棕黑。差不多到上中学时彻底变成黑色，但别人好像不这样。大概因为这个，看到金发碧眼的成年人，会格外羡慕。"

她眼睛一眨不眨地凝视他一阵，也不知在想什么。

等到再开口，话题又跑偏了："我猜你不用担心会谢顶。"

他笑起来："为什么？"

她认真总结："妈妈遗传得好。"

他听着开心，微微眯眼："那你呢，喜不喜欢黑头发的白鬼？"

她说："你昨晚问过了。"

他笑道："是的，你也不能反悔了。"

用词简单，语调又很狡黠。

她突然回过神："我书包里的三块钱……"

他头也不抬，十分理直气壮："我拿走了。"

淮真无语，全当自己没问。

烈日的遮阳棚下头，她枕在他的腿上，脸上盖着荷兰帽打盹到午餐时间。

午餐是中国菜，粤菜、上海菜都有。两人都不太饿，在台阶上的草坪中间草草吃了一些。

中途有个黧黑伛偻的广东老妇，摘了篓山上盛开的白蟾花，乘午间的巴士过来，想卖给沙滩上的白人或者上海富人，眼见太阳将花都晒蔫儿枯萎却半枝没卖出。仆欧去赶人，正巧被淮真看见，她便拉着西泽赤脚走过沙地，用五角钱将一篓白蟾都买下来，全交给一名仆欧，让他给三二一房寻只种棕榈的蓝瓷盆，清水供在阳台上，能活好几天。

瑟蕾丝汀昨晚在男人堆里出风头，得罪了一个上海太太，恰好午餐时坐他们邻座。以为淮真也是个妹仔，见她拉着西泽的手去买花，转头跟先生嘀嘀咕咕："当真小妍挖，勿晓得做人家。（果然当人外室的，就是不知道节俭。）"

淮真"嗤"地一笑。

西泽问她："她刚才说什么？"

淮真道："以为我是你的 kept women（情妇）。"

他想了想，突然翻起旧账："事实上，我才是你的 kept men（情夫），对不对？"

隔壁桌的上海夫妇竖着耳朵听墙角，陡然听到他语出惊人的一句英文，吃了好大一惊，转过头，颇为失礼地打量他们好一阵。

淮真踢掉鞋子，光脚从桌子下头踹他一脚，却被他两腿牢牢夹住，怎么都拽不出来。

桌上却波澜不惊，眼看他颇讲究餐桌礼仪，从容地吮完一只牡蛎，终于克制不住大笑起来。

沙滩上太多举止狎昵的异族情侣，他们这样的组合并不算猎奇。旁人一眼看来，大抵只会觉得，又是某政府公务人员的东方情人。

香港给予异国恋人无限的宽容和自由，殖民的环境却更加敏感。他来之前，她就遭遇英国警署三番五次的盘诘；来之后，两人恐怕还得再去警署走上几遭。倘若一不小心提及她去美国前后曾有两个身份，一不小心在这里坐实间谍罪，死都不知能不能有个全尸。

因此纵使有太多的问题想问，却也只能问及一些无关紧要的，两人心里都相当清楚。

"去过石澳了吗？"她随口问道，当这渔村只是个旅行必经的风景胜地。

他想了想，问她："你跟我一起去吗？"

她点点头。心里想着：等雨季过了，热带草木繁茂之前，带一捧花去给她。

06.

下午两三点钟，沙滩上人更多了些。中国人少，来自哪里也很好分辨——内地来的北方人怕晒，常披一条色彩鲜艳的披肩；广东人或香港本地人，利利落落一身泳衣，露出蜜色肌肤，别有一番热带风情。饭店供应毛巾给住客在沙滩上用，本是用来擦干身体的，后来乱七八糟在沙面上铺开，不少客人都用它垫坐在沙滩上。

一群白人男男女女下水去玩，女郎们半露酥胸，与赤膊的男人们在水面及腰的海水里搂搂抱抱，也有少数华人少妇，或许已经离婚，抑或是丈夫在饭店睡觉，将小孩留在沙滩上玩，自己脱掉披肩，穿着剪裁大胆的泳装涉水下海，立刻有年轻白人上前搭讪。此类禁忌画面使得沙滩上的体面太太们瞠目结舌，小声批驳："难怪人人都说远东是西方男人的天堂，都怨这些女人，有伤风化！"

上午倒还抢手的沙滩椅统统闲置出来。淮真没买泳衣，更不喜欢晒太阳，便独霸凉棚温书，不知多惬意。

西泽的同事们大多是二十岁出头三十岁不到的年纪，年轻好动，在浅水区打水球，十分热闹。他应该也很喜欢这类活动，一开始在岸上陪着她，叫他去玩也不肯走。后来浅滩水球缺个人，四五个精壮男人一起奔上沙滩，将他活生生拽到水里去。

他玩得似乎挺开心的，也不忘记岸上的姑娘，几局过后便急匆匆涉水上岸，浑身湿漉漉地回来找她。

淮真问他："玩得开心吗？"

他说："Yeah.（开心。）"

她说:"那你回来干什么?"

他说:"我来看看我太太是否开心。"

淮真吸了口果汁,咯咯直笑。

后头一群人大声喊:"西,我们需要你!"

她拿书拍他的胳膊:"快去。"

西泽回过头来:"想要我陪你的话,我就不去。"

淮真眯着眼笑:"没你在,我正好温书,免得分心挂掉考试。"

他笑着说:"虽然不希望这是真心话,但是 OK。"说完又问她:"是什么考试?"

她说:"西方近代文学。"

他凑近亲吻她的脸颊,趁机贴近,说:"如果你需要的话,好老师可以贴心辅导你。"

她抿紧嘴唇,忍着笑反问:"关于什么?"

他说:"西方,文学……或者别的什么,我都可以。"

她说:"那我可得好好想想。"

西泽说完转身回浅水区,赤脚大步踩过沙滩,周围的女士们几乎都在看他。

背对着众人时,他看起来只是个走路气宇轩昂的高大年轻人,着了条泳裤,健硕的背脊与手臂肌肉露在外头。

转过头来,一头稠密棕黑的发,眼神幽深,饱满的唇形适合亲吻,混入更多肌肉发达的白人当中,竟也足够抢眼。

尤其当水面竞逐足球的游戏开始以后,同游戏众人飞快涉入深水区,潜入水底,一记水下起球打得对方猝不及防,赢得相当漂亮。他浮出水面,捋起湿漉漉的额发,得意地笑着,恣意又极有感染力,那笑容竟也相当漂亮。

沙滩上的女士们视线像长在了西泽身上似的,令淮真有点愤愤不平,恨自己只有一双手,不能将那一双双觊觎他色相的眼睛统统蒙起来。同时她自己也不想吃亏,别人看,她也看,一边看心里一边犯嘀咕:穿着衣服时还以为他身形清癯,几次亲密时离得太近,也都没有留意去看。现在才知道,原来她一直想错了……

他嘚瑟地笑了一阵,视线回到沙滩上逡巡。寻到淮真,见她也正看着自己,远远地冲她吹了个口哨,然后微笑。

她也微笑。

球从水面飞出,冲他迎面砸过来,他闪身一躲,潜进水里游出几米,新的一局又开始了。

撺掇他下水玩的结果就是,淮真的温书效率直线下降,直至太阳落山的四个小时里,还没有他陪在凉棚下头一小时念的功课多,也不知是亏还是赚。

等他同众人一道回到沙滩上,天已见黑。她合上书,拿起毛巾给他。

他马马虎虎擦了擦，浴巾攥在手里，腾出一只手来将她兜进怀里，亲了亲，轻声问她："晚上回去吗？"

同回饭店的男士似乎也听见了，盛情邀请："晚上这里有舞会，可不要错过。"

她皱眉，犹豫了一下。

西泽立刻说："回房洗个澡，我送你回港大校舍。"

一行人顿觉扫兴，失望地嘘声，之后搂着女郎快步离开。

淮真怕他不开心，解释说："我怕进度赶不上，考试失利，令教授失望。"

他说："待在这里，我不会打扰你。"

"你明天出发，乘一天船去新加坡，应当好好休息。"

他低声说："你不在，我才休息不好。"

她说："当你和书都在我的视线范围里时，我实在没法舍弃前者。"

他笑着说："So…（所以……）"

她抬眼看他："So?（所以？）"

他用身体将她推进屋里，抵着她压到床上。一声不吭，用行动回答。

舒缓的钢琴声从餐厅里流水似的淌出来，提醒着他们晚餐已近尾声。两人抓紧小别前最后的机会温存，她绷紧神经，问他有没有安全套。

火撩起来了，突然被打断，西泽有点懊恼，埋在她的颈窝，小声说："想跟你贴紧，像昨天。"

她嘀咕着说："像昨天？十分钟生效，你却那么急，也不知有没有起到作用。"

嘴唇离开耳珠，顿了顿，他说："十分钟？十分钟倒不止……你记得吗？"

她有点恼："我……我怎么会记得这种事！"

西泽又笑了："嗯，那时应该是不记得。"

昨晚的细节被反复提起，和今天真实的亲密联系起来，接二连三的调情句子几乎令人羞愤至死，血液顺着血管流下去，浑身的热都腾起来，令她有点眩晕。

不等她再说什么，西泽逗留片刻，很快起身，从床头抽屉里摸出小纸袋，撕开。

她抱着膝盖看他。

有过堪萨斯的汽车旅馆与廷伯旅店的经验，淮真留意到他的神情，小声问："不合适？"

他也不知是该摘掉还是忍耐着继续，在床边静静坐了一阵，他泄气道："OK, not today.（好吧，今天不行。）"

说完把东西扔进垃圾桶，前功尽弃。

"西。"她轻轻叫了一声。

西泽偏过头来。

淮真已趋身靠近，靠在肩头亲了亲他的脸颊。环过去，坐在他的腿上，纤细羸弱的胳膊搂住他的脖子，细密又断断续续地和他接吻。

他贴着额头轻声问她："你想做什么？"

她说："你得教我点什么了。"

他笑了，说："好。"

他捉住她的手，带领着。淮真闭了闭眼，有点胆战心惊。

两人都没有往下看。

她问他："不舒服吗？"

他轻声说："舒服。"

克制的喑哑嗓音出卖了他，也证实了他的话。

房间里安静得太过诡异，将某一种声音放大又放大。

她又想起堪萨斯城，问他："要不要讲点什么？"

他问："比如呢？"

她说："感觉怎么样，可以告诉我。"

"告诉你？"他变了调的声音听起来有点委屈，"应该怎么告诉你。"

她摸到紧绷的肌肉，听到他凌乱的呼吸，知道他克制着，于是试探着问："你要不要，嗯，叫出来？这样我才能知道……"

短暂的温存结束得比想象中晚，收拾干净后，大汗淋漓的他抱着她亲了亲，问："喜不喜欢？"

她傻了一下："不是该我问你喜不喜欢吗？"

"不喜欢。如果你喜欢，我会时常……"他耳朵发红，翻身将她压在床上，脸埋在她的肩头，轻声说，"给你听。"

她将他抱在怀里，呆呆地点点头。

他接着低声说："我更喜欢跟你做。"

"下月，我来澳门找你，"她很认真地想了想，"一定记得先准备好……我也不懂得挑。"

他枕着她的腿，故意问："准备什么？"

她说："合适的，舒服的，你喜欢的。"

他仰头凝视她，眯眼笑起来："我更想问问你喜欢什么。"

这时听见了舞会开场的萨克斯声，意味着几乎快没有晚餐了。他将她搂起来去浴室，被她拒绝。

因为洗过澡不想贴身穿着脏衣服，这里也没有更换的内衣。

见他几乎能以三十秒的速度洗完澡，她靠着浴室门笑："我们不如去外面吃点别的，不要着急。"

西泽还是不到一分钟就从浴室出来了，到底不想让她等太久。

两人七点钟乘巴士离开浅水湾，到中环皇后大道时，莲香楼正是人多的时候，等到有空位可供落座，已经将近七点半钟。

水鸭色的墙壁，冰室风格带着点田园味。老板是典型的广东人相貌，拿菜单过来时黑着一张脸，像看谁都不高兴。菜单只有一页纸，不到十五行字，米饭、面食与饮料各占五行。

餐厅很少有白人来，两人台的桌子设计得窄而低，西泽坐下以后，便觉得桌子更小，束手束脚的，仿佛餐厅层高都不够他的身高。

他不认识中文字，淮真逐个给他翻译描述。尚不及两人决定要吃什么，老板竟催促起来。

淮真是常客，深知老板脾气古怪，好言好语道："等阵。（等一会儿。）"

老板道："食鸭腿泡饭啦！（吃鸭腿泡饭啦！）"

从小长在以小费作服务酬劳的国家，西泽大概从没见识过态度如此恶劣的餐厅服务，反问："点解？（为什么？）"

"因为好食啦！好麻烦，我又唔呃你。（因为好吃啊！真麻烦，我又不会骗你。）"老板颇不耐烦，声音也高了三度，"就食鸭脚捞饭！小情侣，嚟多个菠萝油，一份肠粉外加碟头饭，两杯冻柠茶。就咁！（就吃鸭脚捞饭！小情侣的话，多加一个菠萝油，一份肠粉和碟头饭，两杯冻柠茶。就这样！）"

话音一落，转身就走，私自给顾客做了决定，看起来还不准人反驳，否则就要逐客似的。

西泽隔着桌子，一声不吭地看着淮真，看他眼神，似乎对这家茶餐厅相当怀疑。

淮真耸耸肩，表示这里就是店小又欺客。待她回过神来，抬头又高声问："情侣饮冻柠茶，有无买赠呀？（情侣喝冻柠茶，有没有买一赠一啊？）"

老板也高声回应："可以——"

淮真冲西泽眨眨眼。

他看起来更为震惊了。

她换作英文，吐槽说："香港的餐厅，好吃的往往老板脾气都很大。"末了又补充一句，"中国别的地方也是。"

07.

夜里的小岛也算热闹，白天状似人口稀疏，入夜都到中环街市上来。街市附近是英国人的商务区，穿细尼衬衫、打俗丽领带的商人在银行门外的水门汀阶梯上站着聊天吸烟，几步之外，流浪汉们则在街边的拱道下蜷缩着睡觉。他们不会直接上前向你讨要食物，偶尔路过，会在路灯下瞪着眼，小心翼翼地望向拱道上方的过路人。听说循道会每隔几天都会分发黄豆拌饭给他们，但路过的女学生们仍会时不时留下一点吃剩的炸山芋丸子或者柚子皮糖果。

准真与西泽乘公交车提前一站下，想一起逛逛夜里的市集，否则只剩下山上的松涛可以听一听。其实香港也没有什么好看的橱窗，但两人莫名都很享受拉着手自在地走在人群里的感觉，不用再遭受白眼。

快到干德道巴士站时，站牌旁几个东张西望的女孩一见准真，立刻大声叫她的英文名字，小步跑上前来。

准真认出其中一个是同上古典戏剧课的艺术系女孩伊莎贝拉。

几人穿着时兴的长衫裙，外面套淡绿玻璃纱衣，性格外向，一见准真就兴冲冲奔来，拉着她的手就要拽走。没等走近，陡然看见后头一个阴沉沉的白人，吓得惊叫一声。

准真早已见怪不怪，转头看了一眼西泽，差点没笑喷，回头问她们："这是我先生……等久了吗？找我什么事？"

女孩们听完之后"咯咯"笑起来，远远向他说句抱歉，又对准真说："学校不是要排五四戏剧吗？在主楼礼堂，是这样的，我们想改一出法国戏，*La fin du monde*（《世界末日》），你听说过吗？"

她犹豫了一下："科幻剧？"

女孩点头："里头有个未来女机器人，讲德语——"

她认真发问："我演女机器人？"

"你会一点德语，雅德林告诉我的。而且说真的你很特别，特别有那种……"

准真打趣："机器人的僵硬？"

伊莎贝拉大笑道："不，大家都认为你很酷。这是出音乐舞蹈剧，每个人都得跳舞……"

准真打断她："可是我有考试，到四月中才结束。而且我也不太擅长跳舞。"

"人文学院考试一向很多，我们都知道，所以才在聂歌信山下租了间小课室做排练室，你走路五分钟就到，一切以你考试为先。不会跳舞也没关系，大部分男孩子都不会，动作也很简单，"女孩们一起哀求她，"拜托了 May，要是没有你，我们搞不好得重写剧本。"

准真说她会考虑一下。女孩们以为这几乎等同于拒绝，不甘心，央求她随她们上山去看一看用作排练室的小教室，西泽在后面慢慢跟上来。

小房间在山道旁几株杜鹃花底下，从前是印度巡捕的巡捕房，现在闲置出来。花一直落，无人清扫，路边积的花瓣快要有十寸深，如今还在扑簌簌地落。巡捕房就在中间，上头两面玻璃窗户，里面亮着光，少男少女在里头蹦蹦跳跳，有说有笑。

有两个女孩在认真地讨论动作，其中一个起身做了个 Pirouette（单脚尖旋转），接了个大跳，连贯轻盈又优美。准真虽然从五岁起就练功，吃了不少苦，但也不禁有点跃跃欲试。

伊莎贝拉见她看得入神，问她："感觉怎么样，还不错是不是？"

她说："别人是天鹅，但我是女机器人。"

"听着像是答应了。"

"我还蛮想扮演一个未来人的，感觉会很有趣。"

她同伊莎贝拉商量好时间，进屋同陌生校友打了个照面，这件事基本算是商定了。一众人对新成员的加入都兴奋过了头，像是期待已久。

推门出来，淮真对西泽做了个夸张表情。

他远远打量她，笑着说："未来女机器人很适合你。"

她说："噢？你怎么知道。"

"你告诉我的。"他接着问，"所以她什么样？"

淮真恬不知耻地回答："脸蛋甜美，身段热辣，嗓音性感。"

他仔细思索，仿佛试图将这段描述与她的形象重合起来，得出的结论是："很难想象。"

她大笑。

两人之间，许多事情无须说得过分清楚，便能想到其中原因，她一直知道。比如和她一起离开饭店，当她问起时，他说："我猜你不太喜欢麦克，以及另外几个同事。"即便她装得再礼貌，所有心思也都被看穿了。通过一个谁也不懂的玩笑话，解开一点点两人之间的心结，她比想象中要更开心。

接下来几个礼拜忙碌又枯燥，淮真除了没课的早晨去巡捕小屋排练一小时，大部分时间都在校园与宾舍度过。

校舍与食堂提供免费食宿，她也没空逛街，每月的钱都花在了往美国的通话费上。每礼拜她都会给家里拨两通电话，告知自己的近况。不过最近一周云霞开学，她也忙于考试，没有给三藩市打电话，家中也没责怪她。只是在听说西泽来香港以后，往她账户多汇了一笔钱，也不知究竟做何用。

西泽将干德道公寓的钥匙给了她，以防她找不到僻静的地方温习功课。那附近都住着英国警署与美领馆的同事，十分安全。最重要的是，公寓里装了挂壁电话机，她给他打电话时可以不用担心有人偷听通话内容。

不过淮真并没有去过几次。一旦想到可以在他的公寓里打电话给他，她难保自己不会分心。第一次去是因为要向公寓搬入新家具，她替他联系了几个码头上做苦力的广东人，价钱便宜也放心。后来美领馆的同事们也纷纷请这支搬家队伍去搬家。

第二次去，是因为考试前的某天，美领馆又打电话到宾舍请她去喝茶，询问与西泽相关，以及"上次英国人都问了你一些什么"之类的蠢问题。即便那群美国人口头上对她稍稍有点轻视，但鉴于他们不得不尊重华盛顿特区送往香港的文件，称呼她为"Mrs. Muhlenburg Jr."，她决定不和他们置气，尽管她并不喜欢这个称呼。

但她还是在那通电话里抱怨给西泽听，最后总结说："我讨厌美国人。"

"包括我吗？"

她不理他："但还是不得不感谢美国法律庇护了我，即便在我自己的国家。"

他笑着说："这里是英属殖民地。"

她说："也就出租给英国九十九年。"

他想了想："那是新界。"

她想说，九十九年一过，连带割让的港岛与九龙一并都归还了，但在电话里，她胆子倒还不至于肥到勇于泄露天机。

他换了个口音："那你喜欢英国人吗？"

她撇撇嘴："盎格鲁－撒克逊人的恶劣不分伯仲。"

他松了口气："希望我并没有太多这类人的血统。"

她又笑起来。不得不承认，背地里讲人坏话，确实有益于泄愤。

最后一礼拜他去了澳门，两人没有互通电话，他大抵也不希望她分心。

宾舍十几个女孩在港大念书，八卦能力实在不容小觑。早餐那次之后，季淮真有个英俊的丈夫的消息很快传得尽人皆知，也因此瑞柏·何没再来打扰过她。不过她也没怎么注意，一整周五门测试已经够她忙的，甚至更要紧的事也被她忽略：比如嗜睡，比如胃口不佳，又比如内衣大小变得有点不合适……所有的身体问题，统统被她轻松归咎于临期综合征，紧张过头导致的内分泌失调。

考试前最后一天她第一个起床，在食堂一边背诵笔记一边吃早餐。宝拉与她同堂考试，晚些时候坐在她身旁，先夸她"衬衫很好看"。

她说"谢谢"。

紧接着拿着叉烧坐在她身旁，目光上上下下打量她许久，最后停在她胸前，问她："May，你最近是不是……胖了点？"

其实往常她更愿意胖一些，但最近不知脾气为什么很坏，听完心里莫名有些不乐意，辩解说："也许是刚起床，有些水肿？"

宝拉也迟疑着点头："兴许是。"

回南天过了，香港彻底入夏。考试那天尤其闷热，穿长袖衫坐在教室里写答题纸也会热出一身汗。到二门考试开始，她便觉得有点反胃。万幸的是，最后一门西方近代文学每堂课她都有认真听课温习，于是以最快速度答完所有题目，甚至来不及检查，便交上试卷离开教室。

刚走出教室，胃里一阵翻滚让她差点晕眩，狂奔进盥洗室，在马桶边将中午尚未消化的牛肉与芦笋吐了个干干净净。

隔壁混入盥洗室作弊的高年级马来学生也听不下去了，关切地敲敲门，问她："你还好吗，需不需要帮助？"

她摆摆手："谢谢，兴许是中暑。"

高年级生点点头，狐疑着离开。

她沾湿钥匙给手肘、太阳穴与拇指外侧刮痧，十分钟后，觉得稍稍好些，才捧着书离开主楼。

幸而上巴士时反胃感已经消失，可疑窦渐起，便再难消下去——只可惜她中医只学了个皮毛，也不懂给自己诊脉。

一回宾舍，她立刻打电话到医学院教授任职的英国医院，询问能否预约内科医生。

"有医疗保险吗？"

"有的，是学生医保。"

"消化内科？"

"嗯……"

"预约施密特教授可以吗？今晚只他有空。"

"好的……"露西手里拿着一只信封走过来，见她有电话，将信封搁在餐桌上就走了。淮真叹了口气，接着问，"那么妇科呢？"

那头顿了顿："预约两位医生，对吗？"

她说："是。"

那头说："我得先问一下，妇科医生今天不一定有空。"

等待医院电话拨回，她拆开信封，里面是明天上午十一点开往澳门的船票。

她莫名头疼，将信封与船票搁置在一旁。

电话回过来，告知她："如果只是做检查，今晚九点左右苏珊护士可以帮你做；如果有别的诊断或者手术需要，预约排到了明天下午——能否请问你检查什么？"

她说："妊娠试验。"

女士说："好的，苏珊护士做尿妊娠测试没问题的。"

"今晚九点钟是吗？"

"对。"

紧接着她又拨给教授太太，告知自己有点身体不适，今天可能没法去九龙拜访了。教授太太很关切地问她怎么了，是否需要帮助。

她说没事，就是有点中暑，休息一下就好。

教授太太说："不要太紧张，即便没有全A，我也会说服他给你写奖学金推荐信。"

她大笑起来，并说谢谢。

挂了电话，又笑了一阵，淮真趴在电话机边，一阵恐惧莫名浮起来。抬眼看见那张船票，火气"噌"地蹿了起来，照着附带在电报地址末尾的电话号码拨了过去，只等他接通以后，穷尽生平所学脏话，用他的母语将他骂个狗血淋头。

直至忙音消失，熟悉又温柔的声音响起，问她："船票收到了吗？"

她腹诽道：让我去船运公司自己取就好了，发电报让邮政公司送上门来干什么，钱多烧的？

总之她怎么看他都不顺眼。

满腔怒气一点一点强压下去，终于只说："收到了。"

听出她情绪不高，电话那边的人问她："考砸了？"

她嗤笑："怎么可能？"

大抵学霸气焰太过嚣张，令他在电话那头笑了好一阵，才问："那是想我了吗？"

"我只是……"她忍了又忍，"想告诉你明天不能去澳门。"

他不笑了，问她："有事要忙？"

她说："今晚得去医院。"

"生病？"

她没有说话。

"怎么回事？告诉我。"

她握着听筒，愤愤道："都是你的错。"

他又笑了："错在哪里？我们纠正它。"

她盯着天花板，泄愤式地说："我可能怀孕了。"

他好像有点没听清："你说什么？"

她漫不经心地解释："今天呕吐了一次，如果不是例假晚了十天，我甚至以为只是中暑。西，我可能怀孕了。"

那头沉默着。

她有点想哭："西，我还这么年轻。"

他突然莫名说了句："一次？这么准。"

她气得发飙："你那叫做了一次？！"

他听完笑个不停。

她对他一顿狂骂。

紧接着狠狠挂断电话，恨不得当面对他竖中指。

随即趴在桌上，大脑放空。

电话又拨回来，她没接，在屋里空旷地响。露西走过来问了三次是不是她的电话，如果不是，别人的电话也不要错过。

她终于不胜其烦，肩膀夹起听筒，不讲话。

他问："哪个医院？"

她说："聂歌信山上那个。"

他接着沉默，离开听筒一阵，不知在做什么，过了会儿才又回来。

她说："我得乘车去医院。"

"淮真，"他突然很正式地叫她的名字，他很久没这么完整地叫过她的名字了。接着又说，"我想知道你怎么想。"

她说："香港应该可以流产。"

他懊恼地，大声打断她："No！（不行！）"

她说："难道你准备好迎接一个新生命了吗？在我们俩都还这么幼稚的时候！"

他的声音很轻："我有足够的自信应付一切突发状况，包括这件事。无论如何我尊重你的决定，但是你信任我吗？"

她很努力地思索了好久，发现越理越乱，怎么也揪不出一个正确答案来："我不知道。"

他说："我希望你能回答我。我想听到的回答不包括不知道。"

她握听筒的手都在发抖："我不知多努力，才勉强做到对自己的行为承担后果，我还没有准备负更多责任，否则失责的后果太严重了……西，你告诉我，我能怎么办？"

他的语气温柔笃定："我承担一切责任，别怕。"

他试图安抚她，无奈隔着千里重洋，有些无济于事。

她沉默一阵，挂断电话。

说不上什么感觉，内里失调导致情绪失控，想对他乱发脾气也有，惊慌失措以致乱了阵脚也有……不止这些，还有一点隐隐的期待。这期待对于她浅薄的阅历来说太过新奇，所以才令她有短暂的彷徨不安。

08.

医院坐落在山顶，香港大学之上。沿薄扶林道下车，在小山坡上可以看见钢筋混凝土的房屋，那是医院的太平间，二十几级台阶将它的大门与巴士道连在一起，方便停灵。背后有一条叫作情人道的幽长石径，通往山上的医院。

一只厚重棺木从医院大门抬了出来，似乎为显得尊重，所以摆在事先备好的钢架上。一只铜盆放在棺木前，盆里烧着纸，几个华人跪坐在铜盆前或假或真地哭泣，白人医生在一旁静静凝望，常年温厚的脸上显露出一些异样的冷漠，大概也是上帝赋予死亡的庄重氛围使他们与这里不太协调。着暗红长袍的和尚在一旁敲打着不知名的乐器，音色刺耳。

海风呼啸起来了，刮动山顶茂密树林，发出一阵阵呜咽，使这里像欧洲大陆更北边的冰冷岛屿。现在是夜里九点半，医院的窗户零星亮着灯。为了防潮，地基比寻常建筑更高，庞大的花园令它仿佛一座东方亚述古庙塔。所有东西都在暗处静静凝望探照灯光下的医院，包括海里的船只、山顶医院鹅黄的墙壁，以及医院对面的华人墓地。

别克车疾驰上山来，在太平间外猛地急刹车，刺耳的声响盖过远处救护车与近处的锣钹敲打。车门打开，从车里下来一个身材高大的西方人，他急躁的步履吸引了台阶上所有人的注意。但他的脚步一刻未停，沿情人道匆忙上山，然后又停了下来。

这条两英里长的碎石路之所以被称为情人道，是因为距离大学不过十分钟步行距离，路旁种满杜鹃，松树繁茂，入夜松风阵阵，又可以轻松窥见整个海湾与九龙，环境优美，是情人幽会的好去处。唯一的不足兴许就是道路对面的华人公墓，与道路尽头的太平间和医院。

为方便病人晒太阳，情人道每隔一段就会有一只石椅。此时石椅上蜷坐着个学生模样的华人女孩，夜里很冷，她在褐红的薄呢连衫裙外罩了件带绒毛的奶油色克什米尔羊毛衫。开衫没有系扣，她抱膝坐在医院外的石板上，下摆将细瘦的腿罩住，显得身形更加单薄瘦削。她手头攥着一瓶阿奎亚牌维他矿泉水与一只药瓶，正对着树林里的碑林，不知在发什么呆。但太平间外的人们并不感到稀奇，因为她已经在这里坐了快半个钟头——也许生了什么病——他们一开始这么想。直至那年轻人放缓脚步朝她走过去，几个哀哭的女人脸上都有了种恍然的表情：哦，失足的女大学生与白人渣滓，原来是这么回事。

锣钹与诵经声重新响了起来，连带海岛的松涛一起。直到听见一个熟悉的声音在几尺之外响起时，她还是吓了一跳。

"西！"她瞳孔收缩了一下，勉强挂起的微笑让她的脸色更显苍白，"你怎么会在这里？"

他终于松了口气。五点半钟坐上邮轮到现在，仿佛是他四小时内的第一次呼吸。他没有讲话，沿碎石路慢慢靠近，问她："那是什么？"

她摊开手心，那是一罐阿司匹林。

"For what?（为什么？）"他问。

"医生说我有点急性胃炎。"

"还有呢？"

她迟疑了一下，点头："医生建议我仍去妇科做一次检查……"

顿了顿，他说："做了吗？"

她点头。

沉默了一阵，见他等待回答，便接着说："苏珊护士叫我半小时以后去取检验结果。

时间已经过了，我还没去。"

他轻轻笑了："为什么？"

她耸耸肩，似乎想尽量使自己看起来放松一些："有点怕。"

"哪个科室，哪个房间？"

"进门，左转……我忘了。"

西泽躬身。她以为他想说什么，但他没有，只是在她的脸颊上吻了一下。

后知后觉听见他说："一楼，左转？"

她点点头，愣了一下，大声叫他的名字："西？！"

医院就在碑林以上两百米的地方。他沿碎石道上山，大步走进灯火通明的水门汀的大门里。

医院只有一条长长的走廊，灯光亮堂，每一扇门上都用英文与汉字标明了科室。妇产科并不难找，但他仍旧在走廊上等了很久。

有个华人女士来做流产，她失血过多，送来时眼白上翻，早已失去知觉。值夜的护士并不多，几乎所有助产护士都被集中过去，给她做复苏与输血，在他赶来不久终于抢救回来。

终于等到苏珊叫他的名字，他走进病房时，几个小护士一边用拖把拖去地上的血迹，一边窃窃私语：

"……她在家里流了两天血，丈夫才将她送过来。"

"所以她的丈夫呢？"

"上帝知道他去哪里了，也许甚至都不是丈夫，否则为什么这么不在乎她的死活。谁知道呢。"

苏珊声色俱厉地咳嗽两声，小护士们立刻噤声，执着拖把站到一旁，仰头看这高大白人穿过门廊走进妇科办公室。

苏珊满头大汗地坐在办公桌后头，显然刚才的流产手术并不轻松。她大大地喘了口气，问："季淮真是你的？"

"我是她的丈夫。"

苏珊从圆片眼镜后头抬起一只眉毛，对此表示十分怀疑。

他一边说，一边从风衣内侧取出自己的护照，递过去。

苏珊看了看扉页上的鹰徽，又翻看了第二页的资料，上头确实写了已婚。

他接着说："她就等在医院外。"

"她的确有点紧张，尤其刚才那位病人发生了这样的事。何况她这么年轻，所以有点失了主意。你看起来比她要镇定得多。"苏珊将护照合起来交还给他，从抽屉里翻出一沓资料，瞥了一眼，笑了笑，"恭喜你。"

恭喜？西泽有点不确定她的神态里更多的是祝贺还是鄙夷，而且他也不是十分能读懂化验单上的结果。但苏珊没有再理他，似乎早已疲于应付这一类的情况。

他往外走，直到走到大门外，才终于辨认出上面潦草的字迹。

顿了一下，他加快脚步，沿碎石道下山。

女孩儿仍维持着之前的姿势蜷坐在那里，听见响动，转头，看他走过来，却没有动。打量他的神情，眼睛有点红红的。

等他走近了，才问："苏珊怎么说？"

"她说，恭喜我。"

她愣了一下。情绪汹涌而来，像是有些难以自控。

但她依然控制住了，只是声音有点跑调："西。"

他点点头，"嗯"了一声。

她吸了吸鼻子："I want this baby.（我想要这个孩子。）"

他没有讲话。

她抬头看着他，尽管背对着路灯光线，不太看得清他的表情，但这不重要。她笑了笑，说："你知道为什么吗？"

停灵的人早已走了，松风也暂时消失，整个世界都是安静的。

他没有讲话，也没有问她究竟是什么让她改变了主意。他静静等待着，希望不会有什么声音可以打断她。

她抱着膝盖，没有看他，睫毛动了动，接着往下说："也许五年，或者十年之后，最好我从学校毕业有一份体面的职业，最好我的丈夫大部分时间都在我身边，最好世界上不要有任何歧视或者战争，对一个混血小孩来说才是出生的最好时机与时代。而我现在还在上大学，半年之后就得回到美国，为了一个意外搞不好得荒废学业，你的国家、你的家庭甚至这里都不会十分接受一个混血……一切都这么不定，这当然是最糟糕的时机。如果什么都能等我先准备好，当然是最好的。但世上太多意外，不可能什么事情都先等我准备好再发生，否则总有一天，会有人或者机会等不及我，就没有耐心，不肯再等了。"

她讲完最后一段话，抬头看着西泽，问他："在华盛顿离开之后，你还没有原谅我，对不对？"

他微微张嘴，但终究闭上了。怨怼陪他过了上百个夜晚，终究被他深深掩埋起来。他没有否认，但也并非真的这么认为。他只是想听听看他的姑娘会说些什么。

她自顾自点点头，像是佐证自己的话，让他有点忍不住想抱一抱她。

然后听见她接着说："因为我想起来了，是那一天。你还没有原谅我，就来了香港，无论是出于什么原因，那天我在湾仔街头遇到了你。我想要这个宝宝，因为是那一天晚上，尽管那天夜里你冷漠又粗鲁，还很浑蛋。但我真的很珍视那个晚上。我爱你，想跟你有也许充满意外，也许跟这糟糕的时代一样命运坎坷，但是很确定的未来。"

她讲这段英文时莫名地紧张，声音颤抖，到最后人也发着抖，抬起头，面无血色地看着西泽。

他在两尺之外静静地站着，仍旧一言不发。

她更害怕了，还有点委屈："你说你负全责的。"

他一动不动："我说过。"

她低声骂："浑蛋。"

他点点头："是，我浑蛋。"

她咬紧嘴唇："Say something.（说点什么。）"

短暂的沉默过后，她捕捉到短促的笑声，来自西泽。

她恼了："What the fuck are you laughing at?（你到底在笑什么啊？）"

他的笑意更明显："我没法像你一样发表这样的长篇大论，但是，宝贝，我想指出你几点小小的错误。"

她态度很差："比如呢？"

他面对着她，盘坐在她身旁的石凳上，抽出她手里的矿泉水与药瓶放在一旁，将她的手攥在手心里揉了揉，才慢慢地说："是的，我甚至还没有原谅你，就来了香港，不是因为别的什么，只是因为我爱你。"

她的声音明显轻柔了几度，接着问："然后呢？"

他说："也不是冷漠或者粗鲁，只是一旦想起随时有可能失去你，会有点不知该怎么和你相处。"

她喃喃道："I won't leave.（我不会离开的。）"

他叹了口气，微微垂头，接着笑着说："最后，很遗憾，那天并没有带给我们一个宝宝。"

她抬眉："What?（什么？）"

气氛一下就变了。

"对，我也不知她出于什么心理恭喜我，也许这里天生对美国人不够友好，但血液检查结果的确是'正常'。你只是有一点，呃……"他在月光底下，努力再次辨认《血液检查报告》上的字迹，"周期紊乱。"

她一把从他手里拽过报告单，低头艰难地阅读，不可置信："Why the fuck……（为什么这……）"

西泽笑起来，很贱的那种。

她气得将化验单团成一团，扔到他怀里，掉头就走。

他一边笑着，一边将它拾起来，重新展开，大步追上去："护士说，你最近不能有太多情绪起伏。"

她停下脚步，大骂："Fuck off!（去你的！）"紧接着"哇"的一声哭了起来，像被谁欺负惨了似的。

西泽慌忙将她团进怀里，小声安慰说："Sorry, my mistake.（对不起，我的错。）"

她揪住他的衬衫下摆："你故意逗得我团团转。看我发表演讲很好玩吗？浑蛋！"

他承认："是的，我浑蛋，我不该捉弄你。"

她一边哭一边骂："你下午还在电话里说你想要个宝宝，这么神圣的事你都能用来开玩笑。"

他又心疼又莫名觉得怀里的姑娘这样很好玩，忍不住笑出声，紧接着肚子狠狠挨了一拳。他轻轻哀号一声，抱得更紧了，忍着笑说："我当然想。我希望是个女孩，因为会很像你。而且来的路上我差点连名字都想好了。"

她成功被他带跑偏："很想知道你小时候什么样。我也希望是女孩，因为女孩像爸爸。"

他接着说："我真的很喜欢看你发表演讲。"

她"哼哼"两声："Never again.（不会再有一次。）"

他说："This enough.（一次就够了。）"

她在他的衬衫下摆上擦掉眼泪，终于消了点气，接着问："你还要回澳门吗？"

他说："也许不用，但我得先打个电话。你会跟我去澳门吗？"

她斩钉截铁："我生病了，得好好休息，不能有太多情绪起伏。"

他成功被她逗笑："Because of me?（因为我？）"

她翻个白眼："你是谁？"

"Joyce 的爸爸。"

"谁是……"她突然想起来，他在路上取了个名字，于是大声抗议，"我不喜欢这个名字！"

"那我们换一个。"

"你真傻！"

"他还没出生呢，可以慢慢再想。"

"十年之内，我不想再做怀孕检查了。"

他认错："好的，一会儿回家之前，我去买十年份的安全套。"

路边经过的小护士突然"哧哧"笑起来，加快脚步超过了他们。

她踹他一脚："谁要跟你回家？"然后沿情人道飞快地跑下山。

西泽慢慢地跟了上去。

【正文完】

Guest of
the golden mountain

番外一
金山客

今生不行，生辰八字都同你在阎王处下了死契。
不过今生你跟我，仍可以读女师，上洋学堂。

梦卿起先唔知[1]金山客。

隔壁有户开平媳，道海的那头有座金山，金山那边的老番乘船过来，先请人去搬金山。后头金山搬空了，又请人去修铁路。成百上千的汉子，便都给老番塞进一艘驳船的下头，摇啊晃啊，便到了金山，活下来的，个个都发了财。开平媳妇她家区阿爷便发了财，阿爷去金山那年闹洋瘟，阿爷去给老番背死人，背一个赚一只大洋。阿爷从金山返来，起屋又买田，再一气娶了两房三妾，三年生了七个仔。

梦卿道："老番是咩[2]？"

开平媳道："老番便是红毛。"

阿娘嗤笑道："区阿爷发了财，怎的又将你做了贱价卖来石潭吃罪？"

开平媳叹道："阿爷打金山回来没几年，突然染上烟病。阿爷吸上五载烟，阿爹也没得学上，只得回乡种地劏猪。又过几年，屋也卖掉，田也卖掉，眼见跑了两房媳妇，阿爷年过半百，只得又乘船下金山。这一去，便再没回来。阿爹只得租了几亩薄田，又逢连年旱涝，上头三个阿哥等着食饭，没得法，只得将她个女做了贱价卖来石潭村。"

阿娘每回教阿彩与阿姊女工，便同两姊妹道："镇里先生道'夷人卖烟给咱们，是想吸短咱们的士气。'往后嫁人，嫁阿猫，嫁阿狗，万不得嫁吸大烟的。"

梦卿便道："嫁金山客呢？"

阿姊便啐她："可想得美，粤北山区，哪得户户人家都有金山客嫁？"

梦卿心道，阿姊脸蛋生得美，连那双金莲也是有名的。阿姊要是能嫁金山客，全家便

---

[1] 唔知：方言，不知道。唔，同"呒"，不，不要。

[2] 咩：方言，什么。

日日都有鸡蛋食。

英州趣园有茶山千亩，半数归温家。温家人丁单薄，只一长一幼两位少爷。两位少爷都先跟学堂司徒先生念过几年书，只二少爷是个读书料子。大少爷便回乡同温家老爷学种茶生意，二少爷先上广州拾翠洲念洋学堂，后又考学去了金山。不过那地方是比区阿爷去的金山更北边的金山，叫作域多利。二少爷先学得几门夷语，又同夷人学经商，将家中生意在金山做得红红火火。嫁女当嫁金山客，温家是富户，二少又出息，便是在金山客中也是数一数二的。

陈家与温家祖上说起来算有点交情。家里少爷丧了妻，在金山那边又不兴和老番通婚，温家人只得给他在邻近的乡人里找。算来算去，八字合上的，只有陈家闺女，就是梦卿的姊姊。那年阿姊十三，温少四年后返乡，算上去年岁正好。

不过过了半年，温家托媒人何婶上门，见着阿姊那双三寸的足趾，却又摇头道："温家少爷学洋文，不喜欢女人裹脚。"

说巧不巧，头天夜里梦卿方才裹了脚。阿娘在屋里闻着媒人的声，不动声色地将梦卿足上绣了粉色桃儿的蓝底布条一层层解下，将折进脚心的脚趾一只只生生掰了回去。

梦卿疼得发昏，刚张嘴要哭，阿姊便在一旁，将刚剥了壳的鸡蛋塞进她的嘴里。梦卿已经好多个月没尝过鸡蛋，噎得忘了哭，也馋得忘了嚼，连蛋黄味儿都没吃出来，便已经被阿娘牵着，一脚轻一脚重地走到媒人跟前。

阿娘的声音轻飘飘的："何婶莫走，你看看我这小女。今年九岁，从未裹脚。"

清远乡的女仔不下田，五岁上便要裹脚。连年旱涝，阿爹、阿娘与大哥忙得不落屋，轮到梦卿，拖怠到九岁才裹脚。人人都道梦卿定嫁不出去了，哪知梦卿到头来也只裹了两日脚，便放了天足。

大哥患羊痫风那年，阿姊便走丢了。

石潭镇的圩日[1]，阿娘说好带阿姊上镇赶圩。

阿姊不肯，问阿娘："上圩为何不带上梦卿？梦卿也想上圩。"

阿娘便答应下来。

梦卿头回上圩，高兴得睡不着。阿姊却整宿地哭。

她问阿姊哭什么。

阿姊道："你知明日是去镇上赶圩？我道阿娘是骗的。你知唔知一月前大哥哥害了肺病，阿娘夜夜哭，哭得烂了眼。隔天去了趟镇上，便再也不哭了，买了七彩细帛，纫了金丝银

---

[1] 圩日：集市开市的日子。

线的鞋面儿，做咩啊？"

阿彩唔知，阿姊知。

连年旱涝，去年严冬又下了雪，租来几十亩小地只够石潭村人食半年，另外半年做何打算？便得短上一半食饭的嘴。村里的女孩儿眼见一日比一日少，每每都是跟着阿爹、阿娘上石潭镇赶圩，从此便再不见影，连邻家屠户方家二姊也不见影。

阿姊上门去寻，方家阿爹便道："阿秀到了年岁，嫁去佛冈享福去了。"

阿姊往家赶，碰着正下地间苗的方家大哥，便又探着头打听："阿秀究竟嫁去哪家富户？"

方家大哥便道："佛冈冯氏男主人现年六十有九，半截入土，娶了三房四妾，穷家女入冯家门，只得个挨命的丫头做。"

阿姊道："怎的我听阿爹说，自打阿秀嫁走，方家日日饮烧酒食烤乳猪？"

方家大哥哂笑："哪得烧乳猪食？阿秀给爹娘做了贱价卖去佛冈，只当此女入了土；祭天后拜关帝，只望她来世再莫投身农家。"

阿娘纫金丝银线的花鞋，阿娘要带姊妹俩上镇赶圩，阿姊便知今日轮到自己。

到了圩上，阿娘将攥了一路的布包偷偷塞到阿姊手里头。

阿姊低头一看，那浸了汗的布包里放着一只煮鸡蛋，仍还温热着，是阿娘的体热。

听得阿姊便问阿娘："梦卿也有得食？"

听得阿娘悄声道："鸡蛋只得你一人食。"

梦卿在后头瞧见，口水咽了又咽。她早晨也只食得半只烤薯仔。如今过了晌午，饿得前胸黏后背。阿姊也好些年未食过鸡蛋，囫囵塞到嘴里，回头见着梦卿，便将那咽进嘴的鸡蛋又吐出来，小心翼翼，掰了一半给梦卿，姊妹俩便都有的食。

梦卿抬头，却见阿娘背对阿姊抹眼泪。她尚不及问阿娘为什么哭，阿娘便不理阿姊，攥着梦卿的手便往人群外头走。梦卿大力拽阿娘，阿娘却不理。梦卿眼瞧着一个胖大的汉子，趁着人挤人，搂着阿姊便不见了。梦卿大叫阿姊，阿娘捂着她的嘴，将她抱起，走得头也不回。

那日返家，阿娘欢天喜地买了一篓鸡蛋。一家六口，一人一只，梦卿自己吃了两只。

大哥病刚好，便同阿爹下地间苗。家里收成仍旧不好，却日日都能食白鸡蛋。

大哥年近三十，阿爹请媒人给大哥相了一户新会媳，只等温家送来彩礼，才有钱上门提亲。

金山少返乡那年，听说家里人在乡下给自己定了亲，起初不肯答应，托人来清远退婚。

乡人见阿爹气不过，便又同他多嘴几句。

阿爹便起了歪心思，当晚便同阿娘讲："今天那人话我知，'十三四岁的女仔，若是给汕头码头上卖猪猡的崔阿鹏睇见，两千洋元也不见多。两千洋元，在这里能买一打女仔。汕头码头的女仔都是要卖去金山的，再贱，三五百袁大头也卖得。'"

阿娘便道:"你道梦卿被英州退婚,早晚嫁不出,不如卖去给崔阿鹏?"

阿爹答应。

阿娘便啐他一口:"当年老大病得快死,全家吃不上饭,我没办法,只得卖掉阿姊。好歹是我身上一块肉,只要我活着一口气,休想再打这小女的主意!"

阿爹气不过,撅起间苗的锄头追上来揍阿娘:"生女不如生猪崽,猪崽还有的赚,生个女,做贱只卖得百二十大洋。"

那夜阿娘悄声叫梦卿去到镇上找司徒先生,叫他帮忙拍电报给温家,只说温家若不娶,陈家阿爹便要将梦卿卖猪猡。

梦卿不走,她知她一走,阿爹会要阿娘的命。

阿娘便道:"梦卿,你知不知,倘若阿娘今日死过去,往后世上再无人挂住你?"

梦卿不解。世上除去阿娘与阿姊,还有谁会挂住她?

阿娘却流泪:"女子命贱,今生不曾让你与姐姐托生个好人家,是阿娘的不是。你照阿娘说的做,今日你从这家中出去,若他仍不肯答应娶你,你也不要再回这家中来,到头来遭至亲之人害得这样惨。"

梦卿仍不肯走。

阿娘低声啜泣,以命相逼:"你不肯去,才是要阿娘的命!"

梦卿逃到田埂上不多时,便听见屋里阿爹的怒骂与阿娘的叫唤。

梦卿想起阿娘的哀求,不敢回头,只得一边哭一边跑。跑上八里地,丢了一双鞋,才见到司徒先生。

梦卿同司徒先生在清城市电报局等了两宿,先等来陈家阿娘咽气的消息。梦卿死心眼,不肯吃,不肯睡,等在电报局,哭得眼泪都快流干了。司徒先生劝她吃饭睡觉,却怎么都劝不动。

第二天夜里来了个陌生男人,操着英州口音的广东话,温温柔柔,客客气气,不言不语。她坐在电报局外的长板凳上,他就陪着她坐;她趴着打盹,他就起身等在一旁。

梦卿一醒转来,便坐在她身旁的空位上,黑压压一大片。

男人低沉沉地开口:"你这样不吃不喝,家人会担心。"

她抹抹眼:"阿娘说,除去她,世上没人再挂住我。如今我连阿娘也没了。"

那人不出声,拧开一只乳白盒子,递给她。里头是牛乳,开着盖,尚且热着。

梦卿才终于觉得饿,两手捧着大口喝起来。

那人又问:"你今年几岁?"

她不语。

他又歪头看她一阵,自言自语地计算:"十四?"

她心头怕,问:"司徒先生呢?"

那人说:"司徒先生替你回石潭镇送信去了。"

她道:"什么信?"

"温家的信。"

"讲什么的?"

那人叹了口气,缓缓地笑了,说:"看来这辈子你只能跟着我了。"

婚事终于还是订下来了。只因她那时年纪未到,若是早早搬去,是要闹笑话的。

温家便先将半数彩礼送上门,又送来银信,银信上道明原因:温家与陈家的婚事,当初订的是死契,由英州与清远族中三十位老人佐证画押,原本就不可悔改。

银信上还附了两百大洋彩礼款,请司徒先生转交给陈家人,待梦卿年及十五,便行死契,随英州乡俗,嫁入温家。

那日送梦卿返家的是一辆小汽车。

司徒先生将信念出来,阿爹当下却不语。

阿爹有了钱,与大哥哥欢天喜地起屋买田。阿爹看不起本地的泥水匠,专请福州泥水匠来家中盖了楼,三进大院,天井、正堂、东厢、西厢,还学人在院里种了桃花树。

阿爹同大哥不仅学人种桃花树,还学人喝酒阿芙蓉。喝过酒,阿爹同大哥一样要打人。梦卿打不得,便欺负大嫂。

梦卿让阿嫂劝大哥,阿嫂反倒嗔怪:"真当全家人跟着你升天,倒管起你爹爹、大哥来?"

村中幼童日日喜欢扒着门框唱取笑她的歌谣:

金山佬,金山少,满屋金银绫罗缎。
今世唔嫁金山少,哪得丰足兼逍遥。

阿娘去了,家里富有,日子却并没有一天天好过起来。

梦卿没有小脚,却依旧能嫁金山客,她却并不觉得十分开心。

金山客不喜裹脚,究竟信不信死契,梦卿是不知的。只知后来常有人议论这门亲事,都说:"那金山客听说若他不肯娶,陈家小女也同她阿姊一样,做贱价给六十老汉做婢女,所以才动了恻隐之心。"

日子一天天地过,一不留神,金山客便上了家门来。

那日仍天寒地冻着,开了春,竟又下着细雪。梦卿穿着阿嫂缝缝补补的旧衣裳,在烂泥地的树下纳绣鞋。梦卿没有娘,鞋是阿嫂教她纳的。来年开春便要嫁去温家,这双鞋便是进温家门穿的。

阿嫂让她想花样,她想起地里那株桃花树,便想在鞋面上绣朵桃花。

屋里燃着炭盆,哥哥与阿爹都在屋里吃暖宅酒。梦卿冻得手通红发僵,针尖也同她作对,纫不过鞋面,也不肯进屋去暖一暖。

哥哥与阿爹笑着笑着便不笑了。过了好一阵,便又听见来客笑声从背后响起。

梦卿知来客早看了半晌,见她半晌纫不出半面花,笑她手艺差,回头看他一眼,好让他知道自己恼了。

那人却不急,慢悠悠地将外头一件大衣披到她身上,先盯着她,再盯着她手里的绣鞋瞧。

梦卿问道:"你系边个[1]?"

那人道:"你唔知我系边个?"

她摇头。

那人便笑了。

梦卿见他笑,便觉眼熟。回想起清城电报站,便知此人是谁,垂头红了脸。

那人又问道:"你想唔想嫁金山客?"

梦卿道:"唔想。"

那人道:"唔嫁金山客,嫁边个?"

梦卿道:"边个都唔嫁。妈祖庙的菩萨都话人有前世来生,今生使旨意唔上,有来生,也想似石潭镇阿桃姊,进城读女师,上洋学堂。"

那人笑了,却不语。后叹息一声,却说:"今生不行,生辰八字都同你在阎王处下了死契。不过今生你跟我,仍可以读女师,上洋学堂。"

梦卿手执着绣鞋,回头盯着他瞧。

除却阿娘,从未有人关心她食饱着暖。

那年温少爷不得空,在金山耽搁了好一阵时日。

婚期之前,金山又来了银信,令阿爹哥嫂欢喜了好几日。

阿爹有钱了,托人将司徒先生请来家中念银信。

司徒先生道:"温少爷买了一张头等船票,想接梦卿去温埠,识洋文,念洋学堂。"

阿爹催促:"仲有?"

司徒先生道:"温家寄来银圆,请人为梦卿做一身干净衣裳,又带金山箱两笼;温家又请了仆妇,十月上便将她接了去,打英州去汕头港,乘船上金山。"

阿爹催促。

---

[1] 边个:方言,哪一个,文意为"你是谁"。边,哪。

司徒先生道："若不肯去，也可同温家二老下南洋。"

下南洋抑或上金山，大哥、阿爹并不在意，只在意那打金山寄来的银信。

司徒先生有日却问梦卿："你想去边？"

梦卿道："我想去金山。"

司徒先生道："那温家人不过买个体己媳，膝前尽孝；金山少若返来，便替他生养儿女，怎肯令你去金山？"

梦卿道："唔上金山，咁同阿娘有咩唔同？"

司徒先生叹气。

梦卿最终同温家人去了汕头港。

等金山来船时，她等在南国码头。码头凉棚下也同石潭镇圩日一般，妇人携着面容枯黄的女仔，哀哀地在艳阳底下等人来。

码头边候鸟振翅惊飞，漫天凌乱的灰白翅翼，不知怎的又令她想起阿娘的话。

阿娘道："梦卿，你知不知，倘若阿娘今日死过去，往后世上再无人挂住你？"

那人却同她说："今生不行，生辰八字都同你在阎王处下了死契。不过今生你跟我，仍可以读女师，上洋学堂。"

Want a massage, sir?

番外二
马杀鸡[1]吗，先生？

> 正直、热血，这种品质是不分种族与国籍的。
> 我和他能够相遇，
> 正因那天他路见不平，而我也同样挺身而出。

和早川君相识的过程，还得从我的生财之道说起。

我十岁就开始打工给自己赚大学学费了。一开始是在唐人街理发店当学徒，理发店的樊相说剪坏了也没关系，因为来这里剪发的人不怎么在乎自己的发型，后来我才知道，是街坊邻居们都心疼自己的华人孩子，愿意用这种方式给我一些零花钱。

我渐渐明白自己不是理发这块料，上中学起便换了地方做工，大部分时间是在日杂店，因为华人有很多日杂店都开在唐人街外，可以有机会接触到一些同龄的红种人或者黑人的孩子。唐人街以外的人与世界让我觉得非常有趣，因为它将华人隔离开了，而我们这群学生也被禁止和白人的孩子同在一所学校上课。我觉得这是因为我们华人小孩儿比同龄白人聪明太多，使白人家长们感到恐慌和妒忌。

到中学第三年了，我总共才赚够一百美金。日落区日杂店邱老板在白人社会也有一些关系和地位，在他的帮助下，我去了金融街一家法国餐厅做侍应生，工作时间为晚上六点到十一点以及整个礼拜天，一礼拜可以赚到九美金。

那家餐厅是位于金融街的法国名餐厅。那时我在华埠念中学的第四年，正是要考华埠外头高中的学年，学校的升学率很低，同校华人与南亚的同学也异常刻苦，而我仍旧没有停止兼职，为此还跟我妈大吵了一架。

我妈说："你再这么打工下去，高中就别念了，直接去西餐厅做工一辈子吧。你同校同学每天都学十六小时以上。连黄安妮晚上都学英文到一点钟，你知不知道？"

我说："我也可以学十六小时以上，有什么问题吗？"

---

[1] 马杀鸡，也称为马萨基，一般是指推拿按摩。该词源自日本语マッサージ（ma sa ji），而该日本语的发音又来自英文单词"massage" [məˈsɑːʒ] 的音译。

那几个月里，我每天只能睡四个小时，早晨六点钟就得出门，去西餐厅工作到八点早餐结束，再一路跑回唐人街。有时候侍应的衬衫都来不及脱，坐在教室里整个人都散发着一股洋葱味。不过华人同学都不会因为这个嘲笑我。

妈妈几乎每天都会哭一回，问我："一个女孩子干吗非得让自己这么辛苦？"

我说："我兼职六年，总共才赚了一百块。但是大学读一年至少要两百三十块学费，要是上了高中，就更没有时间做工。这家西餐厅，每礼拜给我九块，这样到上大学之前就能赚够一百七十块。妈妈你不是让我一定要好好念书，不叫人瞧不起我们华人的女孩吗？"

我们家洗衣店是住家商铺，妈妈很早就想搬进一个哪怕简陋点也好的小公寓，这样至少也体面点。她起早贪黑给白人做工，至今也没有攒够半套公寓的钱。我知道爸爸妈妈肯定付不起我的大学学费，我自己辛苦一点倒没什么。不过我要是早一些知道妈妈会因为这个去犯傻做坏事，我当时一定听她的话。

不过这也是后话了。

西餐厅叫"娜娜"，听起来像个正值妙龄的法国美人，在三藩市也算是名餐厅，想去那里上班并不是一件容易的事。我之所以能去，是因为打零工的日杂店店主邱老板与那家店的早餐主厨有交情，主厨替我讲了不少好话，老板又觉得华人本身就肯干活，考虑了许久才让我去。餐厅水准一流，餐具都是从欧洲运来的，过来吃饭的客人衣着华丽，多少带着些名流做派。

娜娜的黄油煎土豆、蘑菇蛋与松饼配咖啡的早餐，一份价值两美金，听起来和唐人街二十五分一份的马铃薯粿、炒口蘑与烧饼无甚区别，也不知究竟是什么样的傻子愿意来这里消费。后来我才发现，他们不仅消费早餐，还消磨时光。

和我一样同样搞不懂名餐厅路数的，还有一个华人小伙，也就是何天爵。

他的长相实在稀松平常，留着唐人街师傅手下剪出来的千篇一律的立式板寸，一身薄衫长裤穿得几乎和他的身体融为一体了。由于常年在后厨帮工，每每从你身边飘过，永远带着一股汗渍的菜味儿，大部分时候还有一种隔夜发酵的味道。旁人提起何天爵，从脑子里蹦出来的第一个词往往先是那股味儿。要说他脸长什么样，却又是模糊一片。

我同他讲过的话不过三五句，除开询问工钱，就是让他"请每周至少去陈家澡堂洗澡两次好吗？"因为我打从心里怕因他不洗澡，而让娜娜的厨子、侍从简单归纳为我也不爱洗澡。

真正同何天爵熟络起来，是因某日早餐时分他同娜娜老板的一场争吵。其实并不能算争吵，而是娜娜老板针对何天爵的单方面的辱骂与刁难。

那时我正在替扒房侍应传菜，突然有人拽着我的袖子，用英文悄声说："女士，你好，有时间吗？"

因为我走得急，托盘险些摔在地上，便轻声谴责："客人请不要随意走到后厨，你知道的对吗，先生？"

那时我忙得脚不沾地，根本没什么耐心听闯入后厨的冒失客人讲多余的话，更别提有心情多看几眼他长什么样，只隐约记得是个面容清秀的亚裔，脸蛋干干净净，穿着熨帖的西装，讲英文没什么口音。

他不紧不慢地说："后厨起了争执，一个华人男孩被阿德里安请去盥洗室……不知出了什么状况。你要不要过去看一看？"

我耳边立刻回响起何天爵讲话慢吞吞的调调："我有洗澡……每周，每周都去陈家澡堂。"想象不出他会因什么事同人争执。要是他都会吵架，恐怕是被人踩了尾巴。唐人街许多华人男孩子都像他这样，给人欺负惯了，忍气吞声着，某一天一旦爆发就有些不可收拾。想到这里，我请熟识的女孩子替我几分钟，立刻去了男盥洗室。

我到盥洗室时，争执已经结束了，阿德里安吸着烟从盥洗室出来，瞪我一眼，问我："用餐时间出现在这里，是不想要小费了吗？"

我说："我来看看 Tian。"

他呵呵一笑，说："是该有人安慰他一下，不过最好别超过五分钟。"

一开始我有些摸不着头脑，直到几个和他相熟的墨西哥小伙悄悄将我拉进男盥洗室隔间，我才知道事情原委。

何天爵来美国很多年了，有人告诉他可以去移民局申请居留证，这样方便将未婚妻子也接过来。他填好所有表格，只差一份雇佣证明，所以来问阿德里安，希望阿德里安能给他开雇佣证明。阿德里安说除非何天爵未来能为自己接着工作十年以上。

何天爵是个死脑筋，说："我要是有合法身份了，为什么还在你这里工作？"

阿德里安当众写好工作证明，又把一众后厨的人叫出来，当着所有人的面撕掉了工作证明，并说："Tian 不想为我工作。不想为我工作的人，永远别想我给他开工作证明。"

我问："他被开除了吗？"

"他又没有犯错，阿德里安无权开除他。只能想办法让他自己走，不得不走。"

我说："他……他指着这钱养活一家人，他自己才不肯走！"

墨西哥人叹叹气："那他往后可有苦头吃了。"

我拽着何天爵冲了出去，将几个墨西哥人及迎面进来的男客都给吓坏了。一路上何天爵战战兢兢地说："云霞，你怎么回事？你冷静点，你是个女孩子，一个 lady（淑女），请保持 gentle（绅士）。"

那是形容男人的。但我那一刻的表现搞不好和白人眼里鲁莽的华工没什么区别。

我敲响阿德里安办公室的门。他坐在旧得恰到好处的丝绒椅子里吸着烟，透露着一股对待有色人种一贯的傲慢，对待不听话员工可以肆意宰割的轻蔑。他掸了掸烟灰，用橘子色的星点指了指何天爵，笑着说："你们商量出什么针对我的方案了吗？美国的工人法可不将你们保护在内，不知道的话，别怪我没有提醒你们。"

我就是在那一瞬间被激怒的。那一瞬间我只想打败他，所以我说："先生，多的是商铺愿意为他开出工作证明。"

那个商铺指的当然就是我家那片店。入冬入夏送洗的衣服都多得够呛，说缺人也缺，若说不缺也不缺，不过阿福稍微累一点，我给爸爸搭把手的时间也是有的。家里有提过请人来店帮忙的意愿，但是美国人工费也不便宜，即便是在唐人街。黑过来的华人是会比别人便宜不少，但你得碰运气，不能明目张胆。遇到何天爵，也不知最后究竟我家和他自己谁捡的便宜比较大。

关于佣金，他也没太多要求，说看着给点，够他这几个月养活自己就行。

我问爸爸能给他开出多少工资，爸爸说每个月能格外支出五十块已经是极限。

我想了想，决定只给他三十块，做满这入境调查的半年。

我说："因为你看，我也丢掉了娜娜的工作，我爸爸支付五十块，但是我自己也得赚二十块是不是？"

他想也没想就答应了。

我始终觉得过意不去，托小六爷在唐人街澡堂隔壁给他找了个通铺，里头都住着单身汉，每个月只用付六块钱。铺位的主人刚走，留下来的东西都可以送给他。我问何天爵愿不愿意过去住，剩下来的钱可以通通寄回家，这样还能比在娜娜做工时省得更多。

他当然很开心地搬了过去。

他每天做工时间并不长。他托爸爸在唐人街给他找了个英文班，头回去给教英文的大学生送了些水果和牛肉，往后都免费去上课。学英文的好处是方便他往后工作与生活，有白人上门来，他也多少能替爸爸应付一点了。

我当然没从爸爸那里赚那二十块。而是歇了一个月准备高中考试，考试结束后我立刻又开始打工，这次比以往都狠，仿佛要将荒废的这个月给找补回来似的，一天三份工。姜素有天开门和我打了照面，笑了笑，说我一个小姑娘，找个好男人嫁了得了，这么拼命做什么？转脸又同别人说，"起得比鸡早，睡得还比鸡晚"，将我妈气个半死，却不像往常似的跟姜素当街对骂，现在回想起来，原来那时她就同姜素密谋着去做那件事了。

我手头做着的这一份份工，赚得最多的，说起来也最不地道。每逢夏日，身体不舒服的人便多了起来。有些外头的白人听人说，这一类身体不适，只有唐人街正骨推拿店能治，便都寻着来了。

但也有打着想治病的幌子来找甜头的，总之，这一类的店铺生意乱得很。要不是因为我长在唐人街,门儿清,我妈也不肯让我去干这种活计。

我要做的活就是拉客,看到在正骨街外头转悠的白人,就上前去用英文问他们是否需要什么帮助。

"想要马杀鸡吗?"

"哪一家店比较好?我是说,这里有太多店铺了,有推荐吗?"

"是要洗脚、按摩、推油、针灸、刮痧还是拔罐?"

与正常客人之间的对话一般进行到这里,接下来,就有客人会问:"还有别的什么吗?"

要是贸贸然闯进推拿店里这么问,相当不尊重人,师傅们是会生气的,来客也会尴尬。

这时我会乐呵呵一笑,说:"啊,有的,请跟我走这边,这几家店铺有'别的'。"

这就是我的职责所在。

看起来蛮简单,但在屋檐下枯站一整天,其实十分无聊。我记得那天太阳很大,街面上人来人往,正发着呆,突然觉察到有人盯着我瞧,而且不止一会儿了。我循着视线看过去,发现是个清秀的亚裔男孩,着熨帖的西装,家境应该颇为优渥,却没有那种唐人街富家男孩身上的纨绔气,总之,同我们不太一样,一眼就能看出来。

我朝他瞧了瞧,挤出整副牙齿冲他微笑。我的笑容挺好看的,有一副中产阶级女儿们才有的整齐牙齿,这是我的资本。自从我知道可以把它卖出个好价钱,我就成天使劲儿地笑。

"马杀鸡吗,先生?"

"啊……不,不是的。"

他略显窘迫地摆手,有些尴尬,有点语无伦次。

我心里"啧啧"地叹息,心想:这样的男孩子,竟然也大白天来寻欢作乐,实在令人痛心。

我会意地眨眨眼,意思是我懂:"跟我来。"

转头我就不笑了,因为得省着点力气笑完这接下来的一整天。走上几步,见他没动,又拾起笑容,摆摆手,说:"这边走。"

他跟了上来。

紧接着,就这么被我带着走进了特殊的推拿店。

两周后,我去月结工钱时,彭妈递给我一件羊绒外套,叫我还给客人。

"为什么没拿走?为什么得我去还?"我满腹狐疑。

"那客人,不知是不行还是怎么,兴许是个雏儿,姑娘衣服都脱了,他倒一溜烟儿逃走,吓得衣服都忘在这儿了。"

我惊讶道:"竟然有这种事?"

"你带过来的呀,怎么会忘记?"彭妈接着又讲,"看着年纪不大,兴许没经过事,脸皮薄,没胆量再来这里。你将衣服拿走,寻个办法还给人家,钱倒没有,高中入学证明还在里面呢……"

我只得将衣服拿走。回家搜了搜衣兜，还真搜出一封落款为理工高中的信封——同我竟是一个学校。

信封里有一份入学证明与学生卡，卡片上头贴着两寸相片，一旁是姓氏与名字。

Hayakawa，早川。有个好莱坞电影明星叫早川雪洲，也是这个姓，同安娜·梅·黄拍过电影，所以我一直记得。

同样是黑白照片，有人就拍得模糊，有人却黑白分明，眼是眼，嘴是嘴，模样倒是清秀。

既然是同校新生，那倒可以问到地址交还给他，这我倒不担心。

但一直觉得有哪里不对，直到某天夜里躺在床上快要入睡，两个月前在娜娜餐厅里那清秀亚裔男孩子的脸蛋倏地同那张相片上的人脸重合了起来。

我"腾"地坐起来，捂住脸，心想：我是不是干了坏事。

忐忑了几天，我壮着胆子给学校打了个电话，说捡到了一个新生的学生卡，但是没有他的通信地址，问可不可以让学校寄到他家里。

但是那时候正放着暑假，白人对法定工时之外的工作总是格外抵触，所以我再三确认："您会立刻寄给他的对吗？"

果不其然，教务在电话里的语气已经颇不耐烦："至少得等我度假回来。"

"那是什么时候？"

"入学当天，就是四十天后我会回到学校，不介意稍等一下的话，我的意思是说……这不是我分内的工作，你明白吧？"

"那当然，可是……"

"你要是觉得不满意，我把地址留给你，你自己送过去。可以吗女士？我相信你不是什么不法分子。"

抄下地址后，隔天在晚工的惠姨那里请了个假，搭夜里八点钟的车去日本町。

日本町远没有中国城大，仅就一条街，夜里安静，十分好找。

我原本担心贸然前来会惹人不快，没想到走到挂有早川名牌的两层独立屋前，发现里头灯火通明，隔着窗户与花园都能听到鼓点与年轻男女的尖笑声。

来开门的是个年轻亚裔女孩，开衫落到肩头，露出里头的黑色吊带。

看起来比我们稍稍成熟一点，但也有可能是衣着与浓妆的关系。

她倚着门用很纯正的英文问我："是早川的朋友？"

我点点头，又摇摇头。三五句话解释不清的事情，我往往有点语无伦次。

紧接着，她毫不犹豫地揽着我，过于热络地将我带进屋，推开门讲了一串日语。

屋里不少人都听见了声响，年轻的男男女女，像在夏夜草地上飞来一只萤火虫，野地里的蚱蜢纷纷回头,豆大眼睛睁得雪亮。口哨声此起彼伏,看起来是真的很嗨,过一会儿又都消停下去,各做各的快乐事去了。

女孩儿随意找了个正对餐桌的椅子让我坐下,自己很快混迹到人群里不见了。我迟疑了一阵,拾了张椅子坐下。音乐声很吵,人群晃来晃去。年轻人三五成群扎堆玩各种不同的游戏,也有人上前来对我讲日语,我听不太懂。

周围太吵,对方误以为我听不清楚,以动作示意不远处的局缺人,想叫我过去。

我摇摇头,指指早川,用英文讲:"我在等他。"

这明显是个日本青年学生小团体,人人讲日语。长着亚裔面孔,却突然冒出一句英文,倒令对方有点意外。

那人笑笑,替我取了杯新奇士橙汁之后礼貌离开,之后没有人再来打扰我。

早川很好认,安静不语,在这群人里却莫名有主角光环——大约因为这场派对是在他家开的。一直有人请他玩各种纸牌游戏,输了似乎有一些惩罚,比如喝酒或者跳奇怪的舞蹈之类的,引得众人捧腹大笑。我本来打算等他落了单,过去给他道个歉,再把衣服还给他,可是直到我险些趴在桌上打起盹,这场盛宴的主人也没能得空。

我取了支笔在洗衣店布袋上头画了个笑脸,在笑脸旁写了个大大的"SORRY!(抱歉!)",然后将已熨妥的衣服放置在一个显眼的地方,悄然离开。

夜里人少,车更少。我站在寒风中,搓着胳膊等夜班巴士,突然听见后头有人叫我的英文名字。

"Charlotte! Charlotte…(夏洛特!夏洛特……)"

我以为是同学,回头看,远处日本街口跑过来一个少年,近一些才看清,发现确实是早川。

我有点讶异,他从哪里知道我的英文名?

紧接着他就在站台下面一级停下脚步,缓缓解释道:"我去娜娜找过你几次。"

"找我?"

正说着,电车驶来。

他在后头轻声说:"来,上车慢慢说。"

上了电车他又不讲话了。

车上人并不多,大多是些给白人做仆妇的妇女,晚餐结束正好收工回家。中国城就那么大,即便不认识,多多少少也打过照面。见我深夜同年轻男同学从外头坐车回家,不免多看几年,眼神怪异。

要是正经交了个男友还好。我和他又不熟,也没别的交情,我实在冤死了。

我率先打破沉默:"那天之后,我就从娜娜辞职了。"

他点头,思索了一会儿才说:"我回家以后,担心他为难你,晚上委托家人给工会打电话说明这件事，希望能警示他。后来才知道在这之前你就已经辞职了。"

我"唔"了一声，挖空心思想讲些溢美之词来夸赞他的善举。

接着他很快又问："你在惋惜？"

我皱着眉头："实际上，完全不。"因为我后来那份拉客的工作实在血赚。

他笑起来，说："我觉得你很棒，作为一个女孩子。"

我之前搜罗出来的赞美派上了用场："我们华人的事，你却如此热心肠，设身处地站出来，第一时间想办法为我们解围，和你比起来我实在差远了……"

一口一个"We（我们）"，讲得他的表情越来越复杂。

末了他打断我，以"We"打头说："我们都是一样的。"

我点头如捣蒜。

电车到了企李街，他和我跟在一堆大妈、婶婶后头走下来。

站在唐人街外那个山头往下望了望，回头见他眼神示意，似乎大有将我送到家门口的意思。

我十分委婉地说："呃，那个……要不你送到这里就好？"

他说："这里不欢迎日裔？"

"不，并不是。"但其实就是这样。我又补充一句："你撇下家里那么多朋友，独自出门太久，是否不太好？"

"哦，"他像是才回想起家里有个派对似的，"但是，女性朋友来家中做客，却让人家深夜独自回家，会更失礼不是吗？"

这人看起来做事毫无章法，实际上却有自己的一番条理。

我顿时有些语塞，说："谢谢你。"

他接着说："我还没问你，你今天过来找我，做什么？"

"我来将你落下的东西还给你，里头好像还有很重要的证件，你怎么跟不在乎似的？"

他说："其实没关系，补一张就好了。"

我接着说："对那件事情，我实在抱歉。"

"朋友之间，互相整蛊也是有的。今天他们玩游戏你也看到了？不知比这恶劣多少。"

实在会讲话，也懂礼貌，使我更觉歉疚，只好苦涩地笑了笑。

他也觉察到有中年妇女驻足旁观，敏锐地说："你家人不喜欢你与异性朋友有过多接触？"

"华人家长嘛，就是这样。"我学着我妈的唐人街英文语调，"男朋友？绝不可能。你休想在二十岁前交男友。大学毕业，立刻相亲结婚！你妈起早贪黑做工，供你念书不容易，别学着谁谁谁谈恋爱，把脑子都谈没了，没良心的……"

他笑起来："那确实很麻烦。"

"你们日裔家庭不是这样吗？"

"会稍稍宽容一些。"接着他沉思着说，"我以后多多注意。"

我有些讶异。以后？

他微笑道："可以请你吃晚餐吗？日本街怀石料理，或者渔人码头海鲜烧烤，你喜欢哪个？"

我还是一脸疑惑。

"新开了一家灯塔餐厅，许多女孩儿都想去，你听说过吗？要么就周日晚上。如果你要做工，可以晚一点，九点半左右……"

"等等，等一下，我并没有说……"

他扬手叫了一辆计价车，转头很果断地对我说："周日见。"

直到很久以后，我才知道他在搭讪女孩方面有某种得天独厚的优势。一张人畜无害的冷淡脸，配合看似绅士有礼的行为，效果尤为拔群。

自打他送我回唐人街后一整个礼拜，我都在说服自己不要赴约，而周日越临近，我就越混乱，最后理智被混乱击溃，我经受不住道德重压，终于准时赴约了。

当然只是赴一场再平常不过的、朋友兼同学之间的晚餐。为保险起见，我带上了黄文笙，而早川当然也不是一个人。

但再后来，同他的友人一同去拉法叶、日本园之类的地方玩过几次之后，某一天开始的约会，突然只剩我和他两人。彼此心照不宣，但又顺理成章，觉得就应该是这样。

他足够温柔，也十分绅士。最亲密的举止可能是电影院里交换爆米花或者可乐时不小心的手指触碰，或者过马路时他稍稍揽住我的肩膀带我过街，更暧昧的举动却是没有的。

维持这种不咸不淡的关系快半年时间，直到学校的圣诞舞会前夕，我和他在学校Mensa（门萨俱乐部）午餐时间就此有个小小讨论。

虽说舞伴自寻，但是因为一入学就有交谊舞课，所以据往年来说，大部分人舞会上的舞伴都是交谊舞课的搭档。

当然，除开一些有爱慕对象，或者已确定关系的恋人。

我们相对而坐，我正吃着鸡翅，聊起我那个肥胖却不失灵活的舞伴时，我说："我真希望他在舞会上不要再用力过猛，用他的肚子将我顶到房间的那头去，否则我可能会笑死在当场。"

他没有讲话，有点沉默，这很反常。

我想了想又说："我记得你的舞伴是 Anita（安妮塔），对吗？"他的舞蹈课不和我同班，我也没听他讲过交谊舞课的琐事，只是从旁人那里听说他的搭档是个在学校相当受欢迎的女孩儿，出于好奇，便问起来。

他说："我不和她跳舞。"

我倒不诧异："她是不是手头有一堆选项，或者她想和 Martin（马丁）跳舞？我看他们眉来眼去好久了，不知道有没有在交往。"

"我不知道。"

我有点扫兴。我向来很关注这种花边新闻。

"我不关心，也无所谓，但是，"他接着说道，语气正经过分，突然叫我的全名，"Charlotte（夏洛特）季，你觉得我们是什么关系？"

说实话我自己都有点疑惑，却毫不犹豫："Friends?（朋友？）"

他看起来很生气，忍了好久，又皱眉笑了："你是不是有点不聪明？"

我也很生气："我是第一名进校的学生你不知道吗？中期测试全 A！"

"喔，那很厉害啊！"

我说："你想讲什么？"

他慢慢地问："你谈过恋爱吗？"

我飞快地思索起来。

你们别看我这样，不害臊地说，从小到大追求我的人还不少，从隔壁张阿婆十岁的侄子，到娜娜餐厅偷偷在消费单里留私人地址的商人，两只手手指甚至数不过来……

但是，具体来说我是没有谈过恋爱的。

不过你知道的，我现在在上高中，对我来说，承认自己恋爱经历为零是一件非常困难的事。这会使我认为自己在同龄人面前像个落伍的人，一个只会戴眼镜背课文的阿呆。

恋爱经验没有，暗恋经历倒是有一例。

对日本人来说，"恋爱了"并不是真的和谁确认恋人关系，也可能是单方面陷入某种单相思。于是我钻了这种语法空子，眼睛都不眨地对他说："有啊。"

他愣住："谁？"

我说："Charlie Hung.（查理·洪。）"

情窦初开的少女，往往都会对神秘反面人物有某种向往。因此，唐人街体面人家的乖乖女们，对于飞扬跋扈得几乎化为传说写在唐人街历史上的、年轻英俊的小六爷，绝大多数对他都有过某种难言的情愫，很不幸，我也没能免俗。

早川的表情很复杂："哦，他很有名。"

我又故作深沉地叹了口气："那都是过去了。"

"既然这样，你依旧认为我们只是朋友？还是说你和他做过什么比我和你还要亲密的事？"他的语气中带着某种考问。

"亲密的事？比如什么？"

"和他单独出去约会吃饭看电影？放学让他骑脚踏车载你回企李街口？"

"那倒没有……"

"那么你是怎么认为……"他松了口气，接着，带着一点怒气问，"认为我和你之间的关系的？"

早川有两个礼拜没有理我。

在那之后，我有好长时间都处在未知的惶恐之中。说起来，我半点恋爱经验也没有，又神经大条，实在搞不懂早川同学这突如其来的愤怒究竟是怎么回事。

直至舞会前的最后一个周末。礼拜五放学，同几个要好的女同学一同回家时，黄文笙问我周末要不要同她们一起去看 *Wild Life*（《狂野生活》）。

我蔫儿了好几天，做什么都没劲，就说："不去。"

她们咯咯笑了一阵，说："去吉里街。"

我摆摆手："太远，不去。"

黄文笙接着阴阳怪气："吉里街哎。"

我转头问道："吉里影院票那么贵，难不成有人请？"

黄文笙眨眨眼，掏出六七张电影票："我那么抠，哪次见我请你们喝过超过五分钱的饮料？去不去吧！"

我说"去"。

那群人笑得更鸡贼了，一溜儿笑着上了铛铛车。

后来的事情你们都知道了。

自从同早川来往多了，我爸就老不高兴。我妈倒还好，觉得他家在三藩怎么也算富户，都是亚裔，往后也不愁结婚犯法，就睁只眼闭只眼了。后来又听说他家谱上有一半儿的亲戚都学医，觉得搞不好我未来一辈子的医药费甚至能打个对折，往后同他出门玩，甚至还能替我打掩护。

这种想法实在小市民，但你们也知道我妈那人就那样，没念过太多书，也容易被人利用。

月前她回乡去探亲，一整月我都没敢主动联络早川。那天本想着趁我爸不注意，洗过头偷偷溜出门去，哪知我妈回来了，还带回来个妹妹。

那时对她的到来我倒没什么别的看法。穿得土气，眼睛却机灵，懂得察言观色，乖巧得很。还好有她在，爸妈得操心她的事，提醒了我两句，便放我出门去了。

早川没来。

一场电影我都心不在焉，终于忍不住问黄文笙："谁请我们看电影？"

黄文笙说："管他谁请的，有免费电影看不开心？"

过了半晌我又忍不住："是柴崎润请 Anita 吗？听说他很受欢迎。"

黄文笙白了我一眼："比起他，也许早川井羽更受欢迎一些。"

我心里发笑，合着拿人钱财替人消灾啊。

电影散场，几人想回去喝柠茶，我同文笙说我有事。

她也没问，让我去就是。

我却自作多情地解释说："我妈让我去买日本豆腐……"

几个女孩都眨眨眼冲我笑，一副早已将我看透的表情。

好吧，我知道自己话多了。

去日本町的路上我却一直在想我妈说的话：你大清早洗头就为出门见普通同学？

事实上，我不仅洗了头，还熨了衣服，喷了香水，甚至搽了点口红，只为去早川生鲜铺……买一袋大米和两块日本豆腐。

挑豆腐时，早川的声音在外头响起。他在同柜台伙计聊天，讲的是日语，语速又快，我听不太懂。

我有点舍不得走。说实在的，我都一周没听到他讲话了，此刻竟然窝心得有点儿想哭。在店里赖了一会儿，直到柜员小伙儿想起我来，高声用英文问："需要帮助吗？"

我用一种怪怪的低沉嗓音回答："不用，谢谢。"

他们家的生鲜店很大，几乎每三天都有一艘远洋货轮专门为他家供货，在日本街乃至整个三藩市只有这一家。

我挪步到店深处的关东小吃柜，让一个做临时工的日本女孩替我挑拣小食。

正值深冬，锅里腾着热气，熏得我很暖和。想起家里新来了个妹妹，决定请她吃一些新鲜的，于是搓搓手，将手头的米袋与豆腐篮子搁置在地上，将锅炉上的小食指给女孩，由她挨个拣入食盒，直到身后有人靠近我都没察觉。

在他轻柔的嘱咐下，女孩子突然往食盒里补充了一堆炸得很好看的肉类。

我转头盯着身边的人。

早川没有看我，用中文说："竹轮，好吃的。"

接着他就将食盒交给我，躬身拎起大米与豆腐篮子往柜台去。

我抱着食盒紧随其后。

他将东西置在柜台上，自己躬身钻到柜台后面。

柜台小哥不明所以地问了句什么。

他用日语答了句什么。

柜台小哥起哄似的"噢"了一声，推推他，又说了句什么。

他接着问："赶着回家？"

我说："是。妈妈把表妹从乡下接了过来。"

"喔，那这几天应该要陪表妹。"

"应该是。"

他将账目记录下来，直接打包起来，拎了出去。

整个过程我都有点蒙。

"愣着做什么？"他问。

"你这是去哪里？"

"你不回家？"

"回……可是……"

"可是什么？"

"我还没有付钱。"

店员小伙笑得不行："付什么钱？"

他没讲话，在门口笑着问我："走不走？"

我呆呆地点点头，说："走。"

转头去谢谢店员小伙，学早川平时的样子对他鞠躬。

早川不屑地"喊"了一声。

我接着问："你不生我气了？"

他说："我能有什么办法？你都来找我了。"

"那是……你把我骗来日本街的。"

"那你大可不用来。"

"我怎么能不来？"我一时语塞。想起他在柜台同人讲的话，灵机一动，委屈巴巴地说："你都说我是你女朋友了。"

"你听懂了？"

"Girlfriend.（女朋友。）"我学起那个日本调调。

"不认可吗？"

"倒不是……"

许久没等到下文，他脸色沉了沉，明显有点不开心。

我接着说："就……就是挺……挺突然的。"

基本算是默许。

他眯起眼睛，明显又开心起来。

那天带回家的关东小吃凉了也没能让淮真吃到。我除了愧疚，更多的是能有个妹妹的开心。

她的事情我从未对外人讲过，连早川也没有，他也不多问。

我们就这么自然而然地开始。如果说有点什么缺憾，就是我打工六年挣来的两百块钱都没了，穷得叮当响，甚至我以为自己要间隔个三五年才能挣够学费去上大学，所以和他刚开始恋爱的时候，整个人都有点颓丧。

有时醒过神来，会觉得对他很抱歉。以这种精神面貌跟他恋爱，旁人搞不好觉得我是被逼迫的。

结果他说，他觉得这样显得和他比较般配。因为我有一次打趣他，说他整个人骨子里都透露着一股颓废派……的精致。后面三个字加上去像在夸他，就没好意思讲，谁知道他记性如此好，随时恭候着以牙还牙，以其人之道还治其人之身，倒把我呛住。

早川这个人总的来说没什么大问题，只是在某些生活细节方面稍稍有点譬如洁癖之类的龟毛属性。比如他说他小时候很不喜欢别人摸他身体的任何部位，哪怕隔着衣服。有一度曾严重到拒绝外人进入他的家，现在会好很多，只是稍稍有点介意不熟悉的人进入他的卧室的程度。

他曾邀请我和他父母与姐姐共进晚餐。一家四口从前一天开始就选哪一家餐厅问题不能达成一致，因为拒绝海鲜、拒绝美式快餐等各种各样的理由，没法寻找一家合适的餐厅。最后餐厅还是我推荐的，得到了早川家的一致认可。

其实我生在美国，对于这种与恋人父母见面并没有太多紧张情绪。但是我母亲觉得不得了，觉得这已经是迈入人生另一个阶段了，过度的解读使我也稍稍有点焦虑，毕竟老一辈日本人的思想还是较为传统。不过我忘了，早川家已经是第三代移民，这种老派作风在他们家人身上是完全没有的。

出人意料的是，早川的父亲身材修长，西装熨帖，母亲与姐姐都是美人，个头都不低，兴许是自由主义的牛肉与小麦吃多了铸就的。早川爸爸说，他年轻时比早川还要矮，才六十七英寸，直到上了大学仍在生长，足足长到六十九英寸。妈妈与姐姐就咯咯笑，说早川爸爸因儿子交女友而感到有点发愁了。

早川妈妈应该不是特别中意我，因为不止一次听说，其实她更希望儿子找一个传统一点的日裔，或者中国女朋友，但是云霞太美国，只有华裔的皮，没有华人的骨。

对此我也很苦闷。我从小背唐诗，写钢笔字，讲广东话与国语，生活范围被圈定在唐人街之中，我怎么就没有华人的骨？有时候看着电影里的胡蝶，举手投足的媚骨也觉得很美，美得和黄柳霜不同，美得那么地道中国味，也想不通为什么。明明知道不同，却不知区别在哪儿。

这件事我并没有太放在心上。假如我俩要谈婚论嫁，那已经是很久远以后的事了。我们还太年轻，思不及那么久远的事情。

比起我的妹妹，我的故事就要平凡许多。有小吵小闹，也有上升到种族与国籍之间的激辩与争执。彼时我们俩祖国之间的矛盾已到白热化的程度，我想，我与他都经受不起更多阻挠与压迫。

我与他都是太普通的人，正因为是普通人，所以偶然看到彼此身上闪光的部分，才会尤为感动。

我们俩偶尔闲得无聊，也问到过彼此对于未来长久相处的伴侣会有一些什么样的标准或者幻想。

他抬头看了我一眼，说，首先，他希望她是正直、热血的。

我心里有点得意。我知道他说的是那次相遇。

接着他又说，其实他并不是十分喜欢小孩。

听到这里我稍稍有点失落。

他补充说，但假如未来妻子非得要有个他们的孩子，他会尊重她的意见，并会努力做好一个父亲。

我听完相当讶异，从未想过我们都是十六七岁的年纪，他竟然会有如此长远、深思熟虑的打算。也许因为他早熟，也许因为男女在思考问题上仍旧有一些差异。

他接着说，教育小孩是艰辛的，意味着我们俩总有一方会在自己的学业或者事业上做出牺牲。"我希望那时我们也能在彼此尊重的前提下，商量出一个不伤害对方的、对家庭整体影响相对较小的牺牲。"

那时我已经相当感动了，一瞬间，面前这个平平无奇的少年仿佛笼罩了一层光华，让我的内心极为震动。

他又问我呢，对未来伴侣有什么样的幻想？

我说，我希望他是尊重我的。然后我接着说，如果他碰巧也正直、热血，那就更好了，没有什么比这更好。

他知道我和他说的是同一件事。

"没有了吗？"

"但凡做到这一点，已经弥足珍贵。"

正直、热血，这种品质是不分种族与国籍的。我和他能够相遇，正因那天他路见不平，而我也同样挺身而出。

这就是我们的爱情故事。

Life imitates art

番外三
戏中人

我一辈子漂在海上，不曾上一次岸。

Charlie Hung 在中国城尤为臭名昭著，《圣弗朗西斯科先驱报》称他是"小暴君"，令人费解的是，却仍有许多"唐人街周围的妓女对他趋之若鹜，甚至包括一些意大利、法国裔的美丽妓女"，他包养的中国妓女往往是最美丽的，其中有一位名叫 Aak-Lou，据《先驱报》记者称，"是他见过的长相最为精致的女孩"，也因为这位叫作 Aak-Lou 的中国女子，Charlie Hung 曾入过狱……

加利福尼亚大大小小的报纸，有关于他与他父亲太多的奇闻记载，不过其中绝大部分都是无稽之谈。所有坏事统统算在他和他老爹头上，实在太冤枉了点。

这年头但凡兜里有几个钢镚的，也都有着点儿个人爱好。洪凉生这辈子没什么别的爱好，听戏算一个。除了听戏，偶尔也跟人下下馆子，没别的大毛病。疏狂半生，阿露在他生命中仅算是惊鸿一现，不曾惊起多少波澜令他日夜遐想。他跟阿露关系是不错，但并不像外界传言的那样，细说起来，不过是一段不足为道的笑谈罢了。

认识阿露那年，他上中学也没两年。十四岁的年纪，上午学英文，下午去三台戏院，只因那会儿驱傩与戏班都在一个场子。

玩驱傩，得手上有点功夫。他早跟着佛山师傅学了八九年，一去就是铁头的红色关公。三面的舞台，摸墙绕壁，这一头尘土飞扬，他一个惊跃，关公狮飞上柱；那头咿咿呀呀，洋洋甩出两条水袖，似登仙乘船而去。里头有个最美的，袖子后头一张玲珑的脸蛋，狭长的胭脂眼妆，娇滴滴的眼神，让这头的少年们心头一热。原本在梅花桩上过山上楼台，那头一个眼波过来，他的骨头酥了半截，连带后头的人，接二连三跌下来，栽了个人仰马翻。挨了师傅一顿胖揍，站半个下午马扎，那边却似没事人，歇息时泡壶香片，喝了半杯就走人了。

他追上去问，戏班子的人告诉他，这是当家旦角，只压轴时才出场，脾气大，千万莫去招惹。

想来唐人街过半的地产都姓洪，戏院后头不肯见，上门去还不行？

于是他便问："她住哪里？"

戏班子的人回答说："克罗顿街。"

他倒讶异："住唐人街外头？"

"是。她有金主，是个白番。"

接连听了两周戏，回回去后头吃闭门羹，他也不恼，直接找到克罗顿街去，抵住门沿，硬生生将门掰开一些，笑嘻嘻地说："想跟你学戏，行不行？"

她包着头巾，吮着梅子，问他："想学唱什么？"

他的心当然不在戏上，说："什么都学。"

他那时十四，十四岁少年的心思好懂得很。

阿露立马掩嘴，轻飘飘若无其事地讲一句："你这样的，我什么都能教。"回头将壳吐到地上，"当啷"一声，娇滴滴讲起英文，"托马斯，叫用人扫地，再泡杯咖啡。"

托马斯五十岁上下年纪，下半张脸阔大，像颗番薯。面色发虚，是过度放纵的面相。但凡有客在，总不肯离开房间半步，对她说话赔着小心，仿佛他才是该卖笑取悦旁人的那个。

他有意结交，出手向来大方，阿露从他这里得了不少好处，却从没给他尝到多少实质性的甜头。他向来不在一棵树上吊死，更没什么非得撞南墙的癖好，几次接触下来，渐渐有点兴致缺缺。若不是洪老偶然提起关于阿露那个秘密，阿露对他而言，也不过只算得欢场上短暂的想头，过了脑便忘了。

洪老大抵知道这儿子到了年岁，皮相不错，又通人情，少不了有三五女友，从来早出晚归也不曾过问。自打听说他和阿露交情颇深，看他的眼神便有些古怪起来，有天终于忍不住，逮着他说："你当点心，阿露可不省事。"

他就笑："就一姑娘，能将我怎么样？"

洪老就笑一笑，说："姑娘？怕不是什么姑娘。"

一开始他不信，觉得洪老必定是老眼昏花了。琢磨起来，却令他越想越有兴致探究一二。

某天又去了次三台戏院，看到戏台上妖魔鬼怪似的武生下场，知道阿露已经散戏。趁着锣鼓喧天,莽莽撞撞地闯进堂会的背后。阿露刚好卸装,自己坐在那里,纤弱的腰,蝶翅的睫毛,细腻的手指往耳朵上坠上两粒纤长的珍珠耳坠,听着动静,坠子落下来,似乎等他去拾,但他离得远远的,没动。东方的女性,特别是一些有地位与身份的,没法和同龄的混血或者白人少女一样嘻嘻哈哈打闹,稍亲昵一些的举止容易显得冒犯。最好多放几分尊重,有点距离感是最好的。

阿露难得怨了一句,大抵都是些场面话,却说得娇滴滴的:"小六爷一个月没来找我,倒天天听见讨人嫌的白番说你。"

和她以前有些不一样了,难得主动地和他热络。

他笑着问:"说我什么?"

"都说你最近爱丰乳肥臀的,不喜欢中国女人。"

"怎么会?不喜欢中国女人的,怕是不喜欢女人。"

阿露英文不够好,听完这句倒是愣了一下,不知被戳中了哪根敏感神经。

他拾起那粒珍珠,帮阿露坠上:"我就是喜欢新鲜。"

阿露听明白了,就笑起来,反问:"广东人觉得够鲜的菜,北方人觉得可腥死了。小六爷是北方人,喜欢多鲜的?"

他一动不动盯着阿露看:"以往没见过,才叫新鲜,是不是……"垂头轻声话,声音越来越轻,也越来越清晰,"你不是女儿身?"

他见阿露不答,算是默认,突然轻声一句"Aak Lou",像在品一道菜,不像叫名字。

"怎么?"

"哪个字?"

阿露沉默了一下,才说:"大陆的陆。"

很久没说起过这个字了,白番没人关心汉字怎么写,华人下意识地觉得是露水情缘的"露"。

他接着问:"你喜欢扮女人?"

阿陆说:"不是。"

他问:"那为什么?"

阿陆俯身下去,就着桌上搁的一炷安神线香点燃香烟,说:"我只是缺钱。金山这地方,男人的钱最好赚。"

他盯着那点火星子笑起来,说:"也给我一支。"

他没问阿陆为什么缺钱。阿陆有太多秘密,比如他和托马斯每天都生活在一起,却从没让他真的看到过身体。关于三台戏院的当家旦角是个男旦,阿陆让他知道了,往后却依旧坦然。

"怎么会?"他有问过。

"我有我的规矩。"阿陆是这么回答的,却没有更多解释。

阿陆在唐人街名声大,同不少恩客有往来,关系理也理不清。他自己从小跟着洪老做事,也知道其中两三点厉害。因那次知晓了阿陆的秘密,他也曾好意劝阿陆稍稍收敛些,免得一日东窗事发,不好收场。

阿陆叫他放心,他自有分寸,决不连累旁人。

他佩服阿陆,觉得他异类了点,倒也算个风流义气人物,见他遇着点大小麻烦,明里暗里也帮他解决了。

阿陆三不五时邀他听戏喝酒来往,久而久之关系便密切起来。两人都是知情知趣的人,知道了对方底细,关系却整齐干净起来,平日相处更像知己友人、义气兄弟。在外人看来却不是这么回事,觉得洪小六爷搭上个戏子,还是外头有金主的,那不知得多漂亮。阿陆扮起女人是有些姿色,却没那么夸张。后来以讹传讹,被《先驱报》的白人记者吹嘘一番,说她是"中国城长相最为精致的女人",名头也就这么响亮起来了。

阿陆将女友藏得很深。

他那时交往的白人女友有次同他哭诉,说她有个女性朋友,因为和中国人交往,父亲很生气,将她禁了足,连高中都不许她去上。还扬言如果再有下一次,要那浑蛋的命。

他回来打听,会馆的人说有回撞见阿露"轧姘头",在 Richmond 和白人女孩亲嘴拉手看电影,样样都对得上号。再仔细打听,那白人家庭有名有姓的,怕真不是什么好惹的主,便一直叫人接着替阿陆留意着。

阿陆当着他的面也不否认,说是女友。

他随口打趣,问他究竟哪一个才算姘头。如果他只是谈个恋爱玩一玩倒还好。若他认真了,这事还真棘手。

结果阿陆说:"中国的清倌戏子,走到哪里不是姘头?不只白人,你以为华人就将我们当人了吗?在东三省,不知多少唱戏的入行便从堂子点去给上战场的军爷陪夜,侍候得不好是会没命的。没等轮到我,就先逃出来了。上了艘货船,没想到晃了一个月,到金山来了。先在二埠一个小场子上唱戏,戏唱完,她来后台,看到我卸装吸烟的样子,吓得不轻。仔细一问,原来是想要我写名字给她看。"

顿了顿,阿陆接着说:"她是我活下去的唯一念想。"

只有在说起女友时,阿陆才会有异常温暖的笑。

他知道阿陆这是断不了了,便问:"考虑清楚后果了吗?"

阿陆说:"不用你管。"

他接着问:"你攒够钱,打算和那女孩子逃去哪里?"

阿陆没说话。

"你还差多少钱?"

"我说过,我的事不用你管。"

"你最近太招摇,不好收手。再往后没人帮得了你。"

阿陆沉着脸笑了笑,说:"小六爷可真爱管闲事。"

他当然不是好管闲事的,但到头来这事他究竟还是插手了。

最终坏事的是托马斯。习惯于温厚忍耐的人,无论属于哪一个民族,被逼急了终是要有一番石破天惊的起义。事情经过是怎么样,拿手指甲都能猜个前因后果。

"你必须立刻和她断了联系。"

"为什么?"

"你从没告诉我你还喜欢女人。"

"我为什么应该告诉你?"

"Lou,我为你花了那么多钱。"

"大把男人心甘情愿排着候场要为我花钱。"

"他们也都知道你不是女人吗?"

"托马斯,你什么意思?"

"你最近约会的人里有市政副秘书 T.W. 罗尔吧?"

"你疯了。"

"我怎么没有疯?我光是想想你整整忍了三年的恶心跟我虚与委蛇,竟然是因为要养活一个女人,我就能发疯到去杀人,我甚至想杀了你然后自杀。"

托马斯将阿陆是男人的事告了 T.W. 罗尔,此人不知是愤怒过头,还是起了更大的兴趣,带了几个白人,到三台戏院闹了一场大的。洪老犯不着为了个惹是生非的戏子蹚美国法治的浑水,睁只眼闭只眼,由着白人在自己的地盘闹。

那时他正和刚交往一周的正经女友在拉法叶花园暗场喝酒,接到电话,听说阿陆险些被人在戏院暗算,逃出意大利埠,躲到一棵树上,已经无路可走了。

已经入了夜,他将车停在唐人街一条街外,等女友离开一阵以后,才取出吸烟的火机与备用油桶。

中国城从前有两株皂角树,如今仅存的一株在那机灵小姑娘家门外。从前还有一株,在都板街上,逾四层楼高,足够枝繁叶茂。阿陆也算机灵,当机立断从戏院逃出来,到这树上藏起来,可是最终还是被发现了。

名旦被追到树上,还是个花容月貌秦香莲,当街同树下三四个白番英文对骂。这里在唐人街边缘,华洋杂处,灯火还似往常明亮,怕事的人却都不知躲去了哪里冷眼看戏,活生生一出现世的西皮原板《铡美案》。

"你要是喜欢在树上死,那我们就上去结果你。"

"你们敢往上爬试试。"

"为什么不试试?"

"信不信我尿到你们头上。"

老番笑得发了狂:"让我们看看你究竟哪里跟我们不一样,能扮得了女人这么久。"

外套脱在地上,四五个六尺高的白人露出粗壮泛红的胳膊,肌肉虬结起来,笑嘻嘻地往树上爬。

阿陆身手也不差,爬到顶上横枝上解裤带撒尿,低头就看到树下一个黑色影子,等白鬼都上了树,慢悠悠地将橡皮桶里的东西沿树根倾倒。

白鬼注意到他,呵斥:"你做什么?"

"撂高儿望远儿。"他笑嘻嘻地换作英文,"就是看热闹。中国佬,就爱看热闹。"

"你那桶里是什么?"

"你们闻不出来吗?"

白番停下来闻味儿:"你干什么?"

他接着讲国语:"给你吃黑枣。懂不懂?"

"你说什么?"

一股刺鼻的汽油味弥漫开来,阿陆惊觉,转而愤怒道:"这里可他妈没你什么事!"

几个醉醺醺的白番还在嘻嘻笑:"私酿酒?这可是犯法的。"

他偏着头笑:"犯法?可不嘛!"

有稍清醒的白鬼察觉到不对,变了脸色:"你什么意思?你在做什么?"

他垂头,转了一下手里的火机,"咔嗒"一声,很脆。

犯法,你说的。

枪声在唐人街并不鲜见,然而那个晚上却有些不同凡响。

瞬息的破擦声,伴随着白人粗壮嗓音的暴怒吼叫,随后都被震耳欲聋的"噼啪"爆炸声淹没。火势腾地就起来了,仿佛中国城里庆祝新年的焰火,梅花桩上红色关公随即起势出洞,天都亮了半面。

火没烧到枝叶茂盛的地方,阿陆在树梢上,只听到干干脆脆的一个字:"跳。"

这里的人几乎都经历过十多年前那场几乎将整座金山城焚烧殆尽的大火,也因此这座城市有着全国最多的灭火栓,居民齐心协力,火势很快控制下来。一片混乱里,纵火者却早已下落不明。

华人纵火,死伤白人。事件足够恶劣,因为是一桩白人社会的重大丑闻,还涉及政治人物,事态并没有等到宣扬开,便无声无息地平息了。

更多人目睹了这场闹剧，除了存活下来的六名伤员，没有一名居民愿意站出来指认纵火者。

罪不能定，挨打是少不了的——说起来他也算是惯犯了。

阿陆只来看过他一次，这一次很坦诚，告诉他最近要走了。

"去哪里？"

"英国。我从前有个朋友在做副领事。待个几年，时机好的话，便回中国去。"

"嗯。那里对混婚没限制，如果以后有孩子，生下来便能入籍。何时走？"

"尽快。"

"我怕是出不去送你了。"

"放心，能出去。"

阿陆的语气异常笃定，他也没问为什么。向来不是寻根究底的性子，因此也十分后悔。

阿陆骨折，打着石膏，一瘸一拐："都怪那树太高。"

他打趣道："戏是不能唱了吧？"

阿陆说："是啊，贵妃瘸腿……可真新鲜稀奇。"

他眯着眼盯着阿陆看。心想这男孩可真好看，不亏。要是他是那女孩，绝舍不得让他拿身体挣逃命钱。

阿陆也在看他，看了会儿，突然说："小六爷就喜欢新鲜。"

他说："你的意思是要在这儿给我来一曲吗？"

阿陆想了想，说："下次吧。下回见你，我换身好看的。"

他不屑笑笑："还在意这个？"

阿陆没说话，看了他一阵，突然说："我一辈子漂在海上，不曾上一次岸。"

听起来像唱某场戏的腔。

他知道后面还有话，微偏着头，等他说。

阿陆拾起外套，接着说："光听到洪六爷这个名字，觉得有了脊梁，背靠实心的墙，前头还有路可走。"

此后他没有再见过阿陆。

他离开警署那天，整个加州都张贴着阿陆的通缉令，上头的罪名包括：妄图诱拐十七岁白人少女未遂，女孩家人去中国城捉人却故意纵火，导致白人死伤八人。出于保护白人女孩，她的姓氏与家庭信息会被严格保密。

那个女孩是阿陆活下去的唯一希望，阿陆和她的家人达成了某种妥协之后，却只身走了，带着一身的罪名逃离了金山城。

事情就这么被揭过去，他轻松脱了罪。

洪老什么都没告诉他，只说："你这爱管闲事的性子，这辈子不知能惹多少是非。"

洪老怕事情生变，很快让他去了伦敦。

他没有打听过阿陆。即便他顺利抵达欧洲，也一定更名改姓，将从前离乱的日子翻过篇去。

五六年过去，那年回乡相亲，到了上海。有天无聊，进了霞飞路一个名不见经传的小戏院。三请樊梨花，刀马旦出场，一段二黄导板刚开场，观众席就掌声响得像三伏天霹雳。能看出来是某派青衣的路数，并不专擅武旦，武气派头却十足。

散了戏，坐车去凯司令。店里有个高挑女郎买生日蛋糕，他等了一会儿。三伏的天，凯司令的玻璃橱柜上放着盘蚊香片。那女郎闲不住，微微躬身，就着蚊香片点了支烟吸。和凯司令老板讲英文，轻飘飘几句 Battersea 的伦敦口音。他不由得侧目去看，孔雀蓝细缎旗袍，身段高挑，着高跟，不比他矮多少。面貌精致，眼神独特，正是那唱刀马旦的青衣。

未来一年他便在上海待下了，几乎每礼拜都去听次戏。稍一打听便知道她师门不合，才被赶出来。梨园行向来"宁舍十亩地，不让一出戏"，他本打算帮她一把，还什么都没说呢，不过去得勤了几次，立刻便被人告知了一声："叶小姐有男友了。"

打一开始便将界限划得清清楚楚，好像一早预料到接下来会发生什么似的。他倒是觉得好玩。

旁人看起来觉得他坐了冷板凳，吃了闭门羹，细究起来，却像是生怕因着什么事连累他。

直到那次手术，请来的医生倒不见得有多高明，不过借故回来一趟。

问这腰子是谁的？医生却故作高深不可说。不可说便就是答案。

再见到她，态度一如既往地冷淡强硬，问也不会说，他也懒得问。

去年《陈查理》上映了，他的伤没好彻底，一宿没睡着，也不耽误跟女友去看了场电影。被外头记者逮住，在报纸上写："第一时间观影后，陈查理的人物形象令三藩市的查理十分惭愧。"

有段时间他被骂得厉害了，最难看的照片登得满街都是，大小报纸上都叫他"小暴君"，被画成漫画，左手一只剥了皮的老鼠，右手拿刀剁了条狗。在唐人街外，出了汽车不下三回被扔臭鸡蛋。

收到芝加哥寄来一张电影票，《傅满洲博士之谜》，现在已经很少上映了，真难为她。

电影看完，特意发电报知会了一声。

回的电报上写着："你和陈查理同名，真不巧。还好有个傅满洲跟你做伴，别难过。"

取电报的人愤愤不平："婊子无情，戏子无义。"

没多久,芝加哥一家报社采访叶小姐,问她怎么看待 Charlie Hung 以及他父亲这类人。

她轻描淡写,兴致缺缺地回答报社:"傅满洲也是你们眼中的中国龙。"

一本正经,伶牙俐齿,这被称为"小暴君"的少年恶贯满盈又平平无奇的一生,在她看来,甚至有着点什么莫须有的疏狂诗意,让她回想起这个就乐。

South land

番外四
南国

小山空寂，道路清洁，
路旁是繁茂的棕榈与芭蕉，年轻的笑声轻轻回响。
这就是关于那个南国夏天的全部秘密。

01.

"那天和教授在岭南大学外面吃碟头饭，碰到一个英德的教书先生，姓司徒。"

"Si-tou？"

"就是一个汉字姓氏。这个司徒先生以前读古书，考那种清朝的考试没考上。换了朝代，来广州城，在耶稣基督学校又上了几年学，那时候认识的恒教授。司徒先生一看我，就问我认不认识一个叫陈梦卿的清远女孩，我说我不认识。他想了想，也笑着说，我和她虽然像，但根本是两个完全不同的人。正因为这样，看我和教授随心所欲地用国语与英文聊天，他才会特意问一句。因为他见过这个和我外表相似的女孩，气质却同我完全不一样，觉得非常不适应。"

"两种完全无关的特质共存了，我第一次见你时也觉得奇怪。"

淮真正想接着往下讲，突然发现哪里不对，愣了愣，脱口而出："你见过陈梦卿？"

西泽没有否认："Santa Maria号会先让一等舱的客人上船，以避免让一部分排华的客人遇上华人。我在顶层的阳台上看到她了。衣着相当显眼，好像是要故意让人知道'这个女孩家里有钱，又很傻'。"

淮真想起在电梯里他投来怀疑的目光，以及后来很无礼地将她"请"出浴室，竟然并不是第一印象，顿时有点语塞。

他接着问："然后呢，那位先生怎么又告诉了你陈梦卿的事？"

"我说：'兴许我和她有缘，不如你给我讲讲她的故事？'司徒先生就说：'也好，正巧我在附近讲学，陈梦卿这样的女孩在南中国也不鲜见，你就当个故事来听听。'你知道，中国人遇见异乡人，还蛮信缘分的。"

　　小六爷的故事有一部分淮真也是从司徒先生那里听来的。早年洪爷的势力在南中国活动着，而司徒先生在南中国也有些名气。那年小六爷回乡相亲，洪爷也托人找司徒先生搭过线，对于小六爷与叶垂虹的事知道不少。拼拼凑凑，连带淮真从唐人街听来的那些，便凑出了小六爷诸多艳史中微不足道的一页。

　　"叶垂虹不是阿陆吧？"她说，"否则过天使岛移民站就有人发现了。"

　　"只有男士过天使岛移民站才需要脱衣检查，你知道的。"

　　淮真咬了咬手指，思索起来："所以……"

　　"所以，过了移民站的男人一定是男人，女人不一定。有一部分特殊人群，报给海关的是男性，但没有男性特征。很少，我也只见到过一位，从北平去的美国。"

　　她想了想，咯咯笑了。

　　"你对这个部分很感兴趣。"

　　她笑个不停："是的。"

　　他笑了："超越世俗之谊总是格外有诗意？"

　　还没来得及回答，同来广州美领馆的女同学便在背后催促："淮真，你的蛋黄酱热狗来了！"

　　她应了一声，和西泽商量好礼拜五回香港，先去他在干德道的公寓，礼拜六早晨再一块儿去石澳。

　　考试结束后一整周都是英文课，恒教授准备利用这一礼拜时间去广州基督青年会传教。他觉得淮真不够了解中国，而香港这地方殖民氛围太重，不太"中国"，一直希望能更多地带她去内地。原计划携带的助教和学生的两个名额给了马克和淮真，学校分配英文导师给每一位非母语国家的学生，马克名下分到了三四个女学生，所以只好一同去了广州。

　　很不幸，考试结束第二天，他们又要被迫分开一个礼拜。淮真有点沮丧，西泽说没关系，有事可以去沙面的领事馆打电话给他，而且领馆二楼有最好的美国菜，出示美国护照赠送甜点。

　　没有人会喜欢吃美国菜。她这么想着，但还是开心起来。

　　女学生里，雅德林算是个玩主。听说沙面最好的美国餐厅在美领馆二楼，在某个很闲的周二，便叫淮真带她们几个女孩一块儿去。淮真正好也想打电话同西泽说说司徒先生和小六爷的闲话，便和女孩们坐黄包车去了沙面南街。香港也有不少黄包车，但都被英国政府漆成西瓜色，成为一种城市特色。但看到内地的黄包车，尤其是一个个面黄肌瘦的人奔跑时静脉曲张的小腿，就会明白他们真的是在用那两条腿给全家人谋生计，而不是一种表演。

淮真的车先到，额外多付了车夫壹角。

雅德林问她："觉得他们可怜吗？"

不及她接话，另一个女孩说："有次在上海，一个刚来的美国兵不当心撞死了闸北的小女孩。他将她送去医院时已经太晚。美国兵为此自责不已，政府却为求和，判他赔偿女孩的家人两美金。"

有人接话："假的吧？"

有上海女孩附和："真的。这种事广州还算少见，上海？少见多怪。"

雅德林拿胳膊肘撞她一下，她立刻住嘴了。

淮真想起刚到香港时，教授问她："有没有想过自己能为自己的国家做什么？"

其实这个问题她想了很久。

作为一个没有很好出身的普通华人，能活着已经很不容易了。她足够明白要多努力才能勉强成为芸芸众生中的一分子。时代造英雄，可是时代洪流浩浩荡荡，活着有多不易、有多艰难，才能明白撼动时代车轮之人的过人之处。无论英明神武出类拔萃，还是凡桃俗李庸庸碌碌，无数人各司其职，终究改写了历史。华人世界从没有过救世主，所以华人社会喜欢众人拾柴火焰高，喜欢蚍蜉撼大树，他们不太信奉个人英雄主义。他们愿意坦然面对这份必然要经历的屈辱，他们不太需要虚幻荒唐的强国大梦。

于是她回答说："我的愿望很小。作为一个华人活下来，并且活得有礼有节、不卑不亢，不趋炎、不媚俗。人不能还没学会立足走路，就想要骑车或驾驶航天飞机；也没有任何一个医院，愿意聘请大学学生作为外科主治医生给重症患者做手术——除非战争来了。我知道这是很基本的东西，或许自私狭隘又片面；但这也的确是我目前以己之力，在可控范围内能保证自己做到的所有事情。"

她确定自己没有被时代同化，也没有资格评判"商女不知亡国恨"的是非圭臬。她穿着硌脚的鞋走到今天，知道一路走来有多难，也从心底尊重这时代里艰难求存的每个平凡人。

淮真不想讲不合时宜的话，也不想显得不合群，于是立刻打住思绪，说："先去吃东西吧？饿坏了。雅德林说这里的菠萝冷饮很不错。"

美领馆正对着沙面网球场，她一早特意致电请他们留了正对球场窗边的桌位。雅德林想来沙面南街，不全是因为想吃美国菜，更因为有个她父亲世交家中的少爷入了黄埔军校，年长她三岁，常在这里打网球，难得来广州一趟，她想来看一眼。她十四岁就喜欢他，不过那男孩并不太关注她，她的重要程度远远排在球、枪械与英文之后，雅德林比任何人都明白这点。

身在广州沙面，大学女孩不免八卦起近几年有名的几桩婚事。孙先生太太的妹妹也想嫁个和孙先生相当的人，挑来挑去，原本可以挑的几个少年英杰家里又都早早给他们娶了乡下媳妇，比如奉天那位少帅。后来一直拖延到二十七岁才觅得佳配。

"倒是带起一股风气，新女性们都提倡至少二十五岁以后结婚。"

"那都老得不成样了。"

"除非是个美人。"

"我见过那位夫人，也说不上多美，就是从小在美国受新式教育，看起来比较'新'而已，说话做事有气派。"

立刻有人问准真："美国人来说说，为什么结婚这么早？"

准真借着话由安慰雅德林："只是因人而异，每个人都有自己的缘分，只是时间早晚。"

一时间皆大欢喜。

独处也有独处的乐趣，有朋友有烟火的气息。准真答应给云霞买的布料、胭脂与香膏一个没落下，连带罗文想要的蔬菜，也在跟着女孩子们的半天时间悉数买齐，在从广州返程回香港前一晚就托航运公司邮寄到三藩市。

女孩子们从未往海外寄过东西，好奇又热心，也多亏了她们，准真才顺利地将沉甸甸的东西装进航运集装箱。作为答谢，她请客吃糖水。

"美国也能往中国寄东西吗？"

"当然。除了一些抽税很重的东西，有喜欢的，可以让雅德林打电话给我。香港和美国通话很方便，到时候想买的东西攒够一箱，我跟姐姐一并托 P.H. 裕公司寄回香港。"

除了寄回家的东西，惠老头邮寄给三藩市和二埠一些病人的药材，也托她去广州合和药铺取来，托另一家航运公司运往美国。说来也可气，她一到香港，头一件事就是拍电报到菲律宾给惠老头，告知他自己的地址。哪知隔了一周，他便寄来一封信，毫不客气地说两箱中药从罗湖桥出关时被扣下了，正好，准真的国语和英文比广州合和药铺的人讲得好，让她去口岸罗湖桥帮忙处理一下中药出关的文件。她本来懒得去，说起来也巧，偏偏得了个机会去广州，只好在英文周最后一个休息日下午，从广州搭了美领馆的顺风车去罗湖桥（西泽致电美领馆托朋友将她送到罗湖桥，顺带也能帮她疏通一下药材的通关文件），再一个人坐当天下午最后一班火车返回香港。

一整个奔波忙碌的礼拜匆匆过去，直至过了罗湖桥，在车站等过香港的列车来时，准真才终于觉出一点疲惫。列车晚点了，所有往香港务工的白领或小贩，抑或和她年纪相当的学生，等候在绯红夕阳下，脸上都透着一点漫不经心。若说现在是乱世，在近百年来却属难得太平，没有半点《浮花浪蕊》里爱玲同挑夫过桥时往大野地发足狂奔的慌乱。那画面过了很多年她都还记得：在广州过完精疲力竭的一整个礼拜，她在南中国边境，等最后一班返回香港的列车。那里有令她忐忑的月末考试成绩单，有雨季过后遍地爬行的蟑螂，有永恒的浅水湾，有她和西泽最爱吃的几家冰室。他们约好在他的公寓见面，第二天一早一起乘巴士去他出生的海边。

再往前，遥远的太平洋那头卧着大埠唐人街，那里有为她提供庇护的家人、朋友。

淮真不免微笑，心想：真好。

往后遇见再多难事，似乎都不要紧了。

02.

学校有趟车来车站接从广州回来的学生，从九龙车站到港岛山上，会途经干德道，淮真请司机将她放下来。

时间九点钟，九龙和湾仔仍很热闹，但山上的夜已经深了。干德道上多住着英国和美国人，两排建筑干净温馨，香港政府沿街布置了一钵钵康乃馨，整条街都有股很淡的香气。走在街上，海湾里的船一只只露出脸来。

她想起有一次西泽说的："香港很美。美国人都想去欧洲，欧洲人都想来香港，只有香港人浑然不觉。"

公寓的灯已经关了，她停在台阶外，从左数到第四个花盆，在里面找出房门钥匙。公寓全部布置完工，这个礼拜才可以入住。西泽本要去车站接她，但她知道他也累得够呛，不想他太辛苦，便告诉他自己比较愿意学校巴士来接。知道他搞不好比自己还晚到家，就请他将钥匙放在门外左数第四个花盆里。嘿，果然在。

转开锁匙，蹑手蹑脚进屋，只开了走廊一盏灯。毛线外套脱在门廊里，屋里弥漫着一股没散尽的酒味，他果然和那帮美国同事出去喝酒了。她脱掉鞋子，皱着眉头去将外套拾起，整理好挂在衣钩上。

借着门廊微光上楼，想推开房间门看看他睡得舒不舒服，却在二楼廊道的沙发处险些被绊倒。她俯身去看，原来他在这里睡着了。沙发不够长，腿伸在外面。

像是魇得很沉，被撞了腿弯也没使他醒过来。夜里湿冷，淮真怕他着凉，进屋取了薄毯给他盖上。她是搬不动他的，只得等他自己在这里睡醒。眼睛适应了月色，垂眼去看，心想长得英俊的人倦极也是好看的。可还没观赏过瘾，电话铃响起来，吵得他皱着眉头抱怨一声，又翻过身去。

她怕吵醒他，赤脚下楼将电话接起。

那头用英文同粤语告知她："这通电话来自美国纽约。"

她抬头看看挂钟，晚上九点半钟，纽约早晨同一时刻。礼拜五早晨不需要上班，吃过早餐,遛了狗抑或读过报纸,这个点正是时候。她等了一阵,待对方先开口。

那头也等了一下,才用英文讲:"你好,这里是梅韦尔家,露西请西泽听电话。"女人有一副年轻又动听的嗓音,带着一种和西泽同款不主动的傲慢。

她略略斟酌一下措辞,然后才慢慢地说:"你好,我是淮真。西已经睡着了,要是没什么急事,也许可以等香港时间的明天早晨、纽约夜里同一时间来电。"

那头轻轻地笑了一下,没讲话,不知道什么意思。

淮真等了阵,又说:"很要紧的事?请你稍等一下,我去……"

"他睡着正好,"年轻女士笑着说,"其实我更想同你聊一聊。"

淮真"嗯"了一声:"你好露西。"她也不是全无察觉,从细枝末节就能觉察到一点端倪,于是竭力使自己打起精神来听电话。

露西叹了口气,复又笑笑:"我是他的未婚妻,前。"

她说:"我知道。"

露西突然漏了半句脏话,猛地住嘴:"他什么都告诉你?"

淮真笑起来:"我猜的。"

"你不问?"

"有时候好奇会问问。"

"你不好奇我为什么有他公寓的电话吗?"

淮真说:"像你们这样的家庭,这点事不难办到。"

露西说:"你为什么不觉得是他告诉我的?"

"他挺离经叛道的。我是说,他这样的性格,不太会主动和他保守固执的家庭想要禁锢他的那一部分重归于好。"

"禁锢他的那部分……"露西想了想,终于轻轻笑起来,"你还挺了解他的。"

她说:"只要用心,了解一个人并不是什么难事。"

"也很自信。"

"倒也谈不上,理解所以信任。"

"我一直很想见见你。你知道的,长岛上那一群人,都很好奇你究竟是多富有魅力、多有异域情调。"

"我很普通。"

"我在报纸上见到过。"

淮真原本以为会听到一段尖锐的外形点评。

紧接着,露西说:"但我没想到,你还蛮有趣,而且平和、自信。至少我这么觉得。"

淮真笑起来:"你也并不是来考问我的,只是礼节性地表示一下好奇。"

露西大笑。

淮真接着猜测："他家人委托你带话吗？"

露西叹气："最近几天他都不肯接听家里的电话。"

"他……他有时候是这样。"淮真无奈地说着，突然发现自己像在责怪他。紧接着又补充："不能全怪他。"

"嗯，在我看来他没有任何问题。阿瑟先生一直……一直留意着你们，西泽应该也知道，所以一直拒绝接听家里拨来的任何电话，也没有花家里一分钱。对阿瑟来说，民主党也够远，比远东还要远，所以他现在没有任何办法。他叫我打这通电话来，是想让我告诉西泽：'他有不应该的地方，但他希望他很好。他不会阻拦你们的婚姻，也不会祝福你们，至少官方来说不会。你们在美国大部分州以外的婚姻关系是合法的，成立的。但毕竟触及法律底线，以及共和党的政治立场，所以希望不要太过张扬。以及，关于他一直隐瞒西泽的事，他以一个祖父的身份，以上帝的名义向他致歉。'"

淮真安静地听完，犹豫着不知该不该在这里发表一番致谢。

最后还是作罢，小心地问："他一直隐瞒西泽的事是什么？"

露西叹了口气："我也不知道。我还指望从你这里探听点什么呢。"

淮真心底松了口气，笑起来，说："露西，谢谢你。"

露西接着说："但我祝福你们。露西·梅韦尔代表个人，以及未婚夫的名义祝福你们。"

"你……"淮真惊叹一声，"你订婚了？"

"是的，婚礼在下个月初。"露西大笑，"不能邀请你们夫妇来我的婚礼了，但得电话知会一声。"

"恭喜。我也是，诚挚地祝福你婚姻美满。"

"顺带帮我捎带话头给那该死的穆伦伯格家的浑蛋，都是他，害我在长岛被人耻笑了整整八个月，"露西话锋一转，"虽然我也希望如此。"

淮真被她逗笑了。

"晚安，我前未婚夫的新婚妻子。"

"祝你有愉快的一天，风趣的准新娘。"

03.

淮真到浴室洗了个澡，然后赤脚穿袜子上楼，手里拎着拖鞋，怕将西泽吵醒。

他不知什么时候翻了个身，毯子掉到地上去了。她笑着叹了口气，拾起给他重新盖好。她低头看他，呼吸时带着一点点酒味，浓密的头发有点凌乱。最近每天都是艳阳天，夜里月光将他的肤色照得异常地白。应该也累得够呛。

她想着，正想在他的额头上印个晚安吻，突然隐隐捕捉到他的表情一点点变化。

唇角好像弯起来，似乎有了点笑意。

她以为是错觉，垂下头去仔细观察，一瞬间猛地一个天旋地转。紧接着月光一暗，被他压着卧在沙发上。

淮真惊叫出声。

恶作剧得逞，笑声响起来。

她抬头去看西泽，额头上立马落下来凉凉的吻，像是安抚。

淮真仍旧惊魂未定，小声问："吵，吵醒你了？"

他笑着说："一直醒着。"

她气得用小腿顶他一下。

他吃痛得"嗷"一声："下手好重。"

"你活该。"

"我怎么了？"笑着，语气怪委屈的。

"你……"淮真气不打一处来，"你明知你家人来电话找你，还叫我去对付？"

"嗯，我想听听你都会说些什么。"

她气过头，噎住了。想了想，一时有点难过："突然就正面迎敌，完全没有一点心理准备。"

他捉着她的膝盖揉了揉，叹了口气，将她搂紧，翻个身，侧身相对躺着，看着她："你当她是敌人？"

她接着问："你知道是露西？"

"结婚新闻搞那么大，生怕世界上没有人不知道。"

淮真笑起来。

"你什么时候跟她关系这么密切了？"他是指她称呼露西的昵称。

"我猜她人不坏，很有思想，也富有魅力。"

他"嗤"了一声。

淮真思索了一下，转头看他："我回答得怎么样，还不坏吧？"

他说："完全不是你的敌手。"

淮真被逗笑了："哪方面？"

他说："对我而言，全部。"

她知道自己几斤几两，也知道这是"情人眼里出西施"的英文版。可她到底是个俗人，难免开心。

两人一时无话，闭眼沉默，在月夜里相拥着，听对方呼吸。

沙发很窄，甚至不足以让他一人睡下。现在躺着两个人，他还怕把她压着，不知有多不舒服。

准真提议:"去床上睡吧。"

他说:"不。"

她无奈道:"不会难受吗?"

他说:"去床上你会难受。"

准真疑惑。

"施展开手脚了,我会忍不住对你做很多你没有力气做的事情。"

她笑起来。

"这个礼拜累坏了吧?"

她点点头:"嗯。"

她是真的累坏了。

他换了个姿势,将她抱得更舒服一点。

"有什么想告诉我的吗?"

"很多。"

她头枕在他的胸口,慢慢同他讲述最震撼她的现实。

基督青年会二十多年前在广州成立了救助会,拯救广东、广西地区的饥民,其中很大部分是妓女。她们都住在城市中央的管教所里,穿灰蓝制服,头发剪得和女学生一样短,有很大一部分已经纠正掉媚俗的步伐,学会中性的姿势与迈步。

救助会请来广东与香港的男女大学生,有一部分教她们汉字与中文,与她们谈心,这样的谈话每个月都会有一个礼拜时间。

这一整个礼拜,准真面对面和十几个女孩聊过天,听她们泪流满面地倾诉自己曾经遭受的苦难,诉说自己的家乡经历了怎样的旱涝,村民如何饥寒交迫,为了让全家的劳动力吃上饱饭,自己是如何、多少钱被父母卖给妓院的。从卖到妓院的那一天,她们就和老鸨签订了终身契约,每个月只要没有为妓院赚够一定数额的钱,就会负债。她们从十三四岁起,就不得不没日没夜地做工,被迫满足有各种癖好的客人,时常接受一些变态无理的要求。稍惹得客人不高兴,不只会挨客人的骂,还会被暴怒的"妈妈"拿竹条、鞭子和钢钳暴抽。她们中许多人,顶多能活到二十三四岁。辛苦做工十来年,每天甚至要接待超过二十位客人。她们通常四五年后就会疯狂衰老,然后从一等厢房搬进二等、三等,直至进入最劣等厢房。那里没有隔音的墙壁,床与床之间只用一张布帘隔开。旁边稍稍经过一个人,便会看到她们接客的模样,没有丝毫尊严可言……

准真每天都教她们讲一点国语和很简单的英文。她最喜欢和她们谈及英文 Future(未来)这个单词时,一张张瘦削脸蛋上洋溢的光芒。她尽最大的努力让她们相信自己依旧年轻,以后可以上学，在工厂或者办公室里有一份工作，当然也可以嫁人。

可是转头，她就听见救助会一些年轻不懂事的白人女士对她们指指点点，说："这群中国女人，永远改不掉骨子里的奴性。你别看她们在管教所里这副正经模样，毕竟管教所里几乎都是女人。那些男人，尤其是年轻的男大学生一来，面对年轻漂亮的男孩子，那群没有人格的女人立刻将所有体面抛在脑后，换回当妓女时那种见到男人就兴奋的表情。这群麻木的女人，只要三个月后离开这里，过不了多久绝大部分都会重拾老本行，你们等着看吧。"

某一天的饭桌上，淮真同她们曾有过一次争执。一个面相略显刻薄的白人女学生当面不敢讲，便在背地里骂她："我看不只妓女，中国女人都这样。广州尚且还好，你到上海租界里看一看，稍稍走来个平头正脸的白种男人，像她这种女学生第一个坐不住；勾引有家有室的白种老男人的，更是数不胜数。她们嘴里成天嚷嚷着自由自由，脊梁却早已弯得挺不直了。"

雅德林夜里同淮真哭诉这种不公又偏激的见解，淮真一开始安慰她说："只有教养最糟糕的女孩子才会讲出这种话。你哭什么？这本就不是我们的错。"

雅德林哽咽着说："我觉得最伤心的是，她说的一部分竟然是事实。我没有任何言语可以反驳。我愣在当场，根本就是佐证了她说的每一个字。我们的国家为何就低人一等？"

她的一番话，让淮真也愣住了，好半响找不到任何话来安慰雅德林抑或自己。

此刻她贴在西泽的胸口，一边絮絮叨叨地讲着，根本没有意识到自己的眼泪已将他的衬衫浸得湿透。

她一边讲，一边还很恶劣地扯过他的衣服擦脸："很多人都因为自己有这样满目疮痍的国家而在人前抬不起头，他们也想让我这样认为。可是我们明明都是一样的啊？人与人之间隔阂是肯定存在的，个体差异、社会风俗、局限与教养致使彼此之间无法相互理解，两个灵魂并行在一起，哪里可能有贵贱之分？毕竟没有任何人可以同时属于两个世界。"

西泽一边听，一边不当回事地说："上中学以后，我也曾经有很长一段时间，因为自己不再有金色头发与蓝色眼睛而抬不起头。"

淮真哭着哭着，听他来了这么一句，猛地笑出声，将自己都呛到了。

他也笑起来："你会因为不是个金发碧眼的经典款白鬼而看不起我吗？"

淮真伸手揉了揉他的头发，眯起眼笑起来："我更喜欢黑色。"

他问："为什么？"

"第一次见你，就觉得亲近、自在。"她说着，抬头望着他。

这样一个思想极端的、激进的白人，却有这样令人亲近的印象。这背后的故事，好像藏着关于一整个与美国社会相悖的、有关于很多年前一个南国夏天的秘密。

他垂头在她的头顶亲了一口。

感觉彻头彻尾的安心。她的脸贴近他湿漉漉却温暖的胸膛，闭着眼睛，困意终于似潮水袭来。

04.

"是啊，从前就是在这里。"湘记士多店的老板指着海崖旁的灌木丛，"我爷爷说的。四十多年前，在鹤咀拾荒的周阿婆就是在这棵树下捡到的那个女婴。皮肤很白，淡金的绒发，一双碧蓝眼睛瞪大看着你。脏兮兮的，周阿婆却觉得是老天赐给她的安琪儿。名字还是我爷爷起的，他识的字也不多，正巧结婚的鸳鸯喜被上头有'琴瑟和鸣'四个字，便摘了头一个，给她取名一个琴字。因她襁褓里有块小铁牌，上面歪歪扭扭地写着个'傅'字，后来大家都傅阿琴傅阿琴地叫她。阿琴长大了，更像华人，但长得高鼻深目，一看父母当中一定有一名白人。她只会讲广东话，也不识字。从小跟着周老太，活下来都不容易，没什么机会念书。人很善良，不太爱讲话，逢人就笑，不像个番鬼佬，倒更像哪个村中傻傻的姑娘。她相当善良，村里阿婶叫她帮忙摘果子、除草从不拒绝。村人也都待她很好，自始至终觉得她就是中国人。

"她十七岁时，周阿婆去了。村人和她一起葬了阿婆，想起她举世间孑然一人，不知能靠什么养活自己。叫她自己外出做工吧，香港这么乱的地方，她生得又靓，不当心就被骗了。恰好麦太太有个表兄在中环办了家顶级酒店，就托人帮忙替她在那里谋了个侍应的职务。说是侍应，其实她笨手笨脚的，会的也不多，大部时间都坐在酒店大堂，生得美就是有这点好处。她几乎是无知的，略略有些麻木，却是健康真实的。就是在那里，她遇到了那个叫作哈罗德的美国人，金色头发，纯蓝的眼睛，是个美国电影里都难得一见的英俊男人。那人是个反殖民主义者，讨厌英国侨民和美国共和党人，是个地地道道的香港迷。

"他们这样一对恋人，在香港并不稀奇。阿琴会爱上这么一个有钱、有地位、相貌英俊的白人看起来几乎是理所当然的。而哈罗德为什么会爱上阿琴，大家一开始都不那么理解。在外人看来，阿琴大概就是一个白种败类在远东找的某种乐子，阿琴就是一张白纸，他想在上头作点画。他们常常乐于这样做。他就是玩玩而已，并不在意这个殖民地女人在他离开以后究竟会如何，搞不好他在美国早已有了妻子，也许在河内、新加坡也各有一个这样的女人。他们像所有恋人一样受外界指指点点，到最后连阿琴也相信是这么一回事，但她自己已经深陷其中，早已无法抽身。

"未婚怀孕几乎是这类女人最悲惨的命运。阿琴没有人教，不懂这回事，知道自己怀孕时，已经是三月之后。她没有告诉任何人，而是逃回石澳，找了间打鱼季渔夫住的屋子躲了起来，每个礼拜末到市集上买一点应急的补品，过期的牛奶，或者几只鸡蛋。就是那时，村里有人见到了她。比阿琴胖一些，身体也有些水肿。你知道，阿琴有白人血统，稍稍有点外形变化，我们都不太能准确认出来。叫她名字，她都神色慌张地躲开，也就不确定究竟是不是她了。

"哈罗德两个礼拜后找到渔村来，整个人消瘦苍白，简直像从地狱里走出来的。他叫阿琴出来见她，阿琴将屋门死死扣着，就是不肯出来。他也不强行破门进去，就坐在外头等。那人也是个倔脾气，两人就这么耗了三天，他说他就是想要个答案，想知道他究竟哪里不好，想知道她为什么突然就不见了。

"那美国人不肯服输，瞪大眼睛盯着那扇破旧的门，脸色发青，满眼红血丝，可吓人了。阿琴缩在门后头，不知是后怕还是心疼，小声讲一句：'你还是走吧。'他就回一句：'除非你说，你再也不想见到我。'阿琴想了想，说：'我想你也不会见到我了，我就告诉你。但你得答应我一件事。'他立刻：'我答应。'阿琴说：'我怀孕了。'他说：'你说什么？'阿琴说：'即便我死了，我也想要这孩子活着。我想这孩子活下来。他们都说你有家室，你为了你的社会地位，为了你的太太和你的孩子，你绝不肯要他活命。但我求求你，这是我唯一可以拥有的东西了。'阿琴讲这话时眼睛发亮，表情几乎是决绝的。那美国人听完这番话，几乎要崩溃了。他不知道自己究竟做错了什么，也不知道自己的爱人究竟做错了什么，竟被迫遭受这种痛苦。"

淮真追问："后来呢？"

"那门多好破开啊，白番力气又大，一脚踹开不知多简单。只是他开始还讲些绅士风度，讲些社交礼仪，才一直等着。他就在鹤咀树林外头那捕鱼屋求的婚，那么高大的个子，跪在那屋子外头，磕磕巴巴地拿广东话夹英文讲些情话，恳请她嫁给他，安心将孩子生下来，他保证一定会是个好丈夫、好父亲。这种话，不到二十岁的天真女孩儿听了，谁不心动？戒指是后头补上的，求婚过后，两人就一块儿住在芭蕉林中间的小洋房里。哈罗德请了很擅长妇科的洋稳婆照顾她，那年初冬，香港岛民刚穿上冬装衣服，小孩儿就出生了。

"抱到镇子上来瞧过。是个男孩儿，纯蓝的眼睛，金色的头发，眼睛像爸爸，嘴唇像妈妈，模样可真好看。"

淮真转头去看西泽。

他站在士多店门外，接着问："之后发生了什么？"

老板从地窖里取出两只椰子，娴熟地破开，插上麦管递过来，叹了口气，说："还能发生什么？那种香港白人不经意之间时常透露的傲慢又酸腐的气质，在那美国男人身上完全没有。他为人和善友好，风度翩翩又迷人帅气，还懂广东话，遇见村里老妇小孩都能闲聊几句。谁知这样的年轻人也……唉！这样的日子也就两年吧。他回美国去，说是为了说服家人接受她，为此带上了那可爱的小男孩，说过不了多久就来接她回家。阿琴等啊等，终是有生之年再没有等到。"

两人乘巴士去石澳郊野公园北边、东部柴湾的哥连臣道，下车步行没多久，就是佛教坟场。

那里原本是个高高的山丘，白色坟茔一排一排摞上去，层层叠叠，远看像是一座密集排布了白色高楼的荒凉都市。

淮真在中环集市买了一束菊花，捧在手里。坟场的土坡石阶很陡峭，椰汁还没喝完，上山时，西泽替她将椰子拿在手里，空出一只手来牵着她，免得她摔倒。

二十年前的坟，几乎是在山顶。找到阿琴的墓碑时，淮真已经满头的汗，累得大口喘气。

西泽在她身后，不动声色地看着墓碑上的相片。

有点梦幻朦胧的黑白相片，里头嵌着一个年轻女人的笑颜。那是个典型白人的面孔，牙齿整齐，有完美的笑弧，却是个古典鹅蛋脸，神态里透着一股不谙世事的天真娴静。真奇怪，东方人与西方人的特点在她身上完美融合在了一起，没有一点让人不舒服的地方。

淮真缓了口气，躬身对着美丽女子敬了个礼，垂头将花放在她碑前时，突然轻轻地"咦"了一声。

刻着她生卒年月的碑上，已然放了一簇簇新鲜的雏菊，还沾着点晨露，显然来探望的人刚走不久。

"是陈叔，"她听见西泽说，"哈罗德在沙逊洋行的朋友，一直替他打点这边的生意，包括一些私人事务。他每天早晨都会来这边清扫墓碑。"

淮真轻轻抚了抚上头的雾气，连同旧报纸一起，将一束菊花放在坟前，这样看起来热闹了不少。她突然回过神，笑起来："你一直直呼爸爸的名字吗？"

西泽也笑了："是的，很多年了。"

"他很伟大。是个隐忍又伟大的父亲。"

"想起我与他的关系，最近总是隐隐回想起一些很细小的事情。回到美国以后，他与阿瑟冲突爆发，时常有冷战、讥讽与正面争执，甚至打斗，这种情况一直持续到听说她在香港去世。哈罗德从此一蹶不振，酗酒、堕落，在家中形同空气。有天夜里我去看他，看到他凹陷的眼窝，摸到他脏兮兮的胡子。他并没有睡，而且看起来很久没睡了，如同行尸走肉，不剩下多少灵魂。但是他说：'西，爸爸什么也没有了。爸爸什么也没有了。你会是爸爸的知己吗？'我那时很小，不懂他为什么这样讲，很快就忘了这件事。再后来，我开始离他越来越远。"

她想了想，说："如果有机会选择，你会不会……"

"幸好，还来得及。"他盯着墓碑发了会儿呆，倏地笑起来。

有点悲凉的味道。因为有些事情来不及了。

淮真心里颇多感触，不由自主地替他惋惜起来。

他接着说:"离开香港那天,阿琴去了码头。尽管哈罗德对她许诺了一个美好的未来,可是她仿佛预料到了结局似的。邮轮离港,她追着船,突然疯跑起来。我一直不相信预感这种东西,也一直不曾理解她那时为什么这么做。"

准真侧过头:"现在知道了吗?"

他点头,道:"去年夏天,某个早晨六点的花街上,一觉醒来,你不在了。跑上台阶,乘着电车就跑,我怎么也追不到。站在路边,看着电车走的方向,突然就明白了那种感觉——永远见不到了。再也不会见面了。可是我无能为力,一点办法也没有。"

准真的脑袋垂下来。啊,这种感觉她懂得,原来他也知道。

两人在阿琴坟前虔诚追思。

准真想说点轻松的:"妈妈是个美人,你笑起来像她多一些。"

"长到二十一岁,始终顺遂,没有为任何事情发过愁,却总觉得好像缺了点什么,始终想不明白。"西泽垂眼,笑一笑,"直至你坐进那辆汽车。你在打盹,我偷偷看着你。明明是很讨厌的人群,却莫名好奇。"

准真想了想:"人总是会下意识地追逐母亲的形象。"

"直至离开三藩市之前,去了那家地下烟馆,我才搞懂为什么,"他摇摇头,凝视着准真,"那时我等在门口,脑子里想的全部都是关于你的。'This is what's been missing. This is what's been missing.(这就是我丢失的东西。这就是我丢失的东西。)'我疑心体内某些细胞已经死亡,在那一刻又活了过来。"

准真偏着脑袋:"听起来像是在说某种精神鸦片。"

"精神鸦片,却利于健康,究竟哪里不好?"

"沉溺于某种事物总不是好事情,感觉像是同恶魔做交易,没有公平可言。"

他垂下头,在母亲坟前,放肆地搂着年轻妻子的腰,在她的脸上亲了亲:"是。所以请对我好一点。"

准真猛然回过神来,惊叫一声:"你做什么?尊重一下逝者。"

西泽指指相片,笑着说:"你看,妈妈见到我们这样也很开心。"

准真呆了一下,然后笑出声。

西泽后退一步,垂头打量她:"这么开心,难道成绩单上全A?"

准真捂着耳朵:"闭嘴!"

"那就是没有?"

她小声惊叫起来:"都是你的错。"

西泽大笑,伸手将她兜进怀里:"那我补偿你。"

"我的奖学金整个泡汤,你拿什么补偿?"

他皱起眉头:"我整个人的一辈子都不够吗?"

她呆了呆,然后撇嘴:"不够哦。"

他说:"卖掉小提琴的钱不给你了。"

她突然想起还有这么回事,喃喃道:"我还有一半呢!"

他一边搂着她,一边往台阶下走,说:"以后我们会很富有。"

她说:"那是以后的事!"

他接着说:"有钱以后,我太太都想做些什么?"

她竟然开始认真思索起来。

西泽突然提议:"在加拿大买上千顷农田,种葡萄酿酒好不好?"

她突然兴奋起来:"然后开个酒馆,无论种族国籍性别,谁都可以来。"

他皱了皱眉:"唔,那我得做一做心理建设。你知道,我不太能接受一些取向及堕胎。"

她轻轻"哼"了一声。

他接着说:"不过都听你的。中午吃什么?"

她说:"石澳有间冰室的菠萝油还不错。"

"那我们去那里。"

顶着大日头,淮真想起菠萝油和冰镇咸柠汽水的味道,不由得开心地哼起歌来。

是一首德文歌,但她在德国时从没留意过,反倒在国内某个网站上听到中文版空耳。

哼哼唧唧时,西泽皱起眉头来:"这是中文?"

她停顿了一下:"德语。"接着又唱下去,"Ich bin Schnappi das kleine Krokodil…(你是个史那比,但是扮得酷酷滴……)"

"怪怪的。你发音这么糟糕吗?"他偏过头,"听起来像在骂我。"

她回头看他一眼:"没有哦。"

"是什么歌?"

"儿童歌。"

"喔。以后唱给 Joyce 听。"

淮真崩溃:"都说了不叫 Joyce!"

西泽笑起来。

几个上山扫墓的华人,扭头盯着这两人,皱起眉头,不知道他们发什么神经。

汽车从哥连臣道的远处驶过来,大太阳底下看起来像个背着西瓜的甲壳虫。

错过这趟车,下一趟就是半小时后了。淮真可不想被热带烈日晒成筛子,拉起他的手往山下便是一通发足狂奔。

西泽手长脚长,在后头带着笑,跟得轻轻松松。

小山空寂,道路清洁,路旁是繁茂的棕榈与芭蕉,年轻的笑声轻轻回响。
这就是关于那个南国夏天的全部秘密。

The Real Waaizan

**新番外
淮真本真**

宝贝，我爱你。
在爱你的此刻，
我希望跟你有永远那么远……

碧昂丝是谁？一个绝美、热辣的……黑人……女歌手？

西泽有点无法勾勒那种画面。

杰克逊又是谁？一个影响了美国以及全世界的……黑人巨星？

嗯哼，很有趣。

他如是说着，陷入沉默。渐渐弄懂，这两人多半都还没出生。继而，他想起了领馆新换下来的一批录音屏蔽设备。

装起来还能用。

你们知道，在目前的香港，这个没有《国家安全法》的地方，街上间谍横行，实在不太适合"畅所欲言"。

西泽很快将设备从领馆搬回来，摆放在房间的各个角落，花了些时间组装好。

装机时，淮真几乎是蹦蹦跳跳过来参观的，透着一股难掩的兴奋，说："那我岂不是什么都可以说了？"

西泽莫名地看了她一眼，心里想着：看来压抑很久了。

所以，现在他面前的是几分之几的季淮真？也莫名地有点期待。

装好机后，整间屋子像个密不透风的温床，只有一处会向外漏气。

两人一道看向长廊角落的电话机。

淮真一脸肃然："接听电话时我会很谨慎的。"

西泽什么都没说，捧着她的脸亲了她一口。

小姑娘为他的贴心既兴奋又感动，并不知道这个男人憋了个坏主意。

装好录音屏蔽的第二天，领事上任，要在辖区巡查，带了西泽和另一位副领事进行为期两天的出差。香港城区不大，但人们往往自动忽略散落的岛屿，还有城市周围连绵的群山。很多美国人会住在周围小岛上和山上，因此将他们聚集起来费了些工夫。

出差前那个上午，他跟着领馆密报员调试好了九龙半岛与港岛的监听仪，顺便将家里那一片的电话监听转接到了他的办公室。

调试电话监听时，正好她接了个电话。呼入呼出压控有些问题，他只能听见淮真的声音。

广东话和国语夹杂着，连猜带蒙，勉强能听懂。

大概是在同唐人街那个开黑诊所的老头说话——

"……什么！"她听到什么，很是震惊，又觉察自己失态，压低嗓音，"给谁相亲？小六爷！"

她握着听筒，强忍讶异，接着问："那我在这边托人找？"

得到肯定的回答，她接着问："小六爷有无咩要求？（小六爷有什么要求吗？）"

片刻后，声音放大："冇？（没有？）"

有些困惑："点会冇条件……（怎么会没有条件……）"

静静听了一阵："南国女仔最好嘅？（南中国的女孩子最好吗？）"

"扑哧"一声："小六爷相亲？定系惠大夫你自个谂住去相亲？（是小六爷相亲？还是你惠大夫自己要相亲？）"

…………

调试好声压的瞬间，听筒对面的老头子爆了句粗口："个衰仔！我都冇果个意思，系你自己谂太多了！（死相！我都没这意思，你想太多！）"

顷刻挂了电话。

西泽拿远听筒，皱了皱眉头。

中午在石澳有个驻地美国商人的聚会。

西泽答应秘书，预备切断监听时，清晰地听到小姑娘流畅地拨出了一串号码。这号码似乎已烂熟于心。

经由讲广东话和英文的接线员小姐转接了数次，电话那头终于响起一个年轻男人的声音。嗓音沉，略沙哑，带着点个人特质很强的、标志性的北方调调。

"喂，仁和会馆。"

"六哥，是我，季淮真。"说完，她"咯咯"笑起来。

电话那头的人似乎从她的笑里揣摩出了点什么，沉默片刻："惠爷托你给我相亲？"

"嗯。"

这人与她讲话都讲国语，西泽不大听得明白。

在走廊聚集喧闹的人声及秘书第二道催促声里，他按下了压缩录音按钮，起身出门去。电话仍在继续。

小六爷问："你怎么说？"

"我说，小六爷这般英雄人物，哪里需要着人相看。惠老头一肚子坏水，这事怎么想怎么古怪……故一时没依，想问问你的意思。"顿了顿，淮真又问，"究竟怎么回事啊？"

"小丫头片子，别埋汰我。"

"我哪敢。"表达完不屑，她陷入沉思。对面人脑袋灵光得很，一句话没表示拒绝，多半在犹豫。她便顺着问了下去："想找个什么样的？"

那头叹了口气，像是刚做好某种妥协："……看不上我的吧？"

淮真沉默着，一时半会儿没法消化这种话。

他简略地解释："洪爷早年给我算命，算到我三九是个大日子，命里逢大劫，得明媒正娶的女人才压得住。这人敬神怕鬼，笃信得很。死期越近，就越是怕，临死三跪九叩，逼得几个老友给我寻门亲事，省得我英年暴毙。"

接着，他补充道："年底我就二十七了，照白番的说法，这玩意儿就叫死线。大限将至，诸位老叔老婶，的确比较容易着急一些。"

淮真险些就要脑补出小六爷为了赶死线，昼夜不休地奋战了。

她忍着笑安慰他："六哥也信这个？"

他轻"啐"一声，似乎头痛不已。

淮真几乎可以脑补出他眼下乌青、揉按穴位的样子。

周遭嘈杂的人声渐渐淡去，她立刻又意识到，他拉长电话线进了屋，似乎要讲一些连他也觉得尺度过大的话。

淮真屏住呼吸，听见他压低的声音："我是不信。邻里街坊非往我跟前塞女人，架不住也就应承着，也没想过要怎么样。毕竟我这一身腥，平白玷污别人姑娘做什么……或聊几句天，不好驳人情面。稍微做几回样子，那死老子便觉得有戏，明里暗里问我什么意思，我说没什么意思。鸡不食米强按头，死老头子玩起阴的来，我真玩不过。"

小六爷讲话像讲戏，起承转合齐全得很。

虽还没到节骨眼上，淮真已连蒙带猜，大概猜出了个轮廓来，屏息听着——

"第二回了。早晨一睁眼，被脱了个赤条条无牵挂，被子里还有个女的。什么也没干……我都这样了还能干什么？说也说不清，说了也没人信。我真头痛得厉害，我可真是服了他了。"

说后面几句时他几近于咬牙切齿。

淮真从没见过有谁能将小六爷气成这样。

一时又好笑，又好玩。问他："这老头蔫儿坏得很……闹这么一出，你倒也罢了，别人女孩子往后怎么做人？"

这会儿还有闲情打趣他。小六爷话音顿住，冷笑一声："你特意一通越洋电话打来，也是看我笑话的？"

但他人似嗔似笑，亦幻亦真，说话也微嗔似笑，有时候并非真的生气，并不需要人接茬顺毛，立刻又将跑偏的话题沿大道延展了下去："解释了一番。"

淮真心有所感："解释什么？"

"解释那种让人睡死的药不具备使人做出什么的条件，解释了一下前一夜的情况，解释了老头的诡计，解释了一下我这个人的生平。"

她答道："很顺理成章。"

他补充道："还顺带给了些钱。顺带讲解一下人情世故，说介绍你来和我相看的亲戚，以后少往来。"

淮真问："钱收下了？"

他听懂了她的言外之意："做我人情的，倒是认真在做。都是好人家的闺女，面子薄，不肯要。平白无故被坑了这么一遭，换谁都得难受。我过意不去，不知该怎么补偿，打听了一下，也只能写张支票，叫阿金去送信箱里了，说往后遇着什么麻烦事，尽可来找我。"

旁人想叫他用别的法子偿，可惜他哪里偿得起。

说白了，也就是落花有意流水无情的浮世版本。

淮真思忖良久，觉得这事果真难办得很。

她嘀咕着，状若自言自语："不喜欢你的……这要求好高啊。"

小六爷"嗯"了一声，仿佛没听明白。

她说："小六爷这般样貌的古典美男打着灯笼难找，一眼看去，顾盼神飞俊采星驰，哪个姑娘看了不心折？"

"贫得你。"

"这可是肺腑之言。"她也懂得少女情怀，明白那些强取豪夺的绮梦，所以这赞美简直真诚得天地可鉴。

他笑了两声："和美国佬待久了吧，darling（亲爱的），baby（宝贝），你真美，I love you so much（我非常爱你），甜言蜜语信手拈来，说多了就不值钱了，你当我会信？"

她也"嘿嘿"笑着："六哥想找个什么样的？"

似乎有人寻他，他招呼了两声，回头言简意赅地总结："……能贪图点什么的，也不大瞧得上我的，最好。"

似乎也没太将这事放心上，匆匆挂了电话。

这两日西泽不在，淮真自备便当，午间和几个要好的女孩子在主大楼陆佑堂的喷泉池畔吃饭聊天。

午课拖了堂，赶到时，雅德琳从家里带来的冰鸳鸯都快成热鸳鸯了，被女孩子们抱怨了几句。

淮真连声道歉，和她们分享自己煎的香肠。

香肠是从浅水湾带回来的，肠衣很薄，一口下去，肉蹦蹦跳跳进了口腔。架不住她总惦记，上礼拜末西泽又带了她去，美其名曰吃香肠，但事实上她什么都没吃上。

香肠只在早餐才有，西泽前一夜就预订了，叫仆欧第二天一早七点半送到房间门口。他最近新学了个俗语，叫"饱暖思淫欲"。近来颇有造诣，活学活用——"喂饱你，你再来喂我"。但兴致一来，就失去了他坚守的时间概念。待淮真吃上早餐的时候，早餐已经凉透了。于是只好打包带回公寓。

香肠很好，女孩子们也很好。一面吃一面消气，接着之前的话题，聊起男孩子。瑞柏·何不够新鲜了，新人闪亮登场，立马成为过去时。现下最讨人喜欢的是某访问教授的孙子小林某和新任美国领事的儿子汤米。

她安静听着，跟进了一下校园实时八卦，等到众人都无话可讲时，才主动丢出一个很大的话题："你们的理想型是什么？"

这必然是个这个年纪女孩儿都会很感兴趣的问题，如丢了饵饼进鲤池里，话题层层叠叠翻涌上来。

"英俊、多金、专情。"宝珠脱口而出，仿佛餐桌上的老三件。

"只选一样的话，有钱自然最要紧。"宝来最识时务。

只有雅德琳仍有些少女情怀，将一只厚多士在爆出的奶汁里叉来叉去，犹犹豫豫想了很久，仿佛真的在择婿："要知冷知热……放得下身段，懂得逗人发笑，不端着架子……要是正好长得还行，便太好了……"

平日里她最爱八卦男孩子们，这会儿真要她选，却胆怯起来，给出的条件都抠抠搜搜的。

淮真都觉得诧异："光放得下身段这一项，好像不论瑞柏·何、小林与汤米都不沾边。"

雅德琳说："发痴是一回事，理想型又是另一回事。岛上太小了，华人圈子里，谁都和谁认识；杂种男孩子吧，照他们的说法，是划到我们这边的；他们自己却不觉得，所以自己有自己的圈子。"

宝珠也说是："异域风情，刚来时是新鲜，久了便觉得像褪色的窗花玻璃，灰扑扑，难打理得很。"

雅德琳补充道："还有白人——殖民地上的白人，我瞧不上他们。"

淮真歪枕在胳膊里，只眼盯着她笑。

雅德琳打她："你敢笑我？"

宝珠说："她又憋什么坏水呢？"

宝来问："你无端问这个做什么？"

淮真说："我家有个哥哥，托我给他相亲。"

宝珠立刻问："美国人？"

淮真不置可否。

宝来立刻摇头："父辈不许家里的女孩儿跟白人牵扯。"

淮真想说不是白人，却难免诧异："为什么不可以？"

宝珠接话："说是——会串种。"

淮真睁大眼。

一群女孩子放声大笑，笑到楼上的学生亦不住侧目，探出脑袋来看。

淮真也笑着道："不是白人，是个华人。二十七岁，着急结婚。"

大家都好奇，凑到近前来："是个什么样的人？"

如果诚心推销什么东西，淮真总喜欢先从最糟糕的部分讲起——

"抽烟、酗酒、狎妓、赌博、吸阿芙蓉……"她不顾女孩子们瞪大的眼，掰着指头数他的坏处，"总之五毒俱全，还害死了他爹爹……哦，肾气有亏，多半那活儿还不行。"

很显然，这是欲扬先抑的修辞手法。女孩儿们屏息听着，话音收尾，淮真嘴唇紧抿，没有后文。

宝珠不信邪："总不能没半点好处？"

"有。"淮真讲得也很干脆，"很有种。"

雅德琳是本地女孩，没受过什么中文教育，不曾学过"王侯将相宁有种乎"，一时拼不出这三个字的意思。

宝珠接着问："如何有种？"

淮真道："千金散尽，拱手河山，很有血性、浑不吝的有种。"

这会儿连雅德琳也约莫懂得了这种气质。

三个女孩各有感慨，评价却出奇地一致——"男人有种，可以抵消一切缺点"。

饶是最拜金的宝来亦不免啧啧唧叹："单这一项好处，万种坏处便都不是坏处。"

淮真后头本来还有话。

但既然女孩儿们都这么说了，后头什么英俊、多金、知情识趣之流的好处，便都不必再提。

她仍旧不明白："为什么？他不知有过多少女人，不知有没有病……"

宝来道："我姐夫从前私生活糟透，在外头养戏子，同有夫之妇轧姘头，姐姐发现，大闹了一场，那时还庆幸还好婚没结成——但他依旧成了我姐夫。只因我爸爸说：'男人哪有不乱搞的。'"

雅德琳说："我爹地、妈咪也这么讲——男人哪有不偷吃的？"

淮真长叹。

加上一层时代局限，事情的结果甚至比她想象中还要离谱。

却也很好懂——这样一个英雄人物，换作谁都会折服。

宝来最感兴趣："那你哥哥，想找个什么样的？"

"他呀，"淮真有点儿恨其不争，"他想找个贪财不好色，看不上他的。"

四个女孩叽叽喳喳，将当今世上名媛闺秀都搬出来议论了一番。发现再是见惯瑰宝奇珍的美人，择男人的眼光也都出奇一致。谁不爱英雄呢？故终究没能品评出个结果。

"恐他得找个不喜欢男人的。"宝来犀利断言。

淮真好笑不已。在心里拓展了句意：不喜欢男人的，不喜欢小六爷。

话题到这儿了，宝珠忽然问："淮真的理想型呢，是你先生吗？"

她眨眨眼："当然不是。"

挡不住众人追问，她尝试着描绘了一下："从小我的审美就没变过。至今仍旧觉得，未来的先生必要中式古典，有时兴起，挥毫泼墨写意诗抄，画山水花鸟虫鱼，也给我留情书家书；必要长我七岁以上，讲话和风细雨，内敛通达；'吃'字最紧要，脍不厌细，不拘菜系，林林总总手到擒来。"

"想得还挺多。"众人皆笑她。

雅德琳和她最熟络，打趣她道："你家那位'英文很地道'，中了几条？"

淮真摇头叹气："风马牛不相及。我这破命，他是专程来克我的。"

四人学业全然不同，下午的课都不在本部大楼，赶过去要好些时候，故淮真最喜欢的午间八卦时分早早收场。

"英文很地道"自然是指西泽。起因是他有一次带她参加聚会，有领馆的年轻同事问她："你喜欢西什么？"

爱情这回事，是个化学问题，也是个生物学问题……细究起来，还会是个有点哲学的问题。她想了很久想不明白，随口答道："也许因为他讲英文很标准，没什么口音？"

这个回答为这群年轻或已不年轻的美国人带来了恒久且经典的笑料。笑话的效果不只在于笑话本身，还在于笑话的主体及辐射到的对象。

西泽显然是个很难得的打趣对象。

整个领馆的美国人也都可以为这个笑话添彩。

以至于美领馆每每有人被印度人或者别国人带得口音跑偏，就会得到同事的打趣："哼，失去了八成魅力。"

小岛上人少，每个人与每个人之间都有难以言明的纽带关系。故这个笑话一传十十传百，等淮真从雅德琳口中听见时，岛上已约等于无人不晓了。

岛上山多，有些美国人住在那里。西泽这两日闲时都陪着领事四处走访，将四散的美国人聚集起来，组织他们参加各式各样的美国式聚会，混个熟脸，顺带坚定一些爱国主义思想。

他同她说好十一点前后到家。故放课后淮真又约女孩子们去中环逛街吃冰，到家已经快九点。

美国人信息闭塞，通常不会主动去尝试不同的中餐厅，更不会知道吃进嘴里的食物地不地道。

淮真却常常跟着小姐妹们挨个去各家餐厅"拔草"。吃到什么好吃的，也要给他尝尝。

"'英文很地道'一定是岛上最有口福的西仔。"看着她指挥老板，将她们赞美过的食物挨个打了份包时，雅德琳如是说道。

这家冰室，不知是开业酬宾还是什么，黄油奶味香醇，还切得极厚。她给菠萝油加了份黄油，给车仔面加了份火腿，心里想着——说不定真的是这样。

就是不知道这独爱汉堡的美国人吃不吃得来细糠。

淮真回家打了个盹，估摸着时间起床，将两片坚硬的芝士与咸柠檬一并从冰箱取出。

咸柠檬搓圆捏扁，倒进冰镇红茶里晃匀的当口，火腿与菠萝包正好烤热。

穿堂里来了阵风。她戴着隔热手套，探头往外看了一眼，没有亮灯，便没在意。戴着手套，拿着两样食材进行拼接，浑然不觉有人已经在桫椤树影的窗下看了她很久。

公寓有个小小天井，楼下桫椤树，满墙爬山虎，入夜影影绰绰的。卧房在前厅，穿过天井是厨房与餐厅，楼上露台可以看见蓝白色海港。忘了关哪怕一扇门或窗，总觉得穿堂的风都能将这单薄的小人儿刮进海里。

她立在黑夜里小窗框出来的方形暖黄色灯光下，头发仍不够长，出门前绾得一丝不苟的某种中式发髻到这个时候已经乱了，几簇耷下来，添了些无序，分外柔情。她双手均不得空，动作一下便要翻腕捋一下头发，一时间显得手忙脚乱。

他起了恶劣心思，不介意叫她再忙乱一点。赤脚无声靠近，贴近她侧脸，本想亲她脸颊，瞧见那修长脖颈，洁净肌肤下细弱的青色血管，脆弱里透着点莫名的诱惑。微启的唇下移，附在青筋的肌肤上，轻啄了一口，问："这位女士……你是谁？"

这人总有这一类的恶作剧。

开门时的风声已令她有所觉察，等影子罩过来时，她几乎想抓起锅铲给他一棒槌。

忽然听见他的发问，淮真意识到……这是录音屏蔽后第一天相会。

她突发奇想，也生出些莫名的情趣，由着他施为，一面答道："长官，我是淮真……"

往来此世时的岁数上添了往后待的三年："九月便二十二岁。"

他知道她在说自己，停下动作，哑声问："在上学？"

她答道:"不出意外,今年……今年便大学毕业了。"

他的动作延续下去。

被撩拨得有些痒,淮真扬起脖梗,颤抖着,有点被调戏的良家妇女般隐忍的顺从:"别……别亲那儿,回家,回家被丈夫发现,就不好了……"

不知道是觉得尺度对他来说太大,还是偷情的戏码太过刺激。他闻言,动作顿了一下。

她戏瘾上来,有些收不住:"我爸爸妈妈二十岁生下我,所以我也在二十岁,早早成婚了……"

西泽从后头将她抵着,圈在方寸之间,唇勾勒着她的曲线。忽然问:"我们现在这样,用国语怎么讲?"

她不知他是指动作,还是指行为:"耳鬓厮磨?"

"什么意思?"

她偏过头,和他相蹭:"这样?"

他觉得很贴切。肌肤贴肌肤,耳也热了,鬓也散了,浑身上下没有一处不烫。

她渐渐故事说不下去了,话音含着哭腔,异常婉转。

没留神,猛地被托起来,抱坐在了料理台上。

淮真挣扎着,尖声叫道:"安——全——套!"

他"啐"的一声,以示不满,两手握着臀将她端起来,往卧室去。

走出几步,怀里的姑娘扑腾着又是一声:"烤——箱!"

西泽腾出只手,反手关了烤箱。只手托着她,像中世纪广场上赤身肉搏,终于赢得美人归的力士,脚步不停。沿途一盏灯都没开,黑暗里轻车熟路地穿过院子、回廊,推门而入,将她剥了个精光,扔到床上。

淮真挣扎着还没起来,立刻被压了个结结实实。

他近来折腾她的手法娴熟了不少,她也颇得趣味,不似先前似的痛。渐入佳境时,她咬牙忍着,身后人就越发磨人,非逼她,贴在耳畔,带着点酒气呢喃:"……出声。"

"不……不会。"

"什么不会。"

"英文……不会。"

言简意赅:"讲国语。"

淮真大脑缺氧停转。

国语怎么讲?

随即立刻被惩治,轻"啊"了一声。

"啊"是什么?

动物语言,算哪国语言?

好似将他原始的狠劲激发，紧接着便是暴风骤雨。

外头下起雨，吹得门窗"砰砰"乱撞。

后头的话语也被撞碎。

她浑身都缺了氧，只剩细弱的、濒死的轻喘，好像雨声里藏了只无助的小猫。

雨停了，裹着被子躺在他的怀里时，她累得眼神都已经涣散。

她想起厨房里的东西。冰火菠萝油的火灭了，冰化了；冻柠茶热了，车仔面冷了。

但她实在没力气再给他挨个热一遍。

她知道他正是最燥的年纪，但这也太索求无度了。好好一顿饭，每次都搞成这样。好好出个差，回回弄到无法收场。

心里将他的斑斑劣迹挨个数落着，脸色也越来越不好。偏又被搂得很紧，挣不出去。

他把下巴搁在她的头顶，好似也跟她一道放空了一阵，随后便状似无意地问："今天和谁打了电话？"

"惠医生，还有……"她花了点工夫才想起他的英文名，"Charlie Hung."

"洪也要相亲？"

她正要答，愣了一下："你监听我电话？"

他"嗯"了一声，倒是坦诚。

她问为什么："电话机有什么可监听的？我和人讲电话时从没有讲错过一个词。"

"谁知道呢，"他起初含糊其词，觉察到她一声不悦地气促，在她的头顶上啄吻了一下，才说，"我喜欢听你讲国语。"

她说："我不是每天都教你讲国语吗？"

"不一样。"他说着，有点委屈，"你和他讲话，一直讲国语。有说有笑……我听不懂。"

柔软的、沙沙的声调，咬字清晰，像风吹拂桫椤树。虽然没承认过，但他很喜欢她讲国语。两人交流时，却常常把国语排除在外；教他讲国语时，咬字缓而慢，模仿幼儿，失去本味。却没有什么时候，用国语在他耳边呢喃过。叫他承认嫉妒一个那样卑劣邪恶的人是很困难的事，但今天，就因为这么个微不足道的原因，他竟然嫉妒他。

她不能理解："……你吃什么飞醋？"

"这很重要，不是吗？"顿了顿，挖苦信手拈来，"你喜欢我英文很标准，我喜欢你国语很地道。"

淮真拿指头戳点他柔软的胃："你是个美国人，不该这么尖酸刻薄又记仇。"

"我天生就是个刻薄鬼，记仇得厉害，"他被她挠得腹部紧绷，艰难忍笑，"和'玉'一样温润无瑕的传统中国式男子相似度百分之零，令你失望吗？"

淮真停下动作，瞪大了眼睛："你……你监听我们学校？"

他说："霸权主义监听一切。"

准真在黑暗里消化了一下，渐渐觉得这句话放在这个时代、这个岛屿，也不是不能理解。

随后在他怀里翻了个身："我的理想型是温柔的中式男子。可你的理想型不也是金发碧眼、曲线优美、高挑活泼的美国甜心吗？我好似也与这种形象……没什么关系。"

他的眼亮得像星星："现在我会说，我的理想型是你。重合度百分之百。"

她对这种看人下菜碟的讲法颇为不屑："倘若有一天，你移情别恋，对下一任女友也会是这样一番说辞吗？"

西泽微微支起身子，垂眼看她，脸上有点不可置信的笑。

她接着说下去："我不信什么永远。你要是够胆，便将这话写在纸上，五十年……不，二十年，十年，抑或几年后，我上门找你，将这话掷在你脸上。"

他没有直接回答这个问题，而是试图从她这里确认一件事："你一生之中，会有很多伴侣，并会永远坚守你那……中式的理想型？"

这一本正经谈判的样子，一看便知道是生气了。

准真探过头，吻了吻他："宝贝，我爱你。在爱你的此刻，我希望跟你有永远那么远……"

"但是……"他笑着，等后文。

"正如，"她挂上同款微笑，"我曾以为会与理想型走入婚姻殿堂。"

"但如果我的理想型此刻出现，我甚至都不会看他一眼……"她似乎觉得这话过于武断，补充道，"也许会看一眼。"

他立刻打断她的遐想："Nope.（不行。）"

她接着问："如果是你的——"

他再次打断："Never.（不会。）"

她在他怀里支起身子，凑近，逼视他："告诉我，你与初恋女友约会时，想的又是什么？"

他陷入短暂的回忆。

不知是什么都没想起，还是检索出的答案不够好。

他反问："你呢？"

她粲然一笑："你是我的初恋。"

这个回答似乎令他稍微开心了那么一点，脸上的表情有些微松动，凑过来要亲她。

准真抵着他的胸膛，忽然说："我爸爸妈妈……"

他立刻意识到，她指的不是阿福与罗文，神情变得肃然而专注。在此之前，在他为她筑出这个安全巢穴之前，他从未听说过他们的事。

"他们各自在外头都有情人。"她说。

"出轨？离婚？"在他的观念里，对一个保守的华人家庭而言，这是一件会伤害到她，足以让她有成长阴影的事。

她的表情却很平静:"他们在各自的领域都有建树与名望,也曾是彼此的理想型。但他们同时又有各自独立的人格,不依附彼此而活。他们毕生追求绝对的自由,对新鲜事物永远热忱,永远充满好奇,也是这种特质让他们心态年轻,思维活跃,永远不缺乏创造力,永远不会有止步不前的一天。而被婚姻长久绑缚在一起,只剩乏味,这违背了他们的天性……"

他沉默了一阵,再开口,声音不知怎么有点哑:"你对此的想法是?"

淮真摇头:"他们这么做,却不鼓励我这样做。我自然会形成自己的人生观,与自己的伴侣构筑属于我们的婚姻观……不过因为他们,我对这世上各式各样的爱与性很包容就是了。"

"你有过……"他难得有不知如何措辞的时刻,艰难开口,"有涉入这一类关系吗?"

淮真摇头:"我还这么年轻。不论从生物学还是心理上来说,都没有全然成熟。我将自己保护得很好,不想遇到糟糕的第一次经历。"

意识到他的脸色变得很差,她才突然想起他们的第一次,青涩且糟糕。

她补充道:"情况不同。我活了这么些年,都没有遇到哪怕一个使我心动的人。"说完又静静凝望他一阵,"来这里,一睁眼就看见了你。"

他的脸色好了一点,于是亲了她一下。决定再给她一个机会,问:"你的理想型是什么?"

她毫不犹豫:"古典的,东方的男人。"立刻又问他,"你呢?"

"金发碧眼的性感尤物。"他报复性地说。

"玛丽莲·梦露那样的?"

又是某个还没出生的人。

他习以为常,略过这一层,眯着眼问:"洪那样的?"

她摇头:"比他要洁身自好一点,比他有学识一点,比他无聊一点。"

他如法炮制:"保守一些,害羞一些,最好不怎么聪明。"

她听着他的话,陷入一阵沉思,忽然"哧哧"笑起来。

"笑什么?"

她说:"我在想,假如我们没有这场机缘,没有遇到彼此,与各自的理想型结婚后,相见会是什么样子。"

他笑道:"我似乎很难活到你结婚。"

淮真很伤感,近乎于许愿一般:"你可以的,你可以的。"

"那样的话,我可能只能戴着氧气面罩,坐在轮椅上,看着你与你的伴侣在阳光下手拉手,活蹦乱跳,"他认真思考了一下这个问题,表情忽然很严肃,"你的伴侣一拳能将我打到散架……这是一个很残忍的故事。"

准真笑起来，仔细想想，又说："假如不是我来到这里，而是……你去到我那里，我们相见会是什么样？"

笑声震得他心痒，不由自主将她抱进怀里，放在腿上："说说看。"

她望着窗在墙上剪裁的树影，试着勾勒："我二十来岁，和一个东方男人步入婚姻殿堂；你年纪与我相当，娶了个胸大无脑的美国甜心。"

"为什么是胸大无脑？"他插了句嘴。

"又聪明胸又大，将我全然比下去了，故事还怎么继续……"她嘀咕道。

他轻笑着，手不安分，要去丈量，低声道："又没什么不好。"

她一心在故事上，全然不受他干扰："我们都渐渐厌倦平淡乏味的婚姻生活，有一天，我们在南中国的海边，在同一间酒店相遇。你无法忍受妻子的聒噪与无理取闹，而我呢，因为丈夫比我年长十岁……有些力不从心，无法满足我。我们夜里在海边散心，你看中了我的有礼与有度，而我，看中了你年轻健硕、energetic（精力充沛）的身体……"

他领着她的手在身上游移，从腹肌到人鱼线，到她说"energetic"时，笑着停了下来，贴在她的耳边追问剧情："然后呢？"

"月亮下，无人的沙滩，我们度过了一个难忘的良夜。"

他追问细节："什么样的良夜？"

说到这种禁忌话题的时候，又不嫌她过分新潮了。

准真窥破他的双标，"哼哼"两声，笑起来。

接着往下说："你痴痴望着我。而我已经是个经验颇丰的少妇，身体力行地抚慰了你。"

他领着她的手向下，问："是这样吗？"

准真震惊了。

他哑声问："然后呢？"

她瞪大眼睛，仿佛全身上下都不属于自己，只有嗓音还算平稳，将脑中描摹平铺直叙地讲了下去，"……后来，我们约定每晚在此相会。"

"然后呢？"

"你等了一晚又一晚，我再也没有出现。"

"为什么？"

"我的丈夫在当地很有势力，监视我的一言一行，不许我与你来往。"

"……我去找你。"

"我的父亲母亲很讨厌美国人，放任我丈夫打了你一顿，将你赶走了。"

"……我去找你。"嗓音喑哑，带了点哭腔。

"你因为逾矩，被妻子与家族圈禁起来。"

"那你来找我……"

"嗯……"他一下一下，在她的脖颈、耳郭轻吮着，叫她有些呼吸不过来，只能简单地复述，"我来找你……"

画面静止了。他埋在她的肩头，用那种渴得要死的嗓音问："你来找我，做什么？"

"我佯装推餐车的仆欧，现身你们家的餐桌，说我要带你走。"

西泽把脑袋抵在她的锁骨上，忽然笑了起来，渐渐有点喘不上气。

笑了一会儿，他才说："你不会想要出现在我家的餐桌上。"

"为什么？"

西泽想象了一下他的小姑娘孤身赴宴，被一群穆伦伯格以检视精神病患的眼神审视着，或者说成为被一群精神疾病患者检视的正常人——怎么看都仿佛惊悚幽默片的开场。

他说："他们话很少，一天百分之九十九的话都留在餐桌上挖苦别人，你不会想要和他们坐在一张餐桌上。"

淮真道："Then I said, 'I really hate you guys on the table' .（然后我说，'我真讨厌餐桌上的你们'。）"西泽忽然又笑起来。

她问："我说错了什么吗？"

"At the table."西泽亲亲她的面颊，柔声道，"没关系，一个无足轻重的语法错误，会是个很好的笑话。那么我会说，'你不会真的希望他们出现在餐桌上'。"

西泽接着将故事说了下去："趁他们在餐桌上，我们携手从餐桌出逃。"

淮真不懂他为什么最近总以取笑父辈们为乐，又或者他从来都很热衷于自嘲。一面往这个故事里补充了一个前提："西，你忘了，我们还没有，也无法摆脱婚姻……"

西泽则径直略过了这个前提："……所以，我们非法地永久居住在了一起。"

淮真增补了些许细节："我们隐姓埋名，做不需身份登记的简单工作，过着清贫日子。每天半夜偷偷出门，手拉手去便利店买速食、蔬果与可乐。"

他微微眯起眼。

听着好像还不错。

淮真也跟着笑了："你看，这个疯狂的故事，好像也不是那么不能接受？"

"取决于对象是谁，"他抓着她两条腿，将她捞进怀里，"如果是你，不论生在哪个年代，我都可以放下一切，来找你。"

淮真点点头。

心说，她终于通过讲故事的方式，试图让这个美国佬体会到，她这个委婉的中国人，从理想型到我愿意为你违背天性、忤逆本能中间曲里拐弯、百转千回的情绪了。

两人近在咫尺，在黑暗中眼睛一眨不眨地相视。

还不及淮真感动，爱情片的氛围散去，动作片的烂俗开场。

淮真决定将它变成中年喜剧："我此时此刻，还没有成为一个饥渴的少妇。"

对面人眼神很真诚："……等到我不能满足你的时候，你再去找年轻、健硕的肉体？"
在淮真的尖叫声中，中年喜剧又变回了小成本动作片。

一夜无眠却也不是一无所获。
第二天，季淮真灵光一现，顶着乌青的眼圈，起来给惠老头与小六爷挨个打了个电话，挨个问了一遍："小六爷愿意接受形式主义的婚姻吗？"
果不其然，被惠老头劈头一顿臭骂。骂到小六爷闻声上门来，夺了电话，应允了她的提议，才挂断了这分秒黄金的越洋电话。
她要了一张小六爷近照，又打给报社。
当天，征婚广告就刊载在了《南洋商报》比较显眼的位置——

广告
喜做我的月下老

求婚人洪凉生，男，未婚，年二十七。身高一米八，现居于美国旧金山，从事唐人街、华人及会馆管理事务。月薪美金千余，讲英文、国语、广东话。无父无母，有外室若干。寻一适龄女子，打理家务，晚年互为依傍。不必诞育子女，最好亦如我这般，婚外有知心郎婿体贴相伴，婚内不计得失，不为彼此所扰。

请应求者，来函联系并附一张近影，也可以另外附函向本公司邮售部索相片。

这则征婚启事，也如小六爷的生平一般，收获了半个中国的辱骂与诋毁，却也掀起了小范围的追捧，让这保守、混乱的俗世，收获了另一种追寻自由的可能。

【全文完】